Kate Atkinson

Die vierte Schwester

Kate Atkinson

Die vierte Schwester

Roman

Aus dem Englischen von
Anette Grube

Droemer

Originaltitel: Case Histories
Originalverlag: Doubleday, London

Die Folie des Schutzumschlags sowie die Einschweißfolie sind
PE-Folien und biologisch abbaubar.
Dieses Buch wurde auf chlor- und säurefreiem Papier gedruckt.

Umschlaggestaltung: ZERO Werbeagentur, München
Satz: Ventura Publisher im Verlag
Druck und Bindung: Ebner & Spiegel, Ulm
Printed in Germany
ISBN 3-426-19550-X

4 5 3

Für Anne McIntyre

Und ihr werdet die Wahrheit erkennen,
und die Wahrheit wird euch frei machen.

Johannes 8,32

I

Fall Nr. 1, 1970 (Vorgeschichte)

Familiengrab

Mussten sie sich nicht glücklich schätzen? Eine Hitzewelle mitten in den Schulferien, genau dort, wo sie hingehört. Jeden Morgen stand die Sonne am Himmel lange bevor sie aus den Federn waren, verhöhnte die dünnen Vorhänge, die schlaff in den Schlafzimmerfenstern hingen, eine Sonne, die bereits brannte und troff vor Versprechungen, bevor auch nur Olivia die Augen aufschlug. Olivia, so zuverlässig wie ein Hahn, erwachte stets als Erste, so dass niemand im Haus sich seit ihrer Geburt vor drei Jahren die Mühe machte, einen Wecker zu stellen.

Olivia war die Jüngste und schlief deshalb zurzeit in dem kleinen rückwärtigen Zimmer mit der Tapete mit den Kinderreimabbildungen darauf, ein Zimmer, das sie alle einmal belegt hatten und aus dem sie der Reihe nach wieder vertrieben worden waren. Olivia, so niedlich wie ein Kätzchen, darin waren sich alle einig, sogar Julia, die lange gebraucht hatte, um darüber hinwegzukommen, dass sie nicht mehr das Nesthäkchen war, eine Position, die sie vor Olivias Ankunft fünf befriedigende Jahre eingenommen hatte.

Rosemary, ihre Mutter, sagte, sie wünschte, Olivia würde

nie älter werden, weil sie so *liebenswert* sei. Sie hatten nie gehört, dass sie dieses Wort auf eine von ihnen angewandt hätte. Sie hatten nicht einmal gewusst, dass ein Wort wie dieses Bestandteil ihres Vokabulars war, das sich normalerweise auf nervtötende Anweisungen beschränkte – *kommt her, geht weg, seid still* und – am häufigsten – *hört auf*. Manchmal tauchte sie in einem Zimmer oder im Garten auf, starrte sie finster an und sagte: *Was immer ihr hier tut, hört auf*, und dann ging sie wieder, ließ sie in dem Gefühl zurück, ungerecht und schlecht behandelt worden zu sein, auch wenn sie sie auf frischer Tat bei irgendeinem Unfug – normalerweise ausgeheckt von Sylvia – ertappt hatte.

Ihr Geschick, Unheil anzurichten, vor allem unter Sylvias unbekümmerter Führerschaft, kannte offenbar keine Grenzen. Die ältesten drei waren (darin stimmten alle überein) »eine Plage«, vom Alter her zu nahe beieinander, als dass ihre Mutter sie hätte unterscheiden können, und sie wurden zu einem kollektiven Kind, dem sie nur schwerlich individuelle Züge zuschreiben konnte und das sie willkürlich bei einem Namen nannte – *Julia-Sylvia-Amelia-wer-immer-du-bist* –, in einem ärgerlichen Tonfall, als wäre es die Schuld ihrer Töchter, dass sie so viele waren. Olivia war für gewöhnlich von dieser entnervten Litanei ausgenommen; Rosemary schien sie nie mit den anderen zu verwechseln.

Sie waren der Ansicht gewesen, dass Olivia die Letzte wäre, die das kleine rückwärtige Zimmer belegte, und dass eines Tages die Kinderreimtapete schließlich abgekratzt und durch etwas Erwachseneres ersetzt würde (von ihrer zermürbten Mutter, denn ihr Vater behauptete, es sei Geldverschwendung, einen Profi zu engagieren) – Blumen oder vielleicht Ponys, alles wäre besser als das Elastoplastrosa des Zimmers, das Julia und Amelia miteinander teilten, eine Farbe, die den beiden auf der Farbpalette so vielversprechend erschienen war und sich auf den Wänden als so beunruhigend erwiesen hatte und die ihre Mutter nicht überstreichen konnte, weil sie weder die Zeit noch das Geld (und erst recht nicht die *Kraft*) dafür hatte.

Jetzt stellte sich heraus, dass Olivia sich dem gleichen Übergangsritus wie ihre älteren Schwestern würde unterziehen und die – ziemlich schlecht ausgerichteten – Humpty-Dumptys und Little Miss Muffets würde verlassen müssen, um Platz zu schaffen für einen *Nachzügler*, dessen Ankunft Rosemary am Tag zuvor beiläufig verkündet hatte, als sie im Garten ein notdürftiges Mittagessen aus Cornedbeef-Sandwiches und Orangensaft austeilte.

»War nicht Olivia der Nachzügler?«, sagte Sylvia zu niemandem im Besonderen, und Rosemary runzelte die Stirn, als bemerkte sie ihre älteste Tochter zum ersten Mal. Sylvia, dreizehn und bis vor kurzem ein leicht zu begeisterndes Kind (manche würden sagen übermäßig enthusiastisch), versprach ein sarkastischer und zynischer Teenager zu werden. Die tölpelhafte, brilletragende Sylvia, deren Zähne seit kurzem in einer hässlichen Spange steckten, hatte fettiges Haar, ein wieherndes Lachen und die langen schlanken Finger und Zehen eines Außerirdischen. Wohlmeinende Menschen nannten sie ein »hässliches Entlein« (sagten es ihr ins Gesicht, als wäre es ein Kompliment; Sylvia fasste es definitiv nicht als solches auf) und stellten sich dabei eine zukünftige Sylvia vor, die ihre Zahnspange abwarf, Kontaktlinsen trug, einen Busen entwickelte und zu einem Schwan erblühte. Rosemary sah den Schwan in Sylvia nicht, vor allem dann nicht, wenn sich ein Stück Cornedbeef in ihrer Zahnspange verfangen hatte. Seit geraumer Zeit wurde sie von einer ungesunden religiösen

Obsession heimgesucht und behauptete, Gott hätte zu ihr gesprochen. Rosemary fragte sich, ob es sich um eine normale Phase handelte, die pubertierende Mädchen durchliefen, ob Gott schlicht eine Alternative zu Popstars oder Ponys war, und sie beschloss, dass es am besten wäre, Sylvias Tête-à-Têtes mit dem Allmächtigen zu ignorieren. Und zumindest waren Gespräche mit Gott umsonst, während der Unterhalt eines Ponys ein Vermögen gekostet hätte.

Und dann diese sonderbaren Ohnmachtsanfälle, die ihr Hausarzt darauf zurückführte, dass Sylvia »schneller wuchs als ihre Kraft« – eine medizinisch zweifelhafte Erklärung, so es je eine gegeben hatte (Rosemarys Meinung nach). Sie beschloss, die Ohnmachtsanfälle ebenfalls zu ignorieren. Wahrscheinlich versuchte Sylvia damit nur, Aufmerksamkeit zu erregen.

Rosemary hatte den Vater ihrer Kinder, Victor, geheiratet, als sie achtzehn Jahre alt war – nur fünf Jahre älter als Sylvia jetzt. Die Vorstellung, dass Sylvia in fünf Jahren erwachsen genug wäre, um zu heiraten, erschien Rosemary lächerlich und bestärkte sie in dem Glauben, dass ihre eigenen Eltern hätten einschreiten und sie davon abhalten sollen, Victor zu heiraten, sie darauf hätten hinweisen müssen, dass sie noch ein Kind war und er ein sechsunddreißigjähriger Mann. Sie ertappte sich häufig dabei, dass sie ihrer Mutter und ihrem Vater am liebsten Vorwürfe gemacht hätte für ihren Mangel an elterlicher Fürsorge, aber ihre Mutter war kurz nach Amelias Geburt an Magenkrebs gestorben und ihr Vater hatte wieder geheiratet und war nach Ipswich gezogen, wo er die meisten Tage bei den Buchmachern und jeden Abend im Pub verbrachte.

Falls Sylvia in fünf Jahren einen sechsunddreißigjährigen Kindsentführer als Verlobten nach Hause bringen sollte, dann, so glaubte Rosemary, würde sie ihm das Herz mit dem Tranchiermesser herausschneiden (insbesondere wenn er behauptete, ein großer Mathematiker zu sein). Dieser Gedanke war so erfreulich, dass die Ankündigung des *Nachzüglers* zeitweilig in Vergessenheit geriet und sie den dreien erlaubte, hinauszulaufen auf die Straße zum Wagen des Eisverkäufers, als dieser seine Ankunft klangvoll kundgab.

Das Sylvia-Amelia-Julia-Trio wusste, dass es so etwas wie einen *Nachzügler* nicht gab und der »Fötus«, wie Sylvia ihn beharrlich nannte (sie interessierte sich für naturwissenschaftliche Fächer), der ihre Mutter so reizbar und lethargisch machte, wahrscheinlich der letzte verzweifelte Versuch ihres Vaters war, einen Sohn zu zeugen. Er war kein Vater, der Töchter liebte, er schien keine von ihnen besonders zu mögen, nur Sylvia gewann gelegentlich seinen Respekt, weil sie »gut in Mathe« war. Victor war Mathematiker und lebte ein hochvergeistigtes Leben, zu dem seine Familie keinen Zutritt hatte. Was ihnen umso leichter fiel, da er kaum Zeit mit ihnen verbrachte: er war entweder im Institut oder im College, und wenn er zu Hause war, schloss er sich in seinem Arbeitszimmer ein, manchmal mit Studenten, aber meistens allein. Ihr Vater ging nie mit ihnen ins Freibad im Park Jesus Green, spielte nie mit ihnen eine aufregende Partie Schnippschnapp oder Mau-Mau, warf sie nie in die Luft und fing sie wieder auf oder schubste sie auf der Schaukel an, er stakte nie mit ihnen über den Fluss oder wanderte über die Wiesen oder machte mit ihnen einen lehrreichen Ausflug ins Fitzwilliam-Museum. Er war mehr eine Absenz als eine Präsenz, und alles, was er war – und nicht war –, repräsentierte sein sakrosanktes Arbeitszimmer.

Sie wären überrascht gewesen, hätten sie gewusst, dass das

Arbeitszimmer einst ein freundliches Wohnzimmer gewesen war, mit Blick auf den Garten hinter dem Haus, ein Zimmer, in dem frühere Bewohner aufs Angenehmste gefrühstückt hatten, in dem die Frauen die Nachmittage mit Nähen und Lesen von Liebesromanen verbrachten und in dem die Familie sich abends versammelte, ein Hörspiel hörte und dabei Karten oder Scrabble spielte. All diese Aktivitäten hatte die frisch verheiratete Rosemary im Kopf, als sie das Haus kauften – 1956, zu einem Preis, der ihre Mittel weit überstieg –, aber Victor beanspruchte den Raum sofort für sich und schaffte es, ihn in einen sonnenlosen Ort zu verwandeln, vollgestopft mit schweren Bücherregalen und hässlichen Aktenschränken aus Eichenholz und nach den filterlosen Capstans stinkend, die er rauchte. Der Verlust des Zimmers war jedoch nichts, verglichen mit dem Verlust des Lebens, mit dem Rosemary es hatte erfüllen wollen.

Was er darin tat, war allen ein Rätsel. Etwas so Bedeutendes, dass sein Familienleben im Vergleich dazu belanglos war. Ihre Mutter behauptete, er sei ein *großer Mathematiker* und arbeite an etwas, was ihn eines Tages *berühmt* machen werde, aber bei den seltenen Gelegenheiten, wenn die Tür offen stand und sie einen Blick auf ihren Vater bei der Arbeit werfen konnten, schien er nichts weiter zu tun, als an seinem Schreibtisch zu sitzen und finster ins Leere zu starren.

Wenn er arbeitete, durfte er nicht gestört werden, vor allem nicht von kreischenden, schreienden, wilden kleinen Mädchen. Die vollkommene Unfähigkeit dieser wilden kleinen Mädchen, das Kreischen und Schreien zu unterlassen (ganz zu schweigen vom Brüllen, Plärren und dem seltsamen Wolfsgeheul, das Victor sich beim besten Willen nicht erklären konnte), sorgte für eine prekäre Beziehung zwischen Vater und Töchtern.

Rosemarys Strafpredigten mochten über sie hinwegschwappen wie Wasser, aber der Anblick des aus seinem Arbeitszimmer stapfenden Victors, wie ein aus dem Winterschlaf geweckter Bär, war auf merkwürdige Weise furchterregend, und obwohl sie sich beständig über alles hinwegsetzten, was ihre Mutter untersagte, wäre es ihnen nicht im Traum eingefallen, das verbotene Arbeitszimmer zu erforschen. Sie wurden in die düsteren Tiefen von Victors Höhle nur vorgelassen, wenn sie Hilfe bei den Mathehausaufgaben brauchten. Für Sylvia war es erträglich, denn sie hatte eine reelle Chance, die verschmierten Bleistiftzeichen zu verstehen, mit denen ein ungeduldiger Victor endlose Seiten linierten Papiers bedeckte, aber was Julia und Amelia betraf, so waren ihnen Victors Gekritzel und Symbole so rätselhaft wie uralte Hieroglyphen. Wenn sie an das Arbeitszimmer dachten – und sie vermieden es, daran zu denken –, dann sahen sie eine Folterkammer vor sich. Victor gab Rosemary die Schuld an ihrer mathematischen Inkompetenz – die Mädchen hatten eindeutig das unzulängliche weibliche Gehirn ihrer Mutter geerbt.

Victors Mutter, Ellen, hatte seine frühe Kindheit versüßt, bevor sie 1924 in eine Irrenanstalt eingeliefert wurde. Victor war damals erst vier gewesen, und es wurde für besser befunden, dass er seine Mutter in einer so verstörenden Umgebung nicht besuchte, was zur Folge hatte, dass er sie sich in seiner Kindheit als tobende Wahnsinnige der viktorianischen Art vorstellte – langes, weißes Nachthemd und wildes Haar, durch die Korridore der Anstalt wandernd, wie ein Kind Unsinn vor sich hin plappernd. Erst sehr viel später fand er heraus, dass seine Mutter nicht »toll geworden« (wie die Familie es nannte), sondern in einer schweren Depression versunken war, nachdem sie ein totes Kind auf die Welt gebracht hatte, und weder tobte noch plapperte, sondern traurig und einsam in einem Zimmer lebte, das mit Fotos von Victor geschmückt war, bis sie an Tuberkulose starb, als Victor zehn war.

Oswald, Victors Vater, hatte seinen Sohn zu diesem Zeitpunkt schon in ein Internat gesteckt, und als Oswald aus Versehen in das eisige Wasser des Südpolarmeers fiel und starb, nahm Victor die Nachricht gefasst auf und wandte sich wieder dem besonders schwierigen mathematischen Problem zu, das er gerade bearbeitete.

Vor dem Krieg war Victors Vater ein Exemplar der geheimnisvollsten und nutzlosesten aller englischen Gestalten gewesen, ein Polarforscher, und Victor war froh, dass er nicht länger dem heldenhaften Vorbild von Oswald Land nacheifern musste, sondern in seinem eigenen, weniger heroischen Gebiet selbst Größe erlangen konnte.

Victor lernte Rosemary kennen, als er in die Unfallstation des Addenbrooke-Krankenhauses kam, wo sie als Schwesternschülerin arbeitete. Er war ein paar Stufen hinuntergestolpert und ungeschickt auf sein Handgelenk gefallen, aber Rosemary erzählte er, dass er Fahrrad gefahren und auf der Newmarket Road von einem Auto »geschnitten« worden sei. »Geschnitten« klang gut in seinen Ohren, es war ein Ausdruck aus der maskulinen Welt, in der er sich niemals würde erfolgreich einrichten können (die Welt seines Vaters), und »Newmarket Road« implizierte (nicht der Wahrheit entsprechend), dass er nicht sein ganzes Leben zurückgezogen in dem begrenzten Areal zwischen St.John's College und dem Mathematikinstitut verbrachte.

Hätte diese zufällige, in jeder Beziehung fatale Begegnung im Krankenhaus nicht stattgefunden, hätte Victor vielleicht nie ein Mädchen hofiert. Er meinte, sich bereits den mittleren Jahren zu nähern, und sein soziales Leben beschränkte sich noch immer auf den Schachclub. Victor empfand nicht wirklich das Bedürfnis nach einer anderen Person in seinem Leben, ja, er fand die Vorstellung, ein Leben mit jemandem »zu teilen«, bizarr. Er hatte die Mathematik, die fast seine ganze Zeit beanspruchte, deswegen wusste er nicht genau, was er mit einer Frau anfangen sollte. Frauen schienen alle möglichen unerwünschten Eigenschaften zu besitzen, vor allem die Neigung zum Wahnsinn, aber auch eine Vielzahl von körperlichen Mängeln – Blut, Sex, Kinder –, die beunruhigend und *anders* waren. Doch irgendetwas in ihm sehnte sich danach, von der Betriebsamkeit und der Wärme umgeben zu sein, die seiner Kindheit gefehlt hatten, und so fand er sich, bevor er überhaupt wusste, wie ihm geschah, als hätte er die Tür zu einem falschen Zimmer geöffnet, Tee trinkend in einem kleinen Häuschen im ländlichen Norfolk wieder, wo Rosemary ihren Eltern schüchtern einen (ziemlich billigen) Verlobungsring mit einem Brillantsplitter vorführte.

Abgesehen von den schnurrbärtigen Gute-Nacht-Wünschen ihres Vaters war Victor der erste Mann, der Rosemary küsste (wenn auch tölpelhaft, er stürzte sich auf sie wie ein See-Elefant). Rosemarys Vater, ein Stellwärter bei der Eisenbahn, und ihre Mutter, eine Hausfrau, waren erstaunt, als sie Victor mit nach Hause brachte. Seine unzweifelhaften intellektuellen Referenzen (die schwarz gefasste Brille, die schäbige Sportjacke, die permanente Zerstreutheit) flößten ihnen Ehrfurcht ein, ebenso die Möglichkeit, dass er ein echtes Genie sein könnte (eine

Möglichkeit, die Victor nicht von der Hand wies), ganz zu schweigen von der Tatsache, dass er sich für ihre Tochter als Gefährtin fürs Leben entschieden hatte – ein stilles, leicht zu beeinflussendes Mädchen, das bislang von nahezu allen übersehen worden war.

Dass er doppelt so alt war wie Rosemary, schien sie überhaupt nicht zu beunruhigen, obschon Rosemarys Vater, ein sehr männlicher Mann, später, nachdem das glückliche Paar wieder aufgebrochen war, seiner Frau gegenüber erwähnte, dass Victor nicht gerade »ein Paradeexemplar von einem Mann« sei. Der einzige Vorbehalt von Rosemarys Mutter bestand darin, dass Victor, obwohl er Doktor war, sich schwer getan hatte, ihr einen Rat bezüglich der Magenschmerzen zu geben, die sie peinigten. An einem mit einem maltesischen Spitzentuch bedeckten und mit Makronen, Teegebäck und Kümmelkuchen beladenen Tisch in die Enge getrieben, meinte Victor schließlich: »Verdauungsprobleme, nehme ich an, Mrs. Vane«, eine Fehldiagnose, die sie erleichtert akzeptierte.

Olivia schlug die Augen auf und starrte zufrieden auf die Tapete mit den Kinderreimen. Jack und Jill quälten sich endlos den Berg hinauf, Jill trug den hölzernen Eimer für den Brunnen, den sie nie erreichen sollte, während an einer anderen Stelle des Berges Little Bo-Peep nach ihren verlorenen Schafen suchte. Olivia sorgte sich nicht sonderlich um das Schicksal der Herde, weil sie ein hübsches Lämmchen mit einem blauen Band um den Hals sah, das sich hinter einer Hecke versteckte. Olivia verstand die Sache mit dem *Nachzügler* nicht wirklich, aber ein Baby wäre ihr recht. Sie mochte Babys und Tiere mehr als alles andere. Sie spürte das Gewicht von Rascal, dem Terrier der Familie, neben ihren Füßen. Es war *strikt verboten*, dass Rascal in den Kinderzimmern schlief, aber jede Nacht schmuggelte die eine oder andere ihn in ihr Zimmer, und bis zum Morgen hatte er für gewöhnlich den Weg zu Olivia gefunden.

Olivia schüttelte sanft Blaue Maus, um sie zu wecken. Blaue Maus war ein schlaffes, schlaksiges Tier aus Frottee. Sie war Olivias Orakel, und Olivia befragte sie beständig zu allem und jedem.

Ein heller Streifen Sonnenlicht wanderte langsam über die Wand, und als er das Lämmchen hinter der Hecke erreichte, stand Olivia auf und steckte die Füße artig in die kleinen rosa Schlappen mit den Kaninchengesichtern und den Kaninchenohren, die Julia unbedingt haben wollte. Keine der anderen zog je ihre Hausschuhe an, und derzeit war es so heiß, dass Rosemary sie nicht einmal mehr dazu bringen konnte, überhaupt Schuhe zu tragen, aber Olivia war ein gefügiges Kind.

Rosemary lag in ihrem Bett, wach, aber mit Gliedern, die sie kaum bewegen konnte, als hätte sich das Mark in ihren Knochen in Bleirohre verwandelt, und versuchte, einen Plan zu schmieden, der verhindern würde, dass die drei anderen Olivias gutes Benehmen korrumpierten. Das neue Baby verursachte Rosemary Übelkeit, und sie dachte, wie wunderbar es doch wäre, wenn Victor plötzlich aus seinem schnarchschweren Schlaf erwachte und zu ihr sagte: »Soll ich dir etwas bringen, Liebes?« Und sie würde sagen: »O ja, bitte, ich möchte Tee – ohne Milch – und eine Scheibe Toast, leicht gebuttert, danke, Victor.« Man hat ja auch schon Pferde kotzen sehen …

Wenn sie nur nicht so fruchtbar wäre. Sie konnte die Pille nicht nehmen, weil sie mit hohem Blutdruck darauf reagierte, sie hatte es mit einer Spirale versucht, aber die blieb nicht an Ort und Stelle, und den Gebrauch von Kondomen betrachtete Victor als Angriff auf seine Männlichkeit. Sie war seine Zuchtstute. Das einzig Gute an der Schwangerschaft war, dass sie keinen Sex mit Victor ertragen musste. Sie behauptete, Sex wäre schlecht für das Baby, und er glaubte ihr, weil er keine Ahnung hatte – keine Ahnung von Babys oder Frauen oder Kindern, keine Ahnung vom *Leben*. Sie war Jungfrau gewesen, als sie ihn heiratete, und von der einwöchigen Hochzeitsreise nach Wales kehrte sie unter Schock stehend zurück. Damals hätte sie ihn selbstverständlich auf der Stelle verlassen sollen, aber Victor hatte bereits begonnen, sie auszulaugen. Manchmal fühlte sie sich, als würde er sie *aussaugen*.

Wenn sie die Kraft gehabt hätte, wäre sie aufgestanden und ins »Gästezimmer« geschlichen, hätte sich auf das harte, schmale Bett mit dem gänseblümchenfrischen, fest unter die Matratze geschobenen Laken gelegt. Das Gästezimmer war wie eine Luftblase im Haus, niemand außer ihr durfte dort atmen, der Teppich wurde nicht von unbedachten Füßen abgetreten. Es spielte keine Rolle, wie viele Babys sie bekam, sie konnte Jahr für Jahr eins werfen wie eine Kuh (obschon sie sich umbringen würde, wenn sie es täte), aber keins von ihnen würde je den makellosen Raum des Gästezimmers in Besitz nehmen. Es war sauber, es war unberührt, es gehörte ihr.

Der Dachboden wäre noch besser. Sie könnte Dielen legen und die Wände weiß streichen und eine Falltür einbauen lassen. Dann könnte sie hinaufsteigen, die Falltür zuziehen wie eine Zugbrücke, und niemand würde sie finden. Rosemary stellte sich vor, wie ihre Familie von Raum zu Raum ging, ihren Namen rief, und musste lachen. Victor ächzte im Schlaf. Aber dann dachte sie an Olivia, die durch das Haus wandern und sie nicht finden würde, und sie bekam Angst, es war wie ein Hieb in die Brust. Sie würde Olivia auf den Dachboden mitnehmen müssen.

Victor befand sich in dem Stadium zwischen Wachen und Schlafen, ein Ort, unbefleckt von den galligen Gefühlen seines alltäglichen Lebens, das er in einem Haus voller Frauen verbrachte, die Fremde für ihn waren.

Olivia, den Daumen im Mund und Blaue Maus in die Ellbogenbeuge geklemmt, tapste über den Flur in Julias und Amelias Zimmer und kletterte zu Julia ins Bett. Julia träumte wild. Das zerzauste Haar klebte ihr schweißnass am Kopf, ihre Lippen bewegten sich unablässig und murmelten unverständlich, während sie mit einem unsichtbaren Ungeheuer kämpfte. Julia war eine unruhige Schläferin: sie redete und wandelte im Schlaf, sie zerwühlte die Laken und wachte auf dramatische Weise auf, starrte mit aufgerissenen Augen auf ein Phantasiebild, das verschwunden war, bevor sie es festhalten konnte. Manchmal war ihr Schlaf so opernhaft, dass sie einen Asthmaanfall heraufbeschwor und in Todesangst erwachte. Julia konnte eine sehr lästige Person sein, meinten Amelia und Sylvia übereinstimmend; sie hatte eine verwirrend quecksilbrige Persönlichkeit – trat und schlug im einen Augenblick zu und gurrte und küsste scheinheilig im nächsten. Als sie kleiner gewesen war, hatte sie die wüstesten Tobsuchtsanfälle, und auch jetzt verging kaum ein Tag, an dem sie nicht wegen irgendetwas einen hysterischen Anfall hatte und beleidigt aus dem Zimmer rauschte. Normalerweise lief ihr Olivia nach und versuchte, sie zu trösten, während alle anderen ungerührt blieben. Olivia schien zu begreifen, dass Julia nichts weiter als Aufmerksamkeit wollte (allerdings schrecklich viel).

Olivia zupfte am Ärmel von Julias Nachthemd, um sie zu wecken, ein Vorgang, der stets längere Zeit in Anspruch nahm. Im Bett daneben war Amelia bereits wach, hielt jedoch die Augen geschlossen, um den letzten Tropfen Schlaf zu genießen. Und außerdem wusste sie, dass Olivia, wenn sie sich schlafend stellte, zu ihr ins Bett kriechen und sich wie ein Äffchen an sie klammern würde, ihre sonnengebräunte Haut heiß und trocken auf ihrer eigenen, der schwammartige Körper von Blaue Maus zwischen ihnen.

Bis zu Olivias Geburt hatte sich Amelia ein Zimmer mit Sylvia geteilt, was trotz vieler Nachteile eindeutig einem gemeinsamen Zimmer mit Julia vorzuziehen war. Amelia fühlte sich zwischen den präzise definierten polaren Gegensätzen von Sylvia und Julia gestrandet, unbestimmt und substanzlos. Gleichgültig, wie viele *Nachzügler* es geben würde, sie spürte, dass sie immer irgendwo in der Mitte verloren wäre. Amelia war ein nachdenklicheres Mädchen als Sylvia und ein Bücherwurm. Sylvia zog Aufregung geordneten Verhältnissen vor (weshalb sie laut Victor nie eine große Mathematikerin werden würde, sondern lediglich eine hinreichende). Sylvia war natürlich verrückt. Sie hatte Amelia erzählt, dass Gott (ganz zu schweigen von Jeanne d'Arc) zu ihr gesprochen hätte. Für den unwahrscheinlichen Fall, dass Gott zu jemandem sprechen sollte, schien Sylvia nicht die erste Wahl.

Sylvia liebte Geheimnisse, und auch wenn sie keine Geheimnisse hatte, sorgte sie dafür, dass man glaubte, sie hätte welche. Amelia hatte keine Geheimnisse, Amelia wusste nichts. Sie hatte vor, wenn sie groß war, alles zu wissen und alles geheim zu halten.

Bedeutete die Ankunft des *Nachzüglers*, dass ihre Mutter sie in einer anderen willkürlichen Zusammensetzung herumjonglieren würde? Mit wem würde Olivia ein Zimmer teilen? Früher hatten sie gestritten, in wessen Bett der Hund schlafen durfte, jetzt stritten sie sich um Olivias Zuneigung. Insgesamt gab es fünf Schlafzimmer, aber eins galt als *Gästezimmer*, obwohl sich keine von ihnen daran erinnern konnte, dass jemals ein Gast im Haus übernachtet hätte. Jetzt sprach ihre Mutter davon, den Dachboden *auszubauen*. Amelia gefiel der Gedanke, ein Zimmer auf dem Dachboden zu haben, fort von allen anderen. Sie stellte sich eine Wendeltreppe und weiß gestrichene Wände vor und ein weißes Sofa, einen weißen Teppich, und in den Fenstern hingen durchscheinende weiße Gardinen. Wenn sie erwachsen und verheiratet wäre, wollte sie ein einziges Kind, ein einziges vollkommenes Kind (das genauso wäre wie Olivia), und in einem weißen Haus leben. Wenn sie sich den Mann vorzustellen versuchte, der mit ihr in diesem weißen Haus leben würde, konnte sie nur einen verschwommenen Fleck heraufbeschwören, den Schatten eines Mannes, der auf der Treppe und im Flur an ihr vorbeiging und sie höflich murmelnd grüßte.

Als Olivia alle geweckt hatte, war es fast halb acht. Sie waren selbst für ihr Frühstück zuständig, abgesehen von Olivia, die auf ein Kissen gesetzt wurde und von Amelia mit Haferflocken und Milch und von Julia mit Toaststücken gefüttert wurde. Olivia gehörte ihnen, sie war ihr Lämmchen, weil ihre Mutter von dem *Nachzügler* erschöpft und ihr Vater ein großer Mathematiker war.

Julia, die sich mit Essen voll stopfte (Rosemary schwor,

dass sich in Julia ein Labrador versteckte), schaffte es, sich mit dem Brotmesser zu schneiden, wurde jedoch daran gehindert, zu heulen und ihre Eltern zu wecken, indem Sylvia ihr die Hand vor den Mund hielt wie eine Chirurgenmaske. Ein blutiger Unfall pro Tag war die Norm. Sie waren die *unfallträchtigsten* Kinder der Welt, gemäß ihrer Mutter, die endlose Fahrten mit ihnen ins Addenbrooke auf sich nehmen musste – Amelia, die sich beim Radschlagen den Arm brach, Sylvia, die sich den Fuß verbrühte (als sie versuchte, eine Wärmflasche zu füllen), Julia, die sich die Lippe spaltete (als sie vom Garagendach sprang), noch einmal Julia, die durch eine Glastür lief – unter den verblüfften und ungläubigen Blicken von Amelia und Sylvia (wie konnte sie sie nicht *sehen*?), und natürlich Sylvia mit ihren merkwürdigen Ohnmachtsanfällen – von der Vertikalen ohne Vorwarnung in die Horizontale, ihre Haut blutleer, ihre Lippen trocken – eine Inszenierung des Todes, verraten nur durch ein leichtes Beben der Augenlider.
Olivia war die Einzige, die gegen diese kollektive Tollpatschigkeit immun war und sich während ihres dreijährigen Lebens nichts Schlimmeres als ein paar blaue Flecke zugezogen hatte. Was die anderen anbelangte, so meinte ihre Mutter, dass sie besser ihre Schwesternausbildung beendet hätte, angesichts der vielen Zeit, die sie im Krankenhaus verbrachte.
Am aufregendsten war natürlich der Tag, an dem sich Julia einen Finger abschnitt (Julia schien sich zu scharfen Gegenständen hingezogen zu fühlen). Julia, damals fünf Jahre alt, schlenderte unbemerkt von ihrer Mutter in die Küche, und Rosemary wurde auf den amputierten Finger erst aufmerksam, als sie im aggressiven Karottenschneiden innehielt, sich umdrehte und eine geschockte Julia sah, die in

sprachlosem Staunen die Hand hochhielt und ihre Wunde zur Schau stellte wie ein heiliges Märtyrerkind. Rosemary warf ein Geschirrtuch über die blutige Hand, packte Julia und rannte zu einer Nachbarin, die sie mit hysterisch kreischenden Bremsen ins Krankenhaus fuhr. Sylvia und Amelia blieb das Problem überlassen, was sie mit dem winzigen bleichen Finger tun sollten, der in der Küche auf dem Linoleum liegen geblieben war.

(Die stets einfallsreiche Sylvia warf den Finger in eine Tüte mit gefrorenen Erbsen, Sylvia und Amelia fuhren mit dem Bus ins Krankenhaus, und Sylvia drückte unterwegs die Tüte an sich, als hinge Julias Leben von den auftauenden Erbsen ab.)

Ihr erstes Vorhaben an diesem Tag bestand darin, am Fluss entlang nach Grantchester zu gehen. Seit Beginn der Ferien hatten sie diesen Ausflug mindestens zweimal wöchentlich gemacht. Wenn Olivia müde wurde, trugen sie sie huckepack. Es war ein Abenteuer, das fast den ganzen Tag in Anspruch nahm, weil es so viel zu erforschen galt – am Ufer des Flusses, auf den Wiesen, sogar in den Gärten anderer Leute. Rosemarys einzige Ermahnung lautete: *Badet nicht im Fluss*, aber sie brachen jedes Mal mit den Badeanzügen versteckt unter den Kleidern und Shorts auf, und kaum ein Ausflug ging vorüber, ohne dass sie sich ausgezogen hätten und in den Fluss gesprungen wären. Sie waren dem *Nachzügler* dankbar, weil er ihre üblicherweise achtsame Mutter in einen höchst sorglosen Vormund verwandelt hatte. Kein anderes Kind, das sie kannten, führte in diesem Sommer eine so riskante Existenz wie sie.

Ein- oder zweimal gab Rosemary ihnen Geld mit, damit sie nachmittags in den Orchard Tea Rooms einkehren

könnten (wo sie nicht zu den beliebtesten Gästen zählten), doch meistens nahmen sie ein hastig zusammengestelltes Picknick mit, das sie regelmäßig verspeisten, bevor sie Newnham hinter sich gelassen hatten. Aber nicht so heute, heute hatte sich die Sonne noch näher an Cambridge herangeschoben und hielt sie im Garten fest. Sie versuchten, energiegeladen zu sein, spielten halbherzig Verstecken, aber niemand fand ein gutes Versteck. Sogar Sylvia gab sich mit nichts Einfallsreicherem als dem Nest aus Timotheusgras hinter den Johannisbeersträuchern am Ende des Gartens zufrieden – Sylvia, die sich einst versteckt hatte und die Rekordzeit von drei Stunden unentdeckt geblieben war (ausgestreckt wie ein Faultier auf einem hohen, glatten Ast der Buche in Mrs. Rains Garten gegenüber) und erst gefunden wurde, nachdem sie schlafend vom Baum gefallen war und sich beim Aufprall auf dem Boden einen Knickbruch im Arm zugezogen hatte. Ihre Mutter hatte eine gewaltige Auseinandersetzung mit Mrs. Rain, die Sylvia wegen unbefugten Betretens ihres Grundstücks verhaften lassen wollte (*blöde Kuh*). Sie schlichen sich oft in Mrs. Rains Garten, klauten die sauren Äpfel von ihren Bäumen und spielten ihr Streiche, weil sie eine Hexe war und es deshalb verdiente, schlecht behandelt zu werden.
Nach einem apathischen Mittagessen bestehend aus Thunfischsalat begannen sie, Rundball zu spielen, aber Amelia stolperte und hatte Nasenbluten, und dann zankten sich Sylvia und Julia, was damit endete, dass Sylvia Julia ohrfeigte, und schließlich waren sie es zufrieden, Gänseblümchenketten zu machen, die sie in Olivias Haar flochten und Rascal um den Hals hängten. Bald war auch das zu anstrengend, und Julia kroch in den Schatten unter den Hortensienbüschen, wo sie neben dem Hund einschlief, während

Sylvia sich mit Olivia und Blaue Maus ins Zelt setzte und ihnen vorlas. Das Zelt, ein uraltes Ding, das die früheren Bewohner des Hauses im Schuppen zurückgelassen hatten, stand seit dem Beginn der Schönwetterperiode auf dem Rasen, und sie wetteiferten miteinander um den Platz unter den verschimmelten Leinwandbahnen, wo es noch heißer und luftloser war als im Garten. Innerhalb von Minuten waren Sylvia und Olivia eingeschlafen, das Buch vergessen.

Amelia lag verträumt und träge von der Hitze auf dem Rücken im heißen, verbrannten Gras und starrte empor in das endlose, wolkenlose Blau, in das nur die riesigen, wie Unkraut im Garten wachsenden Stockrosen ragten. Sie beobachtete die tollkühnen, auf- und abtauchenden Schwalben und horchte auf das angenehme Summen und Brummen der Insektenwelt. Ein Marienkäfer kroch über die sommersprossige Haut ihres Arms. Ein Heißluftballon schwebte gemächlich vorüber, und sie wünschte, sie brächte die Energie auf, um Sylvia zu wecken und ihr davon zu berichten.

Rosemarys Blut floss im Schneckentempo durch ihre Adern. Sie trank ein Glas Leitungswasser an der Küchenspüle und sah aus dem Fenster in den Garten. Ein Heißluftballon flog über den Himmel, bewegte sich wie ein Vogel in der Thermik. Ihre Kinder schienen allesamt zu schlafen. In dieser ungewohnten Stille verspürte sie eine unerwartete Zuneigung zu dem Baby in ihrem Bauch aufwallen. Wenn alle immer schlafen würden, hätte sie nichts dagegen, ihre Mutter zu sein. Außer Olivia, Olivia sollte nicht die ganze Zeit schlafen.

Als Victor ihr vor vierzehn Jahren einen Heiratsantrag

machte, hatte Rosemary keine Ahnung, wie das Leben der Frau eines Collegedozenten aussehen würde, aber sie stellte sich vor, dass sie »Tageskleider« (wie ihre Mutter sie nannte) tragen und zu Gartenpartys am Flussufer gehen und elegant über das üppige Grün der Höfe schlendern würde, während die Leute murmelten: »Das ist die Frau des berühmten Victor Land, ohne sie wäre er nichts.«

Selbstverständlich stellte sich heraus, dass das Leben der Frau eines Collegedozenten nichts mit ihren Vorstellungen gemein hatte. Es gab keine Gartenpartys am Flussufer und ganz gewiss kein Schlendern über die Collegehöfe, in denen das Gras die Verehrung erfuhr, wie sie normalerweise religiösen Gerätschaften zuteil wird. Kurz nach ihrer Heirat war sie mit Victor in den Garten des Rektors eingeladen, wo bald augenfällig wurde, dass Victors Kollegen der Ansicht waren, er hätte (schrecklich weit) unter seinem Stand geheiratet (»Eine Krankenschwester«, flüsterte jemand auf eine Weise, als handele es sich um einen Beruf, der kaum achtbarer war als Straßenmädchen). Es stimmte, Victor wäre nichts ohne sie, aber auch mit ihr war er nichts. In diesem Augenblick plagte er sich in der kühlen Dunkelheit seines Arbeitszimmers ab, die schweren Chenille-Vorhänge gegen die Sommerhitze zugezogen, vertieft in seine Arbeit, Arbeit, die keine Früchte trug, die die Welt nicht veränderte und ihm keinen Namen einbrachte. Er war keine Koryphäe auf seinem Gebiet, sondern lediglich gut. Das verschaffte ihr eine gewisse Befriedigung.

Große mathematische Entdeckungen machte man vor dem dreißigsten Lebensjahr, das war ihr jetzt klar, dank eines Kollegen von Victor. Rosemary war erst zweiunddreißig – sie konnte nicht glauben, wie jung das klang und wie alt es sich anfühlte.

Sie vermutete, dass Victor sie geheiratet hatte, weil er glaubte, sie wäre häuslich – wahrscheinlich hatte er sich vom beladenen Tisch ihrer Mutter täuschen lassen, denn Rosemary hatte nie auch nur einen einfachen Kuchen gebacken, als sie noch zu Hause lebte –, und da sie Krankenschwester war, nahm er zweifellos an, dass sie eine fürsorgliche und aufopfernde Frau war – und damals mochte auch sie dieser Ansicht gewesen sein, aber heutzutage fühlte sie sich nicht in der Lage, auch nur ein Kätzchen zu versorgen, geschweige denn vier, bald fünf Kinder und erst recht nicht einen großen Mathematiker.

Zudem vermutete sie, dass das große Werk ein Schwindel war. Sie sah die Papiere auf seinem Schreibtisch, wenn sie in diesem Loch Staub wischte, und seine Berechnungen ähnelten den intensiven Kalkulationen von Rennverläufen und Gewinnchancen, die ihr Vater anstellte. Victor kam ihr nicht wie ein Spieler vor. Ihr Vater war ein Spieler und hatte ihre Mutter damit in die Verzweiflung getrieben. Sie erinnerte sich, mit ihm als Kind einmal in Newmarket gewesen zu sein. Sie standen neben der Start-Ziel-Linie, und er setzte sie auf seine Schultern. Der Krach der auf der Zielgeraden herandonnernden Pferde machte ihr Angst, und die Zuschauer drehten durch, als würde die Welt untergehen und nicht ein 30:1-Außenseiter mit einer knappen Kopflänge gewinnen. Rosemary konnte sich Victor weder an einem so lebhaften Ort wie einer Pferderennbahn noch in dem verrauchten Chaos eines Wettbüros vorstellen.

Julia kroch unter den Hortensien hervor, verdrossen vor Hitze. Wie sollte Rosemary sie wieder in englische Schulkinder verwandeln, wenn das neue Schuljahr begann? Das Leben im Freien hatte Zigeunerinnen aus ihnen gemacht, ihre Haut braun und verkratzt, ihr sonnenversengtes Haar dick und zerzaust, und sie schienen beständig schmutzig zu sein, gleichgültig, wie oft sie sich wuschen. Eine verschlafene Olivia stand vor dem Zelteingang, und Rosemary verspürte einen kleinen Stich im Herzen. Olivias Gesicht wirkte ungewaschen, ihre gebleichten Zöpfe hingen schief, und es sah aus, als wären tote Blumen hineingeflochten. Sie flüsterte Blaue Maus ein Geheimnis ins Ohr. Olivia war ihr einziges schönes Kind. Julia mit ihren dunklen Locken und der Stupsnase war hübsch, ihr Charakter war es nicht. Sylvia – arme Sylvia, was gab es da zu sagen? Und Amelia war irgendwie … langweilig. Aber Olivia, Olivia bestand aus Licht. Es schien unmöglich, dass sie Victors Kind war, obwohl bedauerlicherweise kein Zweifel daran bestand. Olivia war die Einzige, die sie liebte, obschon Gott wusste, dass sie ihr Bestes tat, um auch die anderen zu lieben. Aber sie tat alles aus Pflichtgefühl, nichts aus Liebe. Die Pflicht brachte einen am Ende um.

Es war ganz und gar nicht richtig, es war, als hätte sie die Liebe, die sie für die anderen empfinden sollte, auf Olivia übertragen, so dass sie ihr jüngstes Kind mit einer Leidenschaft liebte, die nicht immer natürlich schien. Manchmal wollte sie Olivia fressen, in einen zarten Unterarm oder einen weichen Wadenmuskel beißen, ja, sie wie eine Schlange ganz verschlingen und sie wieder in sich aufnehmen, wo sie sicher wäre. Sie war eine schreckliche Mutter, daran gab es keinen Zweifel, aber sie hatte nicht einmal genug Kraft, sich deswegen schuldig zu fühlen. Olivia entdeckte sie und winkte.

Abends hatten sie keinen Appetit und stocherten in dem winterlichen Lammeintopf herum, den zu kochen Rosemary so viel Zeit gekostet hatte. Victor kam, blinzelte im

Tageslicht wie ein Höhlenbewohner, aß seinen Teller leer und bat um mehr, und Rosemary fragte sich, wie er aussehen würde, wenn er tot wäre. Sie schaute zu, wie er aß, die Gabel in einem roboterhaften Rhythmus hob und senkte, seine Hände, so groß wie Paddel, um das Besteck geschlungen. Er hatte die Hände eines Bauern, das war ihr mit als Erstes an ihm aufgefallen. Ein Mathematiker sollte schlanke, elegante Hände haben. Sie hätte es seinen Händen ansehen müssen. Ihr war schlecht, und sie hatte Krämpfe. Vielleicht würde sie das Baby verlieren. Was für eine Erleichterung das wäre.

Rosemary stand unvermittelt vom Tisch auf und verkündete: *Schlafenszeit.* Normalerweise hätte es Widerstand gegeben, aber Julias Atem ging schwer und ihre Augen waren rot von zu viel Sonne und Gras – sie hatte alle möglichen sommerlichen Allergien –, und Sylvia schien eine Art Sonnenstich zu haben, ihr war schlecht und zum Weinen, und sie sagte, der Kopf täte ihr weh, aber das hielt sie nicht davon ab, hysterisch zu werden, als Rosemary sie früh ins Bett schickte.

Fast jeden Abend hatten die ältesten drei sie in diesem Sommer gefragt, ob sie draußen im Zelt schlafen dürften, und jeden Abend antwortete Rosemary mit Nein und erklärte, es sei schlimm genug, dass sie aussähen wie Zigeunerinnen, sie müssten nicht auch noch wie Zigeuner leben und es spiele keine Rolle, dass Zigeuner in Wohnwagen lebten – wie Sylvia nicht müde wurde, klarzustellen. Rosemary tat ihr Bestes, nicht die Kontrolle über ihre Familie zu verlieren, auch wenn kaum Aussicht auf Erfolg bestand mit einem Mann, der bei den täglichen Anforderungen der Mahlzeiten, der Hausarbeit und der Erziehung der Kinder keine Hilfe war und der sie nur geheiratet hatte, um jemanden zu haben, der ihn versorgte. Und sie fühlte sich noch schlechter, als Amelia sagte: »Geht's dir nicht gut, Mami?«, denn Amelia war die am meisten Vernachlässigte von allen. Weshalb Rosemary seufzte, zwei Paracetamol und eine Schlaftablette nahm – wahrscheinlich ein tödlicher Cocktail für das Baby in ihrem Bauch – und zu ihrem am häufigsten vergessenen Kind sagte: »Wenn du willst, kannst du heute Nacht mit Olivia im Zelt schlafen.«

Es war aufregend, aufzuwachen und von taunassem Gras und dem Geruch von Leinwand umgeben zu sein – auf jeden Fall besser als Julias Atem, der über Nacht immer sauer zu werden schien. Olivias undefinierbarer Duft war gerade noch wahrnehmbar. Amelia ließ die Augen gegen das Licht geschlossen. Die Sonne schien schon hoch am Himmel zu stehen, und sie wartete darauf, dass Olivia sie weckte und unter das alte Federbett kroch, das als Schlafsack diente, aber es war Rascal und nicht Olivia, der sie schließlich weckte, indem er ihr das Gesicht leckte.

Von Olivia war nichts zu sehen, nur die leere Hülle der Bettdecke, als wäre sie herausgezogen worden, und Amelia war enttäuscht, dass Olivia aufgestanden war, ohne sie zu wecken. Sie ging barfuß über das taunasse Gras – Rascal folgte ihr auf den Fersen – und versuchte, die Hintertür zu öffnen, die jedoch verschlossen war – offenkundig hatte ihre Mutter nicht daran gedacht, Amelia einen Schlüssel zu geben. Was sind das für Eltern, die ihre eigenen Kinder aussperren?

Alles war still, und es schien noch früh zu sein, aber Amelia wusste nicht wirklich, wie spät es war. Sie fragte sich, ob Olivia irgendwie ins Haus gelangt sein konnte, weil sie im Garten nicht zu finden war. Sie rief ihren Namen und erschrak, als sie das Zittern in ihrer Stimme hörte; ihr war nicht klar gewesen, dass sie sich Sorgen machte, bis sie sich hörte. Lange Zeit klopfte sie an die Hintertür, aber niemand öffnete, und dann lief sie den Weg am Haus entlang – das kleine Gartentor stand offen, ein Grund mehr zur Beunruhigung für Amelia – und auf die Straße, wo sie erneut, lauter: »Olivia!« rief. Rascal, der sich Spaß erhoffte, begann zu bellen.

Die Straße war leer, abgesehen von einem Mann, der in sein Auto stieg. Er warf Amelia einen neugierigen Blick zu. Sie war barfuß und trug einen von Sylvia geerbten Schlafanzug und nahm an, dass sie merkwürdig aussah, aber das war jetzt kaum von Bedeutung. Sie lief zur Vordertür und klingelte, drückte den Finger auf den Knopf, bis – ausgerechnet – ihr Vater die Tür aufriss. Sie hatte ihn offensichtlich geweckt, sein Gesicht war so zerknittert wie sein Schlafanzug, sein wirres Haar stand nach allen Seiten vom Kopf ab, er starrte sie wütend an, als hätte er keinen blassen Schimmer, wer sie war. Und als er sie als eine seiner Töchter erkannte, war er noch verwirrter.

»Olivia«, sagte sie, und diesmal war ihre Stimme nur noch ein Flüstern.

Am Nachmittag spaltete ein Blitz den tief hängenden Himmel über Cambridge und kündigte das Ende der Hitzewelle an. Zu diesem Zeitpunkt war das Zelt im Garten der Mittelpunkt eines Kreises, der im Verlauf des Tages größer und größer geworden war und immer mehr Leute in sich hineingezogen hatte – zuerst die Lands, die durch die Straßen liefen, durch Unterholz und Hecken krochen und Olivias Namen schrien, bis sie heiser waren. Mittlerweile war die Polizei an der Suche beteiligt, und Nachbarn kontrollierten ihre Gärten, Keller und Schuppen. Der Kreis wurde größer, als Polizeitaucher den Fluss absuchten und völlig fremde Menschen freiwillig Wiesen und Wälder durchforsteten. Polizeihubschrauber überflogen bis zu den Grenzen der Grafschaft Dörfer und Felder, Lastwagenfahrer waren dazu aufgerufen, die Augen auf den Autobahnen offen zu halten, und die Armee durchkämmte die Moore, aber niemand – weder Amelia, die im Garten heulte, bis ihr schlecht war, noch die Soldaten, die im Regen auf Händen und Knien über den Midsummer Common krochen – fanden eine Spur von Olivia, kein Haar, keine Hautschuppe, keinen rosa Kaninchenschuh und keine blaue Maus.

2
Fall Nr. 2, 1994 (Vorgeschichte)

Ein ganz normaler Tag

Theo versuchte, häufiger zu Fuß zu gehen. Er war jetzt offiziell »krankhaft fettleibig«, laut seiner neuen mitleidslosen Allgemeinärztin. Theo wusste, dass die neue mitleidslose Allgemeinärztin – eine junge Frau mit einem sehr kurzen Haarschnitt und einer sorglos in einer Ecke der Praxis abgelegten Sporttasche – den Ausdruck benutzte, um ihm Angst einzujagen. Theo hatte sich bislang nicht als »krankhaft fettleibig« betrachtet, sondern als fidel übergewichtig, als eine runde Nikolausgestalt, und er hätte den Rat der Ärztin ignoriert, aber als er nach Hause kam und seiner Tochter Laura von dem Gespräch in der Praxis erzählte, war sie entsetzt und entwarf auf der Stelle einen Trainingsplan und eine Diät für ihn, weswegen er jetzt Spreu mit Magermilch zum Frühstück aß und jeden Morgen die drei Kilometer zu seinem Büro in Parkside zu Fuß ging.

Theos Frau Valerie war an einem postoperativen Blutgerinnsel im Hirn absurd jung mit vierunddreißig Jahren gestorben, vor so langer Zeit, dass er bisweilen kaum mehr glauben konnte, jemals eine Frau gehabt zu haben oder verheiratet gewesen zu sein. Sie war im Krankenhaus gewesen, um sich den Blinddarm herausnehmen zu lassen. Wenn er jetzt darüber nachdachte, war ihm klar, dass er das Krankenhaus oder das Gesundheitsamt wegen Fahrlässigkeit wahrscheinlich hätte anzeigen sollen, aber er war so mit der täglichen Sorge um ihre zwei Töchter beschäftigt gewesen – Jennifer war sieben und Laura erst zwei, als Valerie starb –, dass er kaum Zeit gefunden hatte, um seine arme Frau zu trauern, geschweige denn auf Rache zu sinnen. Wenn die beiden Mädchen ihr nicht so ähnlich gesehen hätten – mehr und mehr, je größer sie wurden –, wäre es ihm nur noch unter Mühen gelungen, mehr als eine vage Erinnerung an seine Frau heraufzubeschwören.

Ehe und Mutterschaft hatten Valerie ernster werden lassen, als es die Studentin gewesen war, der Theo galant den Hof gemacht hatte. Theo fragte sich, ob die Menschen, denen ein früher Tod bestimmt war, eine Ahnung von der Kürze der Stunden hatten, die ihrem Leben eine Intensität, eine Ernsthaftigkeit verlieh wie einen Schatten. Valerie und Theo hatten sich gemocht, es war keine große Leidenschaft gewesen, und Theo wusste nicht, ob die Ehe gehalten hätte, wäre sie nicht gestorben.

Jennifer und Laura waren keine schwierigen Mädchen, und sie hatten es Theo leicht gemacht, ein guter Vater zu sein. Jennifer studierte jetzt in London Medizin. Sie war ein nüchternes, ehrgeiziges Mädchen, das sich nicht viel Zeit für Albernheiten und Spaß nahm, aber das hieß nicht, dass sie nicht zu Mitgefühl fähig gewesen wäre, und Theo konnte sich nicht vorstellen, dass sie eines Tages in einer Arztpraxis säße und einem fetten Kerl, den sie noch nie zuvor gesehen hatte, erklärte, er sei krankhaft fettleibig und solle seinen Arsch mehr bewegen. Das hatte die neue

Ärztin nicht wirklich zu Theo gesagt, aber sie hätte es sagen können.

Wie ihre Schwester war Laura ein organisiertes, kompetentes Mädchen, das die Ziele, die es sich steckte, mit einem Minimum an Aufwand erreichte, aber im Unterschied zu Jennifer hatte Laura einen unbekümmerten Charakter. Das hieß nicht, dass sie nicht ehrgeizig war – sie hatte alle Tauchprüfungen bestanden und wollte bis zu ihrem zwanzigsten Lebensjahr Tauchlehrerin werden. Nächsten Monat sollte sie ihren Führerschein machen, und in den Abschlussprüfungen der Schule rechnete sie mit lauter Einsen. Ein Studienplatz in Meeresbiologie in Aberdeen war ihr sicher.

Für den Sommer hatte sie einen Job in einem Pub in der King Street angenommen, und Theo sorgte sich, bis sie spätnachts nach Hause kam, stellte sich einen Irren vor, der sie in Christ's Pieces vom Rad schlug und ihr unvorstellbare Dinge antat. Er war immens erleichtert, dass sie beschlossen hatte, im Oktober sofort ihr Studium zu beginnen und nicht wie anscheinend alle ihre Freundinnen mit einem Rucksack durch Thailand oder Südamerika zu reisen. Die Welt war ein gefahrvoller Ort. »Um Jenny machst du dir auch keine Sorgen«, sagte Laura, und es stimmte, er machte sich keine Sorgen um Jenny und tat so (vor sich selbst, vor Laura), als läge es daran, dass er Jennys Leben in London nicht verfolgen konnte, aber die Wahrheit war, dass er Jenny nicht so sehr liebte, wie er Laura liebte.

Jedes Mal, wenn Laura das Haus verließ, sich auf ihr Fahrrad schwang, ihren Taucheranzug anzog oder in einen Zug stieg, machte er sich Sorgen. Er machte sich Sorgen, dass ihr, wenn sie bei starkem Wind ausging, ein Stück Mauer

auf den Kopf fallen würde, er machte sich Sorgen, dass sie eine Studentenbude mit einem nicht gewarteten Wasserboiler beziehen und an einer Kohlenmonoxidvergiftung sterben würde. Er machte sich Sorgen, dass ihre Tetanusimpfung nicht erneuert worden war, dass sie ein öffentliches Gebäude betreten könnte, durch dessen Klimaanlage die Legionärskrankheit verbreitet wurde, dass sie für eine Routineoperation ins Krankenhaus müsste und nie wieder nach Hause käme, dass sie von einer Biene gestochen und an einem anaphylaktischen Schock sterben würde (da sie bislang nie von einer Biene gestochen worden war, woher sollte er da wissen, dass sie nicht allergisch darauf reagierte?). Selbstverständlich erwähnte er diese Dinge Laura gegenüber nie, sie wären ihr lächerlich erschienen. Wenn er nur die kleinste Befürchtung äußerte (»Bieg vorsichtig nach links ab, dort ist ein toter Winkel« oder »Schalt das Licht aus, bevor du die Glühbirne wechselst«), lachte Laura ihn aus, sagte, er sei ein altes Weib und könne nicht einmal eine Glühbirne austauschen, ohne eine katastrophale Kette von Ereignissen vorauszusehen. Aber Theo wusste, dass die Reise, die mit einer winzigen, nicht fest genug angezogenen Schraube begann, mit der hoch in der Luft davonfliegenden Frachtraumtür endete.
»Warum machst du dir Sorgen, Papa?«, war Lauras beständige amüsierte Reaktion auf seine Bedenken. »Warum nicht?«, lautete seine unausgesprochene Antwort. Und nach einer bis in die frühen Morgenstunden dauernden Nachtwache zu viel, in der er gewartet hatte, bis sie von der Arbeit im Pub nach Hause kam (obwohl er immer so tat, als schliefe er), erwähnte Theo beiläufig, dass sie im Büro eine Sekretärin brauchten und ob sie nicht aushelfen wolle? Und zu seinem Erstaunen hatte sie kurz nach-

gedacht, zugestimmt und ihr hübsches Lächeln gelächelt (Stunden geduldiger, teurer kieferorthopädischer Arbeit, als sie jünger war), und Theo dachte, danke, lieber Gott, denn obwohl er nicht an Gott glaubte, sprach er oft mit ihm.

Und ausgerechnet an ihrem allerersten Arbeitstag bei Holroyd, Wyre und Stanton (Theo war »Wyre«) würde Theo nicht in der Kanzlei sein, was ihn natürlich wesentlich mehr beunruhigte als Laura. Er musste ins Gericht in Peterborough, ein langweiliger Streit um eine Grundstücksgrenze, die ein örtlicher Anwalt hätte übernehmen sollen, aber der Mandant ließ sich seit langem von Theo vertreten und war erst vor kurzem umgezogen. Laura trug einen schwarzen Rock und eine weiße Bluse und hatte ihr braunes Haar im Nacken zusammengebunden, und er dachte, wie frisch sie aussah, wie hübsch.

»Versprich mir, dass du zu Fuß zum Bahnhof gehst, Papa«, sagte Laura streng, als Theo vom Tisch aufstand, und Theo sagte: »Wenn es sein muss«, aber er wusste, dass er den Zug verpassen würde, wenn er zu Fuß ginge, und dachte, dass er ein Stück gehen und dann ein Taxi nehmen könnte. Er beendete sein kalorienarmes, ballaststoffreiches Viehfutterfrühstück und trank die Tasse mit dem schwarzen Kaffee aus, sehnte sich nach Sahne und Zucker und einem Blätterteiggebäck mit Aprikose und Vanillecreme, das aussah wie ein pochiertes Ei, und er dachte, dass er sich im Bahnhof vielleicht eins kaufen könnte. »Vergiss dein Asthmaspray nicht, Papa«, sagte Laura, und Theo langte zu seiner Jackentasche, um zu beweisen, dass er es dabeihatte. Allein der Gedanke, dass er das Spray nicht bei sich trug, versetzte Theo in Panik, obschon er nicht wusste, warum: wenn er auf einer englischen Straße einen Asthmaanfall hätte,

würde wahrscheinlich die Hälfte der Leute ein Spray aus der Tasche ziehen und ihm reichen.
Er sagte zu Laura: »Cheryl wird dir alles zeigen« – Cheryl war seine Sekretärin – »ich bin vor dem Mittagessen zurück im Büro, vielleicht können wir dann zusammen essen?«, und sie sagte: »Das wäre nett, Papa.« Und dann brachte sie ihn zur Tür, küsste ihn auf die Wange und sagte: »Ich liebe dich, Papa«, und er sagte: »Ich dich auch, Liebes.« Und an der Straßenecke blickte er zurück, und sie winkte ihm immer noch nach.
Laura, die braune Augen und eine blasse Haut hatte, die Pepsi und Chips mit Salz und Essig mochte, die so schlau war, die ihm sonntagmorgens Rühreier machte, Laura, die noch Jungfrau war (er wusste es, weil sie es ihm erzählt hatte, und er war verlegen gewesen), was ihn erheblich erleichterte, obwohl ihm klar war, dass sie nicht immer Jungfrau bleiben würde, Laura, in deren Zimmer ein Aquarium mit tropischen Salzwasserfischen stand, deren Lieblingsfarbe blau war, deren Lieblingsblumen Schneeglöckchen waren, die Radiohead und Nirvana mochte und Mr. Blobby hasste, die *Dirty Dancing* zehnmal gesehen hatte. Und Theo liebte sie mit einer Leidenschaft, die eine Katastrophe war, ein Unheil.

Theo und David Holroyd hatten gemeinsam eine Kanzlei gegründet, kurz nachdem Theo Valerie geheiratet hatte. Jean Stanton schloss sich ihnen ein paar Jahre später an. Alle drei hatten zusammen studiert, und sie wollten eine »engagierte, sozial verantwortungsbewusste« Kanzlei, die mehr als nur den ihr üblichen Anteil an Familienrechts-, Ehescheidungs- und Pflichtverteidigungsfällen übernahm. Ihre guten Absichten waren im Lauf der Jahre schwächer geworden. Jean Stanton fand heraus, dass ihnen Rechtsstreitigkeiten mehr lagen als Fälle von familiärer Gewalt, und ihre politische Einstellung hatte sich von Mitte-links zu Konservativ mit einem großen K verändert, und David Holroyd stellte fest, dass ihm als Anwalt in der fünften Generation in East Anglia notarielle Eigentumsübertragungen im Blut lagen, und so blieb es normalerweise Theo überlassen, »die moralische Fahne hochzuhalten«, wie David Holroyd sich ausdrückte. Die Kanzlei hatte sich erheblich vergrößert; sie hatten drei Juniorpartner aufgenommen und zwei weitere Anwälte eingestellt, und das Büro platzte aus allen Nähten, aber keiner ertrug den Gedanken an einen Umzug.

Das Gebäude war ursprünglich ein Wohnhaus gewesen, insgesamt fünf Stockwerke, von den feuchten Vorratsräumen im Keller bis zu den Dienstbotenkammern auf dem Dachboden, die Zimmer willkürlich aneinander gefügt, aber nichtsdestoweniger ein anständiger Wohnsitz für eine begüterte Familie. Nach dem Krieg war es in Büros und Wohnungen aufgeteilt worden, und jetzt waren nur noch Fragmente und gespenstische Spuren des Inneren übrig – eine dekorative Stuckleiste aus Girlanden und Urnen über dem Schreibtisch, an dem Cheryl arbeitete, und die Ornamente über dem Sims in der Eingangshalle.

Der Salon, auf einer Seite abgerundet und in seiner Zurückhaltung neoklassizistisch, ging hinaus auf Parker's Piece und diente jetzt als Konferenzraum für Holroyd, Wyre und Stanton. Im Winter brannte immer ein echtes Kohlenfeuer im marmornen Kamin, denn David Holroyd war von der altmodischen Sorte. Theo hatte oft im Konferenzraum gestanden und mit seinen Partnern und Angestellten ein Glas Wein getrunken, alle erfüllt von der provinziellen Jovialität beruflich erfolgreicher Menschen. Und Jennifer und Laura waren selbstverständlich seit ihrer Kindheit hier ein und aus gegangen, aber der Gedanke, dass sie heute dort arbeitete, Akten ablegte, holte und hin und her trug, war merkwürdig, und er wusste, wie höflich und zuvorkommend sie wäre, und war stolz, denn die Mitarbeiter im Büro würden zueinander sagen: »Laura ist ein so nettes Mädchen«, wie es die Leute im Allgemeinen immer taten.

Schafe auf den Gleisen. Der Schaffner ließ sich nicht darüber aus, ob es sich um eine Herde oder ein paar versprengte Tiere handelte. Es waren jedenfalls so viele, dass alle im Zug nach Cambridge das Geholper und Gerüttel spürten. Der Zug stand bereits zehn Minuten, als der Schaffner durch die vier Wagen ging, sie über die Schafe informierte und Spekulationen über Kühe, Pferde und Selbstmörder zurückwies. Nach einer halben Stunde stand der Zug immer noch, weswegen Theo annahm, dass es eine Herde gewesen war und nicht ein paar vom Weg abgekommene Tiere. Er wollte nach Cambridge zurück und mit Laura essen gehen, aber das lag »im Schoß der Götter«, wie der Schaffner sich ausdrückte. Theo fragte sich, warum es im Schoß der Götter lag und nicht in der Hand der Götter.
Die Luft im Zug war stickig, und jemand, der Schaffner vermutlich, öffnete die Türen, und die Leute begannen hinauszuklettern. Theo war überzeugt, dass es den Eisenbahnstatuten widersprach, aber neben dem Zug befanden sich ein schmaler Grünstreifen und ein Bahndamm, und es schien ungefährlich – es gab keine Möglichkeit, dass ein anderer Zug so in sie hineinfahren würde, wie ihr Zug in die Schafe gefahren war. Theo stieg vorsichtig und unter

Mühen aus, zufrieden mit sich selbst, weil er dieses Abenteuer auf sich nahm. Er war neugierig, wie Schafe nach einer so hautnahen Begegnung mit einem Zug aussahen. Nachdem er das Gleis ein Stück entlanggegangen war, fand er die Antwort auf diese Frage – Schafteile, wie Fleischstücke mit Wolle darauf, lagen überall verstreut, als hätte ein Rudel Wölfe sie in einem blutigen Massaker zerfleischt. Theo war erstaunt, wie gut er dieses Gemetzel verkraftete, andererseits verglich er Anwälte immer mit Polizisten und Krankenschwestern, wenn es darum ging, sich über den Saustall und die Tragödie des alltäglichen Lebens zu erheben und auf eine gleichgültige Art damit umzugehen. Theo empfand ein seltsames Triumphgefühl: er war mit einem Zug gefahren, der beinahe entgleist wäre, aber nichts Schlimmes war passiert. Seine Chancen (und die Chancen der ihm Nahestehenden), noch einmal einen Zugunfall zu erleben, mussten gesunken sein.

Der Lokführer stand neben dem Zug, blickte verwirrt drein, und als Theo ihn fragte, ob er »okay« wäre, gab er zur Antwort: »Ich hab nur ein Schaf gesehen und gedacht, also, wegen dem muss ich nicht bremsen, und dann« – er fuchtelte dramatisch mit den Armen, als versuchte er, eine sich auflösende Schafherde nachzuahmen – »und dann wurde die Welt weiß.«

Theo war so fasziniert von diesem Bild, dass er für den Rest der Fahrt, die begann, kaum waren sie in einen anderen Zug umgestiegen, darüber nachdachte. Er stellte sich vor, wie er Laura diese Szene beschrieb, und er stellte sich ihre Reaktion vor – entsetzt und zugleich amüsiert. Nach der Ankunft in Cambridge nahm er ein Taxi, stieg auf halbem Weg aus und ging zu Fuß weiter. So käme er zwar noch später, aber Laura würde sich freuen.

Theo blieb eine Minute auf dem Gehsteig stehen, bevor er die steile Treppe zum Büro von Holroyd, Wyre und Stanton im ersten Stock in Angriff nahm. Die Ärztin hatte Recht, Laura hatte Recht, er musste abnehmen. Die Haustür wurde von einem gusseisernen Türstopper offen gehalten.

Jedes Mal, wenn Theo das Gebäude betrat, bewunderte er diese Tür. Sie war glänzend dunkelgrün gestrichen, und Briefschlitz, Türbeschlag und löwenköpfiger Türklopfer waren die originale Ausstattung aus Messing. Das Messingschild auf der Tür, das jeden Morgen vom Putzdienst poliert wurde, verkündete »Holroyd, Wyre und Stanton – Anwälte und Notare«. Theo holte tief Luft und stieg die Treppe hinauf.

Auch die Innentür, die in den Empfangsbereich führte, stand – ungewöhnlicherweise – offen, und sobald Theo eintrat, wusste er, dass etwas Schreckliches geschehen war. Jean Stantons Sekretärin kauerte auf dem Boden, ihre Kleider voll Erbrochenem. Moira, für den Empfang zuständig, telefonierte und diktierte die Adresse der Kanzlei mit hysterischer Geduld. Sie hatte Blut im Haar und im Gesicht, und Theo glaubte, sie wäre verletzt, aber als er ihr zu Hilfe eilen wollte, winkte sie ihn fort, und er meinte, sie würde ihn wegschicken, bis er begriff, dass sie ihn ins Konferenzzimmer zu dirigieren versuchte.

Später setzte Theo die Ereignisse, die diesem Augenblick vorausgegangen waren, wieder und wieder zusammen.

Laura hatte gerade das Formular für einen Grundbucheintrag kopiert, als ein Mann den Empfangsbereich betrat, ein so unauffälliger Mann, dass später kein Einziger bei Holroyd, Wyre und Stanton eine halbwegs anständige Beschreibung seines Aussehens geben konnte. Das Einzige, woran sie sich erinnerten, war, dass er einen gelben Golfpullover trug.

Der Mann schien verwirrt und desorientiert, und als Moira am Empfang sagte: »Kann ich Ihnen behilflich sein, Sir?«, erwiderte er mit hoher, angespannter Stimme: »Mr. Wyre, wo ist er?«, und Moira, beunruhigt vom Verhalten des Mannes, sagte: »Es tut mir Leid, er hat sich im Gericht verspätet. Haben Sie einen Termin? Kann *ich* Ihnen weiterhelfen?«, aber der Mann rannte den Flur entlang auf merkwürdige Art, wie ein Kind, und stürmte ins Konferenzzimmer, wo die Partner eine Besprechung beim Mittagessen abhielten, obschon Theo fehlte, der sich noch auf dem Rückweg vom Bahnhof befand (und die Besprechung vergessen hatte).

Laura war losgeschickt worden, um für die Besprechung Sandwiches zu kaufen – mit Krabbencocktail, Käse und Krautsalat, Roastbeef, Thunfisch und Mais, und eines mit Hühnchen und Salat (ohne Mayonnaise) für ihren Vater, denn er musste wirklich mehr auf sein Gewicht achten, und sie hatte voller Zuneigung gedacht, was für ein Esel er doch war, weil er nicht an die Besprechung gedacht hatte, als er sie heute Morgen zum Mittagessen eingeladen hatte. Sandwiches, Kaffee, Notizblöcke, alles befand sich auf dem Konferenztisch aus Mahagoni (oval wie die Form des Zimmers), aber noch niemand hatte sich an den Tisch gesetzt. David Holroyd stand vor dem Kamin und erzählte einem Juniorpartner von dem »verdammt phantastischen« Urlaub, aus dem er gerade zurückgekehrt war, als der Fremde in den Raum stürzte und von irgendwo, vermutlich unter dem gelben Golfpullover hervor, aber niemand erinnerte sich genau, ein langes Jagdmesser zog und damit durch das dunkle Kammgarn von David Holroyds Austin-Reed-

Anzug, den weißen Popelin seines Charles-Tyrwhitt-Hemds, die tropische Bräune der Haut seines linken Arms und schließlich durch die Arterie im Arm schnitt. Und Laura, die Aprikosenjoghurt mochte und Tee trank, aber keinen Kaffee, die Schuhgröße neununddreißig hatte und Pferde liebte, die Bitterschokolade Milchschokolade vorzog und fünf Jahre lang klassische Gitarre gelernt, aber nie wieder gespielt hatte, und die noch immer traurig war, weil ihre Hündin Poppy im Sommer zuvor überfahren worden war, Laura, die Theos Tochter und beste Freundin war, ließ den Grundbucheintrag fallen und lief hinter dem Mann ins Konferenzzimmer – vielleicht weil sie einen Erste-Hilfe-Kurs absolviert hatte oder weil sie im College einen Selbstverteidigungskurs gemacht hatte, oder vielleicht war es auch nur schlichte Neugier oder Instinkt, niemand konnte wissen, was sie dachte, als sie ins Konferenzzimmer lief, wo der Mann, dieser vollkommen Fremde, sich auf den Fußballen so behände und elegant wie ein Tänzer umdrehte, während seine Hand noch den Bogen vollendete, in dem er David Holroyds Arm durchschnitten hatte und der jetzt auf Lauras Hals traf und ihre Halsschlagader durchtrennte, so dass ein großer Strahl ihres kostbaren schönen Bluts durch das Zimmer schoss.

Wie in einem Traum, wie in Unterwasserzeitlupe hastete Theo den Flur entlang und in das Konferenzzimmer. Er sah Kaffeetassen und Sandwiches auf dem Mahagonitisch und wusste, dass er die Besprechung vergessen hatte. Auf den cremeweißen Wänden waren Blutspritzer, und David Holroyd war wie ein blutiger Sack neben dem Marmorkamin zusammengesunken, während sein eigenes Kind nahe der Tür auf dem Boden lag und schaumige Blutblasen aus dem klaffenden Schnitt in ihrem Hals austraten. Theo hörte, wie jemand unkontrolliert schluchzte und jemand anders sagte: »Warum ist der Krankenwagen noch nicht da?«

Theo ging neben Laura auf die Knie. Cheryl, seine Sekretärin, war über sie gebeugt, widersinnigerweise in Rock und BH. Sie hatte die Bluse ausgezogen und versucht, damit die Blutung von Lauras Wunde zu stillen. Sie hielt die Bluse in der Hand, jetzt ein nasser blutiger Lumpen, und ihre nackte Haut war von Blut befleckt, das in kleinen Rinnsalen zwischen ihren Brüsten versickert war. Das Wort »Blutbad« ging Theo durch den Sinn. Überall war Blut, Theo kniete in einer Blutlache, der Teppich hatte sich mit Blut voll gesogen. Lauras Blut. Das auch sein Blut war. Ihre weiße Bluse war jetzt rot gefärbt. Er konnte das Blut riechen – Kupfer und Salz und die Ranzigkeit einer Metzgerei. Theo fragte sich, ob es eine Möglichkeit gab, seine eigenen Venen und Arterien aufzuschneiden, sein Blut aufzufangen und es seiner Tochter zu übertragen. Und die ganze Zeit betete Theo: »Bitte, lieber Gott, lass sie nicht sterben«, wie ein schreckliches, unaufhörliches Mantra, und er meinte, er könnte verhindern, was geschah, wenn er diese Worte nur immer weiter wiederholte.

Lauras Augen waren halb geöffnet, und Theo war nicht sicher, ob sie tot war oder noch lebte. Er erinnerte sich daran, wie er im Jahr zuvor Poppy am Straßenrand getröstet hatte, nachdem ein Auto die Hündin vor dem Haus überfahren hatte. Es war ein kleiner Terrier, und er hielt sie in den Armen, während sie starb, und sah den gleichen teilnahmslosen Blick in ihren Augen, als sie an einen unerreichbaren, unausweichlichen Ort glitt. Er drückte die Hand auf Lauras Wunde, aber es floss kein Blut mehr, das er hätte aufhalten können, und er nahm stattdessen ihre

Hand, die weich und warm war, und er beugte sich nah an ihr Gesicht und flüsterte ihr ins Ohr: »Alles in Ordnung, Laura«, und dann legte er ihren Kopf in seinen Schoß und streichelte ihr blutverklebtes Haar, und seine Sekretärin, Cheryl, weinte und sagte: »Gott liebt dich, Laura.«

In diesem Augenblick hörte er auf zu beten, in diesem Augenblick wusste er, dass sie tot war, und Theo begriff, dass es nie aufhören würde zu geschehen. Laura würde für immer am Kopiergerät stehen, den unförmigen Grundbucheintrag kopieren, sich fragen, wann ihr Vater zurückkäme oder ob sie eine Mittagspause machen könnte, weil sie am Verhungern war. Vielleicht bedauerte sie es, den Job angenommen zu haben, weil er so langweilig war, aber sie hatte es getan, um ihrem Vater eine Freude zu machen, weil sie ihn gern glücklich sah, weil sie ihn liebte. Laura, die zu einem Ball zusammengerollt schlief, die heißen gebutterten Toast mochte und alle *Indiana-Jones*-Filme, nicht jedoch *Star Wars* gesehen hatte, deren erstes Wort »Hund« gewesen war, die den Regen liebte, aber nicht den Wind, die gern drei Kinder wollte, Laura, die für alle Zeit am Kopiergerät im Parkside-Büro stünde und auf den Fremden wartete und auf sein Messer und darauf, dass die Welt weiß würde.

3
Fall Nr. 3, 1979 (Vorgeschichte)

Alles aus Pflichtgefühl, nichts aus Liebe

Jeden Tag ließ Michelle den Wecker fünf Minuten früher klingeln. Heute Morgen hatte er sie um zwanzig nach fünf geweckt. Morgen wäre es Viertel nach fünf. Sie sah ein, dass sie irgendwann damit aufhören müsste, sonst würde sie früher aufstehen, als sie zu Bett ging. Aber jetzt noch nicht. Sie war dem Baby nur einen Schritt voraus, das in der Morgendämmerung mit den Vögeln erwachte, und die Morgendämmerung und die Vögel setzten um diese Jahreszeit jeden Tag früher ein.

Sie brauchte mehr Zeit, es gab nicht genug. Es war die einzige Möglichkeit, die ihr einfiel, mehr davon zu machen. Nicht gerade machen; wenn man sie aus nichts erschaffen könnte – brandneue Zeit –, das wäre phantastisch. Michelle versuchte, sich Möglichkeiten vorzustellen, wie man etwas so Abstraktes herstellen könnte, aber ihr fielen nur Beispiele aus ihrem eigenen kleinen Haushalt ein – Stricken, Nähen, Backen. Wenn man Zeit stricken könnte, verdammt, ihre Nadeln würden Tag und Nacht klappern. Und was für einen Vorteil sie vor ihren Freundinnen hätte, die alle nicht stricken (oder backen oder nähen) konnten, aber andererseits hatte sich auch keine von ihnen im Alter von achtzehn einen Mann und ein Baby aufgebürdet und ein verdammtes Häuschen am Ende der Welt, das auf allen Seiten von nichts außer dem Horizont umgeben war, so dass sie das Gefühl hatte, der Himmel wäre ein riesiger Stein, der sie zu Boden drückte. Nein, nicht aufgebürdet, sie liebte sie. Wirklich.

Und außerdem, woher sollte sie die Zeit nehmen, um Zeit zu schaffen? Sie hatte keine Zeit. Das war das Problem. Was, wenn sie überhaupt nicht mehr zu Bett ginge? Sie könnte sich selbst einschließen wie jemand in einem Märchen, in ein Zimmer ganz oben in einem Turm, und Zeit wie Gold spinnen. Sie könnte wach bleiben, bis sie so viel Zeit gesponnen hätte, die ihr in goldenen Strängen zu Füßen läge, dass sie ihr für den Rest des Lebens reichen und nie wieder ausgehen würde. Die Vorstellung, in einem Turm zu leben, abgeschnitten von allen und allem, erschien Michelle wie der Himmel auf Erden.

Das Baby war ein Paket, das an die falsche Adresse geliefert worden war, ohne Möglichkeit, es zurückzuschicken oder zurückzugeben. (»Nenn sie bei ihrem Namen«, sagte Keith die ganze Zeit, »nenn sie Tanya, nicht ›es‹.«) Michelle hatte gerade ihre eigene (unbefriedigende) Kindheit hinter sich gelassen, wie sollte sie da Verantwortung für jemand anderen übernehmen? Sie wusste, der Ausdruck dafür hieß »eine Bindung eingehen«, sie hatte es in einem Buch über Babys gelesen (*Ein glückliches Baby,* ha!). Sie war keine Bindung mit dem Baby eingegangen, das Baby hatte sie in Ketten gelegt.

Alle, die gemeint hatten, abzutreiben und die Schule abzuschließen wäre das Vernünftigste in ihrer Situation, hatten schließlich Recht behalten. Und wenn sie die Uhr zurückstellen könnte – was eine andere Möglichkeit wäre, Zeit zu gewinnen –, dann würde sie es tun. Wenn sie das Baby nicht bekommen hätte, würde sie jetzt irgendwo studieren, sie würde saufen wie ein Loch und Drogen nehmen und mittelmäßige Arbeiten über die Wahlrechtsreform von 1832 oder *Die Herrin von Wildfell Hall* abgeben, statt Koriandersamen in eine flache Schale mit Komposterde zu streuen, während sie dem Baby zuhörte, das schrie, wo immer sie es zurückgelassen hatte, als sie das Geplärr nicht mehr ertrug. Im Schlafzimmer wahrscheinlich, so dass das Baby jetzt mit seinem fetten Raupenkörper der Bettkante entgegenrobbte oder an einem elektrischen Kabel kaute oder sich selbst mit einem Kissen erstickte.

Michelle stellte die Schale mit den Samen auf das Fensterbrett in der Küche, wo sie beobachten könnte, wie sie sich einen Weg ans Licht bahnten. Durch das Fenster sah sie die Anfänge ihres Gemüsegartens, ordentliche Erdfurchen und geometrische Formen, abgesteckt mit Erbsenstangen und Schnur. Keith verstand nicht, warum sie einen Gemüsegarten anlegte. »Wir leben auf einem verdammten *Bauernhof«,* hatte er gesagt und dabei die Arme ausgebreitet, so dass er aussah wie eine Vogelscheuche – sie standen gerade auf einem Feld –, »hier gibt es jede Menge Gemüse. Wir dürfen nehmen, was immer wir wollen.« Nein, hier gab es jede Menge *Kartoffeln*, und das war etwas anderes. Und Kohlrüben und Grünkohl – Viehfutter, Bauernfraß. Michelle wollte Zucchini und Spinat und rote Bete. Und Koriander. Und sie wollte Blumen, schöne duftende Blumen, Rosen und Geißblatt und Lilien – reinweiße Lilien, die Art, wie eine Braut oder eine Leiche sie trug.

Auf dem unebenen Feld, auf dem sie sich stritten, wuchs nichts außer Grasbüscheln, über die Michelle wütend schritt und den Kinderwagen vor sich herstieß, so dass das Baby darin hin und her geschleudert wurde wie ein Crash-Test-Dummy. Vor Zorn ging sie so schnell, dass Keith trotz seiner langen Beine zu laufen begann, um mit ihr Schritt zu halten.

»Was ist so schlecht an Kartoffeln?«, fragte er, und Michelle sagte beziehungsweise schrie: »Es ist März, es gibt keine verdammten Kartoffeln, es gibt überhaupt nichts, gar nichts, nichts außer Erde, überall Erde und Regen, es ist wie an der verdammten Somme!«, und er sagte: »Führ dich nicht auf wie eine blöde Königin in einem verdammten Drama!« Und sie dachte, wie lächerlich er mit seinem ländlichen Akzent klang, wie ein Bauerntrampel in einer Fernsehsatire, wie ein verdammter kartoffelfressender Bauer. Michelle hatte ihren Akzent abgelegt, indem sie zuhörte, wie die Leute aus der Mittelschicht im Fernsehen sprachen, wie ihre Lehrer in der Schule sprachen, bis sie so klanglos klang, dass sie von überall stammen konnte. Sie schritt noch schneller aus, bis sie nahezu rannte.

»Und außerdem«, rief er ihr nach, »will ich vielleicht überhaupt keinen verdammten Koriander essen!« Sie blieb abrupt stehen, das Baby im Kinderwagen erlitt ein Schleudertrauma. Sie drehte sich um und sagte: »Aber *ich* vielleicht«, und starrte ihn lange finster an, wünschte, sie hätte die Holzfälleraxt dabei, die Axt, die seinen Schädel wie eine Melone oder einen Kürbis spalten würde. Nein, nicht wie eine Melone, Melonen waren süß und exotisch, nicht langweilig genug für seinen Kopf, und Kürbisse waren ein Gemüse, das in Märchen gehörte. Eine Rübe. Rüben waren ein brutales Bauerngemüse. Und er würde umfallen wie eine kopflose Vogelscheuche, hier auf diesem Feld, und in der Erde versinken und nie wieder gesehen werden, und sie könnte das Baby ihrer Mutter geben und ein anderes Leben zerstören.

Oder vielleicht – eine albtraumhafte Vorstellung – würde er wachsen und sich teilen und multiplizieren, unsichtbar in der Erde, und im Sommer würde er plötzlich sprießen, hunderte von Keiths, tausende, die auf diesem Feld nickten und schwankten wie Sonnenblumen.

Eine Holzfälleraxt – wie unglaublich absurd! Alle anderen hatten Zentralheizung oder zumindest eine Heizung, die von irgendwoher kam, so dass sie keinen Gedanken darauf verschwenden mussten, sie mussten nicht bei jedem Wetter raus und Holz hacken, um Feuer zu machen, und sie mussten nicht stundenlang warten, bis das Feuer einen Boiler erhitzt hatte, damit sie heißes Wasser hatten.

Sie hatten nicht einmal Kohle, weil das Holz umsonst war, vom Gut. Holzfälleräxte waren etwas, was man in Märchen hatte. Vielleicht war es das, was ihr passiert war, sie saß in einem grausamen Märchen fest, und erst wenn sie alle Kartoffeln von den Feldern geklaubt oder alle Bäume im Wald gefällt hätte, wäre sie wieder frei. Oder sie würde lernen, Zeit zu spinnen. Oder ihr Kopf würde explodieren. So viel Plackerei und Schinderei, es war, als wäre sie eine Leibeigene im Mittelalter. Es war *feudalistisch*.

»Lass mich den Kinderwagen schieben«, sagte Keith. »Sonst kriegt Tanya noch einen Gehirnschaden.«

Michelles Wut war plötzlich verraucht; sie war ständig zu müde, um irgendetwas aufrechtzuerhalten, nicht einmal Zorn. Sie gingen jetzt nebeneinander, langsamer, so dass das Baby endlich einschlief – was der Zweck des Spaziergangs gewesen war, vor einer Ewigkeit.

Nach einer Weile legte ihr Keith den Arm um die Schulter, rieb mit dem Kinn über ihr Haar und sagte: »Ich liebe dich, Baby, das weißt du doch, oder?«, und es wäre ein angenehmer Augenblick gewesen, wenn es nicht geregnet hätte und das nervige Baby nicht erneut zu schreien begonnen hätte.

Michelle war in einem chaotischen Haus in Fen Ditton aufgewachsen, einem dieser trostlosen Satellitendörfer, in die die Armen von Cambridge verbannt wurden. Ihr Vater war ein Trinker und eine »Platzverschwendung« laut Michelles Mutter, aber trotzdem blieb sie bei ihm, weil sie nicht allein sein wollte, was erbärmlich war, darin stimmten Michelle und ihre Schwester überein. Auch ihre Mutter trank, aber zumindest wurde sie nicht gewalttätig. Michelles Schwester, Shirley, war fünfzehn und lebte noch zu Hause, und Michelle wünschte, sie würde zu ihr ziehen, aber sie hatten nicht genug Platz. Sie vermisste Shirley, vermisste sie wirklich. Shirley wollte Ärztin werden, sie war sehr schlau, alle sagten, dass sie »etwas aus sich machen« würde. Das hatten sie auch über Michelle gesagt, vor Keith, bevor das nervige Baby geboren war. Jetzt schien es, als hätte sie es geschafft, nichts aus sich zu machen.
Das Häuschen war winzig. Ihr Schlafzimmer war zwischen die Giebel gezwängt, und das Zimmer des Babys war kaum größer als ein Schrank, aber es verbrachte wenig Zeit in seinem Zimmer, in seinem Bettchen, in dem es friedlich schlafen sollte, statt ständig hochgehoben und herumgeschleppt werden zu wollen. Seit der Geburt des Babys hatte sie kein Buch mehr gelesen. Sie hatte es versucht, einen Roman ungeschickt gegen das Kopfkissen gelehnt, während sie stillte, aber das Baby saugte nicht richtig, wenn es meinte, dass ihre Aufmerksamkeit sich auf etwas anderes richtete. Und dann, als sie mit dem Stillen aufhören musste

(Gott sei Dank), weil sie keine Milch mehr produzierte (»Du musst versuchen, dich zu entspannen und das Baby zu genießen«, sagte die Hebamme, aber was *genau* gab es da zu genießen?), hätte sie, um gleichzeitig mit der Flasche, dem Baby und einem Buch zu hantieren, drei Paar Hände gebraucht. Eine weitere Möglichkeit, Zeit zu gewinnen.

Michelle hatte sich während der Schwangerschaft große Mühe gegeben, das Zimmer des Babys einzurichten. Sie hatte die Wände eidottergelb gestrichen und mit einer Schablone Zierstreifen aus Enten und Lämmern angebracht und freundliche, gelbweiße Baumwollvorhänge für das kleine Fenster genäht, so dass das Zimmer wirkte wie eine Schachtel Sonnenschein. Michelle hatte immer alles gemacht, wie es sich gehörte. Von klein auf war sie sauber und ordentlich, und ihre Mutter lachte und sagte: »Ich weiß nicht, von wem sie das hat, von mir jedenfalls nicht.« (Und wie wahr das war.) In der Schule war sie genauso gewesen, ihre Hefte waren nie verkleckst, ihre Illustrationen und Bilder waren immer sauber gezeichnet, alles unterstrichen, eingerückt und mit einem Inhaltsverzeichnis versehen, und sie arbeitete so hart und methodisch, dass ihre Lehrer ihr auch dann gute Noten gaben, wenn die Qualität ihrer Arbeiten nicht den Erwartungen entsprach. Und sie wollte studieren, sich befreien, aber stattdessen hatte sie sich *ablenken* lassen von jemandem, der den niedrigsten Abschluss eines landwirtschaftlichen Colleges hatte, auf einem Gut arbeitete und keinen Pfennig Geld besaß.

Sie begann mit Keith Fletcher auszugehen, als sie sechzehn und er einundzwanzig war, und fast alle, die sie kannte, waren eifersüchtig, weil er älter war und ein Motorrad hatte und ein so unglaublich sexy und hübscher Typ war, mit einem Ohrring und schwarzem Haar und einem anziehenden Lächeln, dass man ihn für einen Zigeuner hätte halten können, was sehr romantisch schien, aber natürlich machten ein Ohrring und ein anziehendes Lächeln noch keinen Zigeuner. Sie machten einen zu überhaupt nichts. Und jetzt hatte er nicht einmal mehr das Motorrad, weil er es verkauft und stattdessen einen alten Lieferwagen angeschafft hatte.

Und damals, als sich Michelle über nichts anderes den Kopf zerbrechen musste, als einen Aufsatz rechtzeitig abzugeben oder ein Paar anständiger Strumpfhosen zu kaufen, damals in der anderen Zeit, als sie jung war, hatte sie geglaubt, dass ein Häuschen auf dem Land auch romantisch wäre, und als sie es zum ersten Mal sah, dachte sie, es wäre das niedlichste, hübscheste Häuschen überhaupt, weil es so klein und so alt war, über zweihundert Jahre alt, erbaut aus Ziegeln mit Mustern aus Flintstein um die Fenster- und Türstürze, und es war einst – ja – das Haus des Försters gewesen, und die Gemeinde hatte es ihnen zur Verfügung gestellt, als sie heirateten. Es war ein an Arbeit auf dem Gut »gebundenes« Häuschen, und Michelle fand das komisch (aber nicht so, dass sie hätte lachen müssen), denn nicht das Häuschen, sondern sie war gebunden.

Sie hatte einen Blick auf eine mögliche Zukunft geworfen – das hübsche Häuschen, ein Garten voller Blumen und Gemüse, Brot im Ofen, eine Schüssel Erdbeeren auf dem Tisch, das glückliche Baby auf ihrer Hüfte, während sie den Hühnern Maiskörner zuwarf. Es wäre wie in einem Roman von Hardy, bevor alles schief läuft.

Als sie heiratete, im sechsten Monat schwanger, brach sie die Schule ab und gab ihren Job in einem Café auf, und Keith sagte: »Ist schon okay, wenn das Baby da ist, kannst du immer noch aufs College gehen und so«, obwohl sie beide wussten, dass sie auf keine gute Universität mehr ginge, sondern auf irgendein mieses Polytechnikum in irgendeiner miesen Stadt (wahrscheinlich Cambridge, Gott steh ihr bei), wo sie einen minderwertigen Abschluss in Betriebswirtschaft oder Hotelmanagement machen würde. Trotzdem dachte Michelle, ja, das werde ich tun, natürlich, aber wenn sie in der Zwischenzeit Ehefrau und Mutter sein würde, dann wie es sich gehörte, weswegen sie den ganzen Tag putzte und schrubbte und buk und kochte und beflissen Bücher über Haushaltsführung las und sich beständig wunderte, wie viele Fähigkeiten und Fertigkeiten notwendig waren, um »ein behagliches Zuhause« zu gestalten – die Patchworkdecken, die man nähen konnte, die Vorhänge, die man kräuseln konnte, die Gurken, die man einlegen konnte, der Rhabarber, den man zu Marmelade verkochen konnte, die Zuckergussglasuren, die man für den Weihnachtskuchen entwerfen konnte – was man spätestens im September tun sollte (um Himmels willen!) –, und zur gleichen Zeit durfte man nicht vergessen, in Töpfen die Blumenzwiebeln zu pflanzen, damit sie an den »Festtagen« blühten, und immer so weiter und so fort, jeden Monat eine Liste von Aufgaben, die Herkules überfordert hätten, und das alles ohne das tägliche Zubereiten der Mahlzeiten, das doppelt schwierig war, seitdem sie das Baby nicht mehr stillte.

Als ihre Mutter sah, dass sie gekochte Karotten pürierte und Brei für das Baby kochte, sagte sie: »Um Gottes willen, Michelle, gib ihr doch einfach ein Gläschen«, aber wenn sie Gläschennahrung kaufte, würde das Baby sie nicht nur zu Hause, sondern überall essen, es war so gierig, wurde fett wie eine Larve. Es war immer hungrig, konnte nicht genug bekommen. Und außerdem wären Gläschen geschummelt, man musste die Dinge machen, *wie es sich gehörte*, obschon auch Shirley, die normalerweise auf ihrer Seite war, sagte: »Michelle, du musst dir nicht wegen allem solche Mühe geben.« Aber sie tat es, weil sie von etwas getrieben wurde, nur wusste sie nicht, was sie trieb, aber sie war sicher, dass sie frei wäre von was immer sie trieb, wenn sie nur eines Tages mit allem fertig wäre. »Du wirst nie alles perfekt hinkriegen, Michelle«, sagte Shirley. »Das ist unmöglich.« Aber das war es nicht, vorausgesetzt, man hatte genug Zeit, um alles perfekt zu machen.

Sie dachte, sie sollte sich ein paar Hühner zulegen und vielleicht eine Ziege wegen der Milch, denn irgendetwas fehlte – vielleicht bräuchte es nur eine fette weiße Wyandotte-Henne, um das Idyll zu ermöglichen. Oder ein Sicilianer-Huhn. Wirklich, Hühner hatten so hübsche Namen – Brahma und Marsh Daisy und Faverolle. Sie hatte ein Buch aus der Bibliothek. Sie hatte das Buch gestohlen, weil sie kaum die Möglichkeit hatte, in die Stadt zu fahren und in die Bibliothek zu gehen. Sie war nicht fürs Stehlen, aber sie war auch nicht dafür, ungebildet zu sein wie ein Bauer. Oder vielleicht eine Ziege – eine LaMancha oder Biondo dell'Adamello. Das Buch über die Ziegen war ebenfalls gestohlen. Das Landleben hatte sie zu einer gemeinen Diebin gemacht. Ziegen hatten lächerliche Namen – Westafrikanischer Zwerg oder Kraftlose Tennessee-Ziege. Vielleicht bräuchte es auch ein perfektes Erdbeerbeet, ein Wigwam aus Kletterbohnen oder eine Reihe Eierkürbisse, und dann würde plötzlich, als hätte sie einen Zauberschlüssel gefunden, alles funktionieren. Sie hatte Keith nichts von der Marsh Daisy oder dem Westafrikanischen Zwerg gesagt, denn obwohl er auf dem Land geboren und aufgewachsen

war, ging er lieber jeden Tag in den Supermarkt, statt Tiere zu halten. Und außerdem sprach er nicht mehr mit ihr, denn jedes Mal, wenn er sich ihr im Bett näherte, stieß sie ihn weg, zeigte ihm die kalte Schulter und dachte, so ist es also, wenn man in jemanden nicht mehr verliebt ist.
Manchmal versuchte Michelle, sich daran zu erinnern, wie es gewesen war, bevor das Baby geboren wurde, als sie noch zu zweit waren und den ganzen Tag im Bett lagen und fiebrigen Sex hatten, der sie vollkommen erschöpfte, und dann Toast mit Marmelade aßen und fernsahen, mit dem kleinen Schwarzweißfernseher am Fuß des Betts, bis Michelle ihn herunterwarf, weil Keith Poolbillard sah (in einem Schwarzweißfernseher, was sollte das?) und das Baby schrie und sie *es einfach nicht mehr ertrug.*
Sie liebte sie, wirklich. Sie konnte es nur nicht mehr spüren.
Sie hatten keine Bindung zueinander, sie waren wie Moleküle, Moleküle, die sich nicht miteinander zu einem stabilen Element verbanden, sondern voneinander abprallten wie Billardkugeln. Sie hätte sich mehr für naturwissenschaftliche Fächer interessieren und nicht die ganze Zeit ihre Nase in Romane stecken sollen. Aus Romanen bezog man eine völlig falsche Vorstellung vom Leben, sie erzählten Lügengeschichten und vermittelten den Anschein, als würde es ein Ende geben, während es in der Wirklichkeit kein Ende gab, sondern immer alles weiter- und weiter- und weiterging.

Und dann stand sie noch früher auf, denn wenn sie aus diesem Schlamassel herauswollte, musste sie fürs Abitur lernen. Wenn sie um vier Uhr morgens aufstand – alles war wundersam still, sogar das Baby und die Vögel –, konnte sie das Abendessen vorbereiten, die Küche putzen, die Wäsche waschen, und dann, wenn sie Glück hatte, konnte sie ihre alten Schulbücher herausholen und ihre Ausbildung dort wieder aufnehmen, wo sie sie abgebrochen hatte. Denn Zeit konnte man nicht machen, das war eine Illusion gewesen. Die Zeit war ein Dieb, der einem das Leben stahl, und die einzige Möglichkeit, es zurückzubekommen, war, sie zu überlisten und es von ihr zurückzustehlen.

Es war ein ganz normaler Tag (normal für Michelle jedenfalls). Es war ein Samstag, und Michelle war seit halb vier Uhr auf und hochzufrieden mit ihrer Strategie. Eine Auflaufform mit Lasagne, ordentlich mit Frischhaltefolie bedeckt, stand im Kühlschrank und wartete darauf, später gebacken zu werden, und sie hatte einen Schokoladenkuchen gemacht – Shirleys Lieblingskuchen, weil ihre Schwester samstags oft den Bus nahm und sie besuchte. Sie hatte drei Kapitel in Mowats *Britain Between The Wars* gelesen und sich Notizen für einen Aufsatz über *König Lear* gemacht. Das Baby war gefüttert, gewaschen und trug die hübsche, weißblau gestreifte OshKosh-Hose, die Shirley gekauft hatte. Michelle putzte die Fenster, während das Baby im Laufstall spielte. Der Himmel war blau, die Brise war frisch, und Michelle entdeckte grüne Sprosse im Gemüsebeet, sogar der Koriander keimte.
Nach einer Weile blickte sie zum Baby und sah, dass es schlief, zusammengerollt wie ein Insekt auf dem Boden des Laufstalls, und Michelle dachte, dass sie die Gelegenheit nutzen und Erdkunde lernen sollte, aber in diesem Moment schlurfte Keith ins Haus mit einem Stapel Holz, das er gerade gehackt hatte, und er ließ es mit lautem Geklap-

per in den Kamin fallen, so dass das Baby erschrocken aufwachte. Automatisch, als hätte man einen Schalter umgelegt, begann es zu schreien, und auch Michelle schrie, sie stand mitten im Raum, ihre Arme hingen schlaff herunter, und schrie, bis Keith ihr ins Gesicht schlug, fest, so dass sich ihre Wange anfühlte, als wäre sie gebrandmarkt worden.
Ihre Kehle war rau vom Schreien, und sie fühlte sich so schwach, als würde sie gleich auf den Boden sinken, und in diesem Augenblick – denn, so war es nun einmal, das alles (abgesehen von der Ohrfeige) passierte nicht zum ersten Mal – hätte sie in Tränen ausbrechen sollen, und Keith hätte sie in den Arm genommen und gesagt: »Ist ja gut, Baby, ist ja gut«, und sie hätte geschluchzt, bis sie sich besser gefühlt hätte, und dann hätten sie das Baby gehätschelt, bis es sich auch besser gefühlt hätte.
Sie hätten mit dem Holz ein Feuer machen können, denn abends war es noch immer kühl, und die Lasagne aufwärmen und irgendeinen Blödsinn in dem neuen Farbfernseher, den sie gekauft hatten, ansehen können. Sie wären mit vollen Bäuchen ins Bett gegangen und hätten sich beim Sex versöhnt und gut geschlafen, so dass sie bereit gewesen wären für einen weiteren Tag in der Tretmühle, und tatsächlich machte Keith eine Bewegung, um sie in den Arm zu nehmen, aber sie spuckte ihn an, was auch etwas Neues war, und dann rannte sie hinaus und zerrte die Axt aus dem Scheit, in dem sie neben dem Sägebock steckte, und rannte damit zurück ins Haus.

Es war sehr kalt, denn das Feuer war natürlich nie angezündet worden. Michelle saß auf dem Boden. Das Baby schlief wieder, es sah so müde aus, wie es immer aussah, wenn es sich in den Schlaf geweint hatte, und hin und wieder stieß es bekümmert auf. Michelle fühlte sich, als befände sich ein Stein in ihr, etwas Hartes und Unnachgiebiges, von dem ihr schlecht wurde. Sie hatte nicht gewusst, dass man sich so elend fühlen konnte. Sie schaute zu Keith, und er tat ihr leid. Wenn man mit der Axt Holz hackte und die Scheite auseinander brachen, dann rochen sie wunderbar, wie Weihnachten. Aber wenn man damit jemandem den Schädel spaltete, dann roch es wie in einem Schlachthof, und der Geruch war stärker als der Duft des wilden Flieders, den sie am Morgen abgeschnitten und ins Haus getragen hatte, doch das war noch in einem anderen Leben gewesen.

Wenn sie einen Wunsch frei hätte – wenn ihre gute Fee (die bislang in ihrem Leben eindeutig nicht über sie gewacht hatte) plötzlich im kalten Wohnzimmer des Häuschens stehen und ihr gewähren würde, was immer sie sich wünschte –, dann wüsste Michelle genau, worum sie bitten würde. Sie würde darum bitten, an den Anfang ihres Lebens zurückkehren und noch einmal ganz von vorn beginnen zu dürfen.

Sie fragte sich, ob sie vom Boden aufstehen und ein bisschen sauber machen sollte, aber sie war so müde, dass sie meinte, genauso gut sitzen bleiben und warten zu können, bis die Polizei käme. Jetzt hatte sie alle Zeit der Welt.

4
Jackson

2004

Jackson schaltete das Radio ein und horchte auf die beruhigende Stimme von Jenni Murray in *Die Stunde der Frau*. Er zündete sich an der Kippe der alten eine neue Zigarette an, weil ihm die Streichhölzer ausgegangen waren und er sich angesichts der Wahl, Kette zu rauchen oder abstinent zu bleiben, für die erste Option entschieden hatte, da er das Gefühl hatte, dass es in seinem Leben bereits Abstinenz genug gab. Wenn er den Zigarettenanzünder im Armaturenbrett richten ließe, müsste er sich nicht durch die Schachtel rauchen, aber es gab so viele andere Dinge am Auto, die repariert werden mussten, und der Zigarettenanzünder stand nicht oben auf der Liste. Jackson fuhr einen schwarzen Alfa Romeo 156, den er vor vier Jahren gebraucht für dreizehntausend Pfund gekauft hatte und der jetzt wahrscheinlich weniger wert war als das Emmelle Freedom Mountainbike, das er seiner Tochter gerade zum achten Geburtstag geschenkt hatte (unter der Bedingung, dass sie damit nicht auf der Straße fahren würde, bis sie mindestens vierzig wäre).

Als er mit dem Alfa Romeo nach Hause gekommen war, hatte seine Frau einen verächtlichen Blick darauf geworfen und gesagt: »Du hast dir also doch ein Polizistenauto gekauft.« Vor vier Jahren fuhr Josie ihren eigenen Polo und war noch mit Jackson verheiratet, jetzt lebte sie mit einem bärtigen Anglistikdozenten zusammen und fuhr seinen Volvo V70 mit einem »Kind an Bord«-Aufkleber auf der Heckscheibe, was sowohl die Dauerhaftigkeit ihrer Beziehung dokumentieren sollte als auch das Bedürfnis des selbstgefälligen Blödmanns, der Welt vorzuführen, dass er das Kind eines anderen Mannes beschützte. Jackson hasste diese Aufkleber.

Er war ein wiedergeborener Raucher, hatte erst vor einem halben Jahr wieder damit angefangen. Fünfzehn Jahre lang hatte Jackson keine Zigarette angerührt, und jetzt war es, als hätte er nie aufgehört. Und das aus keinem Grund. »Einfach so«, sagte er und imitierte vor dem Rückspiegel wenig begeistert Tommy Cooper. Natürlich war es nicht »einfach so« gewesen, nie ist irgendetwas einfach so.

Sie sollte sich besser beeilen. Ihre Haustür blieb beharrlich geschlossen. Sie bestand aus billigem lackiertem Holz mit einem pseudogeorgianischen Fenster und sah genauso aus wie alle anderen Türen der Siedlung Cherry Hinton. Jackson hätte sie eintreten können, ohne ins Schwitzen zu geraten. Josie war spät dran. Ihr Flug ging um eins, und sie sollte mittlerweile unterwegs zum Flughafen sein. Jackson öffnete das Wagenfenster einen Spaltbreit, um Luft herein- und Rauch hinauszulassen. Sie war immer spät dran.

Kaffee taugte nicht dafür, die Langeweile zu vertreiben, außer er wäre bereit, in eine Flasche zu pinkeln, und das war er nicht. Jetzt, da er geschieden war, durfte er Wörter wie »pinkeln« und »scheißen« verwenden – Bestandteile seines Vokabulars, die Josie nahezu ausgemerzt hatte. Sie war Grundschullehrerin und verbrachte den Großteil ihres Arbeitstages damit, das Verhalten fünfjähriger Jungen zu korrigieren. Als sie noch verheiratet waren, kam sie nach Hause und tat abends das Gleiche mit Jackson (»Um Himmels willen, Jackson, benutze das richtige Wort, es ist ein *Penis*«), während sie Pasta kochten und sich durch das beschissene Fernsehprogramm gähnten. Sie wollte, dass ihre gemeinsame Tochter Marlee »die korrekten anatomischen Ausdrücke für Genitalien benutzte«. Jackson wäre es lieber gewesen, Marlee wüchse auf, ohne überhaupt zu wissen, dass es Genitalien gab, geschweige denn, ihn davon in Kenntnis zu setzen, dass sie »gemacht« worden war, als »er seinen Penis in Mamis Vagina steckte«, eine seltsam klinische Beschreibung für ein dringliches, schweißtreibendes, überstürztes Ereignis, das auf einer Wiese irgendwo neben der A 1066 zwischen Thetford und Diss stattgefunden hatte, eine akrobatische Paarung in seinem alten F Reg BMW (320i, zweitürig, definitiv ein Polizistenauto, von ihm sehr vermisst, R.I.P.). Das war in den Tagen gewesen, als es normal war, dass sie ein plötzliches verzweifeltes Bedürfnis nach Sex überkam, und dieser besondere Vorfall war nur deswegen denkwürdig, weil Josie untypischerweise auf Empfängnisverhütung verzichtet hatte.

Für die Folgen (Marlee) machte sie später seine mangelnde Umsicht verantwortlich, aber Jackson war der Ansicht, dass Marlee ein Hauptgewinn war, und außerdem, was hatte Josie denn erwartet, als sie anfing, seinen – und hier wollte er doch anatomisch korrekt sein – Penis zu streicheln, während er nur versuchte, nach Diss zu fahren, aus welchem Grund, war ihm mittlerweile entfallen. Jackson seinerseits wurde während eines Urlaubs in einer Pension in Ayrshire gezeugt, eine Tatsache, die sein Vater unerklärlicherweise stets von neuem amüsant fand.

Er hätte nicht an Kaffee denken sollen, denn jetzt verspürte er einen dumpfen Druck in der Blase. Als *Die Stunde der Frau* vorbei war, schob er Alison Moorers *Alabama Song* in den CD-Spieler, ein Album, das er tröstlich trübselig fand. *Bonjour Tristesse.* Jackson besuchte einen Französischkurs im Hinblick auf den Tag, an dem er alles verkaufen, ins Ausland ziehen und tun könnte, was immer Leute taten, wenn sie sich früh zur Ruhe setzten. Golf? Spielten die Franzosen Golf? Jackson fielen keine Namen französischer Golfspieler ein, und das war ein gutes Zeichen, denn Jackson hasste Golf. Vielleicht könnte er einfach nur Boule spielen und sich totrauchen. Die Franzosen waren gut im Rauchen.

Jackson hatte sich in Cambridge, ganz im Süden Englands, nie zu Hause gefühlt. Er war mehr oder weniger durch Zufall hier gelandet, war einer Freundin gefolgt und bei einer Frau geblieben. Seit Jahren dachte er daran, in den Norden zurückzukehren, aber er wusste, dass er es nicht tun würde. Dort wartete nichts auf ihn, nur schlechte Erinnerungen und eine Vergangenheit, die er nicht ungeschehen machen konnte, und wieso auch, da auf der anderen Seite des Kanals Frankreich ausgebreitet lag wie ein exotischer Fleckenteppich aus Sonnenblumen, Weinstöcken und kleinen Cafés, in denen er den ganzen Nachmittag sitzen, Wein aus der Region und bittere Espressi trinken und Gitanes rauchen könnte, wo alle *Bonjour, Jackson* zu ihm sagen würden, nur dass sie es »Schacksong« ausspräche, und er wäre glücklich. Was das genaue Gegenteil von dem war, wie er sich im Augenblick fühlte.

Unter den jetzigen Bedingungen hieße es natürlich nicht früher Ruhestand, sondern nur Ruhestand. Jackson erinnerte sich, dass Rentner, als er ein Kind war, alte Männer waren, die zwischen ihrem Schrebergarten und dem Pub an der Ecke hin und her wankten. Sie schienen *wirklich* alt zu sein, aber vielleicht waren sie nicht viel älter gewesen als er jetzt. Jackson war fünfundvierzig, fühlte sich aber viel, viel älter. Er befand sich in dem gefährlichen Alter, in dem Männer plötzlich feststellen, dass sie irgendwann sterben werden, unvermeidlicherweise, und dass es nichts gibt, was sie dagegen tun können, aber das hält sie nicht davon ab, es zu versuchen, ob sie nun alles vögeln, was sich bewegt, oder den frühen Bruce Springsteen hören oder ein superschweres Motorrad kaufen (normalerweise eine BMW K 1200 LT und auf diese Weise ihre Chancen, sich ins Jenseits zu befördern, erheblich erhöhen). Dann gab es den Typ, der sich auf dem ausgefahrenen Gleis regelmäßiger alkoholisierter Langeweile wiederfand – die abgelegene und einsame Autobahn des durchschnittlichen Beta-Mannes (die Wahl seines Vaters). Und dann war da noch der Weg, den Jackson gewählt hatte und der zum tagtäglichen Zen eines französischen Hauses führte, mit stuckgeschmückten weißen Wänden, Geranientöpfen auf den Fensterbrettern und einer blauen Tür, von der die Farbe abblätterte, denn wer scherte sich im ländlichen Frankreich schon um die Instandhaltung eines Hauses?

Er hatte im Schatten geparkt, aber die Sonne stand jetzt höher am Himmel, und die Temperatur im Auto wurde allmählich ungemütlich. Sie hieß Nicola Spencer, war neunundzwanzig Jahre alt und lebte in einem ordentlichen Ghetto aus Klinkerbauten. Die Häuser und Straßen sahen in Jacksons Augen alle gleich aus, und wenn er auch nur einen Augenblick die Orientierung verlor, landete er in einem Bermudadreieck identischer, nicht eingezäunter Rasenflächen. Jackson hatte ein nahezu unvernünftiges Vorurteil gegen Wohnsiedlungen. Dieses Vorurteil stand in direktem Zusammenhang mit seiner Exfrau und seiner Exehe. Josie hatte unbedingt ein Haus in einer Neubausiedlung gewollt und sich als eine der Ersten für ein Leben in Cambourne eingetragen, dieser neu angelegten, disneyhaften »Gemeinde« außerhalb von Cambridge mit einem Kricketfeld auf der »traditionellen« Dorfwiese und dem »als römischen Themenpark gestalteten Spielplatz«. Josie hatte darauf bestanden, dass sie einzogen, als die Straße noch eine Baustelle war, und das Haus mit praktischen modernen Möbeln einrichteten, sie hatte Viktoriana als überladen abgetan und ein Übermaß an Teppichen und Vorhängen als »erstickend« zurückgewiesen. Doch jetzt bewohnte sie den »alten Trödelladen« von David Lastingham – ein viktorianisches Reihenhaus, vollgestopft mit antiken Möbeln, die er von seinen Eltern geerbt hatte, jede verfügbare Fläche mit Deckchen belegt, überall Volants und Vorhänge. (»Bist du sicher, dass er nicht schwul ist?«, hatte Jackson Josie gefragt, nur um sie zu ärgern – der Kerl ließ sich schließlich verdammt noch mal die Hände maniküren –, und sie hatte gelacht und gesagt: »Er hat keine Probleme mit seiner Männlichkeit, Jackson.«)

Jackson spürte, wie sein Kiefer wieder zu schmerzen begann. Derzeit sah er seine Zahnärztin öfter als seine Frau im letzten Jahr ihrer Ehe. Seine Zahnärztin hieß Sharon und war, was sein Vater »gut gebaut« genannt hätte. Sie war sechsunddreißig und fuhr einen BMW Z3, was nach Jacksons Ansicht ein Friseusenauto war, trotzdem fand er sie sehr attraktiv. Leider war es nicht möglich, eine Beziehung mit jemandem zu haben, der eine Gesichtsmaske, eine Schutzbrille und Handschuhe trug, um ihn zu berühren. (Oder mit jemandem, der in seinen Mund schaute und murmelte: »Rauchen Sie, Jackson?«)

Er schlug eine veraltete Ausgabe des *Nouvel Observateur* auf und versuchte sie zu lesen, weil seine Französischlehrerin gesagt hatte, dass sie in die französische Kultur eintauchen sollten, auch wenn sie sie nicht verstanden. Hin und wieder sah er ein Wort, dessen Bedeutung er kannte, und überall stieß er auf wie mit der Schrotflinte verteilte Konjunktive – wenn es je eine unnötige Zeitform gegeben hatte, dann den französischen Subjonctif. Sein Blick schweifte schläfrig über die Seite. Dieser Tage verbrachte er viel Zeit mit Warten, etwas, wozu er vor zwanzig Jahren nicht fähig gewesen wäre, was er jetzt jedoch als nahezu angenehm empfand. Nichts zu tun war erheblich produktiver, als die Leute dachten. Jackson hatte seine bedeutendsten Einsichten oft, wenn er vollkommen untätig zu sein schien. Er langweilte sich nicht, er zog sich nur in eine Art Nichts zurück. Manchmal dachte er, dass er gern in ein Kloster gehen würde, dass er sich zum Asketen eignete, zum Eremiten, zum Zenmönch.

Jackson hatte einmal einen Juwelier verhaftet, einen alten Mann, der mit Diebesgut hehlte, und als Jackson seine Werkstatt betrat, saß dieser in einem alten Lehnsessel, rauchte Pfeife und betrachtete einen Stein auf seinem Arbeitstisch. Ohne ein Wort zu sagen, nahm er den Stein und legte ihn Jackson in die Hand, als wäre er ein Geschenk. Jackson erinnerte das an seinen Biologielehrer in der Schule, der einem Kind etwas gab – ein Vogelei, ein Blatt – und es sich von ihm erklären ließ statt umgekehrt. Es war ein dunkler Eisenstein, der aussah wie versteinerte Baumrinde, und in der Mitte befand sich ein Streifen milchiger Opal, wie ein dunstiger Sommerhimmel während der Morgendämmerung. Ein berüchtigt schwierig zu bearbeitender Stein, erklärte der alte Mann Jackson. Seit zwei Wochen betrachte er ihn jetzt, sagte er, noch einmal zwei Wochen, und er wäre bereit, ihn zu schneiden, und Jackson erwiderte, in zwei Wochen säße er irgendwo in einem Untersuchungsgefängnis, aber der Mann hatte einen guten Anwalt, kam auf Kaution frei und mit einer Bewährungsstrafe davon.

Ein Jahr später erhielt Jackson ein Paket, adressiert an das Polizeirevier. Es befand sich kein Schreiben darin, nur eine kleine Schachtel, und in einem mit mitternachtsblauem Samt ausgeschlagenen Nest lag ein Opalanhänger, eine kleine Scheibe Himmel. Jackson wusste, dass der alte Mann ihm damit eine Lektion erteilte, aber er brauchte viele Jahre, um sie zu verstehen. Er bewahrte den Anhänger für Marlees achtzehnten Geburtstag auf.

Nicolas Mann, Steve Spencer, war überzeugt, dass sich seine Frau »einen Liebhaber genommen« hatte – so drückte er sich aus, und in Jacksons Ohren klang es taktvoll und höflich, wohingegen die meisten argwöhnischen Ehegatten, die sich an ihn wandten, dazu neigten, ihrem Misstrauen mit unfeineren Worten Luft zu verschaffen. Steve war der nervöse paranoide Typ, und er verstand nicht, wie es ihm gelungen war, Nicola an Land zu ziehen, weil sie »so toll« war. Jackson wusste, was toll bedeutete, und die Nicola Spencers dieser Welt fielen nicht in diese Kategorie, obwohl ihm einleuchtete, dass man versucht war, sich »einen Liebhaber zu nehmen«, wenn man mit Steve Spencer verheiratet war. Steve war Apotheker und schien keine Hobbys oder Interessen außer Nicola zu haben. Sie war »die einzige Frau auf der Welt« für ihn. Jackson glaubte nicht, dass es eine Person auf der Welt gab, für die man bestimmt war. Und wenn es doch so wäre, dann würde sie bei dem

Glück, das er immer hatte, in einem Reisfeld mitten in China arbeiten oder wäre eine verurteilte Mörderin auf der Flucht.

Wenn sie nicht arbeitete, ging Nicola Spencer ins Fitnessstudio, zum Einkaufen zu Sainsbury (und einmal, aus keinem erfindlichen Grund, zu Tesco), besuchte ihre Mutter, eine Freundin namens Louise oder eine Freundin namens Vanessa. Vanessa war Teil eines verheirateten Paares – Vanessa und Mike –, die zugleich Freunde von »Steve und Nicola« waren. Louise und Vanessa kannten einander nicht, soweit Jackson das beurteilen konnte. Nicola fuhr zudem regelmäßig zur Tankstelle, naheliegenderweise um zu tanken, und manchmal kaufte sie in dem dazugehörigen Shop Milch, fast immer Schokolade und eine Ausgabe von *Hello!* oder *Heat*. Sie war auch in einem Gartencenter gewesen, um Pflanzen zu kaufen, die sie umgehend im Garten einsetzte und dann zu gießen vergaß, so wie sie aussahen, als Jackson auf den Gartenzaun stieg, um nachzusehen, was *chez* Spencer oder, genauer gesagt, *au jardin* Spencer vor sich ging.

In den letzten vier Wochen war Nicola außerdem in einem riesigen Baumarkt gewesen, wo sie einen Schraubenzieher und ein Taschenmesser kaufte, bei Habitat, wo sie eine Tischlampe erwarb, bei Top Shop wegen eines weißen T-Shirts, bei Next wegen einer weißen Bluse, bei Boots (zweimal wegen Kosmetik und Toilettenartikeln und einmal wegen eines Rezepts für Ponstan), bei Robert Sayle's wegen zweier blauer Gästehandtücher und bei einem Fischstand auf dem Markt, wo sie (teuren) Seeteufel kaufte für ein Essen mit dem bereits erwähnten befreundeten Paar, Vanessa und Mike, das Steve Spencer später als »Katastrophe« bezeichnete. Nicola war offenbar keine gute

Köchin. Alles in allem führte sie ein verdammt langweiliges Leben, außer sie erlebte etwas unglaublich Interessantes, wenn sie den Servierwagen durch den Gang der Economy-Class ihrer Fluglinie schob. War es das, was mit Josie passiert war, als sie sich David Lastingham »nahm«, hatte sie sich mit Jackson so gelangweilt, dass sie es nicht mehr ertrug? Sie lernte ihn auf einer Party kennen, auf einer Party, zu der Jackson nicht gegangen war, weil er Dienst hatte, und die beiden hatten »versucht, ihre Gefühle unter Kontrolle zu halten«, aber sie hatten es offenbar nicht heftig genug versucht, denn innerhalb von sechs Monaten legten sie sich bei jeder verfügbaren heimlichen Gelegenheit flach, und jetzt durfte David Lastingham seinen Penis in Mamis Vagina stecken, wann immer er Lust dazu hatte.

Josie hatte so bald wie möglich die Scheidung eingereicht. Unheilbare Zerrüttung der Ehe – als wäre es allein seine Schuld und als würde sie nicht eine Schwuchtel mit Spitzbart vögeln. (»David«, sagte Marlee nicht halb so enttäuscht, wie Jackson es gern gehört hätte, »ist in Ordnung, er kauft mir Schokolade, und er macht gute Pasta.« Der Magen seiner Tochter war über eine sechsspurige Autobahn mit ihrem Herzen verbunden. »Ich koche auch gute Pasta«, sagte Jackson, hörte, wie kindisch es klang, und es war ihm gleichgültig. Jackson hatte jemanden, den er kannte, dazu gebracht, nachzusehen, ob David Lastingham als pädophil registriert war. Für alle Fälle.)

Jackson rauchte die letzte Zigarette. Nicola hatte, während Jackson Wache hielt, nichts Verdächtiges getan; wenn sie eine Affäre hatte, dann musste sie sich weit weg von zu Hause abspielen – alle diese Übernachtungen in Mittelklassehotels, warme Abende und billiger Alkohol boten die perfekten Bedingungen, um schlechtes Benehmen zu begünstigen. Jackson hatte versucht, Steve zu erklären, dass er Jackson einen Flug mit Nicola würde bezahlen müssen, wenn er wirklich herausfinden wollte, was los war, aber Steve war nicht gerade erpicht darauf, Jackson einen, wie Steve es zu sehen schien, kostenlosen Urlaub im Ausland zu finanzieren. Jackson dachte, er würde vielleicht trotzdem fliegen und dann eine kreative Rechnung stellen, ein Hin- und Rückflug zu nahezu jedem Ort in Europa konnte mühelos unter der Sammelbezeichnung »diverse Unkosten« verschwinden. Vielleicht würde er warten, bis sie nach Frankreich flog, und sich anhängen. Jackson wollte keinen Urlaub, er wollte ein neues Leben. Und er wollte nichts mehr mit Nicola Spencer und ihrer langweiligen Existenz zu tun haben.

Als sich Jackson vor zwei Jahren als Privatdetektiv niederließ, hatte er nicht erwartet, dass es sich um einen glamourösen Beruf handelte. Er war zwölf Jahre lang bei der Polizei von Cambridgeshire gewesen und davor in der Militärpolizei, er hatte also keine Illusionen, wie es in der Welt zuging. Den Tragödien anderer Menschen, ihrem Schlamassel und Missgeschick auf die Spur zu kommen war alles, was er konnte. Er war es gewöhnt, ein Voyeur zu sein, der Außenseiter, der hineinblickte, und nichts, rein gar nichts, was irgendjemand tat, überraschte ihn. Doch trotz allem, was er gesehen und getan hatte, war in Jackson der Glaube erhalten geblieben – ein kleiner, angeschlagener und verletzter Glaube –, dass es seine Aufgabe war, den Menschen zu helfen, statt sie für ihre Fehltritte zu bestrafen.

Er verließ die Polizei und eröffnete die Detektei, nachdem sich seine Ehe vor seinen eigenen Augen in Luft aufgelöst hatte. »Was ist mit deiner Pension?«, sagte Josie zu ihm. »Was soll damit sein?«, sagte Jackson, eine unbekümmerte Einstellung, die er allmählich bereute.

Die Aufträge, die er übernahm, waren größtenteils entweder lästig oder langweilig – für Prozesse ermitteln, jemandes Vergangenheit ausleuchten, zweifelhafte Geldforderungen aufklären und hin und wieder einen betrügerischen Handwerker ausfindig machen, für den die Polizei keine Zeit hatte. (»Ich habe ihm im Voraus dreihundert Pfund für Material gegeben und ihn dann nie wieder gesehen.« Wer hätte das gedacht.) Nicht zu vergessen die verschwundenen Katzen.

Als wäre es das Stichwort, klingelte Jacksons Handy, eine blecherne Version der *Carmina Burana*, ein Klingelton, der exklusiv Binky Rain vorbehalten war (»Binky« – was für ein Name sollte das sein?). Binky Rain war Jacksons erste Klientin als Privatdetektiv gewesen, und er nahm an, dass er sie nie wieder loswerden würde, bis er in Rente ging, und auch dann konnte er sich vorstellen, dass sie ihm nach Frankreich folgte, streunende Katzen im Schlepptau wie der Rattenfänger von Hameln. Sie war eine Katzenfrau, die Sorte verrückte alte Schachtel, die ein offenes Haus für jeden feliden Faulpelz in Cambridge hatte.

Binky war über neunzig und die Witwe eines »Peterhouse-Mitglieds«, eines Philosophiedozenten (»Don«, wie sie hier genannt wurden; und obwohl Jackson schon vierzehn Jahre in Cambridge lebte, musste er bei diesem Wort immer noch an die Mafia denken). »Dr. Rain« – Julian – ruhte seit langem im großen Lehrerzimmer des Himmels. Binky war im kolonialen Afrika aufgewachsen und behandelte Jackson wie einen Dienstboten, so wie sie auch alle anderen behandelte. Sie lebte in Newnham, auf dem Weg nach Grantchester Meadows, in einem einstöckigen Haus, das einst ein ganz normaler Zwischenkriegsklinkerbau gewesen sein musste, das Jahre der Vernachlässigung jedoch in ein zugewachsenes schauriges Horrorhaus verwandelt hatten. Es wimmelte von Katzen, hunderte von den verdammten Viechern. Jackson wurde schon ganz anders, wenn er nur an den Geruch dachte – Katzenurin, das Gespritze der Kater, Untertassen mit Katzenfutter auf jeder freien Fläche, das billige Zeug, das aus den Tierteilen gemacht wurde, die sogar Fastfoodketten verschmähten. Binky Rain hatte kein Geld, keine Freunde und keine Familie, ihre Nachbarn mieden sie, und doch hielt sie mühelos die Fassade aristokratischer Arroganz aufrecht, wie ein Flüchtling aus einem alten Regime lebte sie willentlich ein Leben in Armut. Binky Rain war genau die Sorte Person, deren Leiche wochenlang unentdeckt in ihrem Haus lag, nur dass ihre Katzen sie wahrscheinlich aufgefressen hätten, wenn man sie endlich fände.

Ihr Anliegen, der Grund, warum sie sich ursprünglich an Jackson gewandt hatte, war, dass jemand ihre Katzen stahl. Jackson konnte nicht feststellen, ob tatsächlich Katzen verschwanden oder ob sie es nur glaubte. Sie hatte diesen Tick mit schwarzen Katzen. »Jemand nimmt sie mit«, sagte sie auf ihre knappe, bestimmte Art, ihr Akzent so anachronistisch wie alles andere an ihr, ein Rest, ein Überbleibsel aus einer anderen Zeit, aus einem anderen Ort, die lange schon der Geschichte angehörten. Die erste Katze, die verschwand, war eine schwarze (shwarze) Katze namens Nigger – und Binky Rain fand das völlig in Ordnung! So genannt nicht nach einem schwarzen (shwarzen) Mann, belehrte sie ihn verächtlich, als ihm das Kinn herunterfiel, sondern nach Captain Scotts Katze auf der *Discovery*. (Ging sie wirklich durch die stillen Straßen von Newnham und rief: »Nigger!«? Bitte nicht, lieber Gott.) Ihr Schwager war ein treuer Anhänger des Scott Polar Research Institute in der Lensfield Road gewesen und hatte einen Winter in einem Camp auf dem Eis des Ross Schelfs verbracht, weswegen Binky offenbar eine Expertin für antarktische Polarforschung war. Scott war »ein Dummkopf«, Shackleton »ein Schürzenjäger« und Peary »ein Amerikaner«, eine Eigenschaft, die ausreichte, um ihn für untauglich zu erklären. Die Art, wie Binky über Polarexpeditionen sprach (»Pferde! Nur ein Idiot nimmt Pferde mit!«), strafte die Tatsache Lügen, dass die aufregendste Reise, die sie selbst in ihrem Leben unternommen hatte, die Fahrt von Kapstadt nach Southampton in der ersten Klasse der *Dunnottar Castle* im Jahr 1938 gewesen war.

Jacksons bester Freund, Howell, war schwarz, und als er ihm erzählte, dass eine von Binkys Katzen Nigger hieß, brüllte er vor Lachen. Howell stammte aus Jacksons Zeit bei der Armee, als sie zusammen als Rekruten angefangen hatten. Howell lachte und ahmte die alte weiße Dame auf verstörende Weise nach, verstörend, weil Howell einen Meter fünfundneunzig groß und der schwärzeste Mann war, den Jackson jemals gesehen hatte. Nach seiner Entlassung war Howell in seine Geburtsstadt Birmingham zurückgekehrt, wo er derzeit als Türsteher eines großen Hotels arbeitete, ein Job, der von ihm verlangte, eine lächerliche Phantasieuniform zu tragen – einen königsblauen Mantel mit goldenen Tressen und, noch lächerlicher, einen Zylinder. Howell war eine so imposante Gestalt, dass er in diesem Lakaienoutfit nicht würdelos, sondern seltsam distinguiert wirkte.

Auch Howell musste in einem gefährlichen Alter sein. Was

unternahm er dagegen? Es musste mehr als ein halbes Jahr vergangen sein, seitdem sie miteinander gesprochen hatten. So verlor man Menschen, kleine Nachlässigkeiten – und sie glitten einem durch die Finger. Jackson vermisste Howell. Irgendwie hatte Jackson es geschafft, nicht nur seine Frau und sein Kind zu verlieren, sondern auch seine Freunde. (Hatte er andererseits außer Howell Freunde gehabt?) Vielleicht füllten die Leute deswegen ihre Häuser mit stinkenden Katzen, damit sie nicht merkten, dass sie allein waren, damit sie nicht starben, ohne dass es einem lebenden Wesen auffiel. Jackson hoffte, dass es ihm nicht so ergehen würde. Er würde in Frankreich sterben, in einem Liegestuhl, im Garten, nach einem guten Essen. Vielleicht wäre Marlee zu Besuch, mit ihren Kindern, damit Jackson sah, dass ein Teil von ihm in der Zukunft weiterleben würde, dass der Tod nicht das Ende von allem war.

Jackson ließ Binky auf die Mailbox sprechen und hörte sich dann ihre gebieterische Stimme an, die ihn anwies, sie so schnell wie möglich aufzusuchen »in einer dringenden Angelegenheit« bezüglich »Frisky«.

In den zwei Jahren, die er sie kannte, hatte Binky Rain ihn nicht bezahlt, aber das hielt er nur für fair, denn er hatte in diesen zwei Jahren seinerseits keine ihrer verschwundenen Katzen gefunden. Er betrachtete seine Besuche bei ihr vor allem als soziale Dienstleistung. Niemand sonst besuchte die arme alte Schachtel, und Jackson legte eine Toleranz für ihre Eigenarten an den Tag, die ihn selbst überraschte. Sie war ein alter Nazistiefel, aber man musste ihre Energie bewundern. Warum glaubte sie, dass die Leute ihre Katzen stahlen? Jackson dachte an Vivisektion – die übliche paranoide Vorstellung von Katzenliebhabern –, aber nein, laut

Binky stahlen sie sie, um Handschuhe daraus zu machen. (Shwarze Handshuhe, natürlich.)

Jackson überlegte, ob er die verspätete Nicola aufgeben und Binkys Ruf folgen sollte, als die Haustür aufflog. Jackson rutschte auf dem Fahrersitz nach unten und tat so, als würde er sich auf den *Nouvel Observateur* konzentrieren. Er konnte aus fünfzig Metern Entfernung erkennen, dass Nicola schlecht gelaunt war, wobei das mehr oder weniger ihr Standardzustand war. Sie sah aus, als würde sie schwitzen, bis obenhin zugeknöpft in ihrer hässlichen Uniform. Die Uniform brachte ihre Figur nicht zur Geltung, und in den Pumps, die sie trug – Schuhe wie die der Königin –, wirkten ihre Knöchel dick. Nur wenn sie joggte, war Nicola nicht geschminkt. *Au naturel.* Sie rannte, als würde sie für einen Marathon trainieren. Jackson lief auch – fünf Kilometer jeden Morgen, um sechs aus dem Bett, auf die Straße, nach der Rückkehr einen Kaffee, bevor die meisten aufgestanden waren. Das machte die Armeeausbildung aus einem. Die Armee, die Polizei und eine kräftige Dosis schottisch-presbyterianischer Gene. (»Immerzu läufst du, Jackson«, sagte Josie. »Wenn du immer weiterläufst, kommst du zu deinem Ausgangspunkt zurück – das versteht man unter Krümmung des Raums, wusstest du das?«)

Nicola sah in ihrer Laufkleidung viel besser aus. In ihrer Uniform ähnelte sie einer alten Frau, aber wenn sie durch das Straßenlabyrinth der Siedlung lief, wirkte sie athletisch und kraftvoll. Zum Laufen trug sie eine Jogginghose und ein altes Blue-Jays-T-Shirt, das sie in Toronto gekauft haben musste, obwohl sie in der Zeit, in der Jackson sie beobachtete, nicht über den Atlantik geflogen war. Sie war dreimal in Mailand gewesen, zweimal in Rom und jeweils einmal in Madrid, Düsseldorf, Perpignan, Neapel und Faro.

Nicola stieg in ihren Wagen, ein kleiner mädchenhafter Ford Ka, und startete wie eine Rakete in Richtung Stanstead. Jackson fuhr normalerweise nicht gerade langsam, aber Nicola legte furchterregende Geschwindigkeiten vor. Er dachte daran, der Verkehrspolizei einen Tipp zu geben, wenn der Fall abgeschlossen wäre. Jackson hatte eine Zeit lang bei der Verkehrspolizei gearbeitet, bevor er zur Kripo kam, und manchmal hätte er Nicola am liebsten angehalten und verhaftet.

Sein Telefon klingelte erneut, als der Verkehr sich in einer Warteschleife um Stanstead verlangsamte. Diesmal war es seine Sekretärin Deborah, die ihn anfuhr: »Wo sind Sie?«, als sollte er eigentlich woanders sein.

»Mir geht's gut, danke, wie geht es Ihnen?«

»Jemand hat angerufen, Sie könnten bei ihr vorbeischauen, solange Sie noch auf den Beinen sind.« Deborah sagte »auf den Beinen«, als wollte Jackson sich betrinken oder eine Frau aufgabeln.

»Wollen Sie mich nicht noch weiter aufklären?«, fragte er.

»Nein«, sagte Deborah. »Irgendwas von wegen irgendwas suchen.«

Nachdem Nicola am Flughafen angekommen war, verlief alles Weitere routinemäßig. Sie parkte ihren Wagen und ging in den Terminal. Jackson sah ihr nach, bis sie außer Sichtweite war. Anschließend suchte er die Toilette auf, trank einen doppelten Espresso, der gegen die Hitze des Tages nicht half, kaufte Zigaretten, las die Überschriften in einer Zeitung, die er nicht kaufte, und fuhr dann wieder los.

Als Nicolas Flugzeug nach Prag steil in den Himmel über der flachen Landschaft aufstieg, ging Jackson den Weg zu einem großen Haus in der Owlstone Road entlang, in erschreckender Nähe von Binky Rains Klinkerbau. Die Tür wurde von einer irgendwo in den Vierzigern gestrandeten Frau geöffnet, die Jackson über ihre Lesebrille hinweg anblinzelte. Akademikerin, dachte er.

»Mrs. Land?«, fragte Jackson.

»Miss Land«, sagte sie. »Amelia Land. Danke, dass Sie gekommen sind.«

Amelia Land kochte grauenhaften Kaffee. Jackson spürte bereits die ätzende Wirkung in seinem Magen. Sie ging durch die verschmutzte Küche auf der Suche nach Keksen, obwohl Jackson zweimal bekundet hatte, dass er keine wolle, danke. Schließlich zog sie eine Schachtel feuchter, verdauungsfördernder Kekse aus den Tiefen eines Schranks, und Jackson aß einen, um sie glücklich zu machen. Der Keks war wie weicher alter Sand in seinem Mund, aber Amelia Land schien zufrieden, dass sie ihre Pflichten als Gastgeberin erfüllt hatte.

Sie wirkte sehr zerstreut, sogar leicht verrückt, aber seitdem er in Cambridge lebte, hatte sich Jackson an die Universitätstypen gewöhnt, obschon sie meinte, sie würde »in Oxford leben, nicht in Cambridge, das ist eine *völlig* andere Stadt«, und Jackson dachte, ja, gut, sagte jedoch nichts. Amelia Land plapperte etwas von blauen Mäusen, und als er vorsichtig zu ihr sagte: »Fangen Sie ganz von vorn an, Miss Land«, fuhr sie mit dem Blaue-Mäuse-Thema fort und sagte, das sei der Anfang und »bitte, nennen Sie mich Amelia«. Jackson seufzte lautlos und dachte, dass diese Geschichte einer Menge guten Zuredens bedürfte.

Ihre Schwester kam herein, verschwand, tauchte erneut auf, mit so etwas wie einer alten Puppe in der Hand. Man hätte die beiden nie für Schwestern gehalten, die eine groß und dick, ergrauendes Haar, das sich aus einer Art Knoten löste, die andere klein und kurvenreich und – Jackson kannte auch diese Sorte – zum Flirten bereit mit allem, was männlichen Geschlechts war und noch atmete. Die Kleine hatte knallrot geschminkte Lippen und trug Secondhandkleidung, schichtenweise nicht zusammenpassende exzentrische Kleidungsstücke, ihr Haar wild und willkürlich aufgetürmt und von einem Bleistift gehalten. Sie waren beide für kaltes Wetter und nicht für den schwülen Tag draußen angezogen. Jackson verstand warum – er hatte gefröstelt, als er über die Schwelle in die winterliche Düsternis des Hausinneren trat und den Sonnenschein hinter sich ließ.

»Unser Vater ist vor zwei Tagen gestorben«, sagte Julia, als handelte es sich um ein alltägliches lästiges Ereignis. Jackson blickte zu der Puppe auf dem Tisch. Sie bestand aus schmuddeligem Frottee und hatte lange dünne Arme und Beine und den Kopf einer Maus. Und sie war blau. Allmählich dämmerte es ihm. Er nickte. »Eine blaue Maus«, sagte er zu Amelia.

»Nein, *die* Blaue Maus«, sagte sie, als wäre der Unterschied lebenswichtig. Auf Amelia Lands Stirn hätte »ungeliebt« tätowiert sein können. Sie war angezogen, als hätte sie vor zwanzig Jahren zum letzten Mal Kleidung gekauft, und das ausschließlich bei Laura Ashley. Sie erinnerte ihn an alte Fotografien von Fischverkäuferinnen – klobige Schuhe und Wollstrumpfhose, eine Art Trachtenrock aus Kordsamt und um die Schultern ein Tuch, das sie fest um sich zog, als friere sie. Kein Wunder, dachte Jackson, hier war es *baltisch*. Es war, als hätte das Haus ein eigenes Klima.

»Unser Vater ist gestorben«, sagte Amelia schroff, »vor zwei Tagen.«

»Ja«, sagte Jackson vorsichtig, »das hat Ihre Schwester gerade gesagt. Mein Beileid«, fügte er beiläufig hinzu, denn es war nicht zu übersehen, dass es keiner von beiden sonderlich leid tat.

Amelia runzelte die Stirn und sagte: »Was ich meine, ist …« Sie blickte Hilfe suchend zu ihrer Schwester. Das war das Problem mit Akademikern, dachte Jackson, nie sind sie in der Lage zu sagen, was sie meinen, und die Hälfte der Zeit meinen sie nicht, was sie sagen.

»Lassen Sie mich raten«, sagte er hilfsbereit. »Ihr Vater ist gestorben …« Beide nickten heftig, als wären sie erleichtert, dass Jackson das verstanden hatte. »Ihr Vater ist gestorben«, fuhr er fort, »und Sie haben damit angefangen, Ihr altes Elternhaus auszuräumen …« Er zögerte, weil sie etwas unsicher dreinblickten. »Das ist doch Ihr altes Elternhaus?«

»Ja«, sagte Julia. »Es ist nur« – sie zuckte die Achseln – »es klingt so *warm*, wissen Sie. ›Altes Elternhaus.‹«

»Tja«, sagte Jackson, »wie wäre es, wenn wir die drei Wörter von aller emotionalen Bedeutung befreien und sie wie zwei Adjektive und ein Substantiv behandeln. Altes. Eltern. Haus. Richtig oder falsch?«

»Richtig«, gab Julia widerwillig zu.

»Streng genommen«, sagte Amelia und starrte aus dem Küchenfenster, als spräche sie mit jemandem im Garten, »ist ›Eltern‹ natürlich kein Adjektiv. ›Elterlich‹ wäre das Adjektiv.«

Jackson beschloss, dass es am besten wäre, weiterzumachen, als hätte sie nichts gesagt. »Sie standen Ihrem alten Herrn also nicht nahe?«, sagte er zu Julia.

»Nein, das taten wir nicht«, sagte Amelia, wandte sich ihm zu und bedachte ihn mit ihrer ganzen Aufmerksamkeit. »Und wir haben das in einer verschlossenen Schublade in seinem Arbeitszimmer gefunden.« Wieder die blaue Maus. Die Blaue Maus.

»Und die Bedeutung von ›Blaue Maus‹?«, fragte Jackson. Er hoffte, sie hatten nicht gerade herausgefunden, dass ihr alter Herr ein Stofftierfetischist gewesen war.

»Haben Sie schon einmal von Olivia Land gehört?«, fragte Julia.

»Kommt mir bekannt vor«, sagte Jackson. Äußerst vage bekannt. »Eine Verwandte?«

»Sie war unsere Schwester«, sagte Amelia. »Sie ist vor vierunddreißig Jahren verschwunden. Sie wurde entführt.«

Entführt? Oh, bitte keine Entführung durch Außerirdische, sonst wäre sein Tag gelaufen. Julia nahm eine Schachtel Zigaretten und bot ihm eine an. Sie tat es auf eine Weise, als würde sie ihn zum Sex auffordern. Er spürte die Missbilligung der Schwester, aber ob sie das Nikotin oder den Sex missbilligte, konnte er nicht sagen. Wahrscheinlich beides. Er lehnte die Zigarette ab – er würde nie vor einem Klienten rauchen –, aber er atmete tief ein, als Julia sich eine anzündete.

»Sie wurde aus einem Zelt im Garten entführt«, sagte Julia.

»Aus einem Zelt?«

»Es war Sommer«, sagte Amelia scharf. »Kinder schlafen im Sommer in Zelten.«

»So ist es«, sagte Jackson milde. Irgendwie hatte er das Gefühl, dass Amelia Land bei ihrer Schwester im Zelt gewesen war.

»Sie war erst drei Jahre alt«, sagte Julia. »Sie wurde nie gefunden.«

»Sie kennen den Fall wirklich nicht?«, fragte Amelia. »Er hat damals ziemliches Aufsehen erregt.«

»Ich bin nicht aus der Gegend«, sagte Jackson und dachte an all die Mädchen, die während der letzten vierunddreißig Jahre verschwunden sein mussten. Aber was die Land-Schwestern anging, gab es natürlich nur eine. Er fühlte sich plötzlich zu melancholisch und zu alt.

»Es war sehr heiß«, sagte Amelia, »eine Hitzewelle.«

»So wie jetzt?«

»Ja. Wollen Sie sich denn nichts notieren?«

»Würde es Sie glücklich machen?«, sagte er.

»Nein«, fuhr Amelia ihn an.

Gesprächstechnisch waren sie offenbar in eine Sackgasse geraten. Jackson schaute auf Blaue Maus. »Spur« stand in Großbuchstaben darauf. Jackson versuchte, die Punkte miteinander zu verbinden. »Mal sehen«, setzte er an. »Sie gehörte Olivia, und sie hatte sie bei sich, als sie entführt wurde? Und nach dem Tod Ihres Vaters taucht sie plötzlich wieder auf? Und Sie haben die Polizei nicht informiert?«

Sie runzelten beide die Stirn. Es war komisch, denn obwohl sie völlig unterschiedlich aussahen, war ihre Mimik die gleiche. Jackson nahm an, dass man das unter »flüchtiger Ähnlichkeit« verstand.

»Über was für hervorragende Fähigkeiten, Schlussfolgerungen zu ziehen, Sie verfügen, Mr. Brodie«, sagte Julia, und es war schwer zu entscheiden, ob sie es ironisch meinte oder versuchte, ihm zu schmeicheln. Sie hatte diese rauchige Stimme, die klang, als wäre sie permanent erkältet. Männer schienen das bei einer Frau sexy zu finden, was Jackson seltsam erschien, denn Frauen mit so einer Stimme klangen weniger wie Frauen und mehr wie Männer. Vielleicht war es etwas Schwules.

»Die Polizei hat sie *damals* nicht gefunden«, sagte Amelia und ignorierte Julia, »und sie wird sich *jetzt* nicht dafür interessieren. Und vielleicht ist es ja gar keine Sache für die Polizei.«

»Sondern eine Sache für mich?«

»Mr. Brodie«, sagte Julia sehr freundlich, zu freundlich. Sie verhielten sich wie der gute und der böse Polizist. »Mr. Brodie, wir möchten nur wissen, warum Victor Olivias Blaue Maus hatte.«

»Victor?«

»Papa. Es scheint einfach …«

»Nicht in Ordnung?«, sprang Jackson ihr bei.

Jackson wohnte jetzt in einem gemieteten Haus, weit weg vom Cambourne-Ghetto. Es war eigentlich nur ein Häuschen, in einer Reihe ähnlicher kleiner Häuser, in einer Straße, die sich einst auf dem Land befunden haben musste. Zu einem Bauernhof gehörige Häuser wahrscheinlich. Zu welchem Bauernhof sie auch gehört haben mochten, das Gelände war längst mit viktorianischen Häuserreihen für die Arbeiter bebaut. Heutzutage kosteten in der Gegend sogar Reihenhäuser, die ohne Vorgarten direkt auf die Straße hinausgingen, ein Vermögen. Die Armen zogen hinaus nach Milton oder Cherry Hinton, aber jetzt wurden dort sogar die städtischen Siedlungen von den Universitätstypen aus der Mittelschicht (und den Nicola Spencers dieser Welt) kolonisiert, was den armen Leuten gewaltig auf den Geist gehen musste. Die Armen mochten immer in unserer Nähe sein, aber Jackson fragte sich, wo sie heutzutage tatsächlich lebten.

Als ihn Josie für die nichtehelichen Wonnen mit David Lastingham verließ, hatte Jackson daran gedacht, in ihrem ehelichen Lego-Haus wohnen zu bleiben. Dieser Gedanke beschäftigte ihn ungefähr zehn Minuten, bevor er einen Makler anrief und es verkaufen ließ. Nachdem sie den Erlös geteilt hatten, hatte Jackson nicht mehr genug Geld, um ein neues Haus zu kaufen und deswegen dieses Haus gemietet. Es war das letzte der Reihe, auf der heruntergekommenen Seite, und die Mauern zum Nebenhaus waren so dünn, dass er jeden Furz und jedes Katzenmiauen von nebenan hörte. Die Ausstattung war billig, und das Haus hatte eine so unpersönliche Atmosphäre wie eine enttäuschende Ferienwohnung, was Jackson merkwürdig erholsam fand.

Als er aus dem Haus auszog, in dem er mit seiner Frau und seiner Tochter gelebt hatte, ging Jackson in jedes Zimmer, um zu kontrollieren, dass sie nichts dagelassen hatten, außer ihrem gemeinsamen Leben natürlich. Im Badezimmer roch er noch immer Josies Parfum – L'Air du Temps –, ein Duft, den sie schon getragen hatte, lange bevor er sie kennen lernte. Jetzt benutzte sie Joy von Patou, das David Lastingham ihr geschenkt hatte, ein so altmodischer Duft, dass sie wie eine andere Frau wirkte, die sie natürlich auch war. Die Josie, die er gekannt hatte, hatte alle weiblichen Attribute der Generation ihrer Mutter zurückgewiesen. Sie war eine miserable Köchin, nannte nicht einmal einen Nähkorb ihr Eigen, aber sie erledigte alle kleineren Reparaturen in ihrem Schachtelhaus. Einmal sagte sie zu ihm, Frauen würden schon längst die Welt regieren, wenn sie endlich gelernt hätten, dass Dübel nicht die geheimnisvollen Objekte waren, für die sie sie hielten. Jackson hatte den Eindruck, dass sie die Welt bereits regierten, und als er den

Fehler beging, es auch auszusprechen, musste er sich einen statistischen Vortrag über globale Frauenpolitik anhören – »Zwei Drittel der Arbeit auf der Welt werden von Frauen geleistet, Jackson, aber ihnen gehört nur ein Zehntel des Vermögens auf der Welt – siehst du darin ein Problem?« (Selbstverständlich tat er das.) Jetzt war sie allerdings zu einer Retro-Frau geworden, eine Art Frau von Stepford, die Brot buk und einen Strickkurs besuchte. Stricken! Sollte das ein Witz sein?

Als er in das gemietete Haus zog, kaufte er sich eine Flasche L'Air du Temps und versprühte sie in dem winzigen Bad, aber es war nicht dasselbe.

Amelia und Julia hatten ihm ein Foto gegeben, ein kleines, quadratisches verblasstes Farbfoto aus einer anderen Zeit. Es war eine Großaufnahme von Olivia, die in die Kamera lächelte, alle ihre kleinen regelmäßigen Zähne waren zu sehen. Sommersprossen auf der Stupsnase und das Haar zu kurzen Zöpfen geflochten, gebunden mit grünweißen Baumwollbändern. Die Farben des Fotos waren vergilbt. Sie trug ein zu den Bändern passendes Kleid, die Smokarbeit teilweise verdeckt von der blauen Maus, die sie an die Brust drückte. Jackson sah, dass sie die blaue Maus für das Foto posieren ließ, er hörte sie fast sagen, sie solle lächeln, aber ihre Züge, die mit schwarzer Wolle aufgestickt waren, waren damals so ernst wie heute, nur dass die Zeit der blauen Maus ein halbes Auge und ein Nasenloch gestohlen hatte.

Es war das gleiche Foto, das auch in den Zeitungen erschienen war. Jackson hatte sich auf dem Nachhauseweg die Mikrofiches angesehen. Seiten über Seiten über die Suche nach Olivia Land, die Geschichte zog sich über

Wochen, und Amelia hatte Recht gehabt – das große Thema vor Olivia war die Hitzewelle gewesen. Jackson versuchte, sich vierunddreißig Jahre zurückzuerinnern. Er war damals elf Jahre alt gewesen. War es heiß gewesen? Er hatte keine Ahnung. Er konnte sich nicht an elf erinnern, wichtig war nur, dass er noch nicht zwölf gewesen war. Alle Jahre, bevor er zwölf wurde, erstrahlten in einem unbefleckten, makellosen Licht. Nach zwölf war es dunkel.
Er hörte seinen Anrufbeantworter ab. Eine Nachricht von seiner Tochter, Marlee, die sich beschwerte, dass ihre Mutter sie nicht zu einem Openairkonzert in Parker's Piece gehen ließ »und könntest du mit ihr reden, bitte, bitte?« (Marlee war acht, sie würde auf keinen Fall zu einem Openairkonzert gehen); eine weitere »Frisky«-Nachricht von Binky Rain und eine Botschaft von seiner Sekretärin, Deborah Arnold, die ihn beschimpfte, weil er nicht mehr ins Büro gekommen war. Sie rief von zu Hause an, er konnte zwei ihrer flegelhaften Teenager im Hintergrund über dem Krach von MTV hören. Deborah musste schreien, um ihn davon in Kenntnis zu setzen, dass »ein Theo Wyre« versuchte, ihn zu kontaktieren, sie wusste nicht, worum es sich handelte, außer dass »er etwas verloren zu haben schien«. Der Name »Theo Wyre« klang überraschend vertraut, aber er wusste nicht, wo er ihn unterbringen sollte. Das Alter, vermutete er.
Jackson holte sich ein Tiger-Bier aus dem Kühlschrank, zog seine Stiefel aus (Magnum Stealths, die einzigen Stiefel, die für Jackson in Frage kamen), legte sich auf das unbequeme Sofa und langte zu seinem CD-Spieler (das Gute am Leben in einem winzigen Haus war, dass er fast alles erreichen konnte, ohne aufstehen zu müssen) und legte Trisha Yearwoods *Thinkin' About You*-Album von 1995

auf, das aus irgendeinem Grund nicht mehr auf dem Markt war. Trisha mochte Mainstream sein, aber das hieß nicht, dass sie nicht gut war. Sie verstand Schmerz. Er schlug *Eine Einführung in die französische Grammatik* auf und versuchte, sich auf die korrekte Bildung der Vergangenheitsform mit *être* zu konzentrieren (obwohl es, wenn er in Frankreich leben würde, keine Vergangenheit und keine Zukunft gäbe, sondern nur die Gegenwart), aber das Konzentrieren fiel ihm schwer, weil das Zahnfleisch über dem entzündeten Zahn pochte.

Jackson seufzte und nahm die blaue Maus vom Kaminsims, hielt sie sich an die Schulter und tätschelte ihren kleinen weichen Rücken, so wie er Marlee beruhigt hatte, als sie klein war. Die blaue Maus fühlte sich kalt an, als hätte sie lange Zeit an einem dunklen Ort verbracht. Keinen Augenblick lang glaubte Jackson, dass er das kleine Mädchen mit den Baumwollbändchen in den Zöpfen finden würde.

Jackson schloss die Augen und schlug sie sofort wieder auf, weil ihm plötzlich eingefallen war, wer Theo Wyre war. Jackson stöhnte. Er wollte sich nicht an Theo Wyre erinnern. Er wollte nichts mit Theo Wyre zu tun haben.

Trisha sang »On A Bus To St Cloud«. Manchmal schien ihm, als würde die ganze Welt aus einem einzigen Abrechnungsbogen bestehen – links die Verluste, rechts die Fundsachen. Leider glichen sich die beiden Seiten nie gegenseitig aus. Amelia und Julia Land hatten etwas gefunden, Theo Wyre hatte etwas verloren. Wie einfach wäre doch das Leben, wenn es ein und dasselbe wäre.

5
Amelia

Victor starb, wie er es gewollt hatte, in seinem Bett, in seinem Haus, an nichts weiter als an Altersschwäche. Er war vierundachtzig, und solange sie zurückdenken konnten, hatte er darauf bestanden, begraben und nicht verbrannt zu werden. Vierunddreißig Jahre zuvor, als ihre Schwester, das Baby Annabelle starb, hatte Victor ein »Familiengrab« für drei Personen auf dem örtlichen Friedhof erworben. Amelia und Julia hatten die Arithmetik dieses Kaufs nicht bedacht, bis Victor selbst starb; zu diesem Zeitpunkt war das Grab bereits zu zwei Dritteln belegt – ihre Mutter hatte sich mit willfähriger Hast zu Annabelle gesellt –, so dass noch Platz für Victor war, nicht jedoch für seine restlichen Kinder.

Julia meinte, dass es ein Beweis für das typisch rücksichtslose Verhalten von Victor war, Amelia jedoch äußerte die Ansicht, dass ihr Vater es vorsätzlich so geplant habe für den Fall, dass es ein Leben nach dem Tod gab, welches er definitiv nicht mit ihnen verbringen wollte. Amelia hielt das nicht für wahrscheinlich – Victor war ein eiserner Atheist gewesen, und es hätte nicht seinem eigensinnigen, ätzenden Charakter entsprochen, am Ende seines Lebens auf Nummer Sicher zu gehen –, vielmehr widersprach sie

Julia automatisch mit einer gegensätzlichen Meinung. Julia war so hartnäckig (und kläffend) wie ein Terrier, wenn es zu Auseinandersetzungen kam, so dass sie beide beständig Positionen verteidigten, an denen ihnen nicht wirklich etwas lag, wie zwei nörgelnde, abgestumpfte Anwälte vor Gericht. An manchen Tagen schien es, als wären sie wieder die turbulenten Kinder und würden einander wie in früheren Jahren jeden Moment heimlich kneifen, an den Haaren ziehen und mit Schimpfnamen belegen.

Sie waren gerufen worden. »Wie an das Sterbebett eines Königs«, sagte Julia grollend, und Amelia sagte: »Du denkst an *König Lear*«, und Julia entgegnete: »Und wenn schon?«, woraufhin Amelia erwiderte: »Du kannst nur einen Bezug zum Leben herstellen, wenn du es auf der Bühne gesehen hast«, und Julia sagte: »Ich habe den verdammten *Lear* überhaupt nicht erwähnt«, und so stritten sie, bevor der Zug überhaupt aus King's Cross abgefahren war. Victor starb ein paar Stunden nach ihrer Ankunft. »Gott sei Dank, verdammt noch mal«, sagte Julia, da sie befürchtet hatten, dass Victor versuchen würde, sie nach Hause zurückzulocken, damit sie ihn pflegten. Beide mochten das Wort »Zuhause« nicht – es waren Jahrzehnte vergangen, seitdem sie dort gelebt hatten, und doch konnten sie nicht aufhören, das Wort zu benutzen.

Amelia sagte: »Entschuldige«, aber Julia starrte aus dem Zugfenster auf die Vororte von London und sprach erst wieder, als sie durch die üppigen Sommerfelder von East Anglia fuhren. »*Lear* ist nicht gestorben, er hat die Macht abgegeben«, sagte sie, und Amelia sagte: »Ist manchmal ein und dasselbe«, und war froh, dass sie Frieden geschlossen hatten.

Sie saßen zu beiden Seiten seines Betts und warteten darauf, dass er starb. Victor lag wie gestrandet im ehemaligen ehelichen Schlafzimmer, ein Zimmer, das noch immer in dem schwülstigen weiblichen Stil eingerichtet war, den ihre Mutter einst bevorzugt hatte. Machte sich Rosemary in diesem Augenblick bereit, Victor in der klammen Erde des Familiengrabs willkommen zu heißen? Amelia stellte sich vor, wie sich die Körper ihrer Eltern in einer kalten Umklammerung festhielten, und ihre arme Mutter, die wahrscheinlich geglaubt hatte, sie wäre Victor für immer entronnen, tat ihr leid.

Und außerdem, sagte Amelia zu Julia und nahm trotz der besten Vorsätze den Streit wieder auf, hatte keine von ihnen Victor im Leben nahe sein wollen, warum also im Tod? Julia meinte, darum ginge es nicht, es ginge vielmehr »ums Prinzip«, und Amelia fragte: »Seit wann hast du Prinzipien?«, und das Gespräch eskalierte erneut, lange bevor sie dazu kamen, das wesentlich schwierigere Thema der Beerdigung zu besprechen, für die Victor keine Anweisungen hinterlassen hatte.

Wann hatten sie beschlossen, ihn nicht mehr »Papa«, sondern »Victor« zu nennen? Julia nannte ihn trotzdem bisweilen »Papa«, vor allem, wenn sie seine Laune heben wollte, aber Amelia gefiel die Distanz, die »Victor« schuf. Irgendwie machte es ihn menschlicher.

Victors Kinn war übersät mit weißen Stoppeln, und dieser neue Bart in Verbindung mit dem Gewichtsverlust, den er erlitten hatte, ließ ihn unvertraut erscheinen. Nur seine Hände waren nicht geschrumpft, sie waren noch immer groß, wie Schaufeln aus Knochen, brutal neben seinen spindeldürren Handgelenken. Plötzlich murmelte er etwas, was sie beide nicht verstanden, und Julia warf Amelia über das Bett hinweg einen entsetzten Blick zu. Julia hatte damit gerechnet, dass er starb, aber sie hatte nicht damit gerechnet, dass er nicht mehr er selbst war. »Möchtest du etwas, Papa?«, sagte sie laut zu ihm, und er schüttelte den Kopf, als wollte er einen Schwarm Fliegen vertreiben, aber es war nicht festzustellen, ob er sie gehört hatte oder nicht.

Victors Hausarzt hatte ihnen am Telefon mitgeteilt, dass Gemeindeschwestern dreimal am Tag nach ihm sahen. »Vorbeischauen« war das Wort, das er benutzte, und es verlieh der Sache einen geselligen und zwanglosen Anschein, aber weder Amelia noch Julia fanden, dass diese Adjektive zu seinem Tod passten, da sie definitiv nicht zu seinem Leben gepasst hatten. Sie dachten, dass die Schwestern bleiben würden, aber kaum waren Amelia und Julia angekommen, sagte eine von ihnen: »Dann gehen wir jetzt«, und die andere rief Victor über die Schulter zu: »Sie sind jetzt da!«, freudig, als hätte Victor gespannt auf seine Töchter gewartet, was er natürlich nicht getan hatte, und der Einzige, der sich freute, sie wiederzusehen, war Sammy, Victors alter Golden Retriever, der einen galanten Versuch unternahm, sie zu begrüßen, mit steifen arthritischen Hüften und Krallen, die über die lackierten Dielen im Flur klackten.

Victor habe einen massiven Gehirnschlag erlitten, sagte der Arzt am Telefon. Einen Monat zuvor hatte ihnen ein anderer Arzt erklärt, dass Victor, abgesehen von Altersschwäche, gesund sei und das »Herz eines Ochsen« habe. Das »Herz eines Ochsen« erschien Amelia ein vermasseltes Idiom, hieß es nicht das »Herz eines Löwen« und »stark wie ein Ochse«? Was war ein Ochse? Ein schlichtes Rind? Es gab so viele Dinge, die Amelia plötzlich nicht mehr mit Gewissheit wusste (oder vielleicht auch noch nie gewusst hatte). Bald wäre sie näher an fünfzig als an vierzig, und sie war überzeugt, dass sie jeden Tag spürte, wie mehr neuronale Verbindungen verschwanden – miteinander verschmolzen, sich aufbäumten und abstarben – und ihr die Fähigkeit raubten, Informationen abzurufen. Bis ganz zum Schluss war Victors Geist so methodisch wie eine effiziente Bibliothek gewesen, während Amelia das Gefühl hatte, in ihrem sähe es aus wie in dem Schrank unter der Treppe, in dem alte Hockeyschläger neben kaputten Staubsaugern und Schachteln mit Christbaumschmuck lagen, und die Dinge, von denen man wusste, dass sie sich darin befanden – eine Sicherung, eine Dose mit brauner Schuhcreme, ein Philips-Schraubenzieher –, waren mit großer Sicherheit die Dinge, die man nicht fand.

Victors Geist mochte organisiert geblieben sein, sein Haus war es nicht. Nachdem sie von zu Hause ausgezogen waren, wurde dessen Zustand kontinuierlich schlechter, bis es so verdreckt war wie eins dieser Häuser, in das Leute vom Gesundheitsamt geschickt werden, um sauber zu machen, nachdem ein Unglückseliger wochenlang tot und unbemerkt in einer Lache seiner eigenen Verwesung gelegen hatte.

Wohin man blickte, waren Bücher, verschimmelt und stockfleckig, keines lud zum Lesen ein. Victor hatte die Mathematik seit langem aufgegeben, seit Jahren interessierte er sich nicht mehr für die neueste Forschung, las keine Fachzeitschriften oder Veröffentlichungen mehr. Als sie Kinder waren, hatte Rosemary ihnen erzählt, Victor wäre ein »großer« Mathematiker (oder vielleicht hatte es ihnen auch Victor selbst erzählt), aber wie immer sein Ruf beschaffen gewesen sein mochte, er war längst verblasst, und er war nur mehr ein desinteressiertes Mitglied der

Fakultät gewesen. Sein Spezialgebiet waren Wahrscheinlichkeit und Risiko, Dinge, die Amelia überhaupt nicht verstand (er hatte immer versucht, ihr die Wahrscheinlichkeit zu erklären, indem er Münzen warf), aber es kam ihr wie eine Ironie des Schicksals vor, dass ein Mann, der seinen Lebensunterhalt damit verdiente, das Risiko zu studieren, im Leben nie eins eingegangen war.

»Milly? Alles in Ordnung?«

»Was ist eigentlich ein Ochse?«

»Ein Rind. Ein Bulle.« Julia zuckte die Achseln. »Ich weiß es nicht. Warum?«

Als Kinder hatten sie Ochsenherz gegessen. Rosemary, die vor ihrer Ehe noch nicht einmal ein Ei gekocht hatte, lernte die bodenständigen altmodischen Gerichte kochen, die Victor mochte, weil sie nahrhaft und billig waren. Das Internatsessen, mit dem er aufgewachsen war. Allein von dem Gedanken an die vielen Leber-und-Speck-Schmortöpfe und die Steak-und-Nieren-Pasteten wurde Amelia schlecht. Sie sah ein blutiges Herz auf der Küchentheke vor sich, dunkel und schimmernd und mit Fett durchzogen, das aussah, als hätte es gerade aufgehört zu schlagen, während ihre Mutter mit einem großen Messer in der Hand davorstand, einen rätselhaften Ausdruck im Gesicht.

»Ochsenschwanzsuppe, daran erinnere ich mich«, sagte Julia und verzog angewidert das Gesicht. »Wurde die wirklich aus einem *Schwanz* gemacht?«

Rosemary hatte ihr eigenes Leben ohne viel Brimborium hinter sich gelassen. Sie hatte sich überhaupt nicht daran geklammert, als sie feststellte, dass das Baby, mit dem sie zur Zeit von Olivias Verschwinden schwanger war, einen Zwilling hatte, nicht Victors heiß ersehnten Sohn, sondern einen bösartigen Wechselbalg, der ungehindert in ihr wuchs und anschwoll. Als er diagnostiziert wurde, war es zu spät, bedeutete er kein beginnendes, sondern ein zu Ende gehendes Leben. Annabelle lebte nur ein paar Stunden, und ihr Gegenstück, der Tumor, wurde entfernt, aber sechs Monate später war Rosemary tot.

Victor schien zu schnarchen – ein tiefes, pfeifendes Geräusch, als ob sich seine Luftröhre verengte und kollabierte. Darauf folgte in regelmäßigen Abständen, wenn seine Reflexe einsetzten und der Körper nach mehr Sauerstoff verlangte, ein schreckliches Keuchen. Amelia und Julia sahen sich beunruhigt an. »Ist das ein Todesröcheln?«, flüsterte Julia, und Amelia sagte: »Psst«, weil es unhöflich schien, vor einem Sterbenden über die Mechanik des Todes zu sprechen. »Er kann uns nicht hören«, sagte Julia, und Amelia erwiderte: »Darum geht es nicht.«

Nach einer Weile verstummte das Geräusch wieder, und Victor schien friedlich zu schlafen. Amelia machte Tee für sie beide – nachdem sie zuerst die Flecken aus den Tassen entfernt hatte –, und sie tranken ihn am Fenster stehend und schauten hinunter in den dunklen Garten.

»Was ist mit der Beerdigung?«, flüsterte Julia. »Er wird doch nichts Christliches wollen, oder?« Abgesehen von ein paar halbherzigen Versuchen Rosemarys, sie in die Sonntagsschule zu schicken, waren sie ohne Religion aufgewachsen. Als Mathematiker hatte Victor es als seine Pflicht betrachtet, seinen Töchtern Skeptizismus einzuimpfen, insbesondere weil er sie für frivole Mädchen hielt – außer Sylvia natürlich, die immer darauf setzte, eine Mathe-Streberin zu sein. Nachdem sie aus ihrem Leben verschwunden war, wandelte Victor »Streberin« zuerst in »Wunderkind« und später sogar in »kindliches Genie« um, so dass sie umso schlauer wurde, je länger sie fort war, wohingegen Amelia und Julia, was Victor betraf, mit dem Alter immer hirnloser wurden. Es hatte eine Zeit gegeben, in der Amelia mit ihm hätte streiten mögen, wobei es wahrscheinlicher schien, dass Julia sich eine beherzte Verteidigung der »Geisteswissenschaften« ausgedacht hätte, weil es Amelia schwer fiel, Victors schikanösem Stil etwas entgegenzusetzen. Jetzt war sie sich nicht mehr so sicher. Hatte er nicht doch Recht gehabt? Wussten sie letztlich überhaupt etwas?

»Also, was meinst du?«, fragte Julia. »Er hat uns doch das Haus vermacht, oder? Glaubst du, dass er uns auch noch Geld hinterlassen hat? O Gott, ich hoffe es.« Victor hatte nie mit ihnen über sein Testament oder über Geld gesprochen. Er tat so, als hätte er keins, aber er war schon immer ein Geizkragen gewesen. Julia äußerte erneut ihre Sorge wegen des Familiengrabs, und Amelia sagte: »Es ginge schneller, ihn verbrennen zu lassen. Ich glaube, es dauert länger, bis wir die Erlaubnis kriegen, ihn zu begraben.«

»Aber wir stünden wahrscheinlich unser Leben lang unter einem Fluch«, sagte Julia, »wie die Frauen in einer griechischen Tragödie, die nicht die richtigen Rituale für ihren toten Vater, den König, ausführen«, und Amelia sagte: »Wir sind nicht Figuren in einem Stück, das ist nicht Euripides«, und Julia entgegnete: »Nein, wirklich, Milly, es ist schlimm genug, dass wir ihn nicht lieben«, und Amelia erwiderte: »Wie auch immer«, und runzelte die Stirn, als sie hörte, dass sie klang wie einer ihrer Schüler.

Julia verkündete, dass sie ein Nickerchen halten wollte, und sie begrub auf der schmuddeligen Tagesdecke den Kopf zwischen den Armen, so dass es aussah, als würde sie ihrem sterbenden Vater auf seltsame Weise huldigen.

Victors große Hände lagen auf der Decke, auf fromme Weise gefaltet, als wäre er auf den Tod vorbereitet. Es hätte ihn nur die geringste Mühe gekostet, eine Hand zu heben und sie Julia auf den Kopf zu legen, um sie zu segnen. Hatte er sie je auf liebevolle Weise berührt? Geküsst, in den Arm genommen? Ihnen zärtlich die Wange gestreichelt? Wenn ja, so konnte sich Amelia nicht erinnern. »Weck mich, wenn irgendwas passiert«, murmelte Julia, »wenn er stirbt oder so.« Julia war noch immer ein Schwergewicht als Schläferin und innerhalb weniger Minuten der Welt gegenüber so tot wie Victor. Amelia betrachtete die schwarzen Locken auf dem Kopf ihrer Schwester und verspürte eine Anwandlung von Zuneigung, die sich jedoch eher wie stechender Schmerz anfühlte.

Julia fand in letzter Zeit kaum Arbeit. Früher hatte sie beständig Engagements, Theater in der Provinz, hypermoderne Stücke in winzigen Londoner Studiotheatern und kleine Rollen im Fernsehen – Unterschichtsopfer in *The Bill* und todkranke Patientinnen in *Casualty* (sie war zweimal in zehn Jahren gestorben) –, aber jetzt schien sie nicht einmal mehr zum Vorsprechen eingeladen zu werden. Letztes Jahr hatte sie so etwas wie ein Schulungsvideo für eine Firma gedreht, aber es war für die Tochtergesellschaft eines Ölkonzerns gewesen, und Amelia hatte sich über sie geärgert und gesagt, sie hätte »die politische Dimension« bedenken sollen, und Julia sagte, dass es leicht sei, sich den Luxus der Politik zu leisten, wenn man genug zu essen habe, und Amelia erwiderte: »Das ist eine lächerliche Übertreibung, wann hast du je gehungert?«, aber jetzt tat es ihr leid, weil Julia sich über die Arbeit gefreut hatte, und sie hatte ihr die Freude verdorben.

Amelia hatte fast alle Auftritte Julias gesehen, und obwohl

sie ihr stets gesagt hatte, wie »wunderbar« sie sei, weil es das Protokoll des Theaters erforderte, dachte sie häufig, dass Julia auf der Bühne nicht wirklich gut war. Das Beste, was sie von ihr gesehen hatte, war ein Stück in Bristol gewesen, vermutlich eine Adaption von *Aschenputtel*, in der Julia einen Hund spielte – einen schwarzen Pudel mit Löwenmähne und französischem Akzent. Julias Figur, klein und drall, war irgendwie perfekt gewesen für das Kostüm, und sie brachte eine gewisse Art von Pariser Arroganz zustande, die das Publikum begeisterte. Sie brauchte keine Perücke, ihr eigenes wildes Haar war mit einer Schleife zu einem Knoten gebunden. Nie zuvor hatte Amelia Julia als Pudel gesehen – sie hatte sie sich immer als Jack Russell Terrier vorgestellt. Plötzlich schien es Amelia überaus tragisch, dass die beste Rolle in Julias Karriere ein Hund gewesen war. Und dass sie keine Perücke brauchte, um einen Pudel zu spielen.

War er tot? Es sah so aus, als schliefe er — er lag mit geschlossenen Augen und geöffnetem schnabelartigem Mund auf dem Rücken –, aber seine Brust hob und senkte sich nicht mehr gequält, und seine Haut war von einer merkwürdigen wächsernen Farbe, die sie plötzlich an die tote Rosemary in ihrem Krankenhausbett erinnerte, so unerwartet, dass Amelia sich einen Augenblick nicht bewegen konnte. Sie musste ebenfalls eingeschlafen sein. Die bösen Töchter des Königs, die nicht einmal Wache am Sterbebett halten konnten.

Sammy stand schwerfällig vom Teppich neben dem Bett auf, humpelte zu Amelia und stieß seine trockene Nase fragend in ihre Hand. »Armer alter Junge«, sagte Amelia zu dem Hund. Sie schüttelte Julia sachte wach und erklärte

ihr, dass Victor tot war. »Woher weißt du, dass er tot ist?«, fragte Julia verschlafen. Auf ihrer Wange befand sich ein blassroter Abdruck ihrer Armbanduhr.
»Weil er nicht mehr atmet«, sagte Amelia.

Victors Abgang hatte eine nahezu festliche Atmosphäre zur Folge, und obwohl es erst sechs Uhr morgens war, goss Julia ihnen beiden einen großen Brandy ein, als würde sie eine vorgeschriebene Post-mortem-Prozedur ausführen. Amelia dachte, dass ihr schlecht werden würde, wenn sie ihn trank, und war überrascht, dass er ihr schmeckte. Später, um acht Uhr, gingen sie ziemlich betrunken zum örtlichen Spar, um Vorräte zu kaufen, füllten ihren Korb mit Dingen, die Amelia normalerweise nie gekauft hätte – Speck, Würstchen, mehlige weiße Brötchen, Schokolade und Gin –, und kicherten wie die kleinen Mädchen, die sie einst gewesen waren und die sie aus dem Gedächtnis verloren hatten.
Zurück im Haus machten sie sich mit Speck und Eiern belegte Brötchen, Julia aß drei, Amelia eins. Kaum war sie mit dem Essen fertig, zündete sich Julia eine Zigarette an. »Um Himmels willen«, sagte Amelia und wedelte sich den Rauch aus dem Gesicht, »du bist total oral fixiert, das ist dir doch klar, oder?« Julia rauchte auf theatralische Weise, machte einen Auftritt daraus, wie aus allem anderen auch. Als Teenager hatte sie vor dem Spiegel geübt (wie Amelia sich erinnerte, hatte Julia einen Großteil ihres jungen Lebens vor dem Spiegel geübt). Sowie Julia ihre Hand in die morgendliche Sonne hielt, war die gespenstische silbrige Linie der Narbe zu erkennen, wo ihr kleiner Finger wieder an die Hand genäht worden war.
Warum waren ihnen in ihrer Jugend so viele Unfälle zuge-

stoßen? Hatten sie versucht, Rosemary (oder irgendjemanden) dazu zu bringen, sie zu bemerken, sie aus der *Amelia-Julia-Sylvia*-Melange auszusondern? Auch jetzt noch waren Julia und Amelia ungeschickt, stets mit blauen Flecken bedeckt, weil sie gegen Möbel stießen oder über Teppiche stolperten. Allein im vergangenen Jahr hatte Amelia eine schwere Pfanne auf ihren Fuß fallen lassen und ihre Hand in der Autotür eingeklemmt, während Julia in einem Taxi ein Schleudertrauma erlitten hatte und von einer Trittleiter gefallen war und sich den Knöchel verstaucht hatte. Amelia war der Ansicht, dass es keinen Sinn mehr hatte, nach Aufmerksamkeit zu suchen, wenn man über vierzig war, vor allem wenn es niemanden gab, den man damit bedenken konnte. »Erinnerst du dich, wie Sylvia immer in Ohnmacht fiel?«, fragte sie Julia.
»Nein. Ein bisschen.«
Jedes Mal, wenn ihr einfiel, dass Victor tot war, wurde Amelia schwindlig. Es war, als hätte jemand einen großen Stein von ihrem Körper gehoben, und jetzt stünde sie kurz davor, in die Luft aufzusteigen, wie ein Drachen, wie ein Luftballon. Victors Leiche lag noch oben im Bett, und obschon sie wussten, dass sie etwas tun, jemanden anrufen, entschieden auf den Tod reagieren sollten, waren sie überwältigt von einer Art Lässigkeit.
Erst am nächsten Tag fuhren sie zum Kloster der Klarissen und durften nach einer endlosen Wartezeit mit »Schwester Maria Lukas« sprechen – ein lächerlicher Name, an den sie sich nach nun fast dreißig Jahren noch immer nicht gewöhnen konnten. Als sie ihr erzählten, dass Victor tot war, blickte Sylvia erstaunt drein und sagte: »Papa? Tot?« Und für dieses eine Mal verlor sie die fromme Fassung und brach in Lachen aus.

Als Nonne dieses in strenger Klausur lebenden Ordens war Sylvia vom normalen Leben so ausgeschlossen, dass es ihnen nie in den Sinn gekommen wäre, sich mit ihr über das Begräbnis ins Benehmen zu setzen. Sie hatten ohnehin schon entschieden, was mit ihm geschehen sollte. Nachdem der Bestattungsunternehmer endlich Victors Leiche geholt hatte, öffnete Julia die Ginflasche, und sie betranken sich schrecklich. Amelia konnte sich nicht erinnern, wann sie zuletzt so betrunken gewesen war, möglicherweise noch nie. Der Gin, der dem morgendlichen Brandy nachsetzte, machte sie nahezu hysterisch, und irgendwann während dieser langen alkoholischen Orgie beschlossen sie, eine Münze zu werfen, um über Victors endgültiges Schicksal zu entscheiden.

Julia, theatralisch wie immer, saß im Schneidersitz da, eine Hand auf die Möse gepresst, und sagte: »O Gott, hör auf, ich bepiss mich!«, und Amelia musste nach draußen in den Garten laufen und sich übergeben. Um diese Zeit dämmerte fast schon wieder der Morgen, und die feuchte Nachtluft tat das Ihre, um sie auszunüchtern.

Amelia hatte »Kopf« behauptet, obwohl die Münze mit »Zahl« nach oben gelandet war (eine Wahrscheinlichkeit von fünfzig zu fünfzig, danke, Papa), und Julia erklärte, dass »der alte Mistkerl verbrannt wird«.

Amelia war früh wach, zu früh. Es hätte ihr nichts ausgemacht, wenn sie zu Hause gewesen wäre – in ihrem wirklichen Zuhause in Oxford –, aber hier wollte sie nicht allein herumwerken, und Julia würde erst in einer Ewigkeit aufstehen. Bisweilen fragte sich Amelia, ob die Gene ihrer Schwester nicht mit denen einer Katze verschmolzen worden waren. Julia spottete über die »provinziellen Uhrzeiten«, an die Amelia sich hielt – Julia war seit ihrer Ankunft nicht vor zwei Uhr morgens ins Bett gegangen und erst gegen Mittag verschlafen wieder aufgetaucht, um heiser um Kaffee zu bitten (»Liebes, bitte«), als wäre sie auf einer großen nächtlichen Suche gewesen, die ihre Nerven und ihren Mut einer Prüfung unterzogen hätte, statt mit einer Flasche Rotwein auf dem Sofa zu liegen und längst vergessene Filme in einem Kabelsender zu sehen.

Sie wunderten sich, dass Victor – der, soweit sie sich erinnerten, nie ferngesehen hatte – nicht nur einen riesigen Breitbildfernseher sein Eigen nannte, sondern auch Kabelfernsehen abonniert hatte, und zwar alles, nicht nur Sport und Spielfilme, sondern auch Pornokanäle. Amelia war schockiert, nicht nur von den »erwachsenen« Inhalten (obschon diese ekelhaft genug waren), sondern von der Vorstellung, dass ihr eigener Vater hier saß, Abend für Abend, in seinem alten Sessel, und *Red Hot Girls* und Gott wusste was noch für einen Dreck sah. Sie war erleichtert, dass Julia – die normalerweise mit lässiger Toleranz über die Unzulänglichkeiten des männlichen Geschlechts hinwegging – ebenso entsetzt war wie sie. Als Erstes schafften sie den Sessel weg. Amelia sah nur Nachrichten und Dokumentarfilme im Fernsehen, gelegentlich an einem Sonntag die *Antiques Roadshow*, und staunte über den absoluten Mist, der täglich vierundzwanzig Stunden geboten wurde. Stattete er das Leben der Leute mit so etwas wie Bedeutsamkeit aus? Glaubten die Menschen wirklich, dass dieser Unsinn einen Höhepunkt der Evolution darstellte? »Ach, lass dir die Laune nicht verderben, Milly«, sagte Julia (vorhersehbarerweise), »es ist doch egal, was die Leute tun. Am Ende sind wir alle tot.«

»Tja, offensichtlich«, sagte Amelia.

Sobald sie Victor und seinen weltlichen Besitz aus dem Haus geschafft hätten, könnten sie es zum Verkauf anbieten, und die Sache wäre erledigt. Oder zumindest könnten sie es für den Verkauf vorbereiten, denn Victors Anwalt hatte mit Dickens'scher Düsternis gemurmelt, dass sie eine »rechtswirksame Bestätigung« des Erbes abwarten müssten. Aber das Testament war vollkommen klar, alles wurde durch zwei geteilt, Sylvia bekam nichts, weil sie (augenscheinlich) ausdrücklich verzichtet hatte. »Wie Cordelia«, sagte Julia, und Amelia sagte: »Nicht wirklich«, doch überraschenderweise beließen sie es dabei. Seit Victors Tod zwei Tage zuvor stritten sie weniger. Eine neue Stimmung der Kameraderie hatte sich zwischen ihnen breit gemacht, während sie Victors Kleider ausräumten (geeignet nur noch für die Altkleidersammlung) und verbeulte alte Kochtöpfe aus Aluminium und Mathebücher wegwarfen, die sich bei Berührung auflösten. Alles im Haus hatte etwas irgendwie Unappetitliches, und Amelia trug in der Küche und im Bad Gummihandschuhe und putzte ständig mit einem antibakteriellen Spray. »Er hatte nicht die Pest«, sagte Julia, aber ohne Überzeugungskraft, da sie die Handtücher und die Bettwäsche, die sie benutzten, gekocht hatte.

Obwohl es Juli und heiß war, herrschte in Victors Haus ein eigenes feuchtes, kühles Klima, das nichts mit der Welt draußen zu tun haben schien. Seit ihrer Ankunft hatten sie jeden Abend ein Feuer im Kamin entzündet und sich mit der gleichen Hingabe davor gesetzt, die prähistorische Menschen dem Feuer entgegengebracht haben mussten, nur dass prähistorische Menschen nicht über Victors umfassende Kabelprogramme verfügten, um sich damit zu vergnügen. Wenn sie tagsüber in den von Unkraut überwucherten Garten gingen, um Luft zu schnappen, verblüffte es sie, dass eine heiße, weiße mediterrane Sonne herunterbrannte.

Amelia schlief in Sylvias altem Zimmer, das Zimmer, in dem Sylvia geschlafen hatte, bis sie ihre absurde, unerklärliche Berufung entdeckte. Sie war selbstverständlich schon zum Katholizismus übergetreten, woraufhin Victor fast der Schlag getroffen hätte, aber als sie ihren Studienplatz im Girton College aufgab, wo sie Mathematik studieren sollte, um ins Kloster zu gehen, schien es, als wollte Victor sie tatsächlich umbringen. Julia und Amelia, die noch zur Schule gingen, meinten, dass es ein übertrieben dramatischer Schritt wäre, der Welt den Rücken zu kehren und in ein geschlossenes Kloster einzutreten, nur um Victor zu entfliehen. (Würden sie ihn morgen wirklich verbrennen, ihn zu Asche reduzieren? Wie sonderbar, dass man die Erlaubnis bekam, einem anderen Menschen so etwas anzutun. Ihn loszuwerden, als wäre er Abfall.)
Und Sylvia musste sich natürlich nicht um die Folgen von Victors Tod kümmern. Was für eine phantastische Form der Verdrängung es doch war, eine Braut Christi zu werden. Julia genoss es, den Leuten zu erzählen, dass ihre Schwester Nonne war, weil sie immer so erstaunt reagierten (»*Deine* Schwester?«), aber Amelia war es peinlich. Gott sprach regelmäßig mit Sylvia, doch was den Inhalt dieser Gespräche anbelangte, zierte sie sich, lächelte nur ihr heiliges Lächeln (rätselhaft und provokativ). Man konnte denken, Gott wäre ein guter Bekannter von ihr, jemand, mit dem Sylvia im Nebenraum eines malerischen Pubs am Fluss flaschenweise billigen Wein trank und über Existentialismus diskutierte. Gott und Sylvia sprachen seit langem miteinander, fast so lange, wie Amelia zurückdenken

konnte. Glaubte sie wirklich, dass er zu ihr sprach? Das waren doch Wahnvorstellungen, oder? Auf jeden Fall war sie eine Hysterikerin. Hörte Stimmen wie Jeanne d'Arc. Ja, es war Jeanne d'Arc, mit der sie früher gesprochen hatte, oder? Noch bevor Rosemary starb oder Olivia verschwand. Hatte jemand mal an die Möglichkeit gedacht, dass Sylvia schizophren war? Wenn Gott zu Amelia spräche, würde sie annehmen, dass sie verrückt geworden war. Jemand hätte auf Sylvias sonderbares Benehmen achten sollen, wirklich.

Sammy lag ausgestreckt am Fuß von Amelias zu kleinem Bett und begann im Schlaf zu wimmern. Er trommelte aufgeregt mit dem Schwanz auf die Daunendecke und machte mit den Pfoten gespenstische, scharrende Bewegungen, als würde er wie in früheren Tagen Hasen jagen. Amelia wollte ihn seinem glücklichen Traum überlassen, aber dann kam ihr der Gedanke, dass er vielleicht, statt selbst zu jagen, gejagt wurde, und die Laute, die er von sich gab, klangen eher ängstlich als aufgeregt (wie konnten zwei so gegensätzliche Dinge so ähnlich klingen?), so dass sie sich aufsetzte und ihn streichelte, bis er wieder ruhig schlief. Sein Körper fühlte sich wie vom Alter ausgehöhlt an. Sammy war, soweit sich Amelia erinnern konnte, das einzige Lebewesen, das Victor als ebenbürtig behandelt hatte.

Vermutlich würde sie Sammy nach Oxford mitnehmen. Julia würde behaupten, dass sie Sammy wollte, aber sie käme in London nie mit einem Hund zurecht. Amelia hatte in Oxford einen Garten. Ihr gehörte der obere Stock eines kleinen edwardianischen Doppelhauses, der genau die richtige Größe für eine Person hatte, und teilte sich den Garten mit ihrem Nachbarn von unten, einem ruhigen Geometriedozenten am New College namens Philip, der

keinerlei sexuelles Interesse, gleichgültig an welchem Geschlecht, an den Tag legte, jedoch einen Hund hatte (wenn auch einen laut kläffenden Pekinesen), gut im Reparieren von Dingen und deshalb der perfekte Nachbar war. (»Oder Serienmörder«, sagte Julia.) Zu Amelias Erleichterung war er kein Gärtner und gestattete ihr, so viel zu mulchen, zu graben und zu pflanzen, wie sie wollte. Amelia glaubte an das Gärtnern, wie Sylvia an Gott glaubte. Wie Sylvia war sie konvertiert. Sie wusste nicht, dass sie eine Gärtnerin war, bis sie dreißig wurde und im November eine Königin-von-Dänemark-Rose pflanzte und im Juni darauf zusah, wie eine Blüte nach der anderen aufplatzte. Es war eine Offenbarung – man pflanzt etwas, und es wächst. »Na ja, hm«, sagte Julia (wie ein schwachsinniger Teenager), als Amelia versuchte, ihr dieses Wunder zu erklären.
Sie war erst seit ein paar Tagen in Cambridge, und doch schien ihr anderes Leben, ihr wirkliches Leben, weit, weit weg, und sie musste sich hin und wieder selbst daran erinnern, dass es existierte. Ein Teil von ihr wollte für immer hier bleiben und unbesonnen mit Julia in ein zänkisches Alter stolpern. Gemeinsam könnten sie vielleicht das Grauen und die Einsamkeit des Lebens im Zaum halten. Und sie könnte sich Victors Garten vornehmen, in dem Jahre der Vernachlässigung aufzuholen waren. Sie wäre am liebsten noch Stunden liegen geblieben und hätte Beete entworfen (Rittersporn, Glockenblumen, Mädchenauge, Ehrenpreis) und den Rasen neu angelegt (ein Springbrunnen? etwas Japanisches vielleicht?), aber sie stand widerwillig auf, loyal gefolgt von Sammy, und ging hinunter in die kalte Küche, wo sie den Wasserkessel füllte und ihn auf den Gasherd knallte, um zu demonstrieren, wie verärgert sie war, weil Julia noch schlief.

Amelia verpackte im Esszimmer einen endlosen Bestand an Geschirr und Nippes in Schachteln. Julia war im Arbeitszimmer, wo sie auch sein sollte. Seitdem sie angefangen hatten, Victors Hab und Gut auszuräumen, war Julia im Arbeitszimmer, und sie sagte (melodramatisch wie immer), sie stünde vielleicht unter einem Fluch, der sie für immer darin festhalte. Victors dumpfe, luftleere Höhle war all die Jahre ein schwarzes Loch geblieben, und jetzt stapelten sich überall verstaubte Papiere, Akten und Mappen. Es war wie ein Scheiterhaufen, der auf das Streichholz wartete. Sie hatten die Vorhänge heruntergerissen, und Julia sagte: »Es werde Licht!«, und Amelia sagte: »Eigentlich ist es ein hübsches Zimmer.«

Julia litt so unter dem Staub im Haus, dass sie abgesehen von den Medikamenten, die sie nahm (sie ging damit um wie mit Süßigkeiten), eine Gesichtsmaske und eine Schutzbrille trug, die sie in einem Baumarkt gekauft hatte. Ihr tief sitzender Husten war noch aus einem halben Kilometer Entfernung zu hören.

Amelia war überrascht, als Julia am Mittag noch nicht aufgetaucht war auf der Suche nach Essen. Als sie nach ihr schaute, fand sie sie an Victors Schreibtisch gelehnt vor, einen besorgten Ausdruck im Gesicht. »Was?«, sagte Amelia, und Julia deutete auf eine Schublade von Victors Schreibtisch. »Ich habe das Schloss aufgebrochen«, sagte sie.

»Das macht nichts«, sagte Amelia. »Wir müssen alles durchgehen. Und technisch gesehen, gehört jetzt alles uns.«

»Nein, das habe ich nicht gemeint. Ich habe etwas gefunden«, sagte Julia, zog die Schublade auf und holte etwas heraus, fasste es vorsichtig an wie eine Archäologin, die ein Artefakt in die Hand nimmt, das sich in der Luft auflösen könnte. Sie gab es Amelia. Einen Augenblick lang war Amelia verwirrt, und dann trat sie plötzlich ins Leere, als wäre sie durch eine Tür gegangen, die ins Nichts führte. Und als sie stürzte, galt ihr einziger Gedanke Olivias Blauer Maus, die sie in der Hand hielt.

»Er gefällt dir.«

»Nein, er gefällt mir nicht.« Sie kochten zusammen das Abendessen, Amelia pochierte Eier, Julia wärmte Bohnen in Tomatensauce auf. Damit hatten beide die Grenze ihrer kulinarischen Fähigkeiten erreicht.

»Doch, er gefällt dir«, sagte Julia. »Deswegen warst du so boshaft zu ihm.«

»Ich bin zu allen boshaft.« Amelia spürte, dass sie rot wurde, und konzentrierte sich auf das Brot im Toaster, als bräuchte es psychischen Beistand, um herauszuspringen. »Dir gefällt er auch«, murmelte sie.

»Ja, Mr. Brodie hat etwas sehr Attraktives. Er hat noch seine eigenen Zähne, und er wird noch nicht mal kahl«, sagte sie. »Ich will ihn mir schnappen. Und außerdem hast du schon einen Freund, du hast Henry.«

Amelia dachte, dass das Wort »Freund« lächerlich klang, wenn es auf eine fünfundvierzigjährige Frau angewandt wurde. Wenn es auf sie selbst angewandt wurde.

Es war eine Schande, dass Julia nicht die Gesichtsmaske und die Schutzbrille getragen hatte, als Jackson Brodie gekommen war, er hätte sie dann nicht so attraktiv gefunden. Denn er hatte sie attraktiv gefunden, daran bestand kein Zweifel. Natürlich gab es Männer, die ganz scharf auf solche Sachen waren, Masken und Fesseln und Gott weiß was noch. (Gummi! Warum?)

»Ach, sei nicht so prüde, Milly«, sagte Julia. »Du solltest

etwas Abenteuerliches mit Henry ausprobieren. Die Sache zwischen euch ein bisschen würzen. Du hast lange genug gebraucht, um einen Freund zu finden, es wäre ein Jammer, wenn du ihn verlieren würdest, bloß weil du nicht aus der Missionarsstellung herauskommst.«

Amelia butterte den Toast und legte ihn auf die Teller. Julia verteilte die Bohnen darauf. Amelia fand Gefallen an der Hausarbeit mit Julia, so rudimentär sie auch ausfiel. Seit ihrem zweiten Jahr an der Universität lebte sie allein: eine lange Zeit, über zwei Jahrzehnte. Sie hatte sich nicht für ein Leben allein entschieden, es hatte niemand mit ihr leben wollen. Sie durfte sich nicht daran gewöhnen, mit Julia zusammen zu sein. Sie durfte sich nicht daran gewöhnen, in einem Haus aufzuwachen, in dem jemand sie kannte, in- und auswendig.

»Handschellen«, sagte Julia leichthin, als spräche sie über der Jahreszeit entsprechende Accessoires, »ein bisschen Leder oder eine Peitsche.«

»Henry ist kein Pferd«, sagte Amelia gereizt. Gab es noch der Jahreszeit entsprechende Accessoires? Es hatte sie gegeben, als ihre Mutter noch lebte. Im Sommer hatte Rosemary weiße Schuhe und eine weiße Handtasche getragen. Einen kleinen Strohhut. Wildlederstiefel mit Reißverschluss im Winter und – bildete sie sich das ein? – eine wollene Schottenmütze. Wenn sie Rosemary nur mehr beachtet hätte, als sie noch lebte.

»Ein bisschen fesseln kann nicht schaden«, sagte Julia. »Ich kann mir vorstellen, dass es Henry gefallen würde. Männer lieben alles, was schmutzig ist.« Sie sprach das Wort »schmutzig« genussvoll aus. Amelia war einmal, vollkommen unabsichtlich, mit Julia in einen Sexshop in Soho gegangen. Anspruchsvoll, nur für Frauen, als wäre er das

Emblem für den Triumph des Feminismus, wo er doch tatsächlich nur voller pornografischer Schweinereien war. Amelia folgte Julia in den Laden, weil sie fälschlicherweise glaubte, dass dort Toilettenartikel verkauft würden, und war wie vor den Kopf gestoßen, als Julia etwas in die Hand nahm, das aussah wie ein rosa Pferdeschwanz, und voller Bewunderung erklärte: »Schau nur, ein Postöpsel – wie süß!« Manchmal fragte sich Amelia, ob Frauen nicht besser dran waren, als sie noch Socken stopften und nähten und Brot buken. Nicht dass sie diese Fertigkeiten beherrschte.

»Gibt es noch der Jahreszeit entsprechende Accessoires?«

»Ja, natürlich«, sagte Julia bestimmt, und dann, weniger sicher, »oder? Weißt du, du hast großes Glück, dass du einen festen Freund hast, Milly«, und Amelia sagte: »Warum, weil ich so unattraktiv bin?«, woraufhin Julia sagte: »Sei nicht albern. Silly-Milly.« »Silly-Milly« hatte Sylvia sie genannt, als sie noch Kinder waren. Sylvia machte sich immer über andere lustig. Sie konnte sehr grausam sein.

»In deinem Alter«, sagte Julia (konnte sie nicht *den Mund halten*?), »sind Frauen entweder allein oder stecken in einer langweiligen Ehe fest.«

Amelia legte die pochierten Eier auf die Bohnen. »In unserem Alter«, korrigierte sie sie. »Und behandle mich nicht von oben herab. ›Fester Freund‹ und ›Julia‹ sind nicht Wörter, die jemals im selben Satz vorkamen. Wenn es nicht gut für dich ist, warum sollte es dann gut für mich sein?« Das Essen von Eiern hatte etwas an sich, was falsch schien – etwas zu verschlucken, zu vernichten, das neues Leben enthielt. Es in die innere Dunkelheit zu verbannen.

Julia machte eine große Show daraus, gekränkt zu sein. »Nein, wirklich, was ich meine, ist, dass dein Henry ein

Volltreffer zu sein scheint, du hast Glück gehabt, dass du jemanden gefunden hast, der zu dir passt. Wenn ich jemand fände, der zu mir passt, würde ich heiraten, glaub mir.«

»Ich glaube dir nicht.« Amelia schaute die Eier an, die wie kränkliche, gelbsüchtige Augen dalagen, und dachte an ihre eigenen Eier, an die Hand voll, die noch übrig war, alt und verschrumpelt wie modriges vertrocknetes Obst, während sie einst zum Licht gedrängt haben mussten …

»Komm schon, Milly, das Essen wird kalt. Milly?«

Amelia floh aus dem Zimmer, rannte tollpatschig nach oben und übergab sich in die Toilette im Bad. Sie hatten die Toilette geschrubbt und gebleicht, aber sie wies noch immer die Spuren von Victors sorgloser Benutzung auf, und bei dem Gedanken, dass er sich in diesem Raum aufgehalten hatte, musste sie erneut würgen.

»Milly, ist alles in Ordnung?« Julias Stimme drang von unten zu ihr.

Amelia verließ das Bad und blieb auf der Schwelle zu Olivias Zimmer stehen. Es war so, wie es immer gewesen war – das Bett, ohne Bettzeug, der kleine Schrank und die Kommode, leer, ohne Kleidung. Die ganze Vergangenheit schien sich in diesem kleinen Zimmer zu konzentrieren. In diesem Haus lebt ein Gespenst, dachte Amelia, aber es war nicht Olivia, es war ihr eigenes Selbst. Die Amelia, die sie geworden wäre – die sie hätte werden sollen –, wenn ihre Familie nicht implodiert wäre.

Und dann plötzlich, während sie in Olivias altem Zimmer stand, hatte Amelia, was sie nur eine göttliche Offenbarung nennen konnte. Sie meinte, so müssten sich Menschen fühlen, die mystische Visionen hatten, die wie Sylvia glaubten, dass sie Gottes Stimme hörten, oder spürten, wie die göttliche Gnade über sie kam (obwohl sie wusste, dass es tatsächlich nur an einem instabilen Schläfenlappen lag). Amelia *wusste* einfach – und das Wissen war wie eine warme Welle, die durch ihren Körper floss –, dass Olivia zurückkehren würde. Sie würde vielleicht nur als Schatten von Fett und Asche zurückkehren, aber sie kehrte zurück. Und jemand musste hier sein, um sie willkommen zu heißen.

»Milly?«

6
Theo

2004

Jedes Jahr ging er zu Fuß zur Kanzlei in Parkside und die gut drei Kilometer zurück nach Hause. Die gleiche Wallfahrt seit zehn Jahren. Sechseinhalb Kilometer insgesamt, jedes Jahr ermüdeten sie ihn mehr, weil er mehr Gewicht mit sich herumschleppte, aber nichts, was ein Arzt sagen mochte, konnte Theo noch erschrecken.

Wenn er in Parkside ankam, war er außer Atem und stand eine Weile auf dem Gehsteig, bevor er die Treppe in Angriff nahm. Er stand da, die Hände auf den Oberschenkeln, atmete in langsamen, entschlossenen Zügen aus und ein, wie ein Athlet, der gerade ein schweres Rennen gelaufen ist. Passanten warfen ihm verstohlene (und weniger verstohlene) Blicke zu, die unterschiedliche Grade des Widerwillens zum Ausdruck brachten, als versuchten sie sich vorzustellen, welch schrecklicher Makel im Charakter einer Person ihr ermöglichte, so fett zu werden.

In den letzten zehn Jahren hatte er das Gebäude nur dreimal betreten. Die anderen Male huldigte er ihm verstohlen auf dem Gehsteig.

David Holroyd war nicht gestorben. Er lebte noch, als die Sanitäter eintrafen, und wurde ins Krankenhaus gebracht, wo er zusammengenäht und ihm das Blut von Fremden in die Adern gepumpt wurde. Jetzt arbeitete er drei Tage in der Woche und kümmerte sich den Rest der Zeit um den Garten seines Hauses im ländlichen Norfolk.

Das Konferenzzimmer war frisch gestrichen worden, und ein neuer Teppich wurde über die unauslöschbaren Flecken von Lauras Blut gelegt, aber niemand, der an jenem Tag dabei gewesen war, wollte den Raum wieder betreten. Innerhalb eines Jahres zog die Kanzlei Holroyd, Wyre und Stanton in ein hässliches Bürogebäude aus den sechziger Jahren nahe dem Grafton Centre und nannte sich von nun an nur noch Holroyd und Stanton, weil Theo nach Lauras Tod ausgestiegen und nie wieder zur Arbeit zurückgekehrt war. Er hatte genug an Aktien, Wertpapieren und Ersparnissen, um sein ziemlich bescheidenes Leben zu finanzieren. Das Geld, das er als Entschädigungszahlung erhielt, stiftete er dem Hundeheim, aus dem sie Poppy geholt hatten.

Die Haustür, einst von einem schönen Flaschengrün, war jetzt weiß gestrichen, und die Messingbeschläge waren seit langem nicht mehr poliert worden. Die Tür war nicht gesichert – keine Schlösser, keine Gegensprechanlage oder Überwachungskamera; jeder konnte ungehindert eintreten.

Das Messingschild an der Tür, auf dem einst »Holroyd, Wyre und Stanton – Anwälte und Notare« gestanden hatte, war durch ein Plastikschild mit der Aufschrift »Glück – Schönheitstherapie« ersetzt worden. Vor Glück war es die mysteriöse »Hellier GmbH« gewesen, die zwischen dem dritten und dem vierten Jahrestag ein- und wieder auszog. Nachdem die Hellier GmbH verschwunden war, standen die Büros eine lange Zeit leer, bevor »JM Business Consultants« einzogen. Theo ging am sechsten Jahrestag hinauf, unter dem Vorwand, sich nach einer Computerschulung zu erkundigen, aber das Mädchen am Empfang runzelte die Stirn und sagte: »So was machen wir nicht«, ohne zu erläutern, was sie denn machten, was in Theos Augen nicht viel zu sein schien, außer als Depot für die vielen großen Kisten zu dienen, die überall gestapelt waren. Er wollte nur einen Blick darauf werfen, auf den Ort – die Stelle –, aber abgesehen von den Kisten, die den Flur verstellten, standen überall klapprige Trennwände, und er wollte keine Umstände machen und das Mädchen nicht erschrecken.

Die Treppe gab ihm den Rest, und er musste sich ausruhen, bevor er durch die neue Glastür trat, in die das Wort »Glück« als romantischer, verschnörkelter Schriftzug graviert war, wie ein Versprechen, als würde er gleich ins Elysium oder ins Schlaraffenland eingehen.

Die Frau am Empfang, die eine klinisch weiße Uniform trug, hieß laut ihrem Namensschild »Milanda«, was in Theos Ohren mehr nach einer Margarine mit niedrigem Cholesteringehalt klang als nach einem Namen. Sie sah Theo entsetzt an, und er war versucht, ihr zu vergewissern, dass Fett nicht ansteckend war, aber stattdessen sagte er, dass er seine Frau zu ihrem Geburtstag mit »ein bisschen Verwöhnen« überraschen wollte. Es war eine Lüge, aber es war keine Lüge, die jemandem wehtat. Er wünschte, dass er Valerie tatsächlich mehr verwöhnt hätte, aber dafür war es jetzt viel zu spät.

Nachdem Milanda den ersten Schrecken angesichts seiner Ausmaße überwunden hatte, schlug sie ein »Halbtages-Kurpaket« vor – Pediküre, Maniküre und eine »Meeresalgenpackung« –, und Theo sagte, das klinge genau richtig, aber könne er nicht auch noch ihre Broschüre sehen? Und Milanda sagte: »Aber selbstverständlich«, mit einem starren

Lächeln im Gesicht. Man sah ihr die Sorge an, dass Theo eine sehr schlechte Reklame für einen Schönheitssalon wäre, so wie er im Empfangsbereich auf dem (vielleicht zu fragilen) Rattansofa saß neben dem kleinen Springbrunnen aus Fiberglas, dessen Plätschern mit den »beruhigenden Klängen« der aufgelegten Meditations-CD wetteiferte – eine seltsame Mischung aus Panflöte, Walgesang und brechenden Wellen.

Die Kanzleiräume waren seit seinem letzten fehlgeschlagenen Besuch vollkommen umgestaltet worden. Die Wände waren jetzt fliederfarben und die Türen eine Palette aus Lila, Rosa und Blau. Der Grundriss war durch Wände aus Spanplatten verändert worden, die offene Räume von kleinen Kammern – »Therapie-Suiten« gemäß den Schildern an den Türen – abtrennten.

Gab es das Konferenzzimmer noch, unverändert, oder war es auch verwandelt worden – in was? In ein Dampfbad, eine Sauna? Oder in Kabinen für »Thai-Massage« und »Brasilianisches Waxing« unterteilt? (Die Broschüre offerierte außergewöhnliche Dienstleistungen.) Eine Frau kam zu einem Termin, und Milanda begleitete sie in eine Therapie-Suite. Theo stand auf – beiläufig, als wollte er die Beine strecken und ein wenig den Flur entlangschlendern.

Die Tür zum Konferenzraum (lichtpausenblau gestrichen) stand einen Spaltbreit offen, und als Theo leicht daran stieß, schwang sie hilfsbereit auf und gestattete ihm, den ganzen Raum zu überblicken. Nie zuvor war Theo so weit vorgedrungen, und er hatte keine Ahnung, wie sich das Zimmer während der letzten zehn Jahre entwickelt hatte, aber er war überrascht, als er es leer sah, ohne Möbel oder Ausstattung, die Dielenbretter verstaubt und verkratzt, die Farbe von den Wänden blätternd. Es war immer das schlagende Herz der Kanzlei gewesen, doch jetzt wurde es als Lagerraum benutzt, es stand voller Schachteln mit Ölen und Cremes, ein zusammengeklappter Massagetisch lehnte an der Wand, aus einem Wäschekorb hingen benutzte weiße Handtücher. Der marmorne Kamin war noch da, es lag sogar kalte Asche darin.

Die Stelle selbst, der Ort, an dem seine Tochter umgebracht worden war, befand sich unter einer Art Wagen. Der Wagen sah aus, als gehöre er in ein Krankenhaus, aber statt Medikamenten standen Dutzende Fläschchen Nagellack in verschiedenen Farben darauf. In Sankt Petersburg war Theo einmal in der Kirche des Vergossenen Blutes gewesen, erbaut über der Stelle, an der Zar Alexander II. ermordet worden war. Es war ein phantastisches Gebäude aus Mosaiken und Gold, mit spitzen Türmchen und emaillierten Zwiebeltürmen, aber das Innere hatte er als seelenlosen, kalten Raum empfunden. Jetzt wurde ihm klar, dass die Atmosphäre unwichtig war, wichtig war, dass die Kirche existierte, und ihre Existenz bedeutete, dass nie vergessen würde, was dort geschehen war. Die Stelle, an der Laura gestorben war, wurde von einem Wagen mit Nagellack darauf markiert. Was für ein Schrein war das? Sollte nicht eine Quelle sprudeln oder ein Baum blühen an der heiligen Stelle, an der seine Tochter ihr Blut vergossen hatte?

Ausgeblutet. Ein merkwürdiges, dramatisches Wort, das in eine Tragödie passte, in der es um Rache ging, aber für Theo war keine Rache möglich gewesen. »Messerschwingender Wahnsinniger ermordet Mädchen aus der Stadt!«, lauteten die Überschriften in der lokalen und der überregionalen Presse. Ein paar Tage lang taugte die Tat als Nachricht, und dann schienen alle sie zu vergessen. Nicht die Polizei. Sie hatten sich wirklich bemüht, daran hatte Theo nicht eine Minute gezweifelt. Gelegentlich traf er sich auch jetzt noch mit Alison, der Beamtin, die Verbindung zur Familie hielt. Die Polizei war jeder noch so kleinen Spur gefolgt. Sie studierten jede Akte und jedes Schriftstück bei Holroyd, Wyre und Stanton, der Vertrauensschutz der Mandanten war aufgehoben. Die Medien sprachen von einem willkürlichen Akt der Gewalt, von der Tat eines Psychopathen, aber der Mann – der messerschwingende Wahnsinnige – war in die Kanzlei gekommen auf der Suche nach Theo, nach »Mr. Wyre«. Theo hatte etwas getan, etwas heraufbeschworen. Er hatte jemanden, jemanden in einem gelben Golfpullover, so verrückt gemacht, dass dieser Jemand ihn töten wollte. War diese Blutlust gestillt, hatte der Mann im gelben Golfpullover eine primitive Befriedigung darin gefunden, Theos Kind zu töten? Sein eigen Fleisch und Blut.

Der Wagen stand auf Rädern, und Theo wollte ihn gerade wegschieben, als plötzlich eine der versteckten Türen in der Rundung des ovalen Mauerstücks geöffnet wurde von einer adretten Frau, die die gleiche weiße Uniform trug wie Milanda. Sie runzelte die Stirn, aber bevor sie etwas gegen seine Anwesenheit einwenden konnte, sagte er: »Entschuldigung, ich bin im falschen Zimmer«, trat den Rückzug an und vollführte dabei eine lächerliche Art von Salam in dem Versuch, ihre Ängste zu beschwichtigen.
»Ich melde mich wieder bei Ihnen«, sagte er forsch zu Milanda und winkte mit der Broschüre, die er noch immer in der Hand hielt. Er ging so rasch zur Treppe, wie sein Gewicht es erlaubte, wiewohl er beim besten Willen nur eine Art rollendes Gewatschel zustande brachte. Er stellte sich

Milanda vor, die ihn in Parker's Piece von hinten wie ein Rugbyspieler ansprang. Theos Herz klopfte heftig in seiner Brust, und er suchte Zuflucht in einem Café in der Mill Road, in dem er bescheiden einen Milchkaffee und ein Stück Teegebäck bestellte, aber nichtsdestoweniger wurde er zum Gegenstand der Missbilligung der Kellnerin, die unmissverständlich klar machte, dass jemand, der so übergewichtig war wie er, ihrer Meinung nach überhaupt nichts essen sollte.

Die Zeit heilte die Wunde nicht, sie kratzte nur daran, langsam und unerbittlich. Die Welt hatte sich weiter gedreht und vergessen, und nur Theo hielt Lauras Flamme am Brennen. Jennifer lebte jetzt in Kanada, und obwohl sie telefonierten und e-mailten, sprachen sie nur selten über Laura. Jennifer hatte den Schmerz, sich an das Geschehene zu erinnern, stets vermieden, aber der Schmerz hielt Laura in Theos Erinnerung lebendig. Er fürchtete, dass sie verschwinden würde, wenn die Wunde heilte.

Damals, vor zehn Jahren, nachdem es passiert war, wollte Theo mit niemandem sprechen, er wollte nicht reden, er wollte die Existenz einer Welt, die ohne Laura weiterging, nicht anerkennen, aber als er vom Krankenhaus nach Hause zurückkehrte, zwang er sich, Jennifer anzurufen. Kaum hatte sie sich gemeldet und seine Stimme gehört, sagte sie »Was?« auf ihre ungeduldige Art, als würde er nur anrufen, um sie zu nerven. Und dann wurde sie noch ungeduldiger, weil er nicht sprechen konnte und erst nach größter Willensanstrengung in der Lage war zu sagen: »Jenny, etwas Schreckliches ist passiert, etwas sehr Schreckliches«, und sie sagte nur mit tonloser Stimme: »Laura.«

Theo hätte sich umgebracht, vielleicht nicht an diesem Tag, erst nach der Beerdigung, nachdem er alle seine Angelegenheiten geordnet hätte, aber er konnte sich nicht umbringen, weil Jennifer sonst gewusst hätte (aber wusste sie es denn nicht sowieso?), dass er Laura mehr liebte als sie. Denn wenn Jennifer gestorben wäre und nicht Laura, dann hätte er nie auch nur daran gedacht, Selbstmord zu begehen, das wusste Theo.

Auch jetzt noch hoffte Theo, dass der Fremde, der ihn gesucht und statt seiner sein Kind gefunden hatte, eines Tages zurückkehren würde. Er stellte sich vor, wie er für den Mann im gelben Golfpullover die Tür öffnete und dann die Arme ausbreitete, um das Messer, den Tod, zu umarmen, der ihn mit Laura wiedervereinigen würde. Er hatte sie begraben, nicht verbrannt. Er brauchte ein Grab, das er (beständig) aufsuchen konnte, einen Ort, wo sie berührbar war, in Reichweite, nur einen Meter achtzig entfernt. Es hatte Zeiten gegeben, als der Schmerz so heftig war, dass er daran dachte, sie wieder auszugraben, ihre arme verwesende Leiche zu exhumieren, um sie ein letztes Mal in die Arme zu nehmen, ihr zu versichern, dass er noch immer da war, an sie dachte, auch wenn niemand sonst es tat.

Theo zahlte seinen Kaffee und gab ein Trinkgeld, das höher ausfiel als die Rechnung. Je schlechter der Service, umso größer das Trinkgeld, das Theo gab. Er nahm an, dass es sich um eine Charakterschwäche handelte. Er betrachtete sich als eine Person, die nahezu ausschließlich aus Schwächen und nicht aus Stärken bestand. Er musste gegen einen Strom Touristen ankämpfen, die alle hingerissen waren von den Colleges, dem berührbaren Stoff der Geschichte – Gelehrtheit, Architektur, Schönheit. Als Theo als Student zum ersten Mal nach Cambridge gekommen war, hielt er es für den schönsten Ort der Welt. Er war in einem öden Vorort von Manchester aufgewachsen, und

Cambridge war ihm wie die Architektur der Transzendenz erschienen. Als er zum ersten Mal die Innenhöfe der Colleges sah, war es, als hätte er Visionen des Paradieses vor Augen. Er hatte nicht gewusst, dass es etwas so Schönes gab, aber während der letzten zehn Jahre hatte er die Colleges keines Blickes mehr gewürdigt. Er ging an den großartigen Fronten von Queen's und Corpus Christi und Clare und King's vorbei und sah nichts außer Stein und Mörtel und vielleicht Müll.

»Abgeschlossen«, so nannten sie es. Er mied das Wort, er mied den Akt, aber er wusste, dass er nicht sterben konnte, ohne zu wissen, wer der Mann in dem gelben Golfpullover gewesen war. Er blickte auf seine Armbanduhr. Er wollte sich nicht verspäten.

Theo las in einer Ausgabe von *Reader's Digest*, während er wartete. Wartezimmer schienen der einzige Ort zu sein, wo man dieser Tage noch Ausgaben von *Reader's Digest* vorfand. Die Sekretärin sagte, Mr. Brodie seien »im Augenblick die Hände gebunden«, er hätte jedoch in zehn Minuten Zeit für ihn, wenn er so lange warten wollte. »Ich bin seine Assistentin, Deborah«, fügte sie hinzu, »aber Sie können mich Mrs. Arnold nennen.« Theo wusste nicht, ob sie einen Witz machen wollte oder nicht. Er erinnerte sich, dass das bei Holroyd, Wyre und Stanton unter den Mitarbeiterinnen ein bewährter Scherz gewesen war – er hatte gehört, wie sie mit ihren Singsang-Sekretärinnenstimmen zu Mandanten sagten: »Tut mir Leid, aber Mr. Holroyd sind im Moment die Hände gebunden«, und in Lachen ausbrachen, nachdem sie aufgelegt hatten. Mr. Brodies Sekretärin sah nicht so aus, als wäre sie amüsiert über die

Vorstellung, ihrem Chef wären hinter der geschlossenen Tür zu seinem Büro die Hände gefesselt. Im Gegenteil, sie ließ ihre Aggressionen auf eine Weise an der Tastatur ihres Computers aus, die nahe legte, dass sie wie Cheryl, seine eigene Sekretärin, das Tippen an großen, wie Panzer gebauten Schreibmaschinen erlernt hatte. Manchmal traf er Cheryl noch. Sie war mittlerweile pensioniert, und Theo hatte sie in ihrem überheizten Bungalow besucht, (ziemlich verlegen) Tee mit ihr getrunken und ihren Kleiekuchen gegessen.

Cheryl war der letzte Mensch, mit dem Laura gesprochen hatte. »Brauchen Sie mehr als eine Kopie von diesem Formular?« – ein prosaischer Satz am Ende eines Lebens.

Deborah Arnold hielt inne in ihrem Versuch, die Tastatur zu zerstören, und bot ihm Kaffee an, den er jedoch ablehnte. Ihm kam der Verdacht, dass Mr. Brodie keineswegs die Hände in seinem Büro gebunden waren, sondern dass er überhaupt nicht da war.

Wenn die Polizei Lauras Mörder nicht gefunden hatte, dann schien es absurd zu glauben, irgendein kleiner Privatdetektiv könnte es, aber Theo war der Ansicht, dass eine winzige Chance besser war als gar keine. Und wenn er den Mann fände, würde er die Arme vielleicht nicht ausbreiten und den Tod umarmen. Stattdessen wäre vielleicht Theo der Wahnsinnige, der das Messer schwang.

Ein Mann hastete ins Büro, und Deborah Arnold sagte: »Da sind Sie ja endlich«, ohne den Blick von der Tastatur zu heben. »Entschuldigen Sie«, sagte der Mann – Theo nahm an, dass es sich um Jackson Brodie handelte – zu Theo, »aber ich musste zum Zahnarzt.« Deborah lachte wiehernd, als wäre das eine lächerliche Ausrede. Der Mann schüttelte Theo die Hand und sagte: »Jackson, Jackson

Brodie, bitte kommen Sie mit und setzen Sie sich«, und bat ihn in sein Büro. Als Jackson die Tür schloss, war Deborahs sarkastische Stimme zu hören: »Mr. Brodie hat jetzt Zeit für Sie.«

»Entschuldigen Sie«, sagte Jackson zu Theo, »sie ist verrückt. Sie glaubt, sie wäre eine Frau.«

7
Caroline

Die Kirche hieß St. Anne. Caroline hatte keine Ahnung, wer die heilige Anna gewesen war, sie war ohne Religion aufgewachsen, war noch nie in einem richtigen Gottesdienst gewesen, zumindest nicht in einer normalen Kirche, nicht einmal bei ihrer Hochzeit mit Jonathan, die auf dem Standesamt stattgefunden hatte, weil Jonathans erste Frau noch lebte – und zwar, dankenswerterweise, mit einem Pferdezüchter in Argentinien. Die Kirche stand in einer Nebenstraße, sie war klein und sehr alt, mit einem breiten Turm und einem Friedhof, der vor Jahren stillgelegt worden und jetzt malerisch mit wilden Blumen und dornigen Sträuchern überwachsen war. Sie kannte die Blumen nicht und dachte, dass sie sich vielleicht ein Bestimmungsbuch zulegen sollte, online bei Amazon bestellen, weil sie kilometerweit von der nächsten Buchhandlung entfernt lebten.

Die Kirche lag auf halbem Weg zwischen ihrem eigenen kleinen Dorf und einem anderen noch kleineren Dorf, und Caroline nahm an, dass die Kirche irgendwann in der mittelalterlichen Vergangenheit beschlossen hatte, zu sparen und den beiden Dörfern nur noch einen Pfarrer zuzuteilen. Und damals fand man natürlich noch nichts dabei, weite

Strecken zu Fuß zu gehen. Kinder auf dem Land gingen jeden Morgen sieben Kilometer zur Schule und abends sieben Kilometer zurück nach Hause, ohne sich zu beschweren. Oder vielleicht beschwerten sie sich auch, aber niemand zeichnete ihre Klagen für die Nachwelt auf. So funktionierte doch Geschichte, oder? Wenn es nicht aufgeschrieben wurde, existierte es nicht. Man mochte Schmuck und Keramik, reich verzierte Gräber hinterlassen, die eigenen Gebeine, die später vielleicht wieder ausgegraben wurden, aber nichts davon konnte zum Ausdruck bringen, wie man sich *gefühlt* hat. Die Toten unter ihren Füßen auf dem alten Friedhof von St. Anne waren sprachlos und stumm. Sie konnte sich nicht vorstellen, dass James und Hannah zu Fuß zur Schule gehen würden; sie schienen nicht zu wissen, wozu Füße gut waren.

Caroline war mehrmals an der Kirche vorbeigefahren, aber bis jetzt war ihr nicht in den Sinn gekommen hineinzugehen. Sie kannte natürlich den Pfarrer oder hatte ihn zumindest gekannt: er war letztes Jahr gestorben, und sein Nachfolger war noch nicht eingetroffen. Der neue Amtsinhaber (vielleicht wurde es eine Frau?) würde sich nicht nur um die beiden Gemeinden kümmern müssen, sondern auch um vier oder fünf weitere verwaiste Sprengel, weil heutzutage niemand mehr in die Kirche ging, nicht einmal Jonathans Mutter.

Es hatte nichts mit Religion zu tun, Caroline stellte sich nur vor dem Regen unter. Sie war mit den Hunden spazieren gegangen – die Kirche war ungefähr eineinhalb Kilometer von ihrem Haus (das eigentlich ein Landgut war) entfernt –, und die Hunde waren in den Friedhof eingedrungen und bewegten sich jetzt wie Staubsauger über die Erde, die Nasen auf dem Boden, die Schwänze aufgestellt, ihre kleinen Gehirne besessen von der Vorstellung unerforschten Territoriums und tausend neuer Gerüche. Caroline roch nur einen Geruch – den säuerlichen, melancholischen Geruch von Grün.

Die Hunde hatten bereits auf mehrere Grabsteine gepinkelt, und Caroline hoffte, dass niemand ihr nachspionierte. Sie beobachtete, nicht ihr nachspionierte. »Himmel, bist du paranoid, Caro«, sagte Jonathan. »Das kommt davon, wenn man ein Stadtmensch ist.« Die Hunde waren Labradore und gehörten Jonathan. Er hatte sie in die Ehe mitgebracht, zwei Hunde und zwei Kinder. James und Hannah, Meg und Bruce. Meg und Bruce waren die Hunde. Die Hunde und die Kinder waren laut Jonathan gut erzogen, weniger gut laut Caroline, obgleich sich die Hunde besser benahmen als die Kinder. Als es anfing zu regnen, hatte sie die Hunde vor dem Eingang angeleint (es wäre gut, wenn sie das Gleiche mit den Kindern tun könnte). Ihr war nicht klar gewesen, dass »Caro« eine Kurzform von Caroline war, bis sie Jonathan kennen lernte. Es klang sehr nach Regency, wie in den altmodischen historischen Romanen, die sie gelesen hatte, als sie jünger war. Viel jünger. Natürlich verfügte er über den entsprechenden Hintergrund – Landadel –, wo die Leute »Caroline« hießen. Und Lucy und Amanda und Jemima, er musste es also wissen.

Sie vermutete, dass es ein spezielles ekklesiastisches Wort für Eingang gab, aber sie kannte es nicht, obwohl sie wusste, dass es alle möglichen besonderen Ausdrücke für die Knochen einer Kirche, ihren Rumpf und ihre Rippen gab, wie mittelalterliche Poesie – Apsis, Kanzel, Schiff, Querschiff, Lichtgaden, Sakristei und Miserikordie –, allerdings war sie nicht sicher, was genau sie bedeuteten, außer

Miserikordie, weil es eins dieser Wörter war, die man nie vergaß, wenn man einmal darauf gestoßen war.
Die Miserikordien von St. Anne waren alt, aus Eiche, nicht das gleiche Eichenholz wie die Kirchentür, das grau und verwittert war wie altes Strandgut, als wäre sie lange Zeit im Meer getrieben, die Miserikordien waren von der Farbe des Torfes oder nasser Teeblätter. Wenn man sie genauer betrachtete, sah man, dass sie voller Schnitzereien waren, unheimliche heidnische Geschöpfe, mehr Kobolde als Menschen, halb versteckt zwischen Bäumen und Laub – hier Akanthus und dort etwas, was wie eine Palme aussah. Das musste der »grüne Mann« sein, nur dass es viele davon gab am Ende der Kirchenbänke – alle unterschiedlich –, »grüne Männer« wäre also eigentlich angemessen. Sie hatte nicht gewusst, dass es in Yorkshire auch grüne Männer oder Förster gab. So wie dort, wo sie früher gelebt hatte. In einem anderen Leben, an das sie sich manchmal kaum mehr erinnern konnte. Und zu anderen Zeiten nur zu gut.
Sie liebte das Wort »Miserikordie«, weil es so erbärmlich klang und es doch nicht war, es bedeutete barmherzig, abgeleitet von dem lateinischen Wort für Herz, *cor*, von dem auch die englischen Wörter *core*, Kern, Innerstes, Mark, und *cordial*, herzlich, abstammten, aber nicht das Wort *kardial*, das sich via Latein vom griechischen *kardia*, Herz, ableitete (obwohl beide Wörter auf einer alten Urebene gewiss irgendwie miteinander verwandt sein mussten). In der Schule hatte Caroline weder Latein noch Griechisch gelernt, aber später, nach der Schule, als sie viel freie Zeit hatte, arbeitete sie sich geduldig durch Fibel und elementare klassische Textbücher, so dass sie zumindest die Etymologie von Wörtern begriff, ihre Äste und Stämme hinunterverfolgen konnte bis zu ihren Wurzeln. Ihr eigener

Name enthielt »cor«, wenn man die Buchstaben verschob. Caro. Cora. Cor. Wie die Krähen, *crows*, die sich von den Toten ernährten. Wenn man sich auf den harten Boden kniete, was in dieser Kirche bedeutete, dass man notgedrungen auf der kalten Steinplatte von jemandes Grab kniete (aber die Toten freuten sich wahrscheinlich über die Gesellschaft), und einem grünen Mann in die Augen blickte, sah man den urzeitlichen Schimmer des Wahnsinns darin und den …

»Alles in Ordnung?«

»Ja«, sagte Caroline, »ich denke schon.« Der Mann bot ihr seine Hand an, weil ihre Beine vom Knien auf dem Boden, auf den Toten, steif waren. Die Hand des Mannes war weich und ziemlich kalt für jemanden, der offenkundig am Leben war.

»Ich bin John Burton«, sagte er (herzlich).

»Sie sind sehr jung«, sagte Caroline, »oder ist es ein Zeichen, dass ich alt werde – wenn Pfarrer und Polizisten anfangen, jung auszusehen?«, und der Pfarrer (John Burton) lachte und sagte: »Meine Mutter sagt immer, dass man sich erst Sorgen machen muss, wenn Bischöfe jung aussehen«, und Caroline fragte sich, wie es war, eine Welt so mühelos zu bewohnen, in der die eigene Mutter Witze über Bischöfe machte, in der einen die Leute Caro nannten.

»Sie sind also der neue Pfarrer«, sagte Caroline. Er trug eine Soutane (hieß es so?), deswegen war es wohl kaum eine gewagte Behauptung, und er blickte hinunter auf seine Kleidung, lächelte wehmütig und sagte: »Da haben Sie voll ins Schwarze getroffen«, aber er klang leicht lächerlich, weil er mit dieser kraftlosen Oberen-Zehntausend-Stimme sprach. Jonathan hatte sich ein raues Kalksteinkratzen in der Stimme erhalten (oder zugelegt), das ihn sachlich und kraftvoll erscheinen ließ. »Sehr Heathcliff«, hatte ihre Freundin Gillian sarkastisch gesagt, weil er natürlich Geld hatte und eine (sehr) teure Ausbildung und eine Mutter, die wie die Queen sprach.

»Ich weiß auch, wer Sie sind«, sagte John Burton, und Caroline sagte: »Wirklich?«, und dachte, flirten wir, bestimmt nicht, und John Burton – Pfarrer John Burton – sagte: »Ja, natürlich, ich weiß es, Sie sind die Rektorin der Grundschule«, und Caroline dachte, verdammt, weil es ihr wirklich lieber gewesen wäre, wenn niemand gewusst hätte, wer sie war. Überhaupt niemand.

Wieder zu heiraten war nicht Teil des Plans gewesen. Der Plan hatte vorgesehen, sich irgendwo in einer Kleinstadt zu vergraben und gute Werke zu tun, wie eine Quäkerin aus dem achtzehnten Jahrhundert oder eine viktorianische Dame mit philanthropischen Neigungen. Sie hatte sogar daran gedacht, ins Ausland zu gehen – Indien oder Afrika – wie eine Missionarin, in einem Alphabetisierungsprojekt mit Frauen und Ausgestoßenen zu arbeiten, weil sie wusste, was es hieß, ausgestoßen zu sein.

Sie ging in den Norden in der Erwartung, dass es hier steinig und industriell wäre, aber sie wusste, dass dieses Bild aus den Romanen stammte, die sie gelesen hatte, und natürlich war es nicht wie in *Fackeln im Sturm* oder *Samstagnacht und Sonntagmorgen*, sondern es war steinig und *post*industriell und viel schwieriger, als sie es sich vorgestellt hatte. Sie verbrachte ihr Probejahr in Liverpool, dann ein paar Jahre in Oldham und blieb schließlich in Manchester. Sie war eine »Superlehrerin«, obwohl es natürlich nicht so genannt wurde, dazu ausgebildet, sozial geächtete Kinder zu retten, erfolgreich in einer innerstädtischen Gehenna, so dass es ihr bestimmt war, eines Tages eine implodierende Schule zu leiten, die sie vor der Katastrophe retten musste, wie der Kapitän eines sinkenden Schiffes. Und es hatte seine Richtigkeit, weil sie sühnte, aber statt in ein Kloster, in einen Orden der Büßerinnen (eine Vorstellung, von der sie versucht war) einzutreten, war sie Lehrerin geworden, was wahrscheinlich nützlicher war, als sich selbst wegzusperren, Tag und Nacht alle vier Stunden zu beten, obwohl sie natürlich nicht sicher war – möglicherweise konnten nur von der Welt ausgesperrte Frauen, die Tag und Nacht beteten, eine erdgeschichtliche Katastrophe verhindern, einen Meteoriteneinschlag oder eine globale Kernschmelze.

Ihr Leben war nach diesem Plan verlaufen. Sie lebte in einer kleinen Wohnung mit einem Schlafzimmer, die Wände weiß gestrichen, Duftkerzen, alles schlicht gehalten (wie ein weltlicher Anachoret), und hatte nur minimalen gesellschaftlichen Umgang mit Kolleginnen. Es waren ein paar geschiedene Frauen mittleren Alters, mit denen sie gelegentlich ins Kino ging oder eine Flasche Wein trank, irgendwo, wo es ruhig genug war, um reden zu können. Das Gespräch beklagte normalerweise den Mangel an geeigneten Männern – »alle guten Typen sind entweder verheiratet oder schwul« –, das Übliche, und wenn sie in ihrem Leben herumstocherten, sagte sie: »Eine schreckliche Ehe ist genug«, auf eine Weise, die nahe legte, dass sie zu schrecklich gewesen war, um darüber zu sprechen. Sie nahm eine Auszeit von Beziehungen, sagte sie, aber sie sagte nicht, wie lange diese Auszeit schon dauerte. Seit zweiundzwanzig Jahren war sie nicht mehr mit einem Mann zusammen gewesen! Die geschiedenen Frauen mittleren Alters hätten gestaunt, wenn sie das gewusst hätten.

Andererseits gehörte das Zölibat dazu, wenn man Anachoret war, oder etwa nicht? Oder hieß es Anachoretin? Pfarrer Burton wüsste es. (»Nennen Sie mich John, um Himmels willen«, sagte er und lachte.) Allerdings hatte sie während dieser Jahre Sex mit Frauen gehabt, deswegen konnte man es nicht wirklich Zölibat nennen.
Er war ein komischer Kerl, John Burton. Rotblondes Haar, ziemlich klein und feingliedrig, überhaupt nicht wie Jonathan. Er hatte etwas Liebenswürdiges an sich, eine Art elementare Güte, die hinreißend war. Auch er war ein innerstädtischer Büßer gewesen, aber irgendwie war er daran zerbrochen, und jetzt war er als Rekonvaleszent aufs Land verbannt. Jonathan gehörte nicht zu der Sorte Mann, die einen Nervenzusammenbruch erlitt. Jonathan hatte unglaublich gute Manieren (von seiner Mutter, aus der Ampleforth School, auch wenn die Weavers keine Katholiken waren, ganz im Gegenteil), und das war eins der Dinge, die ihr an ihm gefielen, aber darunter war er hart und unzerstörbar, und auch das gefiel ihr. (»Diamanthart« wäre ein sehr gutes Wort, um ihn zu beschreiben. Aus dem griechischen *adámas*.)

Ihre Freundin Gillian, mit der zusammen sie studiert hatte, lud sie ein, das um den Bankfeiertag verlängerte Wochenende im August auf dem Bauernhof ihrer Eltern zu verbringen. Sie hatten sich im College angefreundet, weil sie älter waren als die meisten anderen Studenten. Sie waren keine engen Freundinnen – allerdings glaubte Gillian, sie wären enger befreundet, als sie es tatsächlich waren –, aber Gillian war angenehme Gesellschaft, witzig, zynisch, dabei nicht aggressiv, und nachdem sie lange und hart mit sich darüber diskutiert hatte (wie sie es mit allem tat), nahm

Caroline die Einladung schließlich an. Ein Wochenende auf dem Land, sagte sie sich, was konnte das schaden? Oder?

Und es war herrlich, absolut herrlich. Gillians Eltern waren lustige Typen, und Gillians Mutter fütterte sie beständig, was beiden nur recht war. Gillians Mutter sagte, wie bewundernswert es sei, dass sie beide so unabhängige »Mädchen« mit Karrieren und Hypotheken und Chancen wären, aber tatsächlich meinte sie, dass Gillian – ein Einzelkind – schon weit über dreißig war, und wollte sie nicht endlich ein Enkelkind produzieren?

Das Gästezimmer war hübsch und gemütlich, und Caroline schlief besser als seit Jahren, wahrscheinlich weil es so ruhig war. Die einzigen Geräusche waren das Blöken der Schafe, das Krähen der Hähne, das nie abbrechende Gezwitscher der Vögel und gelegentlich das gut erträgliche Gebrumm eines Traktors. Die Luft duftete süß, und ihr wurde klar, dass sie seit langer Zeit keine wirklich gute, saubere Luft mehr geatmet hatte. Ihr Fenster ging hinaus auf wogende grüne Täler, gesäumt und eingefasst von Mauern aus grauem Stein, die sich bis in die Unendlichkeit erstreckten, und sie dachte, dass es die schönste Aussicht war, die sie je in ihrem Leben gehabt hatte (wobei sie wahrlich miese Ausblicke gehabt hatte), und sie verliebte sich in die Landschaft, bevor sie sich in Jonathan verliebte, der in gewisser Weise eine Verlängerung und Verkörperung der Landschaft war.

Es war heißer, viel heißer, als sie es von Yorkshire erwartet hatte, nicht dass sie überhaupt gewusst hätte, was sie von Yorkshire zu erwarten hatte, da sie nie zuvor hier gewesen war. (»Was, du warst noch nie in Gottes eigener Grafschaft?«, sagte Jonathan mit gekonnt gespieltem Entsetzen.

»Ich war noch kaum irgendwo«, sagte sie wahrheitsgemäß.)

Am Samstagnachmittag nahm Gillian sie mit auf eine Landwirtschafsmesse, eine kleine, auf das Tal beschränkte, »nicht die große Yorkshire-Show oder so – mehr ein Fest«, erklärte Gillian. Sie fand statt auf einer ein paar Kilometer entfernten Wiese am Rand eines Dorfes, das sie laut Gillian lieben würde, weil »es so malerisch wie auf einer Postkarte« war, und Caroline lächelte und sagte nichts, denn, ja, alles war schön, und es mochte Yorkshire sein (was mehr ein Geisteszustand zu sein schien als eine Region), aber es war immer noch *Land*. Aber natürlich hatte Gillian Recht, das Dorf entsprach dem platonischen Ideal eines Dorfes – eine Brücke für Packpferde, ein wilder Bach, gesäumt von gelben Schwertlilien, der sich zwischen den grauen Steinhäusern hindurchschlängelte, das alte rote Telefonhäuschen, der kleine Briefkasten in der Mauer, der Dorfanger, auf dem die fetten Schafe ungehindert grasten. (»Yorkshire-Schafe«, sagte Jonathan, »die sind dicker«, und Monate später spuckte sie diese Tatsache einer Arbeitskollegin gegenüber wieder aus, die sich vor Lachen krümmte, so dass sie sich wie eine Idiotin vorkam. Zu diesem Zeitpunkt trug sie bereits einen Ring mit einem Diamanten und einem Rubin am Finger, ein Ring, der einst der Mutter von Jonathans Vater gehört hatte. Erst später erzählte ihr seine Mutter, Rowena, dass sie diesen Ring zurückgewiesen und auf neuen Diamanten – von Garrard – bestanden hatte, weil sie nichts »Getragenes« wollte.)

Unnötig zu erwähnen, dass Caroline nie zuvor auf einer Landwirtschaftsmesse gewesen und deswegen von allem bezaubert war. Ja, so war es: sie war bezaubert, verzaubert, irgendwie entzückt – von den gekrempelten Schafen und den langhaarigen Kühen und den quiekenden sauberen Schweinen, von den Ständen mit den preisgekrönten Marmeladen und Biskuitkuchen, den gehäkelten Schals und gestrickten Jäckchen, den Eierkürbissen, Kartoffeln, Lauchstangen und Rosen, von den Frauen, die in einem warmen Zelt, das nach Gras roch, Tee mit Sahne servierten, vom Pfarrer – ein dicker Mann mit der rosigen Haut eines Trinkers –, der die Messe eröffnete und lustige Witze erzählte (ganz anders als sein Nachfolger John Burton). Es gab einen Eiswagen und einen Spielplatz für Kinder und ein kleines, perfekt erhaltenes antikes Karussell. Es war unwirklich. Es war lächerlich. Caroline rechnete jeden Augenblick damit, dass eine Dampflok einfahren und die Besetzung des verdammten *Herzschlags des Lebens* auf dem Bahnsteig stehen würde. Aber stattdessen war es Jonathan Weaver, der zwar nicht stand, dafür aber *schritt.* »Die Oberschenkel hat er vom Fallschirmspringen«, flüsterte Gillian. »Er ist Amateur, aber er hätte es weit bringen können, heißt es.« O nein, jetzt war es wie in einem Roman von Jilly Cooper.

»Aristokratie ohne Titel«, sagte Gillian. »Du weißt schon, alte Familie, bewirtschaften das Land seit dem Jüngsten Tag oder so – aber sie tun nur so, sie sind keine richtigen Bauern«, fügte sie bitter hinzu.

»Warum nicht?«

»Sie haben auch andere Einkünfte, jede Menge – Häuser in London, Land, Sklavenhandel, woher immer die Leute ihr Geld haben, deswegen spielen sie Landwirtschaft – sie haben eine Vorzeigeherde Red Devons, und ihre Schafe sehen aus, als könnte Marie Antoinette sie hüten – und das ist Schafland, das darfst du nicht vergessen, wo ein Schaf ein Schaf ist, und alle zum Bauernhof gehörigen Gebäude sind modernisiert und haben Zentralheizung, und den ursprünglichen Küchengarten legen sie mit Geldern vom National Trust neu an. Kannst du dir das vorstellen?«

Caroline verstand die Tirade dieser Bauerntochter nicht wirklich, deswegen sagte sie nur: »Nein«, und dann lachte Gillian und sagte: »Aber, verdammt noch mal, ich würde jederzeit mit ihm vögeln.«

Sie erinnerte sich, dass sie eine Auslage mit der »besten Erdbeermarmelade« betrachtete. Die Gläser – die Baumwollhäubchen trugen und mit Etiketten beklebt waren und an *Vom Glück, mit der Natur zu leben. Das Tagebuch der Edith Holden* erinnerten – waren mit Rosetten und kleinen Empfehlungskärtchen versehen, und sie dachte, dass man die preisgekrönte Marmelade auch probieren können sollte, nicht nur ansehen, als er plötzlich neben ihr stand und sich vorstellte, und darauf folgte eine Art Blackout, denn das Nächste, woran sie sich erinnerte, war, dass sie hoch oben auf dem Beifahrersitz seines Range Rovers saß und zu ihm nach Hause fuhr. Er hatte sie höflich »zum Tee bei uns zu Hause« eingeladen, aber es musste Wollust, unverfälscht und pur und zu lange aufgestaut, gewesen sein, die sie trieb – so dass sie Gillian stehen ließ, die wütend auf sie war (und das zu Recht), weil sie in aller Öffentlichkeit mit jemandem abzog, den sie gerade erst kennen gelernt hatte.

Sie fuhren eine lange, gerade Straße entlang, die durch eine Parklandschaft führte, und erst nach ungefähr fünf Minuten wurde ihr klar, dass ihm die Straße und der Park und alles andere gehörte – ihm gehörte *Landschaft*, verdammt noch mal. Und obwohl es Lust gewesen war, die sie so weit gebracht hatte, glaubte sie aufrichtig, dass seine Einladung zum Tee einen eleganten hellen Salon beinhalten würde, an dessen Wänden Bilder von Pferden und Hunden hingen. Große, mit blasszitronengelbem Seidendamast überzogene Sofas stünden darin und ein Flügel mit Familienfotos in schweren Silberrahmen darauf (dieses Bild basierte überwiegend auf einem Schulbesuch in einem Herrenhaus, den sie als Kind unternommen hatte). Sie sah sich vor sich, wie sie nervös auf der Kante eines zitronengelben Damastsofas saß, während Jonathans Mutter den Vorsitz über das Teetablett führte – hübsches antikes Porzellan – und sie höflich nach ihrem »faszinierenden« Leben in der Stadt befragte.

In Wirklichkeit war Jonathans Mutter noch auf der Messe und überreichte dem Ponyclub huldvoll Rosetten, und weder Jonathan noch Caroline kamen auch nur in die Nähe des Salons (der völlig anders aussehen sollte, als sie es sich vorgestellt hatte), weil sie zur Rückseite des Hauses gingen, wo er sie in eine Art Spülküche führte, und kaum waren sie durch die Tür, zog er ihr die Hose herunter, so dass sie um ihre Knöchel hing, beugte sie über ein altes hölzernes Abtropfbrett und drang umstandslos in sie ein, und während sie sich an den (gelegen kommenden) Hähnen der Spüle festhielt, dachte sie: *Lieber Gott, das ist aber, was man ficken nennt*, und jetzt – jetzt fuhr sie einen Land Rover Discovery und kaufte sich Kleider bei Country Casuals in Harrogate und saß mit ihm und seinen beiden ungezogenen Kindern am Frühstückstisch (Mahagoni, Chippendale). Konnte ihr bitte jemand erklären, wie das verdammt noch mal passiert war?

»Also«, sagte John Burton, »ich glaube, ich muss jetzt los.« Sie saßen auf einer Kirchenbank, nebeneinander, ziemlich ungezwungen, aber ohne miteinander zu sprechen. Das war das Besondere an einer Kirche, man konnte schweigen, und keiner fragte nach dem Grund. Es hatte fast aufgehört zu regnen, obschon man den Regen durch die offene Tür noch roch – grün und sommerlich. »Der Regen hat nachgelassen«, sagte er, und Caroline sagte: »Ja, ich glaube, das hat er.« Er stand auf und begleitete sie hinaus. Die Hunde, die geschlafen hatten, zogen jetzt eine Riesenshow ab und begrüßten sie, aber sie wusste, dass sie ihnen in Wirklichkeit vollkommen gleichgültig war.

»Also, auf Wiedersehen«, sagte John Burton und reichte ihr erneut die Hand. Sie spürte, wie etwas leicht flatterte, etwas seit langem Schlafendes zum Leben erwachte. Er stieg auf sein Fahrrad und fuhr davon, einmal drehte er sich um, um zu winken, wodurch er auf lächerliche Weise ins Schwanken geriet. Sie stand da und sah ihm nach, schenkte den hysterisch bellenden Hunden keinerlei Beachtung. Sie war verliebt. Einfach so. Wie vollkommen und absolut verrückt.

8
Jackson

Victors letzte Riten hoben den Minimalismus auf eine nie da gewesene Ebene der Schlichtheit. Jackson, Julia und Amelia waren die einzigen Anwesenden, außer man zählte Victor mit, der still verweste in einem billigen Eichenfurniersarg, den keinerlei Blumen zum Abschied schmückten. Jackson hatte zumindest etwas dem Anlass Entsprechendes erwartet. Er hatte sich vorgestellt, dass der Abschied von Victor in der Kapelle von St. John's, seinem alten College, stattfinden würde, wo ihn seine früheren Kollegen in einem langweiligen anglikanischen Gottesdienst loben würden, unterbrochen von schlecht gesungenen Hymnen, begleitet von schmerzerfülltem Orgelspiel. Amelia und Julia saßen in der ersten Reihe der zum Krematorium gehörigen Kapelle. Jackson hatte es geschafft, ihre Aufforderung abzulehnen, sich anstelle von Victors nicht existierendem Sohn zwischen sie zu setzen. Er neigte sich vor und flüsterte Julia zu: »Warum ist niemand hier?« Nominell war er in seiner Rolle als Privatdetektiv hier: er wollte wissen, wer zu Victors Beerdigung kam, und er vermutete, dass niemand genauso interessant war wie jemand.

»Es ist niemand hier, weil wir es niemandem gesagt haben«,

sagte Amelia, als wäre es die einleuchtendste Begründung der Welt.
Amelia trug für die Beerdigung ihres Vaters nicht etwa Schwarz, keine Spur davon, ganz im Gegenteil, sie trug eine gerippte wollene Strumpfhose in einem beunruhigenden Scharlachrot. Jackson fragte sich, ob das eine symbolische Bedeutung hatte – wahrscheinlich ein alter Brauch in Cambridge, dem zufolge ein Blaustrumpf zum Tod des Vaters ein rotes Beinkleid trug. Für die meisten Dinge schien es einen Brauch in Cambridge (Entschuldigung, *Oxford*) zu geben. Warum sollte jemand mitten im Sommer eine Wollstrumpfhose anziehen? In der Krematoriumskapelle sorgte die Klimaanlage für Kühle, aber draußen war es heiß. Julia war genauso schlimm, auch sie hatte das Schwarz der Trauer zurückgewiesen und sich von Kopf bis Fuß in einen grasgrünen, uralten Samtmantel gehüllt (waren sie kaltblütig wie Reptilien?). Ihr verrücktes Haar sah aus, als hätte es eine Truppe Zirkushunde gestriegelt. Jackson in seinem schwarzen Beerdigungsanzug und mit seiner strengen schwarzen Krawatte war der Einzige, der um Victor zu trauern schien.
Amelias grelle Beine erinnerten ihn an die Beine eines Vogels, den er neulich in einer Ausgabe von *National Geographic* im Wartezimmer der Zahnärztin gesehen hatte.
Julia drehte sich zu ihm um. »Bei diesen Gelegenheiten denke ich immer«, sagte sie, »also nicht unbedingt bei diesen Anlässen« – sie deutete kurz auf den Sarg – »sondern, Sie wissen schon, Familienfeste, Geburtstage, Weihnachten, dass Olivia vielleicht kommt.«
»Das ist lächerlich«, sagte Amelia.
»Ich weiß.« Beide wurden traurig, aber dann sammelte sich Julia und sagte: »Sie sehen sehr gut aus in Ihrem Anzug,

Mr. Brodie.« Amelia bedachte Julia mit einem verächtlichen Blick. Julias Augen tränten und sie sprach mit erstickter Stimme, erklärte jedoch, dass es an ihrem Heuschnupfen und nicht an etwaiger Trauer läge, »damit Sie sich keine falschen Vorstellungen machen«. Julia bot Jackson ihr Nasenspray an, das er höflich ablehnte. Jackson hatte sein Leben lang noch nie allergisch reagiert (außer auf Menschen vielleicht) und betrachtete seine Konstitution als robust nördlich. Im Discovery Channel hatte er vor kurzem eine Sendung gesehen, in der behauptet wurde, dass die Menschen im Norden noch die widerstandsfähige Wikinger-DNA besäßen, während die Menschen im Süden etwas anderes, Weicheres, Französisches hätten.
»Das Dekor hier ist so trostlos«, flüsterte Julia vernehmlich, und Amelia gab einen Laut des Unmuts von sich, als wäre sie im Theater und Julia eine lästige Fremde. »Was?«, sagte Julia beleidigt zu ihr. »Er wird schon nicht aus dem Sarg springen und Einwände erheben, oder?« Amelias Züge verkrampften sich kurz vor Schrecken, aber zumindest ließ die Vorstellung eines wiederauferstandenen Victors beide verstummen, wenn auch nur für den Augenblick. Sogar ein langweiliger anglikanischer Gottesdienst wäre den plappernden Land-Schwestern vorzuziehen gewesen.

Auf dem Weg zu Victors Beerdigung hatte Jackson den alten Kanzleiräumen von Holroyd, Wyre und Stanton einen Besuch abgestattet, jetzt ein Schönheitssalon namens »Glück«. »Schönheitstherapeuten« nannten sie sich heutzutage, was Jackson eher an Psychiater als an Gesichtsmasken und Maniküre denken ließ. Die Menschen mit Schönheit heilen. Wie stellte man das an? Musik? Gedichte? Landschaft? Sex? Woran wandte er sich, wenn er Heilung nötig hatte? *From Boulder To Birmingham* von Emmylou Harris. Das Gesicht seiner Tochter. Sentimental, aber wahr.

In Theos Haus gab es ein Zimmer. Theo hatte ihn in sein Haus gebeten, um ihm das Zimmer zu zeigen. Jackson hätte mit so einem Zimmer im Haus nicht leben können. Ein Schlafzimmer im ersten Stock, das aussah wie ein Sondereinsatzraum der Polizei – Fotos und Stadtpläne an die Wand gepinnt, Verlaufsdiagramme und Schreibtafeln, Zeitpläne der Ereignisse. Zwei Aktenschränke aus Metall, aus denen die Akten quollen, Kisten mit noch mehr Akten auf dem Boden. Alles, was auch nur entfernt für den Tod seiner Tochter relevant sein könnte, befand sich in diesem Raum. Und eine nicht unerhebliche Anzahl von Dingen, die er nicht hätte haben dürfen – die Fotos vom Tatort zum Beispiel, die nicht an der Wand hingen (für diese kleine Gnade war Jackson dankbar), die Theo jedoch aus einem Aktenschrank holte. Schreckliche Bilder von der Leiche seiner Tochter, die Theo mit einer Art professioneller Distanz behandelte, als wären es Schnappschüsse aus einem Urlaub, für die Jackson sich vielleicht interessierte. Jackson wusste, dass es nicht so war, dass die Zeit Theo irgendwie gegen alle Schrecken abgehärtet hatte, aber er war trotzdem schockiert. »Ich habe ein paar Kontakte«, sagte Theo, ohne es weiter auszuführen. Er war Rechtsanwalt gewesen, und Rechtsanwälte hatten Jacksons Erfahrung nach immer Kontakte.

Theo hatte die letzten zehn Jahre seines Lebens ausschließlich damit verbracht, den Tod seiner Tochter zu untersuchen. War das richtig, oder war es verrückt? Das Zimmer hätte einem Psychopathen gehören können, natürlich nicht den Psychopathen, die Jackson über den Weg gelaufen waren, aber den Psychopathen, wie sie in Kriminalromanen

oder im Fernsehen vorkamen. Jackson meinte, dass sie viel mehr Fernsehspiele über Autodiebstahl machen sollten, begangen von vierzehnjährigen Jungen, die high waren von Klebstoff und Apfelwein und Langeweile. Das wäre wesentlich realistischer, wenn auch nicht so interessant.
Während er Victors Sarg betrachtete, fragte sich Jackson, wie Laura Wyres Beerdigung gewesen war. Laut Presseberichten waren hunderte von Menschen gekommen. Theo erinnerte sich kaum mehr daran, obwohl er alle Berichte darüber archiviert hatte. Als Jackson Theo nach Lauras Beerdigung fragte, hatte Theos Blick geflackert, als würde sich sein Gehirn von der Erinnerung daran distanzieren. Gab es nicht Stadien der Trauer, die man durchlaufen musste – Schock, Leugnen, Schuld, Zorn, Depression –, und dann Akzeptanz, wenn man am anderen Ende wieder herauskam und alles okay war und man weitermachte? Jackson hatte einmal psychologische Beratung in Anspruch genommen. Seine Schule hatte jemanden geholt von der »Psychiatrischen Jugendhilfe West Yorkshire«, ein zu aufgeblasener Titel für die hängenden Schultern des kleinen rothaarigen Psychologen, dessen Atem nach rohen Zwiebeln roch und der mit Jackson sprach, in dem provisorischen Schrank, der als Krankenzimmer seiner Schule durchging. Der rothaarige bärtige Psychologe sagte zu Jackson, dass er weitermachen, sein Leben weiterleben müsse, aber Jackson war zwölf Jahre alt und hatte nichts mehr, von wo aus er hätte weitermachen und wohin er hätte gehen können.
Jackson fragte sich, wie viele Male die Leute Theo geraten hatten, weiterzumachen. Theo Wyre steckte irgendwo am Anfang des Trauerprozesses fest, an einem Ort, den er sich angeeignet hatte, wo er, wenn er hart genug kämpfte, seine

Tochter vielleicht zurückholen könnte. Das würde ihm nicht gelingen. Jackson wusste, dass die Toten nicht zurückkamen. Nie.

Der gelbe Golfpullover. Der Pullover hätte zum Mörder führen müssen. Niemand von Theos Mandanten interessierte sich für Golf (war Golf das »königliche Spiel«, oder war es Tennis?). Die Gleichgültigkeit diesem Spiel gegenüber rührte von der Tatsache her, dass die meisten seiner Mandanten Frauen waren – er hatte fast ausschließlich mit Scheidungs- und Familienrechtsfällen zu tun. (Warum war er also am Tag, als seine Tochter starb, in Peterborough wegen eines Falls von Grenzstreitigkeiten?) Es war deprimierend, seine Akten zu studieren, diese endlose Parade verprügelter, missbrauchter, gedemütigter Frauen sowie die Kette derjenigen, die einfach bloß unglücklich waren, die den Anblick des armen Mannes, mit dem sie verheiratet waren, nicht mehr ertrugen. Es war eine Lektion (wenn auch eine, der sich Jackson bereits unterzogen hatte), weil Theo ungewöhnlich gut darin war, die banalen Einzelheiten des Scheiterns zu dokumentieren, die Litanei winziger Fehler und Risse, die von außen kaum zu erkennen waren, von innen jedoch wie riesige Canyons erschienen: »Er kauft mir Nelken, Nelken sind Mist, jede Frau weiß das, warum weiß er es nicht?«; »Er denkt nie daran, die Toilette zu putzen, obwohl ich das Putzmittel hinstelle, wo er es nicht übersehen kann, und ich habe ihn darum gebeten, ich habe ihn hundertmal darum gebeten«; »Wenn er mal bügelt, dann heißt es: ›Schau nur, ich bügle, schau nur, wie gut ich das mache, ich bügle viel besser als du, ich bin der Beste, ich mache es richtig.‹«; »Er würde mir das Frühstück ans Bett bringen, wenn ich ihn darum bitten würde, aber *ich will ihn nicht darum bitten müssen.*« Wussten Männer, wie sehr sie Frauen auf die Nerven gehen konnten? Theo Wyre wusste es mit Sicherheit.

Jackson war immer aufmerksam gewesen, hatte nie die Toilettenbrille oben gelassen und all diese klischeehaften Dinge getan, und zudem waren sie in der Überzahl gewesen, zwei Frauen und ein Mann. Jungen brauchten lange, um Männer zu werden, aber Töchter waren von Anfang an Frauen. Jackson hatte gehofft, sie würden noch ein Kind bekommen; ihm hätte ein zweites Mädchen gefallen, er hätte fünf oder sechs davon gewollt, um ehrlich zu sein. Jungen waren ihm viel zu vertraut, aber Mädchen, Mädchen waren außergewöhnlich. Josie hatte keinerlei Interesse an einem zweiten Kind gezeigt, und das eine Mal, als Jackson es vorschlug, sah sie ihn durchdringend an und sagte: »Dann krieg du es.«

Trug jemand einen Golfpullover, der sich nicht für Golf interessierte? Und überhaupt, was unterschied einen Golfpullover von einem anderen Pullover? Jackson hatte die Polizeifotos durchforstet, bis er eins mit einem gelben Pullover darauf fand, bei dem sich die Augenzeugen einig waren, dass er dem »sehr ähnlich« war, den Laura Wyres Mörder getragen hatte. Was Augenzeugen anbelangte, besagte das überhaupt nichts. Jackson betrachtete das Logo auf dem Pullover, ein kleiner, schlägerschwingender Golfspieler. Trug man so einen Pullover, wenn man nicht Golf spielte? Man konnte ihn unbesehen in einem Secondhandladen kaufen, weil es ein guter Pullover war (»60 % Schurwolle, 40 % Kaschmir«) und man ihn sich leisten konnte.

Gelb stand für Gefahr, wie diese winzigen, giftigen gelben Frösche. Das obdachlose Mädchen heute Morgen in der St. Andrew's Street, ihr Haar war von der Farbe giftiger Frösche. Auf dem Weg zu Glück wäre er beinahe über sie

gestolpert. Sie hatte einen Hund, so etwas wie einen Whippet.
»Können Sie mir helfen?«, fragte ihn das obdachlose Mädchen, und er ging in die Hocke, so dass er nicht vor ihr aufragte, und sagte: »Was soll ich denn tun?«, und sie starrte irgendwohin und sagte: »Ich weiß es nicht.« Sie hatte schlechte Haut, sah aus wie ein Junkie, ein verlorenes Mädchen. Er war spät dran, deswegen verließ er das Mädchen mit dem froschgelben Haar und dachte, auf dem Rückweg frage ich sie nach ihrem Namen.
Und die Männer all dieser verärgerten Frauen in Theos Akten, spielte einer von ihnen Golf? Die Polizei hatte bei allen nachgeforscht und zwei Golfer ausfindig gemacht, die beide hieb- und stichfeste Alibis hatten. Sie hatten die Exmänner durchforstet und nach Verbitterung wegen der Scheidung oder wegen Affären, wegen Sorgerechtsstreitigkeiten, Unterhaltszahlungen für Frau und Kinder gesucht und nicht einen plausiblen Verdächtigen gefunden. Sie befragten alle, überprüften alle Alibis, sie machten DNA-Proben und nahmen Fingerabdrücke, obwohl es am Tatort weder DNA noch Fingerabdrücke gab, weil der Mann nichts berührt hatte, er hatte noch nicht einmal die Tür mit der Hand geöffnet – die Haustür stand offen, und die Frau am Empfang (Moira Tyler) sagte aus, dass er die Tür zur Kanzlei mit dem Ellbogen aufgestoßen habe. Und das war's, geradewegs nach hinten ins Konferenzzimmer, zweimal zugestochen und wieder raus. Kein Herumgetue, kein Geschrei, keine Flüche, kein Zorn, der sich Luft verschaffte. Mehr wie ein Auftragsmord als ein Verbrechen aus Leidenschaft. *Crime passionnel.* Er nahm das Messer wieder mit, und es wurde nie gefunden.
Jackson hatte die Männer unter die Lupe genommen, gegen

die einstweilige Verfügungen erwirkt worden waren. *Nada. Rien.* Alle waren befragt worden, alle hatten Alibis, an denen nicht zu rütteln war. Und die Möglichkeit, dass der Mörder aus Theos persönlichem Bekanntenkreis stammte, nun, Theo schien kein persönliches Leben zu haben, abgesehen von seinen Töchtern, abgesehen von Laura. Die andere, Jennifer, erwähnte er kaum. (Warum nicht?)

Julia schien zu schlafen. Amelia war auf ihrem Stuhl zusammengesunken und starrte düster auf den Teppich. Sie hatte eine schreckliche Haltung. Jackson hatte angenommen, dass irgendjemand den Tod einräumen würde, dass ein Pfarrer von irgendwo auftauchen und ein paar unpersönliche Worte sprechen würde, bevor Victor ins Unbekannte geschoben wurde, und deswegen war er erstaunt, als der Sarg plötzlich geräuschlos hinausglitt und so umstandslos hinter einem Vorhang verschwand, als wäre er ein Koffer auf einem Förderband. »*Das* war's?«, sagte Jackson zu Julia. »Was haben Sie denn erwartet?«, fragte Amelia, stand auf und stolzierte auf ihren roten Vogelbeinen aus der Kapelle. Julia nahm Jacksons Arm, drückte ihn und ging mit ihm hinaus, als hätten sie gerade geheiratet. »Das ist nicht ungesetzlich«, sagte sie fröhlich. »Wir haben uns erkundigt.«
Es war heiß, überhaupt kein Beerdigungswetter, und Julia, die zu niesen begonnen hatte, kaum waren sie draußen, sagte gut gelaunt: »Aber nicht so heiß wie dort, wo Papa gerade ist.« Jackson setzte seine Sonnenbrille auf, und Julia sagte: »*Oh, là, là*, wie ernst Sie aussehen, Mr. B., wie ein Geheimagent.« Und Amelia gab einen Laut von sich wie ein wühlendes Schwein. Sie stand auf dem Weg und wartete auf sie. »Das war's?«, wiederholte Jackson und löste sich aus Julias Griff.

»Nein, das war's natürlich nicht«, sagte Amelia. »Jetzt trinken wir Tee und essen Kuchen.«

»Wenn Sie ein Hund wären, was für ein Hund wären Sie dann Ihrer Meinung nach?« Julia stopfte sich ein großes Stück Kuchen in den Mund. »Weiß ich nicht.« Jackson zuckte die Schultern. »Ein Labrador vielleicht?«, und beide schrien unisono ungläubig »Nein!«, als wäre er wahnsinnig, auch nur für eine Sekunde in Betracht zu ziehen, ein Labrador zu sein. »Sie sind alles andere als ein Labrador, Jackson«, sagte Julia. »Labradorhunde sind *langweilig.*«
»Schokoladenbraune Labradore sind nicht so schlimm«, sagte Amelia. »Die gelben sind … doof.«
»Schokoladenbraune Labradore.« Julia lachte. »Man sollte sie essen können.«
»Ich glaube, Mr. Brodie ist ein English Pointer«, sagte Amelia bestimmt.
»Wirklich?«, sagte Julia. »Heiliger Strohsack. Darauf wäre ich nicht gekommen.« Jackson war nicht klar gewesen, dass die Leute heutzutage noch »heiliger Strohsack« sagten. Sie waren sehr *laut*, die Land-Schwestern. Peinlich laut. Er wünschte, sie wären weniger auffällig. Andererseits war Wahnsinn endemisch in Cambridge, deswegen fielen sie auch nicht übermäßig auf. Er hätte es gehasst, mit ihnen in einem Café in seiner Heimatstadt im Norden zu sitzen, wo seit Menschengedenken niemand mehr »heiliger Strohsack« sagte. Sie waren heute bemerkenswert ausgelassen, eine Stimmung, die offenbar darauf zurückzuführen war, dass sie gerade ihren Vater verbrannt hatten.
Julia goss sich eine zweite Tasse Tee ein. Es war zu heiß für Tee; Jackson sehnte sich nach einem eiskalten Bier. Auf Julias weißer Teetasse befand sich der Lippenstiftabdruck

ihres Mundes, und plötzlich erinnerte sich Jackson an seine Schwester. Sie hatte eine weniger grelle Farbe benutzt, ein pastelliges Rosa, und auf jeder Tasse, auf jedem Glas, aus dem sie trank, hinterließ sie den gespenstischen Abdruck ihrer Lippen. Der Gedanke an Niamh ließ das Herz in seiner Brust schwer werden, buchstäblich, nicht metaphorisch.

»Ich glaube nicht«, sagte Julia, nachdem sie über die Hundefrage nachgesonnen hatte (waren sie sich jemals einig?) »Nein, kein Pointer. Und schon gar kein Englischer, vielleicht ein Old Danish Pointer. ›Old‹ großgeschrieben, Mr. Brodie, nur damit Sie nicht meinen, ich würde mich auf Ihr Alter beziehen. Oder vielleicht ein Large French Pointer. Ebenfalls großgeschrieben, Mr. Brodie. Aber weißt du, Milly, ich glaube, Mr. Brodie ist ein Deutscher Schäferhund. Er würde dich aus einem brennenden Haus oder einem über die Ufer getretenen Fluss retten. Er würde dich *retten!«* Sie wandte sich Jackson zu und bedachte ihn mit einem strahlenden Theaterlächeln. »Das würden Sie doch?«

»Ja?«, sagte Jackson.

Amelia stand abrupt auf und verkündete: »Das war nett, aber wir können uns nicht den ganzen Tag vergnügen«, und Julia raffte sich auf und sagte: »Ja, komm, Milly, hamham, wir müssen essen. Testessen«, fügte sie hinzu, und Amelia stöhnte und sagte: »Ich hasse Testessen.«

Jackson holte seine Brieftasche heraus, um zu zahlen. Er bewahrte darin das Foto von Olivia auf, und jedes Mal, wenn er die Brieftasche öffnete, um eine seiner kaum mehr gedeckten Kreditkarten herauszufischen, sah er ihr Gesicht, das ihn anlächelte. Natürlich nicht wirklich ihn, sondern wer immer die Kamera gehalten hatte.

»Mami«, sagte Julia. »Papa hat nie fotografiert.« Alle drei starrten traurig auf das Foto.

»Nur Julia und ich sind noch übrig«, sagte Amelia. »Wir sind die letzten beiden Menschen auf der Welt, die sich noch an Olivia erinnern. Wir können nicht sterben, ohne zu erfahren, was mit ihr passiert ist.«

»Warum jetzt, nach so langer Zeit?«, fragte Jackson.

»Es ist nicht ›nach so langer Zeit‹«, sagte Amelia zornig, »wir haben Olivia nie *vergessen*. Es ist nur, dass wir Blaue Maus gefunden haben. Ich weiß nicht, es ist, als hätte sie uns gefunden.«

»Wir sind die letzten drei«, korrigierte Julia Amelia. »Sylvia erinnert sich noch an Olivia.«

»Sylvia?«

»Unsere älteste Schwester«, sagte Amelia beiläufig. Jackson wartete, ließ sein Schweigen die Frage stellen. Schließlich antwortete Julia: »Sie ist Nonne.«

»Und wann genau wollten Sie mir von ihr erzählen?«, fragte Jackson und versuchte, nicht so verärgert zu klingen, wie er war.

»Wir erzählen es Ihnen jetzt«, sagte Julia, als wäre sie die Verkörperung der Vernunft. »Seien Sie nicht so griesgrämig, Mr. Brodie, Sie sind ein viel netterer Mensch, als Sie tun.«

»Nein, das bin ich nicht«, sagte Jackson.

»Doch, das sind Sie«, sagte Julia. (Warum, um Gottes willen, gingen sie nicht endlich?) Plötzlich stellte sich Julia, zu Jacksons Überraschung, auf die Zehenspitzen und küsste ihn auf die Backe. »Danke«, sagte sie, »dass Sie zur Beerdigung gekommen sind, und für alles andere auch.«

Jackson begann sich zu sorgen, dass er zu spät kommen würde. Auf dem Rückweg zum Parkplatz musste er gegen eine Herde ausländischer Sprachschüler ankämpfen, die allesamt nicht wussten, dass es außer ihresgleichen auch noch andere Menschen auf dem Planeten gab. Cambridge im Sommer, überlaufen von einer Mischung aus Touristen und ausländischen Teenagern, die alle nur auf der Welt waren, um *sich herumzutreiben*, entsprach Jacksons Vorstellung der Hölle. Die Sprachschüler trugen alle Kampfkleidung, khaki- und tarnfarben, als herrschte Krieg und sie wären die Soldaten (Gott steh uns bei, wenn es tatsächlich so wäre). Und die Fahrräder, warum waren die Menschen der Ansicht, Fahrräder wären etwas Gutes? Warum waren Fahrradfahrer so selbstgefällig? Warum fuhren Fahrradfahrer auf den Gehsteigen, wenn es vollkommen intakte Fahrradwege gab? Und wer hielt es für eine gute Idee, Fahrräder an italienische Sprachschüler zu verleihen? Wenn es die Hölle gab, und Jackson war von der Existenz der Hölle überzeugt, würde sie von einem Komitee fünfzehnjähriger italienischer Jungen auf Fahrrädern regiert.

Und die Touristen ... Begeistert von den Colleges und der Geschichte, wollten sie nicht sehen, was dahinter steckte: Geld und Macht. Der unermessliche Grundbesitz, der den Colleges gehörte, nicht nur in Cambridge, obschon ihnen Cambridge größtenteils auch gehörte. Die Colleges übten Einfluss aus auf Konzessionen und Pachtverträge und Gott weiß was noch. Jemand hatte ihm einmal erzählt, dass man ganz England von Süden nach Norden durchqueren könnte, ohne das Land zu verlassen, das Trinity gehörte. Und alle diese schönen Gärten, die sie besaßen und für die man Eintritt bezahlen musste. All dieser Reichtum und die Privilegien in den Händen weniger, während die Straßen voller Besitzloser waren, Bettler, Alkoholiker, Verrückte. In Cambridge schien es besonders viele Verrückte zu geben. Dennoch – aber es war knapp – war ihm die Sommerbevölkerung lieber als die Ja- und Hurrasager während des Semesters. War es der Neid der Unterschicht? War es die Stimme seines Vaters, die er hörte? Jackson sorgte sich, dass er ein missmutiger alter Mann würde. Aber vielleicht war es gar nicht so schlecht, ein missmutiger alter Mann zu sein. Die ständigen Zahnschmerzen machten es natürlich nicht besser. (»Wurzelbehandlung«, hatte Sharon ihm während der letzten Sitzung verführerisch ins Ohr geflüstert.)

Jackson parkte in zweiter Reihe vor dem Haus. Die Fenster waren mit hölzernen Rollläden versehen, die jedoch hochgezogen waren, so dass er ins Wohnzimmer blicken konnte – Bücherregale vom Boden bis zur Decke, Palmen, große Sofas – schäbig, aber bohemienhaft, Akademiker wahrscheinlich. Die Straße vollgestopft mit übergroßen Geländewagen, das Auto der Wahl aller Mittelschichtmütter, auf jeder Heckscheibe der obligatorische »Kind an Bord«- oder »Baby an Bord«-Aufkleber. Jackson zündete sich eine Zigarette an und legte Lucinda Williams *Sweet Old World* als Gegenmittel auf. Am Tor waren Luftballons festgebunden, die das Haus als *en fête* kennzeichneten. Aus dem Garten hinter dem Haus drangen die hysterischen Schreie kleiner Mädchen und erfüllten die Luft wie die Rufe Furcht erregender prähistorischer Vögel. Die Geländewagen waren leer, die Fahrerinnen alle im Haus, aber Jackson beschloss, im Auto sitzen zu bleiben. Er fühlte sich der neugierigen weiblichen Wärme nicht gewachsen, die ihm jedes Mal entgegenzuschlagen schien, wenn er sich einem Rudel Mütter näherte.

Er blätterte in einer der vielen Akten und Mappen, die er aus Theos Haus mitgenommen hatte. Der Raum – das Sondereinsatzzimmer, wie er es nannte – war nicht Lauras

Zimmer, das befand sich auf der Rückseite des Hauses und ging auf den Garten hinaus. Jackson hatte halb damit gerechnet, dass es noch so aussehen würde wie zu dem Zeitpunkt, als Laura es zum letzten Mal verlassen hatte – er war schon in Schreinen dieser Art gewesen, die mit jedem Jahr trauriger und verschlissener wurden –, aber zu seiner Überraschung wies es keine Spuren von Laura mehr auf. Es war in neutralen Farben gehalten wie ein Hotelzimmer und diente jetzt als Gästezimmer. »Nicht, dass ich Gäste habe«, sagte Theo mit seinem traurigen, matten Lächeln. Er ähnelte einem dieser großen melancholischen Hunde, einem Neufundländer oder Bernhardiner. O nein, er dachte schon wie Julia. Was für ein Hund war er selbst? Er hatte »Labrador« gesagt, weil es die erste Hunderasse gewesen war, die ihm einfiel. Jackson kannte sich mit Hunden nicht aus, er hatte nie einen gehabt, nicht einmal als Kind. Sein Vater hatte Hunde gehasst.

Jackson erinnerte sich, wie Laura Wyres Zimmer vor zehn Jahren ausgesehen hatte. Eine Patchworkdecke, ein Aquarium mit tropischen Fischen, ein Haufen Teddybären auf dem Bett. Überall Bücher, Kleidung auf dem Boden, Kosmetik, Fotos. Es war so unordentlich, wie man es von einem achtzehnjährigen Mädchen erwartete. Das war nicht der Eindruck, den Theo jetzt von Laura vermittelte. Im Tod war sie unfähig geworden, schlampig zu sein, Schwächen zu haben. In Theos Erinnerung war Laura zu einer Heiligen geworden, zu einem heiligen Mädchen. Jackson nahm an, dass das normal war.

Vor zehn Jahren hing in Lauras Zimmer ein gerahmtes Foto an der Wand – ein Foto von Laura mit einem Hund. Sie war hübsch gewesen, mit einem hübschen Lächeln. Sie sah aus wie ein nettes Mädchen, nicht wie eine Heilige, aber wie ein nettes Mädchen. Jackson dachte an Olivia, sicher in seiner Brieftasche, lächelnd, unsichtbar in der Dunkelheit. »Eingesperrt.« Das hatte Amelia über Sylvia gesagt, als er fragte, ob sie zur Beerdigung eingeladen sei. (»Nicht einmal Sylvia?«) »Selbstverständlich haben wir es ihr gesagt«, sagte Amelia, »aber sie kann nicht kommen, sie darf nicht raus. Sie ist *eingesperrt.*«

War Olivia irgendwo eingesperrt, unter einem Boden, in der Erde? Nichts weiter als ein Häufchen Knochen, so dünn wie von einem Häschen, die darauf warteten, gefunden zu werden.

Jackson war rein zufällig in Lauras Zimmer gewesen. Er arbeitete damals an einem anderen Fall, ein Mädchen namens Kerry-Anne Brockley war verschwunden. Kerry-Anne wohnte im Stadtteil Chesterton, war sechzehn Jahre alt, arbeitslos und gewiss keine Jungfrau mehr. Sie war nach einem mit Freunden verbrachten Abend ermordet worden – vergewaltigt, erdrosselt und auf eine Wiese außerhalb der Stadt geworfen. Sie war um zwei Uhr morgens von einem Nachtclub nach Hause gegangen, sie trug eine Menge Make-up und wenig Kleidung, und es gab die unausgesprochene Annahme, dass sie irgendwie provoziert hatte, was ihr zugestoßen war. Nicht jedoch in Jacksons Team. Wenn er geglaubt hätte, dass unter seinen Leuten jemand so dachte, hätte er ihn vom Fall abgezogen.

Sie hatten noch immer keinen Verdächtigen verhaftet, aber Jackson wollte zum ersten Mal seit Tagen nach Hause, um zu schlafen, ließ sich in einem Polizeiwagen von einer Beamtin mitnehmen, die die betroffene Familie betreute (eine Frau namens Alison, die Jackson statt Josie hätte heiraten sollen). Alison brachte Theo Fotos von Laura zurück. Fotos, immer Fotos. Alle diese quälenden Fotos von Mädchen, die verschwunden waren. Die Kerry-Annes und die Olivias und die Lauras, alle kostbar, alle für immer verloren. Heilige Mädchen. Einer unbekannten bösen Gottheit geopfert. Bitte, lieber Gott, nicht Marlee.

Theo Wyre hatte die Tür geöffnet, ein von Schmerz zerfressener Mann, sein Gesicht, hatte Jackson damals gedacht, von der Farbe von Wensleydale-Käse. Er bot ihnen Tee an, und Jackson dachte – nicht zum ersten und nicht zum letzten Mal –, wie seltsam es war, dass die Menschen einfach weiterleben, auch wenn ihre Welt nicht mehr existiert. Theo produzierte von irgendwo sogar Kuchen und sagte: »Kirsch-Mandel, ich habe ihn gemacht am Tag bevor sie starb. Er hält sich gut.« Er schüttelte betrübt den Kopf, als könne er nicht glauben, dass es den Kuchen noch gab, seine Tochter jedoch nicht mehr. Unnötig zu erwähnen, dass niemand davon aß. Jackson sagte: »Haben Sie etwas dagegen, wenn ich mir Lauras Zimmer ansehe, Mr. Wyre?«, weil er wusste, dass er, was Theo anbelangte, schlicht ein weiterer Polizist war, nicht jemand, der mit diesem Fall nichts zu tun hatte. Jackson war nur neugierig, es gab keine Hinweise, dass der Mord an Laura mit »seinem« Mord, Kerry-Anne Brockley, in Zusammenhang stand. Und es war nur ein Zimmer, ein unordentliches Zimmer, das das Mädchen nie wieder betreten würde, in dem es nie wieder ihre Tasche auf den Boden werfen oder ihre Schuhe ausziehen, auf dem Bett liegen und ein Buch lesen oder Musik hören, nie wieder den ruhelosen unschuldigen Schlaf der Lebenden schlafen würde.

Das war zwei Jahre bevor Marlee geboren wurde, und Jackson wusste damals nicht, was er jetzt wusste – wie es war, ein Kind zu lieben, dass man, ohne zu zögern, sein eigenes Leben geben würde, um ihres zu retten, dass sie kostbarer waren als das kostbarste Ding. Er vermisste Josie nicht mehr so, wie er geglaubt hatte, dass er sie vermissen würde, aber Marlee vermisste er nahezu immer. Deswegen hatte er Theos Auftrag eigentlich nicht übernehmen wollen. Theo Wyre machte ihm Angst, sein Fall machte den Tod seines eigenen Kindes zu einer Möglichkeit, zwang ihn, es sich vorzustellen, Laura durch Marlee zu ersetzen. Aber was sollte er tun? Er konnte dem armen Kerl nicht absagen, er war so groß wie ein kleiner Zeppelin, keuchte und versprühte sein Asthmaspray, ihm war nichts geblieben als eine Erinnerung – der Umriss eines Lochs, wo eine achtundzwanzigjährige Frau hätte sein sollen.

Theo hatte eine Leiche, Amelia und Julia brauchten eine. Olivia war eine andere Art Loch als Laura, ein körperloses Geheimnis, eine Frage ohne Antwort. Ein Rätsel, das einen bis zum Wahnsinn reizen konnte. Er würde Olivia nie finden, nie herausfinden, was mit ihr geschehen war, das wusste er, und er müsste nur den richtigen Zeitpunkt finden, um es ihnen zu sagen. Er würde ihnen auch keine Rechnung stellen können, oder? Tut mir leid, eure kleine Schwester ist tot und für immer verschwunden, und das macht 500 Pfund. (»Sie sind zu weichherzig für dieses Geschäft«, sagte Deborah Arnold jeden Monat zu ihm, wenn sie die Bücher führte, »zu weichherzig oder zu dumm.«)

Wenn es Marlee wäre und er entscheiden müsste – tot oder für immer verschwunden –, was wäre ihm lieber? Nein, so weit wollte er nicht gehen, er ertrug es nicht, sich das vorzustellen, wollte das Schicksal nicht in Versuchung führen, indem er diesen Gedanken ausspann. Was tat man, wenn das Schlimmste, was passieren konnte, schon passiert war – wie lebte man dann weiter? Das musste man Theo Wyre lassen, weiterzuleben erforderte einen Mut, den die meisten Menschen nicht aufbrachten.

Die Haustür wurde geöffnet, und all die kleinen Partymädchen und ihre Partymütter strömten in voller Lautstärke auf die Straße. Jackson stopfte hastig die Tatortfotos von Laura Wyre unter den Beifahrersitz. Er wollte gerade aussteigen und hineingehen, als Marlee herauslief. Du lieber Gott, sie war angezogen wie eine Nutte. Was dachte sich Josie dabei, sie losziehen zu lassen wie der Traum eines jeden Pädophilen? Sie hatte sogar Lippenstift aufgetragen. Ihm fiel JonBenet Ramsay ein. Ein weiteres verlorenes Mädchen. Als er zuvor bei Glück war, war ein Mädchen hereingekommen, eine Freundin der Frau am Empfang (Milanda – hatte sie den Namen erfunden?), und hatte einen Termin für einmal »Brasilianisch« ausgemacht, und Milanda sagte: »Ja?«, und das Mädchen sagte: »Mein Freund will, dass ich das mache, er will so tun, als würde er mit einem ganz jungen Mädchen schlafen«, und Milanda sagte: »Ja?«, als wäre das ein guter Grund.

Jackson kannte die Statistik, er wusste, wie viele bekannte Pädophile wo herumhingen, er wusste, wo sie sich drängten, dicht wie Fliegen, bei Spielplätzen, Schulen, Schwimmbädern (und Häusern, die mit Luftballons gekennzeichnet waren). Claire's Accessories, dorthin würde Jackson gehen, wenn er pädophil wäre. Was, wenn man wiedergeboren wurde, was, wenn man als Pädophiler wiedergeboren wurde? Und was müsste man zuvor getan haben, um das zu verdienen? Als was kehrten die heiligen Mädchen zurück? Taubenschwärme, Haine?

»Hallo, Liebes. Gute Party?« (Wolltest du gerade auf die Straße laufen, ohne zu wissen, ob dich jemand abholt?) »Wohin wolltest du? Wusstest du, dass ich dich abhole?«

»Ja.«

»Hast du daran gedacht, dich zu bedanken?«

»Ja. Ich habe gesagt: ›Vielen Dank, dass ich kommen durfte.‹«

»Du schwindelst«, sagte Jackson.

»Nein, ich schwindle nicht.«

»Doch, du schwindelst, das lernt man bei Verhören, die Leute schauen nach links oben, wenn sie sich erinnern, und nach rechts oben, wenn sie was erfinden. Du hast nach rechts oben geschaut.« Halt den Mund, Jackson. Sie hörte nicht mal zu.

»Mein Pech.«

»Dein Pech?« Was sollte das heißen? Sie sah müde aus, sie hatte dunkle Ringe unter den Augen. Was taten sie bei diesen Partys? Sie war schweißgebadet.

»Wir haben getanzt«, sagte sie, »zu Christina Aguilera, sie ist geil.« Sie bewegte sich kurz, um das Tanzen anzudeuten, und es hatte etwas so Sexuelles, dass Jacksons Herz einen Takt aussetzte. Sie war acht Jahre alt, verdammt noch mal.

»Das ist nett, Liebes.« Sie roch nach Zucker und Schweiß. Er erinnerte sich an das erste Mal, als er sie gehalten hatte, als ihr ganzer Kopf in seine Hand passte und Josie sagte: »Sei vorsichtig« (als wäre er das nicht gewesen), und er hatte sich geschworen, dass ihr nie etwas zustoßen würde, dass er sie beschützen würde. Ein feierliches Versprechen, ein Eid. Hatte Theo Wyre den gleichen Eid geschworen, als ihm Laura zum ersten Mal in die Arme gelegt wurde? Bestimmt. (Und Victor Land?) Aber Jackson konnte Marlee nicht beschützen, er konnte niemanden beschützen. Sicher war man nur, wenn man tot war. Niemand auf der Welt

machte sich so viele Sorgen wie Theo, aber worum er sich nicht mehr sorgte, war, ob seine Tochter in Sicherheit war oder nicht.
»Du hast Lippenstift im ganzen Gesicht«, sagte Marlee. Jackson betrachtete sich im Rückspiegel und entdeckte den grellen Abdruck von Julias rotem Mund auf seiner Backe. Er rieb heftig daran, aber die Farbe blieb wie ein Hitzefleck in seinem Gesicht.

»Sie ist so ein winziges Dingchen«, sagte Binky Rain, obschon Jackson nicht wirklich zuhörte. Er hatte einem Schauer von *Carmina Burana* nachgegeben und zu Marlee gesagt: »Willst du auf dem Nachhauseweg mitkommen zu einer alten Dame?«, und diese nicht sehr einladende Einladung versüßt mit dem Versprechen auf Katzen, und jetzt tollte sie in dem von Unkraut überwucherten Garten mit einem Sortiment widerstrebender Katzen herum.
»Und sie ist Ihr Kind?«, sagte Binky und schaute zweifelnd zu Marlee. »Ich kann mir gar nicht vorstellen, dass Sie ein Kind haben.«
»Nein?«, sagte Jackson geistesabwesend. Er dachte an Olivia Land; sie war auch so ein winziges Dingchen gewesen. Wäre sie einfach davongelaufen? Amelia und Julia sagten Nein, sie sei sehr »folgsam« gewesen. Folgsam genug, um mitten in der Nacht das Zelt zu verlassen und mit jemandem mitzugehen, der sie dazu aufforderte? Wohin zu gehen? Jackson hatte versucht, seine alte Kollegin Wendy aus dem Polizeiarchiv dazu zu überreden, ihm Olivias Akte zu besorgen, aber selbst wenn sie willens gewesen wäre, sie hätte es nicht gekonnt, denn sie war verschwunden. »Tut mir leid, Jackson, sie ist nicht mehr da«, sagte Wendy. »So etwas passiert. Vierunddreißig Jahre sind eine lange Zeit.«

»So lange auch wieder nicht«, sagte Jackson. Obwohl Olivias Fall niemals offiziell geschlossen worden war, lebte kaum noch jemand, der ihn bearbeitet hatte. Es war vor den Tagen von schlauen DNA-Tests und psychologischen Profilen und Computern gewesen. Wenn sie jetzt entführt würde, wäre die Chance, sie zu finden, größer. Vielleicht. Alle leitenden Beamten, die in dem Fall ermittelt hatten, waren mittlerweile tot, und die einzige Person, von der Jackson eine Spur fand, war eine Polizistin namens Marian Foster, die vor allem die Land-Mädchen befragt hatte. Sie war gerade pensioniert worden an einem Ort im Norden, der zu nahe an Jacksons alter Heimat war, als dass ihn die Aussicht auf einen Besuch gefreut hätte. Heute wären selbstverständlich die Eltern die Ersten, an die man denken würde, vor allem der Vater. Wie aggressiv war die Polizei vorgegangen, als sie Victor vernahm? Hätte Jackson den Fall bearbeitet, wäre Victor Land der Hauptverdächtige gewesen.

Außer Hörweite von Marlee fragte Jackson Binky: »Erinnern Sie sich noch an das verschwundene Mädchen, Olivia Land? Ein kleines Mädchen, das vor vierunddreißig Jahren hier in der Gegend entführt wurde?«

»Frisky«, sagte Binky und hielt an ihrem eigenen Thema fest. »Sie ist kaum mehr als ein Kätzchen.«

»Die Familie Land«, beharrte Jackson, »haben Sie sie gekannt? Er war Mathematikdozent in St. John's, sie hatten vier Töchter.« Man vergaß das Verschwinden eines kleinen Mädchens in der Nachbarschaft nicht, oder?

»Ach, *diese* Mädchen«, sagte Binky. »Das waren *wilde* Kinder, völlig undiszipliniert. Meiner Meinung nach sollten Kinder weder zu sehen noch zu hören sein. Wirklich, Familien wie diese verdienen, was ihnen zustößt.« Jackson fielen mehrere Antworten auf diese Bemerkung ein, aber letztlich behielt er sie alle für sich. »Und natürlich«, fuhr Binky fort, »war er der Sohn von Oswald Land, dem so genannten Polarhelden, und ich kann Ihnen versichern, dass *der* durch und durch ein Scharlatan war.«

»Erinnern Sie sich, ob Sie einen Fremden gesehen haben, jemanden, der nicht hierher gehörte?«

»Nein. Die Polizisten waren so was von lästig, sie gingen von Haus zu Haus und stellten Fragen. Sie wollten sogar *meinen* Garten durchsuchen, können Sie sich das vorstellen? Ich habe kurzen Prozess mit ihnen gemacht, das kann ich Ihnen sagen. Sie war sehr seltsam.«

»Wer war seltsam? Mrs. Land?«

»Nein, die älteste Tochter, eine lange weiße Stange.«

»Inwiefern seltsam?«

»Sehr *durchtrieben*. Und sie sind immer in meinen Garten eingebrochen, haben herumgeschrien und von meinen schönen Äpfelbäumen gestohlen. Es waren so hübsche Äpfelbäume.« Jackson schaute zu den »Epfelbäumen«, die jetzt so knorrig und alt waren wie Binky Rain.

»Sylvia?«

»Ja, so hieß sie.«

Jackson verließ Binky durch das Tor im Garten hinter dem Haus. Nie zuvor hatte er ihr Grundstück auf diesem Weg verlassen und war überrascht, dass er in der kleinen Gasse stand, die hinter dem Haus an Victors Garten vorbeiführte. Ihm war nicht klar gewesen, wie nahe die Grundstücke beieinander lagen – er befand sich nur ein paar Meter von der Stelle entfernt, an der das verhängnisvolle Zelt gestanden hatte. War jemand über die Mauer gestiegen und hatte die schlafende Olivia geholt? Und war er auf demselben

Weg wieder gegangen? Wie schwer wäre es, mit einer Dreijährigen über der Schulter über die Mauer zu klettern? Jackson hätte es mühelos geschafft. Die Mauer war mit Efeu bewachsen und bot jede Menge Halt für Hände und Füße. Aber diese Art des Zugangs implizierte einen Eindringling, und damit bliebe ungeklärt, warum der Hund nicht gebellt hatte. Rascal. Und es war die Art Hund gewesen, der gebellt hätte, laut Amelia und Julia, er musste also Olivias Entführer gekannt haben. Bei wie vielen Menschen bellte der Hund *nicht?*

Er riss am Efeu und entdeckte ein Tor in der Mauer, genau das gleiche wie bei Binky. Er dachte an *Der geheime Garten*, einen Film, den er mit Marlee auf Video gesehen hatte und von dem sie ganz hingerissen gewesen war. Niemand hätte über eine Mauer klettern müssen, er hätte einfach den Garten betreten können. Oder vielleicht war niemand hineingegangen und mit Olivia wieder herausgekommen – vielleicht war jemand mit ihr herausgekommen und ohne sie wieder hineingegangen. Victor? Rosemary Land?

Marlee schlief schon fast, als sie vor David Lastinghams Haus anlangten. Würde er es je Davids und Josies Haus nennen? (Nein.) Das Zuckerhoch, in dem sich Marlee befunden hatte, war längst Gereiztheit gewichen. Sie war mit Grassamen und Katzenhaaren bedeckt, für Josie zweifellos ein Anlass zum Streit. Jackson schlug Marlee vor, dass sie bei ihm übernachten sollte, damit er sie wenigstens säubern könnte, aber sie lehnte ab, weil »wir morgen früh Beerenpflücken gehen«.

»Beerenpflücken?«, fragte Jackson, als er auf David Lastinghams Klingel drückte. Er dachte an Jäger-Sammler und Bauern.

»Damit Mami Marmelade kochen kann.«

»Marmelade? Deine Mutter?« Die wiedergeborene Ehefrau, die Marmelade kochende Bauernmutter kam aus der Küche und leckte sich etwas von den Fingern. Die Frau, die vor nicht allzu langer Zeit zu beschäftigt gewesen war, um zu kochen – die Königin von Island –, machte jetzt schmackhafte Schmorbraten und bunte Salate für ihre neue Familie. Schwer zu glauben, dass das dieselbe Frau war, die ihm einen geblasen hatte, während er am Steuer saß, die ihn gegen jede verfügbare Wand gedrückt und gestöhnt hatte: »*Jetzt*, Jackson, beeil dich«, die ihren Körper im Schlaf an seinen schmiegte, die jeden Morgen aufwachte und verschlafen zu ihm sagte: »Ich liebe dich noch immer«, als wäre sie erleichtert, dass die Nacht sie nicht ihrer Gefühle für ihn beraubt hatte. Bis sie eines Morgens, drei Jahre nach Marlees Geburt, aufwachte und nichts sagte.

»Du bist spät dran«, sagte sie jetzt zu ihm. »Wo seid ihr gewesen?«

»Wir haben eine Hexe besucht«, sagte Marlee.

Le chat noir. Les chats noirs. Gab es eine weibliche Form von *chat*? Gab es eine *chatte*?

»Bonsoir, Jackson«, begrüßte ihn Joan Dodds mit der Betonung auf *soir* und nicht auf *bon*. Sie hasste es, wenn Kursteilnehmer zu spät kamen.

»Bonsoir, Jackson«, wiederholte der Kurs im Chor, als Jackson verlegen und zu spät eintrat.

»Vous êtes en retard, comme toutes les semaines«, sagte Joan Dodds. Sie war eine pensionierte Lehrerin mit einem Charakter, der sie für eine ausgezeichnete Domina prädestinierte. Jackson erinnerte sich noch an eine Zeit, als die Frauen in seinem Leben ihn tatsächlich glücklich machen wollten.

Jetzt schienen sie fortwährend wütend auf ihn zu sein. Jackson kam sich vor wie ein kleiner, ziemlich ungezogener Junge. *»Je suis désolé«,* sagte er. Man musste sich schon wundern über die Franzosen, wie sie ein schlichtes »Tut mir leid« so krass und verloren klingen lassen konnten.

In Glück hatte Jackson Milanda seinen Ausweis gezeigt und gefragt, ob er den Ort sehen könne, an dem Laura Wyre umgebracht worden war. »Morbid«, lautete ihr Kommentar. Das Konferenzzimmer wurde jetzt, wie Theo berichtet hatte, als Lagerraum genutzt. Der Wagen mit den Nagellacken war verschoben und fungierte nicht länger als Grabstein. Lauras Blut war deutlich zu sehen, ein verwaschener (aber nicht völlig verwaschener) Fleck auf den nackten Bodenbrettern. »O Gott«, sagte Milanda, die sich endlich aus ihrer Erstarrung löste, »ich dachte, das wäre Farbe oder so. Das ist ja widerlich.«

Als er im Gehen war, sagte Milanda: »Sie geistert hier nicht herum. Ich wüsste es, wenn es so wäre. Ich habe das zweite Gesicht, ich würde es spüren, wenn sie hier wäre.«

»Wirklich?«, sagte Jackson. Milanda schien eine unwahrscheinliche Person für das zweite Gesicht, und sie sagte: »O ja, siebte Tochter einer siebten Tochter«, und Jackson dachte, Inzucht auf dem Land, und Milanda fixierte ihn mit ihren babyblauen Augen – eine unnatürliche erschreckende Farbe, die von Kontaktlinsen stammen musste – und sagte: »Sie zum Beispiel«, und Jackson sagte: »Ja?«

»Ja«, sagte Milanda, »schwarze Katzen bringen Ihnen Glück.« Und Jackson verspürte eine unerwartete Enttäuschung, weil er einen unheimlichen, aufregenden Augenblick lang geglaubt hatte, dass sie etwas Ungeheuerliches sagen würde.

9
Amelia

S*eien Sie nicht griesgrämig, Mr. Brodie«*, äffte Amelia Julia nach. »Wie führst du dich nur auf, Julia.« (Und sie hatte ihn geküsst! Sie hatte ihn doch tatsächlich geküsst!) »Warum ziehst du dich nicht gleich mitten auf der Straße aus?«

»Oh, ich glaube, du bist eifersüchtig, Milly!« Julia lachte vor (grausamem) Vergnügen. »Was würde Henry dazu sagen, wenn er das wüsste?«

»Halt den Mund, Julia.« Amelia spürte, wie sie sich aufregte, und ging schneller, um ihrer Schwester zu entfliehen. Julia musste laufen, um mit ihr mitzuhalten. Sie keuchte, und Amelia dachte, dass es Wahnsinn war, wenn jemand, der Heuschnupfen hatte, so viel rauchte. Amelia hatte absolut kein Mitleid mit ihr.

»Müssen wir so schnell gehen? Du hast viel längere Beine als ich.«

Sie waren auf der St. Andrew's Street und näherten sich einem Mädchen, das auf dem Boden saß, auf einem alten Laken, neben ihr lag ausgestreckt ein Hund, so etwas wie ein Lurcher.

Jackson war es piepegal gewesen, dass sie ihn mit einem English Pointer verglichen hatte, aber dass Julia ihn für einen Deutschen Schäferhund hielt, hatte ihm unzweideutig gefallen. Und Julia hatte sich für diese Hunderasse entschieden, weil es *genau* die richtige war, er war kein Dobermann, kein Rottweiler und schon gar kein Pointer – er war durch und durch ein Deutscher Schäferhund. Sie hatte Jackson angelogen, nun, nicht direkt angelogen, aber sie hatte ihm zu verstehen gegeben, dass sie in Oxford Dozentin an einem College war, wo sie doch nur Lehrerin in der Weiterbildung war und »Kommunikationstraining« (wie die lächerliche Bezeichnung lautete) unterrichtete für fortbildungswillige Dachdecker und Maurerlehrlinge und anderes Gesindel. Sie wollte diese Jungen mögen, sie wollte glauben, dass es gute Jungen waren – vielleicht ein bisschen zu rabaukenhaft, aber zuinnerst anständige menschliche Wesen –, doch das waren sie nicht, sie waren kleine Arschlöcher, die nie zuhörten, wenn sie redete.

Julia fühlte sich natürlich sofort von dem Hund des obdachlosen Mädchens angezogen, was hieß, dass eine von ihnen dem Mädchen würde Geld geben müssen, weil man kein Theater um den Hund machen und als Gegenleistung nichts geben kann, oder? Julia kniete auf dem Gehsteig und ließ sich von dem Hund das Gesicht ablecken. Amelia wünschte, sie würde das nicht tun, man wusste nicht, in was der Hund die Zunge gesteckt hatte – oder man wusste es vielmehr nur zu genau, und deswegen ließ man sich davon nicht das Gesicht waschen.

Das Mädchen hatte gelbes Haar, ein seltsames Kanariengelb, und ihr Gesicht war fahl, nahezu gelbsüchtig. Amelia hatte Bettlern und Verkäufern der Obdachlosenzeitung früher Geld gegeben, aber heutzutage verhielt sie sich umsichtiger. Einmal war sie auf eine ihrer Schülerinnen gestoßen, die in der Oxford High Street bettelte. Amelia wusste, dass das Mädchen – Lisa, eine zur Fortbildung freigestellte

Friseuse – wohl versorgt zu Hause bei ihren Eltern lebte, und der Hund, den sie dabei hatte (weil sie natürlich alle einen Hund dabei hatten), war das Haustier der Familie. Außerdem war allgemein bekannt, dass viele Bettler ein Zuhause und manche von ihnen sogar ein Auto hatten. War es allgemein bekannt? Woher wusste sie das? Wahrscheinlich aus der *Sun*, die Dachdecker ließen immer Ausgaben der *Sun* herumliegen. Was für ein ungewöhnliches Bild dieser Gedanke plötzlich in ihr heraufbeschwor – im ganzen Universum wie Goldmünzen unbekümmert verstreute Sonnen. Sie lachte, und das Mädchen sah sie an und sagte: »Können Sie mir helfen?«, und Amelia antwortete: »Nein.«

»Ach, Milly, um Gottes willen«, sagte Julia, ließ von dem Hund ab und kramte in ihrer Tasche nach ihrer Geldbörse, »es hätte auch mich erwischen können.« Sie holte einen Fünf-Pfund-Schein heraus – fünf Pfund, die sie eigentlich Amelia schuldete – und reichte ihn dem Mädchen, das ihn nahm, als würde es Julia einen Gefallen tun. Es ging nicht um Geld, das Mädchen hatte kein Geld gewollt, nicht wirklich. Sie hatte Amelia gefragt, ob sie ihr helfen könne, und Amelia hatte die Wahrheit gesagt. Sie konnte ihr nicht helfen, sie konnte niemandem helfen. Am allerwenigsten sich selbst.

»Sie wird es für Drogen ausgeben«, sagte sie zu Julia, als sie sich von dem Mädchen entfernten.

»Sie kann es ausgeben, wofür sie will«, sagte Julia. »Drogen sind keine schlechte Idee. Wenn ich in ihrer Lage wäre, würde ich das Geld für Drogen ausgeben.«

»Sie ist in ihrer Lage *wegen* der Drogen.«

»Das weißt du nicht. Du weißt überhaupt nichts über sie.«

»Ich weiß, dass sie Leute anschnorrt, die sich für ihren

Lebensunterhalt zu Tode arbeiten.« O Gott, sie wurde im Alter zur Faschistin. Bald würde sie fordern, dass das Hängen und die Prügelstrafe wieder eingeführt würden, vielleicht nicht die Prügelstrafe, aber die Todesstrafe – und warum auch nicht? Es gab gewiss genug Menschen auf der Welt auch ohne die gottlosen Schweine, die Kinder und Tiere quälten und Unschuldige killten. »Gottlose Schweine«, das war die Sprache der Boulevardpresse, der *Sun,* die die Dachdecker lasen. Sie könnte den *Guardian* sofort abbestellen, wenn sie so weitermachte.

»Gibt es das Verb ›killen‹?«, fragte sie Julia.

»Glaube ich nicht.«

Tja, das war das Ende, sie benutzte Amerikanismen. Die Zivilisation ginge demnächst unter.

Sie blieben vor einem Burgerrestaurant stehen. Im Inneren wimmelte es vor ausländischen Sprachschülern, und Amelia stöhnte bei ihrem Anblick auf. Sie war überzeugt, dass der einzige Wortschatz, den sie in Cambridge verbessern konnten, in Obszönitäten und Fastfood-Vokabular bestand.

In London arbeitete Julia viel als Testeinkäuferin für eine Mystery-Shopping-Agentur – überprüfte den Service in Burgerbuden und Pizzerias, in Boutiquen und Drogeriemärkten, die zu großen Ketten gehörten. Was Julia anbelangte, handelte es sich hierbei nahezu um Schauspielerei, und als Bonus durfte sie für gewöhnlich die Ware behalten und das Essen in Rechnung stellen. Die Agentur war begeistert, als sie erfuhr, dass sie in Cambridge war, weil sie dort keinen Testeinkäufer mehr hatte.

»Richtig«, sagte Julia und schaute auf ein Blatt Papier, »wir müssen einen Burger mit Pommes bestellen und einen

Chickinlickin-Burger ohne Pommes, ein großes Coke, einen Bananenmilchshake und Erdbeerslurry.«

»Was ist das?«

»So was wie Eiscreme. Mehr oder weniger.«

»Ich werde keinen Chickinlickin-Burger bestellen«, sagte Amelia. »Ich würde einen Chickinlickin-Burger nicht einmal dann bestellen, wenn ich damit dein Leben retten könnte.«

»Doch, das würdest du. Aber du musst nicht, ich werde alles bestellen. Und es ist nicht zum Mitnehmen. Es ist zum Dortessen.«

»Das ist grammatikalisch nicht korrekt«, sagte Amelia.

»Das Essen hat nichts Grammatikalisches. Es geht hier nicht um Grammatik. Es geht um die Einstellung. Wir beurteilen die Qualität des Service.«

»Kann ich nicht einfach nur einen Kaffee trinken?«

»Nein.« Julia fing wieder an zu niesen. Es war immer peinlich, wenn Julia einen Niesanfall hatte, sie gab explosive, unkontrollierbare Laute von sich, einen nach dem anderen, wie Kanonenschüsse. Amelia hatte einmal jemand sagen hören, dass man wüsste, wie der Orgasmus einer Frau ausfiel, wenn man sie niesen hörte. (Als ob man das wissen wollte.) Allein sich an diesen Gedanken zu erinnern war ihr unangenehm. Für den Fall, dass das allgemein bekannt wäre, legte sie Wert darauf, wenn möglich nicht in der Öffentlichkeit zu niesen. »Um Gottes willen, nimm mehr Zyrtec«, sagte sie verdrossen zu Julia.

An Orten wie diesen fühlte sich Amelia überaus unwohl. Hier kam sie sich alt vor und elitär, und sie wollte sich nicht so vorkommen, auch wenn es stimmte. Julia andererseits war ein Chamäleon, sie passte sich sofort an jedwede Umstände an, rief dem besudelten unreifen Jugendlichen hinter der Theke (wuschen sie sich nie die Hände?) ihre Bestellung zu mit einer Art Essex-Akzent, den sie vermutlich für plebejisch hielt, der jedoch überhaupt nicht zu ihrer Kleidung passte. Der Mantel, den Julia trug, war bizarr, wie aus einer Zeichnung von Beardsley. Amelia hatte ihn bis jetzt nicht eingehend betrachtet. Er hatte eine so knallige Farbe, dass es unmöglich gewesen wäre, Julia aus den Augen zu verlieren, außer sie legte sich auf einen Hügel mit grünem Sommergras, in dem sie unsichtbar gewesen wäre. Olivia wurde unsichtbar, wenn sie ein baumwollenes Nachthemd anhatte, das sie alle nacheinander getragen hatten und das einst rosa gewesen war, aber als Olivia es bekam, war es so verwaschen, dass es keine Farbe mehr hatte. Amelia sah deutlich vor sich, wie sie das Zelt betrat, in dem verwaschenen Nachthemd, den rosa Kaninchenschuhen, Blaue Maus mit dem Arm an sich gedrückt.

Julias Mantel war zu groß für sie. Er flatterte und schleifte über den Boden, als sie das Tablett mit dem Essen durch ein undurchdringliches Knäuel ausländischer Schüler manövrierte. Amelia wiederholte immer wieder spitz: »Entschuldigung, Entschuldigung«, aber es nützte nichts: die einzige Möglichkeit, sie dazu zu bringen, Platz zu machen, war, sie grob mit den Ellbogen aus dem Weg zu stoßen.

Als sie endlich saßen, stürzte sich Julia mit primitivem Genuss auf den Hamburger. »Mm, Fleisch«, sagte sie zu Amelia.

»Bist du sicher?«, fragte Amelia. Ihr wäre schlecht geworden, wenn sie etwas von dem Essen angerührt hätte.

»Es ist definitiv Fleisch«, sagte Julia. »Von welchem Tier es stammt, ist eine andere Frage. Oder von welchem Körperteil. Wir haben schließlich Schwanz gegessen. Ochsen – was für eine Art Plural ist das?«

»Mittelhochdeutsch, vermute ich. Es muss eine ganze Ge-

neration von Kindern geben, die denken, dass man ›chicken‹ ›chickin‹ schreibt.«
»Es gibt Schlimmeres.«
»Zum Beispiel?«
»Meteoriten.«
»Die Möglichkeit, dass ein Meteor mit der Erde kollidiert, bedeutet nicht, dass wir die Amerikanisierung unserer Sprache und Kultur gutheißen sollten.«
»Ach, halt den Mund, Milly, wirklich.«
Julia aß den Chickinlickin-Burger, aber den Erdbeerslurry schaffte auch sie nicht mehr. Amelia roch vorsichtig an dem Milchshake. Er schmeckte vollkommen künstlich, als wäre er in einen Labor hergestellt worden. »Der besteht ausschließlich aus Chemie.«
»Besteht nicht alles aus Chemie?«
»Ja?«
»Komm schon«, sagte Julia, »genug von dem Geplausche, an die Arbeit.« Sie holte ein Formular heraus und begann, es auszufüllen. *»Hat die Bedienung Sie begrüßt?* Ich bin sicher, dass er es getan hat.«
»Warum setzt du deine Brille nicht auf? Ohne Brille siehst du überhaupt nichts.«
»Was hat die Bedienung gesagt?«
»Du bist so eitel, Julia.«
»Ich glaube, er hat gesagt, ›Tach auch.‹«
»Ich weiß es nicht, ich habe nicht aufgepasst. Julia?«
»Das sind alles Australier. Die gesamte britische Arbeiterschaft besteht aus Australiern.«
»Julia. Julia – hör mir zu, als Victor mit dir in seinem Arbeitszimmer deine Hausaufgaben durchgegangen ist – hat er da jemals, du weißt schon, etwas getan? Hat er dich da jemals belästigt?«

»Wer macht ihre Arbeit in Australien, was meinst du? Komm schon, Milly, wir müssen hier weitermachen. Also, *Hat die Bedienung gelächelt?* Hat er gelächelt? Menschenskind, ich kann mich wirklich nicht erinnern.«

Sie wusste, dass Jackson sie für albern hielt, für eine alberne *Frau*. Er war auf diese männliche Weise missmutig, die einen so auf die Palme bringen konnte – er war der Typ, der glaubte, dass Frauen fixiert waren auf ihre Periode, Schokolade und kleine Kätzchen (was eine ziemlich gute Beschreibung von Julia war), aber Amelia war wirklich nicht so. Na gut, vielleicht die Kätzchen. Sie wollte, dass er besser von ihr dachte, sie wollte, dass er sie mochte. *Oh, là, là, wie ernst Sie aussehen, Mr. B., wie ein Geheimagent.* Julia war so *unzweideutig*. »*Oh, là, là*«, um Gottes willen.

»Möchtest du Tee?«, fragte sie, als Julia in die Küche schwebte, ein leeres Glas in der Hand.

»Nein. Ich will mehr Gin«, sagte Julia und suchte in den Küchenschränken nach etwas Essbarem. Trank Julia immer so viel? Trank sie, wenn sie allein war? Warum war das schlimmer, als in Gesellschaft zu trinken?

Er mochte Julia, natürlich, alle Männer mochten Julia, was keine Überraschung war, wenn sie sich ihnen wie auf einem Präsentierteller anbot. Julia hatte ihr einmal erzählt, dass sie Männer gern oral befriedigte (weswegen sie zweifellos diesen grellroten Lippenstift trug), und Amelia hatte die peinigende Vision von Julia auf den Knien vor Jacksons – sie wollte »Schwanz« denken, aber das Wort bildete sich nicht wirklich in ihrem Kopf, weil es zu obszön war, und »Penis« klang immer so lächerlich. Amelia wollte nicht so prüde sein – sie kam sich vor wie jemand, die ihren Weg verfehlt hatte und in der falschen Generation gelandet war. Sie würde viel besser in eine Zeit passen mit Strukturen und einer Rangordnung und Regeln, in der ein geöffneter Knopf an einem Handschuh Ausschweifung signalisierte. Sie hätte mit diesen Vorschriften gut leben können. Sie hatte zu viel James und Wharton gelesen. In Edith Whartons Welt fühlten sich alle unwohl, aber Amelia wäre in einem Roman von Edith Wharton gut zurechtgekommen. Ja, sie hätte in jedem Roman gern gelebt, der vor dem Zweiten Weltkrieg geschrieben worden war.

Sie hörte, wie oben das Bad einlief (es dauerte ewig), und sie wusste, dass Julia den Gin (und wahrscheinlich zudem einen Joint) ins Bad mitnehmen und stundenlang in der Wanne liegen würde. Amelia fragte sich, wie es war, sich so gehen zu lassen. Julia riss ein Stück Brot von einem Laib und stopfte es sich in den Mund. Warum konnte sie kein Messer benutzen und es abschneiden? Wie schaffte sie es, dass das Essen von einem Stück Brot so sexy wirkte? Amelia wünschte, sie hätte die Vision von Julia, die Jackson – sprich's aus – einen blies, nicht gehabt. Sie hatte noch nie jemandem einen geblasen, nicht dass sie das Julia jemals erzählen würde, sie würde nur wieder mit »Henry« und seinen sexuellen Bedürfnissen anfangen. Ha!

»Bist du sicher, dass du nicht auch einen willst?«, sagte Julia und schwang die Ginflasche. »Er könnte dir dabei helfen, dich zu entspannen.«

»Ich will mich nicht entspannen, vielen Dank.« Wie war das möglich? Wie war sie zu dieser Person geworden, die sie nicht sein wollte?

Amelia verstand nicht, wie sich »gut in Literatur« zum Unterrichten von »Kommunikationstraining« hatte verbiegen können. Als sie in die Oberstufe ging, hatte sie sich in

Oxbridge beworben, sie wollte ihren Lehrern und Victor – vor allem Victor – beweisen, dass sie gescheit genug dafür war. Ihre Lehrer hatten Zweifel daran und halfen ihr nicht bei der Vorbereitung, so dass sie sich bei den Aufnahmeprüfungen mit unverständlichen Fragen zu *Die Feenkönigin* und *Die Dunciade* – die sie beide nicht gelesen hatte – herumschlagen und sich durch ihre absurden Handlungen wursteln musste, um ihre Brillanz im Verfassen von Aufsätzen zu demonstrieren. »Stellen Sie sich vor, Sie würden die Erfindung des Rads in Auftrag geben« – man stelle sich vor, die Dachdecker und Maurer dieses Thema bearbeiten zu lassen. Irgendwie würden sie auf Sex zu sprechen kommen, natürlich, sie kamen immer auf Sex zu sprechen. Amelia wusste nicht, ob sie es taten, weil sie wussten, dass es ihr peinlich war (es war lächerlich, über vierzig zu sein und immer noch rot zu werden), oder weil sie es grundsätzlich immer taten.

Zu Amelias Überraschung hatte Newnham College sie zu einer mündlichen Prüfung eingeladen. Es dauerte lange, bis ihr klar wurde, dass Victor wahrscheinlich ein paar Fäden gezogen hatte oder das College, das ihren Namen wiedererkannte, sie aus Höflichkeit einbestellt hatte. So weit sie zurückdenken konnte, wollte sie am Newnham studieren; als Kinder hatten sie durch die Tore in den Garten gespäht. So hatte sie sich immer den Himmel vorgestellt. Natürlich glaubte sie nicht an den Himmel. Sie glaubte nicht an Religion. Aber das hieß nicht, dass sie nicht an den Himmel glauben wollte.

Vor dem Gespräch phantasierte sie davon, durch ebendiesen Garten zu schlendern, die wunderschönen Rabatten zu bewundern und mit einer ernsthaften neuen Freundin über *Middlemarch* und *Krieg und Frieden* zu diskutieren oder von einem gut aussehenden nichtsnutzigen Medizinstudenten den Fluss entlanggestakt zu werden oder jemand zu sein, den die Leute kennen lernen wollten – »Oh, schau nur, dort ist Amelia Land, gehen wir zu ihr und reden wir mit ihr, sie ist so interessant« (oder »so nett« oder »sehr hübsch« oder sogar »absolut unerhört«) –, aber es kam ganz anders. Das Gespräch in Newnham war demütigend – sie waren freundlich, sogar besorgt, behandelten sie, als wäre sie krank oder litte unter einer Behinderung, und stellten ihr Fragen zu Werken und Autoren, von denen sie noch nie gehört hatte, schlimmer als Spenser und Pope: jetzt waren es *Der Prinz von Abyssinien* und *Unto This Last* von Ruskin. Das war nicht, was Amelia unter Literatur verstand, Literatur waren dicke Bücher (*Middlemarch* und *Krieg und Frieden*), in die man sich verlieben und in denen man sich für immer verlieren konnte. Und so endete sie auf einer weit entfernten, mittelmäßigen Universität ohne intellektuellen Anspruch, wo man sie jedoch lange Aufsätze über ihre Liebesaffäre mit *Middlemarch* und *Krieg und Frieden* schreiben ließ.

Julia kam erneut in die Küche und goss sich weiteren Gin ein. Sie ging Amelia auf die Nerven. »Ich dachte, du wolltest baden«, sagte sie gereizt.

»Das will ich auch. Welche Laus ist dir denn über die Leber gelaufen?«

»Gar keine.«

Amelia ging mit ihrem Tee ins Wohnzimmer und schaltete den Fernseher ein. Sammy setzte sich zu ihr aufs Sofa. Eine Realityshow mit Prominenten stand auf dem Programm. Sie kannte keinen der »Prominenten«, und die misslichen Lagen, in denen sie sich befanden, hatten nichts Reales. Sie wollte nicht ins Bett gehen, in Sylvias kaltem Zimmer schlafen, in das das Licht der Straßenlaterne fiel und in dem die Feuchtigkeit vom Dach an den Wänden herunterkroch. Sollte sie ins Gästezimmer umziehen? Soweit Amelia wusste, hatte nie jemand darin geschlafen. Würde ihre Mutter sie dafür verfluchen? Wenn ihre Mutter ein Gespenst wäre – nicht dass Amelia an Gespenster glaubte –, dann hätte sie im Gästezimmer ihre Zelte aufgeschlagen. Sie stellte sich vor, dass sie auf dem schmalen Bett lag, die weiße Tagesdecke jetzt voller Schimmelflecken, und die Tage mit Zeitschriften und Schokolade vertrödelte, das Einwickelpapier auf den Boden warf, da sie nicht länger Sklavin des Haushalts war. Und was war mit Olivias Zimmer, würde Amelia es ertragen, darin zu schlafen? Könnte sie in dem kleinen Bett liegen und auf die abblätternde Tapete mit den Kinderreimen schauen, ohne dass ihr Herz bräche?

Wer hatte Olivia geholt? Kroch Victor nachts über den Rasen und holte sie mit seinen großen Schaufelhänden aus dem Zelt, während Amelia schlief? Ihr eigener Vater? Warum nicht, so etwas passierte doch ständig, oder? Und behielt er Blaue Maus als schreckliches Souvenir? Oder gab es eine unschuldigere Erklärung? (Aber welche?)

Sie hatten immer Zuflucht gesucht bei dem Gedanken, dass Olivia nicht tot war, sondern irgendwo ein anderes Leben führte. Jahre über Jahre hatten die drei Schwestern an einer Geschichte über Olivia gearbeitet – nachts entführt von einer Gestalt wie die Schneekönigin, nur freundlich und liebevoll und aus einem wärmeren Königreich. Dieses himmlische Geschöpf wollte verzweifelt ein eigenes Töchterchen und hatte sich für Olivia entschieden, weil sie in jeder Beziehung vollkommen war. Die fiktive Olivia wuchs im luxuriösesten Paradies auf, das ihre mädchenhafte Phantasie nur ausmalen konnte – in Seide und Pelze gehüllt, von Kuchen und Süßigkeiten ernährt, umgeben von Hunden und Kätzchen und (aus unerfindlichem Grund) Pfauen, sie badete in goldenen Wannen und schlief in silbernen Betten. Und obwohl sie wussten, dass Olivia in ihrem neuen Leben glücklich war, glaubten sie doch, dass sie eines Tages nach Hause zurückkehren dürfte.

Während sie aufwuchsen, wurde auch Olivia älter, und erst als Julia in die Pubertät kam (ihre Hormone setzten so viel Energie frei, dass man eine ganze Kleinstadt damit hätte versorgen können), verblasste Olivias anderes großartiges Leben. Aber es war fest in ihrem Bewusstsein verankert, und Amelia fiel es jetzt noch schwer zu glauben, dass Olivia tatsächlich tot und nicht eine siebenunddreißigjähre Frau war, die irgendwo in einer idyllischen Laube lebte.

Julia kam ins Wohnzimmer und zwängte sich zwischen Amelia und Sammy aufs Sofa, wo eindeutig kein Platz für sie war. »Geh weg«, sagte Amelia zu ihr. Julia holte einen Schokoladenriegel hervor und brach jeweils ein Stück für Amelia und den Hund ab.

»Ich meine, es ist nicht *ausgeschlossen*, dass Olivia noch am Leben ist«, sagte Julia, als hätte sie Amelias Gedanken gehört (was für eine grauenhafte Vorstellung). »Vielleicht wurde sie von jemandem entführt, der unbedingt ein Kind haben wollte, und sie haben sie als ihr Kind aufgezogen, und uns hat sie vergessen, sie hat vergessen, dass sie Olivia ist, und gedacht, sie ist jemand anders – zum Beispiel Charlotte …«

»Charlotte?«

»Ja. Und auf dem Totenbett haben die Entführer ihr erzählt, wer sie wirklich ist. ›Charlotte, in Wirklichkeit bist du Olivia Land, du hast in der Owlstone Road in Cambridge gelebt. Du hast drei Schwestern – Sylvia, Amelia und Julia.‹«

»Wie wahrscheinlich ist das, Julia?«

Amelia wechselte den Kanal, bis sie auf *Reise aus der Vergangenheit* stieß und Julia sagte: »Oh, lass das.«

»Dein Bad wird überlaufen.«

»Milly?«

»Was?«

»Was du vorhin über Victor gesagt hast?«

»Was?«

»Ob er mich jemals *belästigt* hat. Das ist so ein blöder Ausdruck, so ein Euphemismus. Im Klartext heißt das, hat Papa dich jemals dazu gezwungen, ihm den Schwanz zu lutschen, oder hat er seine Finger in dich gesteckt, während er sich einen runtergeholt hat …«

Amelia ertrug es nicht. Sie konzentrierte sich auf Bette Davis, die tragisch dreinblickte, und versuchte, die Obszönitäten auszublenden, die aus Julias Mund sprudelten.

»Wie immer man es betrachtet, es ist eine Vergewaltigung«, schloss Julia. »Und nein, da du gefragt hast, das hat er nicht getan. Aber er hat es versucht.«

Amelia wollte sich die Ohren zuhalten, sie wollte taub sein.

»Er hat es *versucht?* Wie meinst du das, er hat es versucht?«

»Er hat einmal versucht, die Hände in meine Unterhose zu stecken, aber ich habe wie am Spieß geschrien. Er war gerade dabei, mir das Bruchrechnen zu erklären«, fügte sie hinzu, als wäre das irgendwie relevant.

Das sah Julia ähnlich, sie hatte geschrien, aber Amelia hätte es sich einfach gefallen lassen. Nur, er hatte es nicht getan, er hatte nie versucht, irgendetwas mit ihr zu tun. Er hatte sie nie *belästigt*.

»Was hat er mit dir gemacht, Milly?«, fragte Julia sanft und legte Amelia die Hand auf den Unterarm, als wäre sie krank und in Trauer.
Amelia hatte ihn einmal mit Sylvia erwischt. Sie hatte, ohne zu klopfen, das Arbeitszimmer betreten, was absolut verboten war, sie musste in einer verträumten Stimmung gewesen sein, und da waren Papa und Sylvia, und seitdem versuchte sie zu vergessen, was sie gesehen hatte. Sylvia mit dem Gesicht nach unten auf Victors Schreibtisch, halb wie eine gekreuzigte Märtyrerin, ihr dünner weißer Hintern nackt, und Victor, der sich darauf *vorbereitete*, sie …
Amelia schüttelte Julias Hand ab und sagte barsch: »Nichts, er hat nie etwas getan. Ich hätte es nicht zugelassen. Jetzt geh und leg dich in die Badewanne, Julia.«

Amelia wachte erschrocken auf. Es war dunkel und still im Haus, keine herumgeisternden Gespenster, nur das elektrische Summen der Straßenlampe draußen. Amelia konnte sich nicht erinnern, ob Julia wieder aus dem Bad gekommen war, und musste aufstehen und nachsehen, ob sie nicht lautlos ertrunken war. Das Bad war leer, überall tropfte kaltes Kondenswasser, Handtücher lagen verstreut herum. Julia schlief wohlbehalten in ihrem Bett, die Laken wie üblich durcheinander, ihr Pudelhaar noch feucht. Ihr Atem ging schwer und regelmäßig, und Amelia hörte ein Gurgeln in ihrer Brust. Julias Lunge klang immer, als müsste man sie auswringen wie ein Spültuch. Was würde sie tun, wenn Julia vor ihr starb? Wenn sie die Letzte wäre? (Sylvia zählte nicht.) Sammy, der auf Julias Bett schlief, wachte auf, als Amelia das Zimmer betrat, und wedelte mit dem Schwanz. Amelia zog Julias Bettdecke zurecht, und der Hund ließ sich steif vom Bett gleiten und folgte ihr aus dem Raum.

Auf dem Weg zu ihrem Zimmer blieb Amelia vor Olivias geschlossener Tür stehen. Sammy blickte sie fragend an, sie drehte den Knauf und trat ein. Durch das schmutzige Fenster fiel diffuses Mondlicht. Sie legte sich auf den Rücken, auf das kleine Bett. Sammy ließ sich auf den Boden fallen und stöhnte vor Anstrengung.

Am letzten Tag ihres Lebens war Olivia in diesem Bett aufgewacht, hatte diese Wände betrachtet. Wäre sie gestorben, wenn sie hier und nicht im Zelt geschlafen hätte? Wenn Amelia nur die Zeit zurückdrehen, Olivias Stelle in jener Nacht einnehmen und das Böse vertreiben könnte, das sie geholt hatte. Wenn nur die Wahl auf Amelia gefallen wäre.

10
Theo

Das Mädchen hielt ein Röhrchen mit Bonbons in der Hand – grellfarbene Dinger, die wahrscheinlich ausschließlich aus Chemie und E-Nummern bestanden. Sie bot Theo eins an, und er nahm es aus Höflichkeit. Es schmeckte leicht nach Petroleum oder Feuerzeugbenzin. Es schmeckte nicht so, als wäre es gut für wachsende Knochen und Gehirne. Theo kaufte nie Bonbons, und obwohl er Schokolade liebte, kaufte er sie nicht gern in Geschäften wegen der Missbilligung, die er auf sich zog. Fette Menschen sollten nichts essen, vor allem aber sollten sie kein Konfekt essen, deswegen war er Mitglied in einem Online-Probierclub, was bedeutete, dass ihm eine Schokoladenfirma jeden Monat eine neue Auswahl zum Probieren schickte, und als Gegenleistung sandte er eine Art Gutachten zurück (»die Haselnusspraline ist cremig und köstlich und enthält genau die richtige Menge an Kontrasten«), das ihm seltsam lästig war wie eine bizarre Hausaufgabe. So rationierte er seinen Schokoladenverbrauch, jeden Monat nur eine Schachtel mit etwas Cremigem und Köstlichem.

Sein Cholesterinspiegel und sein Blutdruck waren ihm gleichgültig, er hätte nichts dagegen, an einem Gehirnschlag oder einem Herzinfarkt zu sterben. »Man stirbt nicht notwendigerweise an einem Gehirnschlag«, mailte Jennifer ärgerlich aus Toronto. »Wahrscheinlicher ist, dass du danach behindert bist. Ist es das, was du willst?« Vielleicht hatte sie Angst, dass sie ihn pflegen müsste, aber das würde er ihr nie antun – was Theo anbelangte, war die Eltern-Kind-Beziehung eine Einbahnstraße, man gab ihnen all seine Liebe, und sie waren keineswegs verpflichtet, auch nur einen Penny zurückzuzahlen. Wenn sie einen liebten, dann war das natürlich die Zuckerglasur auf einem Kuchen, mit Kirschen oben darauf. Und die Schokoladenstreusel und die winzigen Silberkügelchen, an denen die Zahnfüllungen zerbrachen. Laura liebte diese Kügelchen. Früher dekorierte er damit immer seine selbst gebackenen Kuchen. Kuchen, Torten, Gebäck, nach Valeries Tod hatte er alles gelernt. Er war ein viel besserer Koch, als seine Frau es gewesen war.

Er stellte eine Frau an, die zweimal in der Woche zum Putzen kam, und ein Mädchen, eine Studentin, die die Kinder von der Schule abholte und sie versorgte, bis er von der Arbeit nach Hause kam. Alles andere machte er selbst – Hausarbeit, Kinder, er ging zu den Elternsprechtagen und den Elternabenden, brachte die Mädchen zu Kindergeburtstagen und organisierte Geburtstagspartys für sie. Die Mütter der anderen Kinder behandelten ihn als Frau ehrenhalber und meinten, dass er eine wunderbare Ehefrau abgeben würde, was er als Kompliment auffasste.

Das Mädchen sagte, sie sei acht, aber gekleidet war sie wie ein Teenager. Aber so war es eben heutzutage. In der Vergangenheit waren Kinder wie kleine Erwachsene gekleidet gewesen, es war also nichts Neues. Als Laura acht war, trug sie Overalls und Jeans und zu besonderen Anlässen hübsche

Kleider. »Kittel« hätte Valerie sie genannt, wenn sie noch gelebt hätte. Weiße Söckchen, Sandalen, T-Shirt, Shorts. Er kaufte Laura neue Sachen und ließ sie nicht Jennifers abgelegte Kleidung tragen. Viele Leute dachten, dass Theo seine Mädchen zu sehr verwöhnte und damit verdarb, aber wie konnte man ein Kind verderben? Durch Vernachlässigung, ja, aber nicht durch Liebe. Man musste ihnen so viel Liebe wie nur möglich geben, auch wenn das hieß, dass man Schmerzen, Seelenqualen und Angst litt und die Liebe einen letzten Endes auch zerstören konnte. Denn sie verließen einen, sie gingen auf Universitäten und heirateten, sie gingen nach Kanada und starben.

Theo lehnte ein zweites Bonbon ab. »Höflich ist es, jedem eins anzubieten«, sagte Deborah Arnold zu dem Mädchen. Ziemlich widerwillig, dachte Theo, glitt das Mädchen von seinem Stuhl, ging zu Deborahs Schreibtisch und hielt ihr wortlos die Bonbons hin. Deborah nahm drei. Die Frau hatte etwas seltsam Bewundernswertes. Sie war furchterregend, aber bewundernswert.

»Was arbeitest du?«, fragte das Mädchen.

»Ich bin pensioniert«, sagte Theo und fragte sich, ob sie wusste, was das bedeutete.

»Weil du alt bist«, sagte sie und nickte verständnisvoll.

Theo pflichtete ihr bei. »Ja, weil ich alt bin.«

»Mein Papa wird bald pensioniert«, sagte das Mädchen. »Dann will er in Frankreich leben.« Deborah Arnold lachte höhnisch.

»Frankreich?«, sagte Theo. Er konnte sich Jackson irgendwie nicht in Frankreich vorstellen. »Warst du schon mal in Frankreich?«

»Ja, in den Ferien. Ein paar Leute haben Drosseln gegessen.«

»Oh, mein Gott«, sagte Deborah Arnold. »Ihr beide solltet nicht hier sein«, fügte sie hinzu, als machte sie sie beide für den französischen Brauch verantwortlich, unschuldige Singvögel zum Abendessen zu verzehren.

»Ich wollte nur kurz mit Mr. Brodie sprechen – über den Stand der Dinge«, führte Theo als Entschuldigung an. Deborah Arnold schien außergewöhnlich beschäftigt – sie tippte, archivierte und kopierte wie eine Besessene. Hatte Jackson Brodie tatsächlich so viel Arbeit? Er wirkte ein bisschen zu entspannt, um eine Assistentin voll zu beschäftigen. Sie hatte sich seine Assistentin genannt, er nannte sie seine Sekretärin.

»Mr. Brodie ist also in einem Fall unterwegs?«, fragte Theo, in erster Linie, um Konversation zu machen.

Deborah warf ihm über ihre Brille einen mitleidigen Blick zu, als könnte sie nicht fassen, dass sich Theo so hinters Licht führen ließ und glaubte, Jackson würde tatsächlich arbeiten. Nach fünf Minuten sagte sie: »Er ist beim Zahnarzt. Mal wieder.«

»Papa hat eine Schwäche für die Zahnärztin«, sagte das Mädchen und warf sich ein weiteres Bonbon in den bereits vollgestopften Mund. Es war traurig, dass so kleine Mädchen wussten, was »eine Schwäche haben« hieß, dass sie alles über Sex wussten. Vielleicht wussten sie es doch nicht, vielleicht kannten sie bloß die Wörter. Das Mädchen, Marlee, wirkte frühreif, mehr wie eine Achtzehnjährige, nicht wie eine Achtjährige. Nicht wie seine Achtzehnjährige (denn Laura würde immer achtzehn Jahre alt bleiben): Laura hatte etwas Frisches an sich gehabt, eine Art Unschuld, wie ein Licht, das von innen heraus strahlte. Jackson hatte nie erwähnt, dass er eine Tochter hatte, aber warum sollte er auch? Bankmanager, Busfahrer verbrach-

ten ihre Zeit nicht damit zu sagen: »Ich habe übrigens eine Tochter.«
»Hast du Kinder?«, fragte ihn Marlee.
»Ja«, sagte Theo. »Ich habe eine Tochter namens Jenny, sie lebt in Kanada. Sie ist erwachsen.« Er kam sich natürlich vor, als würde er Laura verleugnen, rechnete jedes Mal, wenn er diese Antwort gab, damit, dass ein Hahn krähte, aber die Leute wollten ihn nicht sagen hören: »Ja, ich habe zwei Töchter, eine lebt, es geht ihr gut, sie wohnt in Toronto, die andere ist tot und begraben.«
»Enkelkinder?«, fragte Marlee.
»Nein«, sagte Theo.
Jennifer und ihr Mann, Alan – Jude aus New York, onkelhaft, Herzchirurg –, hatten beschlossen, keine Kinder zu kriegen, und Theo hätte es als indiskret empfunden zu fragen, warum. Jennifer hatte selbstverständlich ihre eigene Karriere, sie war Fachärztin für Orthopädie, und sie hatten ein gutes Leben, ein schönes Haus in einem Vorort, ein Haus am Lake Ontario, ein »Landhäuschen«, wie die Bewohner von Toronto ihre riesigen Häuser am See verniedlichend nannten. Theo hatte einen Sommer dort verbracht. Das Haus war an drei Seiten von Wald umgeben, und nachts war es der stillste, dunkelste Ort, an dem er je gewesen war, die einzige Lichtquelle waren die Glühwürmchen, die die ganze Nacht vor seinem Schlafzimmerfenster tanzten. Es war ein großartiger Ort, sie hatten ein Kanu, mit dem sie auf den See hinausfuhren, sie wanderten durch die alten Wälder, jeden Tag grillten sie auf der Terrasse am See – es wäre ein Paradies für Kinder gewesen. Selbstverständlich vermisst man nicht, was man nie gehabt hat. Aber wenn man es einmal gehabt hat, vermisst man es die ganze Zeit. Vielleicht war Jennifer

vernünftig. Wenn sie kein Kind hatte, konnte sie es nicht verlieren.
»Bist du traurig?«
»Nein. Ja. Ein bisschen, manchmal.« (Sehr, die ganze Zeit.)
»Nimm noch ein Bonbon.«
»Danke.«

Nach zehn Jahren war Theo plötzlich ungeduldig geworden. Zehn Jahre hatte er die Beweise aufbewahrt und unermüdlich noch jeden letzten Fetzen Papier archiviert, und jetzt wollte er es wissen. Jackson hatte alle Akten von Theos Mandanten mitgenommen, den Rücksitz und den Kofferraum seines Wagens kistenweise mit den Lebensgeschichten anderer Menschen voll geladen – Scheidungsunterlagen, Hauskäufe, Testamente, letzte Verfügungen. Hatte Jackson aus all diesen Informationen etwas herausgefiltert, wie ein Wahrsager, wie diese Hellseher, die sie engagiert hatten, die Theo engagiert hatte? Sogar die Polizei hatte einen Hellseher befragt, aber sie hatten ihn nicht richtig informiert, und er glaubte, sie würden nach einer Leiche suchen, was natürlich nicht der Fall war. Der Hellseher sagte, die Leiche des Mädchens befinde sich »in einem Garten in der Nähe eines Flusses«, womit ungefähr halb Cambridge in Frage kam, falls sie nach einer Leiche suchen wollten, was sie nicht taten. Wie viele Mädchen lagen dort draußen vergraben, von keinem Pflug herausbefördert, von keinem Passanten gesehen? Wenn man Mädchen nur wegsperren könnte, in Türmen, in Verliesen, in Klöstern, in ihren Zimmern, irgendwo, wo sie sicher wären.
Da war das Mädchen, an dem er ständig vorbeikam. Manchmal saß sie in der Regent Street, häufiger in der

Sidney Street, und auch am Grafton Centre hatte er sie schon gesehen, sie saß auf einem alten Laken, eine Decke um die Schultern geschlungen. Ein »Bettlermädchen«: sie wirkte wie eine historische Gestalt, wie aus dem achtzehnten Jahrhundert. Heute Morgen war sie in der Andrew's Street gewesen, und Theo hatte ihr fünf Pfund gegeben, das ganze Kleingeld, das er bei sich hatte.

Das Mädchen sah krank aus, aber der Hund, der stets bei ihr war, ein junger, hübscher, glänzend schwarzer Lurcher, war gut gepflegt. Das Bettlermädchen hatte kurzes, zotteliges dottergelbes Haar, und niemand schien ihr je Geld zu geben, vielleicht weil sie nie darum bat, nie Augenkontakt aufnahm oder etwas Freundliches sagte, damit die Menschen zufrieden wären mit sich selbst und damit versöhnt, dass sie eine Bettlerin war. Oder vielleicht weil sie aussah, als würde sie alles für Drogen ausgeben. Theo glaubte, dass sie erst Hundefutter kaufte, bevor sie Geld für Drogen ausgab. Theo gab ihr immer Geld, aber er meinte, dass er etwas Besseres für sie tun könnte – ihr ein gutes Essen kaufen, ein Zimmer suchen, sie nach ihrem Namen fragen, irgendetwas, bevor sie durch die Ritzen glitt, aber er war immer zu schüchtern, zu ängstlich, dass sie sein Interesse missverstehen, sich gegen ihn wenden und ihn anknurren würde: »Verpiss dich, Opa, du alter perverser Sack.«

»Weiß dein Vater, dass du hier bist?«, fragte Deborah Arnold Marlee.

»Mama hat ihm eine Nachricht auf seine Mailbox gesprochen.«

»Also, ich muss jetzt weg«, sagte Deborah. »Ich muss zur Post.« Diese letzte Bemerkung war an Theo gerichtet, der sich fragte, was er damit anfangen sollte. »Können Sie ein

Auge auf sie haben?«, sagte Deborah und machte eine Kopfbewegung Richtung Marlee, und Theo wollte sagen: »Aber ich bin praktisch ein Fremder, woher wollen Sie wissen, dass ich ihr nicht etwas Schreckliches antun werde?« Deborah, die sein Zögern falsch interpretierte, sagte: »Nur für eine Viertelstunde oder bis Seine Hoheit zurückkommt.« Marlee stieg ihm auf die Knie, schlang ihm die Arme um den Hals und sagte: »Bitte, bitte, netter Mann, sag Ja«, und Theo dachte, um Himmels willen, hat ihr niemand gesagt, sie soll Fremden gegenüber vorsichtig sein? Dass er wie der Nikolaus aussah, machte ihn nicht zu einem gütigen Menschen, obwohl er es natürlich war. Aber Deborah Arnold war schon zur Tür hinaus und lief die Treppe hinunter, bevor Theo protestieren konnte.

»Mein Papa wird bald kommen«, versicherte ihm Marlee.

»Mein Papa.« Die Worte verursachten ihm einen Kloß im Hals. Lauras zweiter Lieblingsfilm nach *Dirty Dancing* war *The Railway Children* gewesen, und er hatte ihn ein paar Jahre bevor sie starb, auf Video gekauft. Sie hatten ihn mehrmals zusammen angesehen und beide am Schluss geweint, wenn der Zug anhält und der Dampf und Rauch um Bobbys Vater sich langsam auflöst und Jenny Agutter (die ihn immer ein wenig an Laura erinnerte) ruft: »Papa, mein Papa«, und das war komisch, weil es so ein glücklicher Augenblick für Bobby war, und doch schien er immer unerträglich traurig. Seit Lauras Tod hatte er den Film selbstverständlich nicht mehr angesehen, es hätte ihn umgebracht. Theo zweifelte keine Sekunde daran, dass er mit Laura wiedervereinigt würde, sobald er tot wäre, und in seiner Vorstellung wäre es genau wie in *The Railway Children* – er würde aus einem Nebel treten und Laura wäre da und würde sagen: »Papa, mein Papa.« Theo glaubte nicht an Religion oder an einen Gott oder ein Leben nach dem Tod, aber er wusste einfach, dass eine so große Liebe, wie er sie empfand, unmöglich enden konnte.

Marlee langweilte sich. Sie hatte die Bonbons aufgegessen, und sie hatten eine Partie Tic Tac Toe – das sie bereits kannte – sowie ein Wortratespiel – das sie nicht kannte und das Theo ihr beibrachte – gespielt, aber jetzt wurde sie quengelig vor Hunger. Vom Fenster des Büros, das sich im ersten Stock befand, hatten sie einen quälenden Ausblick auf einen Sandwichladen. »Ich bin am Verhungern«, erklärte sie melodramatisch, neigte sich vor und hielt sich den Bauch, um die Hungerschmerzen zu unterstreichen.

Vielleicht kam Deborah Arnold nicht zurück. Vielleicht kam Jackson nicht zurück, vielleicht hatte er die Nachricht bezüglich seiner Tochter nie bekommen. Vielleicht hatte er allergisch auf das Narkosemittel bei der Zahnärztin reagiert, vielleicht war er daran gestorben oder auf dem Rückweg überfahren worden.

Er nahm an, dass er Marlee allein lassen konnte, während er über die Straße ging und ihnen beiden etwas zu essen kaufte. Es würde höchstens – wie lange? – zehn Minuten dauern. Was könnte ihr in zehn Minuten schon passieren? Es war eine absurde Frage, die er sich da stellte, weil Theo genau wusste, was in zehn Minuten passieren konnte – ein Flugzeug konnte über einer Stadt explodieren oder in ein Gebäude fliegen, ein Zug konnte entgleisen, ein Wahnsinniger in einem gelben Golfpullover konnte messerschwingend in ein Büro rennen. Sie in einem Büro allein zu lassen – was hatte er sich bloß dabei gedacht! Büros standen auf Theos Liste gefährlicher Orte wesentlich weiter oben als Flugzeuge, Berge oder Schulen.

»Komm«, sagte er, »wir gehen über die Straße und holen uns Sandwiches.«
»Was, wenn Papa kommt, und wir sind nicht da?«
Das »Wir« rührte Theo. »Wir hängen einen Zettel an die Tür«, sagte er.
»Sind in zehn Minuten zurück«, sagte Marlee. »Das schreibt Papa immer.«

Selbstverständlich war es nicht so einfach wie gedacht. Es war drei Uhr nachmittags, der Sandwichladen wollte schließen, es gab kaum mehr Sandwiches, und die, die noch übrig waren – Ei mit Mayonnaise oder Roastbeef mit Meerrettich – veranlassten Marlee zu einer lebhaften Pantomime des Kotzens. Als sie wieder auf der Straße standen, steckte sie eine kleine trockene Hand in seine, und er drückte sie beruhigend. Sie wurde plötzlich ganz aufgeregt, als sie ein Burgerrestaurant auf der anderen Straßenseite entdeckte, und zerrte Theo nahezu hinein. Die Buchstabenkombination »BSE« fiel ihm ein, aber er versuchte, sie zu verdrängen, und außerdem wollte sie etwas, was sich »Chickinlickin-Burger« nannte und von dem Theo hoffte, dass er Hühnerfleisch enthielt und nicht Fleisch eines wahnsinnigen Rinds, aber was für einen Teil des Huhns und wie alt? Und was hatte das Huhn gefressen? Ein wahnsinniges Rind wahrscheinlich.
Er kaufte ihr einen Chickinlickin-Burger (»mit Pommes«, bat sie) und ein Coke. Für ein Fastfoodrestaurant ging alles sehr langsam, und Theo fragte sich, ob der Service kontrolliert wurde. Die meisten, die hier arbeiteten, schienen Kinder zu sein, australische Kinder noch dazu.
Sie waren wesentlich länger als zehn Minuten fort, falls Jackson mittlerweile zurückgekehrt war, würde er jetzt

Suchtrupps losschicken. Als hätte ihn dieser Gedanke heraufbeschworen, zwängte sich Jackson plötzlich durch eine Gruppe drängelnder ausländischer Schüler. Er wirkte etwas derangiert und packte Marlee so fest am Arm, dass sie aufschrie. *»Papa,* pass auf mein Coke auf.«

»Wo bist du gewesen?«, fuhr Jackson sie an. Theo warf er einen finsteren Blick zu. Was für eine Frechheit, schließlich tat Theo nichts anderes, als auf das Mädchen aufzupassen, was mehr war, als ihre Eltern taten.

»Ich passe auf sie auf«, sagte Theo zu Jackson, »ich habe sie nicht entführt.«

»Genau«, sagte Jackson, »natürlich. Tut mir leid. Ich habe mir Sorgen gemacht.«

»Theo hat auf mich aufgepasst«, sagte Marlee und biss in ihren Burger, »und er hat mir Pommes gekauft. Ich mag ihn.«

Als Theo die St. Andrew's Street zurückging, war das Mädchen mit dem dottergelben Haar nicht mehr da, und er sorgte sich, dass sie nie wiederkommen würde. Denn so passierte es: im einen Augenblick waren sie da, lachten, redeten, atmeten, und im nächsten waren sie weg. Für immer. Und dort, wo sie in der Welt gewesen waren, blieb nicht einmal ein Umriss zurück, nicht die Spur eines Lächelns, nicht das Flüstern eines Wortes. Nichts.

11
Jackson

Ihr weicher Gaumen sieht ziemlich entzündet aus«, murmelte Sharon. »Schmerzt er?«

»Nagh, narnh.«

»Ich nehme an, dass sich dort ein Abszess entwickelt, Jackson.«

Offiziell war sie »Miss Dr. med. dent. S. Anderson«, und er war nie aufgefordert worden, sie bei ihrem Vornamen zu nennen, obschon sie sich diese Freiheit mit ihm herausnahm. Ärzte, Banker, völlig Fremde benutzten heutzutage den Vornamen. Es war eins von Binky Rains Schreckgespenstern. »Und ich habe zu dem Mann in der Bank gesagt – ein *Kassierer* –, ›entschuldigen Sie, junger Mann, aber ich erinnere mich nicht, dass wir einander vorgestellt worden wären. Was Sie betrifft, so lautet mein Name *Mrs.* Rain, und wie Sie heißen, ist mir piepegal.‹« Bei Binky Rain klang »Kassierer« wie etwas, was man sich nicht von der Schuhsohle klauben wollte.

Er fühlte sich auf absurde Weise verletzlich, als er auf dem Stuhl lag, flach und hilflos, den Launen von Sharon und ihrer schweigsamen Zahnarzthelferin ausgeliefert. Sharon und die Zahnarzthelferin hatten beide dunkle, rätselhafte Augen, die ihn über den Mundschutz hinweg gleichgültig anblickten, als überlegten sie, was sie ihm als Nächstes antun würden, wie sadistische Bauchtänzerinnen mit chirurgischen Instrumenten.

Jackson versuchte, weder daran noch an die entsprechende Szene in *Marathon Mann* zu denken, sondern bemühte sich, ein Bild von Frankreich heraufzubeschwören. Er könnte Gemüse anbauen. Er hatte noch nie im Leben Gemüse angebaut, Josie war die Gärtnerin gewesen, er hatte ihre Anordnungen ausgeführt, *grab da, versetz das, mäh den Rasen.* In Frankreich würde das Gemüse wahrscheinlich von allein wachsen. Dieser warme, fruchtbare Boden. Tomaten, Pfirsiche. Weinstöcke, könnte er Weinstöcke pflanzen? Oliven, Zitronen, Feigen – es klang biblisch. Man stelle sich die kriechenden Ranken vor, das herabfallende Obst, o Gott, er hatte eine Erektion (vom Gedanken an Gemüse, was *stimmte* bloß nicht mit ihm?). Vor Panik schluckte er und würgte an seinem eigenen Speichel. Sharon brachte den Stuhl in eine aufrechte Position und sagte: »Alles in Ordnung?«, den Kopf schräg gestellt in geheuchelter Besorgnis, während er geräuschvoll würgte. Die schweigsame Zahnarzthelferin reichte ihm einen Plastikbecher mit Wasser.

»Wir sind bald fertig«, log Sharon und brachte den Stuhl wieder in die Horizontale. Diesmal konzentrierte sich Jackson auf etwas Unangenehmes. Laura Wyres Leiche. Niedergestreckt, wie ein Tier, wie ein Reh.

Mr. Wyre, wo ist er? Die Frage klang merkwürdig – wäre es nicht normaler gewesen zu sagen: »Wo ist Mr. Wyre?« Hatte der Mörder es tatsächlich so gesagt? Was, wenn er »Miss Wyre« oder »Ms Wyre« gesagt hatte, konnte sich Moira Tyler (die einzige Person, mit der der Mörder gesprochen hatte) verhört haben? Im Chaos des Augenblicks – aber zu diesem Zeitpunkt herrschte noch kein Chaos, er war nur ein Mann mit einem gelben Golfpullover, der sich nach dem Aufenthaltsort eines Anwalts erkundigte.

Und Lauras Privatleben, war es wirklich so transparent gewesen, wie es schien? Eine geopferte Jungfrau. War sie eine Jungfrau? Jackson erinnerte sich nicht, das im Autopsiebericht gelesen zu haben. Theo glaubte es, natürlich. Jackson konnte sich vorstellen, dass Marlee dreimal heiratete und sich wieder scheiden ließ und zehn Kinder hatte, und er würde immer noch glauben, dass sie Jungfrau war. Die Presse hatte Lauras Unschuld geliebt, es ließ sich immer besser ausschlachten, wenn ein nettes Mittelschichtmädchen mit gesunden Gewohnheiten und beruflichem Ehrgeiz niedergemetzelt wurde als eine Prostituierte oder eine aufgemotzte arbeitslose Jugendliche (die Kerry-Anne Brockleys dieser Welt). Aber wer wusste schon, ob Laura Wyre keine Geheimnisse hatte? Vielleicht eine Affäre mit einem verheirateten Mann, mit der sie ihren Vater nicht verletzen wollte? Oder hatte sie in aller Unschuld jemanden auf den Plan gerufen, der sie beobachtete und verfolgte, einen beschissenen kleinen Perversen, der auf sie fixiert war? Vielleicht war sie freundlich zu ihm gewesen (mehr brauchte es manchmal nicht), und er hatte sich etwas vorgemacht, sich eingebildet, dass sie verliebt in ihn wäre, dass zwischen ihnen irgendeine kosmische Sache liefe. Es gab ein Wort dafür, aber es fiel Jackson nicht ein, irgendein Syndrom, nicht Münchhausen. Es gab nur vier Optionen. Der Mann hatte Theo entweder persönlich gekannt oder nicht. Er hatte Laura entweder persönlich gekannt oder nicht. Erotomanie, das war es. Es klang wie ein schlechter holländischer Pornofilm.

Vor Jahren waren die Ergebnisse einer Studie veröffentlicht worden, die besagten, dass Frauen sich nicht bedroht fühlten von einem Mann, der den *Guardian* dabeihatte oder ein Anti-Atomkraftabzeichen trug. Jackson hatte sich damals gefragt, wie viele Vergewaltiger daraufhin mit einem *Guardian* loszogen. Ted Bundy zum Beispiel: er steckte den Arm in einen Gips, und die Frauen glaubten, sie hätten nichts von ihm zu befürchten. Keine Frau war jemals wirklich sicher. Gleichgültig, ob sie so hartgesotten war wie Sigourney Weaver in *Alien – Die Wiedergeburt* oder Linda Hamilton in *Terminator 2*, denn wohin immer sie gingen, waren Männer. Verrückte Männer. Was er an diesen harten Frauen wie Ripley oder Sarah Connor mochte (ja, er wusste, dass es fiktive Figuren waren), war, dass ihre Motive, gleichgültig, wie brutal sie waren, sich von einer Art mütterlicher Liebe herleiteten, einer mütterlichen Liebe für die ganze Welt. Nein, tu's nicht, Jackson, denk nicht über Sarah Connor nach, denk an was Schlimmes, denk an den Auspuff des Wagens, der repariert werden muss, denk an was Langweiliges. Golf.

»Ich habe den Eiter herausgeholt, Jackson«, flüsterte Sharon leise, »und ich werde den Zahn provisorisch füllen, aber wir können nicht weiterhin die Symptome behandeln, wir müssen die Ursache eliminieren. Die Wurzel.«

Lauras beste Freunde im College waren Christina, Ayshea, Josh, Joanna, Tom, Eleanor, Emma, Hannah und Pansy gewesen. Das wusste Jackson, weil Theo eine praktische Aufstellung an der Wand hängen hatte mit der Überschrift »Studenten in Lauras College«, zudem die Liste »Lauras Freunde außerhalb des Colleges« (Tauchclub, Kollegen aus dem Pub, in dem sie gearbeitet hatte, und so weiter)

und eine dritte Übersicht »Flüchtige Bekannte von Laura« (letztlich alle, die Laura jemals über den Weg gelaufen waren).
»Studenten in Lauras College« war eine nummerierte Liste, die Nummern verwiesen auf die Enge der Freundschaft – Nummer eins war ihre beste Freundin und so weiter. Jeder Student des Colleges war aufgeführt. Wie viel Zeit hatte Theo damit verbracht zu entscheiden, ob jemand die Nummer hundertacht oder hundertneun auf der Liste erhalten sollte? Er hatte die Liste noch nicht einmal mit dem Computer erstellt, sondern mühsam alle Namen mit der Hand geschrieben. Der Mann war verrückt.
Die Freunde waren zudem mit Farben nach Geschlecht sortiert – blau für Mädchen, rot für Jungen, weshalb leicht zu sehen war, dass Lauras beste Freunde überwiegend Mädchen gewesen waren. Die ersten zehn waren alle blau mit nur zwei Ausnahmen – Josh und Tom. Laura Wyre war offenbar ein Mädchen für Mädchen gewesen, dem bestimmt war, nie eine Frau für Frauen zu werden. Am Ende der Liste befand sich eine solide Phalanx roter Namen – eine große Anhäufung von Jungen, von denen Laura Wyre die meisten vermutlich nicht einmal wahrgenommen hatte, ganz zu schweigen davon, dass sie mit ihnen gesprochen hätte. Dank des roten Stifts stachen die Jungen mehr heraus und wirkten gefährlicher oder irgendwie nicht korrekt. Jackson sah plötzlich seine Schulaufsätze vor sich, überzogen von einem Spinnennetz ärgerlicher roter Anmerkungen. Erst nachdem er die Schule verlassen hatte und zur Armee gegangen war, fand er heraus, dass er intelligent war.
Die Polizei hatte alle Studenten von Lauras College befragt, nur dass leider die meisten der Top Ten nicht da

gewesen waren. »Ferienjahr«, hatte Theo gesagt. Er war besorgt gewesen, dass auch Laura ein Ferienjahr einlegen und die gefährlichen Winkel der Welt aufsuchen wollte, aber in einer verflohten Billigpension voller Heroin in Bangkok wäre sie sicherer gewesen als im Büro ihres Vaters. »Mea culpa«, sagte Theo zu Jackson mit seinem traurigen Hundelächeln.

Während der Ermittlungen glaubte die Polizei nie, dass Laura mehr war als eine unglückselige Unbeteiligte, sie waren immer davon überzeugt, dass Theo das eigentliche Ziel gewesen war. Jackson erinnerte sich plötzlich an Bob Peck in *Am Rande der Finsternis* – solche Fernsehserien wurden wirklich nicht mehr gedreht, ja, es war vielleicht die letzte gute Serie der BBC gewesen, die Jackson gesehen hatte. 1984? 1985? Er versuchte, sich an 1985 zu erinnern. Drei Jahre nach dem Falklandkrieg. Howell wurde aus der Armee entlassen, und Jackson verpflichtete sich für weitere fünf Jahre. Er war damals mit einem Mädchen namens Carol befreundet, aber dann trat sie der Antiatomkraftbewegung bei und erklärte, ihre politischen Ansichten wären »inkompatibel« mit ihrer Beziehung zu Jackson. Jackson machte sie darauf aufmerksam, dass er einem Atomkrieg nicht unbedingt positiv gegenüberstand, aber sie war mehr daran interessiert, sich irgendwo anzuketten und die Polizei des Thames Valley zu beschimpfen.

1985 war Laura Wyre neun Jahre alt, und Olivia Land war seit fünfzehn Jahren tot. In *Am Rande der Finsternis* war Craven, den Bob Peck spielte, besessen von seiner Tochter – Emma, so hieß sie, der gleiche Name wie das Mädchen auf Platz fünf auf Theos rot-blauer Liste und das einzige der Top-Ten-Mädchen, die noch in Reichweite von Cambridge lebte. Christina, ihre allerbeste Freundin, war verheiratet und nach Australien gezogen, Ayshea war Lehrerin in Dorset, Tom arbeitete für die EU in Straßburg, Josh schien verschwunden zu sein, Joanna war Ärztin in Dublin, Hannah in Amerika, Eleanor Anwältin in Newcastle, Pansy arbeitete für einen Verleger in Schottland. Eine Hedschra der Mädchen. Waren sie vor etwas geflüchtet? (»Wenn du immer weiterläufst, kommst du zu deinem Ausgangspunkt zurück, Jackson.«) Er wollte mit jemandem sprechen, der eine andere Laura kannte als Theo. Nicht dass Theos Laura nicht authentisch gewesen wäre, aber gleichgültig, wie nahe er seiner Tochter gestanden hatte, es musste Dinge geben, von denen er nichts wusste oder die er nicht verstand. So sollte es sein. So sehr man diesen Sachverhalt auch hassen mochte, aber sie hatten immer Geheimnisse.

Emma Drake lebte in Crouch End und arbeitete für die BBC. Als er sie anrief, sagte sie, dass sie sich gern mit Jackson unterhalten würde, und sie vereinbarten, sich nach der Arbeit gegenüber dem Sender bei Langham zu treffen, »auf einen Cocktail«.

Sie war ein nettes Mädchen, höflich und gesprächig, und sie trank drei Manhattans, einen nach dem anderen auf eine Weise, die nahe legte, dass sie die Anspannung des Tages so schnell wie möglich ablegen wollte. Sie war kein Mädchen mehr, musste Jackson sich ins Gedächtnis rufen, sie war eine achtundzwanzigjährige Frau.

»Ich weiß noch, ich dachte, dass es auch mich hätte treffen können«, sagte sie und warf sich eine Nuss in den Mund. »Ich habe den ganzen Tag nichts gegessen«, entschuldigte sie sich, »war in einem Studio eingeschlossen. Es war vermutlich sehr egoistisch, so zu denken, oder?«

»Nicht wirklich«, sagte Jackson.

»Ich meine, es hätte mich nicht wirklich treffen können. Ich war nicht dort, in der Kanzlei, in diesem Augenblick. Aber diese willkürlichen Gewaltakte haben etwas …«

»War es das? Willkürlich?«, sagte Jackson. »Sie glauben nicht, dass der Kerl, der Laura umbrachte, sie meinte, dass er es auf sie abgesehen hatte, nicht auf ihren Vater?« Ein Mann in einem Dinnerjacket setzte sich ans Klavier in der Ecke des Raums und hob die Hände über die Tasten mit einer Liberace abgeschauten, schwungvollen Geste und begann eine laute, blumige Version von *Some Enchanted Evening* zu spielen.

»Oje.« Emma Drake verzog das Gesicht und lachte. »Vielleicht hatte sie jemanden kennen gelernt, ich weiß es nicht. Alle schienen unterwegs zu sein oder im Ausland zu arbeiten. Laura war eine der wenigen, die nach den Sommerferien sofort studieren wollten. Ich war in Peru, ich habe von ihrem Tod erst Wochen später erfahren. Irgendwie wurde er dadurch noch schlimmer, weil er für alle anderen schon Geschichte war.«

»Gibt es irgendeine winzige Kleinigkeit, die zu erwähnen vergessen wurde?«, hakte Jackson nach. Er fragte sich, ob ein weiterer Manhattan ihrer Erinnerung nachhelfen oder sie behindern würde und ob er junge Frauen zum Trinken nötigen und sie dann allein hinaus in die schäbigen Straßen Londons schicken sollte. Würde Marlee es so machen, auf eine gute Schule gehen, studieren und dann einen beschissenen Job bei der BBC annehmen, zu viel trinken und mit der U-Bahn zu ihrer gemieteten Wohnung in Crouch End fahren? Er schlug Emma Drake Kaffee vor und war erleichtert, als sie zustimmte.

»Es tut mir leid, aber mir fällt wirklich nichts ein«, sagte sie und runzelte die Stirn über den Pianisten, der jetzt ein Medley von Andrew Lloyd Webber spielte. »Vermutlich war da die Sache mit Mr. Jessop.«

»Mr. Jessop?«

»Stan.« Die Falten auf ihrer Stirn wurden tiefer, was jedoch nichts mit dem *Phantom der Oper* zu tun zu haben schien. »Ihr Biologielehrer.«

»Die Sache? Ein Verhältnis?« Er hatte den Namen Stan Jessop gesehen, auf einer von Theos Listen – »Lehrer an Lauras College«. Er war zwei Tage nach Lauras Ermordung von der Polizei vernommen und als Verdächtiger ausgeschlossen worden.

Emma Drake biss sich auf die Lippen und schwenkte den Rest ihres Manhattans im Glas. »Ich weiß es nicht, da müssen Sie Christina fragen, sie war viel enger mit Laura befreundet als ich. Sie ging auch in Mr. Jessops Klasse.«

»Sie lebt auf einer Schaffarm irgendwo im australischen Busch.«

»Wirklich?«, sagte Emma, und für einen Augenblick hellte sich ihre Miene auf. »Das ist erstaunlich. Wir haben uns alle aus den Augen verloren. Das sollte man nicht denken, nicht wahr?« O doch, dachte Jackson, irgendwann verliert man alle aus den Augen.

Der Kaffee wurde gebracht, und Jackson dachte, dass er ihr auch ein Sandwich hätte bestellen sollen. Was aßen Mädchen wie sie, wenn sie endlich zu Hause waren? Aßen Mädchen wie sie überhaupt etwas?

»Wir haben uns versprochen, uns zehn Jahre nach unserem letzten Schultag zu treffen«, sagte sie. »Vor dem Hobbs Pavilion, vor ein paar Wochen. Natürlich ist niemand gekommen.«

»Sie waren da?«

Sie nickte, und ihre Augen füllten sich mit Tränen. »Dumm. Ich bin mir dumm vorgekommen, als ich da stand und wartete. Ich habe nicht geglaubt, dass jemand kommen würde, nicht wirklich, aber ich dachte, ich sollte hingehen, nur für den Fall. Schlimm war nicht, dass niemand gekommen ist, schlimm war, dass *Laura* nicht gekommen ist. Ich meine, ich weiß, dass sie tot ist, und ich habe auch nicht damit gerechnet, dass sie kommt, es war nur, dass ich es da begriffen habe – für Laura gab es kein ›in zehn Jahren‹, keine Zukunft. Für sie hat alles aufgehört. Einfach so.«

Jackson reichte ihr ein Taschentuch (er hatte immer Taschentücher dabei, die Hälfte der Menschen, die er traf, schien in Tränen auszubrechen). »Und Mr. Jessop?«

»Es war nur ein Gerücht. Laura war keine Geheimniskrämerin, aber sie war sehr diskret, hat nicht viel über sich gesprochen. O Gott, ich klinge wie meine Mutter. Ich denke nicht oft an Laura. Das ist schrecklich. Schrecklich, dass man vergessen wird, und wenn die Leute sich an dich erinnern, fallen ihnen nur Klischees ein. Ich meine, ich habe an sie gedacht, als ich vor dem Hobbs Pavilion stand, weil ich wusste, dass die anderen möglicherweise kommen würden, aber es gab keine Hoffnung, dass Laura auftauchen würde. Aber sonst …« Sie biss sich auf die Lippe, und Jackson wollte, dass sie damit aufhörte, weil sie gleich bluten würde. »Es ist, als hätte sie nie existiert«, schloss sie tonlos.

»Sie wissen ja, dass sie keine Jungfrau mehr war«, sagte Jackson vorsichtig, und Emma seufzte und sagte: »Keine von uns war es noch. Sie war keine *Heilige*. Sie war wie alle anderen, sie war *normal*.«

»Aber sie schien keinen Freund zu haben. Die Polizei hat niemanden vernommen.«

»Sie war nie mit jemandem fest zusammen. Sie hat mit ein paar Jungs geschlafen, das ist alles.«

War das das normale Verhalten? Taten das die Mädchen vor zehn Jahren? Wenn ja, was taten sie jetzt? Und was würden sie in zehn Jahren tun? Wenn Marlee so alt wäre wie Laura, als sie starb. O Gott.

»Sie war eng mit Josh befreundet, sie sind zusammen in die Grundschule gegangen. Ich habe ihn nie besonders gemocht. Er war so von sich überzeugt. Er war ziemlich clever.«

»Ich kann nicht herausfinden, wo er ist«, sagte Jackson.

»Er ist ausgestiegen. Jetzt arbeitet er offenbar als DJ in Amsterdam. Er hat Laura entjungfert.«

»Ihr Vater glaubt, dass sie noch Jungfrau war«, sagte Jackson, und Emma Drake lachte und sagte: »Das glauben Väter immer.«

»Auch wenn es Beweise fürs Gegenteil gibt?«

»Dann erst recht.«

»Und Mr. Jessop?«, hakte Jackson noch einmal nach.

»Ach, er hat uns allen gefallen.« Emma lächelte über die Erinnerung. »Er war wirklich süß, sah viel zu gut aus für einen Lehrer. Laura und Christina waren in seiner Abiturklasse. Laura war eindeutig sein Liebling, die beste Schülerin und so. Aber da war nichts zu holen, er hatte Frau und Kind.« (Als ob das irgendjemanden abgehalten hätte.) »Laura war ihr Babysitter, ich bin hin und habe ihr Gesellschaft geleistet. Laura glaubte, dass sie nicht gut mit Babys umgehen könne, aber sie war okay mit Nina – dem Baby der Jessops. Laura mochte seine Frau, Kim. Sie kamen gut miteinander aus. Ich fand das immer komisch. Kim war wirklich gewöhnlich.« Emma Drake schlug entsetzt die Hand vor den Mund. »O Gott, so etwas Grauenhaftes sollte ich nicht sagen, das ist so snobistisch. Aber Sie wissen schon, was ich meine, sie war blond und nuttig. Eine Geordie. Ach, du liebe Zeit, ich sollte den Mund halten.«

Das Mädchen sprudelte nur so vor Informationen. Dennoch war sie nie befragt worden. Ebenso wenig wie Kim Jessop. »Niemand hat damals etwas von Mr. Jessop und Laura erwähnt«, sagte Jackson.

»Na ja, warum auch? Er war ja nicht der Verrückte, der sie erstochen hat, oder? Es war ja auch nur ein Gerücht, nichts weiter als eine Verknalltheit. Mir ist auch nicht wohl, wenn ich darüber rede.«

»In seinen Lehrer verknallt zu sein, ist nichts Ungewöhnliches. Ich bin sicher, Laura hätte nichts dagegen, dass wir darüber sprechen.« Als wäre sie noch am Leben, als wäre sie wirklich. Laura Wyre machte nichts mehr etwas aus.

»Nein, nein, ich meine nicht, dass *Laura* verknallt war, Mr. Jessop war verknallt. In Laura.«

Jackson setzte Emma in ein Taxi und gab dem Fahrer lächerlich großzügige fünfundzwanzig Pfund, damit er sie nach Crouch End fuhr und direkt vor ihrer Wohnung absetzte. Dann machte er sich auf seinen eigenen billigeren Weg nach King's Cross und starrte während der gesamten Rückfahrt aus dem Fenster ins Nichts.

»Na also, Jackson, alles gekittet und fertig.« Sharon zog den Mundschutz herunter und lächelte ihn an, als wäre er drei Jahre alt. Er rechnete fast damit, dass sie ihm ein Abzeichen oder einen Sticker überreichen würde.

»Jetzt machen wir noch einen Termin aus, um die Wurzel herauszuholen, ja?«

Er hatte geglaubt, sie würde eine Metapher gebrauchen, als sie von der Ursache, der Wurzel sprach, und nicht die tatsächliche *Wurzel* meinen. Die in seinem Kopf.

Auf der Straße hörte er seine Mailbox ab. Da war eine Nachricht von Josie, die ihn bat, sich am Nachmittag um Marlee zu kümmern, und ihn davon in Kenntnis setzte, dass seine Tochter im Büro auf ihn wartete. Nur dass dem nicht so war. Im Büro war niemand, und es war nicht abgesperrt. An der Tür klebte eine Botschaft in einer Handschrift, die ihm vertraut vorkam, jedoch weder Deborahs noch Marlees Handschrift war. »Sind in zehn Minuten zurück.« Er musste einen Augenblick nachdenken, bevor er sie als Theos Handschrift wiedererkannte (er hatte weiß Gott während der letzten Tage genug davon gesehen). Diesmal war es ein neutraler schwarzer Stift. »Sind in zehn Minuten zurück« hieß gar nichts, wenn man nicht wusste, wann die zehn Minuten begonnen hatten. Jackson verspürte kurz Panik in sich aufsteigen: was wusste er tatsächlich über Theo? Er schien ein guter Kerl zu sein, vollkommen harmlos, aber üblen Psychopathen war nicht »übler Psychopath« auf die Stirn tätowiert. Warum hielt er Theo für einen guten Kerl? Weil seine Tochter tot war? War das eine Garantie?

Jackson rannte die Treppe hinunter und auf die Straße hinaus. Wo war sie? Bei Theo? Bei Deborah? Allein? Bei einem *Fremden?* Er hatte Marlee ein Handy kaufen wollen, aber Josie war dagegen gewesen (seit wann war sie die Einzige, die Entscheidungen für ihr Kind fällen durfte?). Wie nützlich es jetzt gewesen wäre. Er sah Theo aus einem Burgerrestaurant kommen. Er war so dick, man konnte ihn nicht übersehen. Und Marlee war bei ihm. Danke, lieber

Gott. Sie trug einen winzigen Rock und ein kurzes Oberteil; im Internet stieß man ständig und überall auf so gekleidete kleine Mädchen.
Jackson drängte sich durch eine Gruppe spanischer Teenager, ohne auch nur im Ansatz zu versuchen, höflich zu sein, packte Marlee am Arm und schrie: »Wo bist du gewesen?« Am liebsten hätte er Theo einen Faustschlag versetzt, obschon er nicht wusste warum, denn Marlee war offensichtlich wohlauf und stopfte sich Pommes in den Mund. Für ein einziges Karamellbonbon würde sie wahrscheinlich mit einem Fremden mitgehen.
»Ich passe auf sie auf«, sagte Theo zu Jackson, »ich habe sie nicht entführt«, und Jackson schämte sich. »Genau«, sagte Jackson, »natürlich. Tut mir leid. Ich habe mir Sorgen gemacht.«
»Theo hat auf mich aufgepasst«, sagte Marlee, »und er hat mir Pommes gekauft. Ich mag ihn.« Verdammt noch mal, war es so einfach?

»Hat dich deine Mutter hier abgeladen?«, fragte Jackson, als sie wieder im Büro waren.
»David hat mich hergebracht.«
»David hat dich also abgeladen?« Was für ein Wichser.
»Deborah war da.«
»Jetzt ist sie nicht da.« (Wo zum Teufel war sie?) »Ihr habt die Bürotür offen gelassen, jeder hätte reinkommen können, und du bist mit einem Fremden weggegangen. Hast du eine Ahnung, wie gefährlich das sein kann?«
»Kennst du Theo denn nicht?«
»Darum geht es nicht. Du kennst ihn nicht.«
Marlees Lippen begannen zu zittern, und sie flüsterte: »Ich kann nichts dafür, Papa«, und sein Herz schlingerte vor

Schuldgefühlen und Zerknirschung. »Entschuldige, Liebes«, sagte er, »du hast Recht, ich bin schuld.« Er schlang die Arme um sie und küsste sie auf den Kopf. Sie roch nach zitronigem Shampoo und Burgerfett. »Mein Pech«, murmelte er in ihr Haar.

»Darf ich eintreten?« Eine Frau stand unsicher auf der Schwelle. Jackson lockerte seinen Griff um Marlee, die ihn auf langmütige Weise die Luft aus sich hatte herauspressen lassen.

»Ich bin nur gekommen, um einen Termin zu vereinbaren«, sagte die Frau. Ende dreißig, T-Shirt, Riemchensandalen, sie sah fit aus (Jackson dachte an Kickboxen), aber sie hatte dunkle Schatten unter den Augen. Ein Sarah-Connor-Typ. Oder wie diese Krankenschwester aus *Emergency Room*, die alle Männer angeblich viel besser behandeln würden, als ihre Freunde im Fernsehen es taten. (Seit der Trennung von Josie sah Jackson wesentlich mehr fern als zuvor.) Sie kam ihm bekannt vor. Die meisten Menschen, die Jackson bekannt vorkamen, entpuppten sich für gewöhnlich als Kriminelle, aber sie sah nicht kriminell aus.

»Ja«, sagte er und deutete vage auf sein Büro, »wenn Sie möchten, können wir jetzt sprechen.«

Die Frau blickte zu Marlee und sagte: »Nein, ich würde lieber einen Termin ausmachen«, und Jackson wusste augenblicklich, dass es sich um etwas handelte, was er nicht wissen wollte.

Sie stimmte einem Termin für elf Uhr am Mittwoch zu, »weil ich dann nicht Nachtschicht habe«, und Jackson dachte: »Krankenschwester«, und weil sich Krankenschwestern und Polizisten zu häufig aus professionellen Gründen sahen, kam sie ihm auch bekannt vor. Er mochte Krankenschwestern, nicht wegen irgendwelcher Krankenhauskomödien oder anzüglicher Postkarten oder pornohafter Bekleidung oder aus einem anderen der üblichen Gründe, nicht die dicken praktischen Schwestern mit riesigem Hintern und keiner Phantasie (und von denen gab es eine Menge), nein, er mochte die, die Leiden verstanden, die selbst litten, die dunkle Schatten unter den Augen hatten, die wie Sarah Connor aussahen. Die, die Schmerz verstanden wie Trisha und Emmylou und Lucinda, wenn sie sangen. Und vielleicht auch, wenn sie nicht sangen, wer wusste das schon?

Sie hatte definitiv das gewisse Etwas. Ein *je ne sais quoi*. Sie heiße Shirley, sagte sie, und er wusste, ohne sie zu fragen, weswegen sie gekommen war. Sie hatte jemanden verloren, er sah es in ihren Augen.

»Fahren wir jetzt nach Hause?«, fragte Marlee und seufzte extravagant, als sie hinten in den Wagen stieg. »Ich bin am *Verhungern*.«

»Nein, das bist du nicht.«

»Doch, das bin ich. Ich wachse«, fügte sie defensiv hinzu.

»Das wäre mir nie aufgefallen.«

»Hier riecht's nach Zigaretten, es riecht *widerlich*, Papa. Du sollst nicht rauchen.«

»Jetzt rauche ich nicht. Setz dich auf die andere Seite, nicht hinter mich.«

»Warum?«

»Warum nicht?« (Weil du, falls der Sicherheitsgurt aus irgendeinem Grund versagt, direkt durch die Windschutzscheibe fliegen wirst, was marginal besser ist, als gegen meinem Rücken zu knallen.) Marlee setzte sich auf die linke Seite. Auf den Diana-Sitz. Sie verschloss die Tür. »Nicht die Tür verschließen, Marlee.«

»Warum nicht?«
»Darum nicht.« (Wenn der Wagen Feuer fängt, kann man dich leichter rausholen.)
»Was wollte die Frau?«
»Miss Morrison?« Shirley. Es war ein hübscher Name. »Bist du angeschnallt?«
»Jaa.«
»›Ja‹, nicht ›jaa‹. Ich weiß nicht, was Miss Morrison wollte.« Er wusste es. Er hatte es in ihren Augen gesehen. Sie hatte etwas verloren, jemanden, ein weiterer Eintrag auf der Sollseite der Verloren-und-Gefunden-Liste.
Der interessanteste Fall, den er in Monaten gehabt hatte, war Nicola Spencer gewesen (und das sagte alles), ansonsten war es langweilige Routine gewesen, und jetzt, plötzlich, innerhalb von ein paar Wochen hatte er einen ungeklärten Mordfall, eine vierunddreißig Jahre alte, nicht aufgeklärte Entführung und das frische Elend, das ihm Shirley Morrison zu Füßen legen wollte.
Er blickte zu Marlee, die sich auf dem Rücksitz wand wie ein kleiner Houdini. Sie duckte sich aus seiner Sicht. »Was machst du da? Bist du noch angeschnallt?«
»Ja, ich will das Ding auf dem Boden.« Ihre Stimme klang gedämpft vor Anstrengung.
»Was für ein Ding?«
»Das!«, sagte sie triumphierend und tauchte wieder auf wie ein nach Luft schnappender Taucher. »Ich glaube, es ist eine Dose.« Jackson schaute im Rückspiegel auf den Gegenstand, den sie für ihn hochhielt. O Gott, Victors Asche.
»Stell's zurück, Liebes.«
»Was ist das?« Sie versuchte die hässliche Blechurne zu öffnen, und Jackson griff nach hinten und nahm sie ihr weg. Der Wagen schlingerte, und Marlee stieß einen

Angstschrei aus. Er stellte die Urne vor den Beifahrersitz auf den Boden. Julia hatte ihn gebeten, sie heute Morgen vom Krematorium abzuholen, »weil Sie ein Auto haben, Mr. Brodie, und wir nicht«, was Jackson nicht für einen sehr stichhaltigen Grund hielt angesichts der Tatsache, dass er Victor nicht gekannt hatte. »Aber Sie waren der einzige Trauergast auf seiner Beerdigung«, sagte Julia.

»Du wirst doch nicht weinen, oder?«, sagte er in den Rückspiegel.

»Nein«, sagte sie sehr wütend. Marlee war eine Naturgewalt, wenn sie wütend war. »Du hättest beinahe einen Unfall gebaut.«

»Nein, hätte ich nicht.« Er kramte im Handschuhfach nach Süßigkeiten, fand aber nur Zigaretten und Kleingeld für die Parkuhren. Er bot ihr das Geld an.

»Was ist in der Dose?«, beharrte sie und nahm das Geld. »Ist es etwas Schlimmes?«

»Nein, es ist nichts Schlimmes.« Warum wollte er ihr nicht erzählen, was in der Dose war? Sie wusste von Leben und Tod, sie hatte in ihrem achtjährigen Leben genug Hamster begraben, und letztes Jahr hatte Josie sie zur Beerdigung ihrer Großmutter mitgenommen. »Also, Liebes«, setzte er zögernd an, »du weißt doch, wenn die Menschen sterben?«

»Ich langweile mich.«

»Lass uns ein Spiel spielen.«

»Was für ein Spiel?«

Gute Frage, Jackson kannte sich mit Spielen nicht aus. »Ich weiß was, wenn du ein Hund wärst, was für ein Hund wärst du dann?«

»Weiß ich nicht.« So viel dazu. Marlee begann ernsthaft zu quengeln. »Ich hab Hunger, Papa. *Papa.*«

»Jaa, okay, wir besorgen unterwegs was zu essen.«
»Sag ›ja‹, nicht ›jaa‹. Unterwegs wohin?«
»Zu einem Kloster.«
»Was ist das?«
»Ein Haufen eingesperrter Frauen.«
»Weil sie böse sind?«
»Weil sie gut sind. Hoffe ich.«

Nun gut, das war eine Möglichkeit, Frauen in Sicherheit zu bringen. Sie in ein Kloster zu stecken. »Ab ins Nonnenkloster.« Im Kloster roch es wie in jeder katholischen Kirche, in der Jackson jemals gewesen war – ein Übermaß an Weihrauch und Möbelpolitur. Die Leute sagten immer zu ihm: »Einmal Katholik, immer Katholik«, aber das stimmte nicht. Jackson war seit Jahren nicht mehr in einer Kirche gewesen – abgesehen von Beerdigungen (Hochzeiten und Taufen schienen auf seiner sozialen Agenda nicht vorzukommen) –, und er glaubte an keinen Gott. Seine Mutter, Fidelma, hatte ihr Bestes getan, um sie katholisch zu erziehen, aber an Jackson war nichts hängen geblieben. Manchmal konnte er sich an Bruchstücke erinnern, die lang vergessene Stimme seiner Mutter. *Anima Christi, sanctifica me.*
Ihre Eltern waren in den Norden Englands emigriert, warum und wie, wusste Jackson nicht. Sein Vater, Robert, war ein Minenarbeiter aus Fife, und seine Mutter stammte aus County Mayo, eine nicht völlig harmonische keltische Verbindung. Jackson und sein Bruder Francis und seine Schwester Niamh. Francis war nach dem Vater seiner Mutter benannt und Jackson nach der Mutter seines Vaters. Nicht dass der Vorname seiner Großmutter Jackson gelautet hätte – es war ihr Mädchenname (Margaret Jack-

son), und es war, wie ihm sein Vater erklärte, eine schottische Tradition.
Jackson wusste nicht, nach wem (wenn überhaupt) Niamh benannt war. Seine große Schwester, ein Jahr jünger als Francis und sechs Jahre älter als Jackson. Nach Niamhs Geburt hatte seine Mutter die Knaus-Ogino-Methode erfolgreich angewandt, und Jackson war ein unerwarteter Nachzügler, gezeugt in jener Pension in Ayrshire. Das Nesthäkchen.
»Was denkst du, Papa?«
»Nichts, Liebes.« Sie flüsterten beide, obwohl Schwester Michael, die dicke, nahezu ungestüme Nonne, in deren Schlepptau sie sich befanden, eine dröhnende Stimme hatte, die im Korridor widerhallte.
Wie er von Amelia und Julia wusste, war Schwester Michael eine »Externe«. Es gab sechs Externe im Kloster, die die Verbindung zur Außenwelt aufrechterhielten für die »Internen«, die das Kloster nie verließen, die ihre Tage mit Gebet und Kontemplation verbrachten, einen nach dem anderen, bis sie starben. Sylvia war eine Interne.
Marlee war völlig fasziniert von dieser neuen Welt. »Warum hat Schwester Michael einen Männernamen?«
»Sie wurde nach einem Heiligen benannt«, sagte Jackson. »Der heilige Michael.« Warum hatten Marks and Spencer den heiligen Michael in ihrem Logo? Damit sie nicht so jüdisch wirkten? Wüsste Schwester Michael die Antwort auf diese Frage? Nicht dass er sie danach fragen wollte. Michael war der Schutzheilige der Fallschirmjäger, das wusste Jackson. Wegen der Flügel? Aber alle Engel hatten Flügel. (Nicht dass Jackson an Engel geglaubt hätte.) Der Korridor, der in den nächsten mündete und in noch einen, war übersät mit Statuen und Bildern – der heilige Franziskus

und natürlich die heilige Klara und viele rehäugige Christusse am Kreuz, blutend und gebrochen. *Corpus Christi, salva me.*

Himmel, er hatte vergessen, wie physisch extrem das Zeug war. Oder was für ein »sadomasochistischer homoerotischer Unsinn« gemäß Amelias sarkastischer Zusammenfassung. Warum war sie immer so verklemmt? Er war überzeugt, dass es nichts mit Olivia zu tun hatte. Oder dem Tod ihres Vaters. Er wusste, es war ein politisch völlig inkorrekter Gedanke und er würde ihn bei Gott nie und nimmer laut aussprechen, nicht in einer Million Jahre, aber es war nun einmal so, Amelia Land sollte dringend flachgelegt werden.

»Und das ist Unsere Frau von Krakau«, erklärte Schwester Michael Marlee und deutete auf eine kleine Statue in einem Glaskasten. »Sie wurde von einem Priester während des Krieges aus Polen gerettet. In Zeiten einer nationalen Krise weint sie.« Jackson dachte, dass es besser gewesen wäre, wenn der Priester statt einer Gipsstatue ein paar Juden gerettet hätte.

»Sie weint?«, fragte eine von Ehrfurcht ergriffene Marlee.

»Ja, die Tränen laufen ihr über die Wangen.« Jackson wollte sagen: »Das ist Quatsch, Marlee, hör nicht drauf«, aber Schwester Michael drehte sich um und sah ihn an, und trotz ihres runden lustigen Gesichts hatte sie Nonnenaugen, und Nonnenaugen konnten Gedanken lesen, das wusste Jackson, und deswegen nickte er der Statue ehrfürchtig zu. *Sanguis Christi, inebria me.*

»Schwester Maria Lukas erwartet Sie«, sagte Schwester Michael und setzte ihren Weg fort, geleitete sie tiefer in das komplizierte Korridorsystem des Klosters, ihre Tracht flatterte, während sie zielstrebig weitermarschierte. Jackson dachte, dass Nonnen sich sehr schnell bewegen konnten, ohne jemals tatsächlich zu laufen, als stünden sie auf Rädern (vielleicht war das Teil ihrer Ausbildung). Es überraschte ihn, dass nicht mehr Verbrecher sich als Nonne verkleideten. Es wäre die perfekte Irreführung – niemand würde das Gesicht bemerken, aller Augenmerk richtete sich auf die Tracht. So wie die Zeugen von Lauras Ermordung nur den gelben Golfpullover gesehen hatten.

Jackson glaubte, dass Julia gesagt hätte, Sylvia sei ein Windhund, aber vielleicht hatte sie tatsächlich gesagt, sie *habe* einen Windhund, denn sie hatte einen. Er saß geduldig neben ihr, als sie sich von Angesicht zu Angesicht gegenüberstanden. Sie befand sich auf der einen Seite eines Gitters und er auf der anderen, ein Arrangement, das Jackson zum einen an den Aufsichtsschalter des Blocks mit den Arrestzellen erinnerte und zum anderen an einen Harem, auch wenn er nicht wusste, aus welchem Teil seines Gedächtnisses der Harem stammte. Jackson nahm an, dass Sylvia wie ein Windhund aussah, weil sie groß und dünn war, aber sie war nicht, was sein Vater hübsch genannt hätte, sie hatte große Zähne und trug eine Brille, während der Windhund ein geschmeidiges, geschecktes Tier war, die Art Hund, wie sie auf mittelalterlichen Bildern eine Edelfrau auf die Jagd begleitete. Jackson war sich auch nicht sicher, woher er dieses Bild heraufbeschworen hatte. Vielleicht lag es einfach daran, dass Klöster generell etwas Mittelalterliches hatten. Der Hund stand auf, als sie eintraten, und leckte durch das Gitter vorsichtig Marlees Finger.

Franziskanerinnen, erinnerte sich Jackson. »Wie ein Hippie-Orden«, hatte Julia gesagt. »Im Sommer laufen sie barfuß herum und machen sich die Sandalen für den Winter, und sie haben Haustiere und sind Vegetarierinnen.« Amelia und Julia hatten ihn ausführlich über das Kloster informiert; sie schienen Sylvias Berufung ungeheuchelt zu verachten. »Lassen Sie sich von diesem heiligmäßigen Kram nicht hinters Licht führen«, warnte ihn Julia, »unter dem ganzen Pinguinscheiß ist sie noch immer Sylvia.« »Es ist eine Form von Eskapismus«, fügte Amelia geringschätzig hinzu. »Sie muss keine Rechnungen zahlen oder darüber nachdenken, woher das nächste Essen kommt, sie muss nie *allein* sein.« Runzelte Amelia deswegen so oft die Stirn, weil sie allein war? Aber hatte Julia nicht einen »Henry« erwähnt? Amelia in den Armen eines Mannes war schwer vorstellbar. Wer immer Henry war, er reichte Amelia nicht. (Seit wann nannte er sie nicht mehr »Miss Land«, sondern »Amelia«?)

Amelia sagte, dass sie Sylvia kaum besuchte, dass sie sich jedoch anfallsartig, pflichtbewusst schrieben, »obwohl Sylvia nicht wirklich was zu berichten hat – Beten, Beten und noch mehr Beten –, und dann muss sie natürlich noch das machen, was andere Hausarbeit nennen – sie backen Oblaten für das Abendmahl und stärken und bügeln die Messgewänder der Priester und so Zeug. Und sie arbeitet viel im Garten, und sie *strickt* für die Armen«, fügte sie abfällig hinzu, und Julia sagte: »Das mit dem Stricken hat sie erfunden«, und Amelia erwiderte: »Nein, habe ich nicht«, und Julia sagte: »Doch, das hast du erfunden, ich besuche sie ziemlich oft«, und Amelia sagte: »Das war, als du für eine Nonne in *Meine Lieder, meine Träume* vorgesprochen hast«, und Julia entgegnete: »Nein, das stimmt nicht«, und Jackson sagte müde: »Ach, seid still, alle beide«, und die beiden wandten sich ihm zu und blickten ihn an, als sähen sie ihn zum ersten Mal. »Ja«, sagte er, »wirklich, reißt euch zusammen«, und er fragte sich, wann er angefangen hatte, wie seine Mutter zu klingen.

»Also, das war interessant«, sagte Jackson zu Marlee über den Rückspiegel. Sie sah aus, als würde sie gleich einschlafen. Schwester Michael hatte sie mitgenommen und ihr etwas zu essen gegeben, nachdem sie mit Schwester Maria Lukas' Hund (Jester – offenbar sein Name als Rennhund, er war ein geretteter Hund) Bekanntschaft geschlossen hatte. Die anderen Internen hatten ein Theater um Marlee gemacht, als hätten sie nie zuvor ein Kind gesehen, und sie schien überglücklich über die Bohnen auf Toast, den Biskuitkuchen und das Eis, die sie für sie auftrieben. Hätten sie ihr Pommes frites gebracht, wäre sie wahrscheinlich für den Rest ihres Lebens konvertiert.

»Erzähl deiner Mutter nicht, dass ich dich in ein Kloster mitgenommen habe«, sagte er.

Tatsächlich war es nicht so interessant gewesen. Sylvia hatte gewusst, dass er kommen würde. Amelia hatte sie angerufen und erklärt, dass Jackson noch einmal Olivias Verschwinden überprüfte, aber sie hatte ihr nicht gesagt, was diese neuen Ermittlungen veranlasst hatte. Nachdem Schwester Michael Marlee fortgebracht hatte, holte Jackson die blaue Maus aus der Tasche, in der sie (»eingesperrt«) steckte und zeigte sie Sylvia. Er wollte den Schock: Julia hatte erzählt, dass Amelia in Ohnmacht gefallen war, als sie sie sah, und Amelia war nicht jemand, der in Ohnmacht fiel. Sylvia betrachtete die blaue Maus, die trockenen, dünnen Lippen zusammengepresst, der Blick aus ihren kleinen, schlammfarbenen Augen darauf gerichtet. Nach ein paar Sekunden sagte sie: »Blaue Maus«, und streckte den Finger durch das Gitter. Jackson hielt die blaue Maus näher zu ihr,

und sie berührte den alten kranken Körper zärtlich mit dem Finger. Eine Träne lief still über ihre Wange. Aber nein, sie hatte sie seit dem Tag, an dem Olivia verschwunden war, nicht mehr gesehen und konnte sich überhaupt nicht vorstellen, warum sie sich im Schreibtisch ihres Vaters befunden hatte.
»Ich stand Papa nie nahe«, sagte sie.

»Der Kuchen war gut«, sagte Marlee schläfrig.
Jacksons Handy klingelte. Er schaute auf die Nummer – Amelia und Julia – und stöhnte. Er ließ sie auf die Mailbox sprechen, aber als er die Nachricht abhörte, war er so beunruhigt, dass er am Straßenrand anhielt, um es sich noch einmal anzuhören. Amelia schluchzte, es war ein vorzeitliches, elementares Wehklagen, es war Schmerz, roh und hemmungslos. Jackson fragte sich, ob Julia tot war. Er nahm an, dass er keine andere Wahl hatte, als zurückzurufen.
»Atmen Sie, Amelia, um Gottes willen«, sagte er. »Was ist los? Ist etwas mit Julia?« Aber sie sagte nur: »Bitte, Jackson.« (»Jackson«? So hatte sie ihn noch nie genannt. Es klang viel zu intim für seinen Geschmack.) »Bitte, Jackson, bitte, kommen Sie, ich brauche Sie.« Und dann war die Verbindung unterbrochen, oder sie hatte aufgelegt, so dass er in die Owlstone Road fahren und herausfinden musste, was passiert war (doch bestimmt nichts mit Julia, oder?).
»Was ist, Papa?«
»Nichts, Liebes, wir machen auf dem Weg nach Hause nur einen kleinen Umweg.« Manchmal hatte Jackson das Gefühl, dass sein ganzes Leben ein Umweg war.

»Wir waren in einem Kloster«, rief Marlee, als sie durch die Tür lief.
»In einem Kloster?« David Lastingham lachte, fing Marlee auf, als sie an ihm vorbeilief, hob sie hoch in die Luft und drückte sie an sich. Jackson dachte: Ich warte, bis er sie wieder auf den Boden stellt, und dann schlag ich ihn nieder, aber da kam Josie aus der Küche. Sie trug eine Schürze. Jackson hatte Josie noch nie mit einer Schürze gesehen.
»Ein Kloster?«, wiederholte sie. »Was habt ihr in einem Kloster gemacht?«
»Es gab Biskuitkuchen«, sagte Marlee.
Josie blickte fragend zu Jackson, aber der zuckte die Achseln und sagte: »Das ist so üblich.«
»Und der Hund war tot«, sagte Marlee, plötzlich niedergeschlagen von der Erinnerung.
»Welcher Hund?«, fragte Josie scharf. »Hast du einen Hund überfahren, Jackson?«, und Marlee sagte: »Nein, Mummy, der Hund war alt, und jetzt ist er glücklich und im Himmel. Bei all den anderen toten Hunden.« Marlee sah aus, als würde sie gleich wieder weinen (es war heute schon eine Menge geweint worden), und Jackson erinnerte sie daran, dass sie auch einen lebenden Hund gesehen hatte. »Jester«, sagte sie fröhlich. »Er war mit einer Nonne im Gefängnis, und da war eine Statue, die weint, und Papa hat eine Dose im Auto, in der ist ein toter Mann.«
Josie sah Jackson angewidert an. »Warum wird das Kind bei dir immer so aufgedreht, Jackson?«, und bevor er etwas entgegnen konnte, wandte sich Josie an David und sagte: »Bringst du sie nach oben, Liebling, und ins Bad?«
Jackson wartete, bis Marlee und David – der Usurpator in seinem Leben, der Mann, der seine Tochter jetzt ins Bett brachte und seine Frau vögelte – nach oben gegangen

waren, und sagte dann: »Bist du wirklich der Ansicht, dass das klug ist?«
»Klug? Wovon sprichst du?«
»Ich spreche davon, dass du einen Mann, den du kaum kennst, mit deiner nackten Tochter allein lässt. Unserer nackten Tochter. Ach, und übrigens, findest du es wirklich eine gute Idee, dass du ihr erlaubst, sich wie eine Kinderprostituierte anzuziehen?«
Mit einer schlangenschnellen Bewegung schlug sie ihm ins Gesicht. Er taumelte, mehr aus Überraschung als aus Schmerz – es war ein leichter, mädchenhafter Schlag gewesen –, denn während ihrer Ehe war es niemals zu Tätlichkeiten gekommen.
»Wofür zum Teufel war das?«
»Weil du ekelhaft bist, Jackson. Das ist der Mann, mit dem ich lebe, der Mann, den ich liebe. Glaubst du wirklich, dass ich mit jemandem zusammenleben würde, dem ich meine Tochter nicht anvertrauen kann?«
»Du würdest staunen, wenn du wüsstest, wie oft mir das erzählt wird.«
David Lastingham musste sie gehört haben, denn er kam die Treppe heruntergelaufen und schrie Jackson an: »Was tust du ihr an?«, was Jackson köstlich fand, und Josie sagte hilfreich: »Er hat dir vorgeworfen, Marlee zu belästigen.«
»Belästigen?« Jackson grinste sie höhnisch an. »Nennt man es heutzutage in der Mittelschicht so?« Aber zu diesem Zeitpunkt hatte David Lastingham den Fuß der Treppe erreicht und schlug einen saloppen, aber wütenden rechten Haken, den Jackson nicht kommen sah, den er jedoch spürte, als er landete, ja, er hätte schwören können, dass sein Backenknochen krachte. Jackson dachte, jetzt ist es so

weit, ich bring ihn um, aber plötzlich stand Marlee oben an der Treppe und sagte: »Papa?«
Josie fuhr ihn an. »Verschwinde aus unserem Haus, Jackson, und übrigens, habe ich dir schon gesagt, dass wir nach Neuseeland ziehen? Ich wollte, dass du dich setzt und Tee trinkst, und dann hätte ich es dir schonend beigebracht, aber das verdienst du nicht. David wurde eine Stelle an der Universität von Wellington angeboten, und er hat angenommen, und wir gehen mit. Na, Jackson, wie gefällt dir das?«

Jackson stellte den Alfa in der Garage ab, die er am Ende der Straße gemietet hatte, und hatte kurz ein schlechtes Gewissen wegen des Lärms, den der Auspuff machte. Er dachte an Sylvia, die ihr Leben aufgegeben und sich im Kloster hatte einsperren lassen. Sie wusste mehr, als sie sagte, davon war er überzeugt. Aber jetzt wollte er nicht an Sylvia denken, er wollte an ein heißes Bad und an ein kaltes Bier denken. Er war wütend, weil er zugelassen hatte, dass David Lastingham den Schlag landete. Er dachte, dass an diesem Tag nichts Schlimmeres passieren könnte, obwohl er aus Erfahrung wusste, dass immer noch etwas Schlimmeres geschehen konnte, und um diese These zu erhärten, schlüpfte eine dunkle Gestalt aus dem Schatten hinter der Garage und zog ihm eine über den Kopf mit etwas, das sich schrecklicherweise wie der Kolben einer Pistole anfühlte.

»Ja, aber du hättest sehen sollen, wie der andere ausgesehen hat«, scherzte Jackson schwach, doch Josie lachte nicht. Sie roch nach Früchten und Sonne, und ihm fiel die Beerenpflückexpedition ein, die für den heutigen Tag geplant gewesen war. Ihre braunen Unterarme waren zerkratzt, als hätte sie mit Katzen gespielt. »Stachelbeersträucher«, sagte sie, als er sie darauf hinwies.

»Tut mir leid«, sagte Jackson, »sie haben meinen Organspenderausweis gefunden, da stehst du als meine nächste Angehörige drauf. Es ist nur eine leichte Gehirnerschütterung, sie hätten dich nicht rufen sollen.«

»Du hast fast die ganze Nacht draußen gelegen, Jackson. Du hast Glück gehabt, dass es so warm war, stell dir vor, wenn es Winter gewesen wäre«, sagte sie vorwurfsvoll, nicht etwa mitfühlend, als wäre es seine Schuld, dass er überfallen worden war. Und er hätte den Typen wirklich gern gesehen, denn er war sicher, dass er ihn ziemlich zugerichtet hatte. Jackson hatte Glück gehabt, er hatte schnell reagiert und sich intuitiv bewegt, als er die Gestalt auf sich zukommen sah, schnell genug, um den Schlag abzumildern, der ihm nur eine Gehirnerschütterung eintrug, statt ihm den Schädel zu zertrümmern wir ein Ei. Er hatte sich gewehrt, nicht mit einem guten rechten Haken oder einem Schwinger oder einem der anderen raffinierten Schläge, wie er sie irgendwann gelernt hatte – es war vielmehr die automatische, brutale Reaktion des harten Mannes gewesen, der in einer betrunkenen Samstagnacht unterwegs ist: er knallte dem Kerl seinen Kopf ins Gesicht. Er hörte noch immer, wie die Nase seines Angreifers knirschte, als er mit der Stirn gegen das weiche Gewebe prallte. Seiner Gehirnerschütterung hatte das natürlich nicht gut getan, und er musste in diesem Augenblick das Bewusstsein verloren haben, denn das Nächste, woran er sich erinnerte, war der Milchmann, der ihn kurz vor der Morgendämmerung zu wecken versuchte.

Josie fuhr ihn nach Hause. »Jemand soll vierundzwanzig

Stunden bei mir bleiben«, sagte er bedauernd zu Josie, »falls ich wieder bewusstlos werde.«

»Tja, da wirst du dir jemand anders suchen müssen«, sagte sie, als sie am Anfang seiner Straße anhielt. Sie fuhr ihn nicht einmal bis vors Haus. Ihm wurde klar, dass er noch immer auf Mitgefühl wartete, das nicht kommen würde. Er stieg unbeholfen aus dem Beifahrersitz des Volvos. Die Knochen in seinem Schädel schienen neu arrangiert worden zu sein, wie tektonische Platten, die aneinander stießen und übereinander rutschten. Jede Bewegung hallte in seinem Kopf wider. Er fühlte sich ernsthaft beschädigt. Josie kurbelte das Fenster herunter, damit sie mit ihm sprechen konnte. Einen Augenblick lang dachte er, dass sie sich aus dem Fenster lehnen und ihm einen ehelichen Abschiedskuss geben oder anbieten würde, zu bleiben und auf ihn aufzupassen, aber stattdessen sagte sie: »Vielleicht ist es an der Zeit, dass du einen anderen nächsten Angehörigen eintragen lässt, Jackson.«

Als er zu Hause war, stellte Jackson Blaue Maus auf den Kaminsims. Er hatte gewusst, dass er das verdammte Ding früher oder später zu wichtig nehmen würde. Victors Urne (er hatte in all der Hysterie vergessen, sie Amelia und Julia zu geben) platzierte er zwischen Blaue Maus und dem einzigen anderen Nippes auf dem Kaminsims – ein billiger Wunschbrunnen aus Keramik mit der Aufschrift »Die besten Wünsche aus Scarborough«. Nach der Trennung wurde der eheliche Besitz auf eine Weise geteilt, die Josie als fair betrachtete – Jackson nahm seinen »Mist« (Josies Ausdruck für seine Country-CDs und den kleinen Wunschbrunnen), und Josie nahm alles andere. Vielleicht würde Blaue Maus auf ihn aufpassen, da es ja sonst niemand tat.

Jackson schluckte zwei der Schmerztabletten, die ihm die Ärzte mitgegeben hatten (was er wirklich wollte, war Morphium), legte sich aufs Sofa und hörte zu, wie Emmylou *From Boulder To Birmingham* sang, aber der Schmerz war zu groß, als dass Emmylou ihn hätte lindern können.

12
Caroline

Caroline blickte zu ihren Stiefkindern auf dem Rücksitz des Discovery und dankte Gott, dass sie nicht in ihre Schule gingen. Sie besuchten eine kleine Privatschule am Ende der Welt, wo sie viele Spiele im Freien machten und mittwochs ausschließlich französisch sprachen. Im Prinzip war daran nichts auszusetzen, und es wäre interessant gewesen, dieses System auf den Lehrplan einer der städtischen Problemschulen anzuwenden, an denen sie früher unterrichtet hatte. Es war erst zwei Jahre her, aber es schien in einem anderen Leben gewesen zu sein. Wieder ein anderes Leben. Wie oft konnte man sich häuten? Hannah und James schnitten ihr im Rückspiegel Grimassen, sie waren entweder unglaublich dumm und meinten, sie würde es nicht sehen, oder es war ihnen gleichgültig. Wie auch immer, sie waren das Ergebnis von Inzucht. Rowena, Jonathans Mutter, sprach die ganze Zeit von »Züchten«, weil sie einen Stall voller Jagdpferde (riesige, furchteinflößende Viecher) hatte, aber bisweilen schien sie das Konzept auch auf ihre eigene Familie anzuwenden, und Caroline hätte sie gern darauf hingewiesen, dass die natürliche Auswahl kräftige Arten zur Folge hatte, während »Züchten« zu angeborenen Defekten, zu bleichgesichtigen blonden

Kindern wie aus dem *Dorf der Verdammten* führte, die mittwochs französisch sprachen und deren ausdruckslose Gesichter auf latente Debilität schließen ließen. Nach Carolines professioneller Ansicht.

Nach der Hochzeit war Rowena ins Witwenhaus gezogen, ein kleines Haus auf dem Anwesen, das sie immer »meine kleine Hütte« nannte, obschon es über vier Schlaf- und zwei Wohnzimmer verfügte. Ihr war daran gelegen, sich »nicht einzumischen«, was bedeutete, dass sie sich ständig einmischte, hinter Carolines Rücken. Sie spielte jedoch gut Theater: während der Hochzeit hatte sie fortwährend wohlmeinend gelächelt wie jemand, der unter Valium stand, und sie zahlte für alles, das Zelt, das Streichquartett, die mit silbernen Platten auftragenden Lakaien, den kalten Lachs und den Rehbraten, die großen Vasen mit den weißen Lilien, von denen leider die Staubgefäße nicht entfernt worden waren, so dass beständig Pollen auf die Gäste rieselte. Und niemand erwähnte, dass es nur eine standesamtliche Trauung war oder eine zweite Ehe, obwohl die Früchte der ersten anwesend waren, herumrannten wie Ratten, die in Kinder verwandelt worden waren – gekleidet in weißen Satin, der am – dem Untergang geweihten – Hof Ludwigs XVI. nicht fehl am Platz gewesen wäre.

Sie waren ein paar Tage vor der Hochzeit mit einem Flugzeug aus Buenos Aires angekommen und nie zurückgekehrt, weil Jemima – die erste Frau – beschlossen hatte, dass sie in eine englische Schule gehen sollten, und Jonathan hatte zugestimmt. Und es hatte Caroline wirklich nichts ausgemacht, weil sie (und ja, die Ironie der Geschichte blieb ihr nicht verborgen) großartig mit Kindern umgehen konnte, weshalb sie auch eine so gute Lehrerin war – und beides ging nicht notwendigerweise Hand in

Hand, sie kannte viele Lehrer, die Kinder als ärgerliche Begleiterscheinung ihres Berufs betrachteten statt als seine Raison d'Être. Sie hatte nur nicht damit gerechnet, dass Hannah und James so miese kleine Ratten waren.

Es war der freie Tag des Aupairmädchens, und Caroline hatte sich bereit erklärt, die Kinder von der Schule abzuholen. Das Aupairmädchen war eine Spanierin namens Paola, und Caroline versuchte, sie mit Rioja und Mitgefühl bei Laune zu halten, denn sie schien ständig kündigen zu wollen. Und wer wollte es ihr verübeln: sie saß am Ende der Welt fest in einem beschissenen Klima und mit zwei bösartigen Gören, die sie beharrlich provozierten. Sie machten sich nicht einmal die Mühe, ihren Namen korrekt auszusprechen – »Pa-ola« korrigierte sie sie immerfort, zog die Vokale exotisch in die Länge wie eine gähnende Katze, dennoch bestanden sie mit ihren piekfeinen, strengen kleinen Stimmen auf »Porla«. Sie hatten zwei Jahre lang in einem Spanisch sprechenden Land gelebt, trotzdem konnten oder wollten sie nicht einmal ein *»Buenos días«* zustande bringen.

Die kleine, abgeschottete Schule beschäftigte die Kinder länger als die Dorfschule. Caroline war vor über einer Stunde mit dem Unterricht fertig gewesen, aber für Hannah und James waren regelmäßig Aktivitäten außerhalb des Lehrplans vorgesehen: Klarinette und Kricket, Klavier, »Stimme« (als ob sie keine hätten), Volkstanz (o Gott) und Fechten. Sie hätte sie gern – vorzugsweise aus großer Höhe – in eine Klasse in Toxteth oder Chapeltown geworfen und gesehen, ob ihnen das Fechten dort noch etwas nützte.

Sie fuhren an der Dorfschule vorbei, und sie hörte, dass James grunzende Geräusche von sich gab. Einmal hatte er die Kinder aus dem Dorf »Oiks«, Schwachköpfe, genannt, und sie hätte ihn fast geschlagen. Sie vermutete, dass sein langsames männliches Gehirn »Oik« mit »Oink« verwechselte, weshalb er immer grunzte, wenn er in die Nähe der unteren Schichten kam. Sie wusste nicht, wie lange sie sich noch zurückhalten und von Gewalttätigkeiten ihm gegenüber Abstand nehmen konnte.

Es war Zufall gewesen, dass die Rektorin der Schule pensioniert wurde, kaum waren sie aus den Flitterwochen zurück. Es war leicht gewesen, die Stelle zu bekommen. Carolines Qualifikationen übertrafen alles, was in einer Dorfschule mit drei Klassen erwartet wurde, und sie fühlte sich dort ein paar Tage nach ihrer Rückkehr von Jersey vollständig zu Hause. Auf Jersey hatten sie ihre einwöchigen Flitterwochen verbracht, im Atlantic, in einem Zimmer mit Meerblick, das auf die St. Ouen's Bay hinausging, obschon sie das Meer kaum gesehen hatten, weil sie die meiste Zeit im Bett verbrachten. »Oh, das Atlantic«, sagte Rowena nach ihrer Rückkehr, »so ein wunderbares Hotel. Was habt ihr die ganze Woche gemacht?«, und Jonathan sagte: »Ach, du weißt schon, der Zoo, das Orchideenhaus, wir sind zu La Corbière gegangen, haben nachmittags Tee im Secret Garden getrunken«, und Rowena lächelte so zufrieden angesichts dieser stumpfsinnig bourgeoisen Route, dass Caroline sich kaum zurückhalten konnte zu sagen: »Aber eigentlich, Rowena, haben wir die ganze Zeit nur gevögelt, bis wir nicht mehr konnten.«

»Du willst also nach der Heirat arbeiten?«, hatte Rowena sie in der sauerstofflosen Atmosphäre des Hochzeitszelts gefragt, und Caroline erwiderte: »Ja«, und sah keinen Grund, ihre Antwort weiter zu erläutern. Auf dem Kragen von Rowenas Kostüm aus cremefarbener Rohseide befand sich ein braunorangefarbener Lilienpollenschmierfleck, den zu entfernen, so hoffte Caroline, Rowenas Reinigung große Schwierigkeiten bereiten würde.

Alle im Dorf sprachen davon, was für ein harter Job es war, Schulrektorin zu sein, aber es hätte nicht leichter sein können. Die Kinder waren liebe, nette Landkinder – nur ein Fall von leichtem Aufmerksamkeitsdefizit, ein paar grindige Kinder, ein kleiner Mistkerl, und statistisch gesehen sollte mindestens ein missbrauchtes Kind darunter sein, aber Caroline hatte sie oder ihn noch nicht identifiziert. Nahezu alle waren des Lesens mächtig (ein Wunder), sie kannten alte Schulhofspiele, und ihr Leben richtete sich nach dem Bauernkalender, so dass das Erntedankfest ein richtiges Erntedankfest war, und im Frühjahr brachte jemand ein echtes lebendiges Lamm mit in den Unterricht. Auf dem Dorfplatz stand sogar ein Maibaum, um den die Kinder tanzten, ohne in ihrer Unschuld etwas von seinen phallischen Konnotationen zu ahnen. Sie liebte die Arbeit und hoffte, dass sie sie im Fall einer Scheidung behalten könnte, denn hier ging es so verdammt feudal zu, dass das Amt womöglich vom Gutsherrn verliehen wurde, und der schien in jeder Hinsicht Jonathan zu sein. Nicht dass sie vorhatte, sich scheiden zu lassen, aber es war schwer vorstellbar, dass es ewig so weitergehen würde, nichts dauerte ewig, warum also ihre Ehe? Und sie konnte nicht immer einen Schritt voraus sein. Gleichgültig, wie lange man verschollen war, früher oder später wurde man gefunden.
Und es wäre unmöglich, hier zu leben und nicht zu arbeiten. Was sollte sie den ganzen Tag lang tun? Jonathan erfand ständig irgendwelche Arbeiten. Er ging ununterbrochen im Verwalterbüro ein und aus, marschierte über die Hügel, kontrollierte Felder und Zäune, dabei hatte er

einen Manager, der das Gut verwaltete, und alles würde unverändert funktionieren, wenn er das Büro nie beträte oder die Zäune nicht kontrollierte. Er war häufig mit seiner Schrotflinte unterwegs und erschoss etwas, als wäre das ein wesentlicher Bestandteil seiner Arbeit, doch in Wahrheit tat er es, weil er gern schoss (oder tötete). Er war ein guter Schütze und ein guter Lehrer, und Caroline stellte fest, dass sie Talent zum Schießen hatte. Im Gegensatz zu Jonathan schoss sie auf nichts Lebendiges – nur auf Zielscheiben, Tontauben und Blechdosen auf einer Mauer. Sie mochte die Gewehre, sie mochte ihr Gewicht in den Armen, sie mochte den Augenblick konzentrierter Ruhe, kurz bevor sie auf den Abzug drückte, wenn sie wusste, dass sie das Ziel treffen würde. Es war erstaunlich, dass man mit tödlichen Waffen durch die Landschaft laufen konnte (auch wenn einem die Landschaft gehörte) und niemand einen daran hinderte.

Wenn er nicht so tat, als würde er das Gut verwalten, oder etwas Kleineres und Hilfloseres, als er es war, erschoss, ritt Jonathan mit einem Jagdpferd seiner Mutter aus. Fortwährend wurde Caroline gefragt: »Reiten Sie?«, und niemand wollte es glauben, wenn sie mit Nein antwortete. Rowena war natürlich eine »wunderbare Pferdefrau« (als wäre sie ein Zentaur), und so wie es klang, hatte Jemima den Großteil ihrer Ehe auf dem Rücken eines Pferdes verbracht. Die Menschen schienen kaum glauben zu wollen, dass Jonathan jemanden geheiratet hatte, der Blesse nicht von Blässe unterscheiden konnte, aber tatsächlich war es ihm egal, ob sie Pferde mochte oder nicht. Das war einer seiner wirklich guten Züge – es war ihm vollkommen gleichgültig, was sie tat, ja, es war ihm ziemlich gleichgültig, was alle anderen taten. Da war irgendeine Schraube locker, davon war sie überzeugt, er hatte Schwierigkeiten, soziale Bindungen einzugehen; in einem anderen Leben wäre er vielleicht als Psychopath gebrandmarkt worden. Psychopathen waren überall, sie waren nicht notwendigerweise Mörder, Vergewaltiger oder Serienmörder von Beruf. Sie habe psychopathische Tendenzen, hatten sie gesagt, nun, natürlich nicht über Caroline, sondern über die Person, die sie früher gewesen war. Caroline betrachtete diesen Befund als gravierende Fehldiagnose. James jedoch war definitiv ein Soziopath; das hatte man vom Züchten.

Jemima, die Mutter der Kinder, war letztes Jahr zu Besuch gewesen. Sie war ein makelloses Stück englisches Porzellan, verstand sich hervorragend mit Rowena, war innerlich mit ihr verbunden über Sattelgurt und Martingal, über die Red Devons und das Problem mit der »oberen Wiese« – Caroline hatte nicht einmal gewusst, dass sie eine obere Wiese besaßen, geschweige denn ein Problem damit hatten.

»Du hast dich also scheiden lassen … warum eigentlich?«, fragte sie Jonathan, den sie in einer schlüpfrigen, schweißnassen, postkoitalen Umarmung hielt, während eine halbe Meile entfernt Jemima ihren zarten blonden Kopf auf eins der einhundertzwanzig Pfund teuren, mit ungarischen Gänsedaunen gefüllten Kissen in einem der drei Gästezimmer im Witwenhaus bettete. »Oh, Gott«, sagte Jonathan und stöhnte, »Jem war so was von *langweilig*. Das kannst du dir gar nicht vorstellen, Caro«, und er lachte ein schmutziges Lachen, drehte sie auf den Bauch und nahm sie von hinten – man konnte sagen, was man wollte, der Mann hatte Stehvermögen –, und während sie halb in ihren eigenen Kissen (etwas billiger, aber nur etwas) erstickte, fragte sie sich, ob Jemima sich in den Arsch hatte ficken lassen, und dachte, wahrscheinlich nicht, aber man wusste nie bei diesen piekfeinen Mädchen, sie waren zu allen möglichen Schandtaten fähig, von denen die Oiks nichts ahnten.

Sie hatten die Flitterwochen in Jersey verbracht, weil Caroline, ziemlich spät, feststellte, dass sie keinen Pass hatte. Jonathan war es gleichgültig, er interessierte sich für kaum etwas, was nicht North Yorkshire war. Sie hätte einen Pass beantragen können, sie hatte eine Geburtsurkunde – auf den Namen Caroline Edith Edwards. Caroline vermutete, dass »Edith« wahrscheinlich der Name einer Großmutter war, denn es war ein altmodischer Name für jemanden, der 1967 geboren war. »Caroline Edwards« war sechs Jahre jünger als Caroline, obschon Caroline Edwards nie so alt geworden war wie Caroline. Die andere Caroline starb, bevor sie fünf Jahre alt war, wurde laut ihrem Grabstein »von einem Engel geholt«, obwohl auf ihrem Totenschein stand, dass sie von einer prosaischen Leukämie dahingerafft worden war. Caroline hatte ihr Grab besucht, in Swindon, und einen kleinen Strauß Rosen darauf gelegt, als Dank an Caroline Edith Edwards für das Geschenk ihrer Identität, obwohl sie sich die eher geholt hatte, als dass sie ihr geschenkt worden war.

Als sie endlich zu Hause ankamen, war es fast halb sechs, und Hannah und James verlangten sofort etwas zu essen. Paola saß am Küchentisch, blickte mürrisch drein, stand auf und begann im Gefrierschrank nach Minipizzen zu suchen, und Caroline wies sie an, sich wieder zu setzen und nichts zu tun, es sei ihr freier Tag. Nicht dass sie irgendwohin hätte gehen können. Manchmal ging sie spazieren, aber sie war aus Barcelona und sie verspürte keine Affinität zu feuchter grüner Landschaft. Bisweilen nahm Caroline sie auf dem Weg zur Schule mit bis zur Bushaltestelle, und dann verbrachte sie den Tag in Richmond oder Harrogate, aber der Rückweg war ein Problem. Meistens blieb sie einfach in ihrem Zimmer. Ein paarmal hatte Caroline ihr Geld gegeben, damit sie übers Wochenende nach London fahren konnte, wo sie hunderte von Spaniern zu kennen schien. Caroline hatte Angst, dass sie nicht zurückkommen würde; Paola war so etwas wie ihre einzige Freundin, eine noch größere Außenseiterin als sie. Gillian war lange schon fort und leistete freiwillig Dienst in Sri Lanka, und Caroline wünschte, dass sie das auch getan hätte.

Rowena sah keinen Grund, warum sie ein Aupairmädchen haben sollten, und fand beständig Wege, Paola gegen sich aufzubringen. »Die Kinder sind den ganzen Tag aus dem Haus«, sagte sie zu Caroline. »Und du hast kein Baby.« In dieser Feststellung war eine unsichtbare Frage begraben. Plante sie, ein Baby zu bekommen? Rowena wollte nicht, dass die Blutlinie der Weavers mit Carolines verdächtiger DNA verunreinigt würde. (»Was genau hat dein Vater eigentlich getan, Liebes?« Caroline Edith Edwards Vater war Metzger, aber das hätte Rowena nicht ertragen, deswegen sagte sie etwas von Buchhaltung.) Sie brauchten kein Baby, sie hatten einen Erben, und Hannah würde im Notfall einspringen. Sie waren eine vollständige Familie – zwei Erwachsene, zwei Kinder, vier Ecken eines Quadrats, solide wie das Verlies einer Burg. Kein Platz mehr, kein Platz mehr für das flohgroße Baby, das Caroline derzeit in ihrem Bauch ausbrütete. Jonathan wäre wahrscheinlich vor Freude ganz aus dem Häuschen. Wie oft würde sie in ihrem Leben den gleichen Fehler machen? Der Sinn der Sache war, dass man einmal einen großen Fehler machen durfte, ihn dann ausbügelte und nie wieder machte. Und eigentlich war es gleichgültig, ob sie ihn ausgebügelt hatte oder nicht, denn er verfolgte sie auf immer und ewig, wohin immer sie ging, was immer sie tat, da war immer irgendwo eine Ecke, um die sie bog, und dann sah sie den kleinen Wurm auf dem Boden liegen, den kleinen Wurm, der sich in den Schlaf geweint hatte. Den kleinen Wurm in der neuen Latzhose von OshKosh.

John Burtons Haar lichtete sich, der Umriss einer Mönchstonsur war oben auf seinem Kopf zu erahnen. Carolines Herz flog ihm zu, als sie die kleine kahle Stelle entdeckte. Ständig wunderte sie sich über die Absurditäten der Leidenschaft. Er kniete vor dem Altar und tat etwas, was sie zunächst für einen religiösen Ritus hielt, aber als sie näher trat, sah sie, dass er mit Besen und Schaufel den Boden fegte. Er lachte verlegen auf, als er sie bemerkte, und sagte: »Die Dame, die die Kirche putzt, ist in Urlaub.«
»Wo?« Es gefiel ihr, dass er »Dame« und nicht »Frau« gesagt hatte.
»Mallorca.«
»Bezahlen Sie sie?«
»Ja, natürlich«, sagte er und blickte schockiert drein.
»Ich dachte, Kirchen wären voller Frauen, die alles für die Liebe Gottes tun, Blumen arrangieren, Messing polieren und so Zeug.«
»Ich denke, da denken Sie an die Vergangenheit«, sagte er. »Oder an eine Fernsehsendung.«
Caroline saß auf der Bank in der ersten Reihe und sagte: »Ich würde gern rauchen.« Er setzte sich neben sie, Besen und Schaufel in der Hand, und sagte: »Ich wusste nicht, dass Sie rauchen«, und sie erwiderte: »Ich rauche auch

nicht. Nicht wirklich.« Er trug eine vikarhafte Hose, schwarz und unauffällig und ziemlich billig, ein weißes T-Shirt und eine alte graue Strickjacke, die sie am liebsten gestreichelt hätte wie ein Tier. Auch wenn er zivile Kleidung trug, sah er aus wie ein Pfarrer. In Jeans oder in einem Anzug konnte sie sich ihn nicht vorstellen. Sie glaubte nicht, dass er ahnte, was sie für ihn empfand. Wenn sie es ihm erzählte, würde sie seine Unschuld verderben. Selbstverständlich *kannte* sie ihn nicht, nicht wirklich. Aber war das nicht unerheblich? Vielleicht war er nicht die richtige Person für sie (offensichtlich nicht), und außerdem war sie verheiratet (na und?), aber gewiss gab es nicht nur eine Person auf der Welt, die für einen bestimmt war. Wenn es so wäre, dann wäre die Chance, ihr zu begegnen, überwältigend gering, und bei dem Glück, das Caroline hatte, würde sie sie vermutlich nicht erkennen, auch wenn sie ihr begegnete. Und was, wenn die Person, die für sie bestimmt war, in einem Slum in Mexico City lebte oder ein politischer Gefangener in Burma war oder einer der Millionen Menschen, mit denen sie wahrscheinlich nie eine Beziehung haben würde? Wie der frühzeitig kahl werdende, anglikanische Pfarrer in einem Dorf in North Yorkshire.

Plötzlich hätte sie am liebsten geweint. »Mein Aupairmädchen wird uns verlassen«, sagte sie. Oh, wie erbärmlich das in seinen Ohren klingen musste. Wo war auf einer Skala zwischen Weltfrieden und Armut in der Dritten Welt ein unglückliches spanisches Aupairmädchen anzusiedeln? Aber wie sie erwartet hatte, reagierte er freundlich und sagte: »Das tut mir leid«, als würde es ihm tatsächlich leid tun, und dann saßen sie schweigend da, starrten auf den Altar und horchten auf den Sommerregen, der auf die alten Schieferschindeln trommelte.

13
Amelia

Julia schleppte eine volle Kohlenschütte ins Wohnzimmer, eskortiert von einem humpelnden Sammy. »Ich kann nicht fassen, dass Victor nie eine Zentralheizung hat einbauen lassen.« Sie keuchte und ließ die Schütte auf den Boden knallen, so dass schwarzer Staub und kleine Kohlestückchen wie polierter, ungeschliffener Jett auf den Teppich fielen. Amelia runzelte die Stirn und sagte: »Ich habe hier gerade geputzt«, und Julia sagte: »Das wird auf deinen Grabstein geschrieben«, und Amelia erwiderte: »Ach wirklich, von dir?«, und Julia sagte: »O Gott, ich ersticke daran, du nicht?«, und Amelia fragte: »Woran genau?«

»Zwei Wochen erzwungenes Zölibat, seit wir hier sind«, sagte Julia. »Ich werde noch ganz blöd davon, wirklich. Ich muss jede Nacht wichsen.«

»Ach, um Gottes willen, Julia, du bist so *vulgär*, es ist widerlich.« Amelia hasste das Wort, die Dachdecker und Maurer benutzten es ständig, die Friseusen ebenfalls, die Mädchen waren nicht besser als die Jungen. »Du Wichser!« – riefen sie einander durch den Raum zu.

»Wie würdest du es denn nennen?«, fragte Julia, und Amelia sagte: »Ich weiß nicht – sich Vergnügen bereiten«, woraufhin Julia schallend lachte und sagte: »Erzähl mir bloß nicht, dass du es nicht auch tust, Milly, alle tun's, das ist normal, ich bin überzeugt, dass du es tust und dabei an Henry denkst – oder nein, du denkst nicht an Henry, du denkst an *Jackson!*« Für diese Idee schien sich Julia besonders zu begeistern. Amelia hätte sie am liebsten geschlagen. »Du tust es doch, Milly, oder? Du holst dir einen runter und denkst dabei an Jackson!«

»Du bist widerlich, Julia. *Unflätig* widerlich.« Amelia wusste, dass sie so rot wie ihre Strumpfhose geworden war – die sie extra angezogen hatte für den Fall, dass Jackson heute vorbeikäme, denn bei Victors Beerdigung schien er davon ziemlich angetan gewesen zu sein. Sie war heute Morgen erwacht und hatte sich gefühlt, als wäre das Blut in ihren Adern warmer Honig, und gedacht, er wird heute Morgen vorbeischauen, und sie legte etwas von Julias Make-up auf und ließ ihr Haar offen, damit sie mädchenhafter aussah, und sie kochte eine Kanne Kaffee und wärmte die altbackenen Croissants auf, die Julia gestern gekauft hatte. Und sie pflückte Blumen im Garten (die zwischen dem Unkraut nicht leicht zu finden waren) und stellte sie in eine Vase, damit Jackson sie ansehen und begreifen würde, dass sie eine Frau war. Aber natürlich war er nicht gekommen, sie hatte noch nie über Intuition verfügt, weder über weibliche noch irgendeine andere. Es war Wunschdenken gewesen.

Julia sang laut: »Milly hat einen neuen Freund, armer alter Henry, Milly mag Jackson«, als wäre sie wieder acht Jahre alt. Ein Teil von Julia würde immer acht Jahre alt bleiben, ebenso wie ein Teil von Amelia immer elf Jahre alt bleiben würde, so alt, wie sie gewesen war, als die Welt stehen blieb.

»Wie alt bist du, Julia?«

»Nicht so alt wie du.«
»Ich gehe lieber aus dem Zimmer, bevor ich zuschlage.«
Amelia benetzte sich die Wangen mit Wasser aus dem Hahn in der Küche. Sie hörte, wie Julia im Wohnzimmer weiter vor sich hin gluckste; sollte sie noch einmal anfangen, würde sie ihr den Kopf abreißen. Julia jedoch wollte nicht locker lassen, folgte ihr in die Küche und sagte: »Himmel, Milly, du bist so verklemmt, ich kann mir gar nicht vorstellen, was ihr, du und Henry, im Schlafzimmer macht.« Amelia erging es ebenso, denn Henry existierte natürlich nicht. Er war eine Erfindung, aus dem Nichts heraufbeschworen, geboren aus Verärgerung über Julias beständige Nörgelei an ihrem zölibatären Status und (o Grausen) ihrem hartnäckigen Angebot, sie mit jemandem »zusammenzubringen«. »Ich *habe* jemanden, danke«, sagte sie gereizt zu Julia, nachdem sich ihre Schwester einmal zu oft nach ihrem Intimleben erkundigt hatte: »einen Kollegen an der Schule«, und auf der Suche nach dem erstbesten Männernamen fiel Amelia »Henry« ein, der Name des Hundes ihres Nachbarn von unten, ein ekelhafter kleiner Pekinese, dessen Augen jeden Augenblick aus seinem Gesicht zu hüpfen drohten. »Wenn Henry ein Hund wäre, was für ein Hund wäre er dann?«, hatte Julia vorhersehbarerweise gefragt, und Amelia antwortete, ohne nachzudenken: »Pekinese«, und Julia runzelte die Stirn und sagte: »Oh, arme Milly.«
Seitdem war der fiktive Henry schrittweise zu einer Persönlichkeit herangewachsen. Er war ein wenig kahl, hatte ein kleines Bäuchlein, trank lieber Bier als Schnaps und hatte vor langer Zeit eine Frau gehabt, die an Krebs gestorben war und die er zu Hause hingebungsvoll gepflegt hatte. Henry hatte keine Kinder, jedoch eine Tabby-Katze

namens Molly, die viele Mäuse fing. Das Lügen, so stellte Amelia fest, bestand vor allem aus dem Erfinden von Einzelheiten.

Henry und Amelia führten eine ruhige fiktive Beziehung, die sich vor allem um Theaterbesuche, Programmkinos, italienische Restaurants, Pubs auf dem Land und kräftigende Spaziergänge drehte. Zwei Wochenenden hatten sie außerhalb von London verbracht, eins in den Mendips und das andere in North Devon. Amelia hatte im Internet gewissenhaft recherchiert für den Fall, dass Julia neugierig auf die Geographie oder Geschichte der Orte wäre, aber natürlich wollte Julia nur etwas über das Essen und den Sex wissen (»Komm schon, Milly, sei nicht zimperlich«). Wichtig war, Henry nicht zu interessant zu gestalten, damit Julia ihn nicht kennen lernen wollte, deswegen war Sex »ein bisschen routiniert«, aber trotzdem »nett« – ein Wort, das Julia abstieß. Vor kurzem hatte Amelia enthüllt, dass Henry ein begeisterter Golfspieler war, eine Freizeitbeschäftigung, die Julia garantiert kalt ließ.

Henry hatte sich bei Julia als solcher Erfolg erwiesen, dass Amelia ihn auch in der Arbeit einführte. Er diente als nützliches Gegengift gegen die mitleidigen und amüsierten Blicke, die stets ihr Schicksal zu sein schienen. Sie hatte gehört, dass manche Kollegen sie »altjüngferlich« nannten, und sie wusste, dass ein paar von ihnen sie für lesbisch hielten. Bei der Vorstellung von lesbischer Liebe empfand sie leichten Ekel. Julia sagte, dass sie Sex mit Frauen gehabt hätte, erwähnte es in einem Gespräch beiläufig, als würde sie über ihren bevorzugten Supermarkt reden oder die Bücher, die sie gerade gelesen hatte. Amelia war daran gelegen, nicht überrascht dreinzublicken, denn das war natürlich die Reaktion, die Julia am liebsten gewesen wäre.

Gab es überhaupt eine Grenze für Julia? Würde sie es mit einem Hund treiben?
»Sodomie?«, sagte Julia nachdenklich. »Also nur, wenn ich müsste.«
»Wenn du müsstest? In einer Rolle?«
»Nein, natürlich nicht, aber um dein Leben zu retten zum Beispiel.«
Würde Amelia es mit einem Hund treiben, um Julias Leben zu retten? Was für eine entsetzliche Prüfung.

Für ihre Kollegen war Henry jemand, den sie über ihre Schwester kennen gelernt hatte. Da Julia Schauspielerin war, glaubten alle, dass sie ein glamouröses Leben führte, was Amelia normalerweise ärgerte, bisweilen jedoch praktisch war. Dieser Henry lebte in Edinburgh, was ihn unzugänglich machte und sie die Wochenenden über beschäftigte. »Ach, ich fliege nach Schottland, Henry will mit mir angeln gehen«, weil sie glaubte, dass die Leute in Schottland angelten – sie dachte dabei immer an die Mutter der Königin, die in Gummimantel und -stiefeln in einem flachen braunen Fluss (zweifellos irgendwo außerhalb von Brigadoon) stand und Forellen angelte. Amelia war noch nie weiter im Norden gewesen als in York, und das auch nur, um Julia als Dick Whittingtons Katze zu sehen in einer Interpretation, die nahe legte, dass das Tier ununterbrochen rollig war. Amelia stellte sich vor, dass sich zwischen York und dem von den Mitgliedern der königlichen Familie heimgesuchten schottischen Hochland eine rußige Ödnis kaputter Kräne, stillgelegter Fabriken und betrogener, aber noch immer standhafter Menschen befand. Oh, und natürlich Moore, weite brütende Landstriche unter tiefem Himmel, und über dieses Heideland schritten zielstrebig brütende, finster blickende Männer zu den Häusern ihrer Väter, wo sie die Türen aufrissen und verwaiste, aber resolute Gouvernanten bestraften. Oder – noch besser – die brütenden, finster blickenden Männer saßen auf Pferden, auf schwarzen Pferden mit großen, muskelbepackten Schenkeln, die vor Schweiß glänzten …

»Milly?«

»Was?«

»Du hörst mir nicht zu, ich habe gesagt, dass wir mit einem Teil des Geldes, das wir für das Haus kriegen, einen tollen Urlaub machen könnten.« Julia bereitete ein Feuer im Kamin vor, faltete Zeitungsseiten zu behelfsmäßigen Feueranzündern. Amelia runzelte die Stirn und schaltete den Fernseher ein. Zu Beginn hatte Amelia vorgeschlagen, dass sie die Kultursender sehen sollten, Performance oder Discovery oder zur Not TV5, um ihr eingerostetes Französisch aufzupolieren (obschon TV5 leider vor allem Pornos und Sport zu senden schien), aber dieser Vorschlag war von Julia rundheraus abgelehnt worden (»Lebe endlich, Milly«), und jetzt verbrachten sie lange Stunden vor dem Kamin und sahen Wiederholungen von Komödien und altbackenen Dramen aus den siebziger Jahren, die Serien *Jim Bergerac ermittelt* gefolgt von *Poldark* und überboten von *Only Fools and Horses*, das sich in einer beständigen Schleife durch den Äther zu bewegen schien.

»Ich meine, einen wirklich tollen Urlaub«, sagte Julia, »eine Safari in Afrika, eine Trekkingtour in Nepal, die Tempel von Machu Picchu oder eine Schiffsreise in die Antarktis. Was meinst du, Milly?«

Amelia war nie gereist, weil sie niemanden zum Reisen hatte. Julia war die einzige Person, mit der sie je in Urlaub gefahren war – einmal nach Portugal (was schön gewesen war) und einmal nach Marokko (was ein Albtraum gewesen war), und Amelia hatte das Gefühl, sie würde die Welt durch eine kleine Glasscheibe sehen, aber bei dem Gedanken, dort hinauszugehen, in die Welt, hoch hinauf auf einen Berg, mitten auf den Ozean, an einen gefährlichen fremden Ort, weit weg von aller Sicherheit eines englischen Wohnzimmers, wurde ihr augenblicklich schwindlig und schlecht vor Angst.

»Und du könntest Henry überraschen«, fuhr Julia gut gelaunt fort, »für ein Wochenende mit ihm nach New York oder Paris fliegen oder mit ihm in einem tollen Hotel absteigen, im Georges Cinq oder im Bristol ...«

»Das Feuer ist ausgegangen.«

Meistens kam »Henry« für das Wochenende nach Oxford, und wenn jemand sie fragte, berichtete Amelia am Montagmorgen, dass sie ein »wunderschönes« Wochenende verbracht hätten – ein Ausflug nach Cliveden, ein »großartiges« Mittagessen in Bray. Nicht viele Leute fragten sie, aber unter ihren Kollegen herrschte Übereinstimmung, dass Amelia, seit sie Henry kannte, ein bisschen weniger reizbar und ätzend war.

Die für ihre Arbeitskollegen bestimmte Version von Henry war weniger kahl und hatte einen kleineren Bauch als die, die sie für Julia zusammengestellt hatte. Er war zudem aktiver, unternehmungslustiger – das häufige Angeln – und eindeutig besser gestellt (»O Gott, Geld, frag mich nicht, das ist ein böhmisches Dorf für mich«). Mit den flotteren Aspekten dieses Henrys protzte Amelia insbesondere gern vor Andrew Vardy, einem Kollegen in der Abteilung »Kommunikation« und dem einzigen Mann, mit dem Amelia jemals tatsächlich geschlafen hatte.

Amelia hatte zehn Jahre zuvor mit Andrew Vardy geschlafen, weil sie fürchtete, als alte Jungfer leben und sterben zu müssen. Weil es ihr lächerlich erschienen war, während der letzten Züge des zwanzigsten Jahrhunderts im Alter von fünfunddreißig Jahren noch Jungfrau zu sein. Weil sie nicht begriff, wieso sie so gut wie tot war, ohne je gelebt zu haben. Sie nahm an, dass sie sich in jungfräulichem Zustand befand, weil sie schüchtern und leicht in Verlegenheit zu bringen war und Sex als absolut beängstigend (und, sprechen wir es aus, vage ekelerregend) empfand. In der Universität stand sie in dem Ruf, zimperlich und züchtig zu sein, aber sie rechnete stets damit, dass ein Junge (oder ein brütender, finster blickender Mann) diesen Verteidigungswall durchbrechen, ihre Hemmungen hinwegfegen und sexuelle Leidenschaft in ihr wecken würde. Aber niemand, brütend und finster blickend oder nicht, schien sie zu wollen. Manchmal fragte sie sich, ob sie vielleicht einen falschen Duft verströmte oder überhaupt keinen, denn so primitiv war es doch, siehe Katzen, Bienenköniginnen und Moschustiere, oder?

Vielleicht noch kurioser als die Tatsache, dass niemand Amelia wollte, war, dass Amelia ihrerseits niemanden wollte – abgesehen von den Männern in Romanen aus dem neunzehnten Jahrhundert, was der Vorstellung von »unerreichbar« eine neue Dimension verlieh. Nicht einmal Sylvia war Jungfrau, sie hatte vor ihrer »Konversion« mit Dutzenden von Jungen geschlafen. Und wenn Sylvia Freunde fand, Sylvia, die zu einer hässlichen Ente, nicht zu einem Schwan geworden war, warum dann nicht Amelia?

Die längste Zeit wartete Amelia darauf, dass jemand auftauchte, der ihr Herz zum Rasen brachte, ihr Gehirn umnebelte und ihren Intellekt zusammenbrechen ließ, und als das nicht geschah, dachte sie, dass die Natur sie vielleicht zu einem zölibatären Leben bestimmt hatte, dass sie über diesen vestalischen Zustand jubilieren sollte (insgeheim jedenfalls), und statt sich wegen ihres intakten Hymens zu sorgen, sollte sie es als Trophäe betrachten, die sterblichen Männern unerreichbar war. (Eine zweifelhafte Art von Preis zugegebenermaßen.)

Sie würde als edle jungfräuliche Königin sterben, eine neue Gloriana. Das war während der Zeit, als sie eine Art Zusammenbruch hatte – zum größeren Teil aufgrund der Unmöglichkeit, mit den Dachdeckern und Maurern und Friseusen zu »kommunizieren«, und zum kleineren Teil wegen der absoluten Vergeblichkeit des Lebens (obschon jeder, der auch nur ein halbes Hirn besaß, die ganze Zeit in einer existenziellen Schwermut feststecken musste) –, und dann, als sie am schwächsten und verletzlichsten war, sagte Andrew Vardy zu ihr: »Weißt du, Amelia, wenn du mal Sex haben willst, bin ich dir gern zu Gefallen.« Einfach so – als wäre sie eine Kuh, die gedeckt werden musste. Oder eine Jungfrau, die defloriert werden musste. Sah er ihr an, dass sie noch unberührt war, dass ihr Jungfernhäutchen noch intakt war? Wie viel freundlicher doch diese alten Ausdrücke waren. Was sagten die Dachdecker? »Die Dose öffnen.« Vermutlich kannten sie überhaupt keine Jungfrauen. Und keine anständigen Ausdrücke für Sex, sie »vögelten« immer nur (jede Stunde, die ihnen Gott schenkte, so wie sie sich anhörten). Und die Mädchen waren keinen Deut besser.

Sie hatte einen Frauenhaarfarn in die Schule mitgenommen, um die gottlose Düsterkeit des Lehrerzimmers aufzuhellen, einen Ableger der Pflanze, die Philip, ihrem Nachbarn mit dem Pekinesen, gehörte. Jemand, ein verschlissener alter Trottel, der sich benahm, als wäre das Lehrerzimmer die Bibliothek eines Londoner Herrenclubs, sagte: »Ah, diese alten Namen für Pflanzen haben so wunderbare sexuelle Anklänge. Frauenhaarfarn, die Schamhaare einer Jungfrau – was könnte köstlicher sein?«, woraufhin mehrere Personen kicherten (darunter Frauen, zum Kuckuck, die es wirklich besser wissen sollten). Amelia hätte am liebsten den Topf mit der Pflanze an seinem Kopf zerschmettert. »Und der Aronstab«, fuhr er hartnäckig fort. »Klingt unschuldig, nicht wahr, aber die Anspielung auf das männliche Glied ist doch ganz deutlich!« Wie würde er sich fühlen, wenn sie ihm seins abschnitte? Das würde ihm den Mund stopfen. Sie beschäftigte sich mit ihren Büchern, als müsste sie den Unterricht für die nächste Klasse vorbereiten, was nicht der Fall war, und versuchte, so zu tun, als wäre ihr Gesicht nicht puterrot vor Scham und Schande. Dankenswerterweise ging die Pflanze bald ein, und Amelia weigerte sich, das irgendwie metaphorisch zu sehen, aber als ihr Andrew Vardy ein paar Wochen später sein Angebot unterbreitete, überraschte sie sich mit ihrer Reaktion.

Wenn sie heutzutage Andrew Vardy über das dumpfe, nach Suppenterrine riechende Lehrerzimmer hinweg ansah, war es ihr völlig rätselhaft, warum sie sich jemals – grauenhaft, sich daran zu erinnern – mit ihm ausgezogen hatte, ganz zu schweigen davon, warum sie intime delikate Teile ihrer Anatomie mit seinem hässlichen, gänsehäutigen Fleisch vereinigt hatte. Der einzige Mann, mit dem sie je geschlafen hatte, und er sah noch nicht einmal entfernt gut aus. Seine Haut war übersät von alten Aknenarben, und er hatte einen kleinen schwulen Schnurrbart, den abzurasieren seine Frau ihm längst hätte raten müssen. Er war nicht schwul, ganz im Gegenteil, er war Katholik und hatte fünf Kinder, und er war eher klein, ja, er war etwas kleiner als Amelia, aber er konnte witzig sein, und, lieber Gott, das war schon etwas, und zwei Jahre lang hatten sie beim Kaffee kleine zynische Wortwechsel gehabt und gelegentlich längere, mehr philosophische Gespräche während der grässlichen Mittagessen in der Collegecafeteria geführt. Andrew war ein Knicker (schließlich habe er fünf Kinder, sagte er) und lud Amelia nur ein, wenn die Hotelmanagementstudenten nach dem ersten Jahr ein Drei-Gänge-Menü zum halben Preis kochen und servieren mussten (weil das Risiko, an Lebensmittelvergiftung zu sterben, doppelt so hoch war).

Amelia schmeichelte es, dass Andrew Vardy ihre Gesellschaft genoss, was sonst niemand zu tun schien, und so geschah es am Ende eines ermüdenden Tages, dass sie, als sie die beiden Letzten im Lehrerzimmer waren und er seine honigsüßen Worte der Verführung sprach (um zu rekapitulieren: »Weißt du, Amelia, wenn du mal Sex haben willst, bin ich dir gern zu Gefallen«), dachte, ja, warum eigentlich nicht?

Nicht sofort natürlich, nicht hier im Lehrerzimmer – wie grauenhaft es gewesen wäre, wenn er sie zwischen den zerknüllten Zeitungen und den alten Tassen mit den Resten Nescafé darin geschändet hätte, während sie sich fragte, ob der Hausmeister den Kopf zur Tür hereinstecken würde. Aber nein, er nahm seinen Rucksack und sagte: »Wiedersehen, bis morgen«, als wäre nichts von Bedeutung passiert.

Vor Andrew Vardy hatte Amelia sich Sex (irgendwie, Gott weiß wie) als ein Amalgam aus dem Mythischen und dem anstößig Animalischen vorgestellt, eine warme, verschwommene Erfahrung, die das rein Mechanische transzendierte. Was sie sich nicht vorgestellt hatte, war, dass es banal und ziemlich ermüdend wäre. Und leider doch vage ekelerregend.

Sei tollkühn, dachte sie und lud ihn »zu einer Tasse Kaffee am Abend« ein. Sie war ziemlich sicher, dass sie beide wussten, was das bedeutete, aber sollte es sich als genau das herausstellen – als eine Tasse Kaffee –, dann würde sie nicht allzu dumm dastehen. Sie kaufte sich eine Frauenzeitschrift, auf deren Titelseite ein eingeschweißtes Heftchen klebte, das angeblich »Sextipps, um ihn wild zu machen« enthielt, und versuchte (vergeblich), ein paar davon auswendig zu lernen. Sie kam sich vor, als lernte sie für eine Prüfung, die sie zwangsläufig nicht bestehen würde. Und warum sollte sie es mögen, wenn man ihr heißes Kerzenwachs auf die Brustwarzen tröpfelte? Würde er das mit ihr tun? Bestimmt nicht. »Ziehen Sie sich langsam aus«, riet das Büchlein. »Allen Männern gefällt ein heißer Striptease.« Amelia dagegen hatte gehofft, dass sie die Kleidung dabei anbehalten würden. Nichtsdestoweniger rasierte sich Amelia die Beine und die Achselhöhlen, obschon sie beim besten Willen nicht begriff, was an Körperbehaarung schlecht war, und lackierte sich (eher unbeholfen) die Zehennägel, duschte und parfümierte sich mit etwas Französischem, das Julia bei einem Besuch dagelassen hatte. Sie hatte das Gefühl, sie würde sich für eine Opferung vorbereiten. Sie hielt eine Flasche eines sehr guten Bordeaux bereit und kaufte gefüllte Oliven und Erdnüsse, als würde sie eine Tupperwareparty ausrichten. Sie war einmal auf einer Tupperwareparty gewesen, auf Einladung einer Tutorin in der Kosmetik- und Friseurabteilung, und hatte einen überaus nützlichen Müslispender gekauft. Es war die

einzige wie auch immer geartete Party gewesen, an der sie während der letzten fünf Jahre teilgenommen hatte.
Die Oliven und Erdnüsse waren kein Sextipp, obgleich das Buch vorschlug, etwas mit Popcorn zu tun, was nach Amelias Ansicht in einen Pornofilm gehörte, nicht in eine prominent platzierte Frauenzeitschrift. Man wäre nie auf die Idee gekommen, dass Sex der Fortpflanzung diente, dass es sich schlichtweg nur darum handelte, männliche und weibliche Organe zu einem biologischen Zweck zusammenzufügen. Bestimmt nicht gemäß den Autoren von »Sextipps, um ihn wild zu machen«, für die es darum zu gehen schien, in Körperöffnungen zu stopfen, was gerade zur Hand war.
Fünf Abende hintereinander wartete Amelia. Am sechsten Abend begann sie sich zu fragen, ob sie ihn missverstanden hatte, ob er angeboten hatte, ihr mit irgendetwas anderem »zu Gefallen zu sein«, einem Buch oder einem Computerprogramm. Im Lehrerzimmer erwähnten sie beide weder Kaffee noch Sex; das einzige Gespräch, das sie führten, drehte sich darum, dass man so tun musste, als hätten die Dachdecker alle Lernziele erreicht, damit sie den Kurs bestanden und sie sie los waren. Sie bereitete sich nicht mehr jeden Abend vor, auf ihren Beinen wuchsen Stoppeln, und sie hatte alle Sextipps vergessen, so dass sie, als Andrew Vardy vor ihrer Tür stand, nach Murphys Gesetz selbstverständlich ihre ältesten Kleider trug und ein kleines Nachtkästchen strich, das sie bei einer Auktion erworben hatte.
Keine Blumen, keine Schokolade, kein Werben – sie hatte ein wenig Werben durchaus erwartet –, und als sie sagte: »Möchtest du eine Tasse Kaffee«, grinste er sie einfältig an, und sie bot ihm nur den guten Wein an, weil sie wusste, dass sie die Sache in stocknüchternem Zustand nicht

durchstehen würde. Sie füllte zwei Glasschälchen mit den Oliven und den Erdnüssen und stellte sie auf den Beistelltisch. Taten das die Leute? Andere Frauen, die einen Liebhaber empfingen? Rieben sie sich nicht mit parfümierten Ölen und Salben ein, kämmten sie sich nicht das Haar, legten sie sich nicht auf seidene Laken und boten ihre Granatapfelbrüste den Küssen ihres Geliebten dar? Sie stellten doch gewiss keine Hors d'œuvres auf den Tisch?

Kaum saßen sie auf dem Sofa, fing er an, sie zu küssen, und sie spürte, wie trocken und aufgerissen seine Lippen waren. Er trug dieselbe Kleidung, die er an diesem Tag auch in der Schule getragen hatte, und er roch muffig. Dann zerrte er an ihrem mit Farbe bespritzten T-Shirt, grabschte nach ihren Brüsten und knetete sie, als wären sie Klumpen aus Plastilin, gleichzeitig zog er seine Hose aus, und sie fragte sich, wozu sie das ganze Vorspiel geochst hatte. In die Sofakissen gedrückt, sah sie nicht wirklich, was er tat, und als ihr klar wurde, dass er ein Kondom überstreifte, war ihr das unglaublich peinlich (was lächerlich war), und ein Teil von ihr wollte ihm sagen, dass er auf der Stelle aufhören solle, damit sie eine Diskussion über den Katholizismus und die ethischen Aspekte der Empfängnisverhütung führen könnten – schließlich hatte er fünf Kinder, gab es unterschiedliche Regeln für seine Frau und seine Geliebte (es war definitiv leicht schauerlich, dieses Wort auf sie selbst anzuwenden)? Und, allgemeiner, glaubte er wirklich an die Unfehlbarkeit des Papstes, denn sie hatte sich schon oft gefragt, wie eine intelligente Person (Sylvia zum Beispiel) von so einem Unsinn überzeugt sein konnte, aber der Augenblick für einen Streit über Dogmen war vorbei, denn er drang in sie ein (so viel geschmeidiger und kälter, als sie erwartet hatte), und sie musste den Instinkt unterdrücken, ihn von sich zu stoßen, weil es sich so unangenehm und unnatürlich anfühlte. Dann rollten sie eine Weile unbeholfen herum, verstreuten dabei überall die Erdnüsse und stießen die Weinflasche um (was unglaublich unbedacht von ihm war), und dann gab er plötzlich einen leisen, animalischen Laut von sich wie eine gebärende Kuh, und als Nächstes glitt sein schlaffes Ding aus ihr heraus und lag wie ein toter kleiner Goldfisch auf ihrem Schenkel.

Amelia blickte zur Decke und sah einen Riss, der ihr nie zuvor aufgefallen war. War er schon immer dort gewesen, oder setzte sich das Haus? Sie sah auf den Boden, auf dem die Erdnüsse lagen und der Bordeaux einen riesigen Flecken auf dem hellen Teppich hinterlassen hatte wie verdünntes Blut, und sie fragte sich, ob eine professionelle Reinigung ihn wieder entfernen könnte.

Und dann riss Andrew Vardy sich und seine Kleidung zusammen – auf der Schulter seines Jacketts befand sich ein Fleck aus geronnenem weißem Schaum, und Amelia vermutete, dass es sich um Babykotze handelte. Ihr Inneres schien nach unten zu sacken. »Tut mir leid, aber ich muss gehen, Amelia«, sagte er, als hätte sie ihn gebeten zu bleiben, »ich habe Bernie versprochen, einen halben Liter Milch zu holen.« Amelia vermutete, dass er sie vor dem Einkauf eingeschoben hatte. Ein halber Liter Milch und ein schneller Fick. Sie brachte ihn zur Tür, und er küsste sie auf die Wange und sagte: »Das war verdammt phantastisch«, warf sich eine Olive in den Mund, als wäre das ein Partytrick, und dann ging er. Hüpfte nahezu die Treppe hinunter, während Henry, der Pekinese, ihn irgendwo unten wütend ankläffte. Auf dem Sofa war ein anderer, dunklerer Fleck, und Amelia brauchte ein paar Sekunden, bis ihr klar wurde, dass er nicht vom Bordeaux stammte, sondern von ihrem eigenen Blut. Ihre Knie wurden weich, und sie sank auf den Boden. Sie fühlte sich verletzt. Sie hörte, wie Andrew Vardys Passat, besudelt von seinen Kindern, wegfuhr, und begann zu weinen.

Sie wollte Jackson. Verzweifelt. Und ja, sie lag in ihrem Bett, dachte an ihn und bereitete sich Vergnügen, Himmel, was für ein blöder Ausdruck. *Mr. Brodie würde dich retten*, hatte Julia gesagt, als sie ihn zu einem Deutschen Schäferhund erklärte. Amelia wollte von Jackson gerettet werden, sie wollte es mehr als alles andere. Jackson, die Vorstellung von Jackson, bedeutete Hoffnung und ein Versprechen und Trost, sie war ein sonnenwarmer Stein in der Hand, der Duft nasser Rosen im Regen, sie war die Möglichkeit von Veränderung. Vielleicht sollte sie einfach zu ihm sagen: »Wenn du mal Sex haben willst, Jackson, bin ich dir gern zu Gefallen.«

Sie zog sich aus, um ins Bett zu gehen. Es war früh, zu früh, um ins Bett zu gehen. Der Himmel draußen war noch nicht ganz dunkel, und sie erinnerte sich daran, dass sie als Kind im Sommer gern ins Bett ging, solange es noch hell war, weil sie Angst vor der Dunkelheit hatte. Das war, bevor Olivia verschwunden war. Danach gab es nirgendwo mehr Sicherheit, weder im Hellen noch im Dunkeln.

Sie betrachtete ihren nackten Körper in dem angelaufenen, silbrig gefleckten Spiegel an Sylvias kleinem Kleiderschrank. Ihr Fleisch sah aus wie Quark, sie hatte Fettrollen wie das Michelin-Männchen, ihr Bauch war übereinander gefaltet, ihre Brüste schwangen unter ihrem Gewicht, sie sah aus, als hätte sie ein Dutzend Kinder ausgetragen, sie sah aus wie eine dieser alten Fruchtbarkeitsstatuen aus Stein. Aber sie hatte nichts Fruchtbares an sich, oder? Bald

würde sie keine Kinder mehr bekommen können, ihre Gebärmutter schrumpfte unsichtbar in ihrem Bauch. »Ich hab noch Zeit, eins zu werfen«, hatte Julia auf ihre übliche, widerwärtige Weise gestern zu ihr gesagt. Amelia hatte keine Zeit mehr, eins zu werfen, und bald hätte die Erde keinen Nutzen mehr für sie. Niemand hatte sie je attraktiv gefunden, niemand hatte sie je gewollt, nicht einmal Victor hatte sie gewollt, ihr eigener Vater hatte sie zu hässlich gefunden, um sie zu verführen …
Ein Heulen durchschnitt ihre Gedanken, ein schrecklicher Laut, als würden Julia die Gedärme herausgerissen, ein Geräusch, das absolutes Grauen ankündigte, und Amelia griff nach ihrem Morgenmantel und rannte hinunter.

Julia lag in einer Ecke der Küche auf dem Boden, und zuerst dachte Amelia, dass ihr etwas Schreckliches zugestoßen wäre, aber dann sah sie, dass Julia Sammy umklammert hielt. Sein Blick war trübe, alles an ihm war glanzlos, als würde er verblassen, aber als er Amelias besorgte Stimme hörte, wedelte er matt mit dem Schwanz. »Ich ruf den Tierarzt an«, sagte Amelia, und Julia, die das Gesicht an Sammys Hals drückte, sagte mit gedämpfter Stimme: »Ich glaube, es ist zu spät. Ich glaube, er hatte einen Schlag.«
»Dann *müssen* wir den Tierarzt rufen.«
»Nein, Milly, er stirbt, er ist ein alter Hund. Reg ihn nicht auf.« Julia nahm eine Pfote und küsste sie. Sie murmelte beruhigende Worte ins Ohr des sterbenden Hundes, sie küsste seine Ohren, seine Nase, seine Schnauze, rieb ihr Gesicht an dem weißen Fell seines Kopfes. Amelia hasste sie dafür, dass sie meinte, das Richtige zu tun. »Streichle ihn einfach«, sagte Julia, aber Amelia blätterte in den Gelben Seiten auf der Suche nach einem Nottierarzt und

verpasste den Augenblick, als der Hund starb, und bemerkte es erst, als Julia vom Boden aufstand, bedeckt mit Hundehaaren, ihr Gesicht zerknittert. Sie sah aus, als hätte sie sich lange Zeit an den Hund geklammert.

Sie konnte es nicht ertragen. Sie hatte Jackson angerufen, weil sie wollte, dass er den Schmerz stillte. Sie wollte nicht, dass jemand anders als Jackson den Schmerz stillte. Sie wollte, dass er sie in die Arme nahm und sie beruhigte, wie Julia den Hund beruhigt hatte. (»*Bitte, Jackson, bitte kommen Sie, ich brauche Sie*« – es war aufregend gewesen, so verzweifelte, leidenschaftliche Worte zu sprechen. Sie war leidenschaftlich gewesen. Sie war verzweifelt gewesen.) Was sie nicht wollte, war, dass er vor der Tür stand und angepisst dreinblickte (o Gott, Dachdeckersprache), und ganz gewiss hatte sie nicht gewollt, dass er vor der Tür stand mit einem kleinen Kind im Schlepptau. *Seinem* kleinen Kind. Sie hatte natürlich nie daran gedacht, dass er ein Kind haben könnte; sie hatte ihn nie gefragt. Hatte er eine Frau? Sie erkundigte sich danach, kaum war er eingetreten, vorwurfsvoll wie eine Verrückte; sie wusste, dass sie wie eine Verrückte aussah, ihr Haar zerzaust, ihr Gesicht vom Weinen gerötet, ihre Brüste unter dem übergroßen Morgenmantel wabbelnd. »Ich wusste nicht, dass Sie verheiratet sind, Mr. Brodie.« Sie spuckte die Worte aus, als hätte er sie betrogen. Das Mädchen schien verstört, und Jackson wurde noch verdrossener, weil sie das Kind verstörte, und es war Julia, die die Situation rettete und sagte: »Entschuldigen Sie, Mr. Brodie, aber wir sind heute Abend nicht wir selbst, der arme Sammy ist leider gestorben.« Danach war alles irgendwie ein bisschen schattenhaft, Julia schenkte beständig aus der Brandyflasche nach, das Mädchen interessierte sich auf nahezu unnatürliche Weise für den toten Hund, streichelte das leblose Fell und sagte: »Armer toter Hund«, bis Amelia sie am liebsten geschlagen hätte, weil der Hund nicht ihr gehörte, wobei Amelia vergaß, dass es eigentlich Victors Hund gewesen war. Jackson erklärte seiner Tochter, dass der Hund im Hundehimmel glücklich wäre, und dann brachte Julia Amelia ins Bett, und seitdem lag sie dort, schluchzte sich die Seele aus dem Leib auf leise, nichtsdestoweniger abstoßende Weise, und es war ein Weinen, das nicht aufhören wollte, weil es zu viel umfasste.

Sie weinte, weil sie sich durch und durch unglücklich fühlte (was gewiss jedem hin und wieder zustand), sie weinte um ihretwillen und wegen ihres vertrockneten, bedeutungslosen kleinen Lebens. Sie ertrug es nicht, wirklich nicht. Sie weinte um Victor und Olivia und Rosemary und Rascal (der zwei Jahre nach Olivias Verschwinden gestorben war). Und sie weinte, weil sie einzig und allein mit Andrew Vardy geschlafen hatte und weil Mozart jung und Sammy alt gestorben waren und weil sie fett und hässlich war und Dachdecker unterrichten musste und nie den Trost von Jacksons Umarmung erfahren würde.

Und sie weinte, weil sie weder an Jesus noch an den Hundehimmel glaubte und nie jemand an einem Sonntagmorgen mit ihr im Bett liegen, die Zeitung lesen oder ihr den Rücken massieren und sagen würde: »Gibt es irgendetwas, was ich für dich tun kann?« Und weil es kein Glück gab, sondern nur Leere. Und weil sie sechzehn Jahre alt sein und langes glänzendes Haar haben wollte (das sie nie gehabt hatte), und sie wollte aufgeregt aus einem Fenster im ersten Stock schauen und ihre Mutter unten rufen hören: »Er ist da«, und dann würde sie leichtfüßig die

Treppe hinunterlaufen, in das Auto steigen, an dessen Lenkrad ihr gut aussehender Freund säße, und sie würden fortfahren und irgendwo warmen, verschwommenen Sex haben, und dann brächte er sie nach Hause zurück, wo ihre Familie auf sie wartete. Victor würde sie mit einem knappen väterlichen Kopfnicken zur Kenntnis nehmen, wenn sie zur Tür hereinkäme, die widerspenstige, pubertierende Julia würde sie ignorieren, während die gertenschlanke Studentin Sylvia sie überlegen anlächelte. Irgendwo, im Gästezimmer vielleicht, schliefe die vage formlose Gestalt der fünfjährigen Annabelle. Und Rosemary, ihre Mutter, würde sie auf frauliche, verschwörerische Art fragen, ob sie eine schöne Zeit verbracht hätte, und ihr dann heiße Milch mit Honig bringen (was sie im wirklichen Leben nie getan hatte, da war sich Amelia sicher), und bevor sie in den süßen, sorgenfreien Schlaf einer hübschen Sechzehnjährigen fiele, würde Amelia vielleicht nach Olivia sehen, acht Jahre alt und behütet in ihrem Zimmer schlafend.

Irgendwann in der Nacht kam Julia in ihr Zimmer und legte sich zu ihr ins Bett, nahm sie in die Arme und hielt sie fest, wie sie den sterbenden Sammy festgehalten hatte. Und Julia sagte: »Alles ist gut, Milly, wirklich«, eine so große und wunderbare Lüge, dass es sich nicht lohnte zu widersprechen.

14
Jackson

»Du meine Güte, Jackson, was ist denn mit Ihnen passiert?« Jackson bemerkte den gleichen vorwurfsvollen Ton in Deborah Arnolds Stimme wie in Josies.
»Ja, danke, es geht mir schon besser«, sagte er und ging ins Allerheiligste, wo Shirley Morrison auf ihn wartete. Sie zuckte sichtlich zusammen, als sie ihn sah (und sie war Krankenschwester, er musste also wirklich schlimm aussehen).
Dank David Lastingham (Dreckskerl!) hatte er ein verblüffend schwarzes Auge, und er vermutete, dass der Schlag auf den Kopf und die bewusstlos im Freien verbrachte Nacht sein Aussehen nicht verbessert hatten.
»Es ist nicht so schlimm, wie es aussieht«, sagte er zu Shirley, obschon es das wahrscheinlich doch war. Shirley Morrison saß im perfekten Lotussitz da. Sie hatte einen geraden Rücken und den dünnen Körper einer Tänzerin. Sie war vierzig, wäre jedoch als Dreißigjährige durchgegangen, bis man in ihre Augen schaute und sah, dass sie mehr als genug für ein Leben gelebt hatte. Er wusste, wer sie war, sie hatte ihren Namen nicht geändert; es war vor Jacksons Zeit in Cambridge gewesen, aber als er Deborah bat, über Shirley Morrison zu recherchieren, sagte sie: »Shirley

Morrison – ist das nicht die Schwester von Michelle Fletcher? Der Axtmörderin?«

»… Sie saß auf dem Boden, die Axt in der Hand. Ich weiß nicht, wie lange sie schon da saß. Keith war laut dem Obduktionsbericht seit einer Stunde tot.« Shirley Morrison hielt ihre Kaffeetasse mit beiden Händen, als würde sie sich daran wärmen, obwohl es in Jacksons Büro heiß wie in der Hölle war und der Kaffee seit langer Zeit kalt sein musste. Sie starrte in die Ferne, und Jackson hatte den Eindruck, dass sie im Geist noch einmal Keith Fletchers Autopsie durchging. »Als ich das Haus betrat«, fuhr sie fort, »lächelte sie mich an und sagte: ›Oh, Shirley, gut, dass du kommst, ich habe einen Schokoladenkuchen für dich gemacht.‹ Und da wusste ich sofort, dass sie den Verstand verloren hatte.«

»Ihr Verteidiger plädierte auf vorübergehende Unzurechnungsfähigkeit«, sagte Jackson. Deborah hatte für ihn recherchiert und ihm die Klatschgeschichten kolportiert. Michelle Rose Fletcher, geborene Morrison, achtzehn Jahre alt, zu »lebenslänglich« verurteilt für, in den Worten des geschätzten Richters, »den kaltblütigen, vorsätzlichen Mord an ihrem Mann. Einem vollkommen unschuldigen Mann.« Jackson glaubte nicht an vollkommene Unschuld außer bei Tieren und Kindern, und auch nicht bei allen Kindern. Er bot ihr noch einmal Kaffee an, aber sie schüttelte nur den Kopf, als wäre er ein störendes Insekt.

»Michelle war ein absoluter Kontrollfreak, ich meine, ich habe sie über alles geliebt, sie war meine große Schwester, verstehen Sie?«

Jackson nickte, er wusste, wie große Schwestern waren. Seine eigene große Schwester, Niamh.

»Bei Michelle musste es immer korrekt zugehen. Die ganze verdammte Zeit. Ich verstehe warum, ich meine, so wie wir aufgewachsen sind – es war« – Shirley Morrison zuckte die Achseln, suchte nach einem treffenden Wort – »chaotisch. Unsere Mutter konnte keinen Hund unter Kontrolle halten, ganz zu schweigen von einem Haushalt und Kindern. Papa war ein Trinker, und Mama war nicht gerade eine tüchtige Person. Und deswegen war es für Michelle wirklich wichtig, nicht zu sein wie sie. Aber das Baby hat sie geschafft. Babys sind nicht zu kontrollieren.«

»Glauben Sie, dass sie an einer postnatalen Depression litt?« Jackson erinnerte sich an Josie nach Marlees Geburt, sie weinte den ganzen Tag, weil sie unglücklich war, während Marlee die ganze Nacht weinte, weil sie Koliken hatte. Jackson war vollkommen hilflos gewesen und wusste nicht, was er für die beiden tun konnte. Und dann war es plötzlich vorbei, als wäre die Sonne aufgegangen, und Josie schaute Marlee an, die friedlich in ihrer Wiege schlief, lachte und sagte zu Jackson: »Sie ist süß, wir behalten sie.« Damals, als sie noch glücklich waren.

Shirley Morrison sah ihn an, als fragte sie sich, was er über postnatales Unglück wusste, dann zuckte sie die Achseln und sagte: »Vielleicht. Wahrscheinlich. Sie bekam keinen Schlaf, die Leute drehen durch, wenn sie nicht schlafen. Aber sie waren hinter ihr her, die Presse, Keiths Familie. Er hat nichts Schlimmes getan, er hat sie nicht geschlagen oder so. Er war ein netter, unbeschwerter Kerl. Ich mochte ihn. Alle mochten ihn. Und er liebte Tanya.«

»Michelle hatte einen blauen Fleck im Gesicht«, sagte Jackson.

Shirley sah ihn ausdruckslos an. »Ja?«

»So steht es im Bericht des Beamten, der sie festgenommen

hat. Warum wurde das nicht zu ihrer Verteidigung angeführt?«

»Ich weiß es nicht.«

Shirleys schmale Füße waren braun, als würde sie viel im Freien barfuß laufen. Sie trug indische Sandalen aus geprägtem Leder, die ihre Füße noch besser aussehen ließen. Jackson mochte Frauenfüße, nicht auf fetischistische Art (hoffte er) und keine hässlichen Füße, und aus irgendeinem geheimnisvollen Grund hatten viele schöne Frauen hässliche Füße. Er fand hübsche Füße einfach nur attraktiv. (Versuchte er, hier etwas vor sich selbst zu rechtfertigen?) Nicola Spencer hatte große Füße, das war ihm aufgefallen. Sie war über Nacht in Kopenhagen und tat weiß Gott was.

»Der Geruch war unglaublich, schrecklich, daran erinnere ich mich besonders, einfach … widerwärtig. Tanya lag in ihrem Laufstall und schrie, schrie wie am Spieß, nie zuvor und nie danach habe ich ein Baby so schreien gehört. Ich bin Kinderschwester«, fügte sie hinzu, »auf der Intensivstation«, aber das wusste Jackson bereits, denn er hatte im Krankenhaus angerufen und gefragt: »Auf welcher Station arbeitet Shirley Morrison?«, und sie hatten es ihm gesagt. Es war viel leichter, Informationen zu bekommen, als die meisten dachten. Man stelle eine Frage, und die Leute geben einem eine Antwort. Nicht die großen Fragen, klar, wie zum Beispiel, wer Laura Wyre umgebracht hat und wo sich die sterblichen Überreste von Olivia Land befinden. Große Fragen wie zum Beispiel, warum die Frau, die sein Leben lang zu lieben und zu beschützen er einst versprochen hatte, beschloss, ihr einziges Kind auf die andere Seite des Globus zu verfrachten. Einfach so. (»Ja, Jackson, ›einfach so‹.«)

»Als Erstes hob ich Tanya auf, aber sie hörte nicht auf zu

schreien. Sie war nass, weiß Gott, wann ihre Windel zum letzten Mal gewechselt worden war, und sie war mit Blut bespritzt.« Dieses Bild und alles, was es implizierte, brachte sie kurzfristig aus der Fassung, und sie sackte zusammen. Shirley Morrison starrte aus dem Bürofenster, aber sie betrachtete nichts, was draußen zu sehen war.

»Sie trug diese Latzhose, die ich ihr gekauft hatte. Osh-Kosh. Samstags jobbte ich nach der Schule in dem Laden an der Ecke. Michelle und ich haben immer gearbeitet, wir hätten nichts gehabt, wenn wir es nicht getan hätten. Ich erinnere mich, dass ich dachte, wie viel diese Latzhose gekostet hatte und dass die Blutflecke nie wieder rausgehen würden. Meine Schwester hatte gerade meinen Schwager umgebracht, und ich dachte an Fleckentfernung.«

»Das Gehirn distanziert sich, damit wir nicht verrückt werden.«

»Glauben Sie, das wüsste ich nicht, Mr. Brodie?«

Shirley Morrisons Zehennägel waren blassrosa lackiert, und um einen Knöchel trug sie ein dünnes Goldkettchen. Jackson erinnerte sich an eine Zeit, als nur Flittchen und Huren Kettchen um die Knöchel trugen. Als er ein Kind war, wohnte in seiner Straße eine Prostituierte. Sie trug smaragdgrünen Lidschatten und rote Stöckelschuhe und hatte weiße, geäderte Beine. Trug sie ein Kettchen um den Knöchel? Hatte sie einen Namen? Jackson ging stets voller Angst an ihrem Haus vorbei für den Fall, dass sie herauskommen und ihn einfangen würde, weil seine Mutter ihm erklärt hatte, sie wäre »eine Dienerin Satans«, was ihn verwirrte, denn Satan war der Name eines Hundes – eines großen Rottweilers –, der einem Mann in der Siedlung gehörte.

Jackson hatte seit langem nicht mehr an diese Straße gedacht, düstere Reihenhäuser mit Durchgängen, die zu einer Gasse hinter den Häusern führten. Als Jackson neun war, zogen sie in eine bessere Straße. Keine Huren mehr, die sich vor den Häusern herumtrieben und sich die Lunge aus dem Leib rauchten. War Shirley Morrison verheiratet? Sie trug einen Ring am Finger, aber es war weder ein Ehe- noch ein Verlobungsring. Er war aus Silber, keltisch oder skandinavisch – was bedeutete er?

»Als ich Tanya hochhob, lachte Michelle und sagte: ›Sie hat Ausdauer, stimmt's?‹ Das nenne ich Distanzierung.«

»Sie *muss* einen Grund gehabt haben, ihn umzubringen«, sagte Jackson, »auch wenn sie nicht vorsätzlich gehandelt hat. Irgendetwas muss die Tat ausgelöst haben.«

Die Luft im Büro schien vollkommen verbraucht. Es war noch nicht einmal Mittag und schon drückend schwül. Shirleys hellbraunes Haar war nachlässig hochgebunden, und die feinen Haare in ihrem Nacken waren dunkel vor Schweiß. Er fragte sich, wie sie reagieren würde, wenn er sie zum Mittagessen einladen würde, in ein hübsches Pub mit Garten, oder sie könnten sich Sandwiches kaufen und am Fluss spazieren gehen. Es wäre nicht unprofessionell, sie würden ihre Besprechung nur ins Freie verlagern. Wem wollte er da etwas vormachen? Seine Motive waren vollkommen unprofessionell.

Sollte Josie sterben, bekäme er das alleinige Sorgerecht. Marlee zöge nicht auf die andere Seite der Welt. *(»Der Herr der Ringe«,* hatte sie zu ihm gesagt, ziemlich begeistert, als würden Bilbo und Gandalf und die anderen tatsächlich in Neuseeland leben und auf sie warten. Sie hatte die Bücher nicht gelesen, nur die DVDs gesehen, die Jacksons Ansicht nach für eine Achtjährige bei weitem zu furchterregend waren, eine Meinung, die David Lastingham offenbar nicht teilte.)

Josie ihrerseits hatte keins der Versprechen gehalten, die sie gegeben hatte – ihn zu lieben und zu ehren, ihm treu zu sein –, er konnte noch immer das leise, gefühlvolle Zittern in ihrer Stimme hören, als sie »bis dass der Tod uns scheidet« sagte. Sie hatten sich auf traditionelle Weise trauen lassen. Jetzt plante sie eine Zeremonie an einem tropischen Strand mit einem Maori-Gospelchor und hausgemachten Schwüren. Sie wollte diesen Wichser heiraten und »ein neues Leben beginnen«.

Jackson fragte sich, ob er dazu fähig wäre, Josie umzubringen. Er war in einer besseren Position als die meisten anderen – er kannte viele Arten, jemanden zu töten. Die Tat war nicht das Problem – der Tat nicht überführt zu werden, das war es. Er würde nicht stundenlang mit einer Axt im Schoß dasitzen und warten. Wie lautete noch mal der Lizzie-Borden-Reim? »Lizzie Borden mit dem Beile, hackt Mama in vierzig Teile.« Wenn er Josie umbrachte, dann wäre es ein »vorsätzlicher, kaltblütiger Mord« – Feuer, Sprengstoff, eine Schusswaffe. Vorzugsweise eine Schusswaffe, eine L96 A1 mit einem Infrarotvisier von Schmidt und Bender, damit er so weit wie möglich entfernt wäre – er könnte sie nicht aus nächster Nähe umbringen, etwas so Intimes und Persönliches wie Erwürgen oder Erstechen, er könnte nicht dabei sein und zusehen, wie ihr schwächer werdendes Herz das Blut nicht mehr pumpte, er könnte nicht zusehen, wie das Leben in ihren Augen erlosch. Und kein Gift. Gift war etwas für Psychopathen und wahnsinnige viktorianische Frauen. War er neulich wirklich überfallen worden? Es war ihm nichts gestohlen worden, seine Brieftasche, seine Uhr, sein Wagen, alles war noch da, aber er hatte sich auch gewehrt, bevor der Kerl ihm etwas abnehmen konnte. Jacksons Erfahrung nach

versuchten Diebe normalerweise nicht, einem den Schädel einzuschlagen. »Es gibt viele schlimme Typen da draußen«, hatte der Kriminalbeamte (»DC Lowter, Sir«) gesagt, der seine Aussagen aufnahm. Sie hatten jemanden von der Kriminalpolizei geschickt, wo sie normalerweise einen einfachen Wachtmeister schicken würden. Jackson nahm an, dass er sich geschmeichelt fühlen sollte. Er erinnerte sich an DC Lowter aus der Zeit, als der noch ein eifriger junger Polizist in Uniform gewesen war. »In letzter Zeit gab es eine Flut von Raubüberfällen, Inspektor«, sagte DC Lowter, und Jackson sagte: »Einfach nur Mr. Brodie.« Es war komisch, er war nie wirklich Mr. Brodie gewesen, mit sechzehn war er zur Armee gegangen, und bis dahin war er nur Jackson gewesen, manchmal hatten ihn die Lehrer auch »Brodie!« gerufen. Dann hieß es »Soldat Brodie« und so weiter die Ränge hinauf, bis er aus der Armee ausschied und als »Wachtmeister Brodie« wieder anfing. Er wusste nicht recht, wie er »einfach nur Mr. Brodie« finden sollte.
»Haben Sie Feinde, Sir?«, fragte DC Lowter hoffnungsvoll.
»Nicht wirklich«, sagte Jackson. Nur alle die, denen er jemals begegnet war.
Das Hemd klebte Jackson an der Haut. Es war zu heiß, um im Büro zu sitzen.
»Ich weiß nicht, was es ausgelöst hat«, sagte Shirley. »Sie ist einfach durchgedreht.«
Es gab immer einen Auslöser. Und es gab eine Menge Dinge, die die Verteidigung hätte anführen können – psychotische Schübe, Schlafentzug, Baby Blues, beschissene Kindheit, Notwehr (was war mit dem blauen Fleck in ihrem Gesicht?). »Vor Gericht«, sagte Jackson, »sagte Michelle, dass er das Baby geweckt habe. *Das Baby hat geschlafen, und Keith hat es geweckt,* das war das Einzige, was sie als

eine Art Motiv angegeben hat.« Jackson konnte sich vorstellen, wie das auf den Richter gewirkt hatte. Sie hätte sich genauso gut schuldig bekennen können. Michelle Fletcher war nicht davongelaufen oder hatte eine Geschichte erfunden, sie hatte nur darauf gewartet, gefunden zu werden. Von ihrer Schwester.

Wenn sie zwei Drittel ihrer Strafe abgesessen hätte, wäre Michelle Fletcher 1989 im Alter von achtundzwanzig Jahren entlassen worden. So alt wäre Laura Wyre jetzt, wenn sie noch leben würde. Jackson hätte gewettet, dass Michelle sich im Gefängnis vorbildhaft verhalten hatte und 85 in den freien Strafvollzug überstellt worden war, wo sie wahrscheinlich ihre Ausbildung abgeschlossen hatte, so dass sie ihr »neues Leben« beginnen konnte, als sie herauskam. Wie Josie. Ein neuer Anfang, die Vergangenheit ausgemerzt. Einfach so. Was tat Michelle jetzt? Shirley Morrison wusste es nicht, natürlich nicht. Deswegen war sie ja hier.

»Ich habe Michelle versprochen, mich um Tanya zu kümmern«, sagte Shirley, »und das hätte ich auch getan, selbstverständlich hätte ich es getan, aber ich war erst fünfzehn, und das Jugendamt hat entschieden, dass unsere Eltern nicht geeignet waren – was stimmte –, und das Sorgerecht Keiths Eltern übertragen. Aber sie waren nicht viel besser. Das letzte Mal habe ich meine Schwester vor Gericht gesehen an dem Tag, als das Urteil verkündet wurde. Sie weigerte sich, uns zu sehen, hat unsere Besuchsanträge abgelehnt, unsere Briefe nicht gelesen, wir konnten nichts dagegen tun. Ich habe verstanden, dass sie Mama oder Papa nicht sehen wollte – beide sind gestorben, ohne sie wiederzusehen. Aber dass sie mich nicht sehen wollte … Ich meine, es war mir egal, dass sie Keith umgebracht hat, sie war immer noch meine Schwester, ich liebte sie weiterhin.« Sie zuckte die Achseln und fügte hinzu: »Jeder ist fähig, jemanden umzubringen, vorausgesetzt, die Umstände stimmen.« Sie blickte wieder in die weit entfernte Welt, die jenseits des Bürofensters existierte, und Jackson vermutete, dass er hätte sagen können: »Ja, ich habe auch schon Menschen umgebracht«, aber das war nicht die Art Dialog, die er um halb zwölf an einem Montagvormittag bei diesen Temperaturen führen wollte, deswegen sagte er gar nichts.

»Sie haben es uns mitgeteilt, als sie entlassen wurde«, fuhr Shirley fort, »aber sie hat sich nie gemeldet. Ich weiß nicht, wo sie ist oder was sie jetzt tut. Letztlich hat sie ein neues Leben angefangen, und an uns klebte ihr altes. ›Mord‹ ist so ein Stigma, nicht wahr? Es ist so … anrüchig. Ich wollte Medizin studieren, Ärztin werden, aber daraus wurde natürlich nichts, nicht nach allem, was wir durchgemacht haben.«

»Und jetzt soll ich Ihre Schwester suchen?«

Shirley lachte, als hätte er etwas vollkommen Absurdes gesagt. »Nein. Warum sollte ich Michelle finden wollen, wo es doch offensichtlich ist, dass sie nicht gefunden werden will? Ihr liegt nichts mehr an mir. Ich will Michelle nicht finden. Ich will Tanya finden.«

In Binkys Garten wurde Tee getrunken. Alles war so zugewuchert, dass eine Machete besser auf den für den Nachmittagstee gedeckten Tisch gepasst hätte als die Phalanx angelaufener Käsemesser und Marmeladenlöffel, die Bestandteil von Binkys komplexer Teezeremonie waren. »Darjeeling«, sagte Binky, aber es war ein wässriges graues Gebräu, das seit Jahren keine Teeplantage mehr gesehen hatte und nach alten Socken schmeckte. Die Tassen sahen

aus, als wären sie seit langem nicht mehr gespült worden.
»Wir werden heute noch einen Gast haben«, verkündete sie wie die meisterhafte Gastgeberin einer Talkshow, »meinen Großneffen Quintus.« Was für ein Name war das denn, um Himmels willen, der einem noch dazu das ganze Leben lang anhaftete?
»Wirklich?«, sagte Jackson. Binky hatte nie erwähnt, dass sie Familie hatte.
»Ich kenne den Jungen kaum«, fügte sie mit einer wegwerfenden Handbewegung hinzu. »Mein Neffe und ich standen uns nicht nahe, aber der Junge ist der einzige Verwandte, den ich habe.« Hatte Binky Rain jemals irgendjemandem nahe gestanden? Seltsame Vorstellung, dass es einst einen Dr. Rain gegeben hatte, der mit ihr Tisch und Bett teilte. Sie konnte nicht immer alt gewesen sein, aber es war kaum zu glauben, dass sie jemals eine junge heiratsfähige Frau gewesen war, sich »Julians« sexuellen Bedürfnissen gefügt hatte – ah, Himmel, Jackson, vergiss den Gedanken sofort wieder. Von dem unappetitlichen Bild, das er gerade heraufbeschworen hatte, war Jackson so beunruhigt, dass er seine Tasse umstieß; nicht dass ein weiterer Fleck das Tischtuch verunstaltet hätte, das ein Palimpsest aus früheren Teeunfällen war. »Stimmt etwas nicht, Mr. Brodie?«, erkundigte sich Binky und wischte den Tee mit dem Saum ihres Rockes auf, aber bevor er antworten konnte, verkündete ein Schrei wie das Hussa eines Jägers am Ende des Gartens die Ankunft von Quintus Rain.
Binkys Verwendung des Wortes »Junge« hatte Jackson veranlasst, einen Teenager zu erwarten, und er war überrascht, als sich Quintus als Mittvierziger mit breitem, langweiligem Gesicht und flatterndem Haar herausstellte. Er war gebaut wie ein Rugbystürmer, aber seine Muskeln waren erschlafft,

und er wirkte zu weich, um das Gedränge um den Ball zu überleben. Er trug eine Freizeithose, ein blauweiß gestreiftes Hemd mit weißem Kragen und eine rosa Krawatte, über seine Schulter hing ein marineblauer Blazer. Sein gesamtes Auftreten sprach nur eine Sprache – und zwar die eines »Torys«. »Aufgewachsen in Herefordshire«, murmelte Binky, als ob das Quintus irgendwie erklären würde. Das wirklich Interessante an Quintus, interessant zumindest für Jackson, war, dass Quintus ein ziemlich großes Pflaster auf der Nase hatte, die genau so lädiert aussah, wie man es von einer Nase erwartete, auf die jemand mit dem eigenen Kopf eingeschlagen hatte, um zu verhindern, dass selbiger mit einer Pistole zertrümmert wurde.

Aber warum um alles in der Welt sollte ihm jemand, den er nie zuvor gesehen hatte und mit dem er in keinerlei Beziehung stand, den Schädel einschlagen wollen? Quintus schien überaus verstimmt, Jackson im Garten seiner Großtante anzutreffen. Binky ignorierte gut gelaunt die Tatsache, dass sie mit zwei zusammengeschlagenen Männern Tee trank, die einander spinnefeind waren, und plapperte ununterbrochen über Frisky.

Quintus machte nicht den Eindruck, als wäre er im Garten seiner alten Großtante ein häufig gesehener Gast, aber der Junge hatte ein geschäftiges Leben geführt – in jungen Jahren herübergeschifft vom Tochterland, damit ein englischer Gentleman aus ihm gemacht würde –, Clifton, Sandhurst, Offizier der Royal Lancers (Jackson meinte, den gellenden Tonfall der Offiziersklasse wieder zu erkennen), dann »eine Schicht in den Minen« und jetzt irgendetwas Vages, was ihn in London beschäftigte.

»In den Minen?«, sagte Jackson zweifelnd und fischte ein Katzenhaar aus seiner Teetasse.

»Efrika«, sagte Binky.
»Efrika?«
»Sidefrika. Diamantenminen. Aufseher der Neger.«

Binky ging ins Haus, um eine frische Kanne Tee zu kochen, und sagte: »Ihr beide solltet eine Menge zu reden haben, Mr. Brodie. Ihr seid beide Menner der Armee.«
Jackson sah sich schon lange nicht mehr als Mann der Armee, er war sich nicht sicher, ob er sich überhaupt jemals als Mann der Armee gesehen hatte. »Welches Regiment?«, fragte Quintus barsch.
»Infanterie. Prince of Wales's Own«, erwiderte Jackson lakonisch.
»Welcher Rang?«
Was war das, fragte sich Jackson, eine Runde »Meiner ist größer als deiner«? Er zuckte die Achseln und sagte: »Soldat.«
»Jaa, das hätte ich mir denken können«, sagte Quintus. Er betonte alle A in Jaa und dann noch ein paar mehr.
Jackson machte sich nicht die Mühe zu erklären, dass er zwar als einfacher Soldat in die Armee eingetreten, jedoch als Oberstabsfeldwebel der Militärpolizei entlassen worden war, weil er nicht die Absicht hatte, Billy Big-Dick mit Quintus zu spielen. Jackson war vor seiner Entlassung ein Offizierspatent angeboten worden, aber er wusste, dass er sich auf der anderen Seite nie wohl fühlen würde, er hätte in der Messe mit Idioten wie Quintus, die die Jacksons der Welt als Bodensatz der Gesellschaft und Gangster betrachteten, zu Abend essen müssen.
»Ich kann Ihnen meine Tätowierungen zeigen«, sagte Jackson. Quintus lehnte ab, was ihm recht war, denn Jackson hatte keine Tätowierungen. Shirley Morrison hatte ein

Tattoo, zwischen Nacken und Schulterblättern, eine schwarze Rose auf dem fünften Halswirbel. War sie auch noch an anderen, weniger sichtbaren Stellen tätowiert? Quintus rückte seinen Stuhl plötzlich näher zu Jackson, als wollte er ihm ein Geheimnis mitteilen, und sagte drohend: »Ich weiß, was für ein Spiel Sie spielen, Brodie.« Jackson versuchte, nicht zu lachen. Er hatte während seiner Zeit in der Armee (mit wenig Begeisterung) in zwei Kriegen gekämpft, und es brauchte mehr als einen Kerl wie Quintus, der mit dem Säbel rasselte, um ihm Angst einzujagen. So wie er aussah, würde Quintus keine drei Runden gegen einen Hasen durchstehen. »Und was für ein Spiel könnte das sein, *Mr.* Rain?«, fragte Jackson, erhielt jedoch keine Antwort, weil in diesem Augenblick ein besonders verlotterter Kater beschloss, dass er sein Territorium markieren musste, und Quintus' Bein als einen seiner Außenposten bespritzte.

Jackson ging zum Fluss und setzte sich am Ufer in den Schatten. In seiner Tasche befand sich das zerdrückte Sandwich, das er bei *Pret A Manger* gekauft hatte und jetzt mit einer Gruppe gieriger Enten teilte. Auf dem Fluss wurden ununterbrochen Boote vorbeigestakt – die meisten enthielten Touristen –, die von Studenten oder studentenähnlichen Typen mit Strohhüten und in gestreiften Westen gesteuert wurden, die Jungen trugen Hosen, die Mädchen unvorteilhafte Röcke. Die Touristen waren eine gemischte Schar – Japaner, Amerikaner (weniger als früher), eine Menge Europäer, manche unidentifizierbar (eine Art allgemeiner Osteuropäer), und Nordländer, die in der trägen Atmosphäre von Cambridge fremdländischer wirkten als die Japaner. Sie alle schienen begeistert, als machten sie eine authentische Erfahrung – als würden die Einheimischen ihre Freizeit damit verbringen, den Fluss hinunterzustaken und zum Klang der Drei-Uhr-Schläge der Grantchester-Uhr Tee und Gebäck mit Marmelade und Sahne zu sich zu nehmen. Was für eine Ladung Scheiße, um seinen Vater zu zitieren.

»Mr. Brodie! Ju-huu, Mr. Brodie!«

Ach, du lieber Gott, dachte Jackson erschöpft, gab es kein Entrinnen vor ihnen? Sie stakten, um Himmels willen, oder zumindest Julia stakte, während Amelia ihr unter einem großen, schlaffen Sonnenhut zusah, der vermutlich auf dem Kopf ihrer Mutter bessere Tage gesehen hatte. Außerdem trug sie eine Sonnenbrille und machte ganz allgemein den Eindruck von jemandem, der nach einer besonders schwierigen Gesichtsoperation aus dem Krankenhaus entlassen worden war.

»Was für ein wunderschöner Tag!«, rief Julia Jackson zu. »Wir fahren nach Grantchester zum Tee, hüpfen Sie rein. Sie müssen mitkommen, Mr. Brodie.«

»Nein, muss ich nicht.«

»Doch, Sie müssen«, sagte Julia fröhlich. »Steigen Sie ein. Seien Sie nicht so griesgrämig.« Jackson stand seufzend auf und half, das Boot ans Ufer zu ziehen. Er stieg linkisch ein, und Julia lachte und sagte: »Sie sind wohl kein Seemann, Mr. B?« Warum waren sie noch in Cambridge? Wollten sie nicht endlich nach Hause zurückkehren? Am anderen Ende des Boots nickte ihm Amelia unmerklich zu, ohne ihn anzublicken. Das letzte Mal, als er sie gesehen hatte, war sie todunglücklich gewesen, weil der Hund gestorben war *(»Bitte, Jackson, bitte, kommen Sie, ich brauche Sie«)*. Sie hatte verwahrlost gewirkt, einen alten Morgenmantel und Make-up getragen – es sah schrecklich aus, als hätte sie sich im Dunkeln geschminkt, und sie hatte ihr Haar nicht hochgebunden, so dass es in trockenen Zotteln um ihr Gesicht hing. Alle Frauen sind irgendwann zu alt, um das Haar offen zu tragen, sogar schöne Frauen mit schönem Haar, und weder Amelia noch ihr Haar waren jemals schön gewesen.

Jackson hielt es für das Beste, wenn er so tat, als wäre neulich Abend nichts passiert. Was war neulich Abend eigentlich passiert? *»Ich wusste nicht, dass Sie verheiratet sind, Mr. Brodie«* – was zum Teufel sollte das bedeuten? Als wäre er ein untreuer Liebhaber, der sie betrogen hatte. Er hatte Amelia Land nicht den geringsten Grund zu der Annahme gegeben, zwischen ihnen würde etwas laufen. Hatte sie sich tatsächlich in ihn verknallt? (Bitte, lieber Gott, nein.) Stan Jessop war in Laura Wyre verknallt gewesen. War Verknalltheit gefährlich? Es klang so harmlos.

»Mann, was ist mit Ihnen passiert, Mr. Brodie?« Julia starrte ihn kurzsichtig an. »Sie haben sich geschlagen!« Amelia sah ihn zum ersten Mal an, aber als er zu ihr schaute, blickte sie weg. »Wie aufregend«, sagte Julia.

»Es war nichts«, sagte Jackson. (Nur jemand, der versucht hat, mich umzubringen.) »Was für ein Tag ist heute?«

»Dienstag«, sagte Julia prompt.

Amelia brummte etwas, das sich anhörte wie »Mittwoch«.

»Wirklich?«, sagte Julia zu ihr. »Heiliger Bimbam, wie die Zeit vergeht, stimmt's?« (Heiliger Bimbam? Wer sagte das noch? Außer Julia?) »Ich denke immer«, sagte Julia, »dass Mittwoche violett sind.« Julia schien besonders guter Laune zu sein. »Und Dienstage sind natürlich gelb.«

»Nein, sind sie nicht«, sagte Amelia, »sie sind grün.«

»Sei nicht albern«, sagte Julia. »Wie auch immer, heute ist violett, und es ist ein ausgezeichneter Tag für die Orchard Tea Rooms. Als Kinder waren wir oft dort. Vor Olivia. Stimmt's, Milly?«

Amelia schwieg und machte eine vage Handbewegung. Zum ersten Mal, seit er sie kannte, waren sie dem Wetter entsprechend gekleidet. Amelia trug ein sackartiges Baumwollkleid und hässliche Wandersandalen. Wenn sie sich die Haare gut schneiden ließe und sich anständig kleidete, würde sich ihr Aussehen um hundert Prozent verbessern. Julia zumindest tat den Augen nicht weh, und sie war ziemlich gut im Staken. Sie trug ein knappes Oberteil, das einer Jugendlichen gepasst hätte und ihren ordentlichen harten Bizeps freiließ (sie machte eindeutig Sport), und sie hatte zumindest einen Trizeps im Gegensatz zu Amelia, der dieses schwingende Fleisch von den Armen hing, mit dem sie mühelos durch die Baumkronen hätte fliegen können. Trotz der Sonne war Amelia blass und uninteressant geblieben, wohingegen Julia braun wie geröstete Cashewnüsse war. Er sah ihr zu, wie sie die Stange einholte, eine Kippe im rot geschminkten Mund, und dachte, dass sie ein guter Kumpel war, und war überrascht, als er bemerkte, dass er Julia mittlerweile wirklich mochte. Und der gute Kumpel war ihr Ausdruck, nicht seiner.

»Sie schauen auf meine Titten, Mr. Brodie.«

»Tue ich nicht.«

»Doch, das tun Sie.« Julia stieß einen leisen, erstaunten Laut aus, und Jackson drehte sich um, um zu sehen, was sie dazu veranlasst hatte. Ein Mann mittleren Alters watete aus dem Fluss ans Ufer – splitternackt, dürr und streifenlos braun. Ein Nudist? Sie nannten sich heutzutage FKK-Anhänger, oder? Der Mann trocknete sich ab und legte sich dann ins Gras, vollkommen selbstsicher, und begann ein Buch zu lesen.

»Mensch! Mann!« Julia lachte. »Habt ihr das *gesehen?* Hast du das gesehen, Milly? Ist das erlaubt, Mr. Brodie?«

»Nicht wirklich.«
»Wäre das nicht schön«, sagte Julia, »sich einfach auszuziehen und ins Wasser zu springen? Die Neuheiden sind nackt in Byrons Teich geschwommen. Könnten Sie das nicht tun, Mr. Brodie, sich ausziehen und ins Wasser springen?«
Julia fuhr sich mit ihrer rosa Katzenzunge über die Oberlippe, und Amelia gab einen hässlichen, schnaubenden Laut von sich. Jackson fiel plötzlich ein, dass Binky Rain gesagt hatte, die Lands wären »wilde Mädchen« gewesen. Schwer zu glauben, dass Amelia jemals wild gewesen war, aber Julia, Julia definitiv. Er dachte, er würde gern nackt mit Julia schwimmen.
»Was hat er gelesen?«, fragte Julia, und Amelia, die nicht einmal den Anschein gemacht hatte, den nackten Mann anzusehen, sagte: »*Principia Mathematica*«, und blickte Jackson finster an.

»Noch Tee, Mr. Brodie?«, fragte Julia und goss ihm nach, ohne eine Antwort abzuwarten. »›Und gibt es noch Honig für den Tee?‹ Aber gewiss doch, und wir werden unser Gebäck damit essen. Milly, möchtest du Honig auf dein Gebäck?«
Zumindest war der Tee in den Orchard Tea Rooms anständig, im Gegensatz zu Binkys Tee. Um Julias kleinen Finger verlief eine Narbe wie ein dünner, silberner Ring. Sie hielt ihn auf sehr damenhafte Art gestreckt, während sie Tee trank. Sie bemerkte, dass Jackson darauf blickte. »Ich habe ihn mir abgeschnitten«, sagte sie leichthin. Amelia schnaubte. »Aus Versehen«, fügte Julia hinzu. Amelia schnaubte erneut. »Du wirst dich noch in ein Schwein verwandeln, wenn du so weitermachst, Milly«, sagte Julia.

Jackson ging der Gedanke durch den Kopf, dass er Binky Rain nach dem Land-Mädchen gefragt hatte, nicht jedoch die Land-Mädchen nach Binky Rain. »Binky Rain«, sagte er, »Ihre Nachbarin, Victors Nachbarin.«
Julia blickte verständnislos drein.
»Katzen«, sagte Jackson.
»Ich war eine Tabby im Chor von Cats«, sagte Julia, »aber ich habe nur ein paar Wochen durchgehalten, dann bekam ich Bronchitis. Es war schade, weil es eine Supertournee war.«
»Nein«, sagte Jackson geduldig, »Binky Rain, sie hat Katzen.«
»Die alte Hexe«, sagte Amelia plötzlich, und Julia sagte: »Ach, *die*. Von der haben wir uns immer fern gehalten.«
»Nicht immer«, sagte Amelia. »Aber dann schon.«
»Warum?«, fragte Jackson, doch Amelia schien wieder in ihrem katatonischen Zustand versunken zu sein.
»Sylvia hat es uns verboten«, sagte Julia. Sie runzelte die Stirn vor Anstrengung, sich zu erinnern. »Ich glaube, das war nach Olivia. Sie sagte, der Garten sei verflucht, und wenn wir ihn betreten, würden wir in Katzen verwandelt, alle ihre Katzen waren einmal Menschen, die unbefugt in ihren Garten gegangen waren. Sylvia war schon immer ein wenig seltsam. Lebt Mrs. Rain denn noch? Sie muss jetzt dreihundert Jahre alt sein.«
»Fast«, sagte Jackson.
Unter den Bäumen in einem Liegestuhl zu liegen hatte etwas unleugbar Angenehmes. Das Summen der Insekten und Touristen wirkte einschläfernd, und Jackson hätte nichts lieber getan, als die Augen zu schließen und einzudösen, aber Julia plapperte fortwährend von Neuheiden und Wittgenstein und Russell.

»Waren das nicht alle konservative Snobs?«, fragte Jackson.
»Ach, verderben Sie nicht alles, indem Sie sich als Sozialist aus dem Norden aufführen«, sagte Julia.
Amelia saß brütend da, kommunizierte einsilbig.
»Brooke ist unbekleidet herumgerannt«, sagte Julia. »Vielleicht gehört der Nudismus einfach nach Cambridge.«
»Rupert Brooke war ein Protofaschist«, sagte Amelia plötzlich irgendwo unter ihrem Sonnenhut, und Julia erwiderte: »Jetzt ist er tot, und er war ein fürchterlicher Dichter, er hat also seine wohlverdiente Strafe gekriegt«, und Amelia entgegnete: »Das ist ein Scheinargument, so ich je eins gehört habe«, und Julia sagte – aber da schlief Jackson schon.

Jackson holte seinen Wagen, wo er ihn abgestellt hatte, vor Binky Rains Haus. Ein goldener Lexus, kein Auto (und keine Farbe), für das Jackson sich interessierte, parkte Stoßstange an Stoßstange mit seinem Alfa, und Jackson war sich ziemlich sicher, dass er Quintus Rain gehörte. Er hatte keine Ahnung, was zwischen ihnen lief. Es war doch nicht Quintus gewesen, der ihn überfallen hatte?
Er fuhr die Silver Street entlang und hörte dabei das Album *Hell Among The Yearlings* von Gillian Welch. Sein Musikgeschmack wurde von Minute zu Minute depressiver, falls das überhaupt noch möglich war. Er war unterwegs zu einem Treffen mit Steve Spencer im Eagle, nicht dass er etwas über Nicola zu berichten hatte, und er dachte noch immer an Quintus, als er urplötzlich direkt in einen Ford Galaxie fuhr, der an der Ampel vor Fitzbillies in der Trumpington Street stand.
Das Vorderteil des Alfa Romeos ging aus dieser Begegnung wesentlich beschädigter hervor als das Heck des Ford Galaxie, und alles wäre noch viel schlimmer gewesen,

wenn er vor der roten Ampel nicht ohnehin langsamer gemacht hätte. Die Fahrerin des Galaxie ließ sich davon nicht beeindrucken, sondern sprang aus ihrem Auto und schrie Jackson an, dass er vorsätzlich das Leben ihrer Kinder in Gefahr gebracht habe. Drei kleine, neugierige Gesichter schauten aus dem Heckfenster des Galaxie. Als die Verkehrspolizei kam, stand die Frau mitten auf der Straße und deutete mit dem Finger auf den »Kind an Bord«-Aufkleber auf der Heckscheibe.

»Die Bremsen haben versagt«, sagte Jackson zu dem älteren der zwei Polizisten.

»Lügner! Verdammter Lügner!«, schrie die Frau.

»Verdammt, Jackson«, sagte der Polizist, »du weißt wirklich, wie man sie aufgabelt.«

Der Zusammenstoß hatte etwas in Jacksons Kopf gelockert. Sein Zahn fühlte sich nicht mehr wie ein Zahn an, sondern wie ein Messer, das durch sein Zahnfleisch stach. Er glaubte nicht, dass sich sein Körper noch länger kasteien ließe.

Die Polizisten ließen Jackson pusten, nahmen die Einzelheiten des Unfalls auf und schickten den Galaxie und seine wütende Fahrerin weiter. Dann riefen sie einen Abschleppwagen und ließen Jacksons Wagen in die Polizeiwerkstatt bringen, wo ein Mechaniker ihn sich ansehen sollte. Der ältere Polizist schuldete Jackson zehn Pfund von einem Pferderennen vor drei Jahren, und Jackson dachte, dass diese Schuld jetzt voll und ganz bezahlt war.

»Die Bremsen haben versagt«, sagte Jackson zum zigsten Mal. Der Unfall hatte ihn zermürbt. Er hatte früher schon Unfälle erlebt, Schleuderunfälle, Rangierunfälle, aber nie war er schuld gewesen. Er sah noch immer vor sich, wie er hilflos auf den Galaxie zufuhr, magnetisch angezogen von dem »Kind an Bord«-Aufkleber. »Ich glaube, die Bremsflüssigkeit ist ausgelaufen«, sagte er zu dem Mechaniker.

»Und ob sie ausgelaufen ist«, sagte der Mechaniker, »durch das verdammt große Loch, das in den Behälter gebohrt worden ist. Ich glaube, da draußen läuft jemand herum, der Sie nicht mag.«

»Mann«, sagte einer der Polizisten gut gelaunt, »das macht es schwierig, die Zahl der Verdächtigen einzugrenzen.«

»Danke.« Vielleicht sollte er dem eifrigen DC Lowter, der seine Aussage im Krankenhaus aufgenommen hatte, Quintus Rains Namen nennen.

Ein Polizist fuhr ihn nach Hause. Er hatte das Gefühl, allmählich das Niveau der Nachbarschaft zu senken. Es war neun Uhr abends, und überall roch es nach gegrilltem Essen. Er wusste, ohne nachzusehen, dass die Mailbox seines Handys voller Nachrichten von Steve Spencer war, der sich wunderte, wo er abgeblieben war. Er vermied den Gedanken, dass es an diesem Tag eigentlich nicht noch schlimmer kommen konnte, und wurde dafür mit einem Anblick belohnt, der plötzlich alles besser machte. Shirley Morrison saß auf seiner Schwelle, zwei Flaschen kaltes Bier in der Hand. »Ich dachte, dass Sie vielleicht ein bisschen Pflege brauchen können«, sagte sie.

Später, viel später, als der Himmel schon hell wurde und der Chor der Dämmerung einsetzte und es bereits Donnerstag war (der laut Julia blau, laut Amelia orange war), drehte Jackson sich um, betrachtete Shirleys schlafendes Gesicht und versuchte, sich zu erinnern, warum er nicht mit ihr hätte schlafen sollen. Ach ja, sie war eine Klientin.

Berufsethik. Gut gemacht, Jackson. Er fragte sich, ob er eine Grenze überschritten hatte und es bereuen würde. Nicht weil sie eine Klientin war, und auch nicht, weil er glaubte, dass es bei diesem einen Mal bleiben würde. Sie waren aus ihren Umlaufbahnen geschlittert und miteinander kollidiert, das war alles. (Obschon es angenehm war, sich mehr vorzustellen.) Es war überwältigend und außergewöhnlich gewesen, aber er sah keine Zukunft für sie beide. Das alles machte Jackson keine Sorgen, sondern die Tatsache, dass Shirley, als sie ihm gestern ihre schreckliche Geschichte erzählte, die meiste Zeit nach rechts oben geschaut hatte.

15
Theo

Auf dem Kirchhof war es sehr heiß. Von seinem Gesicht tropfte Schweiß, und er meinte, das ganze Fett in seinem Körper würde schmelzen. Obwohl sich Little St. Mary's mitten im Überall befand, war Theo zwischen den Grabsteinen und wilden Blumen nie einer anderen Seele begegnet, weder einer lebenden noch einer toten. Laura hatte ihm erzählt, dass sie oft hierher kam und sich mit ihren Büchern ins Gras setzte, um für die Prüfungen zu lernen, und deswegen hatte er eine Bank aufstellen lassen mit einer Plakette »Für Laura, die diesen Ort liebte«, und er fühlte sich ihr näher – auf eine nicht definierbare Art –, wenn er hier saß. Es war eine Station von Theos Kreuzweg, einer der Orte, die mit Laura verbunden waren; ihre Knochen lagen im städtischen Friedhof in der Newmarket Road, aber ganz Cambridge diente ihm als Reliquienschrein.

Die Leute verstreuten die Asche ihrer verbrannten Angehörigen auf dem Kirchhof, und auf dem sandigen grauen Boden der Toten war ein Rasen aus Kamillepflanzen angelegt worden. Auf Lauras Grab in dem charakterlosen städtischen Friedhof hatte Theo ihre Lieblingsblumen, Schneeglöckchen, gepflanzt. Bäume standen dort, und

Theo fragte sich, ob ihre Wurzeln Laura schon gefunden hatten, ob sie sich bereits durch ihren Brustkasten schlängelten, um ihre Knöchel wanden und ihre Handgelenke umgaben wie Armbänder.
Jackson war in London gewesen, um sich mit Emma zu treffen. Theos Erinnerung an Emma war verschwommen; er meinte sich zu erinnern, dass sie mit einem Mann zusammen gewesen war, und die Beziehung war irgendwie schief gelaufen. Emma arbeitete für die BBC, hatte Jackson gesagt. Theo stellte nie Spekulationen an, was Laura tun würde, wäre sie noch am Leben. Es gab keine Zukunft, die er sich vorstellen könnte, ihr Leben war in sich geschlossen, 15. Februar 1976 bis 19. Juli 1994. Ihr Abschlusszeugnis war drei Wochen nach ihrem Tod eingetroffen, wie ein sonderbares Postskriptum. Theo hatte den großen, braunen, an Laura Wyre adressierten Umschlag geöffnet und gesehen, dass sie vier Einsen hatte. Er hatte nicht daran gedacht, ihren Studienplatz abzumelden, und eine Woche nach Beginn des Wintersemesters rief jemand von der Universitätsverwaltung in Aberdeen an und fragte: »Kann ich bitte mit Laura Wyre sprechen?«, und Theo sagte: »Nein, tut mir leid, können Sie nicht«, und brach in Tränen aus.
Theo schwitzte zu sehr. Lauras Bank stand in der Sonne an der Kirchenmauer. Er spürte, wie sich der Schweiß in der Fettmulde am Ende seines Rückens sammelte. Es war kein guter Tag, um hier zu sein. Theo reagierte allergisch auf nahezu alles, was im Kirchhof wuchs, aber er hatte sich gewappnet mit einer Sonnenbrille und Antihistaminen und gehofft, ein bisschen länger gegen die Flora von Little St. Mary's durchzuhalten, aber das Wasser lief ihm aus Augen und Nase, und er wusste, dass er aufbrechen musste. Er

kämpfte sich auf die Füße. »Auf Wiedersehen, Liebes«, sagte er, weil sie überall war. Und nirgends.

In Christ's Pieces mähte ein Mann mit einem dieser kleinen Traktoren den Rasen. Theo sah kaum etwas, weil ihm die Tränen übers Gesicht liefen. Das Taschentuch, das er sich an die Nase hielt, war bereits nass. Die Leute sahen ihn komisch an, aber er schleppte sich trotzdem weiter. Die Busse im Busbahnhof in der Drummond Street ließen ihre Motoren aufheulen, als wären sie mechanische Tiere, und Theo hätte schwören können, dass er Abgase in seinem Mund schmeckte. Wer baute einen Busbahnhof neben einer Grünanlage? Er hörte den Atem in seiner Brust, der so laut war wie der Rasenmäher. Allergisch auf den Sommer zu reagieren schien irgendwie falsch. Seine Frau, Valerie, hatte nie viel Mitgefühl gezeigt, sondern seinen Heuschnupfen und das Asthma als Ausdruck von Charakterschwäche betrachtet. Im Haus gab es keine Tiere, bis Laura vierzehn war und unbedingt einen Hund wollte, so dass er schließlich nachgab, mit ihr in ein Tierheim fuhr und mit Poppy zurückkam. Sie war erst ein paar Monate alt; jemand hatte sie aus dem fahrenden Auto geworfen. Wie konnte man so etwas tun? Was für ein Mensch konnte solches Leiden verursachen? Laura sagte, sie wolle Poppy mit Liebe »erdrücken«, um es wieder gutzumachen. Und Theo hatte sich allmählich an die Hundehaare gewöhnt, bis er ihn sogar auf seinen Knien sitzen lassen und streicheln konnte. Auch er liebte den Hund. Es war schrecklich, als sie überfahren wurde, eine kleine Vorahnung dessen, was noch kommen sollte.

Theo spürte, wie sich seine Brust zusammenzog. Er begann zu keuchen und griff in die Tasche, um sein Asthmaspray herauszuholen. Es war nicht an seinem gewohnten Platz. Er suchte in allen anderen Taschen danach und sah es plötzlich klar und deutlich auf dem Tisch im Flur stehen, wo es darauf wartete, in sein Jackett transferiert zu werden. Die Panik traf ihn wie ein Schlag in die Herzgegend. Seine Beine gaben nach, und er stolperte zu einer Bank im Prinzessin-Diana-Gedenkrosengarten, versuchte, die Nerven nicht zu verlieren, die Angst im Zaum zu halten. Der sonnige Tag war an den Rändern bereits schwarz geworden, und vor Theos Augen tanzten Flecken. Er spürte einen knotigen Schmerz in der Brust und fragte sich, ob er einen Herzinfarkt hatte.

Er rang nach Atem. Er sollte jemandem zu verstehen geben, dass er Hilfe brauchte, dass er nicht einfach ein fetter Mann war, der auf der Parkbank schwitzte, sondern ein fetter Mann, der starb. Die Panik hatte seine Brust im Schraubstock und drehte fester zu. Er hörte die schrecklichen Geräusche, die er von sich gab, während er um Luft kämpfte. Es musste ihn doch jemand hören?

Auch das wird vorübergehen, dachte er, aber dem war nicht so. Er hatte damit gerechnet, dass er sich mittlerweile friedvoll fühlen und den Tod akzeptieren würde, dass der Sauerstoffmangel ihn darauf vorbereitet hätte, aber sein Körper kämpfte nach wie vor mit jedem Nerv und jeder Faser. Ob es ihm nun gefiel oder nicht, er ging kämpfend zugrunde.

Vor ihm stand eine dunkle Silhouette, eine Person, die das Sonnenlicht blockierte, und er dachte, es müsste Laura sein, die gekommen war, um ihn nach Hause zu holen. Er wollte ihren Namen sagen, aber er konnte nicht sprechen, konnte nicht sehen, nicht atmen. Sie sagte etwas zu ihm, doch die Worte klangen wie unter Wasser. Sie berührte seinen Arm, und ihre Finger fühlten sich eiskalt an. Er hörte sie sagen: »Kann ich Ihnen helfen?«, die Worte brandeten und brachen wie Wellen in seinen Ohren, und ein Teil von ihm wollte sagen: »Nein, es geht mir gut«, weil er nicht wollte, dass sie sich Sorgen machte, aber ein anderer Teil, ein stärkerer, hartnäckigerer Teil, über den er keine Kontrolle hatte, schnappte nach Luft und versuchte, seine Verzweiflung zu übermitteln. Jetzt hörte er weitere Stimmen. Jemand steckte ihm etwas in den Mund, und es dauerte einen Augenblick, bis er begriff, dass es ein Asthmaspray war.

Dann Schwärze. Dann der Krankenwagen, in dem er sich elend und schwach fühlte, aber die Sauerstoffmaske auf seinem Gesicht war außerordentlich beruhigend. Der Sanitäter hob sie ein wenig an, damit er sprechen konnte, und er fragte, ob er einen Herzinfarkt gehabt habe, und der Sanitäter schüttelte den Kopf und sagte: »Nein, ich glaube nicht.« Und dann schlief er.

Und erwachte in einem Krankenhausbett. In dem anderen Bett lag ein alter Mann, angeschlossen an jede Menge Schläuche. Theo sah, dass auch er an jede Menge Schläuche angeschlossen war. Als er das nächste Mal erwachte, war der alte Mann fort, und als er wieder aufwachte, lag er in einem anderen Zimmer, und es war Besuchszeit. Leute kamen herein mit Zeitschriften und Obst und Plastiktüten mit Kleidung. Theo wandte den Kopf, um den Besuchern nachzublicken, und sah ein Mädchen auf dem Stuhl neben seinem Bett sitzen. Zwei Dinge bemerkte er gleichzeitig: erstens, es war das Bettlermädchen mit dem puddinggelben Haar, und zweitens, es war dieses Mädchen gewesen, das ihm in Christ's Pieces zu Hilfe gekommen war. Nicht Laura.

Sie war auch am nächsten Tag da, saß vorsichtig auf der Stuhlkante, als wollte sie sich nicht darauf verlassen, dass er ihr Gewicht aushielt, obwohl sie spindeldürr war. Sie hatte weder Zeitschriften noch Obst noch sonst eins der Dinge mitgebracht, die die anderen Besucher bei sich hatten, stattdessen drückte sie ihm etwas in die Hand, und als er die Hand öffnete, sah er einen kleinen Stein, glatt und noch warm von ihrer trockenen schmutzigen Hand, so dass es ein seltsam intimes Geschenk schien. Theo fragte sich, ob sie einfältig war. Er war überzeugt, dass es einen politisch korrekteren Ausdruck dafür gab, aber er erinnerte sich nicht daran. Sein Hirn war benebelt, vermutlich von den Medikamenten.

Sie war nicht geneigt zu reden, aber das war ihm recht, denn er war es auch nicht. Sie nannte ihm jedoch ihren Namen, Lily-Rose, und er sagte: »Das ist ein hübscher Name«, und sie lächelte ein kleines scheues Lächeln und sagte: »Danke, es ist meiner«, was ihm merkwürdig erschien.

Eine Krankenschwester kam, um seine Temperatur zu messen. Sie steckte Theo das Thermometer in den Mund, lächelte Lily-Rose an und sagte: »Ich glaube, dein Papa wird morgen entlassen«, und Lily Rose sagte: »Das ist gut«, und Theo sagte nichts, weil er das Thermometer im Mund hatte.

Am Abend kam Jackson, und Theo war gerührt, weil er sich ernsthaft Sorgen um ihn zu machen schien. »Sie werden besser auf sich aufpassen müssen, Dicker«, sagte er und tätschelte seine Hand, und Theo spürte Tränen in den Augen, weil ihn nie jemand berührte außer mit medizinisch tastenden Fingern. Und die kalte Berührung des gelbhaarigen Mädchens. Lily-Rose. Jackson sah aus, als wäre er schon wieder verprügelt worden, und Theo sagte: »Alles in Ordnung, Jackson?«, und Jackson blickte gequält drein und sagte: »Das hängt ganz von Ihrer Definition von ›in Ordnung‹ ab, Theo.«

Sie ging mit ihm zum Taxi, hielt seinen Ellbogen, als wollte sie ihn auffangen, falls er fiele, obschon sie nicht einmal stark genug schien, eine Lupine zu stützen.
Der Taxifahrer und eine Krankenschwester halfen Theo in den Wagen. Die Schwester hielt Lily-Rose die Tür auf. Lily-Roses Hund sprang hinein und wieder heraus, als er merkte, dass sie ihm nicht folgte. Theo wollte ihr seine Adresse und Telefonnummer aufschreiben, aber er hatte kein Papier. Lily-Rose sagte: »Hier, nehmen Sie das«, und reichte ihm eine kleine weiße Karte, und erst als er seine Adresse und Telefonnummer darauf geschrieben hatte, drehte er die Karte um und sah, dass es Jacksons Karte war. Er sah sie verwirrt an und fragte: »Kennst du Jackson?«, und sie sagte: »Wen?«, aber die Schwester schloss die Autotür und das Taxi fuhr an. Die Schwester und Lily-Rose standen auf dem Gehsteig und winkten ihm nach. Theo winkte ebenfalls und dachte, wie absurd es doch gewesen war, dass sein Herz, als er glaubte, sie würde ebenfalls einsteigen, einen kleinen Freudensprung gemacht hatte.

Er war nur zwei Tage weg gewesen, und doch war ihm das Haus schon fremd geworden. Sein Asthmaspray stand noch auf dem Tisch im Flur. Die Luft in den Räumen war abgestanden. Theo öffnete alle Fenster und dachte daran, eine parfümierte Kerze zu kaufen, eine teure, nicht eine von denen, die nach Vanille und Raumspray rochen. Er ging hinauf in das Gästezimmer, das »Sondereinsatzzimmer«, wie Jackson es nannte, und sah es zum ersten Mal mit den Augen eines Fremden, sah, wie makaber und furchterregend es wirken konnte.

Er setzte sich an den Computer und bestellte übers Internet Schachteln, hübsche Schachteln mit Blumen darauf, und dachte, dass er alles einpacken und ordentlich beschriften und dann vielleicht Jackson bitten würde, ihm dabei zu helfen, die Schachteln auf den Dachboden zu schaffen. Dann bestellte er bei Tesco.com Lebensmittel, mied jedoch »Meine Favoriten«, weil er wusste, dass seine Favoriten tödlich waren – gefrorene Käsekuchen und Eis, Blätterteiggebäck und Joghurt mit hohem Fettgehalt –, stattdessen legte er eine neue Liste mit Magermilch und Haferflocken, Gemüse und Obst, Vollkornbrot und großen Flaschen Evian an und befand, dass es eine armselige Einkaufsliste war. Es war nicht so, dass Theo sich besser fühlte oder frohgemuter oder dass er eine positive Zukunft für sich ins Auge fasste, er konnte nur nicht vergessen, wie er sich ans Leben geklammert hatte, als es ihm genommen werden sollte, wie er in Christ's Pieces darum gekämpft hatte, nicht zu sterben. Laura hatte die Chance, um ihr Leben zu kämpfen, nicht bekommen, und vielleicht bedeutete das etwas. Was es jedoch bedeutete, das wusste er nicht.

Er wollte gerade wieder offline gehen, als er es sich noch einmal überlegte und sechs Dosen »erstklassiges Hundefutter« bestellte. Nur für den Fall. Er zahlte, ging offline und schaltete den Computer aus.

Dann wartete er.

16
Caroline

Sie hatte es noch niemandem gesagt. Sie war im vierten Monat, aber man sah es ihr noch nicht an. Gute Bauchmuskeln. Sie war bei der Ultraschalluntersuchung gewesen, und alles war »normal« – es waren weder Zwillinge noch ein Alien. Die Hebamme war eine wortkarge, überhebliche Kuh, und Caroline hatte daran gedacht zu lügen, als sie nach »früheren Schwangerschaften« gefragt wurde, aber da es leicht festzustellen war, sagte sie einfach: »Ja, vor fünfundzwanzig Jahren, das Baby wurde adoptiert.« (Was stimmte.) Sie sah, wie die Hebamme im Kopf nachrechnete: vor fünfundzwanzig Jahren wäre »Caroline Edith Edwards« zwölf Jahre alt gewesen. Die Hebamme zog eine Augenbraue in die Höhe, und Caroline hätte am liebsten gesagt: »Verpiss dich, du Schlampe«, aber sie tat es nicht, denn dann hätte Michelle gesprochen, nicht Caroline Edith Edwards.

Caroline hätte gern über die erhöhten Risiken einer Schwangerschaft im Alter von dreiundvierzig Jahren gesprochen, aber sie konnte wohl kaum sagen: »Ich bin sechs Jahre älter, als Sie glauben«, oder? Und außerdem fühlte sich dieses Baby gut verankert an, es fühlte sich ganz und gesund an, es fühlte sich an, als hätte es etwas vor.

Sie stellte sich vor, wie sie Hannah und James verkündete, dass sie eine kleine Schwester bekommen würden (oder einen Bruder, aber sie war sicher, dass es ein Mädchen war); sie sah ihre angewiderten eifersüchtigen Mienen vor sich, dann das verschlagene, verschwörerische Lächeln, wenn sie die Qualen planten, die sie ihr antun würden. Caroline legte eine beschützende Hand auf ihren Bauch und spürte das kalte Gel, das die Hebammenkuh nicht weggewischt hatte. Und Jonathan – wie sollte sie es Jonathan sagen? »Liebling, stell dir vor, du wirst wieder Vater«, und er würde sich aufplustern vor Stolz, weil sich sein Samen als fruchtbar erwiesen hätte, weil es nicht ein *Baby*, eine Person wäre, sondern ein weiteres *Ding*, wie der neue Traktor oder Hannahs brauner Wallach, ein Dressurpferd, das viel zu groß für sie war, mit ein bisschen Glück würde sie herunterfallen und sich das Genick brechen. (Sie durfte so etwas nicht denken, es könnte dem Baby schaden.) Dressur, das war Rowenas neuer Plan für Hannah. »Es ist nie zu früh, *Kontrolle* zu erlernen«, sagte sie bei einem »Lunch«, zu dem sie Caroline in »meine gemütliche kleine Hütte« eingeladen hatte, will sagen, nicht in das verdammt große Haus, das du mir weggenommen hast. Dressur. Das war so englisch, so anal. Unnötig zu erwähnen, dass Jemima eine Expertin darin war.

»Du bist mir doch nicht böse, wenn ich dich danach frage, meine Liebe, oder?«, sagte Rowena und neigte sich ihr über den Resten eines pochierten Lachses zu, den jemand anders zubereitet haben musste, denn Rowena fand kaum das Brotmesser. »Aber, wie soll ich mich ausdrücken …« Ihre blassblauen Augen blickten in die Ferne, als hätte sie eine Vision, und Caroline dachte, ich ertrage es nicht. »Du willst wissen, ob ich einen Braten in der Röhre habe?«,

kam sie ihr hilfsbereit entgegen, und Rowena zuckte angesichts von Carolines Jargon unbehaglich zusammen.
»Nein, habe ich nicht.« Caroline log sehr, sehr gut.
»Bist du sicher?«
»Ja.« Und sie sah zu, wie Rowena darum kämpfte, ein Lächeln der Erleichterung zu unterdrücken, als sie sagte: »Sollen wir den Kaffee im Garten trinken?«

Es war das erste Mal, dass sie an einem Gottesdienst in St. Anne teilnahm, das erste Mal, dass sie ihn predigen hörte. In seinem gestärkten, weißen Sonntagschorrock sah er weniger wie er selbst aus, und sie fragte sich, wer ihn so weiß gewaschen und gestärkt hatte. Eine »Dame«, die er bezahlte? Er erwähnte Gott nicht sehr häufig, wofür Caroline dankbar war, und er war ein bisschen weitschweifig, aber der allgemeine Tenor seiner Predigt lautete, dass die Menschen netter zueinander sein sollten, und Caroline dachte, so ist es, und die zehn Personen, die sich eingefunden hatten, Caroline eingeschlossen, stimmten dieser Botschaft freundlich zu, und als der Gottesdienst vorbei war, schüttelten sich alle die Hand, was Caroline ziemlich quäkerhaft vorkam. Im Gefängnis war sie ständig in Gottesdienste gegangen, weil sie eine Abwechslung in der Routine darstellten und die Geistlichen immer besonders freundlich zu ihr waren, wahrscheinlich weil sie ein so schlimmes Verbrechen begangen hatte. Je schlimmer das Verbrechen, umso mehr mochten einen die Geistlichen, wenn man in der Kapelle auftauchte. Ein verlorenes Schaf und so weiter.
Er stand an der Tür und schüttelte jedem die Hand, als sie gingen, und hatte für jeden ein freundliches Wort, natürlich. Sie sorgte dafür, dass sie die Kirche als Letzte verließ, und erwartete halb, dass er sie zu einer Tasse Kaffee oder

sogar zum Mittagessen einladen würde, aber das tat er nicht, er sagte nur: »Schön, Sie hier zu sehen, Caroline«, als wäre sie frisch konvertiert, und sie fühlte sich absurd enttäuscht, aber sie lächelte und sagte etwas Belangloses, bevor sie zum Friedhof schlenderte und hoffte, dass er ihr folgen würde, aber er ging zurück in die Kirche.

Seit Keith hatte sie sich nicht mehr verliebt, und das war eine verrückte Teenagergeschichte gewesen, die im normalen Lauf der Dinge mit Gleichgültigkeit und Scheidung hätte enden sollen. Es tat gut, wieder verliebt zu sein. Sie spürte, wie es ihr etwas von der Persönlichkeit zurückgab, die sie verloren hatte. Sie liebte natürlich den Wurm. Tanya. Aber das war eine andere Art von Liebe, eine elementare Art. *Damals* hatte sie sie nicht geliebt, jedenfalls nicht auf eine Art, die sie verstanden hätte, es war etwas, was sie *seitdem* gelernt hatte, in den dazwischen liegenden Jahren der Abwesenheit. Und obwohl die Erkenntnis zu spät gekommen war, half sie ihr, die fehlenden Jahre zu füllen. Rückwirkende Liebe. Tanya würde es natürlich nicht so sehen. Sie wusste nichts von der Liebe, die ihre Mutter für sie empfand, nicht wenn Shirley es ihr nicht erzählt hatte (»Deine Mama hat dich so sehr geliebt, aber sie konnte einfach nicht bei dir bleiben«). Sie hatte Shirley das Versprechen abgenommen, so zu tun, als sei sie tot, und sich um den Wurm zu kümmern. Sie hatte auch Shirley auf diese elementare Art geliebt, sonst hätte sie nicht getan, was sie getan hatte. Ein neuer Anfang. Das hatte sie zu Shirley gesagt: »Nimm Tanya, ermögliche ihr einen neuen Start, sei die Mutter, die ich nicht sein kann.« Selbstverständlich nicht mit diesen wohl überlegten Worten, wegen der Umstände …

»Ich dachte, Sie hätten ein schönes Zuhause, in das Sie

zurückkehren können.« Er schien amüsiert. Er hatte den Chorrock aus- und seine alte, graue Jacke angezogen. Er war wie eine Frau gekleidet, eine Strickjacke über etwas, das im Grunde, sprechen wir es aus, ein Kleid war, und sie kam nicht umhin, sich zu fragen, wie er unter diesen schwarzen Röcken aussah, andererseits war sie angenehm überrascht, als ihr klar wurde, dass sie sich eigentlich, obschon sie gern auf die Knie gegangen wäre und ihm auf der Stelle hier im Friedhof einen geblasen hätte, viel lieber um ihn gekümmert, etwas Gutes für ihn getan, ihm Rühreier und Toast und Tee gemacht, seinen Rücken massiert, ihm laut einen englischen Klassiker vorgelesen hätte. Sie war eindeutig verrückt. »Ich bin schwanger«, sagte sie.

»Oh, herzlichen Glückwunsch. Das ist ja wunderbar.« Er suchte in ihrem Gesicht nach Hinweisen. »Oder?«

»Ja.« Sie lachte. »Es ist wunderbar. Bitte erzählen Sie es niemandem.«

»Heiliger Strohsack, nein, natürlich nicht.«

Wie konnte sie in einen Mann verliebt sein, der »heiliger Strohsack« sagte? Ganz mühelos, wie es schien.

Sie hatte ihn im Visier. Sie verfolgte ihn über den Kamm des Hügels und dann hinunter zu den leeren Schafpferchen, wo er die Ellbogen auf einem hölzernen Gatter aufstützte, sein Gewehr im Anschlag. Er wirkte so klischeehaft in den grünen Gummistiefeln und der blauen Barbourjacke, die Hunde zu seinen Füßen. Er bezeichnete Meg und Bruce als seine »Jagdhunde«, aber sie waren nicht zu gebrauchen. Er musste auf der Jagd nach Hasen sein. Was für ein Recht hatte er, einen Hasen zu töten? Was machte sein Leben wertvoller als das eines Hasen? Wer entschied diese Dinge? Sie spannte den Abzug. Sein Kopf war wirklich das perfekte Ziel. Von ihrem Standpunkt aus würde sie direkt seinen Hinterkopf treffen – voll ins Schwarze. Wie einen Kürbis, eine Melone oder eine Rübe. Peng, peng. Natürlich würde sie es nicht tun, sie hatte nie im Leben etwas getötet, nicht einmal ein Insekt, nicht vorsätzlich jedenfalls. Er marschierte weiter, verließ die Wiese, umrundete den Wald und war nicht mehr zu sehen. Caroline blickte auf ihre Uhr – Zeit für den Tee.

17
Jackson

Jackson spülte zwei Co-Codamol mit einer Tasse widerlich schmeckendem Kaffee hinunter. Er wartete in der Ankunftshalle, dass Nicola und der Rest der Crew das Flugzeug verließen. Es war sieben Uhr morgens, eine besonders höllische Zeit, um sich in einem Flughafen aufzuhalten. Wenn ihn nicht ein unbekannter Meuchelmörder umbrachte, dann vermutlich sein Zahn.

Die müden, desorientierten Passagiere waren bereits ausgestiegen. Jackson war nie in Malaga gewesen. Als sie verheiratet waren, hatte Josie darauf bestanden, jedes Jahr einen teuren Urlaub zu machen, Villen-Urlaub: »Villen mit privatem Pool« an »wunderschönen« Orten, Korsika, Sardinien, Kreta, Toskana. Jetzt konnte er nur ein allgemeines mediterranes Bild heraufbeschwören – Marlee glitschig vor Sonnencreme und mit Schwimmflügeln, die am flachen Ende des Pools herumplanschte; Josie, die auf einer Liege lag und einen Roman las, während Jackson Bahnen im Pool schwamm, sein Körper ein dunkler Schatten im blauen Wasser, wie ein ruheloser, besessener Hai.

Nicola zu beobachten war eine Übersprungshandlung, der Versuch, nicht daran zu denken, dass jemand ihn umbringen wollte (obwohl es zugegebenermaßen schwer war, so etwas zu vergessen).

Und jetzt musste er auch noch über Tanya nachdenken. An welcher Stelle hatte Shirley ihm nicht die Wahrheit gesagt? Walter und Ann Fletcher, Keiths Eltern, waren nach dem Mord nach Lowestoft gezogen und schienen sich keine große Mühe gegeben zu haben, das einzige Kind ihres einzigen Kindes großzuziehen. Shirley hatte versucht, so sagte sie, mit ihrer Nichte in Kontakt zu bleiben, aber die Fletchers hatten es nicht zugelassen. »Die Schwester der Frau, die unser einziges Kind ermordet hat«, sagte sie, »man kann es ihnen nicht ganz verübeln.« Mit zwölf begann Tanya davonzulaufen, und mit fünfzehn kam sie nicht mehr zurück. »Ich habe überall nach ihr gesucht«, sagte Shirley, »aber sie scheint verschwunden zu sein.«

Jackson nahm Tanya in die grausamen Rechenspiele auf, die er dieser Tage in seinem Kopf mit sich herumtrug. Angenommen, sie war noch am Leben, dann wäre Tanya Fletcher jetzt fünfundzwanzig. Olivia Land wäre siebenunddreißig. Laura Wyre wäre achtundzwanzig, Kerry-Anne Brockley sechsundzwanzig. Er hoffte, dass Tanya ihre Zukunft lebte, dass sie wirklich fünfundzwanzig war und dass ihre Tage einer nach dem anderen unaufhaltsam vergingen, im Gegensatz zu den heiligen Mädchen, den Kerry-Annes, Olivias und Lauras. Und Niamh. Jacksons große Schwester, die in dieser Woche fünfzig geworden wäre.

Die Crew tauchte im Terminal auf, sie zogen ihre ordentlichen kleinen Rollkoffer hinter sich her, gingen in rasantem Tempo über die Landebahn, ausschließlich darauf bedacht, nach Hause zu kommen, dienstfrei zu haben. Hätte ein

Passagier sie aufgehalten und um eine Miniaturwhiskeyflasche oder ein zweites Brötchen gebeten, hätten sie ihn wahrscheinlich niedergeschlagen und ihn mit ihren Koffern überrollt. Die Kabinencrew bestand ausschließlich aus Frauen, keine Männer – nicht dass eine Affäre zwischen Nicola und einem Steward wahrscheinlich gewesen wäre, Jackson hatte bislang keinen heterosexuellen gesichtet. Die Frauen trugen Hüte, die aussahen, als gehörten sie auf die Köpfe von Mädchen aus einem Cartoon. Nicola ging am Ende mit dem Kopiloten. Er schien in den Dreißigern, sah gut aus (auf pilotenhafte Art), war aber nicht viel größer als Nicola. Berührte er sie? Der Pilot – älter, gesetzter als der Kopilot – drehte sich um und sagte etwas, was Nicola zum Lachen brachte. Das war vielversprechend: Jackson konnte sich nicht erinnern, Nicola jemals lachen gesehen zu haben.
Jackson folgte ihnen hinaus auf den Parkplatz. Die Wagen von Nicola und dem Piloten standen nebeneinander, und Jackson dachte, das wäre gegebenenfalls ein Hinweis, aber sie verabschiedeten sich nonchalant voneinander, ohne sich zu küssen, zu berühren oder bedeutungsvoll anzublicken. Keinerlei Indiz für Ehebruch. Nicola stieg ein, ließ den Motor aufheulen und fuhr in ihrem gewohnten Grand-Prix-Stil davon. Jackson folgte ihr in weniger selbstmörderischem Tempo. Er fuhr statt des Alfas einen gemieteten Fiat Punto. Der Punto war orangefarben und auffällig, wie er befürchtete. Es war definitiv ein Frauenauto. Sein eigener Wagen stand nach wie vor in der Polizeiwerkstatt, wo die Spurensicherung ihn noch immer untersuchte. »Die Polizei nimmt Sabotage wie diese sehr ernst, Mr. Brodie«, hatte ein neuer Beamter (neu für Jackson jedenfalls) zu ihm gesagt, und Jackson sagte: »Richtig.«

Er hatte Quintus' Namen nicht erwähnt. Jackson glaubte nicht, dass die Polizei mehr tun konnte als er selbst.
Er war am Vorabend zu Binkys Haus gefahren, um nachzusehen, ob Quintus da war, aber niemand öffnete, als er klingelte. Der Lexus war verschwunden, und Jackson fragte sich, ob Quintus mit Binky einen Ausflug machte oder zum Essen gegangen war. Wie wahrscheinlich war das?
Nicola hängte ihn innerhalb von Minuten ab, und als er in diskreter Entfernung vor ihrem Haus stehen blieb, trug sie bereits Jeans und ein Sweatshirt und mähte den Rasen mit einem mechanischen Rasenmäher auf eine Art, die Jackson an Deborahs kampflustigen Umgang mit der Computertastatur erinnerte. Oder an Josies kampflustigen Umgang mit allem – bevor David Lastingham sie auf Stepford-Art lobotomisiert hatte. Nicola trug noch den schützenden Tarnanstrich ihres Make-ups, das nicht zu ihrer legeren Kleidung passte. Ihre Körpersprache mochte streitlustig sein, aber ihr Gesicht war eine Maske.

Er hätte Theo etwas mitbringen sollen – Blumen, Obst, ein gutes Buch –, aber er hatte nicht daran gedacht, und jetzt war es zu spät. Im Krankenhausbett wirkte Theo kleiner. Weniger wie ein Berg von Mann und mehr wie ein kleiner, mutterloser Junge. Jackson wünschte, es gäbe eine Möglichkeit, ihn glücklich zu machen. Er erzählte ihm, dass er in London gewesen war, um Emma zu treffen, aber Theo schien zu weggetreten, um sich wirklich dafür zu interessieren, und doch fragte er ihn, ob er in Ordnung sei (was ironisch war angesichts von Theos Lage), und Jackson erwiderte: »Das hängt ganz von Ihrer Definition von ›in Ordnung‹ ab, Theo.«
Jacksons wahre Sorge war, dass er den Mann mit dem

gelben Golfpullover tatsächlich finden würde (obwohl es nicht sehr wahrscheinlich schien), denn es würde Theos Schmerz keineswegs lindern, sondern alles nur noch schlimmer machen, weil er dann den »Abschluss« hätte, nach dem er suchte. Und Laura wäre immer noch tot.

Jackson ging durch die überhitzten Flure des Krankenhauses zur Kinderintensivstation. Er konnte sie problemlos betreten; die Schwester am Schreibtisch erkannte ihn und stellte keine Fragen. Ihm wäre es lieber gewesen, sie hätte es getan, es sollte nicht so einfach sein, an solche Orte zu gelangen.

Jackson beobachtete Shirley durch eine Glaswand, die genauso gut ein Einwegspiegel hätte sein können, so wenig Beachtung wurde ihm zuteil. Shirley trug eine blaue Medizinerkluft. Jackson glaubte nicht, dass es einen zweiten Anblick gab, der so sexy war wie eine Frau in Chirurgenkleidung, und fragte sich, ob nur er so dachte oder die meisten Männer. Zu solchen Themen sollten Umfragen durchgeführt werden. Shirley stand vor einem Brutkasten und hob vorsichtig ein winziges, wächsernes Baby heraus. Es war an mehrere Schläuche und Monitore angeschlossen, so dass es wie ein seltsames, zerbrechliches Geschöpf aus dem Weltraum wirkte.

»Lassen Sie mir einen Moment, und ich sage ihr Bescheid, dass Sie hier sind«, sagte ein junger australischer Pfleger zu ihm. (Wer war noch in Australien? Sie waren alle hier. Gott wusste warum.)

Jackson sah, dass ein Arzt zu Shirley ging, sie an der Schulter berührte und etwas zu ihr sagte. Die Geste hatte etwas undefinierbar Intimes, und die Art, wie sie sich ihm zuwandte und lächelte, verriet Jackson, dass sie miteinander geschlafen hatten. Beide blickten auf das Baby. Jackson kam sich noch mehr wie ein Voyeur vor als sonst. Die Schwester, die ihn erkannt hatte (wie hieß sie gleich noch? Elaine? Eileen?), stellte sich neben ihn und sagte: »Oh, wie süß.«

»Süß?«, sagte Jackson und fragte sich, was an diesem kleinen Tableau süß sein konnte. Eine Frau, mit der er vor kurzem eine Nacht ungehemmter Lust verbracht hatte, gurrte mit einem anderen Liebhaber über einem kranken Baby.

»Na ja, eigentlich eher traurig«, sagte Elaine/Eileen. »Sie können keine eigenen Kinder bekommen.«

»Sie? Sie sind ein *Paar?* Shirley Morrison und der Arzt?«

Elaine/Eileen runzelte die Stirn. »Ja. Professor Welch ist ihr Mann. Er ist Chefarzt der pädiatrischen Abteilung.«

»Sie sind *verheiratet?«*

»Ja, Inspektor Brodie. Ermitteln Sie gegen Shirley?«

»Mr. Brodie. Ich bin vor zwei Jahren aus der Polizei ausgeschieden, Eileen.«

»Elaine.«

»Warum sollte ich gegen sie ermitteln?«

Elaine zuckte die Achseln. »So wie Sie mich nach ihr fragen vielleicht.«

»Entschuldigen Sie.«

Elaine trat näher zu ihm, ihr Tonfall wurde vertraulicher. »Sie wissen doch, dass sie die Schwester von …«

»Ja«, unterbrach Jackson sie. »Das weiß ich.« Shirley Morrison hatte ihren Namen nach der Verurteilung ihrer Schwester nicht geändert, sie hatte ihn nicht geändert, als sie heiratete. Er hatte sie gefragt, in der rauschartigen Benebelung am Morgen danach. »Du hast nie deine Identität geändert?«, und sie hatte geantwortet: »Es war das Einzige, das ich noch hatte.« Ihr Mann ging weiter, um ein anderes

Weltraumbaby zu inspizieren, und Shirley legte das Baby zurück in sein kleines Raumschiffbett.
Der australische Pfleger betrat den Raum und sagte etwas zu Shirley Morrison, die aufblickte und die Stirn runzelte, als sie Jackson sah. Er zuckte die Achseln und setzte eine ratlose Miene auf. Er deutete auf seinen nackten Finger und dann auf sie. Sie blickte himmelwärts, als könnte sie nicht fassen, dass er auf diese lächerliche Weise mit ihr kommunizierte. Sie signalisierte ihm, zum Eingang des Raums zu gehen. Sie öffnete die Tür einen Spalt, als stellte Jackson eine Bedrohung dar.
»Warum hast du mir nicht erzählt, dass du verheiratet bist?«, fragte er sie.
»Hätte das etwas geändert?«
»Ja.«
»Mein Gott, Jackson, was bist du? Der letzte gute, aufrechte Mensch? Es war Sex, mehr nicht.« Sie schlug ihm die Tür vor der Nase zu. Er hatte von Anfang an ein schlechtes Gefühl gehabt, was sie betraf, er hätte sich danach richten sollen. War sie eine gute Lügnerin, oder war sie nur gut darin, die Wahrheit zu vermeiden? Waren das zwei unterschiedliche Dinge? Er glaubte, dass Wahrheit etwas Absolutes war, aber vielleicht hatte ihn das zu einem verkniffenen, moralischen Faschisten gemacht.
Auf seinem Weg hinaus stieß Jackson nahezu mit dem gelbhaarigen obdachlosen Mädchen zusammen, die im Flur herumschlich. Sie murmelte vor sich hin, als würde sie den Rosenkranz rezitieren, und Jackson wollte »Hallo« zu ihr sagen, weil er sie in letzter Zeit so oft gesehen hatte, dass er das Gefühl hatte, sie zu kennen, aber natürlich kannte er sie nicht, und deswegen war er überrascht, als sie ihn grüßte.

»Sie kennen ihn, oder?«
»Wen?«
»Den fetten alten Kauz.«
»Theo?«, tippte er.
»Jaa, wird er wieder gesund?«
»Er ist okay«, sagte Jackson. Das Mädchen entfernte sich von der Intensivstation, und Jackson sagte: »Die Besuchszeit ist noch nicht vorbei. Du kannst ihn noch besuchen, er liegt in der Inneren.«
»Nein, ich war heute Nachmittag schon bei ihm, ich wollte nach jemand anders sehen.«
Jackson verließ mit ihr zusammen das Krankenhaus. Sie zitterte, obwohl es ein warmer Abend war, zündete sich eine Zigarette an und sagte dann: »Tschuldigung«, und bot ihm ebenfalls eine an. Er nahm sie und sagte: »Du bist zu jung, um zu rauchen«, und sie sagte: »Und Sie sind zu alt. Und außerdem bin ich fünfundzwanzig, alt genug für alles.« Jackson dachte, dass sie aussah wie siebzehn, höchstens achtzehn. Sie band ihren Hund von einer Bank los. »Sind Sie ein Freund von ihm?«, fragte sie.
»Von Theo? So was Ähnliches.« War er ein Freund von Theo? Vielleicht. War er ein Freund von Amelia und Julia? Gott bewahre. (War er?) Und er war kein Freund von Shirley Morrison, gleichgültig, was sie neulich Nacht im Schutz der Dunkelheit getrieben hatten. »Ja«, sagte er schließlich. »Ich bin ein Freund von Theo. Ich heiße Jackson.«
»Jackson«, wiederholte sie, als versuche sie, sich den Namen einzuprägen. Er nahm eine Hand voll Visitenkarten aus der Tasche, »Jackson Brodie – Privatdetektiv«, und gab ihr eine.
»Das ist die Stelle, an der du mir deinen Namen sagen musst«, sagte er, und sie sagte: »Lily-Rose.« Aus der Nähe

sah sie nicht so sehr wie ein Junkie aus als vielmehr verwahrlost und unterernährt. Sie wirkte so körperlos, als ob der Wind sie davonwehen könnte, und am liebsten wäre Jackson mit ihr zum nächsten Pizza Express gegangen und hätte ihr beim Essen zugesehen. Sie hatte eine kleine Kugel von einem Bauch wie die verhungernden afrikanischen Kinder, die man im Fernsehen sah. Jackson fragte sich, ob sie schwanger war.

»Ich habe ihn gefunden«, sagte sie, »im Park. Christ's irgendwas.«

»Pieces.«

»Blöder Name.«

»Sehr blöd«, pflichtete Jackson ihr bei.

»Er hatte einen Anfall.«

»Er hat gesagt, jemand habe ihm ein Asthmaspray gegeben.«

»Das war ich nicht«, sagte Lily-Rose, »das war eine andere Frau. Wird er wieder auf die Beine kommen?«

»Vollkommen«, sagte Jackson, und dann fiel ihm auf, dass er mit ihr redete, als wäre sie so alt wie Marlee. Er konnte nicht fassen, dass sie fünfundzwanzig war. »Nein, es geht ihm nicht gut«, sagte Jackson. »Vor zehn Jahren wurde seine Tochter umgebracht, und er kommt nicht darüber weg.«

»Warum sollte er?«

Stan Jessop unterrichtete jetzt an einer anderen Schule, aber er lebte noch immer wie vor zehn Jahren in dem kleinen Reihenhaus aus den dreißiger Jahren. »Stan« klang nach altem Schrebergärtner, aber er war erst sechsunddreißig. Als Laura starb, war Stan Jessop sechsundzwanzig Jahre alt gewesen. Sechsundzwanzig klang für Jackson unheimlich jung – nur ein Jahr älter als Lily-Rose, zwei Jahre jünger als Emma Drake jetzt (er musste damit aufhören). In der Einfahrt stand ein heruntergekommener Vauxhall Vectra mit einem Kindersitz auf der Rückbank, auf dem Boden verstreut lagen Spielsachen, Bonbonpapier und anderer Unrat. Laut Emma Drake hatte Stan Jessop vor zehn Jahren ein Kind, Nina; jetzt schien er einen Zoo davon zu haben – der Garten vor dem Haus sah aus wie das Schlachtfeld eines Krieges, der mit dem Angebot von Toys'R'Us ausgefochten wurde. »Kinder.« Stan Jessop zuckte die Schultern. »Was soll man tun?« Und Jackson dachte, erst mal aufräumen, aber er zuckte ebenfalls die Achseln und nahm die Tasse mit dem schwachen Nescafé, den Stan ihm gemacht hatte, und setzte sich ins Wohnzimmer. Die Tasse hatte außen Kaffeeflecken, als wäre sie nicht richtig gespült worden. Jackson stellte sie auf den Couchtisch und trank nicht daraus.

Emma Drake hatte gesagt, dass Stan Jessop vor zehn Jahren »wirklich süß« gewesen war, und er hatte noch immer etwas Hübsches, Jungenhaftes. »Ich stelle noch mal Nachforschungen zum Fall Laura Wyre an«, sagte Jackson, und Stan sagte »Ach ja?« auf eine beiläufige Weise, die Jackson irgendwie nicht überzeugte.

Von oben drangen die donnernden Geräusche kleiner Kinder, die sich sträubten, ins Bett zu gehen, und die zunehmend frustrierte Stimme einer Frau. Es klang nach eingefahrener Routine. »Drei Jungen«, sagte Stan, als ob das alles erklärte. »Es ist, als würde man versuchen, Barbarenhorden ins Bett zu bringen. Ich sollte ihr wirklich helfen«, fügte er hinzu und ließ sich aufs Sofa fallen. Er sah aus, als hätten ihn die Barbarenhorden schon vor langer Zeit besiegt. »Was ist mit ihr?«, fragte er gereizt.

»Mit wem?«
»Laura – was ist mit ihr? Wird ihr Fall neu aufgerollt?«
»Er wurde nie abgeschlossen, Mr. Jessop. Ich habe mit ein paar ihrer Freundinnen gesprochen. Sie glauben, dass Sie in sie verknallt waren.«
»Verknallt?« Jackson meinte zu sehen, wie ein Schatten über Stan Jessops Gesicht huschte. »Sind Sie deswegen hier, weil ich in Laura Wyre ›verknallt‹ war?«
»Waren Sie verknallt?«
»Wissen Sie« – er seufzte, als lohnte es nicht zu erklären, was immer er gleich erklären wollte – »wenn Sie jung und in dieser Stellung sind, geraten die Dinge manchmal außer Kontrolle.« Er blickte verdrossen drein. »Alle diese Mädchen, intelligente hübsche Mädchen, ihre Hormone außer Rand und Band, sie machen einen ständig an.«
»Aber Sie sollten erwachsen sein.«
»Das sind alles kleine Lolitas, sie vögeln die ganze Zeit, in dem Alter machen sie für alle die Beine breit. Erzählen Sie mir bloß nicht, dass Sie anders reagieren würden. Wenn man sie Ihnen auf dem Silbertablett serviert, was würden Sie tun?«
»Ich würde sie zurückweisen.«
»Ach, seien Sie doch nicht päpstlicher als der Papst. Letztlich sind Sie auch nur ein Mann.« (Was hatte Shirley gesagt: *»Was bist du, Jackson? Der letzte gute, aufrechte Mensch?«* War er das? Er hoffte es nicht.) »Jeder Mann in so einer Position wäre versucht. Auch Sie.«
»Ich würde sie zurückweisen«, sagte Jackson, »weil ich eine Tochter habe. So wie Sie.«
Stan Jessop stand vom Sofa auf, als wollte er Jackson niederschlagen (warum auch nicht? Alle anderen taten es auch), aber in diesem Moment betrat seine Frau den Raum

und starrte beide argwöhnisch an. Sie entsprach nicht Emma Drakes Beschreibung von »blond und nuttig« *(»gewöhnlich«).* Sie trug Jeans und T-Shirt und hatte kurzes, dunkles Haar. Emma hatte gesagt, dass sie und Laura sich gut verstanden hatten, aber niemand hatte Kim Jessop je befragt. (Warum nicht?) Jackson reichte ihr die Hand und sagte: »Guten Tag, Mrs. Jessop, mein Name ist Jackson Brodie. Ich stelle Nachforschungen im Fall Laura Wyre an«, und sie sah ihn verständnislos an und sagte: »Welcher Fall?«

Jackson rief vom Wagen aus Deborah Arnold zu Hause an und sagte: »Können Sie so was wie einen Standardbrief an Miss Morrison schreiben und ihr mitteilen, dass wir nicht für sie tätig werden können?«
»Haben Sie schon mal was von Arbeitszeiten gehört?«
»Haben Sie?«
War er kleinlich? Okay, Shirley Morrison war verheiratet und hatte mit ihm geschlafen, Ehen wurden ständig gebrochen (siehe seine eigene Frau) – erklärte das sein schlechtes Gefühl, was sie betraf? Erklärte das, warum etwas an ihrer Geschichte über Michelle nicht stimmte? Wenn Tanya Shirley finden wollte, hätte sie es dann nicht längst getan? Jackson wollte Shirley nicht helfen. Er wollte Shirley nicht *sehen.* Er kramte im Handschuhfach nach einer CD von Lee Ann Womack und spielte das Lied *Little Past Little Rock.* Jeder zweiter Countrysong handelte von Frauen, die weggingen – die Stadt verließen, die Vergangenheit hinter sich ließen, aber vor allem Männer verließen. Nachdem seine eigene Frau ihn verlassen hatte, stellte Jackson ein Band all der leidenden Frauen zusammen, die Lucindas und Emmylous und Trishas, die ihre traurigen Lieder

sangen über ihren Aufbruch in Zügen, Flugzeugen und Bussen, vor allem aber fuhren sie in Autos davon. Eine weitere Hedschra.

Als Jackson zu Hause war, erhitzte er etwas Geschmackloses in der Mikrowelle. Es war erst neun Uhr, aber er war hundemüde. Auf seinem Anrufbeantworter befand sich nur eine Nachricht, von Binky. Er hatte eigentlich bei ihr vorbeischauen wollen, aber er glaubte nicht, dass er jetzt noch die Energie dafür aufbrachte. Er hörte die Nachricht ab. »Mr. Brodie, Mr. Brodie, ich muss sie wirklich sehen, es ist dringend«, und dann nichts, nicht einmal ein Auf Wiedersehen. Er rief bei ihr an, niemand meldete sich. Kaum hatte er wieder aufgelegt, klingelte das Telefon, und er nahm ab.

Es war Amelia. Eine hysterische Amelia. Schon wieder.

»Wer ist jetzt gestorben, Amelia?«, fragte er, als sie innehielt, um Luft zu holen. »Denn wenn es etwas Kleineres als ein großes Pferd ist, wäre es mir recht, wenn Sie sich selbst darum kümmern.« Bedauerlicherweise hatte diese Reaktion zur Folge, dass sie doppelt so hysterisch wurde. Jackson legte auf, zählte bis zehn, drückte dann auf die Taste »Zurückrufen« und sah Binky Rains Nummer im Display aufleuchten. Er hatte ein schlechtes Gefühl. (Hatte er je gute Gefühle?) »Was ist los?«, fragte er, als Amelia sich meldete, und sie konnte sich lange genug beruhigen, um zu sagen: »Sie ist tot. Die alte Hexe ist tot.«

Es war ein Uhr früh, als Jackson wieder zu Hause war. Er fühlte sich, als wäre er über den Schlaf hinaus an einen anderen Ort gelangt, an einen grauen, nebligen Ort, wo er seine ganze Energie darauf verwendete, sein Nervensystem am Ticken zu halten, der Rest seines Körpers und sein Gehirn hatten längst auf Autopilot geschaltet. Er kroch auf Händen und Knien die Treppe hinauf. Sein Bett hatte er nicht mehr gemacht seit der Nacht, die er mit Shirley Morrison verbracht hatte, und er wusste nicht mehr, ob er seitdem überhaupt noch geschlafen hatte. Sie trug den keltischen Ring am rechten Ringfinger. Er war selbst schuld, weil er nicht gefragt hatte. »Bist du verheiratet?« – es wäre eine direkte Frage gewesen. Hätte sie gelogen? Wahrscheinlich. Die Frau, die Babys liebte und selbst keine bekommen konnte: hatte sie deswegen mit ihm geschlafen, um schwanger zu werden? Gott bewahre. Wusste ihr Mann es? Die Frau, die Babys liebte und den Kontakt zu dem einen Baby verloren hatte, um das sie sich hätte kümmern sollen. Tanya. Irgendetwas kratzte an den Rändern seiner Erinnerung, aber er konnte sich kaum mehr an seinen eigenen Namen erinnern, so müde war er.

Er öffnete ein Fenster. Die Luft im Schlafzimmer war stickig. Drückendes Wetter. Wenn nicht bald ein Gewitter die Hitze beendete, würden die Menschen durchdrehen. Die Hitzewelle war zu Ende gewesen, nachdem Olivia verschwunden war. Amelia erzählte, Sylvia hätte gesagt, es wäre Gott, »der um sein kleines verlorenes Lämmchen weinte«. Amelia hatte sich noch merkwürdiger als üblich verhalten, hatte ständig von Olivia gequatscht, obwohl sie Binkys Leiche gefunden hatte. Quatschen. Das war ein Wort, das sein Vater oft benutzt hatte. Es war jetzt fast ein Jahr her, dass der alte Mann gestorben war. Einsam und allein in einem Krankenhausbett. Er war fünfundsiebzig Jahre alt gewesen und hatte alles Mögliche gehabt, Silikose, Emphyseme, Leberzirrhose. Jackson wollte nicht so werden, wie sein Vater gewesen war.

Was hatte Binky ihm erzählen wollen? Jetzt würde er es nie mehr herausfinden, oder? Er dachte an Binkys kleine federgewichtige Leiche, die in den Überresten ihres Obstgartens lag, das lange Gras feucht vor Tau, nicht jedoch das Gras unter ihrem Körper, das so trocken geblieben war wie ihre alten Knochen. »Sie hat Stunden dort gelegen«, sagte der Pathologe, und Jackson spürte, wie sein Herz schlingerte. Er war an ihrem Haus vorbeigefahren, vielleicht hätte er ihr helfen können. Er hätte einbrechen, über die Mauer klettern sollen. Er hätte ihr helfen sollen.

Er wollte gerade die Vorhänge zuziehen, als ihm etwas auffiel. Auf der Mauer an der anderen Straßenseite, zwischen den Stockrosen, die wie Unkraut daran emporwucherten. Eine schwarze Katze. Wenn Binky Rain wiedergeboren würde, käme sie dann als Katze zurück? Als schwarze Katze? Wie viele schwarze Katzen gab es in Cambridge? Hunderte. Jackson machte das Fenster noch weiter auf, lehnte sich hinaus und – er konnte wahrhaftig nicht glauben, was er da tat – rief leise »Nigger?« in die warme Nachtluft hinaus.

Die Katze blieb stehen und sah sich um. Jackson lief die Treppe hinunter und aus dem Haus, dann wurde er langsamer und ging auf comicartige Weise auf Zehenspitzen, damit er das Tier nicht erschreckte. »Nigger?«, flüsterte er, und die Katze miaute und sprang von der Mauer. Jackson hob sie hoch und spürte ihr geringes Gewicht in den Armen. Er empfand eine seltsame Art von Kameradschaft mit dem verwahrlosten Tier und sagte: »Alles in Ordnung, alter Junge, willst du mit mir ins Haus kommen?« Er hatte kein Katzenfutter im Haus – er hatte überhaupt nichts zu essen im Haus –, aber er hatte ein bisschen Milch. Seine unerwartete Zuneigung zu der Katze überraschte ihn. Wahrscheinlich war es nicht Nigger (und, du lieber Gott, wer immer das Tier aufnahm, müsste ihm selbstverständlich einen anderen Namen geben). Die Katze hätte wahrscheinlich auf alles reagiert, aber der Zufall schien Jackson in seiner Erschöpfung einfach zu viel. Er drehte sich um, um ins Haus zurückzugehen. Und das Haus explodierte. Einfach so.

Was hatte Hank Williams gesungen? Irgendetwas darüber, dass man die Welt nicht lebendig verließ.

18
Amelia

Amelia war die Einzige, die gesehen hatte, dass es mehrere waren. Julia war zu sehr damit beschäftigt zu flirten – *Mr. Brodie dies, Mr. Brodie das* –, und Jackson sah nur Julias Brüste. Selbstverständlich war es schwierig für einen Mann, nicht auf Julias Brüste zu starren, wenn sie so zur Schau gestellt wurden. Sie hatte sich doch tatsächlich die Lippen geleckt, als sie ihm vorschlug, nackt zu baden! Als Kinder waren sie im Fluss geschwommen, obwohl Rosemary es verboten hatte. Julia war die beste Schwimmerin von ihnen drei. Vier. Konnte Olivia schwimmen? Amelia meinte, Olivias kleinen Froschkörper in einem blauen, gekräuselten Badeanzug vor sich zu sehen, wie er sich durch das Wasser bewegte, aber sie wusste nicht, ob es eine echte Erinnerung war oder nicht. Manchmal hatte Amelia das Gefühl, ihr ganzes Leben mit dem Warten auf Olivias Rückkehr verbracht zu haben, während Sylvia mit Gott sprach und Julia *vögelte.* Und sie wurde so unerträglich traurig, wenn sie an all die Dinge dachte, die Olivia nie getan hatte, sie war nie auf einem Fahrrad gefahren oder auf einen Baum geklettert oder hatte allein ein Buch gelesen, sie war nie zur Schule gegangen oder ins Theater oder in ein Konzert. Sie hatte nie Mozart gehört oder sich verliebt.

Sie hatte nie ihren Namen geschrieben. Olivia hätte ihr Leben gelebt: Amelia hatte ihres nur erlitten.

Sie schauen auf meine Titten, Mr. Brodie. Julia war manchmal so ein Flittchen. Amelia erinnerte sich noch daran, wie Victor eine jugendliche Julia ins Haus zurückzerrte, als sie versucht hatte, sich hinauszuschleichen und sich mit einem Jungen zu treffen, und sie anschrie, sie sehe aus wie »ein gewöhnliches Flittchen«. (Mit wie vielen Männern hatte Julia geschlafen? Mit zu vielen, um sie noch zählen zu können, zweifellos.) Victor zwang sie dazu, sich das Make-up mit einer Nagelbürste vom Gesicht zu kratzen. Manchmal ignorierte er sie tagelang, kam nur zu den Mahlzeiten aus seinem Arbeitszimmer, dann wieder ließ er sie nicht aus den Augen wie ein religiöser Patriarch.

Nach Rosemarys Tod stellte Victor eine Frau ein, die jeden Tag kochte und putzte. Sie hieß Mrs. Gordon, und niemand kannte ihren Vornamen. Es war typisch Victor, jemanden einzustellen, der Kinder nicht mochte und schrecklich kochte. Manchmal kochte Mrs. Gordon tagelang das Gleiche – verbrannte Würstchen, Bohnen in Tomatensoße und wässrige gekochte Kartoffeln waren eins ihrer Lieblingsgerichte. Victor schien es nie zu bemerken. »Essen ist nur Brennstoff«, sagte er des Öfteren. »Es ist nicht wichtig, wie es schmeckt.« Was für eine entsetzliche Kindheit sie gehabt hatten.

Und wirklich, Jackson war der Letzte gewesen, den sie hatte sehen wollen. Warum saß er am Flussufer? Warum ausgerechnet er? Es war nicht fair. (Nichts war fair.) Die Götter *verhöhnten* sie mit ihm. Sie hatte auch nicht nach Grantchester staken wollen, ganz und gar nicht, Julia hatte sie dazu überredet, sie dazu gezwungen, als wäre sie eine zerbrechliche Invalide oder litte unter Agoraphobie:

»Komm schon, Milly, du kannst nicht den ganzen Tag vor der Glotze sitzen und Trübsal blasen.« Sie blies nicht Trübsal, sie war *depressiv*, Himmel noch mal. Und sie konnte depressiv sein, wann sie wollte, sie konnte dasitzen und *Dogs With Jobs* auf dem National-Geographic-Kanal sehen und sich durch eine Packung Schokoladen-Whisky-Kekse essen, wenn ihr danach war, weil sie niemandem etwas bedeutete. Ja, sie konnte den ganzen Tag dasitzen, von *Familie Feuerstein* bis zu *Nackte Pornobabys* mit stundenlangen Natursendungen dazwischen und den Inhalt einer ganzen Keksfabrik fressen, bis sie ein fetter, schwerer Ballon wäre, dessen toter, aufgeschwemmter Körper von der Feuerwehr hydraulisch aus dem Haus gehievt werden musste, weil sie niemandem etwas bedeutete. *Mir bedeutest du etwas, Milly.* Jaa, na klar, würden die Dachdecker sagen.

Wenn sie Julia so viel bedeutete, dann würde sie nicht vor ihr mit Jackson flirten. Sie stellte sich die beiden zusammen im Wasser vor, Julia schwamm wie ein Otter um Jacksons nackten Körper, ihre roten Lippen schlossen sich um seinen – nein! Nicht daran denken, nicht daran denken, nicht daran denken.

Eines Abends hatte Amelia den Gottessender zwischen Discovery Health und dem Modekanal gefunden und eine Sendung mit dem Titel *Ein Wort von Gott* entdeckt, die um Mitternacht ausgestrahlt wurde, und sie doch tatsächlich angesehen. Um festzustellen, ob Gott ihr irgendetwas zu sagen hatte. Aber er hatte nicht. Natürlich nicht.

Milly, möchtest du Honig auf dein Gebäck? Und jetzt sprach sie über den nackten Rupert Brooke, konnte sie denn nicht endlich aufhören, über nackte Leute zu reden? Denn eigentlich war es angenehm, in einem Liegestuhl unter Obstbäumen zu sitzen, die Sommerwärme aufzusaugen –

warum konnte sie nicht allein mit Jackson hier sein, ohne Julia, warum konnte nicht er ihr Tee eingießen und ihr Gebäck buttern, warum musste Julia dabei sein, mit ihren Brüsten, die nahezu aus dem BH kullerten, wenn sie sich zu ihm neigte und Honig auf sein Gebäck *tröpfeln* ließ? Und es war ein so schöner BH, weiß und mit Spitze, warum hatte Amelia keine solche Unterwäsche? Es war nicht fair.

Sie hatte sich neulich Abend so lächerlich gemacht (*Ich wusste nicht, dass Sie verheiratet sind, Mr. Brodie*) wie ein verführtes Mädchen in einem sentimentalen viktorianischen Roman. Sie merkte es ihm an, dass er sie für verrückt hielt. (War sie verrückt?) Es war ihr so peinlich, dass sie ihn nicht anblickte, Gott sei Dank trug sie eine Sonnenbrille und einen Hut. (Sah sie damit wenigstens ein klein wenig geheimnisvoll und rätselhaft aus?) Und sein schönes Gesicht war vollkommen zerschlagen (denn sie hatte ihn natürlich doch angesehen), und sie hätte ihn gern getröstet, sein Gesicht genommen und zwischen ihre Brüste gedrückt (die genauso groß waren wie Julias, auch wenn sie sich nicht auf der gleichen horizontalen Ebene befanden). Aber so weit würde es nie kommen, oder?

Aber sie hatte sie gesehen. Die anderen. Jackson und Julia glaubten, dass es nur der eine Mann war, der *Principia Mathematica* las, aber sie hatte die anderen gesehen, sieben oder acht, alle genauso nackt wie der *Principia-Mathematica*-Mann. Zwei von ihnen sprangen ins Wasser, die anderen plauderten miteinander, lagen in unterschiedlichen Ruhestellungen im Gras, als würden sie eine ideale ländliche Szene nachstellen. Waren sie FKK-Anhänger? Plötzlich und unerwartet erinnerte sich Amelia, wie sie im Fluss geschwommen war, wie ihr von der Sonne erhitzter Körper geschmeidig durch das kühle klare Wasser geglitten war. Sie verspürte eine plötzliche physische Sehnsucht, wie Hunger. Warum steckte sie in ihrem unbeholfenen, dicken Körper fest, warum konnte sie nicht den Körper ihrer Kindheit zurückhaben? Warum konnte sie ihre Kindheit nicht zurückhaben?

Vielleicht waren es Situationisten, die ihr eigenes bizarres Kunstwerk kreierten, gleichgültig, ob es jemand sah oder nicht. Oder ein Kult? Ein nudistischer Hexensabbat? Die meisten sahen aus, als wären sie über vierzig, und sie hatten keine vollkommenen Körper – dicke Oberschenkel und hängende Hintern, graues Schamhaar und Muttermale und Sommersprossen und alte Operationsnarben, und manche waren so faltig wie ein Neapolitanischer Mastiff. Sie waren streifenlos gebräunt, sie mussten also, was immer sie taten, häufig tun. Und dann waren sie verschwunden, hinter einer Biegung des Flusses, hatten sich aufgelöst wie ein Traum.

Amelia stapfte voraus, weil sie sich über Julia ärgerte wegen allem, vor allem aber weil sie gestern auf dem Fluss so hemmungslos mit Jackson geflirtet hatte. Julia lief, um mitzuhalten, aber dann hörte sie das Läuten des Eismanns, und Julia sagte: »Horch, die Mitternachtsglocken«, und Amelia entgegnete: »Wohl kaum eine angemessene Analogie«, aber Julia reagierte auf das Läuten der Glocke so gehorsam wie ein Pawlowscher Hund und lief los, um Eis zu holen.

Amelia ging weiter, durch Christ's Pieces, am Prinzessin-Diana-Gedenkrosengarten vorbei, auf den sie einen verächtlichen Blick warf – was für ein Schwachsinn (ob tot oder lebendig) dieses ganze Prinzessin-Diana-Getue doch

war. Auf der ganzen Welt gab es kein Denkmal für Olivia, keinen Rosengarten oder eine Bank, nicht einmal einen Grabstein auf einem leeren Grab. Und dann, plötzlich, aus heiterem Himmel, wurde Amelia von dem obdachlosen Mädchen mit dem kanariengelben Haar angesprochen. Sie griff nach Amelias Arm und zog sie den Weg entlang, und Amelia dachte, ich werde überfallen, wie lächerlich, und versuchte zu schreien, aber sie war in den sprachlosen Zustand der Albträume gefallen. Sie versuchte, sich umzusehen, ob Julia irgendwo aufkreuzte – Julia würde sie vor dem gelbhaarigen Mädchen retten, Julia war schon als Kind ein Raufbold gewesen –, aber das Mädchen zerrte sie den Weg entlang, als wäre sie ein widerspenstiges Kind. Es war absurd, denn Amelia war mindestens doppelt so viel Masse wie ihre Kidnapperin, aber das gelbhaarige Mädchen war entnervend und untypisch aufgeregt, außerdem war sie schmutzig und obdachlos und drogenabhängig und vielleicht auch noch irgendwie zurückgeblieben, und Amelia hatte Angst vor ihr.
Der Hund des gelbhaarigen Mädchens lief neben ihnen her, sprang auf und ab wie ein begeisterter Komplize. Wenn das Mädchen nur für einen Augenblick ihren Griff lockern würde, würde ihr Amelia ihre Geldbörse oder Handtasche oder was immer sie wollte, geben. Die Worte »Stehen bleiben und Geld her« gingen Amelia plötzlich durch den Sinn (unter Stress machte das Gehirn wirklich die seltsamsten Dinge). Straßenräubermädchen – Straßenräuberin –, gab es die? Waren Straßenräuber wie Piraten und Räuberbarone – mehr Mythos als Fakt? Was war ein Räuberbaron? Die Straßenräuberin sagte nicht: »Stehen bleiben und Geld her«, sondern sie sagte, was sie immer sagte – »Helfen Sie mir.«

Nein, das sagte sie nicht. Sie sagte: »Helfen Sie ihm, helfen Sie ihm«, und deutete auf einen fetten Mann auf einer Bank, der das gleiche Todesröcheln ausstieß wie Victor, abgesehen davon, dass Victor passiv erstickt war und der fette Mann gegen die Luft um ihn herum kämpfte, als könnte er den Sauerstoff mit den Händen greifen. »Helfen Sie ihm«, wiederholte das gelbhaarige Mädchen, aber Amelia stand da wie gelähmt und starrte den sterbenden fetten Mann an. Um nichts in der Welt fiel ihr irgendetwas ein, was sie hätte tun können, um ihm zu helfen.
Zum Glück für den fetten Mann tauchte in diesem Moment Julia auf, in jeder Hand triumphierend eine Waffel mit Eis wie jemand (eine Schauspielerin vielleicht), die brennende Fackeln trug. Als sie sah, was vor sich ging, ließ sie die Eistüten fallen und rannte zur Bank, holte ihr Asthmaspray aus der Handtasche und hielt es dem fetten Mann vor das offene Fischmaul. Als Nächstes nahm sie ihr Handy, reichte es Amelia und rief: »Hol einen Krankenwagen«, als spielte sie in *Emergency Room*, aber Amelia war unfähig, auch nur die Hand auszustrecken, um das Handy zu nehmen. »Scheiße noch mal, Milly«, fuhr Julia sie an und gab das Handy stattdessen dem gelbhaarigen Mädchen, das zurückgeblieben und dumm und schmutzig und obdachlos und drogenabhängig sein mochte, im Gegensatz zu Amelia jedoch in der Lage war, 999 zu wählen und jemandes Leben zu retten.

Julia machte Rührei zum Abendessen, und nachdem sie gegessen hatten, rief sie im Krankenhaus an und berichtete Amelia: »Er ist offenbar okay«, und Amelia sagte: »Wirklich?«, und Julia entgegnete: »Freust du dich nicht?«, und Amelia sagte: »Nein.« Weil sie sich wirklich nicht freute, theoretisch vielleicht, aber nicht von Herzen, warum sollte ihr jemand anders etwas bedeuten (wie konnte ihr jemand anders etwas bedeuten?), wenn sie selbst niemandem etwas bedeutete? Und Julia sagte: »Ach, um Himmels willen, Amelia, reiß dich zusammen« (was man, wie alle Welt wusste, nicht zu einem depressiven Menschen sagen sollte), und Amelia lief tränenüberströmt in den Garten, warf sich ins Gras und schluchzte.

Der Boden unter ihrem Körper war hart und unbequem, wenn auch noch warm von der Hitze des Tages, und plötzlich erinnerte sie sich daran, wie es gewesen war, im Zelt zu schlafen. Ja, sie lag ungefähr an der gleichen Stelle, an der in jener verhängnisvollen Nacht das Zelt gestanden hatte. Amelia setzte sich auf und schaute sich um. Hier hatte Olivia geschlafen. Sie fuhr mit der Hand über das Gras, als hätte Olivias Körper es flach gedrückt. Hier hatte Olivia gesagt: »Nacht-Nacht, Milly«, verschlafen und glücklich, Blaue Maus an sich gedrückt. Amelia hatte zugesehen, wie sie einschlief, und sich klug und erwachsen und verantwortlich gefühlt, denn Rosemary hatte ihr die Verantwortung übertragen, weil sie als Einzige im Zelt schlafen durfte. Mit Olivia. War »Milly« das letzte Wort gewesen, das Olivia jemals gesagt hatte? Oder hatte es noch andere Worte gegeben, grässliche Worte voller Entsetzen und Todesangst, die sich Amelia nie vorstellen konnte oder wollte? Ihr Herz schlug schnell angesichts des Gedankens an die Angst, die Olivia hatte ausstehen müssen. Nein, nicht daran denken.

Olivia war nahe, greifbar. Wo war sie? Amelia stand zu hastig auf, und ihr schwindelte, als sie über das Gras taumelte und versuchte, die Richtung zu erspüren, als wäre ihr Körper eine Wünschelrute. Nein, sie musste stehen bleiben und horchen. Wenn sie horchte, würde sie sie hören. Und dann hörte sie etwas, ganz leise, ein winziges Miauen von der anderen Seite der Mauer, eine Katze, nicht Olivia, aber gewiss ein Zeichen. Sie wollte das hölzerne Tor in der Mauer öffnen, riss den Efeu ab, der es verschloss. Sie zerrte an den rostigen alten Angeln, bis sie sich durch den Spalt quetschen konnte und auf der Gasse stand.

Die Katze, klein, halb Katze, halb Kätzchen, duckte sich, als sie sie sah, aber sie lief nicht davon, und Amelia beugte sich vor und versuchte (mit geringer Aussicht auf Erfolg), sich kleiner und freundlicher zu machen, hielt ihr die Hand hin und sagte: »Hier, Mieze, Mieze, braves Kätzchen«, bis sich die Katze ihr vorsichtig näherte und sie ihren kleinen, knochigen Körper streicheln konnte. Nach vielen Schmeicheleien durfte sie sie hochheben, und sie drückte das Gesicht in ihr Fell und fragte sich, ob sie sie vielleicht behalten könnte.

Das Tor gegenüber, das in Mrs. Rains Garten führte, stand offen. Als Kinder waren sie über ein zerbrochenes Stück Mauer geklettert und hatten sich in dem Garten versteckt. Amelia hätte nicht gedacht, dass Mrs. Rain noch lebte. Sylvia war von ihrer Buche gefallen und hatte sich den Arm gebrochen.

»Sollen wir mal nachsehen?«, flüsterte Amelia der Katze zu. Ja, das war der Obstgarten gewesen. Sie hatten dort Äpfel und Pflaumen geklaut. Und sie hatten an die Tür geklopft und gerufen: »Ist die Hexe zu Hause?«, und waren voller Angst davongelaufen. Sylvia, Sylvia war immer ihre Anführerin gewesen, natürlich. Sylvia, die Peinigerin. Sylvia war schlicht Sylvia gewesen, aber als Amelia sich jetzt erinnerte, dachte sie, was für ein seltsames, *mächtiges* Kind

Sylvia gewesen war, das sie immer in Schwierigkeiten gebracht hatte.

Es war ein riesiger Garten, viel zu groß im Verhältnis zum Haus. Der Garten war in ihrer Kindheit bereits verwildert gewesen, aber jetzt war er pure Natur. Wie wunderbar, wenn sie sich dieser ungezähmten Wildnis annehmen könnte. Sie könnte den Obstgarten neu anlegen, einen naturnahen Teich gestalten, ein Rosenspalier, vielleicht Blumenrabatten, die denen von Newnham Konkurrenz machen würden.

Hier spürte sie Olivia noch stärker. Amelia stellte sich vor, dass sie sich hinter einem Baum versteckte, wie eine Elfe, und sie lockte. Amelias Füße verfingen sich in den Quecken und klebrigen Weiden, Nesseln brannten sie und Dornen kratzten sie, aber sie wurde weitergezogen von einer unsichtbaren Hand, bis sie fast über die dunkle Gestalt auf der Erde stolperte, ein Bündel aus Lumpen und Zweigen, das unter einem Baum lag …

»Frisky«, sagte Jackson und machte eine Kopfbewegung zu dem Kätzchen in Amelias Armen. Amelia konnte die Katze nicht loslassen. Eine Polizistin hatte Amelia nach Hause gebracht und ihr eine Tasse Tee gekocht. (Warum taten das immer die Frauen? Immer noch?) Eine Menge Polizisten befanden sich in Victors Küche, die sie als provisorische Kommandozentrale (war das das richtige Wort?) zu benutzen schienen. Von dem Lärm geweckt, schlenderte eine verschlafene Julia in die Küche und blickte verblüfft drein. Sie war natürlich halbnackt, bekleidet nur mit einer Unterhose und einem T-Shirt, was sie überhaupt nicht bekümmerte. *Oh, Mr. Brodie, wir können uns nicht immer wieder so treffen.*

Als Amelia die tote alte Mrs. Rain berührt hatte, fühlte sie sich so zerbrechlich und knochig an wie das Kätzchen in ihren Armen. Die Polizei hatte ein kleines Zeltdach über der Leiche errichtet und Scheinwerfer aufgestellt, und so etwas tat man nicht für eine alte Frau, die eines natürlichen Todes gestorben war, was hieß, dass Amelia nicht nur eine Leiche gefunden hatte, sondern eine ermordete Leiche. Ein Schauder verkrampfte ihren Körper und weckte die Katze. Sie sprang ihr aus den Armen, und Julia schaltete voll auf *Mieze-Mieze-Mieze*-Modus, hob sie hoch, drückte sie an ihre unübersehbaren Brüste, und Amelia sagte: »Um Gottes willen, Julia, zieh dir etwas an«, und Julia verzog das Gesicht und schlenderte aus der Küche, die Katze in den Armen, und alle Polizisten schauten auf ihren Hintern; Gott sei Dank trug sie keinen String – was gewiss das lächerlichste Stück Unterwäsche war, das jemals erfunden wurde, abgesehen von schrittlosen Unterhosen natürlich, weil es immer nur um Sex ging …
»Amelia, möchten Sie noch Tee?«, fragte Jackson und sah sie besorgt an, als wäre sie geisteskrank.

Es war schon fast wieder Morgen, und sie waren gerade erst ins Bett gegangen. Sie hörte, wie immer noch Polizeiautos kamen und wegfuhren, die Geräusche der Funkgeräte. Wenigstens lag Sylvias Zimmer zur Straße hin, weg von den Scheinwerfern. Jetzt hatte sie nicht einmal mehr die Katze, denn sie war Julia in ihr Zimmer gefolgt. Sie würde nie schlafen, außer sie nähme etwas. Julia bewahrte ihre Schlaftabletten im Bad auf. Julia hatte immer die einen oder anderen verschreibungspflichtigen Medikamente, sie gehörten zum Drama ihres Lebens. Amelia konnte ohne ihre Brille nicht lesen, was auf dem Fläschchen stand, aber

war das wichtig? Schlief man nach zwei Tabletten, und nach vier schlief man tiefer? Und nach zehn, wie schlief man da? Sie waren so winzig! Wie Pillen für kleine Kinder. Rosemary hatte ihnen jeden Tag ein Kinderaspirin gegeben, auch wenn ihnen nichts fehlte. Daher musste Julia es haben. Rosemary hatte immer eine Kiste voller Medikamente, auch bevor sie starb. Was war mit zwanzig? Das wäre ein langer Schlaf. Nichts hatte Rosemary gerettet, natürlich, und nichts würde sie alle retten. Dreißig? Was, wenn man nur groggy davon würde? Jackson hielt sie für lächerlich, und sie würde Olivia nie finden, und jetzt hatte Julia die Katze, und nichts war fair. Niemand wollte sie, nicht einmal ihr eigener Vater hatte sie attraktiv genug gefunden, um sie zu wollen. Nicht fair. Kein bisschen. Nicht fair, nicht fair, nicht fair. Das ganze Fläschchen? Weil es nicht fair war. Nicht fair, nicht fair, nicht fair. Können Sie mir helfen? Nein.
Nichtfairnichtfairnichtfairnichtfairnichtfairnichtfairnichtfairnichtfairnichtfairnichtfairnichtfairnichtfairnichtfairnichtfairnichtfairnichtfairnichtfairnichtfairnichtfair …
»Milly, alles in Ordnung? Milly? Milly?«

19
Jackson

Er hatte vergessen, dass es im Norden kälter war. Großbritannien war ein so kleines Land, dass man nicht annehmen sollte, man würde eine Klimaveränderung über ein paar hundert Kilometer hinweg wahrnehmen. Es war jedoch noch warm genug, um im Biergarten zu sitzen, warm genug für Menschen aus dem Norden zumindest. Jackson holte die Getränke. Sie saßen in einer alten Kutschstation, irgendwo am Ende der Welt in Northumberland. In Northumberland gab es eine Menge solcher verlorenen Orte. Jackson fragte sich, ob er hier ein Häuschen kaufen sollte. Es wäre billiger als in Cambridge, wo er kein Zuhause mehr hatte. Sein Haus stand noch, aber er hatte mehr oder weniger alles darin Befindliche verloren – Kleidung, CDs, Bücher, Theos Akten –, wenn nicht durch die Explosion, dann durch das Wasser aus den Feuerwehrschläuchen. Tja, das war eine Möglichkeit, neu anzufangen, ein neues Leben zu beginnen: das alte in die Luft zu jagen.

»Gas?«, hatte er den ermittelnden Beamten hoffnungsvoll gefragt.

»Dynamit«, hatte der Beamte geantwortet. (Ein kurzer, männlicher Wortwechsel). Wer hatte Zugang zu Dynamit? Natürlich Leute, die in Minen arbeiteten. Jackson suchte in seiner Brieftasche nach der Karte von DC Lowter und rief ihn an. »Die Hinweise verdichten sich«, sagte er und wünschte, er hätte es nicht gesagt, weil es nach einem schlechten Kriminalroman klang. »Ich glaube, wir haben einen Verdächtigen.« Das klang nicht viel besser. »Mein Haus ist übrigens gerade in die Luft geflogen.« Das war zumindest eine Neuigkeit.

(»Quintus Rain«, sagte Lowter, »was für ein Name ist das denn?« »Ein verdammt blöder«, sagte Jackson.)

Er trug die Getränke hinaus, einen Orangensaft für sich und einen Gin Tonic für Kim Jessop, nur dass sie jetzt Kim Strachan hieß, weil sie irgendwann während der letzten zehn Jahre einen »verrückten schottischen Knallkopf« namens George Strachan geheiratet hatte, von dem sie mittlerweile wieder geschieden war. Jetzt besaß sie eine Bar in Sitges und ein Restaurant in Barcelona und war mit einem russischen »Geschäftsmann« zusammen. Sie war noch immer blond und hatte die dunkel gebräunte, ledrige Haut von jemandem, der glaubt, dass Hautkrebs nur anderen widerfährt, nach ihrem Raucherhusten zu urteilen war es allerdings ein Wettrennen gegen den Lungenkrebs. Wie es sich für eine Mafiageliebte gehörte, trug sie Gold genug, um eine indische Hochzeit damit auszustatten. Sie hatte nichts von der Geordie verloren, Kim Strachan, ehemals Jessop hatte kein bisschen sanfte südliche DNA in ihrem Körper. Jackson mochte sie sofort.

»Sie haben Glück gehabt, dass Sie mich erwischt haben«, sagte sie und zog heftig an ihrer Marlborough. »Ich bin nur für ein paar Wochen im Land, um Mama zu besuchen. Sie ist dieser Tage schlecht auf den Beinen. Ich will sie überreden, nach Spanien zu ziehen.«

Stan Jessop hatte Jackson widerwillig die Handynummer

seiner ersten Frau gegeben und sich mürrisch beschwert, dass er seine Tochter Nina so gut wie nie sah, weil »die Schlampe« sie in ein Quäker-Internat in York gesteckt hatte, und Jackson dachte, dass ein Quäker-Internat in York ziemlich leicht erreichbar war, verglichen mit einer Schule in Neuseeland.

Kim Strachan und ihre Familie machten »Ferien auf dem Bauernhof« irgendwo in der Nähe. »Eine Schaffarm«, sagte sie. »Machen einen ziemlichen Krach, die Schafe. Von wegen Schweigen der Lämmer.« Ihre »Familie« schien nicht nur aus Nina und der schlecht auf den Beinen befindlichen Mutter zu bestehen, sondern auch aus »Vladimir« und zahlreichen »Partnern« von Vladimir, von denen einer Kim chauffierte und im Augenblick zwei Tische weiter eine Fanta trank und jeden Passanten musterte, als wäre er ein potenzieller Meuchelmörder. »Ach, er ist ein Teddybär, wirklich«, sagte Kim und lachte. Sie hatte einen langen Weg zurückgelegt, seit sie mit Stan Jessop in dem kleinen Reihenhaus aus den dreißiger Jahren gelebt hatte.

Es stellte sich heraus, dass Kim Stan eine Woche vor Laura Wyres Ermordung verlassen hatte. Sie hatte sich bereits mit George Strachan »eingelassen« und stand hinter der Bar eines britischen Pubs in Alicante, als Laura umgebracht wurde. Kim kehrte nie nach Cambridge zurück, sprach zwei Jahre lang nicht einmal mehr mit Stan, »weil er so ein verdammter Wichser ist«. Und als Jackson sie anrief und sagte, dass er »Nachforschungen zu gewissen Aspekten von Laura Wyres Tod« anstellte, sagte sie: »O Gott. Laura Wyre ist tot? Wie das?« Jackson verließ der Mut, denn über ein Mädchen zu reden, das seit zehn Jahren tot ist, ist etwas anderes, als jemanden von ihrem Tod in Kenntnis zu setzen.

»Sie war erst achtundzwanzig«, sagte Kim.

Jackson seufzte und dachte, nein, sie war erst achtzehn, und sagte: »Sie ist schon vor zehn Jahren gestorben. Sie wurde ermordet.« Am anderen Ende der Leitung herrschte Schweigen, unterbrochen nur von einem mürrischen russischen Gebrabbel im Hintergrund. Jackson erinnerte sich daran, wie Emma Drake gesagt hatte, dass Lauras Tod schlimmer wurde, »weil er für alle anderen schon Geschichte war«. Wie es schien, waren alle außer Landes gewesen, als Laura starb.
»Ermordet?«

»Es tut mir wirklich, wirklich leid«, sagte Kim, fischte die Zitronenscheibe aus ihrem Gin Tonic und legte sie in den Aschenbecher.
»Ihr Mörder wurde nie gefunden«, sagte Jackson. »Laura war möglicherweise nur ein zufälliges Opfer.« Er warf einen zweifelnden Blick auf Marlee. Er klang wahrscheinlich, als würde er über eine Folge von *Law & Order* oder *CSI* und nicht über das wirkliche Leben reden. Er hoffte es, und er hoffte, dass sie *Law & Order* oder *CSI* nicht sah, sondern *Blue Peter* oder Wiederholungen von *Unsere kleine Farm*. Er hatte Marlee erzählt, dass Laura von einem »bösen Menschen« getötet worden war, weil »manchmal guten Menschen schlimme Sachen widerfahren«, und Marlee hatte die Stirn gerunzelt und gesagt: »Theo hat gesagt, sie heißt Jennifer«, und Jackson sagte: »Das ist seine andere Tochter.« Wie fühlte sich Jennifer, die immer die andere Tochter war, die weniger Aufmerksamkeit bekam als ihre tote Schwester?
»Laura war ein nettes Mädchen«, sagte Kim Strachan. »Sie hat mich von oben herab behandelt, als sie zum ersten Mal kam, aber sie war einfach Mittelschicht, wissen Sie. Das

kann man nicht gegen eine Person anführen, nicht wahr? Ach, na gut, man kann, aber nicht bei Laura. Sie hatte ein gutes Herz.«

»Ich gehe nur ein paar Dingen nach, spreche mit Leuten, die damals von der Polizei nicht befragt wurden«, sagte Jackson. »Ich arbeite für ihren Vater.«

»Den fetten Kerl?«

»Jaa, für den fetten Kerl.«

»Theo«, sagte Marlee, »ist nett.«

»Ja, das ist er«, sagte Jackson. Er blickte zu Marlee und fügte hinzu: »Möchtest du dir nicht eine Tüte Chips kaufen, Liebes?« Er griff in die Tasche, um ihr Kleingeld zu geben, aber Kim Strachan hatte schon ihre Geldbörse geöffnet, holte einen neuen Fünf-Pfund-Schein heraus, gab ihn Marlee und sagte: »Hier, Süße, kauf dir, was du willst. Verdammte blöde Briten«, fügte sie an Jackson gewandt hinzu, »warum führen sie nicht den Euro ein? Jedes andere verdammte Land in Europa hat's doch auch geschafft.«

Kim Strachan zündete sich eine weitere Zigarette an, bot Jackson eine an und sagte, als er ablehnte: »Um Himmels willen, Sie gieren danach, Mann, ich sehe es Ihnen an.«

Jackson nahm die Zigarette. »Ich habe fünfzehn Jahre nicht geraucht«, sagte er.

»Warum haben Sie wieder angefangen?«

Jackson zuckte die Achseln. »Es war ein Jahrestag.«

»Muss aber ein runder gewesen sein«, sagte Kim Strachan.

Jackson lachte freudlos. »Nein, war es nicht. Dreiunddreißig Jahre, das ist nicht sonderlich bedeutend, oder? Vor dreiunddreißig Jahren starb meine Schwester.«

»Tut mir leid.«

»Ich glaube, es war einfach einer zu viel. Sie wäre dieses Jahr fünfzig geworden. Diese Woche. Morgen.«

»Da haben wir's«, sagte Kim Strachan, als würde das alles erklären. Sie zündete seine Zigarette mit einem schweren goldenen Feuerzeug an, in das etwas Kyrillisches eingraviert war.

»Na, so was«, sagte Jackson, »›Liebesgrüße aus Moskau‹.«

Kim Strachan lachte und sagte: »Viel schmutziger als das.«

»Sie haben keine Idee, wer Laura Wyre umgebracht haben kann?«, fragte Jackson. »Irgendeine Idee, wie unwahrscheinlich auch immer?«

»Wie gesagt, sie war eins dieser netten Mädchen aus der Mittelschicht, die normalerweise keine Feinde haben.«

Jackson holte das Foto von dem gelben Golfpullover heraus und zeigte es ihr. Sie nahm es in die Hand und betrachtete es gewissenhaft. Dann fiel ihr Gesicht irgendwie auseinander. »O Gott«, sagte sie.

»Sie erkennen ihn wieder?«, fragte Jackson.

Kim leerte ihren Gin Tonic und zog lange an ihrer Zigarette, bevor sie sie ausdrückte. Sie hatte Tränen in den Augen, aber ihre Stimme war heiser vor Zorn. »Ich hätte es wissen müssen«, sagte sie. »Ich hätte es verdammt noch mal wissen müssen, dass er es war.«

Sie fuhren nach Bamburgh, und er ging mit Marlee lange am Strand spazieren. Er behielt Schuhe und Socken an (wie ein alter Mann, wie sein Vater), aber Marlee rollte die Beine ihrer Caprihose auf und lief in die Wellen. Sie machten sich nicht die Mühe, die Burg anzuschauen, obschon er glaubte, dass es irgendeine Verbindung zu Harry Potter gab, für die sich Marlee anfänglich interessiert hatte. Jackson verschloss die Ohren vor ihrem fortwährenden Geplapper über Harry Potter (seine eigene Kindheit war zaubererfrei gewesen, und er verstand die Begeisterung nicht),

so wie er die Ohren verschloss vor Christina und Justin und den geklonten Boygroups, deren CDs sie mitgebracht hatte und unbedingt abwechselnd mit seiner Musik hören wollte.
Noch mehr war sie daran interessiert, mit dem Handy zu spielen, das er ihr geschenkt hatte. Es war barbierosa, und sie verbrachte die ganze Zeit damit, ihren Freundinnen SMS zu schicken. Er konnte sich nicht vorstellen, was sie sich mitzuteilen hatten. Statt die Burg zu besichtigen, aßen sie essigsaure Fish and Chips im Auto und sahen auf das Meer (wie Rentner), und Marlee sagte: »Das ist schön, Papa«, und Jackson sagte: »Ja, das ist es.«
Eigentlich hätte er Marlee die letzten zwei Wochen der Schulferien nehmen sollen, aber Josie hatte ihn angerufen und gesagt: »Hör mal, uns wurde von Freunden von David für eine Woche dieses *gîte* in Ardèche angeboten, und wir dachten, es wäre nett, wenn nur wir beide hinfahren.«
»Damit ihr vögeln könnt, ohne dass dein Kind dabei ist?«, fragte Jackson, und Josie legte auf. Sie brauchten zwei weitere Anrufe, bis sie halbwegs zivilisiert über dieses Thema reden konnten. Selbstverständlich hatte David Freunde, die ein *gîte* in Ardèche besaßen. Er war überzeugt, dass *gîte* und igitt denselben Ursprung hatten.
Jackson schüttelte ihre Pommesschälchen für die Möwen aus und erschuf damit augenblicklich ein Bild aus *Die Vögel*, und dann fuhr er so schnell wie möglich los, bevor der Punto vollständig von Möwenkacke bedeckt war.

»Fahren wir jetzt nach Hause?« Marlee aß ein Cornetto, das schneller schmolz, als sie es essen konnte. Es tropfte auf die Polster des Puntos. Ein gemietetes Auto hatte doch seine Vorteile.

»Papa?«
»Was?«
»Ich habe gefragt, ob wir jetzt nach Hause fahren?«
»Ja. Nein.«
»Was denn jetzt, Papa?«

Jackson fand ein vergammeltes Bed and Breakfast, das nichtsdestotrotz das beste in seiner alten Heimatstadt zu sein schien. Im Fenster hing ein rotes »Zimmer frei«-Neonschild, das ihm das Gefühl vermittelte, in einem Bordell abzusteigen. Die Fahrt hatte länger gedauert als erwartet und durch eine Reihe deprimierender, postindustrieller Wüsten geführt, die Cambridge im Vergleich dazu paradiesisch erscheinen ließen. »Vergiss niemals, das hier hat Margaret Thatcher deinen Geburtsrechten als Engländerin angetan«, sagte Jackson zu Marlee, und sie sagte: »Okay, ich werd's mir merken«, und öffnete eine Rolle Smarties. Der Rest von Kim Strachans fünf Pfund war im letzten Shell Shop draufgegangen.

Das Bed and Breakfast wurde von einer Frau mit scharfen Zügen namens Mrs. Brind geführt, die zweifelnd zu Marlee blickte, bevor sie Jackson anstarrte und ihn davon in Kenntnis setzte, dass »keine Zimmer mit zwei Betten, sondern nur noch mit Doppelbetten« frei wären. Jackson rechnete halb damit, dass sie die Sitte rufen würde, kaum hatte er das düstere Zimmer betreten, in dem sich Tapete und Vorhänge seit Jahren mit Nikotin voll gesogen hatten. Es war, als wäre es Bestandteil einer Raucherentwöhnungstherapie. Er würde das Rauchen aufgeben, er würde es morgen aufgeben. Oder übermorgen.

Am nächsten Morgen musterte Mrs. Brind Marlee, suchte nach Anzeichen für Schmerzen oder Missbrauch, aber

Marlee aß fröhlich eine Schüssel Frosties, etwas, was aus David Lastinghams dem Müsli zugetanen Haushalt verbannt war. Nach den Frosties folgte ein glitschiges Spiegelei, das mit einem steifen Streifen Speck und einem obszön wirkenden einzelnen Würstchen serviert wurde. Jackson stellte sich vor, wie er in Frankreich morgens aufstehen, zur Dorfbäckerei schlendern, ein warmes Baguette kaufen und eine kleine Kanne Espresso aus frisch gemahlenen Kaffeebohnen machen würde. Im Augenblick musste er sich mit einer Tasse ätzendem Nescafé und zwei Nurofen zufrieden geben, weil ihm die Co-Codamol ausgegangen waren. Er wusste nicht mehr, was ihm eigentlich wehtat, ob es sein Zahn war, sein Kopf oder der Schlag, den ihm David Lastingham überraschenderweise versetzt hatte. Es war einfach nur Schmerz, allgemeiner Schmerz. »Sie sollten so was nicht auf leeren Magen nehmen«, sagte Mrs. Brind unerwarteterweise zu ihm und stellte ihm einen Teller mit Toast hin.

Es regnete, als sie wieder im Punto saßen und durch die Stadt fuhren. Jackson spürte, wie ihm die Eingeweide bleischwer wurden, und dieses Gefühl hatte nichts mit dem miserablen Wetter oder dem billigen sauren Kaffee zu tun.

»Alles okay, Liebes?«

»Ja, Papa.«

Er fuhr an eine Tankstelle und tankte den Punto voll, atmete den tröstlichen Geruch des Benzins ein. Vor dem Shop standen Eimer mit Blumen, allerdings gab es keine große Auswahl. Da waren rosa Gänseblümchen, die künstlich wirkten, ein paar leuchtende Dahlien und jede Menge Nelken. Er erinnerte sich an die aus tiefstem Herzen kommende Aussage von Theos Mandantin: *Er kauft mir Nelken, Nelken sind Mist, jede Frau weiß das, warum weiß er es nicht?*

Jackson winkte Marlee aus dem Wagen und bat sie, die Blumen auszuwählen, und ohne zu zögern entschied sie sich für die Dahlien. Dahlien erinnerten Jackson stets an den Schrebergarten, in dem sein Vater den größten Teil seiner Freizeit verbrachte. Jacksons Mutter behauptete, dass seine Hütte dort besser ausgestattet war als ihr Haus. Die Schrebergärten lagen ein paar Straßenzüge hinter ihnen, und wenn sie an der nächsten Kreuzung links führen, gelangten sie in die Straße, in der Jackson im Alter zwischen neun und sechzehn gelebt hatte, aber sie bogen nicht links ab, und Jackson erzählte es Marlee nicht.

Jackson war seit zehn Jahren nicht mehr auf dem Friedhof gewesen, aber er wusste genau, wohin er gehen musste. Vor langer Zeit hatte sich der Plan des Friedhofs in sein Gedächtnis gebrannt. Es hatte eine Zeit gegeben, als er fast täglich hierher gekommen war, vor langer Zeit, als die Toten die Einzigen gewesen waren, die ihn liebten. »Hier ist meine Mutter begraben«, sagte er zu Marlee. »Meine Großmutter?«, vergewisserte sie sich, und Jackson sagte: »Ja, deine Großmutter.« Sie stand respektvoll vor einem Grabstein, der verwitterter war, als er nach dreiunddreißig Jahren eigentlich sein sollte, und er fragte sich, ob sein Vater zum Andenken an seine Frau billigen Sandstein ausgewählt hatte. Jackson fühlte nicht viel, während er ihn betrachtete. Es fiel ihm schwer, Erinnerungen an seine Mutter heraufzubeschwören. Sie gingen weiter, und Marlee fragte ihn, warum er die Blumen nicht auf das Grab seiner Mutter gelegt hatte, und Jackson sagte: »Sie sind nicht für sie, Liebes.«

20
Fall Nr. 4, 1971 (Vorgeschichte)

Heilige Mädchen

Jackson hatte nicht viel nachgedacht, bevor das Sterben seiner Mutter begann. Er war ein Junge und tat, was Jungen tun. Er war in einer Bande, die ein Versteck in einem leer stehenden Lagerhaus hatte, sie spielten an den Ufern des Kanals, klauten Süßigkeiten bei Woolworth, sie fuhren mit dem Fahrrad aufs Land, schwangen sich an Ästen über den Fluss und ließen sich die Abhänge hinunterrollen, sie bestachen ältere Jungen, damit sie ihnen Zigaretten kauften, und sie rauchten und tranken Cidre, bis ihnen schlecht war, in ihrem Versteck oder auf dem städtischen Friedhof, den sie nachts heimsuchten durch ein Loch in der Mauer, von dem nur sie und ein Rudel verwilderter Hunde Kenntnis hatten. Er tat Dinge, über die seine Mutter (und wahrscheinlich auch sein Vater) entsetzt gewesen wäre, aber wenn er später zurückblickte, schien es ihm eine gesunde, harmlose Kindheit gewesen zu sein.

Er war das Nesthäkchen. Seine Schwester Niamh war sechzehn, sein Bruder Francis war achtzehn und hatte gerade seine Lehre als Schweißer bei der Bergwerksgesellschaft abgeschlossen. Sein Vater hatte beiden Söhnen eingeschärft, nicht wie er Kumpel zu werden, aber es war schwer, vom Bergwerk wegzukommen, da es der einzige Arbeitgeber in der Stadt war. Jackson dachte nicht an die Zukunft, aber er dachte, dass es okay wäre, im Bergwerk zu arbeiten, die Kameradschaft, das Trinken – eigentlich wie eine Bande Erwachsener –, doch sein Vater sagte, dass man diese Arbeit nicht einmal Hunde machen lassen sollte, und er war ein Mann, der Hunde hasste. Alle wählten Labour, Männer und Frauen, aber sie waren keine Sozialisten, sie »sehnten sich nach den Früchten des Kapitalismus«, mehr als alle anderen, behauptete sein Vater. Sein Vater war Sozialist, der bittere, überempfindliche schottische Typ, der alles, was in seinem Leben schief ging, anderen in die Schuhe schob, insbesondere den »kapitalistischen Bossen«.

Jackson hatte keine Ahnung, was Kapitalismus war, und wollte es auch nicht wissen. Francis sagte, einen Ford Consul zu fahren und ihrer Mutter eine Servis-Waschmaschine zu kaufen sei Kapitalismus, und Jackson war der Einzige, der wusste, dass Francis, als erste Generation von Achtzehnjährigen, die im Jahr zuvor hatten wählen dürfen, sein Kreuz neben dem Namen des Tory-Kandidaten gemacht hatte, obwohl er nicht »den Furz einer Chance« hatte zu gewinnen. Ihr Vater hätte Francis enterbt (ihn womöglich umgebracht), weil die Torys die Minenarbeiter vom Antlitz der Erde hinwegfegen wollten, und Francis sagte, scheißegal, weil er vorhatte, genug Geld zu sparen, um mit einem Cadillac durch die Vereinigten Staaten zu fahren und nur an den Toren von Graceland kurz anzuhalten, um den King zu grüßen, ansonsten aber durchzudüsen, bis er auf den Pacific Highway stieß. Ihre Mutter starb eine Woche nach der Wahl, so dass sich für eine Weile niemand für

Politik interessierte, obschon ihr Vater sich abmühte, eine Möglichkeit aufzutun, der Regierung den Krebs anzulasten, der Fidelma auffraß und sie als verschrumpelte vergilbte Hülse wieder ausspuckte, die in einem Flur des Wakefield General an einem Morphiumtropf hing und starb.

Ihr Vater war ein gut aussehender Mann, ihre Mutter dagegen eine dicke hausbackene Frau, die stets aussah, als käme sie gerade vom Kühemelken oder Torfstechen. Ihr Vater sagte: »Man kann die Frau aus Mayo herausholen, aber man kann Mayo nicht aus der Frau herausholen.« Er meinte es scherzhaft, aber niemand fand es lustig. Er kaufte seiner Frau nie Blumen oder ging mit ihr zum Essen, doch das tat auch niemand anders, und wenn sich Fidelma schlecht behandelt fühlte, dann jedenfalls nicht schlechter als alle anderen Frauen, die sie kannte. Niamh erwartete etwas anderes vom Leben. Sie verließ mit fünfzehn die Schule und ging aufs College, wo sie Steno und Maschineschreiben lernte und das sie mit Zeugnissen und einem Karton Schokoladentafeln – ein Geschenk ihrer Lehrerin, weil sie Klassenbeste war – abschloss. Dann fuhr sie jeden Tag mit dem Bus nach Wakefield, wo sie als »Chefsekretärin« des Managers einer Autohandlung arbeitete. Von den sechs Pfund, die sie in der Woche verdiente, gab sie ein Drittel ihrer Mutter, ein weiteres Drittel kam auf ihr Sparbuch und den Rest verbrauchte sie für Kleidung. Sie mochte Kleider, die ihrer Rolle entsprachen, schmale Röcke und Angorajacken, Twinsets aus Wolle und Faltenröcke, zu allem trug sie Nylonstrümpfe und schwarze Pumps mit hohen Absätzen, so dass sie schon mit sechzehn seltsam altmodisch wirkte. Um ihr Aussehen zu vervollkommnen, trug sie das Haar zu einem Knoten gebunden und eine falsche

Perlenkette mit passenden Ohrringen. Für den Winter investierte sie in einen guten Tweedmantel mit Fischgrätenmuster und einem Gürtel mit Knopf auf der Rückseite, und für den Sommer kaufte sie sich einen Regenmantel mit Gürtel aus dickem, cremefarbenem Gabardine, und ihr Vater sagte, damit sehe sie aus wie ein französischer Filmstar. Jackson hatte noch keinen französischen Film gesehen, deswegen wusste er nicht, ob es stimmte. Zum Glück für Niamh hatte sie keins der Bauerngene ihrer Mutter geerbt und war, darin waren sich alle einig, in jeder Beziehung ein »hübsches Mädchen«.

Sie litt unter Fidelmas Tod mehr als alle anderen. Nicht so sehr unter ihrem Tod als vielmehr während der Zeit, die sie zum Sterben brauchte, so dass alle froh waren, als sie endlich ihren letzten kränklichen Atemzug tat. Zu diesem Zeitpunkt hatte Niamh schon das Kochen und Putzen übernommen und fuhr zudem jeden Tag nach Wakefield in ihren hübschen Kleidern, und eines Tages, ein paar Wochen bevor ihre Mutter starb, kam sie in das Zimmer, das Jackson sich mit Francis teilte – Francis war wie üblich in der Stadt unterwegs –, setzte sich auf das alte kleine Bett, für das nicht wirklich Platz im Zimmer war, und sagte: »Jackson, ich schaff's nicht.« Jackson las einen *Commando*-Comic und fragte sich, ob Francis irgendwo Zigaretten versteckt hatte, und wusste nicht, wie er den zitternden Mund seiner Schwester und ihre großen dunklen Augen voller Tränen deuten sollte. »Du musst mir helfen«, sagte sie, »versprichst du es mir?«, und er sagte: »Okay«, ohne zu ahnen, worauf er sich da eigentlich einließ. Und danach verbrachte er seine ganze Freizeit mit Staubsaugen und Staubwischen, mit Kartoffelschälen, Kohlenholen, Wäscheaufhängen und Einkaufen im Co-op, und seine Freunde lachten sich halbtot über ihn und sagten, er wäre ein Mädchen geworden. Sie gingen bereits in die höhere Schule, und Jackson wusste, dass sich das Leben veränderte, und wenn er zwischen seiner Schwester und einer Bande Idioten wählen müsste, dann müsste er sich für seine Schwester entscheiden, auch wenn er lieber bei den Idioten gewesen wäre, denn gleichgültig, wie man darüber dachte, Familie ging immer vor, und das war nicht etwas, was man lernte, es war einfach so. Und außerdem zahlte sie ihm zehn Shilling die Woche.

Es war ein ganz normaler Tag. Es war Januar, ein paar Monate nach Fidelmas Tod und eine Woche nach Jacksons zwölftem Geburtstag. Francis kaufte ihm ein gebrauchtes Fahrrad und brachte es auf Vordermann, so dass es besser aussah als ein neues. Sein Vater gab ihm fünf Pfund, und Niamh schenkte ihm eine Armbanduhr für Erwachsene mit einem elastischen Metallband, das schwer um sein Handgelenk hing. Es waren gute Geschenke, und er nahm an, dass sie den Verlust der Mutter wieder gutmachen wollten.

Ihr Vater hatte Nachtschicht und kam nach Hause, als sie hastig frühstückten. Um diese Jahreszeit war es dunkel, wenn sie das Haus verließen, und es war dunkel, wenn sie nach Hause zurückkehrten, und dieser Tag schien noch düsterer, weil es regnete, ein kalter, nasser Winterregen, dass man hätte heulen können. Francis war verkatert vom Abend zuvor und schlecht gelaunt, aber er fuhr Niamh zur Bushaltestelle. Niamh küsste Jackson zum Abschied, obwohl er versuchte, ihr auszuweichen. Fidelma hatte ihn immer geküsst, wenn er zur Schule ging, und jetzt hatte Niamh es übernommen. Jackson wünschte, sie täte es nicht, weil sie immer einen Lippenstiftabdruck auf seiner Backe hinterließ und die anderen Jungen ihn auslachten, wenn es ihm nicht gelang, ihn vollständig wegzuwischen. Jackson fuhr auf seinem brandneuen Fahrrad in die Schule und wurde so nass, dass er im Korridor zu seinem Klassenzimmer Wasserpfützen hinterließ.

Jackson kam von der Schule nach Hause und füllte die Servis-Waschmaschine, die wahrhaftig zu schätzen ihre Mutter nicht lange genug gelebt hatte, dann schälte er Kartoffeln, hackte Zwiebeln und holte das weiche, tot riechende Paket Hackfleisch aus dem Kühlschrank, in dem Francis in einer Tupperdose seine Maden zum Angeln aufbewahrte, jetzt, da seine Mutter ihn nicht mehr davon abhalten konnte. Jackson hätte das Kochen nicht so viel ausgemacht, wenn ihm dafür die Hausaufgaben erlassen worden wären, aber Niamh stellte sich jeden Abend hinter ihn und beaufsichtigte ihn und gab ihm einen Klaps auf die Ohren, wann immer er einen Fehler machte.

Sobald das Hackfleisch und die Kartoffeln auf dem Herd standen, kroch er nach oben in sein Zimmer. Sein Vater schlief noch, und er wollte ihn aus allen möglichen Gründen nicht wecken, vor allem aber weil er eine von Francis' Fluppen klauen wollte, die er in einem kleinen Versteck im Schrank entdeckt hatte. Um zu rauchen, musste er das Fenster öffnen, damit Francis den Rauch nicht roch, wenn er hereinkam. Der Wind blies ihm den Regen ins Gesicht, dass er halb erfror, und durchnässte die Zigarette zu sehr, als dass er sie noch hätte rauchen können. Er legte sie unter sein Kopfkissen in der Hoffnung, dass sie über Nacht trocknen würde.

Wenn Francis vor Niamh nach Hause kam und schlechtes

Wetter herrschte, fuhr er normalerweise zur Bushaltestelle und holte sie ab, aber heute ließ er sich trotz des erbarmungslosen Regens neben dem Feuer in einen Sessel fallen, ohne seinen Overall auszuziehen, und zündete sich eine Zigarette an. Er roch nach Eisen und Kohle und blickte noch mürrischer und gereizter drein als am Morgen. Er musste am Abend zuvor wirklich gesoffen haben, und Jackson sagte zu ihm: »Du solltest nicht so viel trinken«, und Francis entgegnete: »Seit wann bist du ein verdammtes Weibsbild, Jackson?«

»Sie muss den Bus versäumt haben«, sagte ihr Vater. Die Teller standen auf dem Tisch, und sie zögerten, ob sie ohne sie anfangen sollten zu essen, aber Jackson sagte: »Ich stelle ihren Teller ins Backrohr.« Niamh hatte den Bus natürlich noch nie versäumt, aber wie ihr Vater sagte: »Es gibt immer ein erstes Mal«, und Francis sagte: »Sie ist erwachsen, sie kann tun und lassen, was immer sie verdammt noch mal will.« Seit Fidelmas Tod fluchte Francis wesentlich öfter.

Ihre Portion Hackfleisch und Kartoffeln war mittlerweile völlig vertrocknet. Jackson nahm den Teller aus dem Backrohr und stellte ihn auf ihren Platz am Tisch, als würde sie dadurch schneller kommen. Ihr Vater war zur Arbeit gegangen – seit Fidelmas Tod arbeitete er nur noch nachts, weil er nicht allein schlafen wollte, wie Niamh sagte, und Francis meinte: »Er schläft ja doch allein«, und Niamh erwiderte: »Es ist was anderes, wenn man tagsüber allein schläft, als wenn man nachts allein schläft.« Francis war gefahren, um sie vom nächsten Bus abzuholen. »Wahrscheinlich ist sie mit ihren Freundinnen auf einen Drink gegangen«, sagte er zu Jackson, und Jackson sagte: »Ja, wahrscheinlich«, obwohl Niamh nur freitags und samstags ausging. Als Francis zurückkam, wurde er bis auf die Knochen nass, als er vom Auto zum Haus lief. Es war erst halb acht, und beide kamen sich blöd vor, weil sie sich Sorgen machten. Sie sahen *Coronation Street*, das sie beide nicht mochten, damit sie Niamh erzählen konnten, was in der Folge passiert war, wenn sie nach Hause käme.

Um zehn Uhr sagte Francis, er würde jetzt »ein bisschen rumfahren« und nach ihr suchen, als ob sie bei diesem Regen durch die Straßen spazieren würde. Jackson kam mit, weil er nicht glaubte, dass er noch länger dasitzen und warten könnte, ohne verrückt zu werden. Zum Schluss fuhren sie noch einmal zur Bushaltestelle und warteten auf den letzten Bus. Francis gab Jackson eine Zigarette und zündete sie mit seinem neuen Feuerzeug an, das ihm eine Freundin geschenkt hatte. Francis hatte jede Menge Freundinnen. Als der Bus zu sehen war, seine gelben Lichter durch den Regen leuchteten, war Jackson vollkommen davon überzeugt, dass sie darin säße, er zweifelte nicht eine Sekunde daran, und als sie nicht ausstieg, sprang er aus dem Wagen und lief dem Bus nach, weil er glaubte, dass sie eingeschlafen und deswegen nicht ausgestiegen war. Er kehrte zum Wagen zurück, die Schultern vergeblich gegen den Regen hochgezogen. Er sah, wie sich die Scheibenwischer von Francis' Ford Consul unermüdlich hin- und herbewegten, und Francis' blasses Gesicht hinter der Windschutzscheibe. »Am besten fahren wir zur Polizei«, sagte Francis, als Jackson wieder einstieg.

Achtundvierzig Stunden später zogen sie ihre Leiche aus dem Kanal. Sie hatte den Rock an, knielanger grüner

Bouclé, den sie von dem Geld gekauft hatte, das ihr Vater ihr zu Weihnachten geschenkt hatte. Ihr Regenschirm lag in der Nähe der Bushaltestelle. Ihre Schuhe, ein paar Kleidungsstücke, darunter der gute Tweedmantel mit dem Fischgrätenmuster, wurden am Ufer gefunden, ihre Handtasche eine Woche später neben der A 636. Ihre Bluse wurde nie gefunden, ebenso wenig das kleine goldene Kruzifix, das ihre Mutter ihr zur Firmung geschenkt hatte. Die Polizei glaubte, dass die Kette gerissen war und ihr Mörder sie vielleicht als »Andenken« mitgenommen hatte. Jacksons einziges Andenken an sie war ein kleiner Wunschbrunnen, den Niamh ihm zwei Jahre zuvor von einem Ausflug nach Scarborough mitgebracht hatte. »Die besten Wünsche aus Scarborough« stand darauf.

Die Polizei fand heraus, dass Niamh wie jeden Tag mit dem Bus von der Arbeit nach Hause gefahren und an der gewohnten Haltestelle ausgestiegen war, und irgendwo auf dem zehnminütigen Weg von der Haltestelle bis zu ihrer Haustür musste jemand sie überredet (oder gezwungen) haben, in sein Auto zu steigen, war mit ihr zum Kanal gefahren, wo er sie vergewaltigte und erwürgte, wenn auch nicht notwendigerweise in dieser Reihenfolge. Jackson zog in ihr Zimmer an dem Abend, an dem ihre Leiche gefunden wurde, und zog erst wieder aus, als er zur Armee ging. Zwei Monate wechselte er die Bettwäsche nicht – und auch dann war er noch überzeugt, das altmodische Veilchenparfum zu riechen, mit dem sie ihre Bettwäsche besprenkelte, wenn sie sie bügelte. Lange Zeit behielt er die Teetasse, aus der sie an ihrem letzten Tag Tee zum Frühstück getrunken hatte. Sie hatte sich immer beschwert, dass nach dem Frühstück niemand das Geschirr spülte. Auf der Tasse befand sich noch der Abdruck ihres rosa Lippenstifts wie der Geist eines Kusses, und Jackson bewahrte sie wochenlang auf wie einen Schatz, bis Francis sie eines Morgens sah und aus dem Fenster auf den Beton des Hofes warf. Jackson wusste, dass Francis sich schuldig fühlte, weil er sie an jenem Abend nicht an der Bushaltestelle abgeholt hatte. Ein dunkler Teil von Jackson meinte, dass er sich zu Recht schuldig fühlte. Denn wenn er sie abgeholt hätte, läge sie jetzt nicht zwei Meter unter der schweren, nassen Erde. Sie wäre warmes, lebendiges Fleisch, sie würde sich beschweren, dass niemand spülte, sie würde an miesen Wintermorgen zur Arbeit fahren, und ihr rosa Mund würde sprechen und lachen und essen und Jacksons widerstrebende Backe küssen.

Eines Tages, ein halbes Jahr nach der Beerdigung, fuhr Francis Jackson zur Schule. Es regnete, ein sommerlicher Monsunschauer, und Francis sagte: »Spring rein, Junge.« Er hielt vor dem Schultor an, nahm eine Schachtel Zigaretten aus dem Handschuhfach und überreichte sie Jackson. Jackson sagte überrascht: »Danke«, und öffnete die Wagentür, aber Francis zog ihn zurück, schlug ihn so fest auf die Schulter, dass er vor Schmerz aufschrie, und sagte dann: »Ich hätte sie abholen sollen, das weißt du doch, oder?«, und Jackson sagte: »Ja«, was im Nachhinein die falsche Antwort gewesen war. »Du weißt, dass ich dich liebe, du Lümmel, oder?«, sagte Francis, und Jackson sagte: »Ja«, es war ihm peinlich für Francis, der nie Worte wie »lieben« benutzte. Dann stieg Jackson aus, weil er spät dran war und die Glocke läuten hörte. Mitten in der langweiligsten Mathestunde, die in der Geschichte der Schule je unterrichtet wurde, fiel Jackson ein, dass heute Niamhs siebzehnter Geburtstag war, und er war so schockiert davon, dass er von seinem Tisch aufsprang. Der Mathelehrer sagte: »Wo willst du hin, Brodie?«, und Jackson setzte sich wieder und murmelte: »Nirgendwo, Sir«, weil sie tot war und nie zurückkommen und nie siebzehn werden würde. Niemals.

Als er von der Schule nach Hause kam und das Haus betrat, schien ihm, als fehlte etwas, aber erst, nachdem er seine Schuluniform ausgezogen und sich ein Sandwich gemacht hatte, ging er ins Wohnzimmer, um fernzusehen, und da fand er Francis' Leiche, die von dem billigen Kronleuchter hing, der einst Fidelmas ganzer Stolz und ganze Freude gewesen war.

Der Mörder seiner Schwester wurde nie gefunden.

21
Jackson

Sie gingen in die katholische Kirche, und Jackson zündete zwei Kerzen an, eine für seinen Bruder, eine für seine Schwester. Marlee fragte, ob sie eine für Fidelma anzünden dürfe. *Passio Christi, conforta me.* Fidelmas zwei Schwestern waren mittlerweile beide an Krebs gestorben – Jackson betete darum, dass Marlee dieses besondere Gen nicht geerbt hatte. Jacksons Vater war Einzelkind gewesen, so dass Marlee die einzige Blutsverwandte war, die Jackson noch hatte, nachdem sein Vater auch gestorben war. Es schien unwahrscheinlich, dass Jackson noch weitere Kinder bekommen würde. Das war's – ein Mädchen in rosa Jeans und einem T-Shirt mit dem Slogan *»So viele Jungs, so wenig Zeit«* darauf. Dachten die Leute, die solche T-Shirts für die Altersstufe der Acht- bis Zehnjährigen entwarfen, oder die Leute, die solche T-Shirts nähten, jemals darüber nach, dass das, was ist taten, unmoralisch war? Die Leute, die diese T-Shirts *nähten*, gehörten wahrscheinlich selbst zur Altersgruppe der Acht- bis Zehnjährigen und arbeiteten in einem Ausbeuterladen irgendwo auf den Philippinen.

»Papa?«

»Ja?«

»Können wir eine Kerze für meinen Hamster anzünden?«
»Du solltest ein T-Shirt tragen«, sagte Jackson, »auf dem steht *›So viele Hamster, so wenig Zeit.‹*«
»Das ist nicht lustig. Fahren wir jetzt nach Hause?«
»Nein. Wir machen noch einen kleinen Umweg. Ich muss noch eine Frau namens Marian Foster besuchen.«
»Warum?«
»Darum.«

Sie fuhren auf einer Umgehungsstraße, als Jackson merkte, dass etwas nicht stimmte. Die Rasanz, mit der ihn das Gefühl überwältigte, erstaunte ihn. Im einen Augenblick fühlte er sich okay – angeknackst, angeschlagen, wund und alles tat ihm weh, aber er war okay –, und im nächsten spürte er, wie er plötzlich unglaublich hohes Fieber hatte, und ein paar weitere Sekunden später sah er die Welt, wie er sich vorstellte, dass eine Fliege sie sah, und dann wurde er bewusstlos. Die letzten verbliebenen Tropfen seiner Energie konzentrierte er darauf, den Wagen auf dem harten Seitenstreifen anzuhalten, danach – nichts.

Als Nächstes wachte er in einem Krankenhaus auf und blickte in Howells Augen.
»Warum bist du hier?« Jackson meinte, mit der Stimme eines anderen zu sprechen.
»Ich bin offenbar dein nächster Angehöriger.«
»Ach, ja«, sagte Jackson leise. »Josie wollte den Job nicht mehr.«
Howell grinste. »Ich habe schon immer gewusst, dass irgendwo in deinen Adern schwarzes Blut fließt, Jackson. Früher warst du nicht der Typ, der einen Organspenderausweis mit sich rumträgt.«

»Tja, jetzt scheine ich der Typ zu sein.« Jackson setzte sich unter Mühen auf. »Jemand versucht, mich umzubringen, Howell.«
Howell hielt das für unglaublich lustig. Als er aufhörte zu lachen, sagte er: »Sei nicht so paranoid, Jackson, du hast eine Blutvergiftung. Offensichtlich hattest du einen Zahn, den du hättest behandeln lassen müssen.«
Plötzlich überkam Jackson Panik. Wie hatte er sie bloß vergessen können? »Wo ist sie, wo ist Marlee? Ist sie okay?«
»Alles in Ordnung, reg dich nicht auf.«
»Aber wo ist sie, Howell?«
»Auf einer Schaffarm.«

Jackson wusste nicht, warum Marlee der Polizei Kim Strachans Nummer gegeben hatte – er nahm an, dass sie das Adressbuch in seinem Handy durchgesehen und Kim als vertrauenswürdige Person befunden hatte. Vielleicht weil Kim ihr fünf Pfund geschenkt hatte (Marlee war diese Sorte Mädchen). Hatte Marlee die Polizei und den Krankenwagen gerufen? War der erste Anruf, den sie mit ihrem rosa Handy tätigte, ein Notruf? Was, wenn er es nicht geschafft hätte, den Wagen anzuhalten? Oder ein Sattelschlepper in sie hineingerammt wäre, als sie auf dem Seitenstreifen standen? Er nahm an, dass seine Tochter auf einer Schaffarm am Ende der Welt und umgeben von russischen Gangstern ziemlich sicher war.
»Seit wann bin ich hier?«, fragte er Howell.
»Seit drei Tagen.«
»Drei Tage. Himmel, morgen kommt Josie zurück. Ich muss Marlee nach Cambridge zurückbringen.«
»Ich wusste gar nicht, dass du unter dem Pantoffel stehst, Jackson.«

Jackson überhörte diese Bemerkung. »Josie geht mit Marlee nach Neuseeland.«
»Ja, aber nur für ein Jahr«, sagte Howell. »Das geht schnell vorbei.«
»Nein, für immer«, sagte Jackson.
»Nein, nicht für immer«, beharrte Howell. »Nur für ein Jahr. Frag Marlee.«

»Du verdammte Schlampe«, rief Jackson, »dein Wichserfreund geht nur für ein Jahr nach Neuseeland, und du hast mir erzählt, es wäre für immer.« Josie sagte etwas Unverständliches am anderen Ende der Leitung – ihre Stimme hatte dieses kehlige, träge Timbre, das sie immer sofort nach einem Orgasmus annahm. Wenn sie nicht in Ardèche gewesen wäre und er nicht in einem Krankenhaus irgendwo südlich von Doncaster, hätte er sie definitiv umgebracht. Er saß auf einer Bank vor dem Krankenhaus, noch immer an den Tropf angeschlossen. Eine Menge Leute warfen ihm komische Blicke zu, und er senkte die Stimme ein wenig.
»Warum, Josie? Warum hast du mich angelogen?«
»Weil du nicht zurechnungsfähig warst, Jackson. Komm drüber weg«, fügte sie hinzu. »Vergiss mich.«
Jackson wollte eine Zigarette, unbedingt. Seine Zunge fand das Loch, wo sein Zahn gewesen war. Sowohl den Zahn als auch die Wurzel hatte der Notzahnarzt gezogen, während Jackson glückselig bewusstlos war. Sharon würde sich sehr ärgern, wenn sie erführe, dass ihr das Vergnügen, ihn zu quälen, versagt blieb. Er erblickte sich selbst im Spiegelglas des Krankenhauses und musste feststellen, dass er wie einer dieser wandelnden Verwundeten aus einer Kriegsdokumentation aussah.

Er wählte eine andere Nummer. »Theo?«
»Jackson!« Theo klang nahezu glücklich. »Wo sind Sie?«
»Im Krankenhaus«, sagte Jackson.
»Schon wieder?«
»Ja, schon wieder.«

Jackson entließ sich gegen den Rat der Ärzte selbst. Die einzige Möglichkeit, sie zu beschwichtigen, bestand darin, dass Howell ihnen versprach, ihn nach Northumberland zu fahren, um Marlee abzuholen, und dann nach Hause nach Cambridge.

»O Gott, Jackson«, sagte Howell, als er seine massige Gestalt hinter das Lenkrad des Puntos zwängte, »was ist los mit dir, bist du eine Frau geworden?«

»Es gibt Schlimmeres«, sagte Jackson. »Ich kann ja fahren.«

»Nein, kannst du nicht.« Howell schaute sich Jacksons CDs durch. »Hörst du immer noch diese Scheiße, Jackson?«

»Ja.«

Howell warf Trisha und Lucinda und Emmylou und alle anderen leidenden Frauen auf den Rücksitz und legte eine Christina-Aguilera-CD von Marlee auf. Nachdem sie sie dreimal gehört hatten, waren sie fast schon wieder am Ende der Welt.

»Du musst das nicht tun«, sagte Jackson.

»Doch, ich bin dein Freund. Außerdem kommt mir ein bisschen Abwechslung gerade gelegen, ein bisschen Kultur, die Stadt der träumenden Türme und so.«

»Ich glaube, das ist Oxford.«

»Egal«, sagte Howell. »Wer versucht, dich umzubringen?«

»Ein Kerl, der einen goldenen Lexus fährt.«

»Also der, der uns gerade verfolgt?«, sagte Howell und blickte in den Rückspiegel.

Jackson versuchte, sich umzudrehen, aber sein Hals ließ sich nicht wirklich bewegen. Howell las ihm das Nummernschild vor.

»Ja, das ist er.« Jackson griff nach seinem Handy und sagte: »Bleib auf der Hauptstraße«, gerade als Howell scharf nach links auf die Zubringerstraße abbog.

»Warum?«, sagte Howell. »Wir locken den Lexus irgendwohin, wo's ruhig ist, auf eine nette Landstraße, und dann kümmern wir uns um ihn.«

»Kümmern uns um ihn?«, sagte Jackson. »Was soll das heißen, ihn kaltmachen?«

»An so etwas Drastisches habe ich nicht gedacht, aber wenn du willst, okay, warum nicht?«, sagte Howell.

»Nein, das will ich *nicht*. Ich will, dass alles vorschriftsmäßig abläuft. Ich rufe die Polizei. Der Kerl wird steckbrieflich gesucht.«

»Du bist vielleicht ein Polizist, Jackson.«

»Ja, ich weiß. Ich bin Polizist, zu einer Frau geworden, ich stehe unter dem Pantoffel, und ich trage einen Organspenderausweis mit mir herum. Das nennt man die mittleren Jahre.«

Der Lexus klebte an ihrer Stoßstange. Jackson verstellte den Rückspiegel, damit er einen Blick auf Quintus werfen konnte. Sein Oberschichtsmondgesicht war wutverzerrt. Jackson konnte sich nicht denken, was er getan hatte, um den Kerl so in Rage zu bringen.

In der Ferne hörten sie Sirenen. Jackson war über das Handy mit der Funkzentrale verbunden, obwohl er sich schwer tat, ihre Position zu beschreiben. Sie befanden sich jetzt auf einer schmalen Straße, die durch die überwucherten Hecken zu beiden Seiten noch schmaler wurde. Howell fuhr, als spielte er Grand Theft Auto. Er bog um eine scharfe Kurve und fand sich praktisch Kühlerhaube an Kühlerhaube mit einem Mercedes SL 500 wieder, der ebenso schnell gefahren wurde. Jackson schloss die Augen und wappnete sich, aber irgendwie wich die Fahrerin des Mercedes nach rechts und Howell nach links aus – Jackson kam sich vor, als stünden sie vor der Mauer des Todes –, und sie fuhren um Haaresbreite aneinander vorbei. »Verdammte Scheiße«, sagte Howell voller Bewunderung, »was für eine Frau, was für eine Fahrerin, was für ein Auto.«

»O Gott«, sagte Jackson. Er blickte auf seine Hände: sie zitterten doch tatsächlich.

Der Lexus schien verschwunden zu sein. Howell hielt an, fuhr vorsichtig die Straße zurück und um die Kurve. Das Geheul der Sirenen kam näher. Der Lexus war zwar dem Mercedes ausgewichen, anschließend jedoch durch die Kurve geschlittert und in die überwucherte Hecke gerutscht, wo er jetzt festsaß wie ein Insekt in einem Netz. Quintus schlug hilflos gegen die Tür, um sie zu öffnen.

Zwei Polizeiwagen mit Verkehrspolizisten darin tauchten auf, dann einer mit Polizisten in Zivil, alle kamen hysterisch quietschend zum Stehen. Ein sich nähernder Polizeihubschrauber verstärkte noch den Eindruck eines adrenalingeladenen Dramas. Jackson wusste, wie sehr es den Polizisten gefiel, weil es nicht Routine war wie Strafzettel für zu schnelles Fahren oder das Elend von Autounfällen.

Howell und Jackson stiegen aus und gingen zum Lexus. »Warum will er dich überhaupt umbringen?«, fragte Howell.

»Ich habe keine Ahnung«, sagte Jackson. »Fragen wir ihn.«

»Und wenn du deine Mutter siehst«, sagte Jackson zu Marlee, »wäre es vielleicht eine gute Idee, nicht mit deinem Russisch vor ihr anzugeben.«
»Warum nicht?«
»Weil …« Jackson runzelte die Stirn und dachte an all die Dinge, von denen er nicht wollte, dass Josie sie erfuhr. »Darum. Okay, Liebes?«
Sie blickte zweifelnd drein. Jackson gab ihr einen Zehn-Pfund-Schein.
»Spassieba«, sagte Marlee.

Als Jackson Theo aus dem Krankenhaus angerufen hatte, erzählte ihm Theo, dass Lily-Rose, das gelbhaarige Mädchen, jetzt bei ihm wohnte. Jackson wusste nicht, was er davon halten sollte, aber da es nichts mit ihm zu tun hatte, beschloss er, nicht lange darüber nachzudenken. Er versuchte ohnehin, nicht zu viel zu denken, weil Denken seinem Kopf physisch wehtat. Er sagte zu Theo: »Das ist gut«, und hoffte, es wäre so.
Jackson teilte Theo mit, dass er ihm einen Namen schicken würde, *den* Namen, nach dem er seit zehn Jahren suchte, den Namen, den Kim Strachan ihm genannt hatte. Selbstverständlich war es vielleicht *nicht* der Name des Mannes, der Laura umgebracht hatte (unschuldig bis zum Beweis des Gegenteils – glaubte er das? Nein.), und Jackson wusste, dass er der Polizei seinen Verdacht mitteilen sollte, aber es war Theos Sache, und es war Theos Entscheidung, was er mit dem Namen anfangen würde.
Er schrieb Namen und Adresse auf eine Postkarte, die er an einer Tankstelle in der Nähe des Angel of the North kaufte. Auf der Postkarte war eins dieser künstlich aussehenden rosa Gänseblümchen abgebildet, die er für Niamhs Grab

verworfen hatte. Vielleicht war es eine neue Züchtung. Er klebte eine Briefmarke auf die Karte, und Marlee lief damit zum Briefkasten, weil sie noch jung genug war, um das Einwerfen einer Karte als aufregend zu empfinden. Wenn sie in einem Jahr zurückkäme, wäre sie vielleicht zu blasiert dafür. In zwölf Monaten wäre sie nicht mehr dieselbe Marlee: sie hätte eine andere Haut und anderes Haar, sie wäre aus den Schuhen und den Kleidern herausgewachsen, die sie jetzt trug, sie hätte neue Modeworte (neuseeländische Worte), und vielleicht würde sie Harry Potter nicht mehr mögen. Aber sie wäre noch immer Marlee. Sie wäre nur nicht mehr die Gleiche.

Jackson setzte Marlee vor David Lastinghams Haus ab. Josie musterte ihn leidenschaftslos. »Du siehst schrecklich aus, Jackson.«
»Danke.«
Er drehte sich um, um zu gehen, aber Marlee lief die Einfahrt entlang und erwischte ihn am Tor. Sie schlang die Arme um ihn und hielt ihn fest. *»Daswidanja,* Papa«, flüsterte sie.

Jackson kehrte zu den Resten seines Hauses zurück. Das Gebäude roch sauer und rußig, als wären verborgene Sporen uralter Krankheiten in die Luft geblasen worden. Er trat mit dem Fuß gegen die Steine und die Schlacke, die jetzt den Boden seines Wohnzimmers bedeckten. Er fragte sich, was aus Victors Asche geworden war; seine Urne war nicht aufzufinden. Asche zu Asche. Er fand eine Tonscherbe, ein großes Stück des Wunschbrunnens, die Buchstabenfolge »e aus Scar« war noch lesbar. Er ließ sie in den Schutt zurückfallen. Als er wieder gehen wollte, sprang ihm etwas ins Auge. Er ging in die Hocke, um es besser zu sehen. Ein blauer Arm, mit Asche bedeckt, ragte in die Luft, wie ein Überlebender eines Erdbebens, der signalisierte, dass er Hilfe brauchte.

Jackson zog an dem Arm und holte Blaue Maus aus den Ruinen.

Hauptkommissarin Marian Foster war nach ihrer Pensionierung nach Filey gezogen und packte verbissen immer noch Kisten in ihrer Küche aus, als Jackson und Marlee vor ihrer Tür standen. Jackson hatte sie vom Auto aus angerufen, um ihr zu sagen, dass er vorbeischauen würde, und sie schien sich über die Unterbrechung zu freuen, als wäre ihr bereits klar geworden, dass es womöglich nicht die beste Entscheidung gewesen war, sich in einer Kleinstadt am Meer zu vergraben, um dort ihren Ruhestand zu verbringen. »Ich denke, ich werde ein, zwei Vereine finden, die eine engagierte Mitarbeiterin brauchen«, sagte sie und lachte, »ich werde endlich ein Fernstudium machen oder einen Abendkurs belegen.« Sie seufzte und fügte hinzu: »Es wird verdammt schrecklich werden, nicht wahr, Inspektor?«

»Ach, ich weiß nicht, Ma'am«, sagte Jackson. »Sie werden sich bestimmt daran gewöhnen.« So sehr er sich auch bemühte, Jackson fiel nichts Positiveres ein, was er dazu sagen könnte. Er sah seine eigene Zukunft nur allzu deutlich gespiegelt.

Marian Foster erkannte offensichtlich einen Zucker-Junkie, wenn sie einen sah, und setzte Marlee mit einer Dose Cola und einem Teller Schokoladenkekse vor den Fernseher. Sie kochte schmerzhaft starken Tee für sich und Jackson. »Empfindlich geworden?«, fragte sie, als sie sah, dass er angesichts des Geschmacks zusammenzuckte. »Sie sind zurück in Yorkshire, Junge.«

»Als ob ich das nicht wüsste.«

»Also«, sagte Marian Foster, plötzlich geschäftsmäßig. »Olivia Land? Was soll ich Ihnen dazu erzählen? Ich war ein kleiner DC und obendrein eine Frau. Ich habe die Mädchen befragt, aber ich bezweifle, dass ich Ihnen etwas sagen kann, was Sie noch nicht wissen.«

»Da bin ich nicht so sicher«, sagte Jackson. »Gefühle, Eindrücke, Instinkt, alles. Sagen Sie mir, was Sie anders gemacht hätten, wenn Sie für den Fall verantwortlich gewesen wären.«

»Nach allem, was ich jetzt über die Welt weiß?« Sie seufzte, es war ein schwerer Seufzer. »Ich hätte mir den Vater genauer angesehen. Ich hätte Missbrauch vermutet.«

»Wirklich? Warum?«

»Etwas stimmte nicht mit Sylvia, der Ältesten. Sie hat etwas verborgen, sie hat Dinge verschwiegen. Sie hat sich distanziert, wenn man ihr mit den Fragen zu nahe kam. Und sie war … ich weiß nicht – seltsam.« *Seltsam* – dasselbe Wort hatte Binky Rain im Zusammenhang mit Sylvia benutzt.

»Und der Vater war ein kalter Fisch«, fuhr Marian Foster fort, »kontrolliert und kontrollierend. Der Rest der Familie war ein unordentlicher Haufen – die Mutter, die anderen Töchter. Ich habe vergessen, wie sie heißen.«

»Amelia und Julia.«

»Natürlich. Amelia und Julia. Wollen Sie meine ehrliche Meinung hören?«

»Mehr als alles andere«, sagte Jackson.

»Ich glaube, der Vater war es. Ich glaube, Victor Land hat Olivia umgebracht.«

Jackson holte das entscheidende Beweisstück aus der

Tasche und legte es auf Marian Fosters Küchentisch. Tränen stiegen ihr in die Augen, und einen Moment lang konnte sie nicht sprechen. »Blaue Maus«, sagte sie schließlich. »Nach so langer Zeit. Wo haben Sie sie gefunden?«

Die Sache mit Sylvia war, dass sie nicht wirklich überrascht gewesen war, Blaue Maus zu sehen. Es war, als hätte sie darauf gewartet, dass sie endlich auftauchte. Und sie war nicht neugierig darauf gewesen, woher Jackson sie hatte. Jackson hatte es ihr erzählt, sie hatte nicht danach gefragt. Wäre das nicht die erste Frage? Es war Marian Fosters erste Frage gewesen: »Wo haben Sie sie gefunden?«

Jester wedelte mit dem Schwanz, als er Jackson wiedersah, aber Sylvia schien nicht so erfreut, als sie auf der anderen Seite des Gitters im Besuchsraum Platz nahm. Sie runzelte die Stirn und sagte: »Was wollen Sie?«, und Jackson glaubte, einen Blick erhascht zu haben auf eine andere, weniger religiöse Sylvia.

Die Wirkung von Jacksons Schmerztabletten ließ nach. Am liebsten hätte er seinen Kopf abgenommen und ausruhen lassen. Wie sollte er vorgehen? Er holte tief Luft und blickte in Sylvias schlammfarbene Augen.

»Schwester Maria Lukas«, sagte er, »Sylvia.« Sie kniff die Augen zusammen, als er ihren richtigen Namen sagte, aber ihr Blick blieb standhaft. »Sylvia, stellen Sie sich vor, ich wäre ein Priester im Beichtstuhl. Was immer Sie mir sagen werden, wird keine Menschenseele erfahren. Sagen Sie mir die Wahrheit, Sylvia, mehr will ich nicht.« Denn das war es doch, worauf es letztlich hinauslief, oder? »Sagen Sie mir die Wahrheit über das, was mit Olivia geschehen ist.«

Er musste fest drücken, um das Tor zu öffnen. Er kam sich vor wie ein Eindringling. Er war ein Eindringling. An einem Ast von einem von Binkys Apfelbäumen hing ein Stück Absperrband der Polizei. Es handelte sich nicht länger um einen Tatort. Binky war eines natürlichen Todes gestorben, »an Altersschwäche«, hatte der Gerichtsmediziner zu Jackson gesagt. Jackson dachte, dass es ein ziemlicher Triumph war, wenn man so starb. Er hoffte, Marlee würde an Altersschwäche sterben, irgendwo unter einem Apfelbaum, lange nachdem Jackson gestorben war.
Der Garten wirkte wie ein Biotop. Unter den Giebeln des Hauses flogen Fledermäuse ein und aus, ein Frosch sprang träge davon, als er sich ihm näherte, und obwohl er den Weg mit seiner großen Polizeitaschenlampe ausleuchtete, wäre er beinahe auf einen kleinen Igel getreten, als er sich durch das Unkraut und die Dornenbüsche in die Ecke des Gartens vorkämpfte. In diesem Bereich war das Dickicht nahezu undurchdringlich, und Jackson begriff, dass man hier leicht etwas übersehen konnte. Etwas Kostbares. Es würde nicht ausreichen, einfach das Gras und das tote Laub zu durchkämmen, Jackson rechnete nicht damit, dass er wirklich etwas finden würde. Nicht nur, weil alles so verwildert war – man konnte kaum einen dieser Gärten betreten, ohne einem Fuchs zu begegnen –, es war einfach so selten, dass man, wenn man etwas Kostbares suchte, das man verloren hatte, es tatsächlich fand.
In der Ecke, hatte Sylvia gesagt, hinter den Apfelbäumen, hinter der großen Buche. Jackson konnte eine Buche nicht von einer Birke unterscheiden, konnte überhaupt keinen Baum bestimmen, deswegen ging er an der Mauer entlang, bis sie zu einer anderen Mauer wurde, und vermutete, dass es sich um diese Ecke handelte.

Er grub mit den Händen, eine ineffektive, schmutzige Art zu graben, aber ein Spaten schien ihm zu brutal. Er grub nicht, *er legte frei.* Vorsichtig. Der Boden war hart und trocken, und er kratzte an der Erde. Es war stockdunkel, als er die erste Spur von ihr fand. Sein Gesicht und seine Unterarme kribbelten vor Schmutz und Schweiß. Er dachte immer wieder an Niamh, an die zwei Tage, die er und Francis nach ihr gesucht hatten, in jeder stinkenden Mülltonne und in jedem Abfallhaufen, in jeder Ecke jedes unbebauten Grundstücks, bis Jackson sich vorkam wie ein wildes Tier, ein Geschöpf, das die normalen Bindungen und Grenzen der Gesellschaft weit hinter sich gelassen hat. Er hatte zugesehen, wie die Polizei den Kanal absuchte und die Leiche seiner Schwester herausholte, aus der Wasser und Schlamm lief. Er erinnerte sich, dass das erste Gefühl, das er hatte, bevor ihn all die anderen komplexen Gefühle überschwemmten, Erleichterung gewesen war, dass sie sie gefunden hatten, dass sie nicht für immer verschwunden, verloren war.

Sylvia sagte, dass Olivia mehr oder weniger dort gelassen worden war, wo sie starb, bedeckt mit Ästen und Gras. Jeder Quadratzentimeter dieses Gartens hätte auf Händen und Knien durchsucht werden müssen: so hätte Jackson es getan, er hätte die unmittelbare Nachbarschaft mit den Fingerspitzen absuchen lassen. Er erinnerte sich daran, dass Binky gesagt hatte, sie hätte die Polizisten von ihrem Grundstück gejagt, »kurzen Prozess« mit ihnen gemacht. War das alles, was es brauchte, eine dominante alte Tory, die sie zum Teufel schickte, und sie fügten sich? Und die ganze Zeit hatte Olivia hier gelegen und geduldig darauf gewartet, dass jemand kam und sie fand. Jackson dachte an Victor, der seine jüngste Tochter mit Unkraut und Unrat aus dem Garten bedeckte, als wäre sie nichts wert, sie an diesem fremden Ort zurückließ, während ihr Körper noch warm war. Sie nicht nach Hause brachte. Victor, der wieder ins Bett ging, die Küchentür abschloss, Amelia draußen allein ließ, wo sie am Morgen entdeckte, dass ihre Schwester verschwunden war. Victor, der Blaue Maus vierunddreißig Jahre lang ebenso unter Verschluss hielt wie die Wahrheit. Die Land-Mädchen spielten in Binkys Garten, und dann verbot Sylvia es ihnen. Weil sie wusste, dass Olivia hier war.

Als Erstes fand er ein Schlüsselbein, und dann etwas, was wie eine Elle aussah. Er hielt mit dem Graben inne und suchte mit dem Schein der Taschenlampe, bis er den kleinen bleichen Mond des Schädels einfing. Jackson holte sein Handy heraus und rief das Revier in Parkside.

Er ging in die Hocke und betrachtete das Schlüsselbein, wischte die Erde ab mit der Zärtlichkeit eines Archäologen, der etwas Seltenes, etwas Einmaliges gefunden hat, was es natürlich auch war. Das Schlüsselbein war winzig und zerbrechlich wie das eines Tieres, eines Kaninchens oder eines Hasen, das zerbrochene Gabelbein eines Vogels. Jackson küsste es ehrfürchtig, weil er wusste, dass es die heiligste Reliquie war, die er jemals finden würde. Es begann zu regnen. Jackson konnte sich nicht erinnern, wann es zum letzten Mal geregnet hatte. *Aqua lateris Christi, lava me.* Jackson weinte. Nicht um Niamh oder Laura Wyre oder Kerry-Anne Brockley oder eins der anderen verlorenen Mädchen, er weinte um das kleine Mädchen mit den Bändern im Haar, das kleine Mädchen, das Blaue Maus in den Armen hielt und ihr sagte, sie solle für die Kamera lächeln.

Jackson setzte sich auf seinen Fensterplatz in der zwanzigsten Reihe der Economy-Class. Er hätte es sich leisten können, Business-Class zu fliegen, aber er würde jetzt nicht anfangen, mit Geld um sich zu werfen. Wie es schien, war er noch immer der Sohn seines Vaters.

Er war reich. Unerwartet, absurd reich. Binky Rain hatte ihm ihr gesamtes Vermögen vermacht – zwei Millionen Pfund in Aktien und Wertpapieren, die all die Jahre in einem Bankschließfach gelagert hatten, während sie keinen Penny ausgegeben hatte außer für ihre Katzen. »Für meinen Freund, Mr. Jackson Brodie, weil er freundlich war.« Er hatte geweint, als ihr Notar es ihm vorlas. Weil er nicht besonders freundlich zu ihr gewesen war, weil sie keinen besseren Freund als ihn gehabt hatte, weil sie allein gestorben war, ohne dass jemand ihre Hand gehalten hätte. Weil er sich in eine Frau verwandelte.

Zwei Millionen unter der Bedingung, dass er für die Katzen sorgte. Hieß das auch, dass er für ihre Nachkommen verantwortlich war? Würde er sich um Binkys Katzen kümmern müssen, bis er starb, und würden dann Marlee und ihre Nachkommen für sie sorgen müssen? Als Erstes würde er sie alle kastrieren und sterilisieren lassen. Er wusste, dass er es nicht verdiente, selbstverständlich verdiente er es nicht, es war, als hätte er in der Lotterie gewonnen, ohne ein Los zu kaufen. Aber andererseits, wer verdiente es schon? Nicht Quintus, ihr einziger Blutsverwandter, das stand fest. Quintus, der das Testament seiner Tante gefunden hatte – das Jackson begünstigte – und dann versuchte, Jackson umzubringen, damit er das Erbe nicht antreten konnte. Quintus, der wahrscheinlich seine Tante umgebracht hätte, wenn sie ihm nicht zuvorgekommen und still und leise an Altersschwäche gestorben wäre.

Anfänglich hatte Jackson sich Sorgen gemacht, dass das Geld schmutzig wäre, dass es aus den Diamantenminen stammte, aus dem Blut und Schweiß und der Sklavenarbeit »shwarzer Menner«. Schmutziger Mammon. Er hatte überlegt, es Howell zu geben. »Weil ich schwarz bin?«, fragte Howell und sah ihn an, als wäre ihm gerade ein zweiter Kopf gewachsen. »Du verdammter Idiot.« Jackson nahm an, dass es vielleicht ein bisschen übertrieben wäre, an Howell symbolisch die gesamte schäbige Geschichte imperialistischer Ausbeutung wieder gutzumachen. Howell und Julia spielten Karten, sie saßen an Victors Esszimmertisch, tranken Gin, Julia knallte ihr leeres Glas auf den Tisch und sagte »noch einen« zu Howell. Was das Trinken anbelangt, hätte Jackson es mit keinem von beiden aufgenommen.

Jackson und Howell wohnten jetzt, da Jackson kein Haus mehr hatte, im Garden House Hotel. Julia hatte angeboten, sie beide aufzunehmen, aber Jackson konnte den Gedanken nicht ertragen, sich in Victors altem kaltem Haus aufzuhalten und in einem Zimmer zu schlafen, das zuletzt von einem der verlorenen Land-Mädchen bewohnt worden war.

Er hatte es Julia gesagt. Er hatte sie mitgenommen ins Leichenschauhaus der Polizei (»Das ist gegen die Vorschriften, Jackson«, hatte der Gerichtsmediziner ihn milde zurechtgewiesen), wo die zarten Häschenknochen auslagen. Julia war stark, das wusste er, sie konnte ansehen, was von Olivias winzigem Skelett übrig war, ohne hysterisch zu werden. Sie streckte die Hand nach ihrer Schwester aus, und der Pathologe sagte: »Nicht anfassen, meine Liebe. Später, später können Sie sie anfassen«, und Julia zog ihre Hand zurück und legte sie auf ihr Herz, als würde es schmerzen, und sagte ganz leise: »Oh«, und Jackson hatte nicht gewusst, dass ein so kurzes Wort so unerträglich traurig klingen konnte.

Jacksons Geschichte lautete folgendermaßen: Er war mit einem Hund spazieren gegangen, der Hund hatte sich seinen Weg in Binkys Garten geschnüffelt, wo er im Dickicht gestöbert und so lange gebellt hatte, bis Jackson gekommen war, nachgesehen und schließlich Olivias Leiche entdeckt hatte. »Und wo ist der Hund jetzt, Inspektor?«, fragte der erste Kriminalpolizist am Tatort. »Weggelaufen.« Jackson zuckte die Achseln und machte sich nicht die Mühe, hinzuzufügen: »Einfach Mr. Brodie.« Er erwähnte seinen Besuch im Kloster nicht, weder gegenüber der Polizei noch gegenüber Julia. Ob richtig oder falsch, er war der Ansicht, dass Sylvia entscheiden musste, ob sie die Wahrheit erzählen wollte oder nicht. Er hatte ihr den Schutz des Beichtstuhls angeboten, ihr sein Wort gegeben. »Sieht aus wie ein tragischer Unfall«, sagte er zu dem ermittelnden Beamten. »Schlechte Polizeiarbeit. Vierunddreißig Jahre her, was kann man da tun?«

Howell goss sich und Julia Gin ein. »Warum spielen Sie nicht mit, Mr. B.?«, sagte sie. »Zu dritt könnten wir Gladstone spielen. Ich zeige Ihnen, wie's geht.«

»Wir könnten versuchen, dir etwas von deinem unmäßigen und unverdienten Reichtum abzunehmen«, sagte Howell.

Jackson lehnte ab.

»Elender Geizhals«, sagte Howell.

Vielleicht könnte Jackson Howell zu einer beruflichen Karriere verhelfen. Für Marlee würde er Geld anlegen. Und er könnte Lily-Rose etwas davon geben. Er war bei Theo gewesen, hatte die Postkarte mit der rosa Blume auf dem Kaminsims stehen sehen. Keiner von beiden erwähnte sie. Lily-Rose kochte ihnen eine Kanne Tee, und sie setzten sich in den Garten, tranken Tee und aßen Kuchen, den Theo gebacken hatte. »Gut, nicht?«, sagte Lily-Rose anerkennend.

Und er würde einen Teil des Geldes wohltätigen Einrichtungen spenden, um sein Gewissen zu beruhigen, wenn schon aus keinem anderen Grund. Wie sich herausstellte, stammte das Geld nicht von Diamanten. Vor langer Zeit hatte einer von Binky Rains Vorfahren in den Bau der amerikanischen Eisenbahnen investiert, so dass an dem Geld das Blut und der Schweiß der Leute klebte, die die Union und Central Pacific gebaut hatten (Chinesen? Iren?), was ethisch auch nicht einwandfrei war, vermutete Jackson, aber was sollte er tun?

Welchen wohltätigen Einrichtungen? Es gab so viele. Er wollte Amelia fragen, es wäre gut, ihr eine Aufgabe zu geben, in die sie sich verbeißen könnte. Sie war »ein bisschen überreizt« gewesen, hatte Julia ihm erklärt, und hatte zu viele Tabletten genommen und »ruhte« sich jetzt im Krankenhaus aus.

»Du meinst, sie hat versucht, sich umzubringen?«, interpretierte Jackson.

Julia runzelte die Stirn. »So in etwa.«

»So in etwa?«

Er holte Amelia aus dem Krankenhaus ab. Sie war voll gepumpt mit Medikamenten und nicht gesprächig, aber als sie vor dem Haus in der Owlstone Road ankamen, wartete Julia in der Tür mit der schwarzen Katze, die bislang unter dem Namen Nigger bekannt war und die sie Amelia als Willkommensgeschenk in die Arme drückte. »Er heißt

Lucky«, sagte Julia. Unterdessen amüsierte sich Frisky – einst vermisst, jetzt wiedergefunden – damit, Jacksons Bein hinaufzuklettern.
Als er sah, wie Amelia das Gesicht in Luckys schwarzem Fell vergrub, meinte Jackson, die perfekte Hüterin von Binkys Erbe gefunden zu haben.
»Was meinst du?«, fragte er Julia später. »Binkys Haus muss natürlich renoviert werden, aber dann könnte Amelia dort leben und sich um die Katzen kümmern.«
»Oh, und sie könnte auch noch den Garten retten«, sagte Julia aufgeregt. »Das würde ihr gefallen! Oh, was für eine hervorragende Idee, Mr. Brodie.«
Jackson hatte nicht an den Garten gedacht. »Glaubst du, das würde sie machen?«, fragte er. »Ich meine, Olivia hat so viele Jahre dort gelegen, würde Amelia da nicht wieder ausflippen?« Amelia wusste noch nichts von Olivia, Julia versuchte noch, den »richtigen Zeitpunkt« zu finden, und Jackson hatte gesagt: »Den richtigen Zeitpunkt wird es nicht geben«, und Julia sagte: »Ich weiß.«
»Ich glaube«, sagte Julia, »das wäre sehr gut. Es wäre irgendwie *angemessen.*« Sie wandte ihm auf dem Kopfkissen das Gesicht zu – denn das Gespräch über Amelias Zukunft führten sie im Bett –, schenkte ihm eins ihrer breiten, trägen Lächeln. Sie streckte sich extravagant, und einer ihrer warmen Füße rieb sein Schienbein.
»Oh, Mr. Brodie«, sagte sie, »wer hätte gedacht, dass es so köstlich sein würde?«
Tja, wer hätte das gedacht, dachte Jackson. »Du könntest versuchen, mich jetzt Jackson zu nennen«, sagte er.
»Oh, nein«, sagte sie. »›Mr. Brodie‹ ist mir viel lieber.«

Während das Flugzeug die Routine vor dem Start durchlief, überflog Jackson die Liste des Maklers. Da war ein hübsches Chateau, nicht allzu protzig, im Minervois (Chateaus schien man in Frankreich nahezu umsonst zu bekommen), ein Pfarrhaus aus dem dreizehnten Jahrhundert in einem kleinen Dorf südlich von Toulouse und ein *maison de maître* in einem Dorf nahe Narbonne. Nicht dass er schon beschlossen hätte, in welcher Gegend er sich niederlassen wollte, aber irgendwo musste man anfangen. Er stellte sich vor, dass er mit dem Auto durch Frankreich fahren und Häuser ansehen und sich Zeit lassen würde. Seine Detektei hatte er an Deborah Arnold verkauft. Wenn sie ein bisschen netter gewesen wäre, wäre er mit dem Preis heruntergegangen. Er schloss die Augen und dachte an Frankreich.

»Möchten Sie etwas trinken, Sir?« Er schlug die Augen auf und blickte in Nicola Spencers ausdrucksloses, gleichgültiges Gesicht. Sie lächelte ihn mechanisch an und wiederholte ihre Frage. Um die Begegnung ein wenig zu verlängern, bat er um einen Orangensaft. In gewisser Hinsicht wusste er alles über Nicola Spencer, in anderer Hinsicht wusste er absolut nichts über sie. Sie gab ihm ein kleines Päckchen mit Brezeln zu dem Orangensaft und ging weiter zum nächsten Passagier. Er sah zu, wie sie ihren Wagen an ihm vorbeischob, ihre muskulösen Hinterbacken spannten den Rock ihrer Uniform. Er dachte daran, ihr nach der Landung zu folgen – aus Neugier und weil sie ein unerledigter Auftrag war –, aber nachdem es ihm im Flughafen von Toulouse nach großem Brimborium gelungen war, ein Auto zu mieten, hatte er das Interesse verloren.

22
Caroline

Jonathan fragte: »Was wünschst du dir zum Geburtstag?« Und sie antwortete: »Einen Mercedes SL 500«, selbstverständlich im Scherz, und er sagte: »Irgendeine spezielle Farbe?«, und sie sagte: »Silber«, und verdammt noch mal (dachte sie), da stand er, auf der Einfahrt, siebzigtausend Pfund wert, verpackt mit einer großen rosa Schleife. Er musste noch reicher sein, als sie gedacht hatte. Sie hatte keine Ahnung, wie viel Geld er hatte, sie wollte nichts von seinem Geld, sie hatte nicht einmal den Wagen gewollt, aber jetzt, da sie ihn hatte, liebte sie ihn. Zwei Sitze, auf dem Rücksitz kein Platz für Hunde oder Kinder.

»Du meine Güte«, sagte Rowena, als sie ihn sah. Es war erstaunlich, wie viel Bedeutung man in einen so kurzen Satz packen konnte.

Vielleicht war der Wagen ein Abschiedsgeschenk. Vielleicht bereitete er sich auf seine nächste Frau vor. Sie war sich ziemlich sicher, dass er jemanden in London hatte. Sie wäre überrascht, wenn dem nicht so wäre, Männer wie Jonathan hatten immer Geliebte. Sie heirateten sie jedoch nicht. Sie hätte Geliebte sein sollen, vom Temperament her war sie viel besser zur Geliebten geeignet als zur Ehefrau.

Sie wussten immer noch nichts von dem Baby, das sicher in ihr war. Sie bereitete sich darauf vor, sich wieder einmal zu häuten, sich eine andere, neue Haut wachsen zu lassen. Sie musste weggehen, bevor sie zu träge wurde, bevor jemand sie fand. Bevor sie sie aufhielten, wenn sie das mit dem Baby herausfanden. Sie würden das Baby haben wollen. Es war schade, weil sie die Schule und die Arbeit liebte, aber es gab andere Schulen und andere Arbeit – alles war möglich, wenn man es nur wollte. Und sie nahm das Baby mit (offensichtlich), fort von hier, weil es keine gute Umgebung für ein Kind war, es würde aufwachsen und mittwochs womöglich immer französisch sprechen und nichts von Liebe verstehen. Sie empfand so viel Liebe für das Baby, dass es sie *schmerzte*. Das war etwas, was zu verstehen niemand in diesem Haus fähig war. Es hatte eine Zeit gegeben, als auch sie nicht fähig gewesen war, die Liebe zu verstehen, und was für eine Katastrophe war daraus erwachsen. Sie hatte zu Shirley gesagt: »Tu so, als ob ich tot wäre«, aber sie hatte nicht damit gerechnet, dass Shirley sich tatsächlich danach richten würde. Und danach nichts, keine Besuche, keine Briefe, keine Geburtstagsgeschenke, kein Wort. Monatelang wartete sie darauf, dass Shirley am Besuchstag auftauchte, mit Tanya im Arm (*Schau, da ist Mama*) oder als Anstandsperson mit ihren nutzlosen Eltern (*Kommt schon, ihr müsst Michelle besuchen*), aber nein. Alle ihre Briefe blieben unbeantwortet, alle ihre Hoffnungen wurden zerschlagen, bis sie selbst dachte, dass es so vielleicht am besten war, sollten sie ihr Leben weiterleben, sollten sie sie los sein, denn was hatte sie ihnen jemals Gutes getan? Sie hatte die Menschen nicht geliebt, die zu lieben ihre Pflicht gewesen wäre, und dafür musste man zahlen, früher oder später.

Wenn man verschwand, hinterließ man keine Spuren. Man packte das Minimum und brach auf, als würde man für einen Tag nach Leeds fahren (natürlich mit dem schönen Wagen). Man ließ keine Beweise zurück, man ließ keine Fingerabdrücke überall auf dem verdammten Beil, um andere zu beschützen. Diesmal nahm sie den Wurm mit, den neuen Wurm, und sie würde dieses Baby so sehr lieben, dass es jeden Tag in einem wonniglichen Zustand erwachte, und sie selbst wäre endlich im Stand der Gnade.
Sie würde damit aufhören müssen, ihr Leben als eine immer neue Variation eines pastoralen Themas zu leben. Sie würde sich etwas vollkommen anderes einfallen lassen müssen. Vermutlich sollte sie ins Ausland gehen, nach Italien oder Frankreich. Natürlich konnte man sich nie weit genug entfernen – Patagonien, China –, nirgendwo war es weit genug, aber der Trick bestand darin, nicht stillzustehen. Der Trick bestand darin, den Wurm mitzunehmen. Und eins war gewiss, man konnte nicht mehr zurück.

Sie würde ihm eine Chance geben, mitzukommen, eine einzige Chance. Er wäre schockiert, und er würde nicht mitkommen, aber diese eine Chance sollte er haben.
Er saß auf seinem Fahrrad (mit Hosenklammern – um Himmels willen! – an seiner billigen schwarzen Hose) und schaute sich um, als er den Wagen hörte. Das Verdeck war offen, und als sie neben ihm war, hielt sie an, und er stieg ab, lachte und sagte: »Das ist aber ein totschickes Gerät, Mrs. Weaver«, als wäre er ein Gebrauchtwagenhändler, und sie sagte: »Stimmt, Pfarrer«, tätschelte den Beifahrersitz und sagte: »Wollen Sie mitfahren?«, und er machte ein hilflose Geste zum Fahrrad, sagte dann aber: »Ach, zum …«, und legte das Fahrrad in das lange Gras am Straßenrand. Als

er nach dem Türgriff fasste, langte sie hinüber, als wollte sie ihn aufhalten, und sagte: »Aber ich muss Ihnen eins sagen, ich fahre weg und werde nicht zurückkommen, ich werde nicht hierher zurückkommen, nie wieder, und ich werde wirklich schnell fahren«, und er sagte: »Sie machen Witze, oder?«, und sie dachte, wie sehr ihr gefiel, wenn er wie ein kleiner ernster Junge dreinblickte, der versuchte, die richtige Antwort zu finden. Sie ließ den Motor aufheulen und sagte: »Ich werde bis zehn zählen …«

23
Fall Nr. 3, 1979 (Vorgeschichte)

Alles aus Pflichtgefühl, nichts aus Liebe

Michelle dachte, dass sie früher schon wütend gewesen war, aber nie so wie jetzt. Es war, als wäre sie ein Vulkan, verplombt und zugestöpselt und unfähig, das brodelnde Zeug in sich loszuwerden. Wie hieß es noch? Magma? Lava, verdammt noch mal, sie konnte sich nicht mal mehr an die einfachsten Wörter erinnern. »Mütterliche Amnesie«, hieß es in den Büchern, aber wenn es sich um Amnesie handelte, dann war sie selektiv, sie ließ sie nicht vergessen, wie elend und unglücklich ihr zumute war, oder? Und bis zu diesem Augenblick war heute alles gut gegangen – sie hatte alles im Griff und unter Kontrolle gehabt, und dann war er ins Haus geplatzt, ohne nachzudenken, und hatte das Baby geweckt.

Michelle zerrte an der Axt, aber sie steckte im Hackstock fest wie das verdammte Excalibur, und sie war so verloren in ihrer Wut, dass sie Shirley nicht hörte, und als sie sich umdrehte und sie sah, fuhr sie beinahe aus der Haut und sagte: »Mensch, du hast mir vielleicht einen Schrecken eingejagt«, und für eine Nanosekunde vergaß sie, wie wütend sie war, aber dann hörte sie das Baby im Haus schreien –

halb East Anglia musste das verdammte Baby hören –, und alles brodelte wieder hoch, und sie wusste, dass sie diesmal explodieren würde, und es würde eine Katastrophe. Krakatau. Na also, an manches erinnerte sie sich doch noch.

»Du siehst aus, als wolltest du mit der Axt jemanden umbringen.« Shirley lachte, und Michelle sagte: »Das werde ich auch.«

Sie stürmte durch die Hintertür wie ein durchgeknallter Wikinger, und als Keith sie sah, lachte er ebenfalls, alle lachten sie aus, als wäre nichts, was sie sagte, von Bedeutung, als meinte sie nicht, was sie sagte, und sie hob die Axt, wenn auch unbeholfen, weil sie nicht wusste, wo genau ihr Schwerpunkt war, und zielte auf Keith, aber es war ein mädchenhafter Wurf, und die Axt knallte harmlos polternd auf und blieb am Boden liegen.

Er war außer sich, noch wütender als sie, und zuerst glaubte sie, es wäre wegen der Axt, obwohl die *meilenweit* von ihm entfernt gelandet war, aber dann wurde ihr klar, dass er etwas von Tanya schrie: »Du hättest sie treffen können, du hättest sie verletzen können«, und sie sagte: »Mach dich nicht lächerlich, ich war überhaupt nicht in ihrer Nähe«, und er brüllte: »Du verrückte verdammte Schlampe, darum geht es nicht«, und plötzlich hatte sie Angst, weil sie sah, dass Keith außer sich war, er sah nicht einmal mehr wie er selbst aus, und er machte eine Bewegung und wollte die Axt aufheben, aber im nächsten Moment hielt Shirley sie in den Händen, und sie fuchtelte nicht mädchenhaft damit herum, sie hob die schwere Axt hoch und spaltete Keith damit den Schädel, und dann waren alle still, sogar der Wurm.

Shirley arbeitete in der Notaufnahme des St. John Krankenhauses, aber sie brauchten keine medizinische Ausbildung, um zu sehen, dass sie nichts mehr für ihn tun konnten. Michelle saß auf dem Boden, die Arme um sich geschlungen, als trüge sie eine Zwangsjacke, sie wiegte sich vor und zurück und hörte einen unheimlichen, klagenden Laut, dessen Ursprung sie selbst war, und Shirley sagte: »Hör auf damit«, ihre Stimme kalt, aber sie konnte nicht aufhören, und Shirley packte sie, zerrte sie auf die Füße und schrie: »Halt den Mund, Michelle, sei still!«, aber sie konnte nicht, und deswegen versetzte Shirley ihr einen Faustschlag ins Gesicht.

Der Schock war so groß, dass sie meinte, ihr Atem müsste ausgesetzt haben, und sie wollte sich nur noch zusammenrollen und vergessen. Shirley sagte: »Du hast gerade unser beider verdammtes Leben ruiniert, ganz zu schweigen von Tanyas«, und Michelle dachte, ganz zu schweigen von Keiths Leben, aber sie wusste, dass Shirley Recht hatte, denn im Grunde war sie schuld.

Sie stand auf – sie fühlte sich so steif wie eine alte Frau – und nahm die Axt, die zumindest nicht in seinem Kopf steckte, wofür man schon dankbar sein musste, rieb den Griff der Axt an ihrer Jeans ab, fasste ihn mit beiden Händen und sagte zu Shirley: »Geh.«

Tanya stand auf, hielt sich an den Stäben des Laufstalls fest und begann erneut zu schreien, als hätte man sie mit einer Nadel gestochen. Shirley hob sie hoch und versuchte, sie zu beruhigen, aber das Kind sah nicht so aus, als ob es je wieder still sein würde. »Geh jetzt«, sagte Michelle. »Bitte, geh jetzt, Shirley.« Shirley stellte Tanya in den Laufstall zurück und sagte: »Ich verspreche dir, ich werde mich um sie kümmern«, und Michelle sagte: »Ich weiß, dass du das tun wirst. Nimm sie mit, fang neu mit ihr an, sei ihr die Mutter, die ich ihr nicht sein kann«, denn wenn es eine Person auf der Welt gab, der sie vertrauen konnte, dann Shirley.

»In Ordnung«, sagte Shirley, und man hätte meinen können, sie hätte so etwas schon öfter getan, so kontrolliert war sie. »In Ordnung. Ich werde jetzt die Polizei rufen und sagen, dass ich dich so gefunden habe. In Ordnung? *In Ordnung*, Michelle?«

»In Ordnung.«

Und dann hob Shirley den Hörer ab und wählte 999, und als jemand abnahm, begann sie hysterisch zu schreien, man hätte meinen können, sie wäre die beste Schauspielerin der Welt, und dann hörte sie endlich wieder auf und legte auf, und sie warteten schweigend auf die Polizei. Der Wurm war auf dem Boden eingeschlafen. Es war sehr kalt, und Michelle hätte gern ein bisschen geputzt, bevor die Polizei kam, aber sie hatte nicht die Kraft dazu. Schließlich hörten sie eine Sirene, und dann noch eine und den Lärm der Polizeiautos, die den unbefestigten Feldweg entlangrumpelten, und Michelle sagte zu Shirley: »Du hast keinen Schokoladenkuchen gegessen.«

24
Theo

Sie hatte sich das Haar in einem erstaunlichen Rosa gefärbt, das ihn an Flamingos erinnerte. Es stand ihr viel besser als das Puddinggelb. Sie sah damit gesünder aus. Sie war gesünder, sie musste in einer Woche drei Kilo zugenommen haben, was keine Überraschung war, denn Theo hatte sie so unerbittlich gefüttert wie eine Glucke ihr Küken: Bohnen auf Toast, Ovomaltine, Makkaroni mit Käse, Schinkenbrötchen, Würstchen und Kartoffelbrei, Bananen, Kirschen, Pfirsiche – sie mochte keine Äpfel, ebenso wenig wie Theo. Laura hatte Äpfel gemocht. Lily-Rose war nicht Laura, darüber war Theo sich vollkommen im Klaren. Theo hielt sich an sein Eselfutter, er war zufrieden damit, Lily-Rose beim Essen zuzuschauen. Wenn man sie ansah, wäre man nie auf den Gedanken gekommen, dass sie so einen Appetit haben könnte, es war, als würde sie jahrelanges Hungern wieder gutmachen.

Sie schlief in Lauras Zimmer, mit ihrem Hund am Fußende des Betts. Theo mied den Hund, und Lily-Rose sorgte sich, dass er bei Theo einen weiteren Asthmaanfall auslösen würde. Auch Theo sorgte sich, aber er erzählte ihr von Poppy und wie er sich an sie gewöhnt hatte und dass er glaubte, mit der Zeit könnte man sich an alles gewöhnen, und sie sagte: »Ja, das glaube ich auch.« Sie sahen sich Fotos von Poppy und Laura an, und Lily-Rose sagte: »Sie ist hübsch«, und Theo freute sich, dass sie nicht in der Vergangenheitsform von ihr sprach, denn das tat immer weh. Er hatte Jenny nicht von dem Mädchen erzählt, das bei ihm wohnte, er konnte sich nur zu gut vorstellen, wie sie darauf reagieren würde.

Er hatte Jacksons Postkarte erhalten, eine rosa Blume, so rosa wie Lily-Roses Haar. Die Postkarte stand auf dem Kaminsims, neben einem Foto von Poppy als Welpen. Auf eine merkwürdige Art identifizierte Theo Lily-Rose mit Poppy, kleine, verlassene, misshandelte Geschöpfe mit neuen blumigen Namen. Lily-Rose sagte, dass sie sich einen neuen Namen zugelegt habe, um eine neue Person zu sein, um einen »neuen Anfang« zu machen.

Sie war das Produkt einer höchst dysfunktionalen Familie und brauchte mit Sicherheit professionelle Hilfe. Ihre Geschichte setzte sich zusammen aus Weglaufen, Drogenmissbrauch, kleinen Diebstählen, Prostitution, obschon sie im Moment all das hinter sich gelassen zu haben schien. Ihre Mutter hatte ihren Vater umgebracht, und sie war bei ihren Großeltern aufgewachsen, die wohl nicht weniger schlimm waren als ihre eigenen Eltern (er vermutete Missbrauch). Ihr Leben war unwirklich, wie eine Fernsehsendung. Wie eine Dokumentation oder eine schlechte Seifenoper. Dennoch wirkte sie bemerkenswert glücklich, spielte mit dem Hund im Garten, aß Eis, las Zeitschriften. Sie liebte es, am Morgen mit einer Tasse gezuckertem Tee und einer Scheibe gebuttertem Toast geweckt zu werden. Sie hatten (bizarrerweise) damit angefangen, abends zusammen ein Puzzle zu legen.

»Wir sind wie ein Paar verdammter alter Rentner«, sagte

sie, aber nicht unfreundlich. Er wollte sie nicht retten oder behalten oder verändern, obwohl er das alles tat und auch weiterhin tun würde, wenn sie es so wollte. Was er nicht tat, war, sich um sie zu sorgen. Ihr waren schon so viele Dinge zugestoßen, sie war schadensfest. Er war glücklich, ihr eine Kindheit zurückgeben zu können. Und wenn sie so weit wäre, würde sie weiterziehen, und damit würde er sich erst beschäftigen, wenn es geschähe.

25
Fall Nr. 2, 1994 (Vorgeschichte)

Ein ganz normaler Tag

Die Sache, die mit Mr. Jessop passierte, war blöd. (Er sagte immer: »Nennt mich Stan«, aber das konnte sie einfach nicht, es klang falsch, er war ein *Lehrer*.) Es war komisch, weil sie sich nicht besonders bevorzugt oder so vorkam. Christina war ein paarmal bei ihm gewesen und auch Josh, und im Jahr zuvor war die ganze Biologieklasse bei ihm eingeladen, um zum Abschluss des Schuljahrs zu grillen. Damals war sie zum ersten Mal in seinem Haus. Das Grillen fiel wegen Regens aus, und er fuhr rasch zum Supermarkt und kaufte Sachen für Sandwiches, die Kim und sie machten. Sie nannte sie immer Kim, nie Mrs. Jessop. Kim schien stinksauer, die vielen Schüler im Haus zu haben – sie hatte ein paar Wochen zuvor das Baby bekommen, deswegen konnte man es ihr nicht unbedingt verübeln. Kim war genauso alt wie Jenny, und doch hätte man auf der ganzen Welt keine zwei Menschen finden können, die unterschiedlicher gewesen wären.

Sie machten Schinkensandwiches mit diesem billigen glänzenden Schinken – belegte Brote mit Kraft-Käse für die Vegetarier –, Kim klatschte Margarine auf die teigigen Weißbrotscheiben, und Laura dachte, pfui Teufel, und schalt sich dann, weil sie so ein Snob war. Papa war besessen davon, sie gut zu ernähren – selbst gekochte Gerichte, Vollkornbrot und jede Menge Obst und Gemüse (obwohl kein Mensch wusste, was für Schrott er aß, wenn er die Gelegenheit hatte). Arme Leute konnten sich die guten Sachen natürlich nicht leisten, aber die Jessops waren nicht arm. Die Lehrer stöhnten die ganze Zeit über ihre schlechte Bezahlung, aber sie waren nicht gerade mittellos. Also, um ehrlich zu sein, Josh hatte Recht, wenn er behauptete, dass Kim weißer Abschaum war und man sich fragen müsse, wie Mr. Jessop mit ihr in diesem schrecklichen kleinen Haus gelandet war, das nach saurer Milch und Babykacke stank.

Sie trug rote Stöckelschuhe, die man bei einer jungen Mutter (oder bei der Frau eines Lehrers) nicht erwartet hätte. Ihr Haar war nahezu weiß gefärbt – ganz die blonde Aufsteigerin –, so dass ihre Haut ungesund aussah. Mr. Jessop stand völlig unter ihrem Pantoffel, es war, als würde sie ihn mit einer Augenbraue kontrollieren, und er wirkte wie eine vollkommen andere Person als der Mr. Jessop im Klassenzimmer (wenn auch nicht so anders, dass man ihn Stan nennen wollte). Im Klassenzimmer war er lustig und zynisch und motzte immer wieder gegen die Schule. Er war ganz anders als die anderen naturwissenschaftlichen Lehrer, mehr wie ein Englischlehrer. Zu Hause war er irgendwie weniger interessant, und man hätte doch gedacht, es wäre genau umgekehrt.

Alle Mädchen stürzten sich auf das Baby – Nina –, als Kim sie herunterbrachte. Auch die Jungen interessierten sich für sie, als wäre sie ein neues Studienobjekt (»Kann sie schon fokussieren?«, »Erkennt sie Sie?«), aber Laura blieb völlig ungerührt. Sie wusste, dass es anders wäre, wenn sie selbst

Kinder hätte, aber die Babys anderer Leute ließen sie kalt. Kim stillte nicht. Eins der Mädchen – Andi – fragte sie, und sie sagte: »Oh, Gott, nein«, als könnte sie sich nichts Unnatürlicheres vorstellen, und Josh und Laura schauten sich an und versuchten, nicht zu lachen.

»Natürlich bin ich nicht so gebildet wie ihr«, sagte Kim später, als sie zusammen den Abwasch erledigten. Zu diesem Zeitpunkt hatten sie bereits eine Allianz gebildet – Mr. Jessop hatte einen Kasten Bier und Wein gekauft, und im Wohnzimmer waren alle betrunken auf eine dumme laute Art, aber weder Kim noch Laura tranken, Laura, weil sie Antibiotika wegen einer Mittelohrentzündung nehmen musste, und Kim wegen des Babys – »Ich muss einen klaren Kopf behalten«, sagte sie, und Josh flüsterte Laura zu: »Als hätte sie jemals einen gehabt«, und Laura tat so, als würde sie ihn ignorieren, weil Mr. Jessop sie ansah, als wüsste er, dass sie über seine Frau tuschelten.

Kim stammte aus Newcastle, und ihr Akzent klang total fremd und ausländisch. Dass sie eine Geordie war, verlieh ihr etwas Furchteinflößendes. Laura stellte sich vor, dass der Norden von harten, kühlen Frauen bevölkert war, mit denen man sich besser nicht anlegte. »Ich bin mit sechzehn von der Schule weg«, erzählte ihr Kim, »und dann ein Jahr aufs Sekretärinnen-College, da du fragst«, und Laura sagte: »Oh?«, obwohl sie nicht wirklich zuhörte, weil sie die Stellflächen in der Küche wischte, die bereits fleckenlos waren, weil Kim zwar Abschaum und dumm sein mochte, aber ihr Haushalt war tadellos sauber, was Papa gefallen hätte. Es wäre wirklich gut, wenn Papa, sobald sie studierte (definitiv nicht vorher), eine *richtig* nette Frau kennen lernen würde (keine Kim), jemand, der reif war, vielleicht sogar ein bisschen bieder, eine richtige Hausfrau, jemand, der seine guten Eigenschaften schätzen und ihn sehr, sehr glücklich machen würde. Er verdiente Glück, und wenn sie studierte, würde ihm das Herz brechen, auch wenn er es leugnen würde. Vielleicht würde ihm nicht das Herz brechen, so wie ihr, als Poppy starb, aber er wäre sehr traurig, weil sie jetzt schon so lange zu zweit waren und er nur für sie *lebte*. Deswegen ging sie nach Aberdeen, weil es nicht vor der Haustür war, sie musste fort, um sie selbst zu sein, sie selbst zu werden. Solange sie bei Papa bliebe, wäre sie ein Kind.

Sie wäre nicht so wie Jenny. Jenny war wirklich schlimm, weil sie nie anrief oder schrieb, immer musste Papa sich bemühen. Fast war es so, als läge ihr nichts an ihm. Wenn Laura fort wäre, würde sie oft anrufen, und sie hatte bereits einen kleinen Vorrat Postkarten gekauft, lustige Postkarten und Karten mit niedlichen Tieren darauf, die sie ihm regelmäßig schicken würde. Sie liebte ihn mehr als alles andere auf der Welt, und deswegen hatte sie sich einverstanden erklärt, bei ihm in der Kanzlei zu arbeiten, obwohl die Arbeit in der Bar viel mehr Spaß machte, aber es war ja nur für ein paar Wochen, und dann würde sie aufbrechen, wie ein Pfeil in die Zukunft. Sie konnte es kaum erwarten.

Nach diesem Tag, dem Tag, an dem das Grillen ausfiel, fing sie als Babysitter für sie an – offenbar hatte Kim Mr. Jessop das vorgeschlagen, sie musste sie demnach gemocht haben (darauf wäre sie nie gekommen). Mr. Jessop fragte sie eines Tages nach dem Unterricht, und sie sagte: »Na gut, aber ich verstehe nichts von Babys«, und er sagte: »Du lieber Himmel, Laura, wir doch auch nicht.«

Normalerweise brachte sie Emma dazu mitzukommen, weil Emma gut mit Babys umgehen konnte, ja, sie liebte sie, was eine Ironie des Schicksals und ziemlich traurig war, denn sie hatte abgetrieben, und eine Weile schien sie wirklich nicht sie selbst, aber andererseits war sie jemand, der immer vorgab, gut gelaunt und fröhlich zu sein, weswegen Laura sie mochte. Und normalerweise machten sie gemeinsam Hausaufgaben, manchmal schauten sie auch Kims Kleider an, was eine Bildung ganz eigener Art war, aber irgendwie fühlten sie sich in ihrem Schlafzimmer nicht wohl, weil man sich bei Kim und Mr. Jessop im Gegensatz zu den meisten anderen Erwachsenen tatsächlich vorstellen konnte, wie sie miteinander schliefen, und das war peinlich.

Sie hatte Papa erzählt, dass sie Jungfrau sei, weil sie wusste, dass er das hören wollte, eine harmlose Lüge, ja, ein gutes Werk. Und es war auch nicht weit von der Wahrheit entfernt, weil sie nur mit vier Jungen geschlafen hatte, und einer davon war Josh, und der zählte eigentlich nicht, weil sie zusammen in die Grundschule gegangen waren und sich kannten, seitdem sie vier waren, und sie beschlossen, es wäre eine gute Idee, miteinander dieses »Entjungfern«-Ding durchzuziehen, weil es sicher und freundschaftlich wäre, wenn auch ein bisschen unheimlich. Und besser als bei Emma, die ihre Jungfräulichkeit an einen verheirateten Mann verloren hatte (in seinem Auto, um Himmels willen), oder bei Christina, die von einem Kerl vergewaltigt worden war, der ihr etwas in ihren Drink getan hatte.

Sie taten es in Joshs Zimmer, das seine Eltern nie betraten. Seine Eltern waren bohemienhafte liberale Typen, die ihn tun ließen, was immer er wollte, seitdem er zwölf war (insofern war es wirklich ein Wunder, dass der Junge so wohlgeraten war). Seine Eltern saßen im Erdgeschoss und schauten einen Naturfilm über Wale an.

Zu Beginn war es lustig gewesen, und sie konnten gar nicht mehr aufhören zu lachen, und dann waren sie streng methodisch vorgegangen, hatten wechselseitig ihre Körper untersucht wie Studenten der Anatomie und das Vorspiel nach einem Buch absolviert, aber dann überwältigte es sie vollkommen, und sie wälzten sich auf dem Boden wie Hunde, und es war nur gut, dass der Fernseher so laut gestellt war, denn sie hörte sich schreien wie jemanden, den sie überhaupt nicht kannte, und danach, als sie auf dem Boden lagen, verblüfft darüber, wie sie darauf abgefahren waren, hörten sie nur die Gesänge der Wale, und sie fingen wieder an zu lachen, weil seine Eltern sie gehört haben mussten, aber wenn dem so war, so erwähnten sie es mit keinem Wort. Josh sagte: »Tja, da haben wir uns selbst überrascht, nicht wahr, Miss Wyre?«, und sie sagte: »Können wir das bitte noch mal machen?«, und er entgegnete: »Himmel, Frau, lass mich eine Minute ausruhen.«
Als Papa sie abholte, sagte er: »Alles in Ordnung? Du bist so rot im Gesicht«, und sie sagte: »Ich glaube, ich habe mir was eingefangen«, und er brachte ihr heiße Zitrone mit Honig, und sie setzte sich in ihrem Pu-der-Bär-Schlafanzug im Bett auf, umarmte ihn und sagte: »Danke, bester Papa der Welt«, und hoffte, dass er Josh nicht an ihr riechen würde. Damals waren sie vierzehn gewesen, und seitdem hatten sie es ein paarmal getan, und sie wusste, dass Josh in sie verliebt war, aber sie war dankbar, dass er es nie ansprach.

Sie war mehrere Male bei den Jessops gewesen, ohne auf das Baby aufpassen zu müssen. Sie mochte Kim mittlerweile. Als Kims Freundin fühlte sie sich mehr als Frau und weniger als Mädchen. Einmal, nachdem sie ein (zähes)

Steak mit Pommes frites gegessen hatten, zupfte ihr Kim die Augenbrauen und manikürte ihr die Fingernägel, meistens besuchte sie sie samstagnachmittags, wenn Stan nicht zu Hause war, und sie saßen im Garten, während Nina im Gras herumkrabbelte. Samstags spielte Stan Fußball. »Man muss sie ab und zu von der Leine lassen«, sagte Kim, als würde sie ihr Tipps geben, wie man ein schwieriges Haustier hielt. Damals hatte sie Stuart Lappin zum ersten Mal gesehen – er mähte im Nachbargarten den Rasen. Als er damit fertig war, kam er an den Zaun und bot an, auch den Rasen der Jessops zu mähen, und Kim feilte weiter ihre Nägel und sagte laut zu ihm: »Nein danke, Stuart«, ohne ihn anzusehen. Laura erschien das etwas unhöflich, und sie lächelte »Stuart« zum Ausgleich aufmunternd zu.

»Ich kann ihn nicht ausstehen«, zischte Kim, als er verschwunden war, »er tut immer so freundlich, aber er ist mir unheimlich. Er ist schon über dreißig und lebt noch immer bei seiner Mutter, das ist erbärmlich«, und Laura sagte: »Er sieht harmlos aus«, und Kim sagte: »Vor denen muss man sich besonders in Acht nehmen.«

Zum letzten Mal war sie vor den Abschlussprüfungen bei ihnen. Mr. Jessop hatte ihr Nachhilfe vorgeschlagen, und sie hatte sich nichts dabei gedacht, weil er es auch anderen angeboten hatte. Sie war enttäuscht, dass Kim nicht zu Hause war. Stan sagte: »Ach, sie ist mit Nina zu ihrer Mutter«, beiläufig, als wäre ihm vollkommen gleichgültig, was seine Frau tat. Auf dem Esstisch lagen ein Block und ein paar Schulbücher, aber sie kam noch nicht einmal dazu, sich zu setzen, bevor er von hinten auf sie losging, die Arme um ihre Taille schlang, versuchte, ihren Nacken zu küssen, und sie roch Alkohol in seinem Atem, was absolut ekelhaft war. Sie war wütend, wie konnte er, es war so *unmoralisch*. Sie stieß mit den Ellbogen nach ihm, schrie ihn an, er solle sie loslassen, und er sagte: »Ach, komm schon, Laura, du hast es mit der Hälfte der Jungs in deiner Klasse getrieben, es wird Zeit, dass es dir endlich ein richtiger Mann besorgt, du weißt doch selbst, dass du es willst.« Der Scheißkerl, der verdammte Scheißkerl! Sie trat fest auf seinen Fuß, so wie man es in Selbstverteidigungskursen lernte, aber es war mühsam, weil er sie noch immer festhielt, und sie wurde panisch, als sie merkte, dass sie sich nicht aus seinem Griff befreien konnte. Er drehte sie um, damit er sie küssen konnte, und dann fuhr er mit der Hand in ihren Schritt, Gott sei Dank trug sie Jeans, weil er sie deshalb nur schwer zu fassen bekam, und sie schaffte es, sich weit genug von ihm zu entfernen, um ihm einen Finger ins Auge zu stoßen. Und dann rannte sie.

Sie hatte mit Josh im Kirchhof von Little St. Marys gelernt. Es war heiß, und sie begannen ein bisschen Unsinn zu machen, niemand kam je hierher, doch dann raschelten Blätter, als würde ein Tier durch die sommerliche Vegetation kriechen, und plötzlich tauchte hinter einem Grabstein das Gesicht eines Mannes auf, und sie kreischte auf wirklich mädchenhafte Art, und Josh verhielt sich sehr mannhaft, obwohl ihm die Jeans um die Knöchel hing, und rief dem Mann zu, er solle sich verpissen, und dann kugelten sie sich vor Lachen. Sie dachte, dass der Mann ihr vage bekannt vorgekommen war, aber erst ein paar Wochen später, als er in der Bar bei ihr ein Bier bestellte, wurde ihr klar, dass es der rasenmähende Nachbar der Jessops war. Sie hatte seinen Namen vergessen. Glücklicherweise schien er sie nicht wiederzuerkennen.

Zu diesem Zeitpunkt waren bereits alle fort: Christina unterrichtete für ein Jahr in Tansania, Ayshea verbrachte den Sommer in Frankreich, Joanna fuhr mit Pansy im Zug durch Europa, Emma war in Peru (ausgerechnet Emma!), und Josh leitete ein Ferienlager irgendwo in Michigan am Ende der Welt. Sie fühlte sich von allen verlassen. Sie hatten vereinbart, sich in zehn Jahren vor dem Hobbs Pavilion in Parker's Piece wieder zu treffen, aber wie wahrscheinlich war das? Mr. Jessop hatte versucht, ein »Abschiedstreffen« für seine Klasse zu organisieren, aber niemand hatte Zeit – nicht dass sie hingegangen wäre, sie hatte ihn nicht mehr gesehen, seit er über sie hergefallen war. Papa, der liebe, gute Papa, sagte: »Möchtest du nicht auch reisen, Laura?«, obwohl es für ihn die Hölle auf Erden gewesen wäre, wenn sie irgendwo im Ausland wäre, irgendwo, wo er sie abends nicht mit dem Auto hätte abholen können.

Dann begegnete sie ihm, als sie aus Heffers Buchhandlung kam, und sie sagte »Hallo« zu ihm, auf neutrale Weise, weil sie kein Gespräch mit ihm anfangen wollte, und am nächsten Tag lag dieser Teddybär vor der Tür, nicht, dass sie die zwei Dinge in Verbindung gebracht hätte, jedenfalls nicht bewusst, es war ein blöde dreinblickender Bär, ein hässliches rosa Ding mit schiefen Augen, nicht so wie die süßen altmodischen Bären, die auf Lauras Bett lagen. Der Bär vor der Tür war etwas, was jemand kaufen würde, der keinen Geschmack hatte und glaubte, dass sie Teddybären mochte.

Sie fuhr für einen Tag nach London (allmählich hasste sie alle, weil sie Cambridge für den Sommer den Rücken gekehrt hatten). Sie ging ins British Museum, und dann kaufte sie sich etwas zum Anziehen, aber allein machte es keinen Spaß. Sie sah nicht, wie er in King's Cross einstieg, aber sie sah, wie er zehn Minuten nach Abfahrt des Zuges in ihr Abteil kam – sie war überzeugt, dass er sie gesucht hatte, obwohl er überrascht tat, als er sie entdeckte. Glücklicherweise waren alle Plätze in ihrer Nähe besetzt, aber als sie in Cambridge aufstand, folgte er ihr durch den Wagen, stellte sich mit ihr vor die Tür und sprach sie zum ersten Mal an: »Steigen Sie hier aus?«, was eine verdammt blöde Frage war, denn das lag auf der Hand, aber sie sagte nur »Ja«, und als sie auf dem Bahnsteig standen, sagte er: »Soll ich Sie nach Hause fahren, mein Wagen steht auf dem Parkplatz?«, und sie sagte: »Nein danke, mein Vater holt mich ab«, und hastete davon. Und dann fiel ihr wieder ein, dass er Stuart hieß. Kim hatte Recht, er war erbärmlich. Sie konnte Kim nicht mehr besuchen, weil das wahrscheinlich bedeutet hätte, Mr. Jessop zu begegnen. Sie rief ein paarmal an, und immer meldete er sich, und sie legte auf, ohne etwas zu sagen. Beim letzten Mal hatte er ins Telefon geschrien: »Kim, bist du das? Wo zum Teufel steckst du?«, weswegen sie annahm, dass es zwischen den beiden nicht zum Besten stand.

An ihrem letzten Abend in der Bar kam er, setzte sich in eine Ecke und brauchte eine Stunde, um einen halben Liter Bier zu trinken. Als er ging, sagte er zu ihr: »Ich weiß nicht, warum Sie mich ignorieren«, und sie sagte: »Ich weiß nicht, wovon Sie reden«, und er sagte: »Sie wissen, dass zwischen uns ein unglaubliches Band besteht, Sie sollten es nicht leugnen«, und sie war plötzlich wütend (der Kerl war ein verfluchter Spinner, verdammt noch mal), weil er ihr leid getan hatte, aber jetzt drängte er sich unaufgefordert in ihr Leben – genau wie Mr. Jessop –, und sie sagte: »Hören Sie, lassen Sie mich in Ruhe, mein Vater ist Anwalt, und er kann Ihnen wirklich Ärger machen, wenn Sie mir weiterhin nachstellen«, und er sagte: »Ihr Vater kann unsere Liebe nicht aufhalten«, und dann schlich er davon, und der Barmanager fragte: »Alles in Ordnung?«, und sie sagte: »Ja, nur ein Typ, der sein Bier nicht halten kann.« Natürlich erzählte sie ihrem Vater nichts davon, er hätte sich zu Tode gesorgt. Und außerdem war Stuart Lappin harmlos. Er war ein totaler Freak, aber er war harmlos.

Das Gute an der Arbeit in der Bar war, dass sie nur abends arbeitete und den Tag für sich hatte. Den Rest des Sommers jeden Tag in einem Büro festzusitzen war doof. Aber Papa war glücklich, und es war ihm unangenehm, dass er an ihrem ersten Arbeitstag in der Kanzlei nach Peterborough fahren musste.

Sie nahm ihm das Versprechen ab, zu Fuß zum Bahnhof zu gehen, weil er nach seinem Besuch bei der Ärztin (angeblich) eine neue, gesunde Lebensweise aufgenommen hatte. »Vergiss dein Asthmaspray nicht, Papa«, sagte Laura, und Theo tätschelte seine Jackentasche, um zu beweisen, dass er es dabei hatte, und sagte: »Cheryl wird dir alles zeigen. Ich bin vor dem Mittagessen zurück im Büro, vielleicht können wir dann zusammen essen?«, und sie sagte: »Das wäre nett, Papa.« Und dann brachte sie ihn zur Tür, küsste ihn auf die Wange und sagte: »Ich liebe dich, Papa«, und er sagte: »Ich dich auch, Liebes«, und sie sah ihm nach, wie er die Straße entlangging, weil sie plötzlich das schreckliche Gefühl hatte, dass sie ihn nie wiedersehen würde, aber als er die Ecke erreichte und sich zu ihr umdrehte, winkte sie ihm fröhlich zu, weil er nicht wissen sollte, dass sie sich um ihn sorgte, denn er sorgte sich genug für sie beide.

Sie sah zu, wie er um die Ecke verschwand, und spürte, wie ihr Herz anschwoll, und sie fragte sich, ob sie jemals einen Mann kennen lernen würde, den sie so sehr lieben würde wie ihren Vater. Dann füllte sie das Geschirr vom Frühstückstisch in die Spülmaschine und räumte auf, damit das Haus sauber und ordentlich wäre, wenn sie später wieder nach Hause kämen.

26
Amelia

Keine Dachdecker mehr, keine Garys und Craigs und Darryls mehr. Kein Philip und kein kläffender Pekinese mehr. Kein Oxford mehr. Keine alte Amelia mehr. Ein neuer Anfang, eine neue Person.

Sie hatte gedacht, dass es vielleicht eine Orgie würde, aber es war nur die Grillparty, die sie versprochen hatten (»Ach, komm doch«), und die Gespräche drehten sich um die Schwierigkeit, einen guten Installateur zu finden und Schnecken vom Rittersporn fernzuhalten (»Versuch es mit einem kupfernen Band«, schlug Amelia vor, und sie alle sagten: »Wirklich? Wie faszinierend!«). Der einzige Unterschied bestand darin, dass sie alle nackt waren.

Als sie sich dem Flussufer näherte (und sich zu angezogen vorkam und Angst hatte), schritt Cooper (»Cooper Lock, ehemals Professor für Geschichte am St. Cat's, jetzt ein alter Taugenichts«) mit schwingenden Eiern auf sie zu und sagte: »Amelia, du bist gekommen, wie wunderbar«, und Jean (»Jean Stanton, Anwältin, Bergsteigerin, Sekretärin der Konservativen Partei hier am Ort«) eilte herbei, ganz Lächeln und hüpfende kleine Brüste, und sagte: »Sehr gut. Alle mal herhören, das ist Amelia Land, sie ist *so* interessant.«

Und dann schwamm sie nackt mit ihnen im Fluss, und es war so, wie sie sich erinnerte, nur dass sich kein Badeanzug zwischen ihrem Körper und dem Wasser befand, und sie spürte die Pflanzen an sich entlangströmen wie dicke nasse Bänder. Und als es dämmerte, aßen sie gegrillte Würstchen und Steaks und tranken Chardonnay aus Südafrika, und später lag sie neben Jean, in Jeans Bett aus Pinienholz in einem weiß gestrichenen Zimmer unter dem Dach. Es duftete nach Diptyque-Kerzen, von denen eine so viel kostete, dass eine Familie in Bangladesch wahrscheinlich ein Jahr davon hätte leben können. Aber Amelia gelang es, das zu ignorieren, ebenso wie die Tatsache, dass Jean die Sekretärin der Konservativen am Ort war (doch selbstverständlich könnte Jeans politische Einstellung nicht für immer als Gesprächsthema tabu bleiben). Amelia konnte diese Dinge und viele andere ignorieren, weil Jean, obschon über fünfzig, einen harten, geschmeidigen braunen Körper hatte, der an Amelias eigenem blassen weichen Körper entlangglitt (sie fühlte sich an wie ein aus der Schale befreites Meerestier), und Jean sagte: »Du bist prächtig, Amelia, wie eine große reife Melone«, und die alte Amelia hätte an dieser Stelle verächtlich geschnaubt, aber die neue Amelia stieß einen leisen Schrei aus wie ein erschrockener Vogel, weil Jean an ihren Schamlippen leckte wie eine Katze (»Ach, nenn es Möse, Amelia, sei nicht zimperlich«) und ihr zum allerersten Orgasmus ihres Lebens verhalf.

Und es war komisch, weil sie wirklich hatte sterben wollen, und jetzt wollte sie wirklich leben. Einfach so. Es gab wirklich und wahrhaftig nicht viel mehr, was sie wollte. Sie hatte einen riesigen Garten und viele Katzen, um die sie sich kümmern musste, und sie hatte einen Orgasmus gehabt. War sie wirklich lesbisch? Sie wollte immer noch Jackson. »Heutzutage ist jeder bi«, hatte Jean nonchalant gesagt. Amelia überlegte, ob sie Jean Julia vorstellen sollte. Sie hätte Julia zu gern ein einziges Mal schockiert gesehen (»Jean, das ist Julia, meine Schwester. Julia, das ist Jean, meine Geliebte. Henry? Oh, heutzutage sind alle bi, Julia, wusstest du das nicht?« Ha!). Sie musste versuchen, netter zu Julia zu sein, sie war schließlich ihre Schwester.

Sie hatten nicht recht gewusst, was sie mit Olivia machen sollten. Beide wollten sie sie nicht verbrennen, wollten das bisschen, das sie hatten, das sie nach so langer Zeit wiedergewonnen hatten, nicht verlieren. Andererseits hatte sie so lange allein im Dunkeln gelegen, dass es falsch schien, sie erneut zu beerdigen. Wenn es nicht gegen alle gesellschaftlichen Gepflogenheiten verstoßen hätte (und wahrscheinlich gesetzeswidrig war), hätte Amelia ihre Knochen ausgestellt in einer Art Reliquienschrein. Letztlich begruben sie sie in einem winzigen weißen Sarg, neben Annabelle, dem Nachzüglerbaby, auf Rosemarys Sarg im Familiengrab. Sowohl Amelia als auch Julia schluchzten während des gesamten Begräbnisses. Die Lokalpresse hatte versucht zu fotografieren (»Vermisstes Kind findet endlich seine letzte Ruhestätte«), und Jacksons großer schwarzer Freund war demonstrativ eingeschritten. Amelia fand Howell sowohl erschreckend als auch hinreißend (vermutlich ein Beweis für ihre bisexuelle Veranlagung) und politisch natürlich wesentlich korrekter als Jean. Jackson wurde – bizarrerweise – begleitet von dem gelbhaarigen obdachlosen Mädchen, das jetzt rosa Haare hatte und nicht mehr obdachlos war. »Warum?«, sagte Amelia zu Jackson, und Jackson sagte: »Warum nicht?«, und Amelia sagte: »Weil …«, aber dann kam Julia und zog sie fort.

Fühlte sie sich besser, weil sie Olivia gefunden hatten? Zu wissen, dass sie davongeschlendert und gestorben war, während sie sich in *ihrer* Obhut befunden hatte? Amelia hatte fest geschlafen, und ihre Schwester war davongeschlendert und gestorben. War es ihre Schuld? Dann hatte Jackson sie nach der Beerdigung beiseite genommen und gesagt: »Ich werde das Schweigegelübde des Beichtstuhls brechen«, als wäre er ein Priester. Er hätte einen sehr guten Priester abgegeben. Der Gedanke an Jackson als Priester war auf perverse Weise sehr verführerisch. »Ich werde dir erzählen, was passiert ist«, sagte er, »und dann musst du entscheiden, was du damit anfangen wirst.« Er erzählte es nicht Julia, er erzählte es *ihr*. Sie wurde endlich zur Hüterin eines Geheimnisses.

Olivia bekäme also einen Schrein, einen Garten. Und Amelia würde Binky Rains Garten mit Rosen anfüllen, mit Duchesse D'Angoulême und Félicité Parmentier, Eglantyne und Gertrude Jekyll, mit den blassen Rosetten der Boule de Neige und mit der duftenden pfirsichgelben Perdita, für ihr eigenes verlorenes Mädchen.

27
Fall Nr. 1, 1970 (Vorgeschichte)

Familiengrab

Es war so heiß. Zu heiß, um zu schlafen. Die Straßenlampe leuchtete durch die dünnen, sommerlichen Vorhänge wie eine zweite kränkliche Sonne. Sie hatte noch immer Kopfschmerzen, als wäre ein Seil fest um ihren Schädel gebunden. Vielleicht fühlte sich so eine Dornenkrone an. Gott musste sie aus irgendeinem Grund leiden lassen. Um sie zu bestrafen? Hatte sie etwas Schlimmes getan? Sie hatte Julia heute geohrfeigt, aber sie ohrfeigte Julia beständig, und gestern hatte sie Nesseln in Amelias Bett gelegt, aber Amelia war eine so selbstgefällige Person und verdiente es. Und sie war schrecklich zu Mami gewesen, aber Mami war auch schrecklich zu ihr gewesen.

Sylvia nahm drei Kinderaspirin aus einem Fläschchen im Badezimmerschrank, in dem jede Menge Medizinfläschchen standen, manche schon seit einer Ewigkeit. Ihre Mutter mochte Medikamente. Sie mochte Medikamente lieber als ihre Kinder.

Auf dem beleuchteten Zifferblatt des großen Weckers neben dem Bett ihrer Mutter standen die Zeiger auf zwei Uhr morgens. Sylvia ließ den Schein ihrer kleinen Taschenlampe über das Bett schweifen. Ihr Vater schnarchte

wie ein Schwein. Er *war* ein Schwein, ein großes mathematisches Schwein. Er trug einen gestreiften Schlafanzug, und ihre Mutter hatte ein Baumwollnachthemd mit schlaffen Rüschen um den Hals an. Ihre Eltern hatten die Decken zurückgeschlagen und lagen mit ausgestreckten Gliedern da, als wären sie aus großer Höhe auf das Bett gefallen. Wenn sie eine Mörderin wäre, könnte sie sie hier in ihrem Bett umbringen, ohne dass sie merkten, wie ihnen geschah – sie könnte sie erstechen oder erschießen oder mit einem Beil zerhacken, und sie könnten nichts dagegen tun. Sylvia liebte es, nachts durchs Haus zu wandern, es war ihr geheimes Leben, von dem niemand etwas wusste. Es verlieh ihr Macht, als könnte sie auch ihre Geheimnisse sehen. Sie ging in Julias Zimmer. Keine Chance, *sie* im Schlaf zu stören: sie hätte Julia aus dem Bett auf den Boden stoßen und auf ihr herumhüpfen können, und sie wäre nicht aufgewacht. Sie hätte ihr das Kopfkissen aufs Gesicht drücken und sie ersticken können, und sie hätte nichts davon mitgekriegt. Sie war schweißgebadet, sie war so heiß, dass sie sich ihr nicht einmal mit der Hand nähern konnte, und sie hörte, wie sie keuchend ein- und ausatmete.
Sylvia wurde plötzlich bewusst, dass Amelias Bett leer war. Wo war sie? Hatte sie auch ein geheimes nächtliches Leben? Nicht Amelia – ihr fehlte die Initiative (Sylvias neues Lieblingswort) für ein geheimes Leben. Schlief sie bei Olivia? Sylvia ging rasch in Olivias Zimmer, aber auch Olivia lag nicht in ihrem Bett. Die Hälfte fehlte: sie waren doch nicht etwa von Außerirdischen entführt worden? Wenn Außerirdische existierten – und Sylvia nahm es an –, dann musste Gott sie erschaffen haben, weil Gott alles erschaffen hatte, oder? Oder hatte er doch nicht alles erschaffen, nur die Materie in unserer eigenen Galaxie? Und wenn es

andere Welten gab, dann mussten sie von anderen Göttern erschaffen worden sein, von außerirdischen Göttern. War das ein blasphemischer Gedanke?

Es gab niemanden, den sie in diesen kniffligen theologischen Problemen um Rat hätte fragen können. Sie durfte nicht in die Kirche gehen, Papa glaubte nicht an Gott (oder Außerirdische), und die Religionslehrerin in der Schule hatte sie angewiesen, ihr »nicht so auf die Nerven zu gehen«. Man stelle sich vor, dass Jesus sagte: »Verschwinde, geh mir nicht so auf die Nerven.« Gott würde die Religionslehrerin wahrscheinlich auf direktem Weg in die Hölle schicken. Es war nicht einfach, wenn man von einem Atheisten, der ein mathematisches Schwein war, und einer Mutter, der alles vollkommen gleichgültig war, erzogen wurde und dann die Stimme Gottes hörte. Es gab so viel, das sie nicht wusste – aber man sehe sich nur Jeanne d'Arc an, sie war ein unwissendes französisches Bauernmädchen gewesen und hatte es auch geschafft, und Sylvia war weder unwissend noch ein Bauernmädchen. Nachdem Gott zu ihr gesprochen hatte, fing Sylvia an, die Bibel zu lesen, nachts unter der Bettdecke im Schein ihrer zuverlässigen Taschenlampe. Die Bibel hatte überhaupt nichts mit Sylvias Leben zu tun. Allein das machte sie attraktiv.

Sylvia versuchte sich an den vergangenen Abend zu erinnern, aber es war alles nebelhaft. Ihr war vor Hitze und zu viel Sonnenschein übel geworden, und sie war vor allen anderen ins Bett gegangen. Hatte Mami Amelia und Olivia erlaubt, im Zelt zu schlafen, kaum dass sie, Sylvia, ihnen den Rücken gekehrt hatte? War es so? Mami hatte ihnen den ganzen Sommer über (aus keinem ersichtlichen Grund) eisern verboten, im Zelt zu schlafen.

Sylvia schlich nach unten, mied die zwei knarzenden

Stufen. Die Hintertür war nicht abgeschlossen, so dass jeder das Haus betreten und die oben erwähnten Morde im Bett hätte begehen können. Sie war nicht abgeschlossen, weil Amelia und Olivia im Zelt schliefen. Bald würde es dämmern, sie hörte bereits einen einzelnen Vogel den Morgen begrüßen. Der Rasen war nass. Woher kam der viele Tau, wenn es tagsüber so heiß und trocken war? Sie musste es in einem Buch nachschlagen. Sie ging vorsichtig über das Gras für den Fall, dass sie auf den weichen schneckenhaften Körper eines anderen nächtlichen Geschöpfs trat, das ein geheimes Leben führte.

Sie hob die Klappe des Zelts hoch. Ja, beide lagen darin! Was für eine Frechheit. Warum wurde Amelia belohnt und durfte im Zelt schlafen, und warum durfte sie nicht nur im Zelt schlafen, sondern noch dazu in Gesellschaft von Olivia und Rascal? Es war nicht fair, Sylvia war die Älteste, sie sollte im Zelt liegen. Rascal stand auf, kam heraus, wedelte mit dem Schwanz und leckte Sylvias Nase. Beide schliefen auf dem Rücken, vollkommen bewusstlos, wie Leichen. Sylvia zerrte an Amelias Füßen, aber sie wachte nicht auf. Sie drängte sich ins Zelt, zwischen die beiden. Im Zelt war es unglaublich heiß, wahrscheinlich heiß genug, um sie umzubringen. Der heißeste Ort auf der Welt – war es die Wüste Atacama? Oder das Death Valley in Amerika? Irgendwo in der Mongolei? Sie waren doch nicht tot, oder? Sie zwickte Amelia in die Nase, und Amelia murmelte irgendetwas vor sich hin und drehte sich auf die Seite. Sie wollte Olivia wecken und sie aus diesem Treibhaus schaffen. Das schwarze Loch von Kalkutta – die Menschen, die dort starben, waren aufgrund der Hitze gestorben, nicht an Sauerstoffmangel – eine weit verbreitete Fehlkonzeption. Der *Nachzügler* – das war eine Fehlkonzeption, so es je eine gegeben hatte. Ha. Ihre Mutter sollte wirklich mit dem Kinderkriegen aufhören, es war so *gewöhnlich.* Vielleicht war sie insgeheim eine Katholikin. Das wäre wunderbar, dann könnten sie lange heimliche Gespräche führen über das Mysterium und die Riten und die Jungfrau Maria. Weder die Jungfrau Maria noch Jesus hatte zu Sylvia gesprochen. Sie glaubte nicht, dass Jesus zu den Menschen sprach. Jeanne d'Arc war etwas anderes, Jeanne d'Arc war regelrecht geschwätzig.

Sylvia rieb Olivias Ohrläppchen, weil ihr Rosemary einmal erzählt hatte, dass sie als Krankenschwester so schlafende Patienten geweckt hatte. Olivia bewegte sich und schlief umgehend wieder ein. Sylvia flüsterte ihren Namen, und sie mühte sich, die Augen zu öffnen. Sie war völlig schlaftrunken, aber als Sylvia flüsterte: »Steh auf und komm mit«, folgte sie Sylvia aus dem Zelt, ihre kleinen, rosaroten Kaninchenpantoffeln in der Hand. Sylvia sagte: »Du brauchst deine Schuhe nicht anziehen, spür, wie nass das Gras zwischen den Zehen ist«, aber Olivia schüttelte den Kopf und zog die Schuhe an. Sylvia sagte: »Du musst lernen, *rebellisch* zu sein. Du musst nicht immer tun, was Mami und Papa sagen. Vor allem nicht, was Papa sagt«, und dann fügte sie hinzu: »Außer, was ich dir sage, mir solltest du gehorchen.« Sie wollte noch hinzufügen: »weil ich das Wort Gottes gehört habe«, aber das würde Olivia nicht verstehen. Niemand verstand es, außer Gott natürlich und Jeanne d'Arc.

Als Gott zum ersten Mal zu ihr gesprochen hatte, saß sie während eines Hockeyspiels am Spielfeldrand. Sylvia, eine einfallsreiche Rechtsaußen, war vom Platz gestellt worden, weil sie einer Gegenspielerin mit dem Schläger auf die Knöchel geschlagen hatte (es ging doch nur darum zu gewinnen, oder?), und sie schmollte wütend, als eine Stimme neben ihr »Sylvia« sagte. Sie sah sich um, doch niemand war da, nur ein Mädchen namens Sandra Lees, die mit einem quiekenden Cambridge-Akzent sprach, so dass sie es nicht gewesen sein konnte, außer Sandra Lees übte heimlich Bauchreden oder hatte sich in einen Mann verwandelt. Sylvia kam zu dem Schluss, dass sie es sich eingebildet hatte, aber dann sagte die Stimme noch einmal ihren Namen – eine tiefe, honigsüße Stimme, eine Stimme, die sie in Wärme hüllte, und diesmal flüsterte Sylvia, ganz leise, weil Sandra Lees in der Nähe war: »Ja?«, und die Stimme sagte: »Sylvia, du wurdest auserwählt«, und Sylvia sagte: »Bist du Gott?«, und die Stimme antwortete: »Ja.« Eine eindeutigere Aussage als diese war kaum denkbar, oder? Und manchmal fühlte sie sich durch das heilige Licht so verwandelt, dass sie einfach *in Ohnmacht fiel*. Sie liebte es, wenn das passierte, sie liebte das Gefühl, die Kontrolle zu verlieren, nicht mehr für ihren Körper oder ihren Geist verantwortlich zu sein. Einmal (vielleicht öfter als einmal) war sie in Papas Arbeitszimmer in Ohnmacht gefallen – sie hatte einen Blackout und stürzte auf den Boden wie eine gemarterte Heilige. Papa goss ihr ein Glas Wasser ins Gesicht und sagte, sie solle sich zusammenreißen.

Sylvia flüsterte einer nahezu schlafwandelnden Olivia zu: »Komm, lass uns ein Spiel spielen«, und Olivia sagte: »Nein«, und klang quengelig und nicht wie ihr übliches folgsames Selbst. »Is Nacht«, wandte sie ein, und Sylvia sagte: »Na und?«, und nahm sie an der Hand, und sie hatten schon den halben Rasen überquert, als Olivia rief: »Blaue Maus!«, und Sylvia sagte: »Dann beeil dich und hol sie«, und Olivia kroch zurück ins Zelt und kam wieder heraus, Blaue Maus im Arm, Rascal sprang fröhlich hinter ihr her.

Jeanne d'Arc hatte zu ihr gesprochen, als sie hoch oben auf dem Ast von Mrs. Rains Buche saß. Jeanne d'Arc sprach ihr ins Ohr, als ob sie neben ihr auf dem Ast säße. Das Komische war, dass sich Sylvia nach diesen Gesprächen nie richtig erinnern konnte, was Jeanne d'Arc eigentlich *gesagt* hatte, und sie hatte den Eindruck, dass sie überhaupt nicht gesprochen, sondern *gesungen* hatte, wie ein großer Vogel im Baum.

Gott hatte sie auserwählt, er hatte sie *wahrgenommen*, aber zu welchem Zweck? Um ein großes Heer in die Schlacht zu führen und dann in einem reinigenden Feuer zu verbrennen wie Jeanne d'Arc? Um geopfert zu werden? Als Sakrifizium? Aus dem lateinischen *sacer*, heilig, und *facere*, machen. Heilig machen. Sie war heilig, wie eine Heilige. Sie war etwas Besonderes. Sie wusste, dass ihr natürlich niemand glauben würde. Sie hatte es Amelia erzählt, und Amelia hatte gesagt: »Sei nicht albern.« Amelia hatte keine Phantasie, sie war so langweilig. Sie hatte auch versucht, es Mami zu erzählen, aber Rosemary machte gerade einen Kuchen, schaute wie hypnotisiert auf die Knethaken ihrer Kenwood-Küchenmaschine, die sich drehten und drehten, und als Sylvia sagte: »Ich glaube, Gott hat zu mir gesprochen«, sagte sie: »Das ist nett«, und Sylvia sagte: »Julia wurde gerade von einem Tiger gefressen«, und ihre Mutter entgegnete: »Wirklich?« auf dieselbe verträumte, zerstreute Weise, und Sylvia verließ die Küche.

Gott sprach weiterhin zu ihr. Er sprach zu ihr von den Wolken herab, aus den Büschen, er sprach zu ihr, wenn sie abends einschlief und morgens aufwachte. Er sprach zu ihr, wenn sie im Bus saß oder im Bad stand (vor Gott musste sie sich ihrer Nacktheit nicht schämen), er sprach zu ihr, wenn sie im Klassenzimmer oder am Esstisch saß. Und er sprach immer zu ihr, wenn sie in Victors Arbeitszimmer war. Dort sagte er stets: »Lasset die Kinder zu mir kommen«, denn sie war schließlich noch ein Kind.

»Nein«, sagte Olivia laut und zog an Sylvias Hand. »Psst, ist schon in Ordnung«, sagte Sylvia und stieß das hölzerne Tor in der Mauer von Mrs. Rains Garten auf. »Nein«, sagte Olivia und blieb stehen, aber verglichen mit Sylvia hatte sie so viel Kraft wie ein kleines Kätzchen. »Die Hexe«, flüsterte Olivia. »Sei nicht albern«, sagte Sylvia, »Mrs. Rain ist nicht wirklich eine Hexe, das ist nur ein Spiel.« Sylvia war sich selbst nicht sicher, ob sie das glaubte. Erschuf Gott eine Welt mit Hexen? Und was war mit Gespenstern? Kamen in der Bibel Gespenster vor? Sie musste Olivia jetzt weiterzerren. Sie wollte mit ihr auf die Buche klettern, sie wollte sie Jeanne d'Arc vorführen, wollte ihr zeigen, wie rein Olivia war, was für ein heiliges Kind sie war, genau wie das Jesuskind. Sie wusste noch nicht, wie sie Olivia den Baum hinaufbringen würde, die Chance, dass sie freiwillig hinaufklettern würde, war gering. Olivia begann zu weinen. Sylvia fing an, sich über sie zu ärgern. Die alte Hexe könnte sie hören. »Sei still, Olivia«, sagte sie streng und riss sie am Arm, um sie weiterzuziehen. Sie wollte ihr nicht wehtun, wirklich nicht, aber Olivia weinte und machte ein Theater (was ihr gar nicht ähnlich sah, wirklich nicht), und Sylvia zischte: »Hör auf«, aber Olivia hörte einfach nicht auf, deswegen musste Sylvia ihr den Mund zuhalten. Und dann musste sie die Hand wirklich lange auf ihrem Mund lassen, bis Olivia endlich still war.

Lasset die Kinder zu mir kommen und wehret ihnen nicht. Ein Opfer. Sylvia hatte geglaubt, dass sie das Opfer sein würde, zu Tode gemartert, weil Gott sie auserwählt hatte. Aber es war Olivia, die dazu bestimmt war, Gott gegeben zu werden. Wie Isaak, der allerdings nicht gestorben war, oder? Olivia war jetzt heilig. Rein und heilig. Rein und heilig und in Sicherheit. Sie konnte nicht mehr berührt werden. Sie würde nie in Papas Arbeitszimmer gehen müssen, sie würde nie an Papas stinkendem Ding in ihrem Mund würgen, nie seine großen Hände auf ihrem Körper spüren, die sie unrein und unheilig machten. Sylvia blickte auf den kleinen Körper, der im hohen Gras lag, und wusste nicht, was sie tun sollte. Sie würde jemanden zu Hilfe holen müssen. Die einzige Person, die ihr einfiel, war Papa. Sie würde Papa holen müssen. Er wüsste, was zu tun war.

28
Und Julia sagte

Au Revoir Tristesse. Jackson fuhr mit offenem Verdeck, die Dixie Chicks tönten laut aus der Stereoanlage. Er holte sie am Flughafen von Montpellier ab. Sie waren angemessen für das Cabrio gekleidet, mit Kopftüchern aus Chiffon und Sonnenbrillen, und Julia sah aus wie ein Filmstar aus den fünfziger Jahren, und Amelia sah nicht so aus. Julia hatte am Telefon gesagt, dass Amelia dieser Tage wesentlich besser gelaunt sei, aber wenn dem so war, dann behielt sie es für sich. Sie saß auf dem Rücksitz seines neuen BMW M3, schnaubte und grunzte über alles, was Julia sagte. Jackson bedauerte plötzlich, dass er nicht den Zweisitzer BMW Z8 gekauft hatte, dann hätten sie Amelia in den Kofferraum stecken können.

»Zigarette?«, sagte Julia, und Jackson sagte: »Nein, ich habe aufgehört«, und Julia sagte: »Gut gemacht, Mr. B.«

Sie fuhren nach Montpellier, wo es sehr heiß war und sie in einem Café am Stadtplatz von kleinen silbernen Tellern Eis aßen – *glaces artisanales*. Julia bestellte, und Jackson war beeindruckt von ihrem hervorragenden Französisch.

»Sie war einmal ein Pudel«, sagte Amelia (unergründlicherweise), und Julia sagte: »Sei nicht so griesgrämig, Milly, wir sind *en vacances*«, und Amelia entgegnete: »Du machst immer Ferien«, und Julia erwiderte: »Ich kann mir schlimmere Arten vorstellen, mein Leben zu verbringen«, und Jackson fragte sich, ob er in Julia verliebt war, und dann verdunkelte sich plötzlich der Himmel, nahm die Farbe reifer Agen-Pflaumen an, in der Ferne grollte Donner, und die ersten schweren Regentropfen fielen auf die Markise des Cafés, und Julia zuckte die Achseln (auf lobenswert französische Weise) und sagte: »*C'est la vie,* Mr. Brodie, *c'est la vie.*«

Dank an:

Meinen Agenten Peter Straus
Meine Lektorin Marianne Velmans
Maureen Allan, Helen Clyne, Umar Salam, Ali Smith und Sarah Wood für Cambridge im Juli, mit besonderem Dank an Ali Smith
Reagan Arthur, Eve Atkinson-Worden, Helen Clyne und Marianne Velmans, weil sie das Manuskript begeistert gelesen haben
Meinen Cousin Major Michael Keech
Stephen Cotton, er weiß warum
David Lindgren für die Geschichte von den Schafen
Und last, but not least Russell Equi, den Gott der fahrenden Dinge.

GLI ADELPHI

2

Konrad Lorenz (1903-1989) fu insignito nel 1973 del Premio Nobel per la fisiologia e la medicina, insieme a Niko Tinbergen e Karl von Frisch. Di lui, oltre a *L'anello di Re Salomone* (1967), sono apparse presso Adelphi le seguenti opere: *E l'uomo incontrò il cane* (1973); *Gli otto peccati capitali della nostra civiltà* (1974); *L'altra faccia dello specchio* (1974).

Konrad Lorenz

L'anello di Re Salomone

ADELPHI EDIZIONI

TITOLO ORIGINALE:
Er redete mit dem Vieh,
den Vögeln und den Fischen

So kam der Mensch auf den Hund
(per la parte «Storie di cani»)

Traduzione di Laura Schwarz

FIRST PUBLISHED BY VERLAG
DR. BOROTHA SCHOELER, VIENNA, 1949

WWW.ADELPHI.IT

ISBN 978-88-459-0687-9

Anno				Edizione					
2025	2024	2023	2022	36	37	38	39	40	41

INDICE

L'ANELLO DI RE SALOMONE

PREMESSA

Ciò che seminai nell'ira
crebbe in una notte
rigogliosamente
ma la pioggia lo distrusse.

Ciò che seminai con amore
germinò lentamente
maturò tardi
ma in benedetta abbondanza.

PETER ROSEGGER

Per scrivere sugli animali bisogna essere ispirati da un affetto caldo e genuino per le creature viventi, e penso che a me questo requisito verrà senz'altro riconosciuto. Ma ho voluto citare i bei versi di Peter Rosegger, perché questo libro è scaturito non solo dal mio grande amore per gli «animali», ma anche dalla mia ira contro i «libri» che trattano di animali. E devo riconoscere che se mai nella mia vita ho agito sotto l'impulso dell'ira, è stato proprio nella stesura di queste storie di animali.

Ma di che cosa mi adiravo? Delle molte storie di animali, incredibilmente false e cattive, che ci vengono offerte oggi in tutte le librerie; dei molti pennaioli che pretendono di parlare degli animali senza saperne un bel nulla. Chi scrive che le api urlano e spalancano le fauci, o che i lucci, lottando tra loro, si prendono per la gola, dimostra di non possedere neppur la più pallida idea dei caratteri di quegli animali, che pretende invece di avere direttamente e amorevolmente osservato. Se per compilare un libro sugli animali bastassero alcune informazioni delle esistenti società di allevatori, persone come Heck senior, Bengt Berg, Paul Eipper, Ernest Seton Thompson, o Wäscha Kwonnesin, che hanno dedicato tutta la vita alle ricerche sugli animali, sarebbero da considerarsi sciocche. Non si possono sottovalutare gli innumerevoli errori che queste irresponsabili storie di animali diffondono fra i lettori, e soprattutto tra i giovani, vivamente interessati a questo argomento.

E non si obietti che queste falsificazioni sono una legittima libertà della rappresentazione artistica. Certo, i poeti hanno diritto di «stilizzare» anche gli animali, come qualsiasi altro oggetto, secondo le necessità del processo artistico: i lupi e le pantere di Rudyard Kipling, il suo impareggiabile mungo Riki-tikki-tavi parlano come gli uomini, e l'ape Maja di Waldemar Bonsels[1] *può esibire un comportamento non meno corretto e gentile del loro.*

Ma queste stilizzazioni, sono permesse solo a chi conosce veramente l'animale. Anche gli artisti figurativi non sono tenuti a rappresentare le cose con precisione scientifica, ma guai a colui che non conosce *l'oggetto che pretende di rappresentare, e che si serve della stilizzazione solo per mascherare la propria ignoranza!*

Io sono uno scienziato, non un artista, e quindi non mi permetto nessuna libertà e nessuna «stilizzazione». Inoltre ritengo che queste libertà non siano affatto necessarie, e che sia molto meglio attenersi, come nei veri e propri lavori scientifici, semplicemente ai fatti, se si vuole dischiudere al lettore la bellezza del mondo animale. Le verità dell'universo organico si impongono infatti sempre più al nostro amore e alla nostra ammirazione e divengono sempre più belle quanto più profondamente si penetra in ogni loro peculiarità, ed è proprio insensato credere che l'oggettività della ricerca, il sapere, la conoscenza dei fenomeni naturali, possano far diminuire la gioia procurataci dalle meraviglie della natura. Anzi, quanto più l'uomo impara a conoscere la natura, tanto più viene preso profondamente e tenacemente dalla sua viva realtà. E in ogni buon biologo che sia stato chiamato alla sua professione dal godimento interiore che gli

1. Il noto racconto *Die Biene Maja und ihre Abenteuer* che lo scrittore tedesco pubblicò nel 1912 [*N.d.T.*].

procurava la bellezza delle creature viventi, tutte le conoscenze acquistate attraverso la professione non hanno fatto che approfondire il godimento e l'amore della natura e del proprio lavoro. Per il campo di indagine cui ho dedicato la mia vita, cioè lo studio del comportamento animale, ciò vale ancor più che per ogni altro campo di ricerca nel mondo vivente: questo studio esige una dimestichezza così immediata con il mondo animale, ma anche una pazienza così disumana da parte dell'osservatore, che non basterà a sostenerlo il solo interesse teorico per gli animali, se mancherà l'amore che nel comportamento dell'uomo e dell'animale riesce a cogliere e constatare quell'affinità di cui aveva già da prima un'intuizione.

Oso dunque sperare che questo libro non mi venga distrutto dalla pioggia: ammetto infatti io stesso di averlo concepito nell'ira, ma quest'ira è frutto a sua volta del mio grande amore per gli animali!

Altenberg, estate 1949

KONRAD LORENZ

QUANDO GLI ANIMALI COMBINANO GUAI

Perché incomincio proprio dal lato più sgradevole della nostra convivenza con gli animali? Perché il nostro amore per loro si misura proprio dai sacrifici cui siamo disposti a sobbarcarci. Sarò eternamente grato ai miei pazienti genitori che si limitavano a scuotere il capo o a sospirare rassegnati quando, scolaretto o giovane studente, portavo a casa un ennesimo coabitante, prevedibilmente turbolento. E che cosa non ha sopportato mia moglie nel corso degli anni! Chi mai oserebbe infatti imporre alla consorte di lasciar circolare liberamente per casa un ratto domestico, che coi denti strappa tanti bei pezzettini dalle lenzuola per tappezzare la tana; o di permettere a un cacatua di beccar via tutti i bottoni dalla biancheria stesa in giardino; o di accogliere, per la notte, in camera da letto, un'oca selvatica addomesticata, per lasciarla poi volar via dalla finestra al mattino? (Sia detto qui per inciso che le oche selvatiche non sono minimamente educabili per quanto riguarda la pulizia!). E che direbbe una moglie scoprendo che quelle graziose macchioline blu seminate dagli uccelli su tutti i mobili e i tendaggi dopo una gustosa merenda di mirtilli non hanno alcuna intenzione di scomparire? Che direbbe se... e potrei continuare così per venti pagine.

«Ma sono proprio necessari tutti questi disagi?» mi chiederete; e io risponderò con un energico e convintissimo «sì». Naturalmente si possono tenere in casa degli animali anche rinchiudendoli in gabbie da salotto, ma gli animali superiori dotati di una più vivace attività mentale si imparano a *conoscere* solo se si dà loro la possibilità di muoversi liberamente. Come sono tristi e inibiti in gabbia un lemuride, una scimmia o un grosso pappagallo, e come sono invece incredibilmente vivaci, divertenti e interessanti in piena libertà! Però bisogna essere preparati anche ai loro disastri. La mia specialità è stata da sempre (se non altro per motivi di metodologia scientifica) quella di allevare animali superiori nella libertà più illimitata, ed è in queste condizioni che ho condotto la maggior parte delle mie ricerche.

Ad Altenberg le gabbie e le reti avevano una funzione opposta a quella che hanno di solito: dovevano cioè impedire che gli animali entrassero in casa o in giardino. Ad essi era inoltre severamente vietato di trattenersi all'interno del reticolato che circondava le nostre belle aiuole. Ma, come avviene coi bambini, così anche gli animali più intelligenti sono magicamente affascinati da tutte le cose proibite. E per di più le oche selvatiche, con il loro splendido attaccamento all'uomo, anelano sempre alla sua compagnia. Così ogni momento, in men che non si dica, ci trovavamo circondati da venti o trenta oche selvatiche che venivano a pascolare sulle aiuole, o, ancor peggio, che facevano irruzione sulla veranda salutandoci con forti schiamazzi. E purtroppo è estremamente difficile tener lontano da un dato luogo un uccello capace di volare, ma privo di qualsiasi timore nei confronti dell'uomo; a nulla servono le grida più selvagge, i più energici movimenti con le braccia. L'unico mezzo intimidatorio di una certa efficacia era un enorme ombrellone rosso scarlatto: simile a un cavaliere con lancia in resta, mia moglie, l'ombrello chiuso sotto il braccio, piombava sulle oche che avevano ripreso a pascolare sull'aiuola appena seminata e, gettando un grido bellicoso, l'apriva con mossa repentina. Questo era troppo perfino per le nostre oche, che si levavano in aria starnazzando. Purtroppo però mio padre rendeva totalmente vani tutti gli sforzi pedagogici di mia moglie nei riguardi di questi volatili: il vecchio gentiluomo era molto amante delle oche selvatiche, in particolare dei paperi, a causa del loro comportamento coraggioso e cavalleresco, e nulla quindi poteva dissuaderlo dall'invitarle tutti i giorni a prendere il tè sulla veranda. Essendo a quell'epoca già assai debole di vista, delle conseguenze *materiali* della visita egli si accorgeva a malapena solo se vi metteva proprio dentro il piede! Un giorno, dunque, recatomi in giardino all'imbrunire, vidi con stupore che quasi tutte le oche mancavano. Con foschi presentimenti mi precipitai nello studio di mio padre, e che cosa vidi? Sul magnifico tappeto persiano ventiquattro oche facevano cerchio attorno al mio vecchio che, seduto alla scrivania, beveva il tè, leggendo tranquillamente il giornale e offrendo ai volatili un pezzo di pane dopo l'altro. Questi erano un poco innervositi dall'ambiente sconosciuto, con conseguenze evidenti e spiacevoli per la loro attività intestinale: al pari di altre bestie che devono digerire molte fibre vegetali, anche le oche hanno, infatti, un intestino cieco assai sviluppato in cui certi batteri scindono la cellulosa rendendola assimilabile all'organismo. Di solito per ogni sei-otto evacuazioni normali ce n'è una dell'intestino cieco, che ha un odore particolarmente acre e un colore verde scuro assai intenso. Ma se un'oca selvatica è agitata o innervosita, c'è un susseguirsi ininterrotto di scariche di questo genere. Più di undici anni sono trascorsi da quella visita delle oche, e le macchie sul tappeto sono sempre là, anche se il loro colore, da verde scuro, si è fatto verde giallastro.

Gli animali vivevano dunque in piena libertà, ma anche in gran confidenza con tutti noi, e caso mai c'era da guardarsi proprio dai loro eccessi di confidenza. All'esclamazione che altrove è consueta: «L'uccello è fuggito dalla gabbia, presto, chiudi la finestra!», si contrapponeva il *nostro* grido di allarme: «Per l'amor di Dio, chiudi la finestra, il cacatua (oppure il corvo, il maki, o la scimmia cappuccina) vuol venire *dentro*!». Ma la più bella applicazione del principio «della gabbia all'inverso» la escogitò mia moglie quando il nostro primogenito era molto piccolo. Tenevamo allora alcuni animali grossi e potenzialmente pericolosi: dei corvi imperiali, due cacatua dal ciuffo giallo, due maki e una scimmia cappuccina, tutti soggetti, soprattutto i corvi, che non era opportuno lasciare soli con il bambino. Così mia moglie in quattro e quattr'otto sistemò in giardino una grossa gabbia, e vi pose dentro... il pargoletto!

Purtroppo gli animali superiori hanno una capacità e una tendenza a combinar disastri direttamente proporzionale alla loro intelligenza. Quindi soprattutto le scimmie antropoidi non possono essere lasciate a lungo incustodite. Coi lemuridi però, e soprattutto con il delizioso maki, che per molti anni è stato un nostro caro e divertente coabitante, la cosa è possibile, perché in loro l'interesse di ricerca e la curiosità nei confronti degli oggetti domestici sono ancora scarsi. Invece le vere scimmie, anche se filogeneticamente inferiori come quelle del Nuovo Continente (platirrine), hanno un interesse ardente verso ogni nuovo oggetto, e se ne servono per ogni sorta di «esperimenti». Per quanto importante dal punto di vista della psicologia animale, ciò diventa alla lunga finanziariamente insostenibile, come dimostrerò con un solo esempio.

Da giovane studente, quando abitavo ancora presso i miei genitori a Vienna, avevo uno splendido esemplare di scimmia cappuccina (*Cebus fatuellus*), una femmina di nome Gloria, che stava in una gabbia assai spaziosa nella mia camera. Quando io ero a casa e potevo quindi sorvegliarla, Gloria aveva il permesso di circolare liberamente per la stanza, ma quando dovevo uscire la chiudevo in gabbia, dove essa si annoiava a morte ed escogitava ogni sorta di espedienti per uscire al più presto. Rientrando una sera dopo un'assenza un po' prolungata, girai l'interruttore della luce, ma tutto rimase buio come prima, e il riso sommesso di Gloria, proveniente non dalla gabbia, bensì dal supporto della tenda, non lasciava dubbi sulla causa e sull'autore del guasto. Tornai con la candela accesa, e ai miei occhi esterrefatti si presentò la scena seguente: Gloria aveva tolto la pesante lampada di bronzo dal tavolino da notte, l'aveva trascinata attraverso tutta la camera (purtroppo senza staccare la spina dalla parete), l'aveva sollevata sopra il più alto degli acquari, e sbattuta violentemente contro la grossa lastra di vetro, facendola poi cadere nell'acqua, donde il corto circuito. In seguito, o forse anche prima, Gloria aveva aperto la serratura della mia libreria (impresa stupefacente date le minuscole dimensioni della chiave), ne aveva estratto i volumi 2° e 4° del *Trattato di medicina interna* dello Strümpell, li aveva portati presso l'acquario, riducendoli in briciole e riempiendone con indefesso zelo la vasca. Sul pavimento giacevano le rilegature vuote, senza neppure il più piccolo frammento di pagina. Nella vasca galleggiavano tristi anemoni di mare coi tentacoli pieni di carta...

Ma l'aspetto più interessante di questo «esperimento» era l'assoluta precisione con cui era stato condotto: la scimmia doveva aver dedicato un tempo considerevole all'impresa, che, anche solo dal punto di vista fisico, era certo ragguardevole per un animale così piccolo. Soltanto piuttosto costosa!

Qual è dunque l'aspetto positivo che fa da contrappeso a questi fastidi e guai infiniti provocati dagli animali che circolano liberamente per casa?

A prescindere dalle ragioni metodologiche, che per certe ricerche di psicologia animale esigono soggetti psichicamente sani e immuni dalle influenze dannose della cattività, l'animale in libertà, che *potrebbe* fuggire e invece rimane perché mi è affezionato, costituisce per me una fonte di gioia ineffabile. Quando, passeggiando lungo la riva del Danubio, mi giunge il richiamo sonoro del corvo, e al mio grido di risposta il grosso uccello, lassù in cielo, ripiega le ali, si butta a capofitto facendo sibilare l'aria e poi, con una brusca frenata, viene a posarsi dolcemente sulla mia spalla, ciò mi ricompensa di tutti i volumi lacerati, e di tutte le uova di anitra svuotate che il mio corvo ha sulla coscienza. E il fascino di questa esperienza non svanisce con il passare del tempo, anche se l'uccello di Wotan è divenuto per me un compagno abituale, come per altri lo sono il cane o il gatto: e un animale che mi è divenuto amico non mi riempie di gioia soltanto per ciò che mi dona in quel dato momento, ma anche per tutti i ricordi che risveglia in me. Ecco, mi viene in mente un mattino nebbioso, all'inizio della primavera, in cui camminavo sulla riva del Danubio. Lungo la corrente ancora invernale, magra e nerastra, vennero volando dei quattrocchi, degli smerghi maggiori e minori, qualche stormo di oche granaiole, e fra loro, come se appartenessero alla stessa famiglia, uno stormo di oche selvatiche. Io vedo che alla seconda oca, nella fila sinistra dello schieramento triangolare, manca una penna primaria, e in un attimo mi balena alla memoria tutto ciò che so di quell'oca e della sua penna primaria spezzata, tutto quanto era accaduto un giorno. Perché, naturalmente, si trattava delle *mie* oche selvatiche che tornavano: non ce ne sono altre sul Danubio, neppure all'epoca delle migrazioni.

Dunque, il secondo uccello nella fila sinistra della falange triangolare era il mio papero Martino. Martino a suo tempo si era fidanzato con la mia oca addomesticata Martina, ed era quindi stato battezzato col nome di lei (prima non era che un numero, perché solo le oche da me allevate ricevevano un vero nome). Presso le oche selvatiche il giovane fidanzato suole seguire letteralmente ogni passo della sua promessa. Martina però si muoveva con gran disinvoltura per tutte le stanze della nostra casa, senza preoccuparsi del fidanzato che, cresciuto in libertà, era costretto ad avventurarsi in regioni a lui ignote. Se si pensa alla ripugnanza che hanno le oche selvatiche, uccelli che amano gli spazi aperti, a spingersi anche solo fra i cespugli o sotto gli alberi, Martino ci apparirà come un piccolo eroe: col collo teso seguì un giorno la sua amata attraverso la porta principale, fin nell'ingresso, e poi su per le scale, fino in camera da letto. Mi sembra ancora di vederlo ritto in mezzo alla stanza, con le penne appiattite contro il corpo dalla paura, il becco spalancato, tremante per la tensione, sfidare orgogliosamente il grande ignoto fischiando a pieni polmoni! In quel momento, dietro di lui si chiuse improvvisamente la porta con un colpo violento. Neppure un eroico papero avrebbe potuto rimanersene ancora saldo sulle sue gambe: prese il volo e andò dritto a sbattere contro il lampadario; questo perse parecchi ciondoli e il cavaliere Martino una penna primaria.

Ecco quello che sapevo sulla penna primaria mancante alla seconda oca della fila sinistra. Ma sapevo anche altre cose, ancora più consolanti: sapevo per esempio che, quando sarei rientrato dalla passeggiata, le oche sarebbero state lì sulla scala, davanti alla veranda, e mi avrebbero salutato col collo proteso: un gesto che per le oche ha lo stesso significato dello scodinzolare del cane.

E mentre ancora seguivo con lo sguardo le oche che volavano basse sull'acqua e scomparivano alla prossima curva del fiume, fui improvvisamente colto da quel senso di meraviglia per le cose note e familiari che è all'origine della filosofia. Provai in me un profondo stupore per la possibilità di una tale dimestichezza con un uccello libero e selvatico, e la constatazione di questo fatto mi rese stranamente felice, come se con ciò si fosse potuto un poco riparare alla cacciata dall'Eden.

Ora, dopo i bombardamenti, i corvi se ne sono andati via da Königsberg, mia ultima sede d'insegnamento, e così pure le oche selvatiche, emigrate chissà dove. Di tutti i miei uccelli selvatici sono rimaste solo le taccole, i primi volatili che ho allevato ad Altenberg. Questi miei perenni compagni continuano a intrecciare i loro voli attorno al tetto, e il loro sonoro richiamo, di cui comprendo ogni inflessione, continua a echeggiare nel mio studio attraverso le canne del calorifero. Ogni anno essi continuano a intasare i camini con i loro nidi, e a irritare i vicini danneggiandone i ciliegi.

Comprendete ora che i guai e i disagi ci sono ripagati non solo dai risultati scientifici, ma anche da qualcosa di molto, molto più grande?

UNA COSA CHE NON FA DANNI: L'ACQUARIO

Non costa quasi nulla eppure è una cosa magnifica: coprite il fondo di un recipiente di vetro con un pugno di sabbia pulita e piantatevi alcune comuni pianticelle acquatiche, versateci sopra delicatamente alcuni litri d'acqua di rubinetto e ponete il tutto su di un davanzale soleggiato. Quando l'acqua si è purificata e le pianticelle hanno incominciato a crescere, mettetevi dentro alcuni pesciolini: o, ancor meglio, recatevi con un vasetto e con un acchiappafarfalle allo stagno più vicino, immergete alcune volte la rete, e raccoglierete una miriade di organismi viventi.

In quella reticella per me è ancor oggi rinchiuso l'incanto della fanciullezza. Meglio se non si tratta di uno strumento impeccabile, con manico di ottone e borsa di garza; anzi, la tradizione vuole che ce lo si prepari da soli, a casa, in dieci minuti: il manico con un filo metallico incurvato alla bell'e meglio, la borsa con una calza, un pezzo di tenda o un pannolino. Con un simile aggeggio, a nove anni ho catturato le prime dafnie per i miei pesciolini, scoprendo così le piccole meraviglie dello stagno di acqua dolce che immediatamente mi sedusse con il suo fascino. Dopo la reticella venne la lente d'ingrandimento, dopo di questa un modesto microscopio, e con ciò il mio destino fu irrevocabilmente segnato. Chi infatti ha contemplato una volta con i propri occhi la bellezza della natura non è destinato alla morte come pensa Platen, bensì alla natura stessa, di cui ha intravisto le meraviglie. E se ha davvero degli occhi per vedere, costui diverrà inevitabilmente un naturalista.

Dunque voi fate passare la reticella fra le piante acquatiche del vicino stagno, riempiendovi di solito le scarpe di acqua e di fango. Se avete scelto bene il luogo e avete trovato uno stagno dove c'è roba che fa per voi, presto il fondo della rete sarà tutto un brulichìo di piccole creature trasparenti. Rovesciate allora il contenuto della rete nel recipiente che avrete già prima riempito di acqua. Giunti a casa, vuotate delicatamente il vostro bottino nell'acquario e contemplate il piccolo mondo che ora si dispiega ai vostri occhi. L'acquario *è* infatti un universo, dove, come in uno stagno o in un lago naturale, insomma come in un qualsiasi luogo del nostro pianeta, creature animali e vegetali vivono insieme creando un equilibrio biologico. Le piante consumano l'acido carbonico espirato dagli animali e a loro volta esalano ossigeno. È però errato affermare che le piante respirano non come gli animali, ma «alla rovescia»: come gli animali esse inspirano ossigeno ed espirano acido carbonico, ma, oltre a questo processo e indipendentemente da esso, le piante in via di accrescimento assimilano l'acido carbonico servendosene per costruire la loro sostanza corporea, e l'ossigeno eliminato eccede quindi quello incorporato con la respirazione. Di questo eccesso di ossigeno vivono uomini e animali. Inoltre le piante sono in grado di assimilare i prodotti della decomposizione di altre creature viventi, reinserendoli nel grande ciclo vitale della materia.

Ogni disturbo arrecato a questo ciclo, all'equilibrata convivenza di animali e vegetali, produce conseguenze dannose. Per esempio molti acquariofili, sia bambini sia adulti, non resistono alla tentazione di inserire nel recipiente, già pieno di animali fino al limite della tolleranza della sua parte vegetale, ancora questo o quel bel pesciolino. E proprio il nuovo pesciolino può essere la rovina di quel mondo che è l'acquario, così provvidamente difeso e amato. Dall'eccesso di animali deriverà infatti una mancanza di ossigeno; allora qualche organismo prima o poi soccomberà, e la sua morte potrà anche passare inosservata. Ma la decomposizione del suo corpo farà enormemente aumentare i batteri, l'acqua si intorbiderà, l'ossigeno diminuirà ulteriormente; allora moriranno altri animali, e la distruzione si propagherà con ritmo incalzante; alla fine anche la vegetazione comincerà a decomporsi, e quello che pochi giorni prima era stato un delizioso e limpido laghetto popolato di prospere pianticelle e di vivaci animaletti diverrà in breve tempo una disgustosa e puzzolente brodaglia.

Da questi pericoli l'esperto acquariofilo si difende con l'aerazione artificiale dell'acqua. Tuttavia questo espediente tecnico sminuisce il pregio dell'acquario, che consiste proprio nell'autosufficienza biologica di quel piccolo universo, cui dall'esterno non occorre alcun aiuto, a parte il nutrimento degli animali e la pulizia della vetrina anteriore del recipiente: se infatti vi domina il giusto equilibrio, l'acquario non ha bisogno di essere pulito! Rinunziando ai pesci più grossi, specie a quelli che sommuovono il fondo, nessun danno si avrà se gli escrementi animali e i tessuti vegetali in decomposizione costituiranno a poco a poco uno strato fangoso; anzi, tanto meglio, perché questo strato penetrerà e renderà fertile il fondo, originariamente sterile. Nonostante il fango, l'acqua rimarrà inodore e conserverà la limpidezza cristallina di uno dei nostri laghetti alpini.

Dal punto di vista biologico, e anche da quello estetico, è meglio inaugurare l'acquario in primavera, popolandolo solo di pochi ramoscelli in germoglio: solo le piante che vi sono cresciute riescono ad adattarsi alle particolari condizioni di quell'ambiente e a prosperarvi, mentre tutte le piante che sono state inserite nell'acquario già adulte vi perdono gran parte della loro bellezza. Anche se distano tra loro solo pochi centimetri, due acquari hanno un'individualità così distinta e ben caratterizzata come due laghi che distino tra loro molte ore di cammino. Ed è proprio questa la straordinaria attrattiva di un nuovo acquario, il fatto che, inaugurandolo, non si ha alcuna idea di come esso si svilupperà, dell'aspetto che assumerà una volta raggiunto il suo equilibrio particolare. Supponiamo di riempire contemporaneamente tre recipienti con lo stesso materiale, disponendoli l'uno accanto all'altro sulla stessa tavola e popolandoli tutti con peste d'acqua (*Elodea canadensis*) e miriofilli (*Myriophyllum verticillatum*): nel primo recipiente crescerà, poniamo, una fitta giungla di peste d'acqua che soffocherà completamente i teneri miriofilli, nella seconda potrà accadere il contrario, e nella terza le due specie armonizzeranno, e come dal nulla sorgerà una splendida vegetazione di *Nitella flexilis,* una graziosa alga verde tutta ramificata a mo' di candelabro. E l'evoluzione dei tre acquari può essere tanto diversa da rendere diverse anche le proprietà biologiche, favorevoli o sfavorevoli all'insediamento di determinati animali; insomma, benché impostati nello stesso identico modo, i tre acquari svilupperanno ognuno il proprio universo particolare.

Ci vuole un certo tatto e molto autocontrollo per permettere a ogni acquario di «trovare la propria fisionomia», perché anche gli interventi meglio intenzionati possono avere effetti deleteri. Naturalmente si può anche impiantare un acquario «elegante», con fondo artificiale e piantine ben distribuite ad arte; un filtro eviterà la formazione di fango e l'aerazione artificiale consentirà di tenervi molti più pesci di quanto non sarebbe possibile in condizioni più naturali. In questo caso le piante avranno una funzione puramente ornamentale, non essendo necessarie agli animali, cui l'aerazione artificiale fornirà abbastanza ossigeno per le loro esigenze vitali.

È questione di gusti, ma per me un acquario è una comunità autonoma che si mantiene in vita grazie a un *proprio* equilibrio biologico. Altrimenti si tratta di una specie di stalla, cioè di un ambiente tenuto artificialmente pulito, igienicamente ineccepibile, che non è un fine in se stesso, ma solo un mezzo per contenervi determinati animali.

Con una grande esperienza e con un delicato intuito biologico è però possibile, entro certi limiti, predeterminare il carattere generale del microcosmo che si svilupperà poi in un acquario, scegliendone oculatamente il fondo, la posizione del recipiente, la temperatura e la luminosità, e infine gli animali che lo popoleranno. In questo consiste l'arte dell'acquariofilo, in cui eccelleva il mio amico Bernhard Hellmann, perito tragicamente: in uno dei suoi acquari egli era riuscito a riprodurre perfettamente un ambiente naturale ben preciso, il lago di Altaussee; era una vasca grande, assai profonda, fresca, e non troppo esposta alla luce; la vegetazione nell'acqua cristallina consisteva di trasparenti erbe verde chiaro, il fondo sassoso era coperto di scuro muschio dei fossi (*Fontinalis*) e di graziosa *Chara*. Gli animali non microscopici erano rappresentati solo da alcune minuscole trote, da qualche varone e da un piccolo gambero fluviale: una popolazione ittica dalla densità non molto superiore a quella di uno stagno naturale. Bisogna far molta attenzione a questo aspetto se si vogliono conservare a lungo e far riprodurre animali acquatici assai delicati. La maggior parte dei pesci esotici ornamentali che vediamo negli acquari dei dilettanti ci facilitano il compito, perché anche in natura essi vivono in piccoli stagni non troppo puliti; l'ambiente dei piccoli stagni tropicali, riscaldati dal sole in modo intenso e uniforme, si può facilmente riprodurre presso una qualunque finestra esposta a sud con un po' di riscaldamento elettrico, certo più facilmente di qualunque tipo di *habitat* delle acque nostrane. È questo il solo motivo per cui è incomparabilmente più difficile allevare pesci dei nostri laghi e torrenti che non pesci tropicali. Ora comprenderete perché vi ho consigliato di raccogliere i primi abitanti del vostro acquario dallo stagno più vicino e con la reticella tradizionale. Fra tutte le centinaia di acquari che ho posseduto la mia particolare preferenza va sempre all'acquario più comune, più economico e per così dire più banale, perché le sue pareti racchiudono la comunità vivente più naturale e più perfetta. Davanti all'acquario si può star delle ore assorti in fantasticherie, come quando si contemplano le fiamme del caminetto o le rapide acque di un torrente. E si imparano molte cose durante questa contemplazione. Se gettassi su di un piatto della bilancia tutto ciò che ho imparato a comprendere in quelle ore di meditazione di fronte all'acquario, e sull'altro tutto ciò che ho ricavato dai libri, come rimarrebbe leggero il secondo!

DUE PREDATORI NELL'ACQUARIO

Nel mondo dello stagno vivono alcuni terribili predatori, e nell'acquario la lotta per l'esistenza si dispiega ai nostri occhi in tutta la sua spietata crudeltà. Se si introduce nell'acquario una popolazione eterogenea ma non troppo numerosa, si avrà presto occasione di assistere a questa lotta spietata, perché fra i nuovi arrivati ci sarà probabilmente anche la larva di un insetto acquatico, il *Dytiscus*. Tenendo debito conto delle rispettive dimensioni, la voracità e la crudeltà raffinata di questo animaletto eclissano quelle di celebri predatori quali la tigre, il leone, il lupo, la balena, il pescecane e la vespa: tutti sono agnellini in confronto alla larva dei *Dytiscus*!

Si tratta di un insetto dal corpo slanciato, di circa sei centimetri di lunghezza, che può muoversi nell'acqua con grande velocità e sicurezza grazie alle larghe pinne setolose di cui sono munite le sue sei zampe. La testa larga e piatta ha un potente paio di mascelle a forma di pinze, che sono cave e servono sia per iniettare il veleno sia per l'ingestione del cibo. Questo animaletto se ne sta tranquillamente in agguato tra le piante acquatiche, e a un tratto, con un rapido balzo, si porta sulla preda, anzi sotto di essa, poi solleva fulmineo la testa così che la vittima finisce tra le sue mascelle. E per lui è «preda» tutto ciò che si muove o che comunque «sappia di animale». Mi è accaduto più volte, mentre me ne stavo tranquillamente immerso nell'acqua di uno stagno, di essere «mangiato» da una larva di *Dytiscus,* e anche per l'uomo l'iniezione del velenoso succo gastrico di questo insetto è estremamente dolorosa.

Queste larve sono fra i pochi animali che, per così dire, digeriscono «fuori di casa». La secrezione ghiandolare che iniettano nella preda attraverso le mascelle cave ne trasforma tutto il contenuto in una pappa liquida, che poi passa nello stomaco attraverso quello stesso canale. Anche animali di notevoli dimensioni, come grossi girini o larve di libellule, se morsicati da una larva di *Dytiscus,* dopo qualche movimento di difesa si irrigidiscono, e l'interno del loro corpo, che nella maggior parte degli animali acquatici è trasparente, diviene opaco, come se fosse stato fissato in formalina; l'animaletto si gonfia, sembra in un primo momento aumentare di dimensioni, poi gradualmente non resta di lui che il flaccido involucro di pelle appeso alle micidiali mascelle, che alla fine viene lasciato cadere.

Nell'angusto spazio di un acquario alcune grosse larve di *Dytiscus* divoreranno in pochi giorni tutte quante le creature che superino all'incirca il mezzo centimetro di lunghezza. E poi? Poi si divoreranno tra loro, se non l'avranno già fatto prima, e la meglio non spetta al più grosso o al più forte, ma a chi per primo riesce ad agguantare l'altro. Ho assistito varie volte all'aggressione reciproca e simultanea di due larve dalle dimensioni circa uguali e alla loro rapida morte per dissoluzione interna. Sono pochissimi gli animali che, anche sul punto di morire di fame, aggrediscono per divorarle creature della loro stessa specie e di uguale grandezza. So con certezza che ciò accade tra i ratti e alcune specie di roditori affini; dubito che accada tra i lupi, in base ad alcuni fatti eloquenti di cui parlerò in seguito. Invece le larve di *Dytiscus* divorano creature della stessa specie e di uguali dimensioni anche quando potrebbero disporre di altro cibo: e, per quanto io ne sappia, ciò non accade presso alcun'altra specie animale.

Un predatore un po' meno brutale e un poco più elegante è la larva della grossa libellula *Aeschna,* il cosiddetto «ago del diavolo», dagli stupendi disegni gialli e blu. L'insetto adulto è un vero signore dell'aria, un falco tra gli insetti. Se si versa il bottino ricavato dallo stagno in un recipiente d'acqua, per ripulirlo e liberarlo dai predatori più micidiali, si noteranno a volte delle grosse larve dalla forma slanciata, e si resterà subito colpiti dal loro strano sistema di locomozione. Queste snelle torpedini, per lo più screziate di verde e di giallo, avanzano a rapidi scatti, con le zampine strette contro il corpo; anzi, a prima vista, non si riesce a capire come si muovano. Osservandole poi separatamente, in un recipiente non molto profondo, si vedrà che sono... dei veicoli a reazione: si sprigiona cioè dall'estremità dell'addome un piccolo e potente getto d'acqua che per contraccolpo spinge avanti l'animaletto. Il tratto terminale dell'intestino è costituito da una vescica vuota abbondantemente provvista di branchie tracheali, e può così provvedere simultaneamente alla respirazione e alla locomozione.

Le larve di *Aeschna* non vanno a caccia della preda nuotando, ma, assai più ancora del *Dytiscus,* l'attendono in agguato. Quando una possibile preda entra nel loro campo visivo, esse la fissano, voltando poi assai lentamente la testa e il corpo nella sua direzione e seguendone i movimenti. Ci sono assai pochi invertebrati che fissano in questo modo con gli occhi la loro preda. Al contrario delle larve di *Dytiscus*, quelle di *Aeschna* sono in grado di percepire movimenti anche assai lenti, come lo strisciare della chiocciola, che perciò cade assai spesso preda dell'*Aeschna* e raramente del *Dytiscus*. Con grande, grande lentezza, passo per passo, le larve si avvicinano furtivamente alla preda, e ne distano ancora tre o quattro centimetri, quando, d'un tratto... che è, che non è, la vittima è lì che si dibatte tra le loro mascelle. Se non si riprende la scena al rallentatore, si riesce soltanto a vedere che un qualcosa a forma di lingua è passato fulmineamente dalla testa della larva alla preda, trascinandola poi a portata delle gigantesche mascelle: a chi ha visto un camaleonte intento al pasto verrà subito in mente il rapidissimo movimento avanti e indietro della sua lingua viscosa. Il *boomerang* della *Aeschna* non è però la lingua, ma il labbro inferiore metamorfosato, composto di due falangi mobili e di una pinza da presa.

Per il solo fatto che fissano con gli occhi la loro preda le larve di libellula ci sembrano stranamente «intelligenti»; e questa impressione si rafforza poi quando si osservano altre peculiarità del loro comportamento. A differenza delle larve di *Dytiscus,* con la loro indiscriminata voracità, queste larve, anche se affamate da varie settimane, non si avventano mai su animali che superino determinate dimensioni. Per mesi ho tenuto in una vasca delle larve di *Aeschna* assieme a dei pesci, e mai le ho viste aggredire o ledere una preda più grande di loro. È notevole che questi animali non si avventino mai su una preda già afferrata da un membro della loro specie e che si dibatte lentamente tra le sue micidiali mascelle, mentre invece agguantano al volo un pezzo di carne fresca infilzato su di un bastoncino che io agito di fronte ai loro occhi simulando il movimento dell'animale che si dibatte.

Nel mio grosso acquario ci sono sempre alcune larve di *Aeschna*; esse impiegano molto tempo, più di un anno, per svilupparsi. Poi, un bel giorno d'estate, arriva il grande momento: la larva si arrampica lentamente su di un grosso stelo ed emerge dall'acqua; qui rimane a lungo e poi, come in ogni processo di muta, scoppia l'involucro esterno nella parte dorsale dei segmenti toracici e ne esce, completo, il magnifico insetto. Passano poi ancora parecchie ore prima che le ali raggiungano le loro piene dimensioni e si solidifichino attraverso un meraviglioso processo grazie al quale nelle sottili ramificazioni venose delle ali viene pompato a grande pressione un liquido che indurisce rapidamente. A questo punto si apre la finestra e si augura all'ospite del nostro acquario buona fortuna e buon viaggio nella sua esistenza d'insetto.

SANGUE DI PESCE

È strana la cieca fiducia con cui si dà credito ai proverbi, anche quando sono assolutamente falsi o ingannevoli: la volpe non è più furba degli altri animali da preda, ed è assai più stupida del lupo e del cane; la colomba non è affatto mite, e, quanto al pesce, la *vox populi* non diffonde che menzogne: esso né ha quel «sangue di pesce» che si attribuisce alla gente stucchevole, né gode di quella salute invidiabile cui fa pensare l'espressione «sano come un pesce».

Al contrario nessun gruppo di animali è come i pesci tormentato dalle malattie infettive anche nello stato naturale di libertà. Non mi è mai accaduto che un uccello, un rettile o un mammifero appena catturati introducessero una malattia infettiva nella mia colonia animale; invece ogni nuovo pesce deve passare prima dall'acquario di quarantena, altrimenti posso scommettere cento contro uno che ben presto sulle pinne dei veterani dell'acquario compariranno i temuti puntini bianchi, segni dell'infezione del parassita *Ichthyphtirius*.

E, per smentire un altro luogo comune, quali creature ne sanno di più sul bacio di alcuni pesci? Io conosco a fondo molti animali, ne conosco il comportamento anche nelle situazioni più intime e delicate, nell'estasi selvaggia della lotta e dell'amore, ma, a parte il canarino selvatico, non so proprio quale di essi possa avere un temperamento più ardente dello spinarello maschio in amore, o di un pesce combattente siamese, o di un pesce persico (*Cichlidae*): nessun animale viene così totalmente trasfigurato dall'amore, nessuno arde, in senso così letterale, dalla passione come uno spinarello o un pesce combattente. Chi potrebbe esprimere in parole, o riprodurre pittoricamente, quel rosso incandescente che rende diafani e trasparenti i fianchi dello spinarello maschio, quel verde-azzurro iridescente del suo dorso, dalla luminosità paragonabile solo a certe luci al neon, e, infine, quello squillante verde smeraldo del suo occhio? Secondo le regole del gusto artistico l'accostamento di questi colori dovrebbe dare un risultato orribile e stridente, e invece quale meravigliosa sinfonia producono se composti dalla mano del grande Maestro!

Nel pesce combattente i colori non sono sempre così splendidi: il pesciolino grigio-bruno che se ne sta lì nell'angolo dell'acquario con le pinne ripiegate non lascia intravedere nulla di speciale, e solo quando un altro pesce, a tutta prima non meno scialbo, gli si avvicina e i due si guardano, esplode questo incredibile splendore, con la rapidità con cui si fa incandescente il filo di una stufa elettrica allo scattare dell'interruttore. D'un tratto le pinne si spiegano a ventaglio, e ci si aspetta quasi di udire il rumore di un ombrello che si apre all'improvviso.

Segue poi una danza di passione ardente, una danza che non ha nulla di giocoso, profondamente seria, una danza per la vita o per la morte. Infatti, stranamente, all'inizio non è ancora chiaro se la danza preluda al corteggiamento e all'accoppiamento o se debba invece evolvere, in altrettanto rapida transizione, in una lotta cruenta: i pesci combattenti non riconoscono il sesso di un loro simile a prima vista, ma solo dal modo in cui questo risponde ai movimenti di danza, che si svolgono secondo un rigido rituale istintivo ed ereditario.

L'incontro di due pesci combattenti che ancora non si conoscono incomincia con la cosiddetta «imposizione», cioè con una prestigiosa esibizione in cui viene potenziato al massimo l'effetto di ogni macchia colorata e di ogni raggio iridescente delle meravigliose pinne. Di fronte allo splendore del maschio, la femmina, più modestamente agghindata, ammaina presto presto la bandiera, e questa espressione va intesa in senso letterale, in quanto l'animale ripiega le pinne, e, se non ha intenzione di accoppiarsi, se ne fila subito via. Se invece è ben disposta, si avvicina al maschio con un particolare atteggiamento di «sottomissione», un atteggiamento timido e insinuante che è tutto l'opposto di quello baldanzoso ed esibizionistico di lui. Allora incomincia una sarabanda amorosa che eguaglia per grazia e delicatezza, anche se non per la magnificenza, la danza bellicosa di due maschi.

Se invece l'incontro avviene fra due maschi, si assiste a una vera orgia di reciproche esibizioni, che dal punto di vista estetico sono lo spettacolo più bello che ci può offrire un acquario. Ogni singolo movimento segue leggi ben precise ed esprime determinati significati «simbolici», come avviene nelle danze rituali siamesi e indonesiane. C'è una sorprendente somiglianza nello stile e nella grazia esotica con cui sia l'animale sia l'uomo esprimono la passione rattenuta: osservando quei gesti si comprende come ogni singolo movimento abbia dietro di sé una lunga storia, e come la sua forma finemente elaborata derivi da un rituale antichissimo. Mentre però è evidente che nell'uomo questo rituale è il prodotto della tradizione storica di un popolo, a tutta prima è un po' meno evidente che anche nell'animale esso deriva dall'evoluzione filogenetica di comportamenti ereditari innati, propri alla specie. A questo proposito sono estremamente illuminanti le ricerche filogenetiche sull'evoluzione di tali forme ritualizzate di espressione e il confronto di simili cerimonie in specie affini. Sull'evoluzione filogenetica di questi movimenti sappiamo più che non su quella di tutti gli altri cosiddetti «istinti». Questo però è un altro discorso.

Dopo questa digressione torniamo alla danza bellicosa del pesce combattente maschio, che ha un significato assai affine alle vanterie e alle ingiurie che si scambiavano gli eroi omerici, o alle tenzoni verbali che ancor oggi i nostri valligiani intrecciano all'osteria: lo scopo è di intimidire l'avversario, e al tempo stesso di farsi coraggio inculcando in se stessi la necessaria baldanza.

Nei pesci la lunghezza dei preliminari, il loro carattere rituale, e soprattutto il grande sfoggio di colori e il dispiegamento delle pinne, tutti atti che mirano solo a intimidire l'avversario e non hanno alcuna finalità più concreta, nascondono al profano la minacciosa serietà della situazione. La bellezza fa apparire gli avversari meno incattiviti di quanto non siano in realtà, tanto che non li si crederebbe capaci di quell'aspro e disperato coraggio, così come non se ne crederebbero capaci i leggiadri e femminei Malesi: eppure gli uni e gli altri sanno combattere fino all'ultima goccia di sangue. Le battaglie dei pesci combattenti conducono veramente assai spesso alla morte di uno degli avversari. Quando l'eccitazione è giunta al punto di provocare il primo colpo di spada, bastano pochi minuti perché compaiano ampi squarci nelle pinne, e dopo qualche altro minuto esse sono tutte lacere e strappate. Il metodo di attacco del pesce combattente, e di quasi tutti i pesci bellicosi, è proprio il colpo di spada, non il morso: il pesce spalanca a tal punto le mascelle che tutti i denti restano rivolti verso l'esterno, e così li conficca nel fianco dell'avversario con tutta la straordinaria forza del suo corpo muscoloso. L'impeto di quei pesci, lunghi pochi centimetri, è così forte e violento che si percepisce chiaramente il rumore dei denti quando, per caso, invece dell'avversario, vanno a colpire la parete della vasca.

L'esibizione reciproca può durare anche qualche ora ma, una volta scoppiate le ostilità, bastano spesso pochi minuti perché uno dei due contendenti giaccia sul fondo, ferito a morte.

Diversissime da quelle dei pesci combattenti siamesi sono le battaglie dei nostri spinarelli europei. A differenza dei primi, gli spinarelli in amore ardono non solo alla vista di un avversario o di una gentil dama, ma anche quando si trovano in vicinanza del luogo scelto per nidificare. «A ogni spinarello il suo nido è bello»: ponetelo accanto a un altro maschio lontano dal nido e fuori della sua vasca abituale, ed egli non si sognerà neppure di lottare, facendosi anzi piccolo e brutto. Sarebbe impossibile servirsi degli spinarelli come pesci da combattimento, come fanno da secoli i Siamesi con i loro pesci combattenti. Solo quando ha trovato un nido lo spinarello può entrare in fregola e raggiungere la massima eccitazione sessuale, e quindi per assistere a una vera lotta fra spinarelli bisogna tenerli in un grosso recipiente dove due maschi costruiscano il loro nido. In ogni momento le velleità bellicose di uno spinarello sono inversamente proporzionali alla sua distanza dal nido. Quando poi vi si trova dentro, è preso da una vera e propria furia guerriera, per cui, incurante della vita, è capace di addentare perfino la mano dell'uomo. Invece, quanto più si allontana dal suo quartier generale, tanto più si indebolisce in lui l'istinto guerriero. Quando due maschi ingaggiano una battaglia, è possibile prevederne l'esito con buone probabilità: soccomberà quello che si trova più lontano dal nido. Nelle immediate vicinanze del nido anche lo spinarello più minuscolo sconfiggerà il più grosso, e le capacità bellicose dei singoli individui si misurano dall'estensione del territorio che riescono a tener libero da rivali. Quando uno spinarello soccombe, esso naturalmente corre subito a casa, e, altrettanto naturalmente, il vincitore imbaldanzito lo insegue furioso. Man mano però che si allontana dal suo dominio, scema proporzionalmente il suo coraggio, mentre aumenta quello del vinto fuggitivo. Giunto in vicinanza del proprio nido, questi guadagna nuove forze, e con un rapido dietrofront si avventa furiosamente sull'inseguitore. Comincia così una nuova battaglia che termina con assoluta certezza con la vittoria dello sconfitto di prima, e allora ricomincia l'inseguimento in direzione opposta.

Si ripete così per più volte l'alterna vicenda, l'inseguimento reciproco tra un territorio e l'altro, e le oscillazioni pendolari diventano man mano meno ampie, finché si arrestano presso un «confine» che rimane più o meno costante e dove i due avversari si fronteggiano in atteggiamento minaccioso, come due misirizzi in posizione rovesciata, la testa in giù e la coda in su. Presentandosi rispettivamente il fianco, ed erigendo minacciosamente la spina ventrale verso quella dell'avversario, eseguono certi peculiari movimenti verso il basso, come se volessero prendere sul fondo del cibo, mentre in realtà questo gesto costituisce una ripetizione ritualizzata del movimento con cui sogliono scavare il nido. Si possono sempre, infatti, osservare questi movimenti in un pesce che non ha più il coraggio di lanciarsi all'attacco.

A differenza del pesce combattente, lo spinarello non perde tempo in minacce prima di iniziare la battaglia: incominciano subito a piovere i colpi da entrambe le parti, con tale rapidità che l'osservatore non riesce quasi a seguirli. La grossa spina ventrale, che sembra tanto pericolosa, nella lotta svolge solo una funzione secondaria; eppure la mischia selvaggia degli spinarelli ha l'aria di essere assai più cruenta che non la danza guerriera ritualizzata dei pesci combattenti. Mentre però costoro, già dopo i primi colpi, presentano profondi squarci nelle pinne, i primi non subiscono alcuna lesione visibile a occhio nudo. E se nel nuovo Brehm[1] si legge che «la spina ventrale viene usata con tale violenza che spesso uno dei contendenti cade trafitto sul fondo...» ciò dimostra solo che l'autore non ha mai tentato di «trafiggere» uno spinarello: anche lo strumento più affilato non riesce talvolta a trafiggerne la dura pelle, neppure nei punti in cui non è corazzata. Ponete uno spinarello su una superficie morbida (che fornirà pur sempre una resistenza maggiore dell'acqua), prendete un ago appuntito (dieci volte più appuntito della spina ventrale di uno spinarello), provate a trafiggere il corpo dell'animale, e vedrete che la cosa non è affatto facile. Naturalmente in uno spazio ristretto lo spinarello più forte riuscirà infine a ferire a morte il più debole, incalzandolo senza tregua, lacerandogli le pinne e l'epidermide, ma in simili condizioni anche un coniglio o una tortorella riuscirebbe a conciare in quel modo l'avversario.

I due pesci dal temperamento più focoso sono assai diversi tra loro nell'amore, non meno che nell'ira

1. La celebre, monumentale opera *La vita degli animali* di Alfred Edmund Brehm (1829-1884), più volte ripubblicata in edizioni ampiamente rimaneggiate e aggiornate [*N.d.T.*].

e nella lotta, pur avendo molti aspetti in comune. In entrambe le specie è il maschio, non la femmina, che si preoccupa di costruire il nido e si prende cura della prole, e solo quando è pronta la culla per i piccoli che nasceranno il futuro padre incomincia a pensare all'amore. Qui però finiscono le somiglianze e incominciano le differenze. La culla degli spinarelli si trova, per così dire, in cantina, quella dei pesci combattenti in soffitta: gli uni scavano una buca sul fondo dell'acqua, gli altri costruiscono il nido alla superficie; quelli si servono di filamenti vegetali e di una secrezione renale, questi di aria e saliva; il castello aereo del pesce combattente e delle specie affini consiste in un mucchietto compatto di bolle d'aria assai resistenti che emergono un poco dall'acqua e sono tenute assieme da uno strato di saliva. Già durante la costruzione del nido il maschio irradia i colori più splendenti, che acquistano ancor più in densità e iridescenza quando una femmina gli s'avvicina. Con la rapidità del fulmine esso scatta verso di lei, poi si ferma avvampando. Se la bella è disposta a seguire il richiamo della natura, lo dà a vedere assumendo un colore caratteristico attraversato da linee irregolari più chiare. Con le pinne strette al corpo nuota lentamente verso il maschio che, tremando di eccitazione, espande le sue pinne fin quasi a spezzarle e si mantiene sempre in posizione tale da presentare alla sua bella la meravigliosa vista dell'intero fianco. Dopo un istante esso incomincia a dirigersi verso il nido con ampi movimenti sinuosi, d'una grazia estrema. Che questo sia un gesto di invito è chiaro anche a chi lo vede per la prima volta. E parimenti è facile comprendere a prima vista il carattere «rituale» di questi movimenti guizzanti: tutto mira a potenziare al massimo l'effetto ottico del movimento, attraverso l'ondeggiamento sinuoso del corpo e l'agitazione delle pinne caudali, e a minimizzare invece tutto ciò che può contribuire al suo effetto meccanico. Il movimento significa dunque: «Io mi allontano, presto, vienmi dietro!». Il pesce però non va né lontano né in fretta, e inoltre continua a voltarsi verso la femmina che lo segue, seppure timida ed esitante.

Così la femmina viene infine attirata sotto il nido di schiuma. E ora si svolge quella stupenda danza amorosa che certi acquariofili delle regioni alpine chiamano lo «Schuhplater»; il che senza dubbio dimostra una certa grossolanità, perché per la sua tenera grazia questa danza assomiglia piuttosto a un minuetto, mentre nello stile generale essa ricorda la danza in stato di *trance* che si può vedere in un tempio balinese. Una legge millenaria prescrive che in questa danza amorosa il cavaliere debba sempre presentare alla dama il proprio fianco meravigliosamente iridato, e questa debba invece sempre mantenersi ad angolo retto rispetto a lui. Il maschio non deve mai neppure intravedere il fianco della femmina, altrimenti diviene subito irascibile e perde d'un tratto tutta la sua cavalleresca gentilezza: presso questi, e presso molti altri pesci, l'esposizione del fianco ha un significato bellicoso e virile, e la sua vista provoca in ogni maschio un subitaneo mutamento di umore, per cui la passione più ardente si trasforma nell'ira più selvaggia.

Non volendo allontanarsi dal nido, il maschio si muove in cerchio attorno alla femmina, e, poiché questa ne segue ogni movimento presentandogli sempre la testa, la danza amorosa si svolge in una zona circolare molto ristretta, proprio sotto il punto centrale del nido.

I colori divengono poi sempre più sgargianti, i movimenti sempre più eccitati, i cerchi sempre più stretti, finché i due corpi giungono a toccarsi. Allora d'un tratto il maschio avvolge strettamente il suo corpo attorno alla femmina, la fa voltare con dolcezza sul dorso, e i due compiono tremando il grande atto della procreazione: essi emettono contemporaneamente uova e seme.

Dopo l'accoppiamento la femmina rimane alcuni istanti come stordita, ferma sul dorso, mentre il maschio deve subito occuparsi di cose importanti. Le minuscole uova trasparenti come vetro sono notevolmente più pesanti dell'acqua, e tendono a cader subito in profondità. Ora, la posizione di accoppiamento è così saggiamente predisposta che le uova, cadendo, devono passar davanti alla testa del maschio, voltata in giù, e il giovane padre, che se ne accorge subito, si scioglie dolcemente dall'abbraccio e si tuffa alla ricerca delle uova, le raccoglie coscienziosamente in bocca l'una dopo l'altra e le porta subito nel nido, stipandole tra le bollicine d'aria. E deve proprio sbrigarsi, non solo perché non troverebbe più le piccole uova trasparenti una volta che avessero toccato il fondo, ma anche perché, se lasciasse passare anche solo un altro secondo, la femmina si riscuoterebbe e si metterebbe anch'essa alla ricerca delle uova, raccogliendole in bocca. Voi penserete certo che sia in ciò animata dalla buona volontà di aiutare lo sposo, e vi aspettereste di vederla riapparire ben presto alla superficie per stipare le uova nel nido; ma no, signori, aspettereste invano; queste uova non ricomparirebbero più, essendo state irreparabilmente inghiottite e divorate dalla madre.

Il maschio conosce dunque assai bene la causa di questa sua fretta, e sa anche perché non deve più permettere che la femmina si avvicini al nido quando, dopo dieci-venti accoppiamenti, essa avrà esaurito la sua riserva di uova.

Tutto diverso è il cerimoniale del cavalleresco pesce persico, della famiglia dei ciclidi: qui sia il maschio sia la femmina si prendono cura della prole, che in branco compatto segue i genitori, come una nidiata di pulcini. Compare qui per la prima volta nella scala biologica un comportamento che gli uomini ritengono moralmente assai pregevole: maschio e femmina rimangono strettamente uniti e conducono vita in comune anche dopo aver felicemente espletato il grande atto della procreazione. E non solo finché lo richiedono le esigenze della prole, ma, ciò che più conta, anche dopo. In generale per gli animali si parla di «matrimonio» già quando entrambi i sessi provvedono in comune all'allevamento della prole, anche se non sussiste un vero legame *personale* tra i coniugi; nei ciclidi però questo legame certamente c'è.

Per poter stabilire in modo obiettivo se un animale riconosce personalmente il suo sposo bisogna provare a sostituirlo con un altro esemplare dello stesso sesso che si trovi nella stessa identica fase del ciclo riproduttivo. Se cioè, per esempio, in una coppia di uccelli si sostituisce una femmina che incomincia a covare con un'altra femmina già entrata nel successivo stadio psicofisiologico dell'allevamento dei piccoli, il comportamento istintuale di lei naturalmente non si accorderà con quello del maschio, e ne deriverà per forza una grave disarmonia; quindi non sarà possibile appurare se il maschio si sia veramente accorto che la femmina non è la sua moglie di prima, o se invece sia semplicemente infastidito dal suo comportamento «sbagliato». Naturalmente io avevo un grande interesse teorico ad appurare come si comportasse sotto questo aspetto il pesce persico, l'unico pesce che contrae un vero e proprio matrimonio, e per svolgere questo esperimento mi occorrevano innanzitutto due coppie della stessa specie che si trovassero anche nella stessa fase del ciclo riproduttivo.

Riuscii a soddisfare questa condizione nel 1941, venendo in possesso di due coppie del magnifico grosso pesce sudamericano, *Herichthys cyanoguttatus,* che significa «pesce eroico dalle macchie blu». Il nome è pienamente giustificato: sul nero sfondo vellutato le macchie blu turchese formano un intricato mosaico di una bellezza davvero sconvolgente; e una coppia di questi pesci intenta alla cova mostra, anche di fronte all'avversario più imponente, un coraggio tale che certamente ne giustifica il nome. Quando ne entrai in possesso, i miei cinque giovani pesci di questa specie non erano né maculati né eroici. Dopo alcune settimane di sostanzioso nutrimento e di rigogliosa crescita in un grande acquario soleggiato, un giorno comparvero le macchie blu e, proprio simultaneamente, il coraggio in uno dei due maschi più grossi, che prese possesso dell'angolo anteriore sinistro della vasca, scavò un profondo buco per il nido, e incominciò a preparare, per potervi poi deporre le uova, una grossa pietra liscia, ripulendola accuratamente dalle alghe e dalle altre impurità che vi si erano depositate. (Fin da prima avevamo posto le pietre adatte agli angoli della vasca). Gli altri quattro pesci se ne stavano ansiosi in un gruppetto compatto all'angolo destro posteriore in alto. Già però il giorno seguente uno di questi, più minuto, aveva cominciato a indossare il suo abito di gala, e la pettorina di velluto nero, priva di macchie, lo rivelò come una femmina. Il maschio si affrettò subito a portarsi a casa la sua bella con un cerimoniale assai simile a quello dello spinarello e del pesce combattente.

La coppia ora se ne stava sopra la pietra che albergava il nido, difendendo aspramente il proprio territorio. Gli altri tre pesci avevano poco da stare allegri, e ci volle proprio l'eroismo cui accenna il loro nome perché alcuni giorni dopo il secondo pesce grosso, facendosi coraggio, conquistasse l'angolo destro anteriore in basso.

Ora i due maschi si fronteggiavano ostili, come due signorotti nemici nel loro castellaccio. Il confine passava più vicino al dominio del secondo pesce, quello che era entrato in fregola più tardi, e la cosa è comprensibile se si pensa che questo, avventurandosi fuori del suo angolo, trovava due avversari pronti a saltargli addosso, anche se la femmina aggredisce con meno violenza del maschio. Il maschio solitario, che chiameremo semplicemente numero due, continuava ciononostante ad avventurarsi nelle acque extraterritoriali circostanti il suo regno, cercando di indurre la femmina del numero uno a seguirlo nel *suo* nido. Ma i suoi sforzi erano sempre vani, e non gli procuravano altro che pesanti colpi d'ariete nel fianco indifeso da parte della femmina del numero uno, quando esso cercava di sedurla esibendo il proprio fianco. La situazione si protrasse inalterata per parecchi giorni.

A questo punto sembrò annunciarsi un finale roseo con duplici nozze, perché anche una seconda femminuccia indossò l'abito da sposa. Invece non accadde nulla di simile. Il maschio numero due non prestò alcuna attenzione a questa nuova femmina entrata in amore, e lei dal canto suo non voleva saperne di lui, e cercava invece ripetutamente di accostarsi al maschio numero uno: ogni volta che questi si dirigeva verso il proprio nido, la numero due lo seguiva appunto nell'atteggiamento di una femmina che viene condotta a casa; si sentiva cioè «attirata nel nido» ogni volta che il maschio vi si dirigeva, incurante di lei. La moglie sembrava rendersi ben conto della situazione, poiché ogni volta, al suo avvicinarsi, aggrediva furiosamente l'intrusa; il maschio invece l'attaccava, sì, ma molto blandamente. Era come se il maschio e la femmina numero due non esistessero neppure l'uno per l'altro; entrambi avevano occhi solo per il membro felicemente sposato dell'altra coppia, il quale a sua volta non si curava minimamente di loro.

La situazione si sarebbe prolungata ancora a lungo, se io non fossi intervenuto, ponendo il maschio e la femmina numero due in un altro acquario, esattamente identico al primo. Separati dall'oggetto del loro amore non ricambiato, i due incominciarono presto ad accorgersi l'uno dell'altro e formarono una coppia. Dopo pochi giorni le due coppie deposero le uova, proprio alla stessa ora. Avevo così ottenuto quel che volevo, due coppie di ciclidi nella stessa identica fase del ciclo riproduttivo. Poiché tenevo moltissimo a quella razza di pesci, già rara anche allora, per fare il mio esperimento attesi che i figli delle due coppie fossero già cresciuti, in modo da poter sopravvivere anche in caso di una totale rottura coniugale fra i genitori.

A questo punto scambiai le due femmine. Il risultato fu ambiguo, e non mi permise di stabilire in modo univoco se il pesce riconosce personalmente la sua femmina; dei fatti che seguono posso solo dare un'interpretazione che a molti sembrerà azzardata, e che necessita di ulteriori conferme sperimentali. Dunque, il maschio numero due accettò la femmina numero uno appena gli fu posta accanto. Ho però l'impressione che la sostituzione non gli fosse affatto passata inosservata, poiché al cambio della guardia e a ogni incontro con la femmina i suoi movimenti mi sembravano più focosi e più intensi di prima. Dal canto suo la femmina aderì immediatamente al cerimoniale del maschio e senza difficoltà assunse le proprie mansioni nella cura della prole. La cosa però, secondo me, non ha un gran significato, perché le femmine di questa razza, in questa particolare fase del ciclo riproduttivo, sono tutte concentrate sui piccoli, un po' come le galline all'epoca della cova, e il maschio non presenta per loro alcun interesse, se non come difensore della famiglia e come momentaneo sostituto nelle cure parentali.

Nell'altro acquario, dove avevo presentato la femmina numero due al maschio numero uno e ai suoi piccoli, le cose andarono in modo del tutto diverso. Anche qui la femmina non ebbe occhi che per i piccoli: si diresse subito verso il loro branco, si pose sopra di loro e, resa inquieta dal cambiamento, cominciò a raccoglierli ansiosamente attorno a sé, proprio come la femmina numero uno aveva fatto nell'altro acquario. Ma, mentre il maschio numero due aveva accolto con giubilo la nuova compagna, il numero uno si tenne in atteggiamento diffidente presso il branco dei piccoli: non si considerò affatto esonerato dalla sua funzione di custodia, e un istante dopo inferse all'ignara femmina un furibondo colpo nel fianco indifeso. Alcune scaglie argentee cominciarono a fluttuare verso il fondo, simili a falde di mica, e io dovetti tempestivamente intervenire a salvataggio della femmina, che altrimenti sarebbe morta scorticata nel giro di pochi minuti.

Che cosa era accaduto? Be', il pesce che aveva ricevuto la femmina *più bella,* quella che già aveva corteggiato in precedenza, era soddisfatto del cambio. L'altro invece, cui era stata tolta la bella moglie e sostituita con una dama da lui già rifiutata in passato, era, si potrebbe dire non a torto, furibondo. E, si noti, ora l'aveva aggredita molto più violentemente di quanto non avesse fatto prima, in presenza della sua legittima consorte. Pur non potendolo giurare, credo proprio che anche il maschio numero due, quello che ci aveva guadagnato nel cambio, avesse notato la differenza.

Forse ancora più interessante e più affascinante del

comportamento amoroso di questi singolarissimi pesci è per l'osservatore il modo in cui si prendono cura della prole. Chi ha osservato questi animali non dimenticherà mai la vigile attenzione con cui custodiscono il nido, provocando, come gli spinarelli, una continua corrente di acqua fresca, per tutto il tempo in cui la culla contiene uova o pesci molto piccoli; né mai dimenticherà i loro militareschi turni di guardia, e, più tardi, quando i piccoli sono già in grado di nuotare, l'amorosa sollecitudine con cui guidano il piccolo branco obbediente. La scena più graziosa è quella dei piccoli, già in grado di nuotare, che la sera vengono messi a dormire: ogni giorno, per parecchie settimane, i piccoli all'imbrunire vengono ricondotti nella cavità dove hanno trascorso la prima infanzia; la madre si pone sopra al nido e con determinati movimenti attira i figliolini verso di sé. Nel bel pesce gioiello, rosso con macchie azzurre iridescenti (*Hemichromis bimaculatus*), le ingemmate pinne dorsali della femmina svolgono una funzione particolare, muovendosi su e giù a ritmo assai serrato, mentre le macchie blu iridescenti lampeggiano come un eliografo. A questo segnale i piccoli si avvicinano, raccogliendosi sotto la madre che li invita a entrare nel nido. Nel frattempo il padre esplora tutta la vasca alla ricerca di eventuali ritardatari: se li trova, non perde tempo a chiamarli, limitandosi semplicemente ad aspirarli nella sua cavità orale, e dirigendosi poi verso il nido dove li soffia fuori. I piccoli cadono immediatamente sul fondo e lì rimangono: grazie infatti a un provvido gioco di riflessi, la vescica natatoria dei piccoli ciclidi addormentati si contrae così fortemente da divenire assai più pesante dell'acqua, ed essi quindi se ne rimangono sul fondo simili a piccole pietre, come accadeva quando erano neonati, e la loro vescica non era ancora piena di gas. Questa stessa reazione del «diventar pesante» si verifica anche quando uno dei genitori prende in bocca un piccolo. Senza tale meccanismo riflesso il padre non potrebbe tenere in bocca tutti i figlioletti quando va a cercarli la sera.

Una volta, proprio durante uno di questi trasporti serali dei piccoli ritardatari, un pesce gioiello si comportò in modo da lasciarmi stupefatto. Ero venuto in istituto nel tardo pomeriggio, al crepuscolo, e volevo dar presto qualcosa da mangiare ad alcuni pesci che quel giorno non avevano ancora ricevuto nulla; tra l'altro anche a una coppia di pesci gioiello che stava allevando la prole. Avvicinandomi alla vasca vidi che quasi tutti i piccoli erano già nel nido, gelosamente sorvegliati dalla madre, che non si mosse per prendere il cibo neppure quando gettai nell'acqua dei pezzetti di lombrico. Invece il padre, che tutto eccitato percorreva l'acquario in lungo e in largo alla ricerca dei piccoli dispersi, si lasciò attirare dalla coda di un bel vermicello (per motivi ignoti tutti gli animali che si nutrono di vermi preferiscono la coda alla testa), distogliendosi così dalla sua occupazione. Si avvicinò dunque e afferrò il verme, che però, date le sue dimensioni, non riuscì a inghiottire subito. Mentre lo stava masticando a piena bocca, vide uno dei suoi piccoli che si era smarrito e nuotava da solo per la vasca. Come fulminato guizzò via, raggiunse il piccolo e lo prese nella bocca, che era già assai piena. Era un momento emozionante: il pesce aveva in bocca due cose diverse, una delle quali doveva finire nello stomaco, l'altra nel nido. Che cosa sarebbe accaduto? Confesso che in quel momento non avrei dato un soldo per la vita del pesciolino.

Invece accadde una cosa veramente incredibile: il pesce padre se ne rimase immobile, con le guance gonfie, ma senza masticare. Se mai ho visto un pesce riflettere, è stato proprio quella volta. Che cosa straordinaria: un pesce che vive una vera e propria situazione conflittuale, né più né meno di un uomo, e che se ne sta lì immobile, senza via d'uscita, incapace sia di avanzare sia di retrocedere!

Per molti secondi il padre se ne stette lì bloccato, e si poteva comprendere tutto ciò che accadeva in lui. Poi risolse il conflitto in modo degno della più grande ammirazione: sputò fuori tutto il contenuto della bocca; il verme cadde sul fondo, e così pure il piccolo pesce gioiello, divenuto pesante per la reazione sopra descritta. Allora il padre si rivolse decisamente al verme, che divorò con gran calma, senza però perdere d'occhio il suo piccolo, che giaceva «obbediente» sul fondo. Quando ebbe finito, aspirò il piccolo e lo portò a casa dalla mamma.

Alcuni studenti, che avevano assistito all'intera scena, si misero come un sol uomo ad applaudire.

LE MIE PERENNI COMPAGNE

Il vento di primavera canta nella cappa del camino, e di fronte alla finestra del mio studio i vecchi abeti agitano le braccia eccitati e stormiscono. D'un tratto nel pezzetto di cielo visibile dalla mia finestra piombano giù dall'alto una dozzina di proiettili neri dalla forma aerodinamica. Grevi come pietre cadono giù fin quasi sulla cima degli alberi, poi all'improvviso dispiegano delle grosse ali nere e si trasformano in uccelli, in leggeri pennacchi che il vento impetuoso trascina via, sottraendoli al mio campo visivo.

Io mi accosto alla finestra per osservare il singolare giuoco delle taccole con il vento.

Giuoco? Sì, giuoco nel vero senso della parola: dei movimenti praticati per puro piacere, senza alcuno scopo determinato. E, sia ben chiaro, si tratta di movimenti appresi, non di gesti innati e istintivi! Tutti i virtuosismi di questi uccelli, l'abilità con cui sfruttano la direzione del vento, l'esatta valutazione delle distanze, e soprattutto la conoscenza delle locali condizioni del vento e delle posizioni in cui, con un determinato vento, si creano correnti ascensionali, vuoti d'aria e vortici, tutte queste doti non costituiscono un patrimonio ereditario, ma sono frutto di una conquista individuale.

E che cosa non fanno col vento queste taccole! A prima vista sembra che il vento si trastulli con loro come il gatto con il topo. Invece le parti sono rovesciate: sono gli uccelli a trastullarsi con la furia degli elementi. Ecco, sembra proprio che gliela diano vinta, che si lascino scagliare dal vento in alto, molto in alto, sembra quasi che cadano in cielo: poi, con un piccolo movimento negligente di un'ala si voltano sul dorso, dal disotto aprono per una frazione di secondo le superfici portanti contro il vento, si lasciano cadere con un'accelerazione molto superiore a quella di una pietra, poi con un altro minuscolo movimento dell'ala ritornano nella posizione normale, e ad ali quasi completamente chiuse si lanciano in una vertiginosa corsa di centinaia di metri contro il vento che vorrebbe sospingerli dalla parte opposta. E tutto ciò non costa loro alcuno sforzo; è lo stesso gigante cieco che compie il lavoro necessario per spingere il loro corpo attraverso l'aria a più di cento all'ora: le taccole non fanno nulla, si limitano a pochi blandi mutamenti di posizione, quasi impercettibili, delle loro ali nere: quale stupendo dominio sulla forza bruta, quale inebriante trionfo del vivente sulle forze elementari dell'inorganico!

Venticinque anni sono trascorsi da quando la prima taccola compiva queste evoluzioni attorno ai tetti di Altenberg, da quando mi sono perdutamente innamorato di questi uccelli dagli occhi argentei. E, come accade così spesso con i grandi amori della nostra vita, non provai nulla di speciale quando feci la conoscenza della mia prima giovane taccola. Se ne stava nel negozio di Rosalia Bongar, di cui sono cliente affezionato da ormai più di quarant'anni, in una gabbia piuttosto buia, e la feci mia con quattro scellini esatti. Non la comprai con intenti scientifici, ma solo perché ero stato assalito improvvisamente dalla voglia di riempire di buon cibo la grossa bocca spalancata dell'uccello, rossa e cerchiata di giallo. Avevo intenzione di lasciar libero l'animale non appena fosse divenuto autonomo; e a dire il vero mi sono attenuto a questo proposito, ma con un risultato proprio inatteso, dato che ancora oggi le taccole vengono a nidificare sotto il nostro tetto. Mai sono stato così ben ricompensato per un atto di compassione verso un animale.

Pochi sono gli uccelli, anzi pochi in genere gli animali superiori (gli insetti dalla vita gregaria rientrano in un'altra categoria) che hanno una vita familiare e sociale così evoluta come le taccole, e, di conseguenza, i loro piccoli sono fra i più commoventemente indifesi e deliziosamente dipendenti da chi li alleva.

Quando i calami delle sue penne primarie si furono induriti permettendole di volare, la mia taccola incominciò a mostrare un attaccamento veramente infantile per la mia persona. Mi seguiva volando da una stanza all'altra, e, se talvolta ero costretto a lasciarla sola, echeggiava subito il suo grido disperato: «Cioc»! Questo richiamo divenne il suo nome, e da allora si instaurò presso di noi la tradizione di battezzare con il loro verso di richiamo tutti i giovani uccelli allevati in un solo esemplare.

Una piccola taccola, con tutto il suo giovanile attaccamento per colui che l'alleva, costituisce naturalmente anche un interessantissimo oggetto di studio dal punto di vista scientifico. La si può portare all'aperto, osservando in ambiente del tutto naturale, senza i limiti imposti da sbarre e da gabbie e tuttavia molto da vicino, il suo modo di volare, di nutrirsi, insomma tutto il suo comportamento. Credo che nessun animale mi abbia insegnato tante cose essenziali come Cioc in quell'estate del 1925.

Grazie alla mia capacità di imitare il verso di richiamo delle taccole, Cioc giunse ben presto a preferirmi a tutte le altre persone: mi accompagnava volando nelle mie lunghe passeggiate, anche quando andavo in bicicletta, fedele come un cane. Però, pur conoscendomi certo personalmente e mostrando solo verso di me un attaccamento vero e proprio, essa aveva un curioso e fortissimo impulso (anzi sarebbe meglio parlare di un riflesso) a seguire qualsiasi oggetto in movimento: se in un dato momento qualcuno camminava più in fretta di me e mi sorpassava, regolarmente la taccola mi abbandonava aggregandosi all'estraneo; poi, appena si accorgeva dell'«errore», ritornava da me. Col tempo imparò a correggersi sempre più in fretta, ma anche in seguito potei spesso notare un movimento incipiente, un'intenzione subito repressa di seguire chi andava più veloce.

Ma Cioc incorreva in un conflitto interiore assai più grave quando ci compariva davanti una cornacchia, o addirittura uno stormo di cornacchie. Alla vista del rapido movimento di un paio d'ali che si allontanano si scatena in una giovane taccola un fortissimo impulso gregario. Cioc non sapeva resistervi, e non imparò mai; nonostante alcune esperienze amare, si lanciava ciecamente sulla scia degli altri uccelli, e questi a volte la trascinarono tanto lontano che poco mancò non si perdesse.

Quando le cornacchie si posavano, Cioc si comportava in modo assai curioso: nel momento in cui gli uccelli smettevano di volare e cessava la magica attrazione del battito di quelle ali nere, Cioc si sentiva subito sola e incominciava a invocarmi con quel singolare verso delle piccole taccole che hanno smarrito i genitori. Appena udiva il mio grido di risposta si precipitava verso di me con tale impeto che spesso trascinava con sé anche le cornacchie e arrivava alla testa di tutto lo stormo. In questi casi io dovevo farmi notare dagli uccelli fin da lontano, altrimenti insorgeva un'altra complicazione: all'inizio, prima che mi rendessi conto di questo pericolo, le cornacchie mi arrivavano molto vicino senza avermi notato, e quando finalmente si accorgevano della mia presenza restavano talmente terrorizzate che guizzavano subito via, prese dal panico; e Cioc, anch'essa contagiata dal terrore generale, veniva trascinata nuovamente lontano.

In tutti i comportamenti sociali il cui oggetto non è determinato da un meccanismo ereditario bensì dall'esperienza individuale Cioc era orientata verso l'uomo. Come il Mowgli di Kipling si considerava un lupo, così Cioc, se avesse potuto parlare, si sarebbe certamente definita un essere umano; solo alla vista di un paio d'ali nere rispondeva con una reazione innata, come a un segnale che le dicesse: «Vieni con noi!». Con un'interpretazione un poco antropomorfica potremmo dire che, finché andava a piedi, Cioc si considerava un essere umano, mentre appena prendeva il volo si considerava una cornacchia grigia, perché questi uccelli dalle ali nere erano stati i primi volatili da lei conosciuti.

Quando nel Mowgli di Kipling si risvegliò l'amore, la potenza dell'istinto lo costrinse ad abbandonare i suoi fratelli lupi per ritornare tra gli uomini. Probabilmente questa intuizione poetica è giusta: vi sono buoni motivi per ritenere che nell'uomo e nella gran maggioranza dei mammiferi l'oggetto dell'amore sessuale si manifesti attraverso segni che vengono inequivocabilmente riconosciuti perché fanno appello a un meccanismo ereditario. Ma per gli uccelli non è così: gli uccelli allevati in isolamento, che non hanno mai visto un loro simile, nella maggior parte dei casi non «sanno» a quale specie appartengono, e perciò il loro istinto sociale e il loro desiderio sessuale si rivolgono verso le creature con le quali hanno trascorso determinate fasi evolutive particolarmente importanti: quindi, nella maggior parte dei casi, verso l'uomo. Possono così aversi, in particolari circostanze, ogni sorta di aberrazioni: per esempio un'oca domestica femmina che io possiedo ora, unica di una nidiata di sei sopravvissuta alla tubercolosi avicola, è cresciuta in compagnia esclusiva dei nostri polli; benché a tempo debito noi le avessimo comprato un magnifico papero, essa concepì una passione inestinguibile per il nostro gallo del Rhode Island, subissandolo di profferte amorose e senza curarsi minimamente delle attenzioni del papero.

In una simile situazione tragicomica venne a trovarsi anche un pavone bianco dello zoo di Schönbrunn. Anch'esso era l'unico sopravvissuto di una nidiata precoce uccisa dal gelo, e da piccolo era stato messo nella stanza più calda di cui lo zoo disponesse allora (si era nel primo dopoguerra), quella delle testuggini giganti. Per tutta la vita questo infelice uccello non ebbe occhi che per le tartarughe, rimanendo cieco e sordo al fascino delle più graziose pavoncine! Tipica di questo particolare processo di fissazione della vita istintuale su un determinato oggetto è la sua assoluta irreversibilità.

Divenuta adulta, Cioc si innamorò della nostra domestica, che proprio in quel periodo si sposò e andò a stabilirsi in un paese a tre chilometri da noi. Dopo pochi giorni Cioc aveva scovato la sua abitazione, piantandovi le tende, e solo a tarda notte tornava al suo domicilio abituale. Ma alla metà di giugno, quando si chiude la stagione degli amori per le taccole, fece improvvisamente ritorno e adottò una delle quattordici piccole taccole che io avevo allevato quella primavera. Il comportamento di Cioc verso questo figlio adottivo coincideva fin nei minimi particolari con quello delle taccole normali nei riguardi dei loro piccoli. Il modo di trattare e curare la prole deve per forza dipendere da un meccanismo innato, poiché per un tale uccello i suoi figli sono i primi piccoli con cui ha a che fare, e, se la sua reazione nei loro confronti non fosse regolata da un comportamento istintivo ed ereditario, senza dubbio esso li dilanierebbe e li divorerebbe, come farebbe con ogni altra creatura delle stesse dimensioni.

A questo punto dobbiamo precisare che Cioc era una *femmina*, e che indubbiamente nella nostra domestica essa vedeva una taccola *maschio*. Il suo comportamento a questo riguardo non lasciava adito a dubbi. Negli uccelli non c'è traccia della cosiddetta «attrazione degli opposti», per cui una femmina dovrebbe sentirsi attratta verso gli uomini e un maschio verso le donne; neppure nei pappagalli, nonostante si affermi spesso il contrario. Così, per esempio, un'altra taccola di sesso maschile che avevo comprato già in età adulta si innamorò di me, trattandomi sotto tutti gli aspetti come se fossi una *damigella* taccola. Questo uccello tentò per molte ore di indurmi a entrare nella cavità da lui scelta come nido, e larga non più di pochi centimetri. Similmente un passero maschio domestico cercò di attirarmi nella tasca del mio proprio cappotto! Ma quella taccola era divenuta particolarmente molesta perché voleva sempre nutrirmi con i cibi più prelibati... per il suo gusto! È interessante notare che essa aveva correttamente interpretato la funzione anatomica della bocca umana come orificio in cui si introduce il cibo; io la rendevo perfettamente felice se aprivo la bocca verso di lei emettendo un adeguato verso di implorazione, ma ciò costituiva per me un notevole sacrificio, perché perfino a me non piacciono i vermi tutti spappolati e impastati di saliva di taccole! Se, come è comprensibile, non aderivo a queste *avances* dell'uccello, dovevo far attenzione alle mie orecchie, altrimenti, in men che non si dica, me ne trovavo una piena zeppa di tiepida poltiglia di vermi, e proprio su fino al timpano, perché le taccole con la lingua spingono il cibo fin nella faringe dei loro piccoli o della loro femmina. Comunque, nel suo frenetico desiderio di nutrirmi, questo uccello «utilizzava» le mie orecchie solo se gli rifiutavo la bocca, alla quale dedicava sempre il primo tentativo.

È merito esclusivo di Cioc se nel 1927 io allevai quattordici giovani taccole. Poiché molte delle sue azioni istintive verso gli uomini mancavano al loro scopo o rimanevano del tutto incomprensibili, nacque in me la curiosità e il desiderio di fondare una colonia di taccole domestiche che potessero liberamente volare, e di studiarne il comportamento familiare e sociale. Però non potendo io guidarle individualmente tutte e quattordici, facendo loro da genitore come era accaduto con Cioc l'anno precedente, e ben conoscendo la loro scarsa capacità di orientamento, dovevo escogitare un altro modo per evitare che le nuove taccole si perdessero.

Dopo matura riflessione giunsi alla soluzione seguente, dimostratasi ottima. Davanti alla finestrella della soffitta dove Cioc abitava già da molto tempo costruii una voliera lunga e stretta, composta di due scomparti e poggiante su di un cornicione di pietra largo un metro, che si estendeva per quasi tutto il lato più corto della casa. Poi, per contraddistinguerle, misi al piede delle taccole anelli di diversi colori, e le battezzai dal colore del loro anello: Doppioblù, Rossodestro, eccetera.

Da principio Cioc rimase piuttosto turbata dai cambiamenti avvenuti attorno alla sua abitazione, e ci vollero parecchi giorni perché si abituasse a entrare e uscire disinvoltamente da una porticina che avevo praticato nello scomparto anteriore della voliera.

A questo punto posi Cioc e le due taccole meglio addomesticate, Doppioblù e Rossoblù, nel primo scomparto, rinchiudendo invece gli altri piccoli in quello posteriore. Così suddivisi, gli uccelli rimasero alcuni giorni abbandonati a se stessi. Con questo procedimento speravo che si creasse un legame di solidarietà sufficiente a trattenere gli uccelli destinati a volare per primi vicino a quelli ancora rinchiusi nella voliera. Come ho già detto, proprio in quel periodo Cioc aveva incominciato a proteggere particolarmente uno dei piccoli, Giallosinistro, e fortunatamente, perché questo affetto la riportò a casa proprio in tempo per l'esperimento che descriverò ora. Non scelsi Giallosinistro per quel primo volo in libertà giacché speravo che per amor suo Cioc si sarebbe trattenuta nei dintorni di casa nostra; altrimenti c'era da temere che con Giallosinistro, ormai pienamente in grado di volare, essa si trasferisse in pianta stabile a St. Andrä, dalla sua beneamata signora Unterauer!

La mia speranza che le giovani taccole seguissero Cioc, come questa l'anno prima aveva seguito me, si realizzò solo in parte. Quando aprii la prima volta la porticina, Cioc naturalmente si precipitò fuori, prese il volo impetuosamente e in pochi secondi non la si vide più. Ci volle invece parecchio tempo perché i piccoli si avventurassero nello spazio attraverso la porticina aperta, che per loro costituiva una novità. Alla fine si lanciarono insieme, proprio mentre Cioc passava di nuovo lì davanti, e cercarono di seguirla. Poiché però Cioc non si curava di vedere se i piccoli, col loro volo più lento e regolare, le stessero dietro, li perdette alla prima picchiata. Invece, quando in seguito liberai Giallosinistro, Cioc lo precedette assai lentamente, voltandosi ogni momento indietro a guardarlo al di sopra della spalla, come fanno tutte le taccole che guidano i loro piccoli nei primi voli. Degli altri piccoli invece essa non si preoccupò per nulla, e questi evidentemente non si resero conto che Cioc possedeva un senso dell'orientamento di cui essi non erano ancora provvisti, e che sarebbe stata quindi una guida migliore che non uno dei loro.

Appena liberai tre o quattro taccole, assistetti a una scena singolare, ma anche pericolosa: quelle sciocchine cercavano di guidarsi a vicenda, e così ognuna tendeva a volar dietro all'altra. Volteggiavano quindi per l'aria senza senso e senza direzione, e purtroppo prendevano sempre più quota nel cielo aperto; e poiché a quell'età le taccole non sono ancora capaci di buttarsi in picchiata per perdere quota, come fanno invece quelle più anziane, succede regolarmente con le taccole giovani che, quanto più in alto salgono, tanto più lontano esse si smarriscano. Purtroppo di quelle quattordici taccole ne persi alcune in questo modo, poiché a quel tempo non c'era ancora una taccola anziana e capace (Cioc aveva solo un anno e non era affatto giunta alla maturità sessuale) che, come racconterò particolareggiatamente più avanti, avrebbe senza dubbio saputo ricondurre a casa i piccoli sperduti.

Questa mancanza di una guida parentale si fa sentire negativamente anche sotto un altro aspetto: le taccole giovani non hanno alcuna reazione innata contro le minacce dei nemici, come avviene invece per le gazze, le anitre, i pettirossi e molti altri uccelli che, appena vedono un gatto, una volpe, o anche solo uno scoiattolo si mettono subito in posizione di volo. Questi uccelli si comportano così anche se sono stati allevati dall'uomo fin da piccoli e non conoscono ancora tali nemici per esperienza diretta. Mai una giovane gazza domestica si lascerà prendere da un gatto, e anche la piú mite anitra selvatica reagirà alla vista di un pezzo di peli rossastro tirato con una cordicella sulla superficie di uno stagno, come se ben «conoscesse» le caratteristiche del suo tradizionale nemico, la volpe: essa diverrà ansiosa e cauta, starà all'erta, si butterà nell'acqua, e non perderà mai di vista la finta volpe, seguendola sempre con lo sguardo, perché sa, o meglio lo «sanno» i suoi meccanismi reattivi innati, che la volpe non può né volare né nuotare abbastanza in fretta per acchiappare un'anitra nell'acqua. Con tutto il suo comportamento l'anitra mira a tener d'occhio la volpe, una volta avvistatala, e a diffondere la notizia della sua presenza, mandandone a monte i piani.

Invece ogni giovane taccola deve imparare personalmente a riconoscere il nemico, perché non è aiutata in questo da nessuna reazione istintiva. E, cosa singolare, l'apprendimento avviene grazie a una vera e propria trasmissione delle esperienze di padre in figlio, da una generazione all'altra.

Nelle taccole esiste una sola reazione innata contro i nemici, una reazione che le induce ad aggredire furiosamente qualunque creatura da cui penzoli ondeggiando qualcosa di nero: piegandosi in avanti, facendo vibrare le ali mezzo aperte, esse gli si avventano addosso, emettendo uno stridulo grido d'allarme dal timbro metallico, che anche dall'orecchio umano viene interpretato come espressione di una rabbia furibonda.

Se una taccola è ben addomesticata, si può all'occasione rischiare tranquillamente di prenderla in mano per metterla in gabbia, o perfino di tagliarle le unghie. Ma diviene assai pericoloso provarcisi se le taccole sono due! Cioc per esempio non se l'era mai presa a male quando io l'afferravo, ma dopo l'arrivo delle altre quattordici io non potevo più assolutamente permettermi di prenderne in mano una in sua presenza: quando lo feci la prima volta, del tutto ignaro, udii risuonare dietro di me quell'urlo spaventoso e satanico, una freccia nera mi piombò da dietro sulla mano in cui tenevo il piccolo, e... prima di potermi riavere fissavo esterrefatto una piccola e profonda ferita circolare sul dorso della mano. Il significato di quell'attacco cieco e violento mi divenne subito chiaro: a quel tempo Cioc era strettamente legata d'amicizia a me e odiava di tutto cuore i quattordici piccoli (non aveva ancora adottato Giallosinistro), tanto che io ero continuamente costretto a proteggerli da lei, che altrimenti li avrebbe uccisi tutti; perciò Cioc «non poteva assolutamente tollerare» che io prendessi in mano uno di loro.

Il carattere cieco e puramente riflesso di quella reazione mi divenne anche più chiaro grazie a un'osservazione casuale che feci quella stessa estate. Un giorno all'imbrunire tornai a casa dopo aver fatto un bagno nel Danubio, e mi affrettai subito verso la voliera per rinchiudervi gli uccelli, come facevo ogni sera. Mentre, sul cornicione, mi svolazzavano intorno, avvertii all'improvviso un senso di freddo umido: era il costume da bagno che nella fretta mi ero ficcato in tasca. Lo tirai fuori, e dopo un istante mi trovai circondato da un nugolo di taccole urlanti e furibonde, che mi beccavano dolorosamente la mano in cui tenevo il costume.

La mia vecchia macchina fotografica non aveva mai scatenato un'aggressione del genere, pur essendo nera e pur pendendo dalla mia mano; però le taccole incominciavano a gracchiare e ad assalirmi appena tiravo fuori la striscia di carta di protezione, probabilmente perché si agitava al vento. Il fatto di sapermi innocuo, anzi amico, per loro non aveva alcuna importanza: bastava che tenessi in mano un oggetto nero penzolante che ondeggiava al vento per esser bollato come un divoratore di taccole. Ma ancor più sorprendente è il fatto che questo marchio può venire appioppato persino a una taccola: ho assistito una volta a un'aggressione unanime e rumorosa contro una taccola femmina che portava nel suo nido una penna di corvo trovata per terra. D'altro canto le taccole addomesticate non si mettono a gracchiare e non vi aggrediscono se avete in mano uno dei loro piccoli ancora implumi, e quindi *non ancora neri*. A partire però dal giorno in cui spuntano i calami delle penne piccole e il dorso degli uccelli diviene quindi improvvisamente nero, non ci si può azzardare a toccarli se non si vuol essere fatti oggetto di una violenta e chiassosa aggressione.

Dopo un attacco del genere le taccole rimangono decisamente diffidenti verso il nemico di poco prima. Per noi è difficile comprendere la qualità particolare di una esperienza come questa, che è evidentemente legata a una funzione istintiva, altamente emotiva: i nostri affetti, la nostra ira, il nostro odio, la nostra paura trovano un riscontro molto approssimativo con i sentimenti degli animali; però, anche se non sappiamo bene che cosa provano le taccole in questa situazione, indubbiamente si tratta di un'esperienza assai specifica, contrassegnata da un'intensissima carica emotiva.

Questa violenta emozione si imprime indelebilmente e con incredibile rapidità nella memoria degli uccelli, che d'ora in poi associeranno la situazione «taccola nelle grinfie del nemico» con la persona del «colpevole». Se avrete provocato due o tre volte di seguito la rumorosa aggressione anche della più domestica taccola, sarà per sempre rovinata la vostra amicizia con lei: da quel momento essa comincerà a gracchiare alla vostra vista, e per lei porterete sempre il marchio di Caino, anche se non avrete in mano alcun oggetto nero ondeggiante. E inoltre quella taccola riuscirà senz'altro a convincere anche tutte le altre compagne della vostra cattiveria: le sue strida estremamente contagiose scateneranno in tutte le taccole che l'udranno un attacco non meno fulmineo che se avessero visto veramente un oggetto nero ondeggiante. Con la rapidità del vento si diffonderà la notizia che voi siete stato visto una o due volte con in mano un oggetto simile, e in men che non si dica sarete noto tra tutte le taccole dei dintorni come un essere rapace contro il quale si deve a tutti i costi combattere.

Originariamente questa reazione serviva senza dubbio a proteggere i compagni dall'aggressione di un predatore, salvandoli se possibile, o per lo meno rendendo al nemico talmente difficile la conquista della preda, da fargli passare per sempre la voglia di dar la caccia alle taccole. E anche se avesse avuto come unico effetto quello di indurre l'astore a preferire alle taccole altri uccelli che non gli rendessero così difficile e sgradevole la caccia, per le taccole questa reazione avrà avuto pur sempre un gran valore ai fini della sopravvivenza della specie. Una simile reazione è presente nella sua funzione originaria anche in altri corvidi non gregari, come le gazze, le cornacchie e i corvi imperiali e anche in piccoli uccelli.

Con l'evolversi della vita sociale nei corvidi, e soprattutto nelle taccole, la reazione di difesa dei compagni venne ad assumere anche un altro significato ancor più importante, quello di insegnare ai piccoli ancora inesperti quali animali siano da temere come rapaci: si tratta qui della trasmissione di una vera conoscenza, cioè di un sapere acquisito, non di un correlativo istintuale di quel sapere!

Che cosa straordinaria! Un animale che per via innata, per istinto, non conosce il suo nemico, impara a conoscerlo dai suoi simili più anziani ed esperti, che gli indicano quali creature vanno temute come nemiche! Questa è vera tradizione, vera trasmissione personale di un sapere acquisito di padre in figlio. E i figli dell'uomo potrebbero seguire l'esempio delle giovani taccole, che prendono sul serio gli ammonimenti ben intenzionati dei genitori: alla vista di una creatura ancora sconosciuta al piccolo, basta che la vecchia taccola alla testa dello stormo emetta un solo grido, e per sempre nella mente del piccolo si sarà stabilito un nesso tra l'immagine del nemico e l'ammonimento. Fra le taccole che vivono allo stato selvaggio deve accadere assai di rado che un piccolo inesperto si renda per la prima volta conto della pericolosità di un predatore quando lo incontra con un oggetto nero penzolante fra gli artigli: le taccole volano sempre in stormi assai fitti, e si può quindi presumere che nello stormo ci sia sempre un uccello esperto che incomincia a gracchiare alla semplice vista del predatore.

Invece le mie piccole quattordici taccole non avevano nessuno che le ammonisse dei pericoli: e senza gli ammonimenti di un genitore un giovane uccello se ne rimane tranquillo all'avvicinarsi di un gatto, o si acquatta senza timore davanti al naso del primo cagnaccio che capita, ritenendolo non meno innocuo e amichevole delle persone in mezzo alle quali è cresciuto. Nessuna meraviglia dunque che il mio stormo di taccole si sia notevolmente assottigliato nei primi tempi della sua libertà. Quando compresi la natura e le cause di tali pericoli, incominciai a lasciar liberi gli uccelli solo durante le ore di luce, quando ci sono in giro meno gatti; poi ci volevano molto tempo e molta pazienza per riportarli in gabbia la sera. Far pascolare un sacchetto pieno di pulci – come dicono i tedeschi – è una cosa da niente in confronto all'impresa di ricondurre in gabbia quattordici taccole. Io non potevo afferrarle, e mentre ne infilavo una, che si era appena appollaiata sulla mia mano, attraverso la porticina della gabbia, subito ne volavano fuori altre due; e anche se il primo scomparto mi serviva da valvola, ogni sera impiegavo circa un'ora per rinchiudere tutti gli uccelli nella voliera.

Così vivevo con le mie taccole, e le conoscevo ormai una per una dall'aspetto, dalla fisionomia, per così dire, senza dover più guardare gli anelli colorati che portavano alle zampe. E non crediate che sia tanto facile imparare a distinguerle, perché per conoscerle tutte una per una si deve trascorrere veramente molto tempo in continuo contatto con loro; altrimenti, è impossibile penetrare i più minuti particolari della loro vita sociale.

Anche gli animali si conoscono fra loro altrettanto bene? Molti dotti cultori di psicologia animale non vogliono credere che le cose stiano così, e ne negano energicamente anche la sola ipotesi. Eppure vi posso assicurare che ognuna delle mie taccole conosceva perfettamente tutte le altre, ciò che risulta già dal semplice fatto dell'*ordine gerarchico.* Ogni pollicultore sa che anche fra gli abitanti del pollaio, di gran lunga più stupidi delle taccole, esiste un preciso ordine gerarchico, in virtù del quale ogni gallina ha paura di qualche altra: dopo pochi litigi, nei quali non occorre neppure che si giunga alle vie di fatto, ogni animale impara che certi individui vanno temuti, mentre da altri si può esigere rispetto. Per la conservazione dell'ordine gerarchico sono determinanti non solo la forza fisica, ma, per lo meno in egual misura, il coraggio, l'energia, vorrei quasi dire la sicurezza di sé di ogni singolo uccello.

Gli animali gregari si attengono a questo ordine gerarchico in modo estremamente conservatore: quello che in un confronto, anche soltanto «morale», ha avuto la peggio, ne subisce le conseguenze per molto tempo e non si azzarda facilmente a fare il gradasso con il suo vincitore, purché i due animali rimangano in contatto costante. Ciò vale anche per i mammiferi più elevati e intelligenti.

In una colonia di taccole i litigi per l'ordine gerarchico differiscono sotto un aspetto assai importante da quelli che avvengono nel pollaio, dove i paria non hanno certo una vita allegra: in ogni insediamento artificiale di animali non gregari, come ad esempio nei pollai e anche fra piccoli uccelli rinchiusi in una voliera, quelli più in alto nella scala gerarchica spesso e volentieri aggrediscono furiosamente gli inferiori. Fra le taccole la situazione è del tutto diversa, perché qui l'uccello che ha una posizione gerarchica elevata, e soprattutto il «despota», non è affatto litigioso e violento verso coloro che stanno *molto* al di sotto di lui; ognuno si irrita solo contro colui che sta *immediatamente* sotto di lui, e soprattutto il despota se la prende con il «pretendente al trono», cioè il numero uno contro il numero due. Facciamo un esempio: una taccola A sta beccando nel recipiente comune; sopraggiunge la taccola B con un atteggiamento di «imposizione», la testa eretta, il collo teso, l'aria sostenuta; allora A si tira da parte, senza però lasciarsi minimamente turbare dalla cosa. Ora sopravviene C, con un'aria meno ostentata e, stranamente, A vola subito via, mentre B assume un atteggiamento minaccioso, arruffa le penne del dorso, attacca C e la caccia via. Spiegazione: C occupa una posizione gerarchica intermedia fra A e B: è abbastanza vicina ad A, che le è inferiore, per spaventarla, e a B, che le è superiore, per suscitarne l'ira.

Le taccole con una posizione gerarchica *molto* alta

sono straordinariamente generose verso quelle che occupano una posizione *molto* bassa e le trattano un po' come se non esistessero: il loro atteggiamento di «imposizione» è nei riguardi di queste una «pura formalità»: esse divengono minacciose solo se l'altro uccello si avvicina troppo, ma la minaccia raramente sfocia in una vera e propria aggressione. L'animosità dei superiori contro gli inferiori è direttamente proporzionale al rango di questi ultimi, e tale principio assai semplice permette di comporre in modo straordinariamente «giusto» le liti che scoppiano fra i membri della colonia. Come accade tra gli uomini, così pure fra le taccole le manifestazioni emotive possono esercitare un influsso anche su coloro contro cui non sono dirette, e quindi quelle, tra di esse, che godono di un'alta posizione gerarchica intervengono energicamente quando una lite fra due subordinati assume toni troppo vivaci. E l'arbitro, e in particolare il despota della colonia, è notevolmente più severo contro il contendente che occupa una posizione più elevata, attenendosi sempre alla regola cavalleresca di prendere le parti del più debole contro il più forte. E poiché le lotte più aspre vertono quasi sempre sul posto scelto per nidificare (in quasi tutti gli altri casi il contendente inferiore si ritira in buon ordine), questo comportamento del maschio più forte garantisce una protezione al nido dei membri più umili della colonia, e in modo assai efficace.

Una volta instauratasi, la gerarchia di gruppo fra i membri di una colonia di taccole viene mantenuta in modo estremamente conservatore. Non ho mai assistito a un sovvertimento spontaneo, non provocato da cause esterne, ma solo dall'insurrezione di un membro inferiore. Nella mia colonia accadde una sola volta che il despota regnante venisse detronizzato, e da parte di un disertore, cioè, di un ex membro della colonia che durante la lunga assenza aveva perso il profondo e radicato rispetto per il despota. Doppialluminio (così si chiamava il vincitore, dai due anelli di alluminio che portava alle zampe) ritornò nell'autunno 1931, dopo la muta, irrobustito da tutte le peregrinazioni estive, e subito nel primo confronto batté il despota Gialloverde che fino a quel momento era stato il gran capo. La sua era stata una vittoria notevole per due motivi: in primo luogo Doppialluminio aveva dovuto affrontare anche la moglie di Gialloverde (mentre egli era ancora scapolo), in secondo luogo egli aveva allora solo un anno e mezzo, mentre Gialloverde era ancora uno dei quattordici del 1927.

È anche interessante il modo in cui io ebbi conoscenza di questa rivoluzione: a un certo momento, durante il pasto degli uccelli, vidi stupefatto una piccola taccola femmina, assai mite e dalla posizione gerarchica assai bassa, farsi sempre più addosso a Gialloverde che stava tranquillamente mangiando, e poi infine, come se ubbidisse a una fatalità, assumere un atteggiamento di «imposizione» mentre il grosso maschio si tirava tranquillamente da parte, senza resistere. Vedendo poi che il giovane eroe rimpatriato aveva preso il posto di Gialloverde, io ritenni in un primo momento che il sovrano deposto fosse talmente scosso per la propria sconfitta da lasciarsi intimidire anche da altri membri della colonia, come quella giovane femminuccia. Ma la mia ipotesi era errata: Gialloverde era stato sconfitto solo da Doppialluminio, e rimaneva quindi inequivocabilmente e per sempre il numero due. Però Doppialluminio, al suo ritorno, si era subito innamorato di quella damigella, e nel giro di un paio di giorni si era fidanzato con lei! E, poiché in una coppia di taccole i due coniugi si sostengono fedelmente a vicenda con grande coraggio, e fra loro non esiste più una vera e propria differenza di rango, entrambi hanno automaticamente la stessa posizione gerarchica nei riguardi degli altri membri della colonia. Quindi, col fidanzamento, la femmina si innalza automaticamente al rango del suo sposo; questa regola però non è reversibile, perché esiste una legge inviolabile che proibisce categoricamente a un maschio di sposare una femmina a lui superiore.

Il fatto straordinario non era tanto il cambiamento quanto la rapidità con cui nella colonia si era diffusa la voce che quella giovane femminuccia, maltrattata fino allora dalla gran maggioranza dei membri, era da quel giorno divenuta una *first lady*, e nessuno le poteva quindi più gettare neppure un'occhiata storta. Ma ancor più sorprendente è il fatto che l'interessata *ne fosse consapevole*! È assai facile per un animale divenire più cauto e pauroso dopo una brutta esperienza, ma ci vuole molta più intelligenza per comprendere che un pericolo fino allora presente non sussiste più, e acquistare d'un tratto il coraggio corrispondente alla nuova situazione. Dopo meno di quarant'otto ore quella giovane taccola sapeva perfettamente fino a che punto poteva spingersi. E purtroppo devo dire che la novella regina si avvaleva abbondantemente dei suoi nuovi diritti, mancando del tutto di quella tolleranza *noble*, o anche un po' *blasée*, che di solito contraddistingue le taccole altolocate nei riguardi di quelle molto inferiori. Essa non si accontentava di semplici atteggiamenti di «imposizione», ma diventava addirittura aggressiva: insomma, si comportava come una vera *parvenue*.

Intendiamoci, anche se uso queste espressioni io non voglio «umanizzare» gli animali: occorre soltanto tener presente che il cosiddetto «troppo umano» è quasi sempre un «*pre-umano*», qualcosa quindi che è comune a noi e agli animali superiori. Credetemi, io non proietto per nulla qualità umane sugli animali, anzi, faccio proprio il contrario, mostrando quanto sia ancora forte e profonda l'eredità animale nell'uomo. E se ho affermato che una taccola maschio si è improvvisamente innamorata di una femmina, non ho umanizzato un bel nulla: anzi, proprio sotto questo aspetto, il fatto cioè di innamorarsi (*falling in love*, come dicono gli inglesi, in modo tanto espressivo), molti uccelli e mammiferi superiori si comportano proprio come l'uomo. Anche presso le taccole il grande amore spesso sorge all'improvviso, da un giorno all'altro e, sempre a somiglianza di quanto avviene fra gli uomini, si tratta dunque di un «amore a prima vista». Molti animali poi si fidanzano immediatamente; e a questo proposito bisogna dire che in generale la dimestichezza creata da una lunga convivenza non favorisce quel singolare evento che è il fidanzamento, come si potrebbe essere indotti a pensare, e anzi a volte una temporanea separazione produce lo scopo che non avevano prodotto lunghi anni di intimità. Così per esempio ho osservato che presso le oche selvatiche a volte i fidanzamenti si celebrano quando due partner, che erano amici fin da prima, si ritrovano dopo una lunga separazione.

Contro il pregiudizio che nel mondo animale predomini l'elemento «bestiale», cioè grossolanamente sensuale, dell'amore e del matrimonio, devo far notare che, proprio fra quegli animali per cui l'amore e il matrimonio hanno una funzione importante, il fidanzamento precede quasi sempre di molto l'accoppiamento fisico.

Le taccole si fidanzano nella primavera successiva alla loro nascita, ma occorre poi un altro anno prima che raggiungano la maturità sessuale. Lo stesso accade alle oche selvatiche, e quindi in entrambe le specie il fidanzamento dura di solito esattamente un anno. La tecnica di corteggiamento della taccola maschio è simile a quella dell'oca selvatica (e in fin dei conti anche a quella dei giovanotti della nostra specie), nel senso che questi uccelli non dispongono a tal scopo di un organo particolare, come il pavone con le sue piume variopinte o l'usignolo con il suo speciale strumento canoro; il giovane spasimante deve dunque arrangiarsi e far del suo meglio senza tali sussidi, e per raggiungere questo scopo adotta un comportamento sbalorditivamente simile a quello dell'uomo: la giovane taccola maschio si mette a fare il gradasso a tutto spiano, i suoi movimenti hanno qualcosa di teso e ostentato, e l'atteggiamento di «imposizione» (cervice tesa, collo eretto) non viene mai abbandonato; cerca continuamente di attaccar lite con altri maschi e si lascia coinvolgere in risse con membri della colonia che di solito rispetta; però, si noti bene, solo quando può farsi vedere da «lei»!

Ma soprattutto cerca di far colpo sulla sua amata mostrando di possedere potenzialmente un nido, da dove, cacciati via tutti gli altri uccelli indipendentemente dal rango che occupano, emette un determinato verso di richiamo, dal suono acuto e tagliente: «zic, zic, zic». L'«invito al nido» per lo più ha un significato soltanto simbolico, e quindi in questa fase non ha alcuna importanza che la cavità sia veramente adatta alla fondazione di un nido: qualsiasi angolo oscuro, anche un buchino troppo stretto per potercisi infilare dentro, va sempre bene per la «cerimonia dello zicchettio». La taccola maschio di cui parlavo sopra, quella che mi riempiva le orecchie di vermi spiaccicati, «zicchettava» di preferenza sull'orlo di una piccola ciotola di bachi da farina, e le nostre taccole che vivono in libertà si servono a questo scopo dei comignoli sul tetto di casa nostra, dove però non costruiscono mai il nido: all'inizio della primavera da tutte le stufe della casa risuona pieno di mistero il loro «zic, zic, zic».

Tutte queste esibizioni del maschio innamorato sono sempre rivolte a una determinata femmina. Ma come fa questa a sapere che tutto lo spettacolo è inscenato per far colpo su di lei?

A ciò provvede il «linguaggio degli occhi»: durante le sue profferte il maschio guarda continuamente l'amata, e interrompe i suoi sforzi se questa a un certo momento vola via, cosa che d'altronde essa non fa tanto facilmente, se nutre un certo interesse per il giovanotto.

Notevole e irresistibilmente comica anche per l'osservatore che non tende ad «antropomorfizzare» è la differenza fra il giuoco degli occhi del maschio e quello della femmina corteggiata: mentre lo spasimante fissa ininterrottamente la sua bella con uno sguardo schietto e focoso, questa sembra guardare da tutte le parti tranne che verso di lui; in realtà però gli getta furtivamente delle rapidissime occhiate di una frazione di secondo, ma pur sempre abbastanza lunghe per rendersi ben conto che tutte quelle prestigiose esibizioni sono dirette soltanto a lei, e anche abbastanza lunghe perché lui capisca che lei ha capito. Se invece la bella non dimostra alcun interesse per lui, e quindi non ricambia per nulla le sue occhiate, il giovanotto rinuncia ai suoi vani sforzi e si dà pace non meno presto... di qualunque altra creatura.

La giovane femmina dà il suo assenso, accoccolandosi di fronte al maschio che avanza nel suo atteggiamento di massima «imposizione», e facendo tremolare in modo caratteristico le ali e la coda. Questi movimenti sono una forma simbolica, ritualizzata, di invito all'accoppiamento, ma in realtà non conducono all'accoppiamento e costituiscono soltanto una cerimonia di saluto. Le femmine maritate salutano sempre il coniuge con questi movimenti anche fuori della vera e propria epoca dell'accoppiamento. Nel corso della filogenesi è andato perduto il significato puramente sessuale di questa cerimonia, che ora esprime soltanto l'affettuosa sottomissione della femmina di fronte allo sposo.

Dal momento in cui si è in tal modo «sottomessa» al suo maschio, la fidanzata acquista un maggior concetto di sé e diviene aggressiva contro tutti gli altri membri della colonia. Per la femmina il fidanzamento comporta per lo più un avanzamento notevole nella gerarchia della colonia, poiché, finché rimane nubile, essendo in genere più piccola e più debole dei maschi, essa occupa una posizione a loro inferiore.

Fra i due fidanzati si stabilisce un profondo legame, un patto di mutua difesa in cui ognuno prende addirittura con furore le parti dell'altro. Questa alleanza è necessaria, poiché entrambi devono lottare contro la concorrenza delle coppie più anziane e gerarchicamente superiori per conquistare e conservare un luogo adatto a farvi il nido. Ed è proprio commovente osservare questo amore bellicoso e ostinato: assumendo quasi in permanenza un atteggiamento di massima «imposizione», raramente allontanandosi più di un metro dal compagno, i due si fanno strada attraverso la vita. Sembra che siano molto fieri l'uno dell'altro, quando avanzano impettiti fianco a fianco, con le piume del capo tutte arruffate per mettere meglio in evidenza il cappuccio nero e vellutato e la morbidezza setacea del collo grigio chiaro. E, quanto più sono fieri e bruschi verso gli estranei, tanto più sono teneri tra loro: il maschio offre alla sua bella ogni leccornia che trova, e questa accoglie il dono con quel gesto implorante tipico degli uccellini piccoli. E nei loro sussurrii amorosi si colgono accenti infantili del tutto insoliti tra le taccole adulte. Come è di nuovo umano tutto questo! Anche presso di noi ogni forma di tenerezza è accompagnata da un irrefrenabile ritorno ad atteggiamenti infantili: non son forse diminutivi e vezzeggiativi i termini che inventiamo nei momenti di tenero abbandono?

Il gesto più tenero e dolce della femmina è quello di pulire le penne della testa dell'amato lì dove egli non riesce ad arrivare col becco. Le taccole legate fra loro da buoni rapporti di amicizia si fanno a vicenda la pulizia della pelle, come accade anche fra molti altri uccelli e mammiferi dalla vita gregaria, anche senza che ciò abbia un sottofondo erotico. Però non conosco nessuna creatura che metta in questo gesto la passione di una taccola innamorata: per molti minuti (e si pensi a ciò che rappresenta un minuto per degli uccelli che hanno l'argento vivo addosso) può starsene lì ferma a pettinare le meravigliose, lunghe, morbidissime penne dello sposo, che le offre voluttuosamente il collo con gli occhi semichiusi e le piume sul capo più arruffate che mai. In nessuna specie, neppure fra le affettuosissime e più che proverbiali colombe, la tenerezza dell'amore coniugale trova un'espressione così comprensibile e commovente come fra le taccole. E la cosa più bella è che questa tenerezza aumenta, non diminuisce, con il passare degli anni. Le taccole sono uccelli assai longevi, e possono raggiungere età non molto inferiori all'uomo. E poiché, come abbiamo detto, esse si fidanzano nel primo anno di vita e si sposano nel secondo, la loro unione coniugale dura assai a lungo, forse più a lungo di quella degli uomini. E anche dopo molti anni il maschio continua a imboccare la sua femmina con la stessa tenerezza, trova per lei gli stessi toni sommessi, tremuli di contenuta eccitazione, quegli accenti amorosi che le aveva rivolto nella primavera del loro amore, che era anche la prima della loro vita.

Tra i molti fidanzamenti e matrimoni fra taccole che ebbi occasione di seguire, ne vidi infrangersi soltanto uno, in cui maschio e femmina si separarono già all'inizio del fidanzamento: causa di questa rottura fu una giovane femmina dal temperamento insolitamente vivace, di nome Verdesinistro.

Nella primavera del 1928, cioè nella prima primavera delle mie quattordici taccole nate nel 1927, il despota di allora, Gialloverde, si fidanzò con Giallorosso, che era a quel tempo la più bella tra le damigelle disponibili: anch'io avrei scelto lei se fossi stato nei suoi panni. Per quanto avevo potuto notare, anche il maschio Giallоblù, numero due della colonia, aveva fatto delle profferte a Giallorosso, ma poi si era fidanzato ben presto con Rossodestro, una femmina piuttosto grossa e robusta. Questo secondo fidanzamento ebbe un decorso notevolmente più tiepido e pacato che non quello fra Gialloverde e Giallorosso: non si trattava certo di un grande amore.

Il momento esatto in cui una taccola d'un anno comincia a sentire gli stimoli del sesso varia molto da individuo a individuo: gli uccelli sopra menzionati cominciarono ad avere idee del genere alla fine di marzo o al principio di aprile: invece Verdesinistro incominciò all'inizio di maggio, ma non per questo la sua entrata in scena fu meno violenta e repentina. Come ho detto prima, si trattava di una femmina piccola e dalla posizione gerarchica assai bassa: il suo collo grigio aveva uno splendore setaceo assai modesto, e, secondo un metro umano, essa era alquanto meno bella di Rossodestro, per tacere poi di Giallorosso. Ma ne aveva di sangue nelle vene! Si innamorò di Giallоblù, e di un amore talmente più tenace di quello di Rossodestro, che, tanto per incominciare dalla fine, dirò subito che riuscì a subentrare alla sua rivale più robusta e più bella.

Di questo incipiente dramma amoroso ebbi il primo sentore dalla scena seguente. Giallоblù se ne stava pacifico sul lato superiore della porticina aperta della voliera, lasciandosi tranquillamente lisciare le piume del collo da Rossodestro, che gli stava accanto. Sopraggiunse allora, inosservata a entrambi, Verdesinistro, che si fermò a circa un metro dalla coppia lanciando occhiate cariche di tensione ai due innamorati. Poi, a poco a poco, si avvicinò con prudenza da destra, col collo teso ed evidentemente pronta a prendere il volo, a Gialloblù, e cominciò anch'essa a gingillarsi con le piume del collo di lui. Gialloblù non si accorse di essere accarezzato da due parti, perché, come abbiamo detto, aveva chiuso entrambi gli occhi nella voluttà di farsi titillare. D'altro canto anche Rossodestro non si era accorta di nulla, perché fra lei e Verdesinistro si trovava il suo maschio, già grosso e grasso di suo, ma ora reso ancor più voluminoso dal piumaggio arruffato; le era quindi impedita la vista della rivale. Questa situazione scabrosa si prolungò per alcuni minuti, finché finalmente Gialloblù aprì per caso l'occhio destro, vide la femmina estranea e le si avventò addosso sbuffando rabbiosamente. In quel momento anche Rossodestro, grazie alla nuova posizione assunta dal suo maschio nell'attacco, scoprì Verdesinistro e subito saltò sopra il fidanzato e si avventò sulla piccola rivale, con un balzo così fulmineo e furibondo da darmi l'impressione che, a differenza di me, si fosse già accorta fin da prima che la piccola Verdesinistro aveva intenzioni serie.

La sposa legittima sembrava ben consapevole della gravità della situazione: mai, né prima né dopo di allora, ho visto una taccola aggredire con tale violenza un'altra taccola come fece allora Rossodestro con Verdesinistro. Ma senza successo: Verdesinistro, più piccola e agile, la superava nettamente nel volo, e, quando dopo una lunga caccia aerea approdò nuovamente accanto al suo maschio, la fidanzata era palesemente senza fiato, mentre Verdesinistro, che non tardò neppure mezzo minuto a sopraggiungere, era in ottima forma. E questo fu decisivo!

Nel suo insistente corteggiamento Verdesinistro più che una grande abilità dimostrava una straordinaria tenacia. Pedinò la coppia per giorni e giorni, senza darle mai requie: e per quanto la sposa legittima la cacciasse lontano, inseguendola per lunghi tratti, non faceva a tempo a riprendere posto accanto al suo maschio che dopo pochi secondi compariva di nuovo quell'odiosa invadente. In un primo tempo Gialloblù mantenne verso di lei un atteggiamento di completo rifiuto: egli non la inseguiva, ma la piccola non poteva spingersi troppo vicino a rischio di ricevere delle potenti beccate. Non credo che fosse la sua femminilità a proteggerla da una persecuzione più spietata, ma che, piuttosto, andasse debitrice dell'indulgenza a quella legge non scritta secondo la quale le taccole di posizione elevata non si curano troppo di quelle molto al di sotto di loro.

Verdesinistro sfruttò spudoratamente la generosità di Gialloblù, mettendolo sempre a bella posta tra sé e Rossodestro. Dovunque si recasse la coppia, essa li seguiva, pur mantenendo prudentemente una certa distanza: se i due se ne stavano acquattati in tranquilla intimità, anch'essa si avvicinava; se Rossodestro accarezzava il fidanzato, Verdesinistro si avvicinava lesta dall'altra parte per allungare furtivamente anch'essa qualche carezza.

Gutta cavat lapidem... Gli attacchi di Rossodestro divennero a poco a poco meno intensi, e col tempo Gialloblù si abituò a lasciarsi accarezzare contemporaneamente da due parti. Alla fine assistetti, con una certa emozione, alla scena seguente: Gialloblù se ne stava lì tranquillo lasciandosi accarezzare la collottola da Rossodestro, e dall'altro lato Verdesinistro non perdeva certo tempo; poi, per qualche motivo, Rossodestro smise improvvisamente di accarezzarlo e se ne andò. Il grosso maschio aprì gli occhi e vide dall'altra parte Verdesinistro. Credete che l'abbia aggredita e cacciata via? Niente affatto, voltò pensosamente il capo, e offrì con piena consapevolezza la collottola alla piccola Verdesinistro, proprio nel punto in cui voleva farsela solleticare; poi chiuse di nuovo gli occhi.

Da quel momento Verdesinistro avanzò rapidamente nei suoi favori. Dopo pochi giorni vidi che egli la imboccava regolarmente, con tenerezza, sempre però, comunque, in assenza di Rossodestro. Ma si sopravvaluterebbero di gran lunga le facoltà intellettuali dell'uccello supponendo che egli si comportasse così in modo consapevole, che facesse le cose «dietro le spalle» della «legittima consorte»: la leccornia sarebbe certamente andata a Rossodestro, se questa fosse stata presente; ma, poiché non c'era, la riceveva l'altra. Man mano che si sentiva più sicura del proprio maschio, Verdesinistro assumeva anche un atteggiamento più sfacciato nei riguardi di Rossodestro: non sfuggiva più la rivale, e a volte fra le due c'erano dei veri e propri duelli. In questi frangenti Gialloblù teneva un contegno singolare: mentre di solito avrebbe sostenuto la sua sposa contro ogni altro membro della colonia, ora evidentemente era molto combattuto: minacciava Verdesinistro, ma non l'aggrediva più attivamente, e anzi una volta lo vidi compiere un gesto lievemente minaccioso nei riguardi di Rossodestro. Spesso erano evidenti la costrizione e l'imbarazzo causati in lui dalla situazione conflittuale.

Il romanzo ebbe una conclusione drammatica e repentina: un bel mattino Gialloblù era scomparso, e con lui... anche Verdesinistro! Certamente questi due uccelli esperti e maturi non erano incorsi contemporaneamente in un incidente, e quindi, senza dubbio, essi se ne erano semplicemente fuggiti. Come per gli uomini, così anche per gli animali le situazioni conflittuali sono tormentose, e non posso quindi escludere che a spingerli alla fuga sia stato il conflitto tra emozioni inconciliabili.

Non ho mai visto accadere nulla di simile tra coppie sposate e più anziane, e credo proprio che ciò non si verifichi mai. Tutte le volte che ebbi occasione di osservare a lungo una coppia di taccole che avevano già nidificato constatai che rimanevano unite fino alla morte. Però i vedovi e le vedove si risposano subito, appena trovano un compagno adatto, cosa non facile per le femmine anziane e di posizione gerarchica molto elevata.

Nel secondo anno di vita tutte le taccole entrano nella fase riproduttiva. In realtà lo sono già nel loro secondo autunno, subito dopo la prima muta, in cui rinnovano non solo le piccole penne del corpo, ma anche quelle grosse delle ali e della coda. Dopo questa muta, nelle belle giornate autunnali gli uccelli sono già chiaramente in vena di attività riproduttiva, e soprattutto inclini a cercarsi il nido. Si ode allora ininterrottamente risuonare da tutte le parti il già menzionato «zic, zic». Quando il clima si fa più rigido, questa cosiddetta «pseudo primavera della muta» si affievolisce, ma la propensione alla riproduzione sussiste, seppure in modo latente, e nelle giornate invernali un po' tiepide si può udire a volte un sommesso concerto di «zic, zic» che risuona attraverso i camini. In febbraio e in marzo la cosa si fa seria e lo strepito diviene insistente e ininterrotto. In quest'epoca si svolge, talora, anche un'altra cerimonia, la più interessante di tutta la vita sociale delle taccole.

Verso gli ultimi giorni di marzo, quando la tendenza riproduttiva raggiunge il suo apice, in qualche nicchia del muro o in un comignolo il concerto assume un'intensità imprevista. Al tempo stesso il timbro del suono si altera, assumendo una tonalità più piena e più profonda, e venendo ad assomigliare piuttosto a una successione sempre più rapida e incalzante di «iip, iip», diversa dall'abituale «zic, zic»; verso la fine della strofa il ritmo diviene veramente frenetico. Intanto da tutte le parti le taccole si precipitano verso quella nicchia e, nella massima eccitazione, le penne arruffate e l'atteggiamento più fiero e minaccioso, si uniscono al concerto.

Che cosa significa tutto ciò? Una cosa davvero singolare: si tratta di un'azione collettiva contro un elemento perturbatore! Per meglio comprendere questo tipo di reazione sociale, dal carattere innato e quindi completamente istintivo, dobbiamo prendere le cose un poco alla lontana.

In generale una taccola che «zicchetta» nella cavità del nido non viene facilmente aggredita, perché rispetto a lei l'aggressore si trova decisamente in svantaggio. Ora la taccola dispone di due atteggiamenti di minaccia, ben distinti fra loro sia nella forma sia nel significato. Se la lite verte esclusivamente su una questione di ordine gerarchico, i due rivali assumono l'atteggiamento più fiero e minaccioso, ergendosi il più possibile, con le penne strette al corpo. Questa posizione esprime la minaccia di levarsi a volo e aggredire l'avversario sul dorso, ed essa è all'origine anche del modo di lottare di molti altri uccelli, che si avventano in volo l'uno contro l'altro cercando di sopraffarsi e di rovesciare l'avversario sul dorso. L'altro atteggiamento di minaccia si esprime mediante una posizione che è esattamente l'opposto della prima: l'uccello si piega, contrae il più possibile la testa e il collo, assumendo così una peculiare posizione «a dorso di gatto», e arruffa al massimo tutte le penne. La coda, aperta a ventaglio, si sposta di lato, verso l'avversario, e l'uccello si fa quindi più grande che può.

Il primo atteggiamento di minaccia significa: «Se

non mi fai immediatamente posto, ti aggredirò in volo», mentre il secondo vuol dire: «Combatterò fino all'ultima goccia di sangue per difendere questo posto dove mi trovo, e non cederò neppure di un millimetro». Di solito un uccello di rango superiore che si rivolge a uno di rango inferiore con il primo atteggiamento e lo vuole cacciar via, si ritira se l'avversario assume questo secondo atteggiamento, e solo nel caso che tenga molto a quel posto passerà all'attacco, assumendo anch'esso la seconda posizione di minaccia; allora i due se ne staranno lì fermi molto a lungo, ognuno volgendo all'altro il fianco e la coda aperta a ventaglio, senza giungere veramente a vie di fatto, ma limitandosi, sempre da questa posizione acquattata, a lanciare fieramente dei colpi di becco assai energici e rumorosi in direzione dell'avversario, e a sbuffare a tutto vapore. Chi riesce a resistere più a lungo è il vincitore di questa tenzone.

Tutta la cerimonia dello «zicchettio» è forzatamente connessa con il secondo atteggiamento di minaccia, quello mirante a difendere il posto scelto per il nido. Le taccole non *possono* emettere il loro «zic, zic» in nessun'altra posizione. Come tutti gli animali che delimitano un proprio *territorio,* anche per le taccole il «possesso» di un territorio si fonda sul fatto che l'uccello, quando è «a casa propria», ha molte più energie per lottare che non quando si trova in suolo straniero. Quindi la taccola che «zicchetta» nella sua cavità ha un grosso vantaggio di partenza nei riguardi di qualunque intruso, e ciò può far da contrappeso anche a notevoli differenze gerarchiche tra i membri della colonia.

A volte però l'aspra competizione per il possesso di una cavità utilizzabile per il nido può portare un uccello assai forte ad aggredire spietatamente nella sua cavità un uccello molto più debole. In questa evenienza non frequente si ricorre a quella singolare reazione consistente nell'emettere il verso «iip, iip»: lo «zicchettio» dell'aggredito, il possessore del nido, comincia gradualmente a intensificarsi fino a trasformarsi in un «iip, iip»; se non era lì già da prima pronta a dargli manforte, la moglie sopraggiunge ora con le penne arruffate, e si unisce furiosa al verso del marito, aggredendo il perturbatore della loro pace. E se questo non si ritira immediatamente, accade una cosa incredibile: tutte le taccole che si trovano a portata di voce piombano improvvisamente, urlando, verso il nido dell'aggredito, e i protagonisti della lotta scompaiono in una fitta mischia di taccole che gracchiano sempre più forte, in un orgiastico crescendo, che diventa presto un *fortissimo.* Dopo aver così scaricato la loro violenta eccitazione gli uccelli, rinsaviti, tornano a disperdersi, e si ode di nuovo soltanto il sommesso «zicchettio» dei padroni nel loro nido tornato tranquillo.

Per por fine alla lite basta di solito che molte taccole si radunino insieme, dato soprattutto che l'originario aggressore *si unisce anch'esso al coro minaccioso!* L'osservatore tendente alle interpretazioni antropomorfiche potrebbe pensare che il perturbatore voglia stornare da sé i sospetti, gridando, per così dire: «al ladro, al ladro!». In realtà, invece, l'aggressore, che viene semplicemente trascinato dall'eccitazione generale del coro, non sa neppure di essere stato la causa del tumulto, e quindi si volge gridando da tutte le parti come se cercasse il perturbatore, cioè lo cerca veramente, in tutta sincerità.

Non poche volte, tuttavia, ho visto i membri della colonia, che si precipitavano in soccorso dell'aggredito, identificare l'aggressore e dargliele di santa ragione. Nel 1928 il vero despota della colonia era una gazza. Questo uccello non gregario, che supera di gran lunga qualunque taccola per forza combattiva, continuava a insinuarsi violentemente nel nido di diverse coppie, provocando la loro reazione difensiva: pur non possedendo ovviamente un «organo» per unirsi al concerto delle taccole, e continuando quindi a battersi senza inibizioni, la gazza fu talmente mal ridotta dall'aggressione in massa degli altri uccelli, che ben presto smise di fare incursioni nei nidi altrui, né mai danneggiò, come avevo seriamente temuto, le covate delle taccole.

In questo tipo di reazioni collettive, la parte predominante spetta ai maschi più anziani, più forti e di rango più elevato, che del resto si prendono cura della comunità anche sotto un altro aspetto.

Nell'autunno del 1929 un grosso stormo di taccole migratrici e di corvi neri comprendente in tutto 150 o 200 capi venne ad atterrare vicino a casa nostra, e tutte le mie giovani taccole di quell'anno e dell'anno precedente si mescolarono inestricabilmente ad esso. Solo alcuni uccelli anziani rimasero a casa. Per me questo avvenimento era una catastrofe, e già vedevo volar via quel che era stato il mio lavoro di due anni, ben sapendo quale irresistibile attrazione costituisca uno stormo migratore per delle giovani taccole: esse restano letteralmente affascinate da quella miriade di ali nere che sembrano invitarle a partirsene con loro; se non ci fossero stati Gialloverde e Giallloblù, il lavoro di due anni sarebbe andato totalmente perduto. Questi due vecchi maschi, gli unici della loro età presenti nella colonia, continuarono a far la spola tra la casa e il campo vicino, compiendo un'impresa talmente straordinaria che io stesso sarei tentato di dubitarne mentre ora ne scrivo, se questo incredibile comportamento dei due vecchi non avesse ricevuto poi ripetute conferme, anche sperimentali. I due patriarchi cercavano dunque di individuare nel grosso stormo una delle «nostre» taccole, inducendola poi a seguirli nel volo con quel sistema particolare che usano le taccole genitori con i propri piccoli quando devono distoglierli da un luogo pericoloso. L'uccello anziano, da dietro, vola basso sopra il dorso di quello giovane, e, nel momento in cui si trova verticalmente sopra di lui, fa oscillare velocemente, in senso laterale, la coda strettamente ripiegata: questa «cerimonia» induce con sicurezza l'uccello fermo a seguirlo come per riflesso. Così fecero anche Gialloverde e Gialloblù, volando lentamente, come già avevamo visto fare Cioc, davanti al piccolo, e riportandolo a casa come se lo tenessero al guinzaglio. Durante questo procedimento emettevano un particolare verso di richiamo, che si distingueva dall'abituale invito al volo delle taccole, breve e limpido, per il suo timbro sordo, strascicato: mentre il richiamo abituale suona come un limpido «chia», questo assomiglia piuttosto a un «chiu» o a un «chio». Io mi resi subito conto che avevo già udito quel suono, ma solo allora ne compresi il significato.

I due vecchi maschi lavorarono febbrilmente: due esperti cani da pastore non avrebbero potuto essere più attivi e zelanti nel separare e nel raccogliere le loro pecore mischiatesi a un gregge più grosso. Lavorarono ininterrottamente fino al crepuscolo inoltrato, fino a un'ora in cui di solito le taccole sono già da un pezzo a dormire. Il loro compito non era facile, perché i giovani, appena ricondotti faticosamente a casa, non volevano saperne di rimanervi, e continuavano a fuggire nuovamente verso i campi per raggiungere lo stormo; su dieci uccelli riportati a casa dai due vecchi, nove se ne volavano via di nuovo. Ma a tarda sera (i corvidi in migrazione si addormentano più tardi che quando sono a casa) lo stormo migratore se ne partì, e con un sospiro di sollievo io potei constatare che dei nostri molti giovani uccelli ne mancavano soltanto due.

Questo interessante avvenimento mi indusse a studiare con maggior attenzione i diversi significati del «chia» e del «chiu», che mi divennero ben presto chiari: entrambi i richiami significano: «vieni con me», ma mentre la taccola emette un «chia» per invitare un suo simile a volar via lontano dalla colonia, con il «chiu» intende invitarlo a volare verso casa. Avevo sempre notato che gli stormi di taccole in migrazione ricorrevano a un richiamo diverso, più limpido di quello dei miei uccelli, e ora avevo capito perché: lontano da casa, rescissi i legami con la colonia originaria, alle taccole *manca* il verso di richiamo «chiu». A questo proposito sarebbe interessante appurare se il «chiu» risuona anche tra gli stormi migratori che in primavera fanno ritorno ai luoghi della cova. Comunque, d'inverno, fra le taccole di passaggio si ode soltanto un netto, limpido, breve «chia», mentre fra i miei uccelli, che anche in quella stagione si trovano sempre nelle immediate vicinanze della colonia, non manca mai una certa componente di desiderio di tornarsene a casa.

Nei richiami «chiu» e «chia» si riflette esclusivamente lo stato d'animo dell'uccello, che non intende affatto invitare consapevolmente un suo simile a volare verso casa o verso gli spazi aperti. Ma queste espressioni, del tutto prive d'intenzione, del proprio stato d'animo hanno un effetto estremamente contagioso, come gli sbadigli fra gli uomini, ed è proprio questo reciproco contagio a far sì che alla fine tutte le taccole si comportino allo stesso modo, per esempio dirigendosi compatte verso casa. Spesso occorre molto tempo prima che si raggiunga l'accordo: all'uomo questi animali dànno l'impressione di essere estremamente *indecisi,* e a ragione, perché ciò che manca agli animali è proprio la capacità di decidersi coscientemente in favore di una determinata azione, cioè di seguire un unico impulso, soggiogando tutti gli altri. Un osservatore umano può anche innervosirsi notevolmente quando uno stormo di taccole rimane per delle mezze ore diviso tra il «chia» e il «chiu». Per esempio lo stormo se ne sta sui campi ad alcuni chilometri da casa; ha smesso di cercare il cibo, e presto rientrerà a casa, se si intende il «presto» nel senso delle taccole; alla fine alcuni uccelli, per lo più anziani ed energici, si alzano in volo chiamando «chiu, chiu», e in un primo momento riescono a far sollevare tutto lo stormo; appena però si sono alzati nell'aria, risulta chiaramente che molti membri hanno ancora intenzioni «chia». In una interminabile baraonda di «chiu» e di «chia» lo stormo continua ad aggirarsi per l'aria, e alla fine atterra di nuovo, magari ancor più lontano da casa. Ciò si ripete una dozzina di volte, finché a poco a poco la componente «chiu» riesce ad avere il sopravvento, e solo quando ha raggiunto una notevole preponderanza lo stato d'animo «chiu» si allarga e cresce a mo' di valanga, trascinando tutti gli uccelli, che infine si dirigono verso casa all'unisono, nel senso letterale del termine.

Dopo alcuni anni la mia colonia di taccole fu colpita da una sciagura le cui cause rimangono a tutt'oggi misteriose.

Per evitare di perderne un certo numero durante le migrazioni invernali, tenevo gli uccelli chiusi nella voliera da novembre a febbraio, e, poiché a quel tempo abitavo ancora a Vienna, ne affidavo la cura, dietro pagamento, a una persona che ritenevo coscienziosa. Un giorno risultò che tutti gli uccelli se ne erano andati: nella rete c'era un buco, forse provocato dal vento; due taccole furono trovate morte e le altre erano scomparse. Forse nella voliera si era insinuata una faina? Non lo so.

Fu questa una delle perdite più dolorose che mi abbiano colpito nella mia qualità di allevatore.

Essa produsse però anche qualcosa di buono, cioè l'occasione di compiere delle osservazioni che altrimenti, probabilmente, non avrei potuto fare. Il buono incominciò tre giorni dopo, con l'improvvisa ricomparsa di una taccola, la ex regina Giallorosso, la prima che avesse nidificato e allevato i suoi piccoli ad Altenberg.

Per amor suo, non volendo lasciarla del tutto sola, ricominciai ad allevare quattro giovani taccole, e quando queste furono in grado di volare le misi nella voliera accanto a Giallorosso. Ma nella fretta, occupato com'ero da mille cose, non mi accorsi che nella gabbia c'era di nuovo un grosso buco e, ancor prima di potersi abituare a Giallorosso, le quattro giovani taccole riacquistarono la libertà: in stormo compatto, cercando invano di guidarsi a vicenda, compirono delle evoluzioni sempre più alte, per atterrare infine sulla cima della collina assai lontano da casa, nel mezzo di un fitto faggeto dove m'era difficile avvicinarle; e, poiché quegli uccelli non erano ancora abituati a udire il mio richiamo e a seguirmi, avevo ben poche speranze di rivederli. Naturalmente Giallorosso avrebbe potuto richiamarli a casa con i suoi «chiu»: gli anziani, i «consoli» della colonia, si prendono cura di ogni giovane membro che sia in procinto di perdersi. Ma Giallorosso non considerava ancora i quattro come membri della colonia, essendo rimasta in loro compagnia soltanto per mezza giornata. Allora, nella mia disperazione, mi venne in mente un'idea geniale.

Salii in soffitta e un istante dopo sbucai fuori sul tetto con sotto il braccio una gigantesca bandiera giallo-nera che usava sventolare dalla casa di mio padre nei numerosi compleanni del vecchio Francesco

Giuseppe. E dall'alto del tetto, presso il parafulmine, cominciai a sventolare disperatamente quell'anacronismo politico. Che cosa mi proponevo con un simile gesto? Con quello spauracchio cercavo di attirare Giallorosso tanto in alto che i giovani la potessero vedere dal bosco e cominciassero a chiamarla. Speravo che in questo caso la vecchia avrebbe forse potuto rispondere con una reazione «chiu», riportando a casa i fuggitivi.

Giallorosso volteggiava in alto, ma non ancora abbastanza, e io lanciavo un urlo indiano dopo l'altro, agitando come un folle il vessillo di Francesco Giuseppe. In strada cominciò a radunarsi una piccola folla, ma io rimandai a più tardi la spiegazione, continuando a urlare e a sventolare il drappo. Giallorosso si innalzò ancora di un paio di metri, e allora una giovane taccola incominciò a chiamarla dalla collina. Io smisi di agitare il vessillo, e ansimando guardai in alto, dove volteggiava la vecchia taccola. E, per tutti gli dèi dalla testa d'uccello dell'Egitto, essa modificò il battito delle sue ali, cominciò a innalzarsi e a prendere molto decisamente la direzione del bosco gridando «chiu, chiu... tornate indietro!». Io ripiegai la bandiera più in fretta che potei e scomparvi precipitosamente nella finestrella della soffitta.

Dieci minuti dopo tutti e quattro i ragazzini erano di ritorno a casa, assieme a Giallorosso, che non era meno stanca di me, e che da quel giorno si prese assiduamente cura dei giovani e non li lasciò più volar via. I quattro si moltiplicarono e con gli anni si sviluppò una popolosa colonia, al cui vertice stava una femmina, Giallorosso. Data la grossa differenza di età fra lei e gli altri uccelli, essa aveva più autorità su di loro di quanta ne abbia normalmente un capo, e nell'abilità di tenere insieme lo stormo superava ogni altro precedente signore della mia colonia. Proteggeva assiduamente tutti i piccoli, a tutti faceva da madre, essendo rimasta senza figli propri.

Non sarebbe forse un brutto finale per il romanzo della vita della taccola Giallorosso questa immagine della vestale nubile, dimentica di sé, tutta dedita al bene della comunità... sì, questo sarebbe proprio un bell'accordo conclusivo. In realtà però il romanzo ebbe un lieto fine, talmente roseo e banale che quasi non oso neppure raccontarlo.

Tre anni dopo la disastrosa scomparsa delle taccole, in una bella giornata ventosa di primavera piena di sole, una vera giornata da uccelli migratori, in cielo passavano l'uno dopo l'altro tanti stormi di taccole e di corvi neri; da uno di questi stormi si distaccò un proiettile privo di ali, a forma di siluro, che venne giù in picchiata. Ma poco al di sopra del nostro tetto il proiettile si trasformò in un uccello, che terminando con una lieve impennata la sua caduta venne delicatamente a posarsi sulla banderuola. Era una gigantesca taccola maschio, con fulgide ali blu scuro e la peluria setacea del collo così splendida e lucente come non ne avevo mai visto una simile: sembrava quasi bianca.

E Giallorosso la regina, Giallorosso la despota, capitolò senza un attimo di esitazione. L'autoritaria virago si trasformò di nuovo in una timida e docile fanciulla, che, come qualunque giovane taccola innamorata, agitava tanto bene la coda e faceva tremolare le ali con tanta trepida grazia. Poche ore dopo l'arrivo del nuovo maschio i due erano un corpo solo e un'anima sola, e si comportavano sotto tutti gli aspetti come una coppia di vecchia data. È assai interessante notare che il grosso maschio non dovette sostenere quasi alcuna lotta con gli altri membri della colonia: a quanto pare, il fatto che quella che era stata fino allora la regina lo riconoscesse come despota lo fece diventare automaticamente il «numero uno» per tutti. Solo presso i cani conosco qualcosa di simile!

Non posso dimostrare in modo scientifico e irrefutabile che quel vecchio maschio fosse Gialloverde, lo sposo perduto di Giallorosso. I variopinti anelli di celluloide si erano rotti e smarriti da molto tempo, e anche Giallorosso non li aveva più. Ma indubbiamente l'uccello era un membro della vecchia colonia, come dimostrarono la sua docilità e la tranquillità con cui veniva all'interno della soffitta: le taccole cresciute in libertà, che solo da adulte si erano insediate presso di noi, avevano sempre tenuto un comportamento assai diverso. Certamente egli era uno dei quattro o cinque anziani, uno dei vecchi «consoli», ma io credo e spero che quel vecchio gigante fosse proprio Gialloverde.

I due poi hanno covato e allevato ancora molti piccoli. Oggi ad Altenberg ci sono più taccole che nicchie per nidificare: in ogni rientranza del muro, in ogni camino c'è un nido.

Molto prima dell'ultima guerra mio padre, nella sua autobiografia, a proposito delle taccole di Altenberg, scrisse quanto segue: «Stormi di questi neri amici, soprattutto verso sera, si aggirano attorno alle alte cime dei tetti, e si intendono tra loro con grida penetranti. A volte mi sembra di capirli, mi sembra che dicano: "Perenni e fedeli compagne, noi voleremo sempre attorno al nostro nido finché poggerà pietra su pietra a nostra protezione"».

Perenni compagne! È forse questa loro qualità di indipendenza dal tempo che ce le rende particolarmente care. Quando in autunno o in una mite giornata invernale intonano i loro canti primaverili, quando si trastullano pazzamente con la forza del vento, io provo la stessa sensazione che mi coglie quando vedo il verde di un abete nella neve o quando odo il canto dello scricciolo in una limpida giornata di gelo, quel senso di speranza e di continuità di cui è divenuto simbolo l'albero di Natale.

Cioc è scomparsa da molto tempo, vittima di un destino ignoto. Giallorosso perì in tarda età ad opera di un caro vicino che le sparò con un fucile ad aria: la trovai morta in giardino... Ma ad Altenberg la mia colonia di taccole è più prospera che mai, e segue sempre le vie tracciate a suo tempo da Cioc, sfruttando, per prendere quota, quelle correnti ascendenti che essa aveva imparato a conoscere. Le mie taccole seguono fedelmente tutte le tradizioni che regnavano nella prima colonia, e che furono trasmesse a quella attuale da Giallorosso...

Come sarei grato al mio destino se anch'io nella mia vita potessi trovare anche una sola via che fosse ancora seguìta dai miei simili dopo qualche generazione, o, figuriamoci poi, se potessi scoprire anche una sola «corrente ascensionale» che in un lontano futuro aiutasse qualcuno a «prendere quota»!

L'ANELLO DI RE SALOMONE

Sta scritto che il re Salomone parlava con i quadrupedi, con gli uccelli, con i pesci e con i vermi. Anch'io parlo con gli animali, seppure non con tutti, come sembra facesse il vecchio re, e ammetto la mia inferiorità su questo punto. Però parlo con alcune specie che conosco bene, e senza bisogno di un anello magico. In questo anzi io sono superiore al vecchio re, che senza il suo anello non avrebbe compreso neppure il linguaggio delle bestiole con cui aveva maggior dimestichezza. E quando non ebbe più il suo anello, il suo cuore persino s'indurì verso gli animali: sembra che Salomone abbia buttato via l'anello magico in un accesso d'ira, quando un usignolo gli svelò che una delle sue novecentonovantanove mogli amava un uomo più giovane. Così, per lo meno, racconta J. V. Widmann nella sua graziosa leggenda *Il santo e gli animali*.

Questo atto può essere stato assai saggio oppure assai sciocco da parte di Salomone, ma io, per conto mio, trovo che comunque non è sportivo servirsi di un anello magico nei rapporti con gli animali: anche senza ricorrere alla magia le creature viventi ci raccontano le storie più belle, cioè quelle vere. E in natura la verità è sempre assai più bella di tutto ciò che i nostri poeti, gli unici autentici maghi, possono anche soltanto immaginare.

Non è affatto strano che si possa comprendere il «vocabolario» di alcune specie animali; noi possiamo anche parlare *agli* animali, per lo meno nell'àmbito dei nostri mezzi fisici di espressione, e nella misura in cui, dal canto loro, gli animali son disposti a prendere contatto con noi. Bisogna però stare attenti a *non sbagliare lingua,* come una volta è accaduto al mio amico Alfred Seitz. Un giorno, all'inizio dell'estate, stavamo proprio girando il nostro film sulle oche selvatiche lungo le sponde verdeggianti del Danubio. Passavamo attraverso un paesaggio vergine e primordiale fatto di acqua, di prati e di canneti: lentamente, molto lentamente, perché il nostro ritmo di marcia corrispondeva alla massima velocità possibile per le tredici piccole anitre selvatiche (germani reali) e per le nove piccole oche selvatiche che ci seguivano in una lunga fila. Infine giungemmo in un bel posto pittoresco che Alfred ritenne adatto per il suo film. Egli cominciò subito a fare i preparativi e io mi accinsi ad assumere la direzione scientifica di tutta l'impresa. In quel momento il mio compito consisteva nello starmene sdraiato al sole su di un isolotto erboso. Alfred, immerso nell'acqua fino al ventre, stava appostato con la cinepresa, attentissimo e con la pazienza di un mulo. Il sole ardeva, le libellule ronzavano, le rane gracidavano. A poco a poco io mi appisolai, e come da una gran lontananza udivo Alfred sgridare le anitre, che nuotando entravano sempre nell'inquadratura al momento sbagliato. Mentre lottavo pesantemente contro il sonno per decidermi ad alzarmi e a trascinar via gli anatroccoli, udii improvvisamente Alfred che esclamava tutto eccitato e ben deciso: «Rangangangang, rang... No, volevo dire, que, ghegheghegh, que, gheghegh...». Egli si era *sbagliato*, rivolgendosi inavvertitamente alle anitre nel linguaggio delle oche selvatiche! Naturalmente il mio amico Alfred pronunciava quei suoni con il perfetto accento, rispettivamente, delle oche e delle anitre selvatiche, e proprio per questo l'interpolazione «No, volevo dire» suonava così irresistibilmente comica.

Gli animali non possiedono un linguaggio nel vero senso della parola, ma ogni individuo appartenente alle specie superiori, e soprattutto alle specie che vivono in società, come ad esempio le taccole o le oche selvatiche, possiede fin dalla nascita tutto un codice di segnali e di movimenti espressivi. E innata è tanto la capacità di emettere tali segnali quanto quella di «interpretarli correttamente», cioè di rispondervi in modo coerente e propizio alla conservazione della specie. Queste mie affermazioni, che si fondano su molte osservazioni e molti esperimenti, vengono a ridurre notevolmente la somiglianza che, a una considerazione superficiale dei fatti, sembra sussistere tra tutti i modi di comunicare degli animali e il linguaggio umano. Questa somiglianza si riduce ancora ulteriormente quando a poco a poco ci si rende conto che in tutte le sue manifestazioni sonore e mimiche l'animale non ha mai l'*intenzione* cosciente di influenzare con questi mezzi un suo simile: anche le oche e le anitre selvatiche, o le taccole, cresciute e allevate in isolamento, emettono tali segnali quando si trovano nello stato d'animo corrispondente. Si tratta dunque di un processo coatto e meccanico, che decisamente ha assai poco a che fare con il linguaggio umano.

Anche nel comportamento umano vi sono segni mimici che trasmettono automaticamente uno stato d'animo: quando si ha di fronte qualcuno che sbadiglia non si può fare a meno di sbadigliare anche noi, tanto per citare l'esempio più noto. Certo, questa tendenza contagiosa allo sbadiglio si trasmette attraverso segni mimici costituiti da stimoli facilmente percepibili e relativamente forti, il cui effetto non sembra poi troppo sorprendente; tuttavia, di solito, non occorrono segnali così grossolanamente percepibili per trasmettere uno stato d'animo; anzi è proprio caratteristica di questo processo l'estrema esiguità dei movimenti espressivi, quasi impercettibili e spesso inaccessibili all'osservazione cosciente, cui si può reagire. Il misterioso apparato trasmittente e ricevente che provvede alla comunicazione inconscia di sentimenti e affetti è molto antico, assai più antico della specie umana, e certamente esso si è andato atrofizzando con l'evolversi del nostro linguaggio verbale. L'uomo non ha bisogno di minimi movimenti che ne svelino le intenzioni per comunicare i suoi umori del momento, perché può esprimerli con le parole. Invece le taccole o i cani sono costretti a «leggere negli occhi» di un loro simile ciò che questi s'accinge a fare. Perciò gli animali superiori che vivono in società hanno per la comunicazione degli stati d'animo un apparato sia trasmittente sia ricevente assai più elaborato e specializzato di noi uomini, e tutti i suoni coi quali gli animali son soliti esprimersi, come il «chia» e il «chiu» delle taccole e i versi mono o polisillabici delle oche selvatiche, non sono comparabili al nostro linguaggio verbale, ma solo a quelle nostre estrinsecazioni che, come lo sbadiglio, l'aggrottamento della fronte, il riso e simili, vengono usate inconsciamente e inconsciamente comprese in virtù di un meccanismo innato. Le «parole» dei diversi «linguaggi» animali sono, per così dire, soltanto *interiezioni.*

Per quanto l'uomo possa disporre di numerose sfumature mimiche inconsce, neppure il più abile attore sarebbe capace di comunicare per via esclusivamente mimica la sua intenzione di andare a piedi o di volare come sanno fare le oche selvatiche, o di esprimere con simili mezzi il proposito di tornare a casa oppure di allontanarsi ulteriormente, cosa di cui è pienamente capace una taccola. Gli animali hanno un apparato trasmittente assai più efficace di quello dell'uomo, e lo stesso si può dire dell'apparato ricevente, che non solo è in grado di distinguere selettivamente un gran numero di segnali, ma, per attenersi allo stesso paragone, anche di captare una energia trasmittente assai inferiore alla nostra. Gli animali sono capaci di cogliere e di interpretare correttamente un numero incredibile di segnali minimi che per l'uomo sono del tutto impercettibili: se un membro di uno stormo di taccole che cerca cibo a terra se ne vola via solo solo per andare a lisciarsi le penne sul prossimo melo, nessuno degli altri lo degnerà neppure di un'occhiata; ma se si accinge a coprire una distanza più lunga, sarà seguìto dal coniuge oppure da un gruppetto più consistente, a seconda della sua «autorità», pur non avendo pronunciato neppure un «chia».

Un ottimo conoscitore delle taccole è in grado di cogliere il significato di questi impercettibili segnali, ma con altri animali ciò non è possibile. Già l'«apparato ricevente» del cane sorpassa di gran lunga le nostre capacità in campo analogo: ogni conoscitore dei cani sa bene con quale incredibile sicurezza un cane fedele riconosce se il suo padrone esce di camera diretto a una qualche meta che per l'animale non ha alcun interesse, o se invece si accinge all'agognata passeggiatina. Ad esempio la mia cagna da guardia Tito, tris-trisavola del cane che posseggo ora, individuava assai bene, in maniera «telepatica», le persone e le circostanze che mi davano ai nervi, e nulla poteva impedirle di infliggere un morso delicato ma sicuro nel deretano di tali individui. Era particolarmente pericoloso per un anziano signore autoritario assumere nei miei riguardi, in una discussione, il noto atteggiamento del «comunque tu sei troppo giovane»: appena un estraneo aveva manifestato un parere del genere, lo si vedeva portare spaventato la mano nel luogo dove Tito l'aveva puntualmente castigato. Io non riuscivo proprio a capire come ciò potesse inesorabilmente accadere anche quando la cagna se ne stava sotto il tavolo, e quindi non poteva vedere il viso e i gesti delle persone; come faceva dunque a sapere chi parlava in quel momento, e con chi, e chi era che la pensava diversamente da me?

Naturalmente questa sottile comprensione dell'umore momentaneo del padrone in realtà non dipende da una forma di «telepatia»: molti animali hanno la capacità di percepire anche movimenti sorprendentemente minuti, che sfuggono all'occhio umano; e un cane, che con l'attenzione più concentrata vuol essere di servizio al suo padrone, e che letteralmente pende in permanenza dalle sue labbra, si serve di questa facoltà in modo davvero mirabile. Ma anche i cavalli raggiungono risultati considerevoli sotto questo aspetto, e non sarà quindi fuori luogo parlare qui di alcuni virtuosismi che hanno procurato a certi animali una notevole fama. Vi sono stati dei cani pensanti, e anche dei cavalli pensanti, che sapevano perfino estrarre radici cubiche, e il cane prodigio Rolf, un terrier Airedale, è giunto al punto di dettare il proprio testamento alla padrona.

Tutti questi animali che sanno contare, parlare e pensare, «parlano» battendo dei colpi o emettendo latrati che hanno un significato stabilito secondo una specie di alfabeto Morse. Le loro prestazioni sono, a prima vista, veramente sorprendenti. Vi mettono davanti il bravo cavallo, o il bravo bassotto, o quel che sia, e vi invitano a porgli voi stessi le domande; voi chiedete al cane quanto fa due per due, il cane vi guarda intensamente negli occhi e abbaia quattro volte. Ancora più straordinaria è la bravura del cavallo, perché, per rispondere coi suoi colpi di zoccolo, sembra che egli non abbia neppure bisogno di guardarvi; poiché i cavalli, che fruiscono di una cosiddetta visione indiretta, possono anche vedere in una direzione su cui non fissano propriamente lo sguardo, e sono in grado di cogliere con estrema precisione anche movimenti minimi. Siete dunque voi stessi che comunicate involontariamente all'animale «pensante» la giusta soluzione mediante piccoli segni impercettibili, tanto è vero che, se voi non conoscete la soluzione del problema, la povera bestia continuerà disperatamente ad abbaiare o a battere colpi con la zampa in attesa che le si dica «basta». Infatti pochissime persone riescono, anche imponendosi il massimo autocontrollo, a trattenere questi segni inconsci e involontari.

Che sia soltanto l'uomo a trovare la soluzione e a comunicarla all'animale «pensante» lo dimostrò una volta un mio collega con un bassotto che era divenuto assai celebre, e che apparteneva a un'anziana zitella. Egli adottò perfidamente il seguente metodo: prese una tavoletta consistente di tanti strati sovrapposti di carta trasparente; sulla facciata anteriore era stampato in caratteri grossi un semplice problema aritmetico, ma sulla facciata posteriore si poteva leggere in trasparenza un altro problema. Quando la signora presentava al suo cane queste tavolette, egli abbaiava sempre un numero di volte corrispondente alla soluzione dei problemi letti dalla sua padrona, ma non a quella dei problemi scritti sulla facciata mostrata all'animale. Alla fine il mio amico presentò al bassotto un cartoncino impregnato dell'odore di una cagna in fregola. L'animale lo fiutò tutto eccitato, agitando la coda: *lui* riconosceva benissimo quell'odore, ma non la sua padrona, e quando questa chiese al cane che odore avesse quel pezzo di carta, esso rispose nel suo alfabeto Morse: «Formaggio»!

L'enorme sensibilità di certi animali che colgono movimenti espressivi quasi impercettibili, come ad esempio del cane che percepisce i sentimenti amichevoli o ostili del suo padrone verso un'altra persona, è una cosa veramente straordinaria, e non è quindi strano che l'osservatore ingenuo, portato ad antropomorfizzare, creda che una creatura, capace «perfino» di indovinare dei pensieri così intimi e inespressi, debba «a maggior ragione» comprendere ogni vera e propria parola pronunciata dal suo padrone. A questo proposito si dimentica però che negli animali sociali la capacità di comprendere anche i più lievi movimenti espressivi è così enormemente sviluppata proprio perché essi *non* comprendono la parola, proprio perché non sono in grado di parlare.

Un animale non dice mai qualcosa con l'espressa intenzione di provocare un determinato comportamento da parte di un suo simile: tutte le manifestazioni mimiche e sonore che trasmettono un'«informazione», per il «trasmittente» hanno valore di semplici interiezioni.

Quando un cane vi tocca col muso, guaisce, corre alla porta e la gratta, oppure pone le zampe sul lavandino sotto il getto dell'acqua e si guarda intorno con aria d'attesa, esso si esprime in un linguaggio assai più umano che non una taccola o un'oca selvatica, anche se queste, con i loro versi assai differenziati e pertinenti allo scopo, possono «dire» molte cose e farsi «comprendere» notevolmente bene. Il cane che vuole indurvi ad aprire la porta o il rubinetto cerca coscientemente e volontariamente di influenzare il suo amico uomo; invece la taccola o l'oca selvatica esprimono del tutto inconsapevolmente il proprio stato d'animo, e i vari «chiu» o «chia» o i suoni con cui comunicano ai loro simili l'esistenza di un pericolo sfuggono loro di bocca in modo del tutto involontario, tanto è vero che esse non possono fare a meno di emetterli anche se sono assolutamente sole.

Inoltre il comportamento del cane nelle circostanze sopra descritte è frutto di *apprendimento* e dettato da una vera *comprensione* della situazione in cui si trova, mentre l'uccello « parla » solo in virtù di un meccanismo innato ed ereditario. Ogni singolo cane ha metodi diversi per farsi capire dal suo padrone, e anche lo stesso cane per raggiungere questo scopo adotterà sistemi diversi secondo le varie situazioni. Per esempio la mia cagna Stasi una volta, non avendo digerito un certo cibo, ebbe bisogno di « uscire » durante la notte: io in quell'epoca ero sovraccarico di lavoro e avevo un sonno molto profondo, e quindi lei non riuscì a svegliarmi con i soliti segnali cui ricorreva per comunicarmi i suoi bisogni: i suoi gemiti e i suoi colpetti di muso evidentemente non avevano sortito altro effetto che di farmi meglio ravvoltolare fra le coperte; allora rapidamente decise di saltarmi addosso e con le zampe anteriori mi tirò letteralmente giù dal letto.

Nulla di simile si riscontra nei movimenti e nei segnali sonori degli uccelli, che non hanno alcuna possibilità di adattarsi alle esigenze del momento.

È noto che i pappagalli e molti corvidi sanno «parlare», cioè imitare delle parole umane, e a volte può esservi anche un legame concettuale fra il suono emesso e determinate esperienze dell'uccello. Per il fatto che sanno imitare, molti uccelli canori spesso danno l'impressione di «prendere in giro»: il canapino, l'averla piccola, il pettazzurro, lo storno e altri sono maestri in questo campo. Questi suoni sono *imitati,* e quindi appresi dall'uccello, che non li possiede per via innata, e che li emette *solo mentre canta,* senza alcuna connessione con il significato che possono avere particolari «vocabolari». Questo vale anche per gli storni, le gazze e le taccole, che sono assai bravi nell'imitare le parole umane.

Altra cosa è il «linguaggio» dei grossi corvi e soprattutto dei grossi pappagalli: anch'essi imitano le parole umane in modo chiaramente giocoso e non intenzionale, come avviene per molti uccelli dall'intelligenza meno elevata, ma i corvi e i pappagalli imitano le parole umane anche indipendentemente dal canto, e innegabilmente, a volte, tali suoni sono associati a certi concetti e hanno quasi (però soltanto quasi!) un certo significato.

Molti pappagalli cinerini e molti pappagalli dell'Amazzonia dicono «buongiorno» solo al mattino, e una sola volta; quindi usano l'espressione in modo del tutto appropriato. Otto Koehler possedeva un vecchissimo pappagallo cinerino, che, avendo il vizio di strapparsi le penne, era rimasto quasi pelato, e rispondeva al nome di Geier. Geier, che non era affatto bello, compensava la sua bruttezza con il talento per la lingua: diceva perfettamente a tono «buongiorno» e «buonasera», e quando un visitatore si alzava per prendere congedo esclamava con un vocione benevolo: «Be', arrivederci!». E si noti che lo diceva solo quando il visitatore aveva veramente intenzione di andarsene: come i cani pensanti, così anch'egli comprendeva da segni impercettibili e inconsci se l'intenzione del visitatore era veramente seria. Quali fossero questi segni, noi non l'abbiamo mai scoperto, ma neppure una volta siamo riusciti a provocare il suo saluto mediante un congedo fittizio. Se invece una persona era veramente in procinto di andarsene, poteva anche congedarsi nel modo più discreto che subito, e un po' beffardo, risuonava il «Be', arrivederci» del pappagallo.

Il celebre ornitologo di Berlino, il colonnello von Lukanus, possedeva anch'egli un pappagallo cinerino, divenuto famoso per la sua straordinaria memoria. Accanto ad altri uccelli, Lukanus teneva anche una upupa domestica, di nome Höpfchen, e il pappagallo, che sapeva parlare bene, aveva presto imparato questo nome. Purtroppo le upupe, al contrario dei pappagalli, non vivono a lungo in cattività, e quindi dopo un po' di tempo Höpfchen passò nel regno dei più, e parve che il pappagallo ne avesse dimenticato il nome; comunque non l'aveva mai più pronunciato. Dopo la bellezza di nove anni il colonnello von Lukanus acquistò un'altra upupa e, appena la vide, il pappagallo disse subito e ripeté in seguito: «Höpfchen... Höpfchen...».

Questi uccelli longevi, che quando hanno imparato una cosa ne serbano una memoria tanto tenace, sono però in generale altrettanto lenti ad apprendere. Chiunque abbia provato a insegnare una nuova parola a uno storno o a un pappagallo sa di quale pazienza ci si debba armare, quante volte gliela si debba ripetere, senza mai stancarsi. Eppure tali uccelli, eccezionalmente, possono imparare una parola che hanno udito solo di rado o forse anche un'unica volta. Ciò accade però, a quanto sembra, solo in circostanze eccezionali di grandissima eccitazione, e io conosco con certezza solo due casi del genere.

Mio fratello possedette per anni un magnifico pappagallo addomesticato dell'Amazzonia, vivace e straordinariamente dotato per la lingua; si chiamava, in portoghese, «Papagaio». Per tutto il tempo che visse con noi ad Altenberg, Papagaio poteva volare liberamente come tutti gli altri uccelli, e un pappagallo che vola liberamente di albero in albero pronunciando bene le parole umane fa un'impressione ancora più buffa di un pappagallo che parli altrettanto bene standosene in gabbia. Quando Papagaio svolazzava qua e là gridando forte «Dov'è il signor dottore?», e qualche volta cercando veramente il suo padrone, la scena aveva un effetto comico irresistibile.

Ancor più comica, ma anche notevole scientificamente, fu la seguente impresa dell'uccello. Papagaio non aveva paura di nulla e di nessuno, eccezion fatta per lo spazzacamino. In generale gli uccelli hanno facilmente paura delle cose che stanno *in alto,* fatto questo che è di certo connesso con l'innata paura degli uccelli rapaci che appunto piombano addosso dall'alto. Quindi ogni cosa che si stagli contro il cielo ha per loro, in un certo senso, l'intonazione emotiva dell'uccello rapace. Quando vide una volta lo spazzacamino, che già si distingueva dagli altri uomini per il suo sinistro color nero, ergersi contro il cielo ritto sul camino, Papagaio fu assalito dal timor panico, e se ne volò via con tali schiamazzi e così lontano che tememmo per il suo ritorno. Alcuni mesi dopo lo spazzacamino ritornò, mentre Papagaio se ne stava sulla banderuola del tetto litigando con le taccole che avrebbero voluto occupare loro quel posto. Improvvisamente io lo vidi divenire lungo e sottile, e guardare preoccupato verso il basso; poi prese il volo gridando ininterrottamente con voce assordante: «Arriva lo spazzacamino, arriva lo spazzacamino!». Un momento dopo lo spazzacamino entrava effettivamente dalla porta del cortile!

Purtroppo non riuscii a stabilire chiaramente quante volte Papagaio avesse visto lo spazzacamino in passato, e quanto spesso avesse udito il grido eccitato della nostra cuoca che ne annunziava l'arrivo: era infatti, senza alcun dubbio, la voce di questa signora che risuonava nelle sue parole. Comunque non l'aveva certamente udita più di due o al massimo tre volte, a intervalli di mesi l'una dall'altra.

Il secondo caso a me noto di un uccello «parlante» che avesse imparato parole umane, anzi un'intera frase, dopo averle sentite una sola o al massimo poche volte, concerne una cornacchia grigia, Hansl, che quanto a talento per la lingua poteva battere il pappagallo meglio dotato. Hansl, che era stata allevata da un impiegato delle ferrovie del vicino villaggio, volava liberamente ed era divenuta un uccello sano e di bell'aspetto, che ben deponeva sulle attitudini zoofile del suo padre adottivo. Contrariamente a quanto si crede di solito, non è infatti facile allevare delle cornacchie grigie, e con le cure che generalmente vengono loro prodigate finiscono per diventare degli animali deformi e rattrappiti, come li ha spietatamente rappresentati Wilhelm Busch nel suo *Hans Huckebein.* Un giorno i ragazzini del paese mi portarono una cornacchia grigia tutta sporca e infangata, con le ali e la coda ridotte a miseri moncherini, così che a fatica riconobbi in essa il bel Hansl. Comprai l'uccello, come faccio per principio con tutte le infelici bestiole che mi portano i ragazzini del paese, in parte per compassione, in parte perché a volte fra queste povere creature martoriate ce ne può essere una veramente rara e interessante. Telefonai poi subito al padrone di Hansl, che mi confermò come effettivamente l'uccello mancasse di casa da alcuni giorni e mi pregò di prendermene cura fino alla prossima muta. Io lo misi nella voliera dei fagiani e gli propinai un nutrimento sostanzioso perché nella muta ormai prossima potesse rivestirsi di nuove robuste penne. Durante la necessaria prigionia della bestiola imparai a conoscerne le sorprendenti capacità linguistiche. E che cosa non mi toccò sentire! In primo luogo, naturalmente, ciò che un uccello così domestico, che se ne sta su di un albero prospiciente la strada del villaggio, ha occasione di udire lui stesso, cioè quello che gli dicono i ragazzini della strada. Nel più autentico dialetto della Bassa Austria declamava tutto il giorno le filastrocche che da loro sentiva. Dopo la muta ebbi la gioia di veder guarito il simpatico uccello e lo lasciai libero appena fu in grado di volare. Egli ritornò immediatamente dal suo precedente padrone, ma da allora in poi venne spesso a farci visita, ospite sempre assai gradito. Una volta rimase assente per parecchie settimane e, al suo ritorno, notai che un dito della zampa gli si era rotto ed era poi rimasto storto. E questo dito rotto è il cardine di tutta la storia di Hansl, la cornacchia grigia parlante: noi sappiamo infatti come si è procurato questo guaio, e da chi lo abbiamo saputo? Potete crederci o meno, *è stato proprio Hansl a raccontarcelo*! Quando ricomparve all'improvviso dopo la lunga assenza di cui vi ho parlato or ora, egli sapeva dire una nuova frase: con voce da ragazzaccio di strada pronunciava le parole gravide di significato: «L'abbiamo preso con un fioretto, l'abbiamo preso!».

Sulla verità di questa comunicazione non si potevano avere dubbi. Come era accaduto a Papagaio, così anche nel nostro Hansl questa frase, certamente udita non troppo spesso, era rimasta impressa perché pronunciata in un momento di grande eccitazione per la bestiola, cioè, evidentemente, subito dopo essere stata catturata. Ma come fosse poi riuscito a liberarsi, questo purtroppo Hansl non ce l'ha mai raccontato.

Di fronte a casi del genere l'amico degli animali portato ad antropomorfizzarli giura su tutti i numi che l'uccello comprende ciò che dice. Invece, naturalmente, questa interpretazione va del tutto esclusa: è strano infatti che anche i migliori uccelli «parlanti», quelli che, come abbiamo visto, sono certamente in grado di collegare ciò che dicono a determinati avvenimenti, non imparino mai a servirsi di questa loro abilità in vista di uno scopo, anche semplicissimo.

Otto Koehler, che può vantarsi dei più grandi successi raggiunti nell'arte di addestrare gli uccelli, e a cui è perfino riuscito di far contare i piccioni fino a sei, ha anche provato a insegnare al suo già menzionato pappagallo prodigio, Geier, a dire «cibo» quando ha fame e «acqua» quando ha sete: però non vi è riuscito, né a tutt'oggi vi è mai riuscito nessuno. Ed è assai strano, perché evidentemente il pappagallo è ben capace di «associare» ciò che dice a determinati avvenimenti, e di imparare senz'altro qualsiasi movimento che gli serva a raggiungere uno scopo cui egli tiene, o che miri esclusivamente a indurre il padrone a una determinata azione.

Per esempio, un piccolo pappagallo domestico, credo che si trattasse di un Nanday-Sittich, di proprietà di Karl von Frisch, si era abituato ad adottare un contegno infinitamente grottesco e buffo per raggiungere un suo scopo: di solito lo studioso lo lasciava volare un poco liberamente per la casa solo subito dopo un'evacuazione, in modo che nei prossimi dieci minuti non ci fosse nulla da temere per i suoi mobili; in breve l'animale aveva afferrato questo nesso, e, poiché desiderava sempre moltissimo poter volare in libertà, appena il professor von Frisch si avvicinava alla gabbia egli con molta fatica e molto rumore espelleva una minuscola scarica; e anche quando non riusciva a produrre nulla di percettibile, spingeva disperatamente, e con tale violenza da rischiare di farsi male: vedendolo in tali condizioni si era proprio costretti a concedergli un poco di libertà!

Eppure l'astuto Geier, tanto più intelligente di quel piccolo pappagallo, non imparò mai a dire «cibo» quando aveva voglia di mangiare. A quanto sembra, tutto il complesso apparato della laringe e del cervello che rende possibile in questi animali l'imitazione e l'associazione delle idee, non possiede alcuna funzione connessa con la sopravvivenza della specie: ci si chiede invano «a che cosa» esso serva.

Conosco un unico uccello che imparò a usare un vocabolo umano quando desiderava qualcosa, e quindi a collegare un suono che aveva *imparato* con uno *scopo*. E certamente non per caso si trattava di quello che io ritengo il più evoluto di tutti gli uccelli, cioè di un corvo imperiale.

Questa specie di corvi possiede un richiamo innato che corrisponde al «chia» delle taccole ed esprime l'invito a volare via insieme: è un verso squillante, dal timbro aspro e metallico, una specie di «racrac», oppure «cracracrac». Se l'uccello vuole invitare al volo un suo simile che se ne sta fermo al suolo, compie gli stessi movimenti che abbiamo visto compiere alle taccole in simili circostanze: da dietro si porta cioè, volando basso, sopra all'altro corvo, facendo oscillare la coda che tiene tutta chiusa, ed emettendo un richiamo particolarmente sonoro e aspro, il suo «cracracrac», che dà l'impressione di una sequenza di piccole esplosioni.

Il corvo Roa, così chiamato dal suono che emettono i giovani uccelli della sua specie, era rimasto mio buon amico anche in età avanzata, e quando non aveva nulla di meglio da fare mi accompagnava nelle mie lunghe passeggiate e anche nelle mie escursioni in motoscafo sul Danubio, oppure nelle mie gite sciistiche. Soprattutto dopo aver raggiunto una certa età, egli non solo era divenuto molto timido con le altre persone, ma nutriva anche una profonda avversione per i luoghi dove in passato aveva subìto uno spavento, o per lo meno era incorso in una brutta esperienza. Non soltanto non voleva raggiungermi in quei luoghi, ma non poteva neppure soffrire che mi ci trattenessi io, trattandosi di posti secondo lui pericolosi. E proprio come i genitori taccole cercano di indurre i loro piccoli imprevidenti a volar via con loro, così anche Roa, in quei casi, si buttava giù in picchiata, raggiungendomi alle spalle, un poco al di sopra della mia testa, poi incominciava ad agitare la coda e riprendeva il volo verso l'alto, voltandosi a guardarmi al di sopra della spalla. E, per accompagnare questo movimento (che, ricordiamolo ancora una volta, è ereditario e innato), non emetteva il verso innato della sua specie, ma gridava, invece, *con voce umana*: «Roa, Roa, Roa»! Il fatto straordinario era che Roa possedeva anche il verso di richiamo specifico alla sua razza, il «cracracrac», e lo usava regolarmente nei rapporti con gli altri corvi. A sua moglie diceva «cracracrac» quando voleva invitarla a volar via con lui, mentre al suo amico uomo si rivolgeva col linguaggio umano. In questo caso è esclusa la possibilità di un precedente apprendimento, che avrebbe potuto aver luogo solo se l'uccello una volta avesse detto per caso «Roa» e io, pure per caso, proprio in quel momento mi fossi diretto verso di lui. Certamente una cosa del genere non è accaduta, e quindi il vecchio corvo deve aver in qualche modo intuito che «Roa» era il *mio* verso di richiamo. Quindi, mentre Salomone non è stato l'unico uomo capace di parlare con gli animali, Roa è a tutt'oggi l'unico animale che abbia rivolto all'uomo una parola umana usata in modo pertinente allo scopo, anche se si trattava soltanto di un semplice verso di richiamo.

L'OCHETTA MARTINA

Era giunto il grande momento: per ventinove giorni avevo covato le mie venti preziose uova di oca selvatica; o meglio, io stesso le avevo covate solo negli ultimi due giorni, affidandole per quelli precedenti a una grossa oca domestica bianca e a un'altrettanto grossa e bianca tacchina, che avevano assolto il compito molto più affettuosamente e adeguatamente di me. Solo negli ultimi due giorni io avevo tolto alla tacchina le dieci uova biancastre, ponendole nella mia incubatrice (mentre l'oca domestica doveva covare fino alla fine le sue dieci uova). Io volevo spiare ben bene il momento in cui sarebbero sgusciati fuori i piccoli, e ora quel momento fatidico era arrivato.

Molte cose importanti devono accadere in una di queste uova di oca selvatica: accostandovi l'orecchio si ode dentro scricchiolare e muoversi qualcosa, e poi, ecco, si percepisce chiaramente un flebile, flautato «piip». Dopo ci vuole ancora un'ora perché si apra un buchino, attraverso il quale si scorge la prima cosa visibile del nuovo uccello: la punta del becco, con sopra il cosiddetto dente dell'uovo; il movimento del capo con cui il dente, dal di dentro, viene spinto contro il guscio dell'uovo, provoca non solo la rottura del guscio, ma anche uno spostamento dell'uccellino che vi giace dentro tutto avvoltolato su se stesso, e che lentamente gira all'indietro attorno all'asse longitudinale dell'uovo. Il dente si muove dunque dentro il guscio lungo un «parallelo» sul quale apre una fila ininterrotta di buchini; alla fine, quando il cerchio si è chiuso, l'uccello con un movimento di estensione del collo fa sollevare l'intera calotta del guscio.

Lentamente, a fatica, si libera allora il lungo collo, che non riesce ancora bene a sostenere il pesante capino. Anche la nuca rimane incurvata nella posizione che ha avuto nell'embrione fin dall'inizio. Occorrono delle altre ore perché le articolazioni si distendano e divengano flessibili, perché i muscoli si rafforzino e prendano a funzionare gli organi del labirinto che mantengono l'equilibrio, perché insomma l'ochetta appena nata incominci ad avere il senso del sopra e del sotto e possa liberamente ergere il suo capo.

Quella cosina fradicia che fa capolino dal guscio è incredibilmente brutta e penosa, e soprattutto sembra più fradicia di quel che non sia in realtà: a toccarla, la si sente solo un po' umidiccia. Questa impressione di bagnato e di appiccicoso che dà il povero abituccio di piume dipende dal fatto che ogni piuma è ancora strettamente racchiusa in un sottilissimo involucro, e così compressa non è più grossa di un capello; tutti questi capelli-piume sono tenuti appiccicati in mazzetti dal liquido albuminoso contenuto nell'uovo, e occupano così pochissimo spazio all'interno del guscio. Poi gli involucri si asciugano, si polverizzano e cadono, permettendo alle piume di aprirsi. Le piume però non hanno bisogno di asciugarsi, perché erano asciutte già prima, in quanto gli involucri le proteggevano dal liquido dell'uovo. La rottura degli involucri viene naturalmente favorita e affrettata dai movimenti che fa l'uccellino appena uscito dall'uovo, strusciandosi «contro pelo» ai fratelli e al ventre della madre chioccia. Se questo sfregamento non è possibile, come avvenne per la mia prima oca selvatica covata in incubatrice, gli involucri delle piume durano più a lungo del solito, e in questo caso si può assistere a un piccolo sorprendente prodigio: si passi dolcemente un batuffolo di ovatta unto di grasso contro il piumaggio dell'uccellino; i fragili involucri cadranno in piccolissimi frammenti simili a forfora, e l'ochetta subirà una magica trasformazione: dove è passato il batuffolo sorge ora un fitto bosco di vaporose, splendenti piume grigioverdastre, e in pochi secondi, in luogo del nudo mostriciattolo fradicio e appiccicoso, ci troviamo in mano una commovente pallottolina di piume, grande almeno il doppio.

La mia prima ochetta selvatica era dunque venuta al mondo, e io attendevo che, sotto il termoforo che sostituiva il tiepido ventre materno, divenisse abbastanza robusta per poter ergere il capo e muovere alcuni passetti.

La testina inclinata, essa mi guardava con i suoi grossi occhi scuri; o meglio, con un solo occhio, perché, come la maggior parte degli uccelli, anche l'oca selvatica si serve di un solo occhio quando vuole ottenere una visione molto netta. A lungo, molto a lungo mi fissò l'ochetta, e quando io feci un movimento e pronunciai una parolina, quel minuscolo essere improvvisamente allentò la tensione e *mi salutò*: col collo ben teso e la nuca appiattita, pronunciò rapidamente il verso con cui le oche selvatiche esprimono i loro stati d'animo, e che nei piccoli suona come un tenero, fervido pigolio. Il suo saluto era identico, preciso identico a quello di un'oca selvatica adulta, identico al saluto che essa avrebbe pronunciato migliaia e migliaia di volte nel corso della vita; ed era come se anche lei mi avesse già salutato migliaia e migliaia di volte nello stesso identico modo. Neppure il migliore conoscitore di questo cerimoniale avrebbe potuto comprendere che quello era il primo saluto della sua vita. E io non sapevo ancora quali gravosi doveri mi ero assunto per il fatto di aver subìto l'ispezione del suo occhietto scuro e di aver provocato con una parola imprevidente la prima cerimonia del saluto.

La mia intenzione era infatti di affidare, una volta che fossero usciti dall'uovo, anche i piccoli covati dalla tacchina alla summenzionata oca domestica, che, pur non potendo covare più di dieci uova, era certamente in grado di guidare venti giovani ochette. Quando la mia piccola fu «pronta», ne erano appena uscite altre tre dalle uova covate dall'oca. Portai l'uccellino in giardino, dove la grassa biancona se ne stava nella cuccia del cane, dopo averne cacciato senza alcun riguardo il legittimo proprietario, Wolf primo. Infilai la mano sotto il ventre tiepido e morbido della vecchia e vi sistemai ben bene la piccina, convinto di aver assolto il mio compito. E invece mi restava ancora molto da imparare.

Trascorsero pochi minuti, durante i quali meditavo soddisfatto davanti al nido dell'oca, quando risuonò da sotto la biancona un flebile pigolio interrogativo: «vivivivivi?». In tono pratico e tranquillizzante la vecchia oca rispose con lo stesso verso, solo espresso nella sua tonalità: «gangangangang». Ma, invece di tranquillizzarsi come avrebbe fatto ogni ochetta ragionevole, la mia rapidamente sbucò fuori da sotto le tiepide piume, guardò su con un solo occhio verso il viso della madre adottiva e poi si allontanò singhiozzando: «fip... fip... fip...». Così pressappoco suona il lamento delle ochette abbandonate: tutti i piccoli uccelli fuggiti dal nido possiedono, in una forma o nell'altra, un lamento di questo genere. La povera piccina se ne stava lì tutta tesa, continuando a lamentarsi ad alta voce, a metà strada fra me e l'oca. Allora io feci un lieve movimento e subito il pianto si placò: la piccola mi venne incontro col collo proteso, salutandomi con il più fervido: «vivivivivi». Era proprio commovente, ma io non avevo intenzione di fungere da madre oca. Presi dunque la piccola, la ficcai nuovamente sotto il ventre della vecchia e me ne andai. Non avevo fatto dieci passi che udii dietro di me: «fip... fip... fip...»: la poveretta mi correva dietro disperatamente. Non riusciva ancora a star ferma in piedi, aveva il passo ancora molto insicuro e vacillante. Però, sotto la pressione del bisogno, possedeva già l'andatura rapida e impetuosa della corsa. In parecchi gallinacei questa sfasatura singolare ma utile, nella progressiva maturazione dei diversi movimenti, è ancora più pronunciata, e soprattutto presso le pernici e i fagiani i piccoli imparano a correre prima che a camminare lentamente o a stare fermi in piedi.

Avrebbe commosso un sasso la povera piccina, con quel modo di corrermi dietro piangendo con la sua vocina rotta dai singhiozzi, incespicando e rotolando, eppure con velocità sorprendente e con una decisione dal significato inequivocabile: ero io sua madre, non la bianca oca domestica! Sospirando mi presi la mia piccola croce e la riportai in casa. Pesava allora non più di cento grammi, ma sapevo benissimo come mi sarebbe stata greve, quanta dura fatica e quanto tempo mi sarebbe costato portarla degnamente.

Mi comportai come se fossi stato io ad adottare l'ochetta, non lei me, e la piccola fu solennemente battezzata col nome di Martina.

Passai il resto della giornata proprio come suole

passarlo un'oca madre. Ci recammo su un prato tenero e fresco e riuscii a convincere la mia piccina che l'uovo tritato assieme alle ortiche era una pappa prelibata. E, dal canto suo, essa riuscì a convincermi che, almeno per il momento, era assolutamente escluso che io mi potessi allontanare da lei e abbandonarla anche per un solo minuto: cadeva subito in un'angoscia tanto disperata e il suo pianto era tanto straziante che dopo qualche tentativo mi diedi per vinto e costruii un cestino per potermela portare sempre dietro, in spalla, in modo che, almeno quando dormiva, io potessi muovermi liberamente.

Non dormiva mai molto a lungo, e in quella prima giornata non vi feci gran caso. Ma durante la notte me ne dovetti ben accorgere! Avevo preparato per la mia ochetta una magnifica culla riscaldata elettricamente, che aveva già sostituito il caldo ventre materno per molti piccoli da me allevati. Quando, a sera abbastanza inoltrata, misi la mia piccola Martina sotto la coperta termostatica, essa emise subito soddisfatta quel pigolio rapido che presso le giovani oche esprime la voglia di dormire e che suona pressappoco come un «virrrr». Posi la cestina con la culla riscaldata in un angolo della camera e mi infilai anch'io sotto le coperte. Proprio nell'attimo in cui stavo per addormentarmi udii Martina emettere, già tutta assonnata, ancora un sommesso «virrrr». Io non mi mossi, ma poco dopo risuonò più forte, come in tono interrogativo, quel richiamo «vivivivi?» che Selma Lagerlöf nella sua stupenda storia del piccolo Nils Holgerson, che ha avuto su di me tanta influenza quando ero bambino, traduce con geniale, penetrante intuizione nella frase: «Io sono qui, tu dove sei?». «Vivivivi?: io sono qui, tu dove sei?». Io continuai a non rispondere, rannicchiandomi sempre più tra le coltri, e sperando intensamente che la piccola si sarebbe riaddormentata. Macché! Ecco di nuovo il suo «vivivivivi?», ma ora con una minacciosa componente tratta dal lamento dell'abbandono: un «io sono qui, tu dove sei?» pronunciato con il viso atteggiato al pianto, con gli angoli della bocca abbassati e il labbro inferiore voltato in fuori; cioè, presso le oche, con il collo tutto ritto e le piume del capo arruffate. E un istante dopo ecco uno scoppio di striduli e insistenti «fip... fip...». Dovetti uscire dal letto e affacciarmi sul cestino; Martina mi accolse beata salutandomi con un «vivivivivi». Non voleva più smettere, tanto era il sollievo di non sentirsi più sola nella notte. La posi dolcemente sotto la coperta termostatica: «virrrr, virrrr». Si addormentò subito, deliberatamente, e io feci lo stesso. Ma non era passata neppure un'ora (erano circa le dieci e mezzo), quando di nuovo risuonò il «vivivivivi» interrogativo, e si ripeté esattamente la sequenza di cui sopra. E poi di nuovo alle dodici meno un quarto, e all'una. Alle tre meno un quarto mi levai e decisi di cambiare radicalmente la disposizione degli elementi nell'esperimento. Presi la culla e me la posi a portata di mano presso la testata del letto. Quando, secondo le previsioni, alle tre e mezzo si fece sentire il solito interrogativo «io sono qui, tu dove sei?», io risposi nel mio stentato linguaggio di oca selvatica con un «gangangangang» e diedi qualche colpetto alla coperta termostatica. «Virrrr,» rispose Martina «io sto già dormendo, buonanotte». Presto imparai a dire «gangangangang» senza neppure svegliarmi, e credo che ancor oggi risponderei così se, nel profondo del sonno, udissi qualcuno sussurrarmi sommessamente «vivivivivi?».

Però all'alba, quando si fece chiaro, non mi servì più a nulla dire «gangangangang» e dare colpetti alla coperta: Martina, con la luce del giorno, si accorse che il cuscino non era me e cominciò a piangere perché voleva venire proprio da me. Che cosa si fa quando il nostro grazioso, adorato fantolino si mette a strillare alle quattro e mezza di mattina? Be', non c'è altro che tirarlo su e prenderselo in letto, rivolgendo al cielo una sommessa preghiera perché l'angioletto se ne stia tranquillo almeno un altro quarto d'ora. Ed egli lo fa, e voi vi riaddormentate voluttuosamente finché, sì finché non sentite al vostro fianco qualcosa di umidiccio... Questi inconvenienti non si verificarono *mai* con la mia piccola Martina: finché un'ochetta è nello stato d'animo di starsene acquattata sotto la mamma, si può stare sicuri che si manterrà pulita. Ma se si sveglia e vuole alzarsi, bisogna proprio toglierla al più presto dal letto.

Nel complesso Martina era una bambina molto buona. Non dipendeva da una sua ostinazione il fatto che non riuscisse a star sola neppure un minuto: bisogna pensare che per un giovane uccello della sua specie, che vive normalmente allo stato selvaggio, il perdere la madre e i fratelli significa una morte sicura. E dal punto di vista biologico è assai significativo che quelle pecorelle smarrite non pensano più né a mangiare, né a bere, né a dormire e, fino all'esaurimento totale, investono ogni scintilla di energia in quei gridi di aiuto grazie ai quali sperano di ritrovare la madre.

Se si possiedono parecchie giovani oche selvatiche relativamente affiatate fra loro, si riesce con un po' di severità ad abituarle a star sole. Invece un animale isolato piangerebbe letteralmente fino a morirne.

Questa profonda avversione istintiva per la solitudine produsse in Martina un enorme attaccamento alla mia persona: mi seguiva dappertutto, ed era pienamente felice quando io lavoravo alla scrivania e lei poteva starsene sotto la mia sedia. Non mi importunava affatto, e le bastava che io le rispondessi con un grugnito inarticolato ogni volta che mi chiedeva nel solito modo se io ero ancora vivo e presente. Di giorno lo faceva ogni due minuti, di notte circa una volta all'ora. Vorrei conoscere la persona, o meglio *non* vorrei conoscere la persona che non rimarrebbe incantata e commossa da un simile attaccamento da parte di un'ochetta; di questo vivace batuffolo di piume che vi cammina dietro pieno di quella buffa dignità comune a tutte le oche, e che, se andate troppo in fretta, si sforza di rincorrervi con le alucce spiegate. Ed è commovente, anche se esasperante, come lo «ueh, ueh» dei nostri lattanti, il lamentoso canto di abbandono che subito intona se uscite dalla stanza anche per un solo minuto; e ancor più toccante, e per nulla esasperante, è la gioia eccitata con cui vi accoglie quando ricomparite, il suo saluto giubilante che sembra non voler più finire. Ma la cosa più bella è che questo tenero attaccamento della piccola oca ci permette di stabilire uno stretto legame con un animale selvatico non addomesticato, e di osservarlo all'aperto, liberamente, in un ambiente del tutto naturale.

Poiché comunque, per amore di Martina, mi ero rassegnato a fare la parte della madre, non tentai più di mettere sotto l'oca domestica le altre nove ochette che vennero alla luce sotto il ventre della tacchina nei due giorni seguenti, come mi ero originariamente proposto di fare. Dieci piccole oche non richiedono più tempo che una sola, anzi ne richiedono meno a chi si prende cura di loro, perché lasciarle sole diviene un'impresa un po' meno critica.

Stranamente Martina non sviluppò un attaccamento fraterno per quelle nove, pur trascorrendo con loro parecchio tempo, soprattutto durante le passeggiate collettive. Dopo una fase iniziale di ostilità le altre ochette cominciarono a considerarla come una sorella, ma lei, dal canto suo, non faceva molto caso a loro, e comunque non ne sentiva affatto la mancanza quando non c'erano, mentre era sempre pronta a staccarsene per seguire me. Benché, come Martina, anche le altre nove vedessero in me la loro madre, esse erano legate fra loro non meno che alla mia persona, ed erano quindi felici e tranquille solo se, in primo luogo, si trovavano tutte insieme, e in secondo stavano insieme con me. Da principio cercai di portarmene dietro nelle mie passeggiate solo due o tre, oltre a Martina: poiché per coprire dei tratti più lunghi, come ad esempio la strada che porta al Danubio, mettevo semplicemente le ochette in una cesta e le trasportavo, e poiché inoltre per le osservazioni che mi proponevo di fare tre o quattro piccoli erano più che sufficienti, avrei gradito di poter lasciare a casa tutti gli altri. La cosa però non era possibile perché la minoranza, separata dai fratelli, cadeva sempre in uno stato di inquietudine e di paura, e nonostante la mia presenza tendeva continuamente a intonare il canto dell'abbandono; se ne rimaneva ferma e non voleva seguirmi. Questa reazione alla mancanza dei fratelli aveva un carattere più «quantitativo» che personale: se prendevo con me i più lasciandone a casa due o tre, essi mi seguivano senza far storie e se ne stavano tranquilli, ma in tal caso piangevano fin quasi a morirne i pochi lasciati a casa. Quindi nelle mie escursioni dovevo prendere soltanto Martina oppure tutti e dieci i piccoli. Quando l'anno successivo allevai una nuova covata, edotto dall'esperienza precedente presi sotto la mia custodia solo quattro ochette.

In quella prima estate ho trascorso un'incredibile quantità di tempo con i miei dieci piccoli e ho imparato da loro un'enormità di cose. Che scienza felice quella che ci costringe a compiere una parte essenziale delle ricerche gironzolando liberamente sulle sponde del Danubio, nudi, in compagnia di un branco di oche selvatiche! Io sono una persona molto pigra, e la mia pigrizia mi rende assai migliore come osservatore che non come sperimentatore. Se qualche volta lavoro veramente, lo faccio solo sotto la pressione del più rigoroso imperativo categorico kantiano, ma ciò è del tutto contrario alle mie tendenze naturali. L'aspetto più straordinario di questa attività, che consiste semplicemente nel vivere assieme agli animali selvatici e nell'osservarli, è il fatto che gli animali stessi sono così meravigliosamente pigri: all'animale è assolutamente estranea la folle smania di lavoro dell'uomo moderno, cui manca perfino il tempo di farsi una vera cultura. Anche le api e le formiche, queste personificazioni della solerzia, trascorrono la maggior parte della giornata immerse in un dolce far niente, solo che quelle ipocrite non si fanno vedere quando se ne stanno tranquillamente a casa, ma solo quando sono al lavoro. E agli animali non si può fare premura: se si vogliono studiare le oche selvatiche bisogna vivere con loro, e, se si vuol vivere con loro, bisogna adattarsi al loro ritmo; e se madre natura non vi ha dotato di una benedetta pigrizia, non ci riuscirete assolutamente. Una persona costituzionalmente laboriosa e attiva perderebbe la ragione se fosse costretta a trascorrere un'estate in qualità di oca fra le oche come ho fatto io (con qualche interruzione). Almeno metà della giornata le oche la trascorrono intente tranquillamente a digerire, e dell'altra metà ne hanno bisogno, a dir poco, i tre quarti per pascolare; e le attività che val la pena di osservare, cui le oche si dedicano quando non digeriscono e non pascolano, coprono complessivamente al massimo un ottavo del periodo di veglia. Le oche selvatiche sarebbero proprio degli animali mortalmente noiosi, se in quell'ottava parte della giornata non facessero cose tanto interessanti.

Quando siete in giro sulle rive del Danubio con un branco di oche selvatiche, potete poltrire senza il minimo rimorso, perché siete costretti a starvene sdraiati al sole per sette ottavi della giornata, con la macchina fotografica a portata di mano carica e pronta allo scatto, ma non siete affatto tenuti a sorvegliare gli uccelli: il vostro orecchio esperto comprende subito, dal verso che fanno, se essi smettono di pascolare o di dormire per dedicarsi a cose più interessanti. Naturalmente, finché le oche sono ancora piccole e ci stanno ansiosamente alle calcagna, è assai facile indurle a seguirci nei nostri spostamenti. Se si conoscono ed entro certi limiti si sanno imitare i versi delle oche selvatiche, si può indurre anche un branco di oche adulte, che non hanno più bisogno di stare appiccicate a noi, a spostarsi, o a volar via, o che altro si voglia. Ma in questi tentativi di influenzare gli animali bisogna essere prudenti e moderati, e non si deve andar molto oltre ciò che fanno normalmente i genitori oche quando guidano i loro piccoli. Questi ultimi sono subito affaticati, sia fisicamente sia psichicamente, se non li si lascia un po' in pace. Senza dubbio io avevo preteso troppo dalla mia Martina nei primi giorni della sua vita, e perciò essa rimase un po' indietro nello sviluppo e crebbe magra e nervosa. Le oche più grandicelle, in cui è un poco scemato il timore di restare sole, non accettano pressioni in questo senso, e se ne rimangono tranquillamente indietro a pascolare. Però anche con loro bisogna andare assai cauti con le incitazioni vocali o di altro genere, soprattutto perché altrimenti si finisce per ottundere e far scomparire proprio le reazioni che si voleva studiare. Farò un esempio. Le oche reagiscono istintivamente al verso dei genitori o di altre oche che esprimono l'intenzione di spostarsi di luogo. La persona che si prende cura delle oche può imitare assai bene questo verso, inducendole così a seguirla. Ma se lo fa troppo spesso, cioè praticamente più spesso di quello che fanno le oche nella loro vita normale, logora la reazione, e di conseguenza le oche non faranno più caso a quel verso: quindi con un tale addestramento *negativo* si viene ad annullare proprio quelle reazioni innate ed ereditarie che si volevano studiare. Per evitare questo errore si deve possedere quella che a ragione si chiama una pazienza da bestia.

Particolarmente interessanti sono i versi con cui le oche selvatiche esprimono la voglia di andarsene o di nuotare o volare via. Anche se molto piccole, le ochette reagiscono, in virtù di un meccanismo innato, alle più sottili sfumature di questo vocabolario veramente complesso. Il normale verso delle oche, quel ben noto sbattere del becco sommesso e veloce, risuona, di tanto in tanto, anche quando gli animali sono fermi, o pascolano, o camminano lentamente. Questo verso, a causa della forza dei suoni armonici che lo compongono, risulta tipicamente spezzato in sei-dieci sillabe. Il numero delle sillabe e la forza dei suoni armonici acuti aumentano di pari passo nel verso abituale delle oche, ma sono inversamente proporzionali all'intensità del suono nel suo complesso. Quante più sillabe ha il verso delle oche, tanto più ha un suono acuto e sommesso. Se questi tre segni caratteristici sono molto pronunciati, vuol dire che gli animali si trovano molto a loro agio e non hanno tendenza a mutar presto di luogo. Di conseguenza, un verso polisillabico, acuto e sommesso, in termini umani significa: «Qui stiamo bene, lasciateci rimanere qui», con in più il significato accessorio dell'«Io sono qui, ci sei ancora anche tu?». Se invece nell'oca si fa strada il desiderio di cambiare luogo, cambia anche il suo verso: diminuisce il numero delle sillabe, scompaiono i suoni acuti e lo schiamazzo diviene più forte. Un verso di sei sillabe corrisponde di già alla marcia lenta ma continua, ad esempio, in un pascolo magro dove gli animali devono fare uno o due passi tra uno stelo e l'altro. Se il verso è di sole cinque sillabe è già assai evidente la voglia di marciare, e gli animali pensano principalmente ad avanzare, fermandosi di rado a beccare un altro stelo. Con quattro sillabe si manifesta una motivazione assai intensa al cambiamento di luogo, e quasi sempre in questo stato d'animo l'oca ha il collo allungato e teso. Con tre sillabe si annuncia una marcia velocissima, il collo dell'oca è estremamente allungato, e già si fa sentire la *disposizione al volo.* Un verso di due sillabe, che suona sempre come un profondo e assai forte «gangang, gangang», indica inequivocabilmente che l'oca è in procinto di volar via.

Se non si appresta a volar via, ma solo a spostarsi per via terrestre o acquatica, l'oca dispone di una particolare espressione sonora, cui ricorre solo in questa occasione: pressappoco fra il verso a tre e quello a quattro sillabe, là dove di solito si potrebbe cominciare a sospettare una disposizione al volo, l'oca emette un forte suono metallico, ben distinto dagli altri, un verso di tre sillabe, la cui sillaba intermedia, fortemente accentuata, è più alta di circa sei toni delle altre due; esso suona pressappoco come un «ganghingang». I genitori che hanno i piccoli ancora incapaci di volare si trovano comprensibilmente assai spesso a dover esprimere l'intenzione di cambiare luogo, accentuando però il fatto che «non» si deve volare. Anche le oche domestiche che guidano i loro piccoli emettono assai spesso questo verso, che al conoscitore fa sempre un effetto assai comico perché queste grasse bestiole non possono comunque volare, e quindi le loro ininterrotte «rassicurazioni» che si recheranno a piedi e non in volo nel luogo prescelto sono del tutto superflue. Ma dato che questi versi dipendono da un meccanismo del tutto istintivo, gli animali naturalmente non hanno la più pallida idea di tali contraddizioni.

Parimenti innato ed ereditario è, come abbiamo già detto, il meccanismo in virtù del quale la giovane ochetta comprende il vocabolario dei suoi simili: a soli due o tre giorni di vita i piccoli già reagiscono prontamente a tutte le sottili sfumature sopra descritte. Se diminuiscono le sillabe e aumenta l'intensità dei suoni con cui vengono chiamati, i piccoli smettono di pascolare, alzano il capino, e a poco a poco tutto il branco entra nello stato d'animo di andarsene e incomincia ad avanzare.

Particolarmente carina e, entro certi limiti, sempre ottima a scopo dimostrativo, è la reazione delle ochette al «ganghingang»: stranamente sembra che le ochette percepiscano soprattutto un riferimento preciso a se stesse in questo verso dei genitori, e quando, attratte da una pianticella dall'odore particolarmente allettante, rimangono indietro nella marcia, il «ganghingang» suona per loro come un colpo di frusta che le spinge a raggiungere a tempo di record, con le alucce spiegate, i genitori o il loro sostituto umano. Nella mia piccola Martina questa reazione offriva l'occasione per qualche grazioso scherzetto.

Benché il nome Martina non fosse derivato, come quello di Cioc, dal richiamo o dal verso abituale degli animali della sua specie, noi avevamo trovato per Martina il più bel verso di richiamo che mai abbia avuto un uccello presso di noi ad Altenberg: quando si pronunciava il suo nome con lo stesso identico timbro e la stessa altezza del «ganghingang» delle oche, accentuando fortemente la «i», si era sicuri di scatenare la reazione sopra descritta, e Martina arrivava ansimando come un cavallo spronato. Specialmente i cacciatori e altri conoscitori di cani restavano esterrefatti degli effetti del mio «appello» su quell'ochetta che non aveva ancora una settimana. Dovevo però fare molta attenzione a che nessuno degli altri piccoli «non addestrati» si trovasse a portata di orecchio, perché, se no, arrivavano anch'essi ansimanti, come se avessi girato un interruttore.

Nelle piccole oche è *innata* non solo la risposta opportuna a tutte le diverse sfumature del verso dei loro simili, ma anche la reazione al *suono di allarme* delle oche anziane. Questo consiste di un unico «gang», per lo più emesso in tono piuttosto sommesso e nasale, con una certa componente di «r», in modo che forse il suono viene ad assomigliare più di tutto a un «ran». Per riprodurre nel modo migliore questo suono rauco si deve pronunciare la sillaba aspirando l'aria. Appena udito questo verso tutte le oche levano la testa verso l'alto in osservazione, e troncano improvvisamente il loro schiamazzo, altrimenti quasi ininterrotto. Se il verso viene emesso con maggiore forza, le oche adulte si preparano a volar via e cercano di raggiungere una posizione che permetta loro di sorvegliare i dintorni e di prendere il volo facilmente. Invece i piccoli si precipitano dalla mamma, o dal sostituto umano, ammassandosi intorno a essa, o a esso, in cerca di protezione.

L'ansia dei piccoli perdura fin che non viene dato il segnale di cessato allarme: i genitori quindi non hanno bisogno di ammonirli una seconda volta perché stiano tranquilli e sul chi vive, ma coi sensi tesi possono concentrarsi sul pericolo. Quando questo è passato, segue un cenno di cessato allarme che consiste in un chioccolio sommesso, cui di solito i piccoli reagiscono in gruppo con una cerimonia di saluto, il collo proteso in avanti.

Con la rapidità con cui l'estate succede alla primavera, dall'amabile batuffolo di piume si sviluppa il bell'uccello grigio dalle ali argentee. Come è meraviglioso questo passaggio, come è commovente la disarmonica forma intermedia fra il bambino e il giovane, con i piedi sproporzionati, le giunture grosse, i movimenti goffi della pubertà, che comunque presso le oche selvatiche si riduce a poche settimane! E che stupendo momento quello in cui l'uccello adulto raggiunge le sue nuove forme armoniose, con le ali ormai rinforzate e pronte a dispiegarsi nel primo volo!

NON COMPRATE FRINGUELLI!

Pochi sanno quali sono gli animali che si possono allevare in casa facilmente e con soddisfazione. Molti amici della natura continuano a prendersi in casa nuovi animali e sempre di nuovo falliscono nel tentativo di tenerli, o perché non si servono di metodi adeguati o perché non scelgono bene l'animale. E purtroppo la maggior parte dei nostri commercianti di animali non sa valutare correttamente il compratore e non lo consiglia bene nella scelta.

Prima di tutto bisogna avere le idee chiare su di un punto: in generale si è indotti a prendere in casa un animale da quell'antichissima nostalgia che spinge l'uomo civilizzato verso il paradiso perduto della natura allo stato selvaggio, quella stessa nostalgia che indusse Kipling a scrivere i suoi *Libri della giungla.* Ora è vero che ogni animale costituisce un pezzetto di natura, ma non ogni animale è adatto a rappresentare la natura in casa vostra. Gli animali che *non* dovete comprare si possono distinguere in due grandi categorie: quelli che non potrebbero vivere con voi, e quelli con i quali voi non potreste vivere. Al primo gruppo appartengono tutti gli animali molto sensibili, difficili da curare e da mantenere in buona salute; al secondo gruppo appartengono moltissimi altri animali, e alcuni ne ho menzionati nel capitolo *Quando gli animali combinano guai.* Gran parte delle bestiole in vendita nei nostri negozi rientra in una di queste due categorie; e le altre, quelle che non sono troppo sensibili e che non danno troppo ai nervi, sono in gran maggioranza così noiose da non ripagare il prezzo che costano e la fatica di custodirle. Proprio i soliti animali domestici cari agli adulti e ai bambini, come i pesci rossi, le tartarughe, i canarini, i porcellini d'India, i pappagalli, i gatti d'angora, i cagnolini da salotto e via dicendo, sono bestie decisamente noiose e insulse, che offrono ben poche di quelle soddisfazioni su cui queste pagine cercano di attirare l'attenzione. Quando si vuole comprare un animale, sulla scelta devono pesare diversi fattori: in primo luogo bisogna sapere ciò che si desidera e ci si aspetta dall'animale stesso; in secondo luogo bisogna tener conto del tempo e delle cure che si è disposti a dedicargli quotidianamente, della minore o maggior resistenza dei nostri nervi ai rumori, del numero di ore che si devono trascorrere fuori casa, e di altre cose del genere.

Che cosa dunque desiderate? Volete portarvi a casa un pezzetto di natura genuina che vi ricordi continuamente come il mondo non consista soltanto di asfalto, di calcestruzzo e di fili elettrici? Volete riempire qualche decimetro quadrato del vostro campo visivo con una cosa che non provenga dalle mani dell'uomo?

Se i vostri occhi anelano soltanto a una piccola chiazza di rigogliosa verzura naturale e alla bellezza delle creature viventi, comprate un acquario; se volete animare piacevolmente la vostra abitazione compratevi degli uccellini: non immaginate neppure quale senso di calore e di intimità si sprigiona da una grossa gabbia che alberghi una coppia di ciuffolotti felicemente assortita. Il canto sommesso, un po' pettegolo eppure armonioso del maschio ha un meraviglioso effetto distensivo, e il suo modo dignitoso e misurato, così perfettamente corretto, di far la corte alla mogliettina, l'attenzione costante di cui la circonda, sono tra le cose più graziose che ci possa offrire una gabbia di uccelli. La manutenzione non vi prenderà che pochi minuti al giorno, i cereali di cui si cibano costano pochi soldi, e non è difficile procurarsi quel po' di verdura che costituisce l'unica variante del menù di questi uccelli.

Se invece siete un solitario che desidera un contatto personale, se volete avere in casa qualcuno che si rallegri quando rientrate, allora procuratevi un cane. Non crediate che sia crudele tenere un cane in un appartamento cittadino: la sua felicità dipende soprattutto dal tempo che potete trascorrere con lui, dal numero di volte che vi può accompagnare nelle vostre uscite; al cane non importa nulla aspettare per ore e ore davanti alla porta del vostro studio, se poi ne avrà in premio dieci minuti di passeggiata al vostro fianco. Per il cane l'amicizia personale è tutto. Ricordate però che in questo modo vi assumete un impegno tutt'altro che lieve, perché dopo è impossibile rompere l'amicizia con un cane fedele, e darlo via equivale a un omicidio. E, se siete una persona molto sensibile, tenete anche presente che il vostro amico ha la vita assai più corta di voi, e che dopo dieci o quindici anni ci sarà inevitabilmente un triste distacco.

Se tutte queste cose vi preoccupano troppo, potrete trovare molte altre creature, intellettualmente meno elevate, meno simili all'uomo, e quindi molto meno impegnative sotto vari aspetti, sulle quali riversare il vostro affetto: per esempio lo storno, il più facile da allevare tra tutti gli uccelli nostrani. Un mio amico soleva chiamarlo con eccezionale perspicacia «il cane del povero diavolo», e questa sua definizione è perfettamente indovinata. Con il cane egli ha comunque in comune una caratteristica, quella che non lo si può comprare «bell'e fatto». È assai difficile che un cane comprato in età adulta divenga veramente il *vostro* cane, come è difficile che vostro figlio divenga veramente vostro se voi, genitori ricchi, lo affidate alle cure di una persona prezzolata come la balia, la bambinaia, l'istitutrice o il precettore. È l'intimo contatto personale quello che conta, e anche nel caso dello storno dovete essere voi stessi a nutrire e pulire il piccino, se vorrete poi possedere un uccello veramente affezionato. A questo scopo non occorrono cure troppo prolungate: un giovane storno impiega solo circa ventiquattro giorni per coprire tutto il ciclo del suo sviluppo, dal momento in cui esce dall'uovo sino alla piena autonomia. Se lo si prende dal nido a circa quattordici giorni di vita (o se lo si compra, perché ogni buon negozio di animali può procurare su ordinazione un esemplare della giusta età) si è ancora in tempo, e il suo allevamento dura in tutto non più di due settimane. Non si tratta di un lavoro troppo gravoso, perché basta infilare cinque o sei volte al giorno una pinzetta con il cibo nella gola gialla del piccolo, bramosamente protesa, e all'altra estremità, con lo stesso strumento, si possono raccogliere le palline delle feci, che sono igienicamente ravvolte in una membrana e quindi non sporcano. Così il nido artificiale rimane sempre pulito, e non occorre «cambiare i pannolini». Per il nido basta procurarsi un poco di fieno e sistemarlo in un cestino a metà chiuso, provvisto solo di un'apertura anteriore, in modo da riprodurre più fedelmente possibile le condizioni di un nido naturale: l'apertura anteriore deve però essere abbastanza grande perché ci passi la mano dell'uomo. Il piccolo storno deposita le feci solo nella parte più illuminata della cavità, e quindi il nido rimane sempre pulito anche se non si è subito pronti a raccoglierle. Per il nutrimento, in caso di necessità, basta avere della carne cruda o del cuore, del pane inzuppato nel latte, un po' di uovo sminuzzato cui sarà opportuno aggiungere un po' di terra. Se disponibili, vermi e uova fresche di formiche costituiranno un cibo migliore, perché più naturale. Ma di questi cibi costosi lo storno ha bisogno solo da piccolo, fin che sta crescendo, e appena è in grado di mangiare da solo gli si possono dare quasi tutti gli avanzi della nostra tavola. Come piatto fondamentale per lo storno adulto è particolarmente raccomandabile la crusca un po' inumidita con semi schiacciati di canapa o di papaveri, perché con questa dieta le feci rimangono asciutte e quasi inodori. Se poi si mette un po' di torba in polvere sul fondo della gabbia, anche in una camera piccolissima non si sentirà alcun odore di animale.

Se anche uno storno è per voi «troppo impegnativo», perché ha bisogno comunque di una gabbia piuttosto grossa, e desiderate un uccellino più piccolo che soddisfi il vostro bisogno di un «contatto personale» con esigenze ancor minori quanto allo spazio, al tempo e alle fatiche da dedicargli, vorrei consigliarvi un lucherino, l'unico uccello piccolo, per quanto io ne sappia, che anche se catturato in età matura non solo si può addomesticare ma anche si affeziona veramente all'uomo. Certo anche altri uccelli piccoli possono perfettamente «addomesticarsi», nel senso che imparano a non temere la persona che li custodisce, che vengono a posarsi sulla sua testa e sulle sue spalle, e accorrono senza timori a beccare una ghiottoneria dalle sue stesse mani. Con il pettirosso, ad esempio, a questa docilità si giunge in un tempo brevissimo. Ma se si impara a scrutare più profondamente l'anima dell'animale, e ci si abitua a non proiettare più in lui i nostri sentimenti, convinti che esso debba amare il suo padrone perché questi ama lui, alla fine negli occhi scuri e fiabeschi del pettirosso non si scorgerà altro che la domanda assai prosaica: «Me lo danno sì o no questo benedetto verme?». Invece il lucherino è un erbivoro, mangia tutto il giorno, e non ha mai veramente fame, e quindi per lui il problema del cibo riveste un interesse assai minore che non per un insettivoro. Il verme che avete in mano costituisce per un pettirosso un oggetto di attrazione assai più intensa che non il seme di canapa per il lucherino. Quindi, in condizioni analoghe, un pettirosso appena catturato o appena comprato verrà a beccare dalla vostra mano prima di un lucherino, e sarà anche più facile abituarlo ad avvicinarsi spontaneamente al suo padrone, mentre il lucherino, cui occorrono alcuni mesi per raggiungere questo stadio, poi non lo farà più per amore del cibo, ma della compagnia. Questa «dimestichezza socievole» per noi uomini ha molto più valore che non la dimestichezza affamata assai «materialistica» del pettirosso. Il lucherino, animale socievole, è capace di un attaccamento personale per il suo padrone, mentre al pettirosso, animale non socievole, manca semplicemente l'organo per stabilire un tale rapporto. Naturalmente vi sono anche molti altri uccelli socievoli che trasferiscono sull'uomo i loro impulsi sociali, e che, se presi da giovani, possono stabilire con l'uomo un contatto assai stretto. Lo storno, il ciuffolotto e il lucherino possono affezionarsi deliziosamente, e i grossi corvidi, i pappagalli, le oche e le gru sotto questo aspetto gareggiano addirittura col cane. Ma tutti questi uccelli dobbiamo prenderli dal nido assai giovani se vogliamo farne compagni fedeli e addomesticati. Non sappiamo perché il lucherino costituisca un'eccezione, perché proprio lui, anche se catturato in età avanzata, riesca a stabilire un contatto sociale con l'uomo.

Ho parlato prima dell'acquario, del ciuffolotto, dello storno, e del lucherino perché, pur ripagandoci delle cure loro prestate, tutti questi animali hanno pretese assai modeste. Però se si è disposti a dedicar loro più tempo, si troveranno decine di animali che ci ripagano altrettanto bene. Voglio comunque darvi un buon consiglio: se siete principianti, limitatevi all'inizio a creature *facili* da custodire, che non richiedono troppe cure per mantenersi sane anche in stato di cattività.

Quando parlo di animali «facili da custodire» non mi riferisco affatto alla loro «capacità di resistenza» o «di durata». Con la parola «custodire» applicata a una creatura vivente noi intendiamo in senso scientifico il tentativo di farle svolgere davanti ai nostri occhi tutto il suo ciclo vitale in stato di più o meno rigida cattività. Erroneamente però si considerano di solito facili da custodire degli animali che in realtà hanno soltanto una vita molto prolungata e che, per dirla crudamente, *ci mettono molto a morire.* L'esempio classico di un tale animale apparentemente facile da custodire, ma che in realtà è solo molto longevo ed ha esigenze tutt'altro che modeste, è la testuggine greca. Nelle condizioni di vita che le infliggono di solito i padroni inesperti le occorrono tre, quattro o più anni per giungere a una morte totale e irrevocabile, ma in senso proprio essa incomincia a morire fin dal primo giorno che ve la prendete in casa. Per allevare le tartarughe in modo che crescano, prosperino, amino e si riproducano, si devono offrir loro condizioni di vita difficili o impossibili a realizzarsi nella maggior parte dei nostri appartamenti di città. E, per quanto ne so, nessuno nel nostro clima ha mai veramente *allevato* questi animali.

Se entro nella stanza di un amico delle piante e vedo che tutti i suoi vegetali sono floridi e rigogliosi, so di aver trovato un'anima gemella. Io non sopporto a nessun costo nella mia stanza delle piante che muoiono, anche se lentamente. La modesta aspidistra, il rigoglioso ficus, il simpatico tiglio da camera mi rallegrano con la loro inequivocabile salute, mentre anche i più begli esemplari di rododendro o di ciclamino, in vaso, che invece di crescere diventano sempre più piccoli e stenti, portano nella mia camera il soffio della putrefazione. Non posso sopportare neppure i fiori tagliati e votati a una rapida morte, ma essi comunque mi disturbano sempre meno di quella lunga agonia.

Nei riguardi delle piante questo atteggiamento può sembrare troppo sentimentale da parte di un biologo, ma, per quel che concerne gli animali, bisogna darmi ragione: la morte di un animale suscita compassione anche in una persona meno sensibile nei confronti del mondo vegetale. Dunque, per l'amor di Dio, si allevino soltanto quegli animali che possano veramente vivere nelle circostanze che offrite loro, e che non si limitino a una lenta morte. Le delusioni che poi distolgono per sempre molte persone dal prendersi in casa degli animali dipendono in gran parte dalla scelta infelice della loro prima bestiola. Il cardellino che giace morto sul fondo della gabbia produce un'impressione assai più duratura di una piantina appassita, e il possessore tormentato dai rimorsi giura che non si prenderà mai più in casa un uccello. Se invece di un cardellino avesse comprato un lucherino, probabilmente gli sarebbe durato tre lustri.

Inoltre poche specie avicole vengono tanto decimate dai loro inesperti padroni, e dai negozianti, come accade proprio al cardellino: quando vede in un negozio quelle povere prede autunnali a malapena abituate alla prigionia, il conoscitore sa con certezza che per la maggior parte esse sono già votate alla morte, soprattutto a causa della qualità veramente mediocre del cibo disponibile: i cardellini, specie se appena catturati, hanno bisogno di moltissimi semi oleosi, e non credo che mi accingerei ad allevarne uno se non disponessi di molti semi di cardo e di papavero. L'unico possibile surrogato di questo cibo è la canapa, che però dev'esser ben schiacciata, perché il cardellino, con il suo tenero beccuccio, non è in grado di rompere i semi interi. Però molti negozianti questo non lo sanno, e se lo sanno non dicono volentieri al compratore che l'uccello ha tutte queste esigenze, per non distoglierlo dall'acquisto. Invece un negoziante onesto e amante degli uccelli si prende la briga di esaminare ben bene il compratore prima di affidargli l'esemplare di una specie difficile.

Ecco ora un altro consiglio buono e solo apparentemente ovvio: lasciate perdere gli animali *ammalati*. Catturate o comprate solo uccelli sani, prendendoli dal nido o facendoveli regalare da una persona che se ne intende, e non aspettate che vi portino per caso un uccellino caduto dal nido, una cerbiatta che ha perso la mamma, o uno scoiattolo orfano. Queste creature, capitate per caso in mani umane, nella gran maggioranza hanno già in sé il germe della morte, o sono talmente debilitate che solo un esperto veterinario è in grado di salvarle. In genere, spendete un po' di fatica e di denaro per procacciarvi il vostro animaletto: vi frutterà poi al cento per cento. Insistete tranquillamente per ottenere la bestiola che avevate deciso di comprare, non lasciatevi abbindolare se il venditore vi vuol far credere che un tordo non è meno simpatico e meno addomesticabile di uno storno; ma se per caso vi viene offerto un animale, sia esso uccello o mammifero, veramente *domestico,* un animale cioè che è stato allevato dall'uomo fin dall'infanzia o che si trova da molto tempo in stato di cattività, allora non perdete l'occasione, anche se la bestiola vi costa quattro o cinque volte di più che uno spaurito esemplare selvatico della stessa specie.

Un fattore che le persone che abitano in città e lavorano dovrebbero sempre tener presente è l'*orario:* quello proprio e quello dell'animale. Se si deve uscire di casa all'alba per andare al lavoro e si rientra solo dopo il tramonto, e se nei giorni festivi si vogliono far delle gite fuori città, non si ricaverà molta gioia da un uccello canoro, e la coscienza di aver bene provveduto all'animale prima di uscire di casa, il sapere che ora probabilmente esso sta cantando a squarciagola, sarà per noi una ben magra soddisfazione. Se invece, tenendo conto di queste circostanze, vi siete presi una coppia di divertenti assioli, una civetta domestica, un qualche grazioso piccolo mammifero o qualunque altro animale *notturno,* che si alza e incomincia la sua giornata proprio quando voi rincasate dal lavoro, ne potrete ricavare una grande gioia. I piccoli mammiferi sono immeritatamente trascurati dagli amici degli animali, perché in generale è piuttosto difficile procurarseli. A parte i topi e i ratti domestici, in un negozio si può comprare con una certa facilità solo l'altrettanto domestico e quindi assai poco interessante porcellino d'India. Da poco tempo c'è un'altra specie di roditori allevata in grande abbondanza e quindi facilmente disponibile nei negozi, una specie che posso caldamente raccomandare per allietare le ore serali, quando si è stanchi e non ci si sente in vena di occupazioni intellettuali elevate: il criceto dorato. Mentre scrivo queste righe, in una grossa cesta accanto alla mia scrivania si svolge una buffissima lotta fra sei piccoli criceti di tre settimane irresistibilmente graziosi, grandi non più di un topolino, tondi e grassottelli, che rotolano su se stessi con alte strida fingendo di morsicarsi ferocemente a vicenda, inseguendosi per tutta la cesta con balzi selvaggi, e finendo poi sempre per cadere, inabili e goffi come sono ancora. Non conosco alcun roditore che sappia giocare in modo così «intelligente», proprio come fanno i cani e i gatti, ed è consolante avere in stanza delle creature così sfrenatamente allegre e che sanno manifestare con tanta buffa grazia la loro allegria.

Credo che il buon Dio abbia creato il criceto dorato per la gioia dei poveri amici degli animali che vivono in città, o per lo meno ha riunito in questo suo piccolo capolavoro tutte le qualità più gradevoli di un animale domestico, evitando con cura quelle spiacevoli. Il criceto non morde, o comunque morde meno di un porcellino d'India o di un coniglio. Le madri con figli assai piccoli vanno trattate con una certa prudenza, ma solo nelle prossime vicinanze della prole, e a un metro dalla loro cuccia si possono tranquillamente prendere in mano. Come sarebbe piacevole tenere in casa uno scoiattolo, se non volesse arrampicarsi dappertutto e lasciar le tracce dei suoi denti sopra ogni oggetto morsicabile! Il criceto invece non si arrampica, e morde così poco che lo si può tranquillamente lasciar correre per la stanza senza che commetta alcun guaio.

Inoltre ha un aspetto proprio graziosissimo, con la testa grossa, i grandi occhi che guardano il mondo in modo tanto intelligente e che lo fanno sembrare assai più intelligente di quanto non sia in realtà, e la sua pelliccetta di un gusto splendido, eppure allegra di colori nei suoi disegni neri, bianchi e dorati. Ma soprattutto il suo modo di muoversi è talmente buffo e carino che provoca continue e cordiali risate quando esso avanza frettolosamente sulle sue corte zampette, come se fosse spinto da dietro, o quando improvvisamente si rizza come un piccolo palo conficcato per terra, per spiare un pericolo immaginario con le orecchie tese e gli occhi ancor più grandi del solito.

Sul tavolo che sta in mezzo alla mia camera, accanto alla scrivania, c'è un piccolo e semplice terrario: esso è la cellula germinale della mia stirpe di criceti dorati, e con regolarità cronometrica ogni sei settimane ne esce una nuova nidiata per trasferirsi in una delle spaziose ceste che presto ingombreranno tutta la camera. Nel terrario vive la capostipite della stirpe con i piccoli appena nati. Gli snobistici amici degli animali più rari e più difficili da allevare rideranno di me che mi commuovo tanto per un animaletto così a buon mercato, a cui può accudire qualsiasi bambino di cinque anni. Ma a me non importa nulla il costo di un animale o la difficoltà di custodirlo, e mi è del tutto ignota l'ambizione di quegli amatori che cercano di allevare proprio le specie di uccelli e di pesci ornamentali più difficili. A me un animale interessa per ciò che posso *osservare*, e sotto questo aspetto il piccolo criceto, il più modesto fra gli animali che sia dato tenere, in casa, supera certamente molte specie assai pregiate. Così accade che i miei occhi si posino quasi più spesso in compiaciuta meditazione sul piccolo terrario dei criceti che non sulla voliera posta dietro di esso, che contiene il pezzo attualmente più costoso e più raro della mia collezione vivente: una coppia di basettini che covano tre uova.

Io, quando voglio, sono capace di custodire animali assai difficili e bisognosi di cure molto delicate, in modo che tutto il loro ciclo vitale si svolga in casa mia, davanti ai miei occhi; e solo chi è riuscito ad allevare in camera i basettini (o qualcosa di simile) è autorizzato a sorridere dei miei semplici criceti e del grande diletto che ne ricavo. Ma probabilmente costui ne saprebbe abbastanza per non sorriderne più.

Come sempre accade a chi è molto abile in una certa attività, anche l'allevatore di animali può essere solleticato dall'idea di cimentarsi in un'impresa solo per il gusto di superare una difficoltà. Per il vero conoscitore questi virtuosismi hanno un grande valore tecnico, ma il principiante deve tener presente che troppo spesso un tentativo del genere si riduce semplicemente a una tortura per l'animale. I tentativi di tenere in condizioni innaturali animali molto sensibili trovano giustificazione solo nella ricerca scientifica, e se intrapresi a scopo puramente dilettantesco hanno sempre un qualcosa di dubbio dal punto di vista morale. Anche la persona più esperta, prima di prendersi in casa un organismo molto delicato, dovrebbe tener presente non solo la legge scritta, ma anche quella legge non scritta, assai più severa, che esige che agli animali in cattività non manchi nulla del necessario al loro benessere fisico e psichico. E nel primo entusiasmo di fronte alla grazia e alla bellezza di un nuovo animaletto spesso ci si assume con troppa leggerezza questo gravoso impegno. L'entusiasmo poi scompare, ma l'impegno rimane, e così, senza rendersene ben conto, ci si è presi un fardello di cui poi non è più tanto facile liberarsi. Una volta ho avuto per più di un anno nella piccola vasca di marmo della nostra veranda due tuffetti: si tratta di minuscoli uccelli dal comportamento assai interessante e molto graziosi da vedere, uccelli acquatici, che non riescono a stare in piedi senza muoversi sulla terraferma, e camminano molto maldestramente, passo passo. In genere non vengono mai a terra eccetto che per covare, e proprio per questo era così straordinario averli nella stanza. Quando si furono addomesticati e abituati all'ambiente, pur godendo di un'assoluta libertà se ne rimanevano spontaneamente presso la superficie dell'acqua, senza bisogno di gabbia, e costituivano un meraviglioso ornamento per la veranda. Questi graziosissimi uccelli domestici hanno purtroppo lo svantaggio di cibarsi solo di pesci non più lunghi di quattro o cinque centimetri, ma neppure più corti di due. Quei pochi vermiciattoli e quel po' di vegetali che mangiano oltre ai pesci non bastano a evitar loro neppure per una mezza giornata i morsi della fame, qualora i pesci vengano a mancare. Pur tenendo sempre in cantina a disposizione dei miei due uccelli dei grossi recipienti con pesci e con ricambio continuo di acqua fresca, e pur non essendo a quel tempo affatto preoccupato dall'aspetto finanziario del problema, questo dover pensare ininterrottamente a procurar loro il cibo era veramente snervante. Diverse volte durante quell'inverno ho fatto disperatamente il giro di tutti i negozi di pesci, o altrettanto disperatamente ho spaccato il ghiaccio di tutti gli stagni formati da un'ansa del vicino Danubio che sembravano promettermi qualcosa, per cercare di superare dei giorni di magra che per i miei tuffetti avrebbero significato una morte sicura. Non ero riuscito a separarmi volontariamente da questi miei «cigni da camera», ma sospirai di sollievo, pur nella mia tristezza, quando, un bel giorno d'estate, i due presero il volo attraverso la finestra.

Una delle cose che mettono i nervi a dura prova è l'uccello che svolazza per paura. Per esempio, avete comprato un fringuello, bello e dalla voce piacevole, e, poiché desiderate non solo sentirlo ma anche vederlo, rimovete la fodera di tela di cui il precedente possessore, buon conoscitore degli uccelli, aveva circondato la gabbia. L'uccello non mostra di accorgersi della cosa e continua tranquillamente a cantare... però soltanto se voi non vi muovete: dovete muovervi molto lentamente e con circospezione, se non volete che l'uccello si scagli selvaggiamente, con tutte le sue forze, contro le sbarre della gabbia, tanto da far temere per la sua testa e le sue penne. E non pensate che poi si calmerà, che si lascerà addomesticare; scrive Brehm: «Si evitino i movimenti vivaci». Ora, la *Vita degli animali* del Brehm è uno dei più splendidi libri da biblioteca familiare, un libro che non ha pari in altre lingue, ma quando vi consiglia gli uccelli da prendere in casa, esso è del tutto inattendibile. Il suo entusiasmo per il mondo dei volatili gli fa vedere un ideale animale da salotto in ogni pennuto, mentre proprio sotto questo aspetto vi sono enormi differenze tra una specie e l'altra. Dunque il fringuello non si abituerà mai ai vostri movimenti, o per lo meno, finora, ne ho incontrati solo pochissimi che si siano abituati ai movimenti normali dell'uomo. Ma sapete che cosa significa dover evitare per settimane e settimane ogni movimento brusco nella propria camera? Vi rendete conto di quel che vuol dire non potersi azzardare a spostare una sedia, perché altrimenti una stupida bestia si rovinerebbe le penne del capo, spuntate di fresco? A ogni minimo movimento vi precipitate alla gabbia dei fringuelli, spaventatissimi all'idea che ricominci il loro dannato svolazzare.

Il Brehm non menziona neppure la funesta circostanza che molti uccelli all'epoca delle migrazioni svolazzano durante la notte. Anche se la gabbia ha il solito tetto morbido, e quindi il suo inquilino non può veramente farsi male, questo suo svolazzare notturno è pur sempre assai sgradevole non solo per l'animale, ma anche per l'uomo che dorme nella stessa camera. E se sbatte ininterrottamente contro le sbarre della gabbia, ciò non ha alcuna attinenza diretta con il suo impulso a migrare in quella direzione, ma dipende semplicemente dal fatto che è sveglio, che non riesce a dormire, e che l'impulso a muoversi lo spinge sempre di nuovo giù dal suo trespolo; e, poiché al buio non riesce a vedere nulla, sbatte ciecamente contro le sbarre. Per evitare questo incessante sbatacchio notturno non c'è che mettere nella gabbia una piccola lampadina elettrica: basta anche una luce molto tenue, sufficiente perché l'animale possa scorgere i trespoli e le sbarre. Solo dopo aver escogitato questo sistema io ho ritrovato la pace notturna e la gioia che di solito mi procurano i silvidi.

Non potrò mai fare abbastanza presente a un amatore principiante il pericolo di sottovalutare l'*intensità* del canto di un uccello, che all'aria aperta sembra così dolce e grazioso. Quando un merlo o un usignolo maschio cominciano a cantare a squarciagola in casa vostra, i vetri delle finestre letteralmente tremano, e sulla tavola il vasellame si mette piano piano a ballare. La voce dei silvidi, dei canapini e della maggior parte dei fringuellidi non è talmente forte da divenire insopportabile, e al massimo il fringuello darà un po' ai nervi per l'eterna ripetizione della sua strofa squillante. In generale gli uccelli che dispongono di una sola strofa sempre invariata vanno energicamente sconsigliati alle persone nervose. Ed è quasi inconcepibile che certuni non solo sopportino la quaglia, ma se la tengano in casa proprio per il suo «pic-per-vic». Si immaginino tre pagine di questo libro tutte piene delle sillabe «pic-per-vic», e ci si farà una buona idea del canto della quaglia che, per quanto gradevole all'aperto, al chiuso, almeno secondo me, fa l'effetto di un disco rotto in cui la puntina rimane sempre allo stesso punto.

Ma non c'è nulla che esasperi i nervi come un animale che soffre, e già solo per questa ragione, anche se non vi fossero motivi morali più elevati, si deve caldamente raccomandare di comprare in un primo tempo solo gli animali facili da mantenere in buona salute. Avere in casa un pappagallo tubercolotico è un po' come avere un membro della famiglia moribondo; e se nonostante tutte le precauzioni un animale si ammalasse di un morbo inguaribile, non negategli quell'atto di misericordia che un medico non può praticare ai pazienti umani in circostanze simili.

In tutte le creature viventi la capacità di soffrire è direttamente proporzionale al loro livello nella scala evolutiva, e ciò vale soprattutto per le sofferenze psichiche. Un animale meno intelligente, come l'usignolo, il silvide o il criceto, in condizioni di severa prigionia soffre assai meno di una creatura più evoluta, come un corvide, un pappagallo grande o anche una mangosta, per tacere poi dei lemuri o delle scimmie. Per imparare a conoscere veramente bene un animale intelligente, di tanto in tanto lo si deve lasciare libero. A una considerazione superficiale sembrerebbe che non ci sia alcuna fondamentale differenza fra una prigionia permanente e una prigionia con poche occasionali vacanze dalla gabbia, e invece ciò ha un'importanza incalcolabile per il benessere psichico della creatura: rispetto alla prigionia permanente c'è la stessa incommensurabile differenza che passa fra la vita di un operaio, che è sempre «incatenato» al proprio lavoro, e la vita di un carcerato.

Ma, se li si lascia liberi, questi «animali selvatici» non fuggiranno via immediatamente? No, sono proprio gli animali più intelligenti, quelli che soffrono psichicamente per la costante prigionia, i meno propensi a fuggire. Tutti gli animali, escluse le specie più basse, sono creature abitudinarie che a nessun prezzo vorrebbero cambiare il modo di vivere cui sono abituate, ed è proprio per questo che qualunque animale lasciato improvvisamente libero dopo una lunga prigionia tornerebbe certamente nella sua gabbia, se *ritrovasse la strada*. Però, in generale, gli uccelli piccoli sono troppo stupidi per riuscirvi. Se uno dei miei codirossi o dei miei basettini fuggisse fuori della finestra, certamente non ritroverebbe la via per tornare. Solo gli uccelli piccoli che hanno un orientamento spaziale assai sviluppato, come ad esempio il passero domestico o il topino (rondine delle rive), imparano a servirsi con sicurezza delle diverse finestre e porte della nostra casa. Inoltre bisogna tenere presenti gli eccezionali pericoli che minacciano questi piccoli uccelli domestici se li si lascia uscire liberamente, pericoli che, data la loro totale mancanza di diffidenza, sono ancora più gravi per loro che non per gli uccelli della stessa specie che vivono allo stato selvaggio.

Quindi l'idea che una mangosta, una volpe o una scimmia veramente domestiche, cui si dia la possibilità di circolare liberamente, cerchino senz'altro di riconquistare la loro «sì cara» libertà, riflette un errato atteggiamento antropomorfico. Gli animali non vogliono fuggire, ma solo uscire dalla gabbia. Non è quindi un problema impedir di fuggire a un corvo, a una mangosta o a una scimmia addomesticati, ma piuttosto bisogna abituarli a non disturbarci nel lavoro quotidiano o nel riposo serale. Pur essendo abituato da decenni a lavorare in presenza di animali vivaci e di bambini ancor più vivaci, io mi irrito se un corvo imperiale cerca di carpirmi i fogli del mio manoscritto, o se uno storno, col vento di propulsione delle sue ali, mi getta all'aria tutte le carte della scrivania, o se dietro le mie spalle una scimmia cappuccina fa i suoi esperimenti con oggetti fragili, così che mi aspetto di udire da un momento all'altro un crac e un tintinnio di cocci infranti.

Quando siedo alla scrivania per lavorare, tutti gli animali che strisciano sulla terra o che volano per l'aria devono essere rinchiusi in gabbia; e proprio le creature più intelligenti, quelle che maggiormente apprezzano una sortita, si possono assai bene abituare a ritornare in gabbia su vostro ordine (tutte, a esclusione della mangosta). Ma, appena impartito il temuto comando, subito ce ne pentiamo, perché l'animale, infilandosi tranquillo e obbediente nella gabbia, cerca proprio con questo suo contegno di farlo revocare, cosa che dal punto di vista pedagogico sarebbe assai nociva. Allora la povera bestiola si accuccia nella sua gabbia, annoiandosi a morte, e noi diveniamo quasi più nervosi di poc'anzi, quando era in libertà. È proprio come quando si concede alla nostra bimbetta di starsene con noi nello studio, però con la severa proibizione di parlare o di disturbarci in alcun modo. Il conflitto interiore tra la volontà di ubbidire e l'impulso pressante a fare delle domande si riflette drammaticamente nella mimica del suo visino, e questa è una delle cose più graziose che ci può offrire una bimbetta, ma ci disturba nel lavoro più che un'intera orda di storni, di corvi e di scimmie.

Da questo punto di vista l'animale più torturante è stata la mia cagna da guardia Tito. Tito era uno di quei cani esageratamente fedeli che non hanno assolutamente una propria esistenza privata, ma vivono solo per il loro padrone e assieme a lui. Se ne stava accucciata accanto a me, anche quando io rimanevo alla scrivania per ore e ore, e, avendo di gran lunga troppo tatto per mettersi a guaire o per attirare l'attenzione in altro modo, si limitava a guardarmi! Quello sguardo dei suoi occhi ambrati, in cui si leggeva soltanto una domanda: «Quando, quando ti deciderai una buona volta a venir fuori con me?», quello sguardo mi tormentava come un rimorso di coscienza e, anche se io bandivo l'animale dalla camera, lo sguardo penetrava facilmente attraverso il grosso muro, perché sapevo che lei era lì davanti alla porta di casa, con i suoi occhi ambrati costantemente fissi alla maniglia della mia porta.

Rileggendo ora questo capitolo, e soprattutto le ultime pagine, temo di aver forse esageratamente accentuato gli aspetti negativi che comporta la cura di un animale, distogliendovi dall'idea di comprarne uno. Non fraintendetemi: se ho insistito nello sconsigliarvi gli animali che *non* si devono comprare, l'ho fatto soltanto perché temevo che una delusione e un'esperienza snervante con la vostra prima bestiolina potessero per sempre disgustarvi e distoglierví da questo nobilissimo *hobby,* il più bello e istruttivo di tutti. Io mi sento molto seriamente impegnato a risvegliare in quanti più uomini possibile una profonda comprensione e venerazione per le meraviglie della natura, e aspiro fanaticamente a farmi dei proseliti. E se qualcuno che mi abbia seguito pazientemente attraverso queste pagine si lascerà indurre a farsi un acquario o a prendersi in casa una coppia di criceti, avrò probabilmente conquistato un fedele adepto alla buona causa.

PIETÀ PER GLI ANIMALI

Ascoltando i commenti del pubblico in un grande giardino zoologico, per esempio a Schönbrunn, ci si accorgerà che sono fatti oggetto di compassione sentimentale certi animali che stanno benone, mentre quasi nessuno coglie la vera sofferenza, pure presente in moltissimi giardini zoologici. Vengono soprattutto compatiti quegli animali che, a causa di certe loro caratteristiche, hanno da sempre colpito la fantasia e la sensibilità dei poeti, come l'usignolo, il leone o l'aquila.

Sull'usignolo non ho qui bisogno di aggiungere nulla, perché per lui vale ciò che ho già notato a proposito di tutti gli uccelli piccoli e non molto elevati nella scala evolutiva. Il maschio in solitaria prigionia «soffre», di certo, ma non intensamente, perché al suo canto non accorre una femmina della sua specie; dopo tutto, ciò gli può accadere anche in regime di libertà.

Quanto poi al «re del deserto», in condizioni di severa prigionia egli soffre assai meno di molti animali feroci che occupano una posizione pari alla sua nella scala evolutiva, perché in lui è meno intenso il bisogno di muoversi. Diremo anzi senza eufemismi che il leone è quasi il più pigro di tutti gli animali da preda: egli soffre di una pigrizia veramente invidiabile. Quando si trova in libertà può anche coprire enormi distanze per andare in cerca di cibo, ma lo fa evidentemente solo sotto la spinta della fame, non per un impulso interiore al movimento. È assai raro vedere un leone in cattività percorrere incessantemente la gabbia in lungo e in largo, come fanno per ore e ore le povere volpi e i poveri lupi. Se ha accumulato abbastanza bisogno di moto per decidersi ad andare un poco su e giù, cosa che del resto può accadere solo in una gabbia assai piccola, la sua sarà una placida passeggiatina digestiva, del tutto esente da quella frenetica fretta con cui i canini sfogano il loro intenso bisogno di moto. Nello zoo di Berlino si è costruito per i leoni un importante recinto con sabbia del deserto e gialli declivi rocciosi, ma questa dispendiosa costruzione è risultata del tutto inutile: sarebbe andato altrettanto bene un finto scenario cinematografico con leoni imbalsamati, tanto testardamente pigre giacevano le bestie qua e là in mezzo al romantico paesaggio.

E ora passiamo all'aquila! Mi dispiace proprio di demolire le fantasiose leggende che circondano questo uccello maestoso, ma devo attenermi alla verità: tutti gli uccelli rapaci sono, rispetto agli uccelli canori e ai pappagalli, animali assai stupidi, e l'aquila reale, l'aquila per eccellenza delle nostre montagne e dei nostri poeti, è uno dei più stupidi di tutti, assai più di una qualunque pollastrella!

Ricordo ancora la delusione che ho avuto con la mia prima e unica aquila, un'aquila imperiale, che impietosito rilevai per ben sessanta scellini da un serraglio ambulante. Era una femmina stupenda, quasi uniforme nei colori, e quindi aveva già parecchi anni. L'uccello era perfettamente addomesticato e salutava il suo padrone, e in seguito anche me, con un singolare gesto di tenerezza, voltando la testa verso il basso, in modo che la paurosa curva del suo becco adunco veniva a trovarsi rivolta all'insù. Inoltre emetteva suoni così dolci e sommessi che sarebbero stati degni di una tortorella, anzi, più che di una tortora, aveva proprio la mitezza di un agnello. A dire il vero io l'avevo comprata perché volevo addestrarla alla caccia, come hanno sempre fatto i Chirghisi e altri popoli con questo uccello rapace. Non mi illudevo naturalmente di ottenere grandi successi in quel nobile sport, ma speravo di poter fare delle osservazioni sul comportamento venatorio di un grosso uccello rapace, magari anche solo nei riguardi di conigli messi lì a bella posta. Questo piano però fallì perché la mia aquila, anche se affamata, non torceva un pelo ai conigli.

Si dimostrò anche assai poco incline alla fuga, pur essendo sana e vigorosa e possedendo delle penne eccellenti. I corvi, i cacatua e le poiane volano per divertimento, per cimentare la propria abilità. Non così quell'aquila, che volava solo quando nel nostro giardino c'era una corrente ascensionale favorevole, in modo da potersi librare nell'aria senza sostenere alcuna fatica muscolare, e anche in questo caso non si innalzava mai troppo nelle sue evoluzioni. Quando poi voleva ridiscendere, non riusciva mai a trovare la strada, e volteggiava qua e là tutta disorientata per atterrare poi da una qualche parte nei dintorni, dove se ne rimaneva inquieta e infelice in attesa che io andassi a prenderla. Forse a un certo momento si sarebbe anche decisa a tornare a casa da sola, ma la grossa bestia dava talmente nell'occhio che subito qualcuno mi telefonava segnalandomi che l'aquila era atterrata sul tetto di questa o quella casa. E io dovevo andare a prenderla, e a piedi anche, perché la stupida bestia aveva una paura matta della bicicletta. Quanti ne ho fatti di questi viaggi di ritorno, con l'aquila sul braccio! E alla fine, non volendo tenerla incatenata in permanenza, la regalai allo zoo di Schönbrunn.

La grossa voliera per gli uccelli rapaci, recentemente restaurata a Schönbrunn, basta abbondantemente all'aquila per il suo bisogno di moto. Se si potesse intervistare questo uccello e interrogarlo sui suoi desideri o sulle sue lagnanze, risponderebbe pressappoco così: «Qui noi soffriamo soprattutto perché viviamo in uno spazio sovrappopolato. Appena io e mia moglie aggiungiamo un nuovo ramo al nostro nido in costruzione, sopraggiunge uno di questi disgustosi avvoltoi a portarcelo via. Inoltre mi dà ai nervi anche la compagnia delle aquile di mare, più forti di noi e così terribilmente arroganti. Per non dir nulla di quell'antipatico tipo del grosso condor. Il trattamento è buono, ma c'è un po' troppa carne di cavallo, e io preferirei di gran lunga un bel coniglio tutto intiero, pelo e ossa compresi». Neppure una parola sulla nostalgia per la «sì cara» libertà!

Quali animali sono dunque veramente infelici e degni di compassione in prigionia? A questa domanda abbiamo già parzialmente risposto nel capitolo precedente: in primo luogo quelle creature intelligenti ed evolute che in gabbia non trovano sfogo alla loro vivacità e al loro bisogno di moto; inoltre tutti gli animali dominati da impulsi assai forti che in cattività non possono trovare sbocco. L'esempio più evidente, che colpisce anche il non intenditore, è quello degli animali che in stato di libertà percorrono grandi distanze e quindi hanno un bisogno assai intenso di cambiare continuamente di posto. Le volpi e i lupi, che a Schönbrunn e in molti altri giardini zoologici non moderni sono tenuti in gabbie troppo strette, con il loro insoddisfatto bisogno di moto sono tra gli animali dello zoo più degni di compassione.

Uno spettacolo particolarmente triste per chi se ne intende, che però viene notato da pochissimi profani, è quello dei cigni selvatici all'epoca delle migrazioni. Come la maggior parte degli altri uccelli acquatici, nei giardini zoologici anche questi animali vengono amputati dell'estremità di un'ala per essere resi permanentemente inabili al volo. Gli uccelli non si rendono ben conto che non potranno volare mai più, e ci si provano sempre di nuovo. Io non posso sopportare la vista degli uccelli acquatici mutilati all'ala: la mancanza della sua estremità e lo spettacolo ancor più triste offerto dall'uccello quando apre le ali mi rovinano tutta la gioia che mi procurerebbero quegli animali, anche se appartengono a una specie che psichicamente non soffre per la mutilazione. Per esempio i cigni selvatici, in generale, non ne soffrono, e, se sono appropriatamente curati, danno prova del loro benessere covando le uova e allevando la prole. Ma all'epoca delle migrazioni le cose cambiano: sempre di nuovo gli uccelli raggiungono a nuoto la sponda dello stagno che si trova sottovento, per poi cercare di prendere il volo disponendo di tutta la superficie dell'acqua, e sempre di nuovo intonano il loro sonoro segnale del volo, cercando di sollevarsi, e sempre di nuovo questi grandi preparativi finiscono in un miserevole sbatacchio di quell'ala e mezzo: è proprio uno spettacolo triste!

Ma, nelle condizioni in cui di solito li si tiene nei giardini zoologici, i più infelici sono, di gran lunga, quegli animali intelligenti e vivaci di cui ho parlato prima a proposito del logorio dei nostri nervi. Essi però non suscitano quasi mai la compassione dei visitatori dello zoo, e tanto meno queste creature intelligenti ed evolute fanno pietà quanto più, sotto l'influsso della severa prigionia, si riducono ad essere dei poveri idioti, delle miserevoli caricature di se stessi. Mai nel pubblico ho colto un segno di compassione di fronte alle piccole gabbie dei grossi pappagalli. Le vecchie signore sentimentali, le fanatiche adepte della lega per la protezione degli animali difficilmente trovano qualcosa a ridire nel vedere un pappagallo cinerino, o dell'Amazzonia, o un cacatua, rinchiuso in una gabbia per lui minuscola o addirittura legato a un supporto. E proprio i grossi pappagalli sono non solo intelligenti, ma anche incredibilmente vivaci, in senso sia fisico sia psichico, e assieme ai grossi corvi sono forse gli unici fra gli uccelli a conoscere quella forma di sofferenza che tormenta anche l'uomo in stato di cattività, la noia. Eppure nessuno compiange il destino veramente degno di compianto di questi animali martoriati nelle loro gabbie a forma di torre o di campana. La padrona compassionevole che non capisce niente crede che l'uccello le faccia un «inchino» quando ripete incessantemente quel gesto che è rimasto l'unico residuo stereotipato dei disperati movimenti coi quali all'inizio aveva cercato di uscire dalla gabbia, nei suoi ripetuti e vani tentativi di volar via. Se liberate dal suo carcere uno di questi infelici, ci vorranno settimane o anche mesi prima che si azzardi a volare davvero.

Ma ancora molto più infelici di tutti gli altri animali in condizioni di severa cattività sono le scimmie, e soprattutto i grossi antropoidi, gli unici animali cui le sofferenze psichiche possono anche cagionare gravi danni fisici. A volte le scimmie antropoidi si annoiano letteralmente a morte, soprattutto quando sono da sole in gabbie troppo piccole. È per questo e soltanto per questo che i giovani scimmiotti prosperano e crescono magnificamente fin che sono in mano di privati e fanno vita comune con la famiglia, mentre cominciano subito ad ammalarsi e a intristire quando, divenuti grandi e pericolosi, vengono trasferiti nelle gabbie del più vicino giardino zoologico. Alla mia cappuccina Gloria accadde proprio così, e non esagero se dico che solo da quando si è imparato a evitar loro le sofferenze psichiche della prigionia si è raggiunto un vero successo nell'allevamento delle scimmie antropoidi. Ho qui accanto a me il magnifico libro sugli scimpanzé di Robert Yerkes, il miglior conoscitore di questa specie di antropoidi, secondo il quale per mantenere sani questi animali, che sono i più simili all'uomo fra tutte le creature viventi, l'«igiene mentale» ha importanza non minore dell'igiene fisica. E tenere delle scimmie antropoidi isolate e in gabbie piccole come quelle del nostro zoo di Schönbrunn è una crudeltà che andrebbe punita dalla legge.

Nella sua grossa stazione per lo studio delle scimmie antropoidi a Orange Park, in Florida, Yerkes alleva da decenni una colonia di scimpanzé, che si è abbondantemente moltiplicata, e dove le scimmie vivono felici come le mie bigiarelle nella loro voliera, molto più felici di voi e di me.

ARMI E MORALE

È una bella domenica dei primi di marzo, nell'aria si annuncia già la Pasqua: di buon mattino ce ne andiamo per il nostro «Wienerwald», i cui alti faggi sono di una bellezza insuperabile, e comunque difficilmente eguagliabile in altre foreste del mondo. Ci avviciniamo a una radura, e i tronchi alti e lisci dei faggi cedono il posto ai carpini, tutti coperti di foglie da capo a piedi. Ora avanziamo più adagio, con maggior circospezione, e prima di superare gli ultimi cespugli per passare allo scoperto ci comportiamo come si comportano in queste circostanze tutti gli animali selvatici e tutti i buoni conoscitori degli animali, cioè i cinghiali, i leopardi, i cacciatori e gli zoologi: ci fermiamo per cercare di sfruttare tutti i vantaggi che la posizione protetta può offrire sia a chi insegue sia a chi è inseguito, in quanto permette di vedere senza essere visti.

E infatti anche nel nostro caso questa antichissima strategia si dimostra proficua, perché ci lascia scorgere una creatura che non ci ha ancora avvistati, dato che il vento soffia dalla sua nella nostra direzione:

nel mezzo della radura c'è una lepre grande e grossa che se ne sta lì ferma, voltandoci le spalle, con le orecchie ritte che formano una grossa V, evidentemente tutta tesa nella vista e nell'ascolto di qualcosa che è lì, non molto lontano, al margine opposto del bosco. Poco dopo infatti si scorge da quella parte un'altra lepre, non meno grossa, che lenta e dignitosa avanza a grandi salti verso la prima. Segue allora una specie di contegnosa presentazione reciproca, non dissimile dal cerimonioso incontro di due cani che non si conoscono ancora. Ben presto però ha inizio una scena singolare: le due lepri incominciano a inseguirsi in un cerchio strettissimo, la testa dell'una contro la coda dell'altra. Poi, d'un tratto, tutta questa tensione accumulata sfocia nella lotta: e, come quando scoppia una guerra fra gli uomini, accade anche qui che le ostilità si scatenino proprio quando l'osservatore, dopo aver assistito tanto a lungo alle reciproche minacce delle due parti, era giunto alla conclusione che nessuna delle due avrebbe osato passare ai fatti. Le due lepri si fronteggiano erette sulle zampe posteriori, e con quelle anteriori se le danno di santa ragione. Poi spiccano dei salti altissimi, e fra squittii e brontolii tirano dei calci spaventosi con le zampe posteriori, ma con tale velocità che senza una ripresa al rallentatore non si può afferrare il meccanismo di questi movimenti. Ora per il momento ne hanno abbastanza, e ricominciano a rincorrersi, solo assai più rapidamente di prima. Seguono poi nuove azioni belliche, ancora più aspre. I due avversari sono talmente immersi nel duello che io con la mia figlioletta posso farmi ancora più vicino, pur non riuscendo a evitare qualche rumore. Qualsiasi lepre normale e ragionevole ci avrebbe già uditi da un pezzo, ma notoriamente in marzo la lepre è pazza, e in inglese c'è addirittura la locuzione *mad as a March hare*. Il torneo delle lepri è talmente comico che, nonostante sia stata severamente educata a mantenere il silenzio più assoluto durante l'osservazione degli animali, la mia figlioletta non riesce a reprimere un piccolo scoppio di risa. Questo naturalmente è troppo, anche per le lepri marzoline: due guizzi in due diverse direzioni, e la radura è di nuovo deserta, ma al suo centro ondeggia ancora, lieve come semi di salice, un grosso fiocco di lana di lepre.

E non è soltanto comico, ma quasi commovente questo scontro fra inermi, quest'ira furibonda di due creature mansuete. Ma sono poi veramente tanto mansuete? Quando al giardino zoologico si vedono due aquile, due leoni o due lupi avventarsi l'uno contro l'altro non ci viene neppure in mente di ridere. Eppure quegli animali violenti non possono uscirne peggio di quanto ne escano le due lepri. In generale gli uomini tendono a giudicare gli animali carnivori ed erbivori secondo un criterio morale assolutamente sbagliato. Anche nelle fiabe, come per esempio in *Reinecke Fuchs* di Goethe, gli animali sono rappresentati come una comunità paragonabile alla società umana, quasi che «gli animali» appartenessero tutti a una stessa specie, come è effettivamente il caso per gli «uomini». Quindi l'animale che uccide un altro animale viene giudicato come un uomo che uccide un suo simile: se una volpe sbrana una lepre, non la si giudica come si giudicherebbe un cacciatore che sparasse alla lepre per motivi analoghi, ma come si giudicherebbe un guardaboschi che usasse uccidere i contadini friggendoseli poi per cena. E così il «cattivo» animale rapace è bollato come assassino: ma perché poi si parla di animali rapaci e non di animali cacciatori? Già in questa parola c'è un'intonazione antropomorfica e falsamente moralistica. In realtà i concetti di «rapacità» e di «assassinio» possono applicarsi solo a misfatti contro il prossimo, dell'uomo contro i suoi simili. E rispetto ai loro simili la maggior parte degli animali rapaci ha un comportamento non meno «sociale e corretto» di quello dei più innocui erbivori. Davvero? Osserviamo un po' le cose da vicino.

Prima però voglio raccontarvi un'altra storia.

Ancora molto più innocuo che un duello fra due lepri sembrerebbe a prima vista un duello fra due tortore comuni o fra due tortore dal collare: quei dolci colpetti dei piccoli becchi, quel lieve schiaffetto delle tenere alucce fanno un'impressione addirittura commovente, e nessuno mai penserebbe che possano far male per davvero. Una volta, per certi miei motivi, mi proposi di ottenere un incrocio fra la tortora dal collare africano e la tortora comune che è un poco più fragile; presi quindi una tortora maschio che avevo allevato in casa fin da giovane e la misi in un'ampia gabbia con una tortora dal collare femmina. All'inizio non presi molto sul serio le piccole baruffe che scoppiavano tra i due futuri sposi: come avrebbero potuto farsi male l'un l'altro questi prototipi dell'amore e della mitezza?

Me ne andai quindi a Vienna tutto tranquillo, ma rincasando il giorno dopo mi trovai di fronte a uno spettacolo orrendo. La tortora nostrana giaceva a terra in un angolo della gabbia, e aveva la nuca, il collo e tutto il dorso fino alla radice della coda non solo completamente spennati, ma anche talmente martoriati che formavano un'unica sanguinolenta ferita. Ritta nel mezzo di questa piaga, come un'aquila china sulla preda, stava l'altra colombella della pace, che con quell'espressione trasognata che la fa apparire tanto simpatica all'osservatore con tendenze antropomorfiche, continuava senza posa a frugare col becco nelle ferite del suo povero, soggiogante compagno. Se questo con le sue ultime forze tentava di risollevarsi e di reagire, essa subito lo aggrediva di nuovo, sbattendolo al suolo con le tenere alucce, e proseguiva poi implacabile nel suo lento e micidiale lavorio, pur essendone già così stanca da non riuscire a tener aperti gli occhi. Eccettuati alcuni pesci, che nella lotta giungono addirittura a scorticarsi, non ho mai visto sul corpo di un vertebrato piaghe così orribili provocate da *un membro della sua stessa specie.*

Ma allora, mi direte, chissà com'è crudele la lotta fra due animali da preda, fra quelle bestie sanguinarie dotate dalla natura di strumenti aggressivi così potenti! Come deve essere terribile la lotta fra due lupi, se anche un erbivoro quasi inerme riesce a scorticare un suo simile.

Sì, si sarebbe portati a crederlo, ma forse il lettore sa già che non si devono mai fare delle supposizioni quando è possibile rendersi conto direttamente di come stanno le cose. Quindi da bravi naturalisti guardiamo un po' che cosa succede quando due lupi grossi, selvaggi, rabbiosi, due prototipi della più spietata crudeltà ingaggiano tra loro una vera lotta. Per assistere a uno spettacolo del genere non occorre andare in Alaska tra i cani da slitta e i lupi di Jack London, e non occorre neppure seguirmi nel magnifico zoo di Whipsnade presso Londra, dove in una stupenda pineta cintata un grosso branco di lupi vive come se fosse in libertà, e dove una volta ebbi occasione di osservare una vera battaglia fra due maschi. Non occorre che andiate lontano, basta solo che ripensiate a uno spettacolo cui senza dubbio avete assistito decine di volte: la lotta fra due cani, poiché i cani si attengono ancora immancabilmente allo stesso codice guerresco dei loro progenitori selvaggi, i lupi e gli sciacalli.

Dunque due cani, due vecchi maschi, si vedono per strada e si vanno incontro con le gambe rigide, la coda alta e tesa, il pelo del collo e del dorso un poco irto. Quanto più si avvicinano, tanto più appaiono alti, rigidi e ispidi, e tanto più rallentano l'andatura; poi non si arrestano l'uno di fronte all'altro, come fanno i galli nei loro duelli, ma si sorpassano, in modo che infine vengono a trovarsi fianco a fianco, la testa dell'uno vicinissima alla coda dell'altro. Un rigido cerimoniale prescrive allora che i due avversari si annusino a vicenda la regione posteriore. Se in questo stadio uno dei due cani viene sopraffatto dalla paura, abbassa subitamente la coda fra le gambe e fa una rapida e delicata giravolta di 180 gradi, in modo da sottrarre all'altro la possibilità di fiutargli il deretano. Se invece i due si mantengono nell'atteggiamento di «imposizione», se le due code rimangono ritte e alte come stendardi, l'annusamento dei deretani può protrarsi per parecchio tempo. Tuttavia è ancora possibile che le cose si risolvano amichevolmente, che dapprima una coda e poi entrambe incomincino ad agitarsi sempre più in fretta, e che da questa situazione, penosa e snervante per lo spettatore, non nasca una lotta crudele ma solo uno scoppio di giocosa allegria canina.

Se invece non si giunge a questa soluzione, la situazione diviene sempre più tesa e minacciosa. I nasi incominciano a raggrinzarsi e a voltarsi in su con una disgustante espressione di brutalità, le labbra si increspano e mostrano i denti canini, dalla parte solamente che ciascun animale rivolge al proprio avversario; poi le zampe incominciano a grattare rabbiosamente la terra, un profondo astio sale su dal petto, e un istante dopo scoppia la lotta fra urli alti e laceranti.

Così si svolse a Whipsnade la lotta tra i due lupi maschi di cui ho parlato sopra. Ciò che attrasse la mia attenzione fu il ringhio rabbioso ma trattenuto dei lupi, più sommesso, eppure assai più minaccioso di quello dei cani. Un gigantesco vecchio lupo grigio chiaro e un altro lupo non molto più piccolo ma evidentemente più giovane si fronteggiavano e si rincorrevano in piccoli cerchi serrati con un'ammirevole «tecnica di gambe». L'occhio non riusciva a tener dietro allo scambio fulmineo dei colpi di zanne; però non era accaduto ancora nulla di serio, e le mascelle di un lupo si chiudevano sempre sui bianchi denti dell'altro, che parava il colpo; solo le labbra dei due animali sembravano averne riportato qualche taglio. Però il lupo più piccolo veniva rigettato sempre più indietro, e penso che il suo più esperto avversario cercasse intenzionalmente di spingerlo contro la rete del recinto. Ecco infatti che il giovane urta contro il filo metallico, inciampa, e il vecchio gli è subito sopra. E ora accade una cosa incredibile, proprio il contrario di quello che ci si sarebbe aspettato.

D'un tratto il groviglio dei corpi si allenta, e i due animali rimangono immobili, spalla contro spalla, ma ora le due teste sono dalla stessa parte. Entrambi ringhiano rabbiosamente, il vecchio in tono basso, profondo, il giovane in tono più acuto. Ma si osservi l'atteggiamento dei due animali: il vecchio tiene il muso vicinissimo al collo del giovane, e questo volge via la testa, offrendo inerme al nemico la concavità del collo, cioè proprio la parte più vulnerabile del suo corpo. A non più di tre centimetri dal suo collo teso, là dove la vena giugulare scorre a fior di pelle, scintillano i denti dell'avversario sotto le labbra atteggiate a un ghigno cattivo. E mentre prima, durante la lotta, tutti gli sforzi dei due avversari tendevano a offrire ai morsi dell'altro solo i denti, l'unica parte del corpo insensibile alle ferite, e a proteggere appunto il collo dall'aggressione nemica, ora sembra che l'animale soccombente offra *intenzionalmente* proprio quella parte del corpo in cui ogni morso può essere mortale. E l'apparenza non inganna: è strano, ma le cose stanno proprio così.

A una scena del genere, come si è detto, si può assistere ogni volta che due cagnacci si incontrano per strada. Ho scelto a esempio i lupi di Whipsnade perché questo comportamento ci fa più impressione e ha maggior forza di persuasione se visto presso degli animali selvaggi divenuti simbolo di crudeltà che non presso i cani domestici con cui abbiamo tanta confidenza.

Avevamo lasciato i nostri due lupi in un momento di estrema tensione sia per loro sia per lo spettatore, il mio però non è stato un artificio stilistico, perché anche nella realtà questa singolare situazione si protrae per alcuni secondi, che allo spettatore sembrano minuti, e al lupo soccombente probabilmente sembrano ore. Ci si aspetta a ogni istante che il lupo più forte morda, che infigga i suoi denti nella vena giugulare dello sconfitto.

Invece possiamo stare sicuri che in questa situazione il lupo o il cane vincitore non morde. È chiaro che lo farebbero volentieri, ma semplicemente non possono. Un cane o un lupo che offra la gola all'avversario nel modo sopra descritto non viene mai gravemente morsicato: l'altro ringhia rabbiosamente, apre e richiude la bocca e, senza aver inflitto neppure un morso, compie dei movimenti nell'aria, come per scrollare a morte qualcosa. Però questa strana inibizione che impedisce di mordere sussiste solo finché il cane sconfitto si mantiene nel suo atteggiamento di sottomissione. Poiché la lotta è cessata in modo così improvviso, spesso il vincitore si trova in una posizione assai scomoda sopra al vinto, e a poco a poco per il detentore di quella «vittoria morale», che non sa decidersi a mordere, diviene sempre più noioso mantenersi in quella posizione, con il muso sul collo dello sconfitto. Se però si allontana anche solo di pochi passi, spesso il vinto cerca lestamente di prendere il largo, ma per lo più, in un primo momento, non ci riesce, perché, appena abbandona la sua immobile posa di sottomissione, l'altro gli è subito sopra come un fulmine, e il misero sconfitto deve di nuovo pietrificarsi nella posizione di prima, con la testa scostata e il collo proteso. Sembra che il vincitore aspetti soltanto che l'avversario abbandoni quella sua posizione sottomessa, permettendogli così di soddisfare il suo ardente desiderio di mordere. Ma, per fortuna dello sconfitto, a battaglia finita il vincitore è colto dall'impulso irresistibile di imprimere un odoroso marchio di fabbrica sul luogo della sue gesta vittoriose, in modo da contrassegnare la proprietà: cioè, in altre parole, di sollevare al più presto la gamba presso il più vicino oggetto verticale. E di solito il cane sconfitto approfitta di questa cerimonia della presa di possesso per svignarsela.

Come spesso accade, anche qui un'osservazione casuale ci rende consapevoli di un problema che ci si pone quotidianamente in molte situazioni e nelle vesti più diverse. Le *inibizioni sociali* di questo tipo non sono una cosa rara, e sono anzi così frequenti che spesso le diamo per scontate e non ci soffermiamo troppo a riflettervi. Secondo un proverbio, un corvo non becca l'occhio di un altro corvo, e una volta tanto il proverbio ha ragione. Se siete amici di un corvo, non gli salterà mai in mente di beccare il vostro occhio, l'occhio del suo amico uomo, più di quanto non pensi a beccare l'occhio di un suo simile. Quando il corvo imperiale Roa era appollaiato sul mio braccio e io accostavo intenzionalmente il mio viso al suo becco, in modo che il mio occhio aperto veniva a trovarsi vicino a quella punta adunca e pericolosa, Roa faceva un gesto proprio commovente: con una mossa nervosa, quasi angosciata, distoglieva il becco dal mio occhio, così come un padre che si sta rasando bada a che la lama del rasoio stia ben lontana dalle manine goffe della sua figlioletta che vogliono afferrarla.

In una sola situazione Roa si avvicinava col becco ai miei occhi: quando mi faceva la cosiddetta «cura sociale della pelle». Molti animali sociali, uccelli e mammiferi, e soprattutto le scimmie, hanno la cortese abitudine di pulire la pelle dei loro simili in quelle parti del corpo che non sono accessibili direttamente all'interessato. Gli uccelli dipendono dai loro simili soprattutto per la pulizia della testa e delle zone attorno agli occhi. Parlando delle taccole, avevo accennato ai gesti con cui un uccello invita un suo simile a pulirgli le piume della testa: se io protendevo lateralmente il capo verso Roa con gli occhi semichiusi, come fanno i corvidi fra loro, esso comprendeva immediatamente il mio gesto, nonostante non avessi sul capo piume arruffate, e incominciava subito a pulirmi. Nel corso di questa operazione non gli accadeva mai di pizzicarmi la pelle: i corvi infatti hanno una pelle assai delicata, che non sopporterebbe un trattamento rude. Con meravigliosa precisione esso afferrava isolatamente ogni singolo peluzzo che riusciva a raggiungere e lo puliva facendolo passare attraverso il becco, accudendo a questa mansione con la seria diligenza che contraddistingue le scimmie quando si spidocchiano o i chirurghi quando operano. E non dico per scherzo: con questa reciproca prestazione gli antropoidi non mirano tanto a liberare il loro compagno dai parassiti (che, incidentalmente, sono rari tra le scimmie), né si limitano a una generica pulizia della pelle, ma riescono anche a togliere spine e altre piccole impurità con una maestria tutt'altro che trascurabile.

La vista del gigantesco becco adunco di un corvide che opera nei dintorni dell'occhio aperto di un uomo può dare l'impressione di un grave pericolo: quante volte non mi sono sentito dire da chi assisteva all'operazione di stare attento, perché non si sa mai... gli animali rapaci sono pur sempre animali rapaci... e altri simili saggi ammonimenti. Io solevo ribattere paradossalmente che il mio ben intenzionato interlocutore poteva costituire per me un pericolo maggiore del corvo: accade pure, ogni tanto, che una persona sia improvvisamente trucidata da un individuo affetto da delirio di persecuzione, che aveva mascherato le sue idee deliranti con la pericolosa scaltrezza e la capacità di simulare caratteristiche di molti di questi malati; e c'era pure sempre una benché minima possibilità che proprio chi mi metteva in guardia contro il corvo fosse forse uno di questi pericolosi individui. E se era enormemente improbabile un'improvvisa aggressione da parte del mio ben intenzionato consigliere, era ancora infinitamente meno probabile che un corvo adulto e sano perdesse improvvisamente, per motivi imprevedibili, quell'inibizione che gli impedisce di beccare gli occhi a un altro animale.

Perché questa inibizione del cane a mordere il collo del nemico, questa inibizione del corvo a beccare gli occhi dell'amico? E perché la tortora non è ugualmente «assicurata» contro il pericolo di un volgare assassinio? Non siamo in grado di fornire una vera risposta motivata a questi perché, risposta che certamente implicherebbe una spiegazione storica del processo attraverso il quale nel corso dell'evoluzione si sono formate tali inibizioni, parallelamente all'evolversi dei pericolosi strumenti aggressivi degli animali da preda. Ma è senz'altro chiaro lo *scopo* a cui servono queste inibizioni negli animali da preda dotati di pericolosi mezzi di aggressione. Se il corvo, così come becca qualunque oggetto che si muove o che luccica, beccasse senza inibizioni anche gli occhi dei suoi fratelli, di sua moglie o dei suoi piccoli, da molto tempo non vi sarebbero più corvi sulla terra. Lo stesso accadrebbe per il lupo o per il cane se potessero azzannare senza inibizioni e imprevedibilmente la gola dei compagni di branco, scrollandoli poi a morte con quel movimento che compiono volentieri su qualsiasi oggetto che si presti ai loro morsi, così come ogni giovane bassotto scuote la pantofola del suo padrone.

La tortora invece non ha bisogno di una simile inibizione, perché la sua capacità di nuocere è molto più limitata, mentre per contro essa è talmente abile nel volo da potersi difendere dai nemici provvisti di ben altri strumenti di aggressione, lei che col suo beccuccio non riesce quasi neppure a strappare una minuscola piuma: la tortora, quando si sente sopraffatta, vola via lontano prima di farsi appioppare un secondo colpo. Solo nelle condizioni innaturali della prigionia, che tolgono alla tortora vinta la possibilità di una rapida fuga, viene in luce come a questa specie manchi ogni inibizione che le impedisca di nuocere ai suoi simili e di martirizzarli. E altrettanto privi di inibizioni risultano parecchi erbivori apparentemente «innocui», quando vengono ammassati in condizioni di rigida prigionia. E uno degli assassini più disgustosi, disinibiti e crudeli è l'animale che subito dopo la colomba è un simbolo proverbiale della mitezza, il capriolo Bambi, esaltato fino alla nausea da Felix Salten.

Questa bestia malevola oltretutto possiede un'arma, le corna, e le sue inibizioni a servirsene sono dannatamente scarse: la specie «si può permettere» una tale mancanza di controllo, perché, grazie alla grande velocità, anche il capriolo più debole può sottrarsi all'attacco del più forte. Ma per tenere un grosso maschio accanto a esemplari femminili della stessa specie occorre un recinto molto spazioso, altrimenti esso finisce per spingere in un angolo tutti i suoi simili, giovani e «signore», sopprimendoli poi spietatamente.

L'unica «assicurazione» contro l'assassinio che abbia un capriolo aggredito da un suo simile consiste nel fatto che l'attacco dell'aggressore si svolge con una certa lentezza. Il capriolo non si lancia contro l'avversario a testa bassa, con balzi selvaggi, come fa ad esempio il montone, ma procede prudentemente, quasi a tastoni, cercando con le corna le corna dell'avversario, e solo quando si sente opporre una ferma resistenza si scatena l'attacco micidiale. Secondo le statistiche dell'americano Hornaday, direttore di uno zoo, i caprioli domestici causano ogni anno più incidenti che non i leoni e le tigri, soprattutto perché la persona inesperta non riconosce una seria intenzione aggressiva nel lento incedere del capriolo, e spesso non lo prende sul serio neppure quando le è già pericolosamente vicino e la tasta con le corna. Poi all'improvviso incominciano a piovere i colpi di quell'arma acuminata, con forza sorprendente, e siete fortunati se riuscite in tempo ad afferrare con le mani le corna dell'aggressore. Segue allora un estenuante corpo a corpo che vi fa grondare di sudore, vi lacera le mani, e nel quale anche per una persona forte è difficile avere la meglio sul capriolo, se non le riesce di affiancarsi alla bestia e piegarle il collo all'indietro. Ma naturalmente ci si vergogna di chiamare aiuto... finché ci si trova la punta del corno nella pancia.

Quando, dunque, vi vedete venire incontro un capriolo mite e grazioso con il suo caratteristico passo di parata, che muove leziosamente le corna con aria amichevole e giocosa, colpitelo con un bastone da passeggio, con una pietra o semplicemente col pugno, ma comunque con un bel colpo violento assestato, lateralmente, sul muso, prima che esso vi conficchi le corna in corpo.

E ora siate onesti: qual è veramente l'animale *buono,* il mio amico Roa, alle cui inibizioni sociali posso affidare la luce dei miei occhi senza la minima ansietà e preoccupazione, oppure quella dolce colombella che ha martoriato a morte il suo compagno con ore e ore di faticoso lavorio? Qual è l'animale *cattivo,* il capriolo capace di sventrare anche le femmine e i piccoli della sua specie che non riescono a sottrarglisi, o il lupo, che *mai riuscirà a mordere* l'odiato nemico che si appella alla sua pietà?

Qual è dunque il vero senso dei gesti di sottomissione, dell'appello all'inibizione sociale del vincitore? Ma sì, il loro vero senso sta proprio nel facilitare il ferimento o addirittura l'uccisione dello sconfitto, che accantona improvvisamente tutte le difese cui fin poco prima ricorreva disperatamente! Tutti i gesti e tutte le posizioni di sottomissione che conosciamo finora si fondano sullo stesso principio: colui che invoca pietà offre sempre all'aggressore la parte più vulnerabile del suo corpo, o meglio proprio la parte alla quale mirava l'aggressore con intenzioni micidiali. Nella maggior parte degli uccelli questa parte è la nuca: se una taccola vuole esprimere la propria sottomissione, si inchina un poco offrendo all'altra taccola, che vuole placare, la nuca, come per invitarla a beccare. Invece i gabbiani, o anche gli aironi, presentano al vincitore la parte superiore del capo, tenendo il collo in una posizione orizzontale che li rende particolarmente indifesi.

In molti gallinacei la lotta fra maschi termina quando uno dei due contendenti viene buttato a terra, inchiodato al suolo e scotennato dal vincitore, come accade tra le tortore. Solo il tacchino, in questa situazione, mostra pietà per l'avversario, e quindi solo lui ricorre a uno specifico gesto di sottomissione, che anche in questo caso consiste nel presentare la parte cui mirano gli attacchi dell'aggressore. Se un tacchino ne ha prese abbastanza nella lotta selvaggia e grottesca cui indulgono questi volatili, si sdraia completamente a terra, con il collo proteso orizzontalmente, e in questo caso il vincitore si comporta in modo assai simile a quello da me descritto nei cani e nei lupi: vorrebbe infierire ma non può, e continua a girare in atteggiamento minaccioso attorno all'avversario immobile, senza decidersi a beccare o a calpestare l'indifeso.

La situazione è tragica quando un tacchino viene alle prese con un pavone, cosa che accade non di rado, perché queste due specie affini sono anche abbastanza simili fra loro per comprendersi reciprocamente nelle loro manifestazioni di virilità. Pur essendo più forte e più pesante, il tacchino ha quasi sempre la peggio, perché il pavone è più abile nel volo e ha una diversa strategia. Mentre l'americano rossiccio si sta ancora preparando alla lotta, l'azzurro asiatico si è già levato in volo e lo colpisce con i suoi acuminati speroni. Il pellerossa, con ragione, risente come una scorrettezza questo colpo contrario al codice di guerra della sua specie, e quindi, pur essendo ancora bene in forze e non avendo alcun bisogno di arrendersi, inalbera bandiera bianca assumendo la posizione sopra descritta. E ora accade una cosa orrenda: il pavone *non comprende* questo gesto di resa del tacchino, che non gli dice nulla e non provoca in lui alcuna inibizione. Esso quindi continua a colpire col becco e con le zampe l'indifeso avversario, e se per caso non sopraggiunge qualcuno, per lui è finita, perché quante più zampate e colpi riceve, tanto più saldamente esso si attiene alla propria reazione di umiltà. Non gli passa neppure per la testa l'idea di svignarsela con un balzo.

L'ipotesi che questi gesti di sottomissione siano di natura rigidamente istintuale e di origine assai lontana nella storia dell'evoluzione trova fra l'altro conferma nel fatto che molti uccelli hanno sviluppato speciali organi-segnali che servono appunto a sollecitare questo tipo di inibizione. Così ad esempio i giovani delle folaghe acquatiche hanno una zona rossa e calva sulla nuca, e quando la presentano, in modo più che significativo, a una folaga più vecchia e più forte, che li vuole aggredire, essa diviene di un rosso ancora più scuro. Tutte queste singolari cerimonie mirano dunque a *facilitare* all'avversario proprio quelle azioni contro le quali esso deve esercitare la propria inibizione. Naturalmente al cane non passa affatto il desiderio di mordere quando l'altro gli tende la gola invocando pietà; al contrario, abbiamo visto che esso ha una voglia terribile di farlo, ma semplicemente non può. Per ora ci è indifferente che questa inibizione abbia il carattere di un puro riflesso meccanico oppure no. Noi ci limitiamo a constatare su base puramente empirica che, quando si sente sopraffatto, un animale può far scattare l'inibizione a uccidere in un altro animale, più forte, della stessa specie, offrendosi inerme al suo attacco.

E in fin dei conti non conosciamo situazioni del genere anche nel comportamento degli uomini? L'eroe omerico, che vuole arrendersi e invoca pietà, getta via elmo e scudo, cade in ginocchio e china la testa, in un atteggiamento che evidentemente faciliterebbe al nemico il compito di ucciderlo, mentre in realtà glielo rende più difficile. E ancor oggi in molti gesti di cortesia c'è un residuo simbolico di quegli atteggiamenti di sottomissione: l'inchino, la scappellata, il «presentatarm» nelle cerimonie militari. Sembra però che non sempre gli eroi omerici riuscissero nel loro intento quando inscenavano quell'atteggiamento di sottomissione per invocare pietà: non sempre l'avversario se ne lasciava influenzare, o per lo meno, sotto questo aspetto, egli aveva un cuore assai meno tenero dei lupi. In parecchi casi il poeta ci descrive l'uccisione spietata del vinto che invoca clemenza, o ci racconta come, nonostante la compassione, l'uccisore infliggesse la morte al nemico. Anche nelle antiche saghe germaniche vi sono parecchi esempi in cui il gesto di sottomissione non ottiene alcun risultato, e solo per i cavalieri medioevali è diventato un imperativo del codice guerresco l'obbligo di risparmiare colui che si arrende. Quindi soltanto il cavaliere cristiano, in virtù di una tradizione e di una morale religiosa, diviene così cavalleresco come lo è, visto obiettivamente, il lupo, in virtù dei suoi impulsi più profondi e delle sue inibizioni naturali. Che sorprendente paradosso!

Naturalmente le inibizioni innate, rigidamente istintuali, che impediscono a un animale di usare senza ritegni i propri strumenti d'aggressione sono un equivalente soltanto funzionale, tutt'al più un primo bagliore che, per dir così, preannuncia, nella storia dell'evoluzione, la morale sociale umana. Lo studioso di etologia comparata dovrà andar molto cauto nell'emettere giudizi morali sul comportamento animale. Devo tuttavia confessare che, nel mio sentimentalismo, sono profondamente commosso e ammirato di fronte a quel lupo che *non può* azzannare la gola dell'avversario, e ancor più di fronte all'altro animale, che conta proprio su questa sua reazione! Un animale che affida la propria vita alla correttezza cavalleresca di un altro animale! C'è proprio qualcosa da imparare anche per noi uomini! Io per lo meno ne ho tratto una nuova e più profonda comprensione di un meraviglioso detto del Vangelo che spesso viene frainteso, e che finora aveva suscitato in me solo una forte resistenza istintiva: «Se qualcuno ti dà uno schiaffo sulla guancia destra...». L'illuminazione mi è venuta da un lupo: non per ricevere un altro schiaffo devi offrire al nemico l'altra guancia, no, devi offrirgliela proprio per impedirgli di dartelo!

Quando, nel corso dell'evoluzione, una specie animale sviluppa un mezzo aggressivo che potrebbe uccidere in un sol colpo un animale della stessa specie, deve svilupparsi parallelamente anche un'inibizione sociale, affinché l'esistenza della specie non ne venga messa in pericolo. Solo pochi animali da preda conducono una vita talmente asociale da non aver bisogno, generalmente, di tali inibizioni: sono animali che si incontrano fra loro solo all'epoca degli amori, quando l'istinto sessuale ha il sopravvento su tutti gli altri, anche sull'impulso guerriero, e quindi non occorrono certe particolari inibizioni di natura sociale. Sono eremiti di questo genere l'orso polare e il giaguaro, e non è un caso che nella storia del nostro giardino zoologico di Schönbrunn si registri un assassinio del coniuge proprio a carico di queste due specie. Per ogni specie animale il sistema degli impulsi e delle inibizioni ereditarie e le armi offensive fornite dalla natura stanno fra loro in delicato equilibrio e costituiscono un insieme autoregolantesi: lo stesso processo evolutivo che ha fornito a una creatura animale i suoi mezzi di aggressione ha anche plasmato i suoi impulsi e le sue inibizioni, e quindi la struttura somatica e la struttura funzionale dei comportamenti di una specie animale sono fra loro strettamente connesse.

Una sola creatura possiede armi che non sono cresciute sul suo corpo, che non rientrano nella struttura funzionale dei suoi comportamenti innati, e il cui uso non è regolato da una corrispondente forza di inibizione: questa creatura è l'uomo. Le armi dell'uomo divengono sempre più micidiali, e la loro potenza si è moltiplicata paurosamente nel corso di pochi decenni. Invece perché si sviluppino impulsi e inibizioni innati, così come si sviluppa un organo corporeo, occorrono lassi di tempo che rientrano in un ordine di grandezza familiare ai geologi e agli astronomi, non certo agli storici. Le nostre armi noi non le abbiamo ricevute dalla natura, le abbiamo liberamente create. E che cosa ci sarà più facile, la creazione di nuove armi o quella di un senso di responsabilità, di un sistema di inibizioni, senza i quali la nostra razza può perire ad opera di ciò che essa stessa ha creato? Ma anche queste inibizioni dobbiamo crearcele liberamente, poiché sui nostri istinti non possiamo proprio contare.

Or sono quattordici anni, nel novembre 1935, concludevo con queste parole un saggio intitolato *Armi e morale negli animali:* «Verrà il giorno in cui ognuna delle due parti in guerra avrà la possibilità di annientare completamente l'altra. Forse verrà il giorno in cui tutta l'umanità sarà divisa in due campi. Ci comporteremo allora come le colombe o come i lupi? Sarà la risposta a questa domanda a decidere del destino dell'umanità»... C'è veramente di che stare in ansia!

LA FEDELTÀ NON È UN MIRAGGIO

All'inizio dell'èra neolitica compare il primo animale domestico, un piccolo cane addomesticato solo a metà, simile a un volpino, che certamente discende dallo sciacallo. Poiché assai probabilmente nell'Europa nord-occidentale, dove se ne sono trovati i resti, in quell'epoca non c'erano più sciacalli, mentre da molti segni sembra risultare che quel cane avesse già funzioni di animale domestico, non vi è dubbio che i palafitticoli dell'età della pietra avessero portato con sé i loro cani sulle sponde del Mar Baltico.

Ma come è avvenuto l'incontro fra l'uomo dell'età della pietra e il suo cane? Probabilmente nell'èra paleolitica grossi branchi di sciacalli seguivano le orde dei cacciatori nomadi circondandone gli insediamenti, come fanno ancor oggi in Oriente i cani paria, che nessuno sa se vadano considerati dei cani domestici inselvatichiti, oppure dei cani selvatici che hanno fatto il primo passo verso l'addomesticamento. E contro quei cacciatori di rifiuti i nostri antenati probabilmente non avranno fatto più di quanto facciano ancor oggi gli orientali col loro tradizionale fatalismo. Anzi, per quei cacciatori dell'età della pietra, per i quali i grossi animali feroci costituivano ancora un grave pericolo, deve essere stato assai piacevole sapere che il proprio campo era sorvegliato da una grossa cintura di sciacalli, i quali all'avvicinarsi di una tigre dalle lunghe zanne o di un orso delle caverne lanciavano gli urli più selvaggi.

A un certo momento, oltre che fargli la guardia, i cani incominciarono ad aiutare l'uomo nella caccia. A un certo momento il branco degli sciacalli che, in attesa di rifiuti, seguivano i cacciatori, incominciò a precederli, a fiutare le orme della preda ed eventualmente a puntarla. È facile immaginare che questi progenitori dei cani domestici, ricevendo di solito i rifiuti degli animali grossi che senza l'aiuto dell'uomo essi non sarebbero stati in grado di abbattere, cominciassero proprio così a interessarsi di tali animali, e a seguirne le tracce attirando su di esse l'attenzione dell'uomo. I cani sono sorprendentemente rapidi nel capire quando possono avere le spalle coperte, e anche il botolo più codardo diviene un grosso attaccabrighe se è sicuro della protezione di un amico forte. Con queste considerazioni non attribuisco certo una eccessiva astuzia agli sciacalli preistorici.

Per me è straordinariamente piacevole, anzi addirittura esaltante pensare che l'antichissimo patto fra uomo e cane sia stato contratto dalle due parti liberamente, senza costrizione alcuna. Tutti gli altri animali prima di divenire domestici sono passati attraverso un periodo di vera e propria cattività, a eccezione del gatto, che però ancor oggi non è un animale domestico in senso stretto. E tutti gli animali domestici sono dei veri e propri schiavi, solo il cane è un amico. Certo, un amico devoto, sottomesso: a poco a poco, nel corso dei millenni, le migliori famiglie canine si sono abituate a non scegliere più un cane a guida del loro branco, come accadeva quando si trovavano allo stato selvaggio, ma a seguire il capo dell'orda umana. E ancor oggi i cani, e soprattutto quelli dal carattere più forte, tendono a considerare come loro vero signore il *pater familias,* mentre nelle razze più primitive il rapporto di sottomissione all'uomo ha spesso un carattere meno immediato: quando molti di questi cani sono tenuti insieme, uno di essi spicca con funzioni di *leader,* e gli altri sono fedeli e sottomessi a lui, e non all'uomo; solo il *leader* è in senso proprio il cane del suo signore, gli altri in senso proprio sono cani di quel cane. Leggendo fra le righe si capisce come anche fra le mute di cani da slitta dell'Alaska, di cui Jack London ci fa indubbiamente una descrizione veritiera, questo comportamento rappresenti la regola. Ed è interessante osservare che i cani maggiormente addomesticati non sembrino invece del tutto soddisfatti di avere per capo un cane, ma cerchino di avere come «signore» un uomo.

La scelta del padrone da parte di un buon cane è un fenomeno magnifico e misterioso. Con rapidità sorprendente, spesso in pochissimi giorni, si stabilisce un legame che è di gran lunga più saldo di tutti, tutti i legami che possono mai stabilirsi fra noi uomini. Non esiste patto che non sia stato spezzato, non esiste fedeltà che non sia stata tradita, all'infuori di quella di un cane veramente fedele.

Di tutti i cani che ho conosciuto finora i più fedeli sono quelli nelle cui vene, accanto al sangue dello sciacallo (*Canis aureus*) scorre anche una buona porzione di sangue di lupo. Il lupo nordico (*Canis lupus*) si è potuto addomesticare solo attraverso l'incrocio con lo sciacallo. Nonostante la diffusa opinione che il lupo costituisca una componente importante nella linea ancestrale di tutte le grandi razze canine, le ricerche di etologia comparata hanno messo in luce che in tutte le razze canine europee, ivi comprese quelle più grosse, come gli alani e i cani da pastore, scorre puro sangue di sciacallo, al massimo mescolato con poche gocce di sangue di lupo. I cani *lupus* dal sangue più puro sono certe razze canine dell'America artica, e in particolare i cosiddetti malemuti. Anche nei cani esquimesi c'è solo una debole traccia di sangue di sciacallo. Nelle razze nordiche del Vecchio Continente, come i cani lapponi, le laike russe, i samoiedi e i chow-chow, la percentuale di sangue di sciacallo è maggiore che nei cani nord-americani. Tuttavia si notano in essi gli zigomi più alti, gli occhi obliqui e il naso lievemente voltato in su che dànno al muso del lupo la sua espressione caratteristica; d'altro canto proprio nel rosso fiammante del suo stupendo pelo il chow porta il segno non trascurabile della sua discendenza dallo sciacallo.

Il «patto di fedeltà» che il cane stringe una volta per tutte con *un solo* padrone è una cosa molto misteriosa. Il legame si instaura in modo repentino, spesso in pochissimi giorni, soprattutto nei cuccioli provenienti da un canile. Il «periodo fecondo» per questo processo, che è il più importante nella vita di un cane, si estende tra gli otto e i diciotto mesi per il cane *aureus,* mentre per il cane *lupus* si aggira attorno al sesto mese di vita.

Il vero grande amore dei cani ha due radici assai diverse. Da un lato esso non differisce dall'attaccamento di ogni cane selvatico per il *leader* del suo branco, attaccamento che il cane addomesticato trasferisce sull'uomo senza alterarne essenzialmente il carattere. Però nei cani maggiormente addomesticati si aggiunge ad esso una forma di attaccamento del tutto diversa. Molte caratteristiche che contraddistinguono i cani addomesticati dalle forme selvatiche originarie dipendono dal fatto che tratti somatici e comportamentali, che nelle forme selvatiche hanno carattere transeunte e compaiono solo in certi stadi giovanili, nella forma domestica hanno carattere duraturo: il pelo corto, la coda arricciolata, le orecchie pendule, il cranio più a volta e il muso più corto di molte razze canine sono alcune di queste caratteristiche. E per ciò che riguarda il comportamento, questa permanenza dei caratteri giovanili connessa con la condizione di domesticità si manifesta soprattutto nello stabilizzarsi di quell'attaccamento che i cani selvatici portano, solo quando sono molto giovani, alla loro madre, in un attaccamento per tutta la vita, quale è appunto quello che lega, con un vincolo di fedeltà perpetua, il cane domestico al suo padrone.

Dunque la fedeltà al branco, che rimane invariata e viene semplicemente trasferita sull'uomo, e l'attaccamento infantile, che viene reso permanente dall'addomesticamento, sono due radici della fedeltà dei cani piuttosto indipendenti tra loro. Una differenza essenziale fra il carattere del cane *lupus* e quello del cane *aureus* consiste nel fatto che queste due radici hanno una consistenza assai diversa nelle due razze: per il lupo, il branco ha un'importanza incalcolabilmente più grande che non per lo sciacallo, che è essenzialmente un animale solitario e solo occasionalmente si unisce a un branco di suoi simili per andare a caccia, invece i lupi che scorrazzano nelle foreste del Nord sembrano legati fra loro da un patto ferreo ed esclusivo, e si aggirano sempre in branchi compatti, pronti a difendersi a vicenda fino alla morte. Spesso si afferma che i lupi di uno stesso branco si divorano fra loro, ma io la ritengo una menzogna, dato che i cani da slitta non lo fanno a nessun costo, neanche sul punto di morire di fame; e questa inibizione sociale non è stata certamente instillata in loro dall'uomo.

In tutte le razze canine con un ricco apporto di sangue di lupo c'è, fra le qualità molto positive, questo attaccamento esclusivo e questa pugnace solidarietà, e ciò le distingue favorevolmente dai cani *aureus,* che per lo più sono amiconi di tutti e seguono qualunque persona che regga l'altro capo del guinzaglio. Invece un cane *lupus,* se una volta ha giurato fedeltà a una determinata persona, sarà per sempre il suo cane, e un estraneo non potrà ottenere da lui il minimo cenno della sua coda pelosa. Chi è stato oggetto della esclusiva fedeltà di un cane *lupus* non potrà mai più essere felice con un cane *aureus.* A questa bella qualità delle razze canine in cui scorre sangue di lupo si contrappongono però notevoli difetti, che derivano direttamente dalla fedeltà esclusiva a un solo padrone. È chiaro fin da principio che un cane *lupus* già adulto non potrà mai divenire il *vostro* cane; ma c'è di peggio: se voi doveste abbandonarlo, l'animale perderà completamente il proprio equilibrio, non ubbidirà più né a voi né ai vostri figli, e nel suo dolore si degraderà rapidamente al livello di un cane randagio senza padrone, perderà le abitudini civili contratte nei confronti del pollame, e vagabonderà per il vicinato commettendo misfatti su misfatti.

Inoltre un cane in cui scorra prevalentemente sangue di lupo, nonostante la sua incommensurabile fedeltà e il suo attaccamento, non è mai del tutto sottomesso. Se lo abbandonate muore, ma voi potete crepare senza poter ottenere da lui una reale ubbidienza; io per lo meno non vi sono mai riuscito, forse vi potrà riuscire un allevatore migliore. Per questo è raro vedere in città un chow che segue i passi del proprio padrone se non è tenuto al guinzaglio. Un cane *lupus* ha molte caratteristiche dei grossi predatori felini: sarà vostro amico fino alla morte, ma non sarà mai il vostro schiavo. E, benché non possa vivere senza di voi, sarà sempre ben chiaro che egli ha anche una sua vita privata.

Invece nel cane che discende dallo sciacallo, addomesticato da tempo immemorabile, permane sempre quell'attaccamento infantile che lo rende un compagno docile e assai trattabile. In luogo della fiera e maschia fedeltà del cane *lupus,* che ha ben poco a che fare con l'ubbidienza, il cane *aureus* vi offre quella sottomissione che gli fa spiare giorno e notte, ora per ora e minuto per minuto, ogni vostro comando, anzi ogni vostro minimo desiderio. Il cane che discende dallo sciacallo è docile per natura, e accorre a un vostro richiamo non solo quando ne ha voglia o quando sa che volete fargli delle moine: accorre sempre, perché sa di dover ubbidire. E la sua ubbidienza è tanto più garantita quanto più imperioso è il richiamo, mentre un cane *lupus,* se chiamato imperiosamente, non viene affatto, ma cerca di rabbonirvi a distanza con gesti amichevoli. A queste caratteristiche positive e gradevoli del cane *aureus* se ne contrappongono purtroppo altre che derivano anch'esse dal suo stato perennemente infantile, ma sono assai meno piacevoli per il padrone. Per esempio, dato che i cuccioli al di sotto di una certa età sono tabù per tutti i membri della loro specie, cioè godono di un'assoluta immunità da morsi e aggressioni, questi bambinetti spesso si prendono una confidenza eccessiva e importuna con chiunque, e tormentano animali e uomini per indurli a giocare con loro, proprio come fanno molti bambini viziati che chiamano «zio» qualunque adulto. E se queste caratteristiche infantili permangono poi durevolmente nel cane adulto, esso verrà ad avere un carattere assai sgradevole, o meglio dimostrerà una totale mancanza di carattere. Ma l'aspetto peggiore della faccenda consiste nel fatto che tali cani vedono in ogni persona uno «zio», e divengono docili proprio «come un cagnolino» verso chiunque li tratti con una certa severità. L'aggressione scherzosa e invadente si trasforma subito in un atteggiamento infantile, umile e sottomesso. Certamente voi tutti conoscete dei cani di questo tipo, per i quali non esiste via di mezzo fra l'aggressione fastidiosa e petulante e un atteggiamento di supplichevole umiltà: se, col rischio di offendere la padrona di casa, sgridate la bestia che vi calpesta e vi copre di peli dalla testa ai piedi, essa cade spaventata sul dorso invocando pietà; se poi, per conciliarvi la padrona di casa, vi rivolgete alla bestia in tono amichevole, ciac, essa con un rapido balzo vi salta addosso leccandovi la faccia e continuando implacabilmente a seminar peli sui vostri calzoni.

Un cane di questo tipo, cioè un cane di tutti, si può naturalmente smarrire con molta facilità, perché entra subito in confidenza con qualunque estraneo che gli si rivolga in tono amichevole. Ma se il mio cane si lascia rubare, che me lo rubino pure! Anche tutte le belle razze seducenti e nobili dei cani da caccia con le loro orecchie pendule mi sono antipatiche, perché di solito tali animali sono pronti a seguire chiunque porti un fucile. Certo, la loro utilità ai fini della caccia si fonda proprio su questa loro sottomissione a qualunque padrone, senza di che non si potrebbe mai comprare un cane da caccia già addestrato o fare addestrare il proprio da un allevatore di professione. È chiaro che un cane può venir addestrato solo da una persona verso cui è legato da una fedeltà e da un'ubbidienza assolute, e così, quando si affida un cane a un estraneo per farlo addestrare, gli si impone in fondo di rompere il patto di fedeltà con il padrone; il rapporto personale fra cane e padrone verrà dunque a soffrirne gravemente, anche se, una volta tornato il cane, si ristabilirà entro certi limiti il vecchio rapporto.

Ma in una situazione del genere un cane con sangue di lupo o non imparerebbe nulla, e farebbe disperare il maestro con la sua cocciuta timidezza se non addirittura con un'aggressiva cattiveria (naturalmente solo se prima aveva già giurato fedeltà al suo padrone); oppure, se affidato all'allenatore in epoca assai precoce, prima di aver trovato un oggetto cui attaccarsi con irrevocabile fedeltà, l'animale, anche ad addestramento finito, rimarrebbe per sempre devoto al suo maestro. Quindi è assolutamente inconcepibile l'idea di comprare un cane di sangue prevalentemente lupino già del tutto addestrato: una volta separato dal suo padrone, ogni traccia di educazione andrebbe perduta. Il cane *lupus* o si affeziona per sempre e totalmente a un solo padrone, o, se non trova un vero padrone oppure perde quello che ha, non sarà più fedele a nessuno, e in questo caso si ridurrà a una specie di gatto, che vive accanto all'uomo ma senza un profondo legame affettivo con lui. È il caso della maggior parte dei cani da slitta nord-americani, le cui profonde qualità d'animo non vengono quasi mai messe in luce e sfruttate se non c'è un Jack London a riconoscerle. Lo stesso si può dire dei nostri chow dell'Europa centrale, che proprio a causa di ciò vengono disprezzati da molti conoscitori: anche i chow spesso divengono simili ai gatti nel senso sopra descritto, perché spesso sono stati delusi dal primo grande amore e non sono capaci di concepirne un secondo. L'irrevocabile patto di fedeltà viene stretto dai chow in età assai più tenera di quanto avvenga per ogni altro cane *aureus:* anche il cane *aureus* più fedele e dal carattere più spiccato, come il pastore tedesco o il terrier Airedale, può essere sempre conquistato all'amore di un nuovo padrone fino all'età di circa un anno, mentre, se ci si vuole assicurare la piena fedeltà di un cane dal sangue lupino, bisogna prenderlo in un'età molto più precoce. La mia pluriennale esperienza con i chow mi insegna che bisogna prendere questi cani a non più di cinque mesi di età, e questo non è poi un sacrificio tanto grave, perché nei cani dal sangue lupino la tendenza alla pulizia incomincia a manifestarsi assai prima che in un cane *aureus*. E l'amore quasi felino per la pulizia è uno dei tratti più gradevoli di questa razza.

Intendiamoci, il mio amore non va tutto ai cani di sangue lupino, come forse si potrebbe dedurre da questa mia breve caratterologia canina. Nessun cane dal sangue lupino ha mai offerto al suo padrone una ubbidienza così assoluta come il nostro incomparabile pastore tedesco; ma, d'altro canto, non sono meno splendide le qualità di animale da preda proprie del cane *lupus*, come l'orgogliosa riservatezza verso gli estranei, l'indicibile profondità del suo amore per il padrone, e al tempo stesso il grande riserbo nel manifestarlo, insomma la sua nobiltà interiore, che non ha riscontro in nessun cane *aureus*. Ma non è proprio possibile ottenere tutte e due le cose insieme? Be', naturalmente non è tanto facile far recuperare d'un tratto al cane *lupus* le decine di millenni alle quali il cane *aureus* deve il suo stato di infantilismo permanente, e da cui derivano il suo attaccamento e la sua assoluta sottomissione. Si può però provare a raggiungere lo scopo per un'altra via.

Parecchi anni fa, mia moglie e io possedevamo una cagna per uno: io la già menzionata cagna da pastore Tito, mia moglie la piccola chow Pygi. Erano due esemplari puri della propria razza, due tipici rappresentanti di tutte le qualità, rispettivamente, del cane *aureus* e del cane *lupus*, e provocavano un costante conflitto coniugale. Mia moglie mi scherniva perché Tito salutava allegramente molti amici di famiglia, perché si rotolava in ogni sozza pozzanghera entrando in camera tutta infangata, senza il minimo tatto e il minimo riguardo, perché lasciava parecchio a desiderare dal punto di vista della pulizia quando ci scordavamo di farla uscire, e per mille altre piccole cose che un cane *lupus* non farebbe mai a nessun costo. Per di più la mia cagnetta non aveva una sua vita privata, ma era solo la pallida ombra del padrone, e dava anche sui nervi, quando se ne stava tutto il giorno presso la mia scrivania dimostrando con languidi sguardi di non aspirare a null'altro che alla prossima passeggiata. Era un'ombra priva di anima, diceva lei della mia Tito, questa cagna che era tutta anima! Io ribattevo piccato che me ne infischiavo di un cane con cui non si potesse andare a spasso: a che cosa serve un cane se non segue fedelmente il suo padrone? E Pygi, pur con tutta la sua fedeltà tanto lodata ed esclusiva, se ne andava sempre a caccia per conto suo; o che forse una volta mia moglie era tornata dalla passeggiata nel bosco insieme con lei? Allora tanto valeva comprarsi una gatta siamese, che è ancora più riservata e pulita, e soprattutto non pretende di esser diversa da ciò che veramente è: una semplice gatta. Pygi invece non era un vero cane. Ma neppure la mia Tito era un vero cane, rispondeva lei, o, nel migliore dei casi, era un personaggio sentimentale di un romanzo ottocentesco...

Questa disputa scherzosa, in cui non mancava però anche un pizzico di serietà, ebbe fine con la più semplice e naturale delle transazioni: un figlio di Tito, Bubi, sposò la signorina Pygi. Ciò avvenne assolutamente contro la volontà di mia moglie, che, come si può anche capire, voleva allevare dei chow puri. Invece ci trovammo di fronte a un ostacolo imprevisto, a una caratteristica per noi nuova del cane *lupus*: la fedeltà monogamica della femmina a un determinato maschio. Mia moglie portò la sua cagna da quasi tutti i maschi chow che risiedevano a Vienna a quel tempo, nella speranza che almeno uno incontrasse i suoi favori. Ma invano: la cagnetta addentava furiosa tutti i corteggiatori, non pensava che al suo Bubi, e alla fine lo ottenne; o meglio fu lui che ottenne lei, riducendo in briciole una massiccia porta di legno dietro la quale Pygi era tenuta confinata.

Così ebbe origine la nostra razza frutto dell'incrocio fra cani chow e cani da pastore, merito esclusivo del fedele amore di Pygi per il suo gigantesco e bonario Bubi. Il lettore saprà certamente apprezzare l'alto valore morale della mia più che fedele descrizione dei fatti. Sarebbe stato ben allettante scrivere a esempio: «Dopo un'analisi approfondita dei vantaggi e degli svantaggi inerenti al carattere del *lupus* e dell'*aureus,* decisi di provare a unire attraverso un incrocio le qualità positive delle due razze. Il successo fu superiore all'attesa: mentre infatti, assai spesso, con un incrocio non si ottiene che il potenziamento delle qualità negative di entrambi i genitori, nel nostro caso avvenne decisamente il contrario...». Questo sarebbe assolutamente veritiero per quanto concerne il successo dell'esperimento, il quale però aveva avuto luogo, ahimè, senza che vi fosse alcuna pianificazione da parte nostra.

Al presente la nostra razza possiede ben poco sangue di cane da pastore, perché in mia assenza, durante la guerra, mia moglie l'ha fatta incrociare due volte con dei chow puri, cosa del resto necessaria se non si voleva ricorrere all'inincrocio. Ma anche così resta assai visibile l'eredità psichica di Tito: i cani sono incomparabilmente più affezionati e più facilmente educabili dei chow purosangue; mentre dal punto di vista esclusivamente somatico solo un occhio assai esperto può cogliere la componente di cane da pastore. Ho intenzione di continuare ad allevare questa razza mista, felicemente sopravvissuta alla guerra, nel tentativo consapevole di produrre un cane dal carattere ideale.

Ha un senso questo mio desiderio di creare una nuova razza canina, oltre alle molte già esistenti? Io credo di sì. Oggi il cane ha per l'uomo un valore prevalentemente psicologico, se si prescinde da poche utilizzazioni, come l'impiego che ne fa il cacciatore o il poliziotto. La gioia che vi può dare un cane è assai simile a quella che danno a me le bestie selvatiche che mi accompagnano nel bosco: gli animali ci aiutano a ristabilire quell'immediato contatto con la sapiente realtà della natura che è andato perduto per l'uomo civilizzato. Ma a questo scopo mi occorre un cane che non sia frutto di un capriccio della moda, bensì un animale veramente vivo; non mi serve un artificioso prodotto di difficili e abili esperimenti di incrocio, ma una creatura schietta, dall'anima genuina. E questa purtroppo ce l'hanno soltanto pochissimi cani di razza, e meno che mai quelle razze che da un certo momento, essendo divenute di moda, sono state allevate solo per perfezionare la loro forma esteriore.

Finora ogni razza canina che ha subìto questo processo di selezione ne ha riportato gravi danni dal punto di vista psicologico. Io mi propongo lo scopo contrario: cerco esplicitamente di produrre un miscuglio ideale delle qualità psicologiche del cane *lupus* e del cane *aureus*, cerco di produrre un cane particolarmente capace di offrirci ciò che la povera umanità civilizzata, nella sua prigione di asfalto, cerca e chiede al cane.

Ammettiamo questo bisogno, non mentiamo a noi stessi affermando di non poter fare a meno della protezione di un cane da guardia. È vero, abbiamo bisogno del cane, ma non per questo scopo. Io per lo meno ho sempre avuto molto bisogno di un cane che mi trotterellasse alle calcagna nelle cupe città straniere, e la sua sola esistenza mi è sempre stata di grande conforto, così come ci è di conforto un ricordo di infanzia, il pensiero dei folti boschi della patria lontana, e qualunque cosa che ci dia il senso della nostra identità e continuità nel flusso evanescente della vita. Poche cose mi danno un senso di consolante sicurezza come la fedeltà del mio cane.

QUANDO GLI ANIMALI CI FANNO RIDERE

È raro che io rida di un animale, e quando ciò accade mi accorgo poi, ripensandoci meglio, che in realtà ridevo di me, dell'uomo, di cui l'animale mi aveva presentato una caricatura più o meno spietata. Ci viene da ridere di fronte alla gabbia delle scimmie, non alla vista di un bruco o di una lumaca, e se un vanitoso papero selvatico che fa la corte alla sua bella ci sembra così incredibilmente comico, è proprio perché il suo comportamento ci ricorda quello dei nostri giovanotti.

Il buon conoscitore degli animali raramente ride dei loro aspetti bizzarri, e spesso io mi arrabbio quando al giardino zoologico o all'acquario i visitatori ridono di un animale che, nell'estremo adattamento a particolari condizioni di vita, ha sviluppato una forma corporea un po' aberrante. Il « pubblico » ride, cioè, di cose che per me sono sacrosante: il mistero della trasformazione della specie, della creazione e del creatore. La forma grottesca di un camaleonte, di un pesce palla o di un formichiere suscita in me una devota meraviglia, mai un senso di ilarità.

Naturalmente anch'io ho riso molte volte di bizzarrie inaspettate, e in questi casi non sono meno stupido del pubblico che mi fa arrabbiare. Quando mi inviarono dall'Olanda il *Periophtalmus,* un pesce terrestre e rampicante, e vidi per la prima volta quell'animaletto che saltava, non fuori dal recipiente, ma soltanto sul bordo, rimanendovi come inchiodato, e di qui allungava verso di me la testina, quando vidi quel musetto camuso che mi fissava con gli occhi sporgenti e penetranti, io risi. Immaginatevi l'effetto che può fare un pesce, un vero inconfondibile pesce osseo, che in primo luogo sta ritto su una bacchettina come un canarino, in secondo luogo volge la testa verso di voi come un animale terrestre superiore, come può fare un mammifero o un uccello, ma certo non un pesce, e in terzo luogo vi fissa con entrambi gli occhi, cosa che già sembra buffa nella civetta, perché nessun altro uccello usa gli occhi in modo così simile all'uomo. Ma anche in questo caso l'effetto comico, più che dalla bizzarria inaspettata, deriva in buona parte dalla sbalorditiva rassomiglianza con il comportamento umano.

Però, nella maggior parte dei casi in cui io ho riso degli animali, in realtà ho riso dell'uomo, di me stesso, dello spettatore. L'etologo, quando è alle prese con gli animali superiori, fa spesso una figura incredibilmente buffa, ed è inevitabile che sia così. Ed è altrettanto inevitabile che egli venga considerato matto dalle persone più o meno immediatamente circostanti. Se non sono stato ancora internato in un manicomio lo devo al fatto che ad Altenberg io godo la fama di persona sicuramente innocua, fama che condivido con l'altro idiota del villaggio. A giustificazione dei miei concittadini racconterò un paio di aneddoti: una volta stavo cercando di scoprire perché le anitre selvatiche (germani reali), se sono state covate artificialmente, appena uscite dall'uovo si mostrano così paurose e inavvicinabili, a differenza delle oche selvatiche covate nelle stesse condizioni. Queste ultime, infatti, si attaccano senz'altro alla prima persona che incontrano nella vita e la considerano come loro mamma, seguendola fiduciosamente. Invece gli anatroccoli selvatici non ne volevano sapere di me. Io li prendevo dall'incubatrice quando erano appena usciti dall'uovo, ancora totalmente digiuni di esperienza, ma essi avevano paura di me e mi fuggivano, andando a rintanarsi nel primo angolino scuro che trovavano. Perché? Mi venne in mente che una volta avevo fatto covare da un'altra specie di anitra delle uova di anitra selvatica, e che i piccoli non avevano accettato neppure quella balia come sostituto materno: appena asciugatisi, erano fuggiti via da lei, e io avevo fatto abbastanza fatica ad acciuffare e salvare i piccoli che fuggivano qua e là piangendo. D'altro canto però, una volta avevo fatto covare una nidiata di anatroccoli selvatici da una grossa anitra domestica, e i piccoli avevano seguìto bravamente questa madre adottiva come se fosse stata la loro vera madre. Tutto doveva dipendere dal verso di richiamo, perché nell'aspetto esteriore l'anitra domestica era più dissimile da un'anitra selvatica che non la specie usata quell'altra volta. Aveva cioè in comune con l'anitra selvatica, che costituisce la forma originaria della nostra anitra domestica, quelle espressioni vocali che non hanno subìto quasi alcuna alterazione nel processo di addomesticamento. La conclusione era chiara: per ottenere che i piccoli mi seguissero io avrei dovuto fare «qua qua» come un'anitra selvatica. «Si attacca il campanone, grida "muu!", e il vitello crede che sia la mucca»: Wilhelm Busch si attaglia proprio a qualunque circostanza!

Detto fatto. Il sabato di Pentecoste sarebbe dovuta venire alla luce una covata di anatroccoli puro sangue; io misi le uova nell'incubatrice, e quando i piccoli furono asciutti li presi sotto la mia custodia e cominciai a far loro quel verso materno nel mio migliore accento di anitra selvatica. Per alcune ore, per una mezza giornata. Il mio «qua qua» ebbe successo: gli anatroccoli guardavan su confidenti verso di me; evidentemente, questa volta, non avevano paura; e quando, continuando a fare «qua qua...» incominciai ad allontanarmi lentamente, anch'essi ubbidienti si misero in moto e mi seguirono in un piccolo gruppo compatto, proprio come di solito gli anatroccoli seguono la madre. La mia teoria aveva ricevuto una conferma irrefutabile: gli anatroccoli appena usciti dall'uovo hanno una reazione innata al verso di richiamo, ma non all'immagine ottica della madre. Qualsiasi cosa che emetta il giusto verso di richiamo viene considerata come madre, si tratti di una grossa e bianca anitra pechinese, o di una ancor più grossa figura umana. Però l'oggetto sostitutivo non deve essere troppo alto! All'inizio di questo esperimento io mi ero seduto sull'erba e, per ottenere che gli anatroccoli mi seguissero, avevo incominciato a spostarmi rimanendo accucciato. Ma appena mi rizzai in piedi e tentai di precederli in posizione eretta, essi non mi seguirono e cominciarono a guardarsi intorno, cercandomi evidentemente da tutte le parti, ma senza volgere lo sguardo in alto, verso di me, e incominciarono subito a emettere quel lamentoso pigolio dell'abbandono che usiamo in genere chiamare semplicemente «pianto»: non riuscivano ad abituarsi al fatto che la mamma sostitutiva fosse divenuta così alta. Per farmi seguire fui quindi costretto ad avanzare tutto accucciato, in posizione assai poco comoda; e ancor meno comodo era il fatto che una vera madre anitra continua a fare *ininterrottamente* «qua qua». Se smettevo anche solo per mezzo minuto il mio verso melodioso, il collo degli anatroccoli cominciava ad allungarsi, il che corrisponde esattamente all'allungarsi del viso di un bambino, e se io non ricominciavo subito essi scoppiavano in un pianto violento. A quanto pare, dunque, appena io tacevo, essi credevano che fossi morto o che non li amassi più, motivo più che sufficiente per piangere. A differenza delle piccole oche, gli anatroccoli selvatici erano dunque pieni di pretese e assai faticosi da allevare. Provatevi un po' a immaginare due ore di passeggiata con quei piccoli, sempre accucciato per terra e con quell'ininterrotto «qua qua qua»...

Per amore della scienza mi sottoposi per ore e ore a questo supplizio. Dunque, quella domenica di Pentecoste io avanzavo tutto accucciato alla testa dei miei anatroccoli appena nati sopra un bel prato verde del nostro giardino, ed ero molto compiaciuto dei piccoli che ubbidienti e precisi seguivano trotterellando il mio «qua qua». A un certo momento alzai gli occhi e vidi una fila di volti allibiti affacciati sopra la siepe del giardino: un'intera comitiva di turisti mi guardava stupefatta. E non avevano tutti i torti, dato che vedevano un grosso signore con tanto di barba strisciare accoccolato per il prato tracciando degli otto, continuando a guardarsi indietro e facendo ininterrottamente «qua qua qua»... ma gli anatroccoli, i soli che avrebbero potuto chiarire tutto il mistero, quelli, purtroppo, non li potevano vedere gli sbalorditi osservatori, perché erano nascosti dall'alta erba primaverile!

Ho già detto che le taccole serbano una profonda memoria delle persone che hanno provocato la loro rumorosa reazione aggressiva, cioè delle persone che le hanno prese in mano; ciò mi fu di grave ostacolo quando volli mettere l'anello alla zampa delle giovani taccole della mia colonia: se provavo a prenderle dal nido per contrassegnarle con gli anelli della stazione ornitologica, non potevo evitare che le vecchie taccole, vedendomi, intonassero subito un furioso e rumorosissimo concerto. Come potevo dunque impedire che a causa di questa operazione si imprimesse negli uccelli una permanente paura della mia persona, che avrebbe enormemente ostacolato le mie ricerche? La soluzione era semplice: dovevo travestirmi. Ma come? Anche per questo c'era una soluzione assai semplice e a portata di mano in una cesta su in soffitta, una soluzione che si prestava assai bene al mio scopo, anche se di solito vi si ricorreva solo per carnevale: un magnifico costume da Belzebù, con fitto pelo e una maschera che copriva tutta la testa, con corna e lingua e con un'imponente coda a ciuffo che sporgeva fuori abbondantemente.

Che cosa avreste pensato una bella mattina di giugno udendo improvvisamente un selvaggio gracchiare proveniente dal tetto di una casa, e scorgendo lassù un diavolo con corna, coda e artigli, la lingua penzoloni, certo per il caldo, che scalava un camino dopo l'altro circondato da uccelli neri che strillavano in modo assordante? Credo che l'impressione generale facesse passare inosservato il fatto che il diavolo saldava con una pinza anelli di alluminio intorno alle zampe delle giovani taccole, riponendole poi delicatamente nel nido. Solo a operazione finita mi accorsi che giù in strada si era addensata una folla di persone che mi guardavano non meno allibite di quei turisti che a Pentecoste si erano fermati al di là della siepe. Ma se mi fossi fatto riconoscere sarebbe fallito in pieno lo scopo della mia operazione, e quindi mi limitai a scodinzolare amichevolmente prima di scomparire nella finestrella della soffitta.

Una terza volta corsi il rischio di essere internato in manicomio per colpa del mio grosso cacatua dalla cresta gialla. Avevo comprato quell'uccello bello e mansueto poco prima di Pasqua, per una somma assai considerevole, e ci erano volute parecchie settimane prima che il poveraccio superasse i danni psicologici causatigli dalla prigionia: da principio non riusciva a convincersi che non era più incatenato e che poteva di nuovo muoversi liberamente. Era proprio una scena pietosa vedere quel fiero animale appollaiato su un ramo, che sempre di nuovo si accingeva al volo ma non osava lanciarsi, perché non poteva credere di non essere più legato alla catena. Quando riuscì infine a superare questa inibizione divenne assai vivace ed esuberante, e sviluppò un attaccamento commovente, quasi canino, per la mia persona.

Quando lo si lasciava uscire dalla camera in cui veniva ancora rinchiuso per la notte, andava in cerca di me, dando prova di un'intelligenza sorprendente. In poco tempo aveva imparato dove poteva trovarmi: prima volava alla finestra della mia camera da letto, e se non c'ero proseguiva per lo stagno delle anitre; insomma percorreva tutto l'itinerario della mia «visita mattutina» ai diversi recinti degli animali; questa sua ostinata ricerca non era priva di pericoli, e spesso si era perduto per strada. Avevo dato quindi severe istruzioni ai miei collaboratori perché in mia assenza il cacatua non fosse lasciato in libertà.

Uno splendido sabato di giugno, tornando da Vienna, scesi dal treno alla stazione di Altenberg in mezzo alla schiera dei gitanti domenicali che nelle belle giornate estive vengono a fare il bagno nel mio paese natale. Mi ero appena incamminato per la strada del villaggio e la frotta dei gitanti non si era ancora dispersa quando vidi in cielo, a grandissima altezza, un uccello di cui a tutta prima non riuscii a precisare la specie. Volava a colpi d'ala lenti e misurati, che si interrompevano regolarmente per lunghi tratti di volo planato. Era forse una poiana? No, mi sembrava che l'uccello avesse un maggior carico di superficie, fosse troppo pesante. Una cicogna? Neppure, non era abbastanza grosso, e nonostante l'altezza si sarebbero dovuti scorgere il collo e le zampe. A questo punto l'uccello fece una virata, e i raggi del sole già basso illuminarono per un momento la superficie inferiore delle grosse ali che brillarono come stelle nell'azzurro del cielo. Dio buono, l'uccello era bianco! Era il mio cacatua, e il suo volo dalle battute regolari indicava l'intenzione di compiere un lungo viaggio.

Che fare? Chiamarlo? Ma avete mai udito il verso di richiamo del grosso cacatua con la cresta gialla? Forse no, però probabilmente avete udito qualche volta un maiale scannato secondo il vecchio metodo. Immaginate dunque lo strillo del maiale alla sua massima intensità, captato da un buon microfono e quadruplicato dall'altoparlante. L'uomo può imitare bene, anche se un po' debolmente, questo verso, urlando a più non posso «Oeh, oeh!». Avevo già appurato che il cacatua comprendeva questa imitazione e accorreva prontamente al richiamo. Ma mi avrebbe sentito da una tale altezza? E per gli uccelli è sempre più difficile decidersi a virare verso il basso che non continuare il volo alla stessa altezza o innalzarsi ancora di più. Dunque, gridare o non gridare? Se urlo e l'uccello accorre, benissimo; ma se lassù la bestia continua tranquillamente per la sua strada come spiegare alla gente il mio grido?

Alla fine mi decisi a urlare. Gli astanti rimasero di sasso, come fulminati, il cacatua si librò un momento immobile nell'aria, poi ripiegò le ali bianche e scese in picchiata, venendo a posarsi sul mio braccio teso. Anche questa volta mi era andata bene!

Un'altra volta quello stesso cacatua mi fece prendere un grave spavento con un suo scherzo. Mio padre, che era già assai anziano, soleva fare la siesta sulla sedia a sdraio ai piedi di una terrazza posta a sud-ovest della nostra casa. A causa della sua salute io non ero proprio tranquillo di saperlo esposto al fulgore del sole meridiano, ma egli non si lasciava distogliere dalla sua vecchia abitudine. Un giorno, all'ora della siesta, udii mio padre che bestemmiava come un turco, e, aggirato di corsa l'angolo della casa, mi trovai di fronte al mio vecchio che veniva su ansimando, tutto piegato e rattrappito, con le braccia strette attorno al corpo.

«In nome di Dio, ti senti male?».

«No,» fu l'amara risposta «non mi sento male, ma mentre dormivo quella maledetta bestia mi ha beccato via tutti i bottoni dei calzoni!».

E così era stato effettivamente: sul luogo del misfatto appariva, tradotta in bottoni, l'intera figura del signor consigliere; qui le braccia, qui il panciotto, qui inequivocabilmente la bottoniera dei calzoni. La scena ricordava un po' il macabro finale di *Max und Moritz*: «Ecco che li si possono ancora vedere, spezzettati e tritati per benino».

La fantasia del cacatua non era meno creativa e meno versatile di quella delle piccole scimmie o dei nostri bambini. Uno dei più bei giochetti dell'uccello ebbe origine dal suo ardente amore per mia madre, che quando prendeva il sole in giardino sferruzzava ininterrottamente. Il cacatua sembrava aver pienamente compreso il meccanismo e l'uso del gomitolo di lana, e si divertiva sempre a prendere con il becco il capo libero del gomitolo per poi innalzarsi energicamente in volo e svolgere il filo dietro di sé. Simile a un aquilone dalla lunga coda, l'uccello prendeva quota, e poi compiva delle circonvoluzioni regolari attorno a un grosso tiglio di fronte a casa nostra. Una volta che non gli si impedì di portare a termine l'operazione, creò attorno all'albero, fino alla sommità, tutta una rete di variopinti fili di lana che poi non riuscimmo più a districare dalla sua chioma rigogliosa. I visitatori si fermavano esterrefatti di fronte a quel tiglio, chiedendosi il perché di un simile addobbo e non comprendendo in che modo si fosse riusciti ad attuarlo.

Il cacatua faceva una corte deliziosa a mia madre, intrecciando intorno a lei danze grottesche, e la seguiva dappertutto. Se non c'era, la cercava con l'assiduità con cui in gioventù soleva cercare me. Or dunque mia madre aveva ben quattro sorelle, e una volta, in un giorno di festa, queste zie erano riunite sulla veranda della nostra casa a prendere il tè assieme ad alcune amiche non meno anziane. Erano tutte sedute attorno al gigantesco tavolo rotondo, e ognuna aveva di fronte a sé un piatto di stupende fragole di giardino, in mezzo alla tavola c'era una grande ciotola assai piatta di ceramica smaltata, piena del più fine zucchero a velo. Passando di lì per caso o a bella posta, il cacatua adocchiò dal di fuori mia madre che dirigeva la conversazione, e un istante dopo arrivò in picchiata passando abilmente per la porta, che era ampia, ma sempre meno ampia delle sue ali spiegate; aveva intenzione di venire a posarsi di fronte a mia madre, in mezzo al tavolo, dove di solito le faceva compagnia mentre sferruzzava. Questa volta però l'atterraggio era ostacolato da tutti gli oggetti disposti sulla tavola, senza contare quella cerchia di visi assolutamente sconosciuti. Dopo breve riflessione, egli risalì a mezz'aria sopra la tavola, vi rimase un poco aleggiando come un elicottero, poi riprese lena e scomparve rapidamente fuori dalla porta. Ma il vento di propulsione delle sue ali aveva fatto sollevare tutto lo zucchero a velo dalla ciotola di ceramica, e ora attorno alla tavola c'erano sette zie tutte incipriate, sette damine rococò dal viso bianco come la neve e con gli occhi spasmodicamente chiusi. Proprio un bello spettacolo!

STORIE DI CANI

COSTUMI DEI CANI

Nel mondo animale la comunicazione tra gli individui di una stessa specie, cioè quel processo che permette loro di capirsi e di collaborare nell'àmbito di una comunità sovraordinata quale lo stormo o il branco, si fonda su un meccanismo totalmente diverso da quello del linguaggio parlato, che presso noi uomini assolve questa funzione vitale. Come ho già spiegato a lungo altrove, presso gli animali, a differenza di quanto avviene nel nostro linguaggio, il significato dei singoli segnali e dei diversi movimenti e suoni espressivi non è stabilito per convenzione e non deve essere acquisito da ogni singolo individuo, ma corrisponde a modalità di azioni e reazioni *innate,* «istintuali». Il «linguaggio» di una specie animale è quindi incomparabilmente più conservatore del nostro, e parimenti i suoi «usi e costumi» sono assai più rigidi e vincolanti di quelli umani. Si potrebbe scrivere un intero volume sulle leggi inviolabili che regolano il cerimoniale dei cani e determinano il comportamento dei più forti verso i più deboli, dei maschi verso le femmine e viceversa. Viste dal di fuori, queste leggi fissate nel quadro ereditario del cane assomigliano molto alle tradizioni che governano i costumi umani, anche per quel che riguarda il loro influsso e la loro importantissima funzione nella vita sociale: il titolo di questo capitolo va inteso nel senso di questa analogia.

Nulla è più noioso che un'esposizione astratta di leggi e princìpi, per quanto interessanti possano essere. Io quindi mi manterrò esclusivamente sul piano concreto, cercando di descrivere al vivo, mediante alcuni esempi, il comportamento sociale dei cani; sarà poi lo stesso lettore che, senza neppure accorgersene, giungerà per astrazione a cogliere le leggi che lo regolano. Comincerò dunque con i comportamenti connessi con l'*ordine gerarchico,* cioè con quegli antichissimi usi e costumi che non solo esprimono, ma in buona misura *determinano* la superiorità o l'inferiorità reciproca degli individui. Osserviamo quindi, in diverse circostanze, il comportamento di due cani che s'incontrano, cioè una scena cui certamente ogni lettore ha avuto occasione di assistere molte volte.

Wolf II e io scendiamo per la strada del villaggio. Quando, giunti alla fontana pubblica, stiamo per sbucare sulla strada maestra, vediamo fermo a buoni duecento metri di distanza l'antico nemico e rivale di Wolf, Rolf. Dobbiamo passargli molto vicino, e l'incontro è inevitabile. Wolf e Rolf sono i due cani più forti e più temuti, insomma i più importanti del paese; i due si odiano furiosamente, ma hanno al tempo stesso una tale paura l'uno dell'altro, che, per quanto io ne sappia, non si sono ancora mai veramente azzuffati. Fin dal primo momento si ha l'impressione che l'incontro sia estremamente spiacevole per entrambe le parti: se l'uno o l'altro fosse chiuso in giardino, dietro il cancello sbarrato, si metterebbe ad abbaiare furiosamente con fare minaccioso, convinto che sia soltanto il cancello a impedirgli di saltare alla gola dell'avversario; ma poiché sono liberi, si trovano in una situazione che, espressa in termini umani, sarebbe circa la seguente: ognuno dei due cani ha l'oscura sensazione che, se non mettesse in atto le precedenti minacce, farebbe «una brutta figura», e si sente quindi costretto ad aggredire per «prestigio».

Naturalmente i due nemici, che si sono avvistati fin da molto lontano, assumono subito un atteggiamento di «imposizione», cioè si erigono in tutta la loro altezza e rizzano la coda ad angolo retto. Così si vengono incontro, con passo sempre più lento. A circa quindici metri dal rivale, Rolf assume improvvisamente la posizione di una tigre in agguato. Sul muso dei due cani non si nota alcun segno di insicurezza, ma neppure di minaccia: fronte e naso non sono corrugati, le orecchie sono ritte e volte in avanti, gli occhi bene aperti. Wolf non reagisce minimamente alla posa di agguato di Rolf, che all'uomo sembrerebbe invece tanto minacciosa, e avanza impassibile verso il rivale. Solo quando lui gli è vicino anche Rolf si erige d'un balzo in tutta la sua altezza, e ora i due si fiancheggiano testa contro coda, offrendosi reciprocamente il deretano da fiutare. E proprio in questa esibizione della regione anale si esprime la sicurezza dei due cani: se la sicurezza scema appena un poco, la coda si abbassa. Dalla posizione di un cane si può dunque leggere, come su un contatore, la misura del coraggio che lo anima.

Questo stato di tensione, in cui i due cani si mantengono immobili, si protrae piuttosto a lungo. Poi a poco a poco i musi, prima distesi, incominciano a scomporsi; sulla fronte compaiono delle pieghe orizzontali e trasversali che fanno capo a un punto posto al di sopra degli occhi, il naso si raggrinzisce, i denti sono scoperti. Questa mimica è semplicemente una espressione di minaccia, e anche un cane che abbia paura e che minacci solo perché è messo alle strette, assume la stessa espressione. Invece il coraggio del cane e la sua padronanza della situazione si misurano soltanto dalla posizione di due parti della testa: le orecchie e gli angoli della bocca. Se le orecchie si mantengono ritte e volte in avanti, e se anche gli angoli della bocca sono molto protesi, vuol dire che il cane non ha paura ed è pronto ad attaccare in qualsiasi momento: ogni accenno di paura si traduce in un corrispondente moto degli angoli della bocca e delle orecchie, come se la forza invisibile dell'impulso a fuggire tirasse indietro queste due parti del corpo.

Mentre assumono questa posizione di attiva minaccia, i cani incominciano a ringhiare, e il ringhio è tanto più basso quanto più si sentono sicuri, tenendo naturalmente conto del registro abituale di ogni singolo animale: è chiaro che uno spavaldo fox-terrier avrà un ringhio più acuto di un San Bernardo impaurito.

Ora, mantenendosi sempre fianco a fianco, Rolf e Wolf incominciano a girarsi intorno e sembra ogni momento che stiano per giungere a vie di fatto. Ma l'assoluto equilibrio fra le due potenze impedisce lo scoppio delle ostilità: il ringhio delle due bestie si fa sempre più minaccioso, ma non succede nulla, e in me incomincia a nascere un sospetto, che diviene più forte quando colgo uno sguardo obliquo lanciatomi da Wolf, e subito dopo uno uguale di Rolf: entrambe le bestie non solo si aspettano, ma addirittura sperano che io le divida, esonerandole così dall'obbligo morale di combattere. L'impulso a salvare il prestigio, la dignità, non è dunque affatto una prerogativa umana, ma è ancorato profondamente in quegli strati istintuali della vita psichica che presentano molte affinità negli animali superiori e negli uomini.

Io però non intervengo e lascio che i cani si arrangino a trovare da soli una ritirata onorevole: ed ecco che adagio adagio le due bestie si staccano e si portano passin passino ai lati opposti della strada, poi, sempre sbirciandosi in tralice, entrambi alzano contemporaneamente, come su comando, la gamba posteriore, Wolf contro il palo del telegrafo, Rolf contro la staccionata lungo la strada. Ciascuno prosegue quindi per la sua via, sempre mantenendo il proprio atteggiamento di «imposizione», come se ognuno dei due volesse far credere a se stesso di aver conseguito una vittoria morale intimidendo il nemico.

Le cagne cui accade di assistere a simili incontri fra due maschi di pari forza e di pari ordine gerarchico, si comportano a volte in modo strano. La moglie di Wolf, Susi, in casi del genere desidera inequivocabilmente che si giunga a vie di fatto: essa però non interviene in favore del marito ma vuole semplicemente accertarsi che questi conci l'altro per le feste. Per ottenere tale scopo la vidi due volte ricorrere a un trucco veramente subdolo: mentre Wolf se ne stava la testa contro la coda dell'altro (e si trattava in entrambi i casi di un cane forestiero che si trovava in paese «in villeggiatura»), lei girava cauta e interessata attorno ai due maschi, che non le prestavano alcuna attenzione in quanto femmina; poi, di soppiatto, dava un energico morso al fronte posteriore del marito, esposto all'avversario. Wolf doveva aver pensato che il maschio nemico gli avesse morsicato il deretano, contravvenendo in modo inaudito e veramente scandaloso alle antichissime leggi canine che regolano l'operazione dell'annusamento, e naturalmente era passato subito al contrattacco; e poiché per l'altro maschio questa aggressione era non meno contraria alle regole e non meno scandalosa di quanto lo era stato il morso per Wolf, ne era derivata una battaglia particolarmente furibonda.

Wolf incontra un bastardo un po' vecchiotto che abita in fondo al nostro villaggio. Quando era piccolo, Wolf aveva una maledetta paura del vecchio; ora non lo teme più, ma lo odia molto più profondamente di qualsiasi altro cane, e non lascia perdere un'occasione per dimostrarglielo. Quando i due si incontrano, il vecchio si irrigidisce, mentre Wolf gli si avventa addosso, lo urta con la spalla e poi con uno scatto energico della parte posteriore del corpo, restando quindi fermo accanto a lui. Il vecchio ha subito risposto con un assai fiero colpo delle mascelle, ma i denti non hanno afferrato che l'aria, perché nel momento in cui stava per mordere è stato colpito da quello scatto. Ora se ne sta tutto eretto e con le gambe irrigidite, ma la coda abbassata dimostra che egli non riesce a esibire il deretano con sufficiente sicurezza. Il naso e la fronte hanno delle pieghe minacciose, ma le orecchie e gli angoli della bocca sono chiaramente tirati indietro, e la testa è bassa e protesa. In questa posizione a testa bassa, con l'aria minacciosa e il ringhio irritato, egli fa decisamente paura. Quando Wolf cerca di avvicinarglisi di nuovo, il vecchio gli si avventa addosso cercando disperatamente di addentarlo, e Wolf fa un balzo indietro. Allora, a gambe rigide, nell'atteggiamento di massima «imposizione», egli gira attorno al vecchio cane, poi solleva la gamba contro il primo oggetto appropriato e si allontana. Volendo tradurre in parole umane l'intenzione sottostante a questo comportamento del vecchio bastardo, bisognerebbe dire pressappoco così: «Io per te non sono un vero rivale, e non aspiro affatto a esserti gerarchicamente superiore o anche soltanto uguale; io non mi impiccio dei fatti tuoi e voglio solo essere lasciato in pace. Ma dato che tu mi provochi, combatterò con tutti i mezzi di cui dispongo, per quanto duri e scorretti possano essere!».

Vicino alla fontana pubblica Wolf incontra un piccolo bastardo giallo che ha un timor panico di lui e tenta di svignarsela entrando nella porta del pizzicagnolo. Wolf gli si precipita addosso, premendolo col fianco e caricandolo con quel già menzionato movimento a scatto della parte posteriore del corpo, e il bastardo viene scaraventato in strada. Wolf infuria su di lui come un uragano, con sempre nuove cariche, e ogni volta il piccolo emette un urlo stridulo, come se soffrisse i più atroci dolori, e alla fine cerca di addentare disperatamente l'aggressore. Wolf invece non ringhia neppure, non ha neppure un'espressione minacciosa, e anzi si lascia mordere con tutta tranquillità continuando a caricare: ha un disprezzo così totale per l'avversario, che non si dà neppure la pena di aprire la bocca. Però egli odia la bestiola gialla, perché si era fatta vedere ripetutamente nel nostro giardino quando Susi era in amore, e ora in modo non troppo nobile sfoga la sua rabbia sul poveraccio. La grande paura, che si manifesta con grida dolorose prima ancora che il dolore venga effettivamente sentito, è contrassegnata da una caratteristica posizione degli angoli della bocca, che sono tirati molto indietro, in modo da rendere visibile come un orlo scuro la mucosa interna delle labbra, rovesciate in fuori. Il muso del cane acquista così anche per l'occhio umano una singolare espressione piagnucolosa, che si accorda senza possibilità di equivoci con le manifestazioni sonore dell'animale.

Wolf I va a trovare sua moglie Senta e i figli già grandi sulla terrazza dei tigli. Lui saluta Senta, entrambi scodinzolano, lei lo lecca teneramente all'angolo della bocca dandogli dei colpetti col naso. Poi Wolf I si volge verso uno dei figli. Questi si avvicina spontaneamente al padre, e gli dà anche lui dei colpetti col naso, ma si sottrae al tentativo paterno di fiutargli il deretano, e, pur continuando ad agitare la coda, la tiene rivolta verso il basso. Il giovane ha la schiena incurvata e un atteggiamento sottomesso, eppure è chiaro che lui non ha alcun timore del padre, e anzi lo tormenta un poco, stuzzicandolo con dei colpi di muso e cercando di leccargli gli angoli della bocca. Il vecchio, pur non assumendo l'atteggiamento di «imposizione», ha un'aria così rigida e dignitosa da sembrare quasi *imbarazzato*: dapprima volge la testa di lato distogliendola dalle leccate del giovane, e infine alza molto il naso in modo da sottrarlo al figlio. Come il giovane cane, reso baldanzoso dalla ritirata del padre, si fa sempre più invadente, compare in lui addirittura una piccola piega di malumore: invece la fronte del giovane cane è perfettamente distesa, con gli angoli degli occhi tirati indietro e abbassati a mo' di fessura. Come prima i gesti di saluto di Senta, così ora i movimenti espressivi del giovane sono del tutto simili a quelli che compie un cane tenero e molto sottomesso nei riguardi del suo padrone. In termini umani potremmo dire che nel giovane cane si realizza un compromesso tra un certo timore e l'affetto che lo induce ad avvicinarsi al suo sovrano.

Susi incontra in paese un grosso cane di circa un anno, un incrocio tra un collie e un pastore, figlio del già menzionato Rolf. Lui in un primo momento la scambia per Wolf, di cui ha una gran paura, e si prende un bello spavento. I cani hanno una vista assai debole, e da lontano riescono a distinguere grossolanamente solo i contorni, e poiché Wolf è l'unico chow che gli altri cani della zona sono abituati a vedere, è accaduto spesso che la nostra grassa e impertinente Susi venisse presa per il suo temuto congiunto. L'enorme impertinenza che acquistò in breve tempo la signorina si spiega certo in buona parte con il fatto che essa attribuiva alla propria temibilità il generale rispetto che doveva invece a questo errore, e aveva quindi un concetto troppo alto di sé. I due cani venivano scambiati nonostante che Wolf fosse di colore rossiccio e Susi invece di un cannella bluastro, e ciò si presta a interessanti considerazioni sulla scarsa sensibilità cromatica dei cani domestici. Dunque il giovane maschio si mette a fuggire, ma viene ben presto raggiunto e fermato da Susi. Quando esso le sta di fronte in atteggiamento sottomesso, con le orecchie basse e la fronte ben distesa, la cagnetta, che non ha più di otto mesi, si mette a scodinzolare con aria affabile e condiscendente, e cerca di annusargli il deretano; lui però si mette timidamente la coda fra le gambe e presto presto si gira, in modo da presentarle non solo il fianco, ma anche la testa e il petto. Solo ora sembra accorgersi di non avere a che fare con il maschio temuto e brutale, ma con una simpatica ragazzina. Allora rizza la testa, solleva la coda e avanza un poco verso di lei con dei passettini danzanti delle zampe anteriori. La sottomissione sociale, che nonostante l'accenno all'«imposizione» si manifesta ancora nella mimica facciale e nelle orecchie, a poco a poco scompare, cedendo il posto a un'espressione che vorrei chiamare di *cortesia*, e che si distingue dall'atteggiamento di sottomissione solo per una piccola variante nella posizione delle orecchie e degli angoli della bocca: le orecchie sono ancora appiattite e volte indietro, ma così ravvicinate che talora le due parti si toccano, e gli angoli della bocca sono ancora tirati molto indietro come nell'espressione sottomessa, ma non sono più voltati in basso con quell'aria piagnucolosa, bensì chiaramente all'insù, conferendo al muso un'espressione che per l'occhio umano assomiglia molto al sorriso. Se da questa espressione si passa poi a un invito al *giuoco*, come sempre avviene quando essa è molto pronunciata, allora la bocca si apre leggermente, lasciando vedere la lingua, si spalanca poi fin quasi alle orecchie, e gli angoli tutti volti all'insù accennano ancor più chiaramente al riso. Questa forma di «riso» si osserva soprattutto nei cani che giuocano con l'amato padrone, eccitandosi e scaldandosi fino ad ansimare. Forse la mimica da me descritta va considerata un prodromo di quell'affanno che accompagna la comparsa della voglia di giocare: a favore di questa ipotesi parla anche il fatto che il «riso» si manifesta soprattutto nei giuochi che hanno una lieve sfumatura erotica e nei quali notoriamente i cani, dopo aver compiuto anche solo pochi movimenti, sono già così accaldati che ansimano fortemente.

Il maschio che sta di fronte alla mia piccola Susi ride sempre più chiaramente, e sgambetta sempre più in fretta con le zampe anteriori; poi d'un tratto fa un piccolo balzo verso la femmina, le dà un colpo al petto con le zampe anteriori, quindi fa dietrofront e corre via in posizione molto strana: la schiena è sempre incurvata in segno di sottomissione, con la parte posteriore abbassata e la coda ripiegata tra le gambe. Ma nonostante l'atteggiamento impaurito, i salti trasversali del maschio denotano un umore allegro e giocoso, e la coda si agita tra le gambe in tutta l'ampiezza che le è consentita. La fuga si arresta infatti dopo pochi metri, il giovanotto si volta nuovamente verso la femmina con un largo sorriso, e anche la coda si innalza di quel tanto che basta a non farla urtare contro i calcagni nelle sue oscillazioni sempre più ampie. E ora non è più soltanto la coda che si agita, ma tutta la metà posteriore del dorso che si dimena con energia. Il maschio fa di nuovo un balzo verso la cagna, e i suoi inviti al giuoco hanno adesso inequivocabilmente un certo carattere di proposta erotica, che tuttavia per il momento rimane puramente simbolica, poiché la cagna non è in amore.

Nel castello di Altenberg, dove il cane di casa era un gigantesco Terranova, nero come la notte, di nome Lord, la figlioletta ricevette per il suo compleanno un delizioso piccolo pastore inglese che non aveva ancora due mesi. Io assistetti al primo incontro dei due cani: pur essendo un cucciolo straordinariamente sfacciato e impertinente, Quick si spaventò a morte quando si vide venire incontro quella montagna di pelo nero. Come fanno tutti i cuccioli in situazioni del genere, anch'egli si lasciò cadere sulla schiena e, quando Lord incominciò ad annusargli il ventre, emise un piccolissimo zampillo giallo. Allora il grosso cane, dopo aver controllato con l'olfatto quell'efflusso emotivo, con dignitosa lentezza si discostò dal bebè terrorizzato. Ma un istante dopo Quick era scattato in piedi, e, preso da una pazza frenesia di correre, aveva incominciato a descrivere degli otto attorno ai piedi del grosso cane, saltandogli giocosamente addosso e invitandolo a inseguirlo. La padroncina, che aveva assistito in lacrime all'incontro, e che solo per la crudeltà dei fratelli era stata trattenuta dall'intervenire, tirò un sospiro di sollievo quando vide svolgersi quello spettacolo veramente commovente: un cane molto grosso e uno molto piccolo che giuocano insieme.

Ho scelto questi sei incontri fra cani perché sono esempi particolarmente chiari. In realtà, naturalmente, vi sono infinite sfumature intermedie e infiniti miscugli tra i sentimenti e i corrispondenti movimenti espressivi della sicurezza e della paura, dell'autoaffermazione e della sottomissione, dell'aggressività e della difesa. E proprio per questo l'analisi dei comportamenti canini è così difficile: bisogna conoscere molto bene i movimenti espressivi tipici che ho descritto e molti altri ancora, per poterli leggere correttamente nel cane anche quando sono soltanto abbozzati o sono mescolati tra loro.

Un aspetto particolarmente piacevole e simpatico di quella legge non scritta in un codice, ma incisa da epoche primordiali nel sistema nervoso centrale dei cani, in quei comandamenti ereditari che regolano i loro usi e costumi, riguarda il trattamento cavalleresco riservato alle donne e ai fanciulli, cioè alle cagne e ai cuccioli: nessun cane normale morsicherà mai un suo simile di sesso femminile; la cagna è assolutamente tabù e può permettersi qualsiasi arditezza nei confronti del maschio, come per esempio pizzicarlo e tirargli i peli, o addirittura morderlo seriamente; e il maschio non dispone di alcuna contromisura che non sia il gesto di sottomissione o il tentativo di volgere in scherzo l'attacco della femmina arrabbiata, ricorrendo alla già menzionata «aria di cortesia». Ci sarebbe un'unica altra possibilità, cioè un'esplicita fuga, ma la vieta la dignità maschile, poiché proprio di fronte alla cagna il maschio si preoccupa molto di «salvare la faccia».

Nel lupo, e anche nei cani esquimesi della Groenlandia che hanno il sangue prevalentemente lupino, questo ritegno cavalleresco vige soltanto nei riguardi della femmina del proprio branco, ma in tutti i cani che hanno prevalentemente sangue di sciacallo esso vale per ogni femmina, anche se totalmente sconosciuta. Il chow si trova in una posizione intermedia: se ha vissuto a lungo con cani della sua stessa razza, può essere anche assai screanzato con cagne dal sangue di sciacallo, provocandole e irritandole con spinte e con ringhi; però non mi è mai capitato di vederlo usare veramente i denti.

Se avessi ancora bisogno di una prova per convincermi della diversità zoologica, della fondamentale differenza tra i chow, dal sangue prevalentemente lupino, e le nostre comuni razze europee, la troverei nell'ostilità che si può regolarmente constatare tra questi due tipi di cani discendenti da forme selvatiche diverse. L'odio immediato che un chow suscita anche nei cani di campagna che non hanno ancora mai visto qualcosa di simile, e soprattutto la dimestichezza che si stabilisce immediatamente tra un qualunque bastardo e uno sciacallo o un dingo australiano, sono per me dei «reagenti» che dimostrano le reali condizioni di parentela in modo assai più persuasivo che non tutte le misure e i computi delle proporzioni del cranio e dello scheletro, i cui risultati statistici corroborano l'opinione contraria. E sono soprattutto le turbe del comportamento sociale a confermarmi nella mia convinzione: accade assai spesso che le due razze canine non si riconoscano come membri di una stessa specie, al punto che i maschi trasgrediscono, od osservano solo parzialmente, il comune «codice canino», persino nei riguardi delle femmine e dei cuccioli. L'etologo e lo zoologo dotati di una certa sensibilità intuitiva per i rapporti sistematici e filogenetici *vedono* immediatamente che il cane *lupus* e il cane *aureus* appartengono a due specie distinte. E se per di più anche gli stessi cani, certamente non influenzati dalla controversia scientifica sulla loro origine, hanno inequivocabilmente la stessa impressione, io tendo a credere più a loro che non a qualunque statistica.

Tra animali della stessa specie e appartenenti allo stesso gruppo sociale, un piccolo al di sotto dei sei mesi è dunque assolutamente inviolabile. Il gesto di sottomissione, consistente nel lasciarsi cadere sul dorso orinando, è necessario solo all'inizio, ed evidentemente serve soprattutto a notificare al cane adulto che esso si trova in presenza di un cucciolo. Mi mancano osservazioni ed esperimenti che permettano di stabilire con certezza se il cane adulto riconosca l'infante indifeso *solo* da questo gesto, o se, come mi sembra probabile, anche l'olfatto contribuisca a rivelargli la tenera età della bestiola. Certo è però che le rispettive dimensioni del vecchio e del giovane non hanno alcuna importanza: anche un minuscolo fox-terrier tratta come piccoli, bisognosi di riguardo, i cuccioli San Bernardo, considerevolmente più grossi di lui, mentre d'altro canto i maschi di razze molto grosse non hanno alcuna inibizione a trattare come nemici dei maschi di razze piccole, per quanto poco cavalleresco questo comportamento possa sembrare dal punto di vista umano. Non voglio dire che il cavalleresco riguardo, spesso decantato, dei San Bernardo, dei Terranova e dei mastini nei confronti di cani più piccoli sia soltanto un mito; io però non ho mai incontrato personalmente un esemplare così nobile, benché di cani ne abbia conosciuti molti più della media delle persone.

Se si vuole assistere a una scenetta assai divertente, ma anche commovente, si «dia in giuoco», un po' crudelmente, un branco di cuccioli a un maschio assai dignitoso e incline ad assumere un atteggiamento di importanza. Il nostro vecchio Wolf I era eccezionalmente adatto a questo esperimento: era molto serio e poco proclive al giuoco, e quindi soffriva molto se lo si costringeva ad andare in terrazza a far visita ai suoi piccoli, che a quel tempo avevano circa due mesi, e ai quali per giunta era aggregato un dingo della stessa età. Mentre i cuccioli un poco più anziani, a partire circa dal quinto mese, hanno un certo rispetto per la dignità professorale di un vecchio maschio, quelli più giovani ne sono del tutto esenti: coi loro dentini aguzzi si avventano goffamente sul padre senza alcun riguardo, mordendogli i piedi e costringendolo ad alzare una gamba dopo l'altra, come se ballasse sui carboni ardenti. E il poveraccio non può neppure ringhiare, e tanto meno castigare i piccoli screanzati. Eppure, stranamente, il nostro bisbetico Wolf, dopo un po' di tempo, incominciava a giocare con i suoi piccoli, cioè, in un certo senso, si lasciava intenerire da loro; però finché i cuccioli furono piccoli non andò mai spontaneamente sulla terrazza.

Un maschio che venga aggredito da una femmina si trova in una situazione sotto molti aspetti analoga. In questo caso vige la stessa inibizione a mordere o anche soltanto a ringhiare, ma è incomparabilmente più intensa la motivazione che induce il maschio ad avvicinarsi alla bellicosa dama, e il conflitto tra la dignità maschile, la paura dei denti aguzzi dell'avversaria e la potenza degli impulsi erotici lo induce a un comportamento che a volte sembra la satira di quello dell'uomo. Soprattutto in un maschio vecchio e dignitoso la componente ludica che c'è nell'atteggiamento di cortesia si manifesta in modo quasi penoso: quando un rude campione, che da molto tempo si è lasciato alle spalle l'epoca dei giuochi infantili, per corteggiare una femmina si mette a sgambettare con le zampe anteriori, saltellando scherzosamente avanti e indietro, anche l'osservatore meno portato ad antropomorfizzare si sente costretto a fare certi paragoni, resi ancor più calzanti dal comportamento della femmina, che tratta il vecchio in modo altezzoso e veramente irritante, dato che questo comunque deve incassare ogni cosa.

Ne ho avuto un buon esempio quella volta che con Stasi andai a trovare il lupo grigio nella sua gabbia. Dopo un momento il lupo mi venne incontro per giocare, e io acconsentii lusingato. Stasi però, seccata che io mi occupassi più del lupo che di lei, si buttò improvvisamente all'attacco del mio compagno di giuoco. Dovete sapere che le femmine dei cani chow, quando vogliono «farla pagare» a un maschio, hanno un modo di abbaiare particolarmente stridulo e sgradevole, e un sistema ben preciso di stuzzicare l'avversario: non gli impartiscono un bel morso energico e profondo come fanno i maschi quando si azzuffano, ma, evidentemente non a caso, addentano solo la pelle, con una tale energia da provocare nel maschio un doloroso guaito. Anche il lupo guaiva, mentre in atteggiamento sottomesso e con aria di cortesia cercava di sottrarsi alla furibonda Stasi. E poiché io, come si potrà ben comprendere, non volevo che la sua cavalleria fosse messa a troppo dura prova, soprattutto temendo di dover fare poi le spese del suo malumore, imposi energicamente di star buona alla femmina arrabbiata. Si dette così il caso paradossale che io bastonassi Stasi perché non facesse del male al mite lupo: non più di dieci minuti prima avevo preparato davanti alla gabbia una sbarra di ferro e due recipienti pieni d'acqua per poter difendere la mia adorata piccola cagnetta dagli attacchi di quel feroce predatore. *Sic transit gloria... lupi!*

CONSIGLI PER LA SCELTA DI UN CANE

Una scelta, come è ben noto, è sempre una faccenda tormentosa: per quale delle tante razze canine bisogna decidersi? In primo luogo dovete avere le idee chiare su quello che vi aspettate dall'animale, e solo chi vi conosce bene potrà darvi un consiglio in proposito. Per fare un esempio banale, un'anziana signorina molto sentimentale, che vive sola e cerca un oggetto per il proprio grande bisogno di affetto e di occuparsi di qualcuno, ricaverebbe certo una ben magra soddisfazione dalla riservatezza di un chow, assai poco sensibile alle carezze e al contatto fisico, e che al suo rientro si limiterebbe a salutare la padrona con uno scodinzolio dignitoso e compassato, invece di saltarle addosso allegramente, come fanno gli altri cani. A chi cerca nel cane una creatura dolce e sentimentale, che, poggiato il capo sulle ginocchia del padrone, stia lì ad adorarlo per delle ore, fissandolo coi suoi fedeli occhi ambrati, consiglio di scegliere un setter Gordon o un'altra razza simile, dalle orecchie e dal pelo lunghi. Per me personalmente questi cani sentimentali sono troppo tristi: purtroppo a noi uomini moderni, con le nostre preoccupazioni e con la terribile minaccia delle armi atomiche, non mancano i buoni motivi per essere tristi, e quindi per molti di noi non è troppo desiderabile il contatto permanente con una creatura costituzionalmente incline a una simile tristezza, e che di tanto in tanto ricorda la propria presenza nella camera con un sospiro profondo, per quanto sommesso. Spesso l'allegria o la tristezza di un amico hanno una grande influenza sul nostro stato d'animo, e una persona di buon umore e piena di gioia di vivere rappresenta una vera fonte di energia e di coraggio per chi le sta vicino. E, stranamente, anche un cane allegro può avere lo stesso effetto: io credo che la grande popolarità di cui godono alcune razze canine decisamente buffe derivi in buona misura dal nostro bisogno di allegria. L'irresistibile comicità di un terrier Sealyham, unita al suo amore fedele per il padrone, può offrire un vero sostegno psichico a una persona incline alla malinconia: chi può trattenersi dal sorridere vedendosi venire incontro quel buffo coso traboccante di gioia di vivere, che rotola sulle sue gambette troppo corte e, con la sua aria da finto tonto, la testa inclinata e una pantofola in bocca, fissa lui, il suo padrone, con sguardo impaziente invitandolo a giocare?

A chi cerca non solo un amico, ma anche una creatura veramente genuina, consiglio un cane di tutt'altro tipo, e proprio per questo motivo io preferisco le razze che non si discostano troppo dalla forma selvatica originaria. Per esempio i miei incroci tra chow e pastore sono molto vicini, sia nelle qualità fisiche sia in quelle psichiche, ai loro antenati selvatici. Quanto meno il cane si è alterato a causa dell'addomesticamento, quanto più è rimasto simile a un animale feroce e selvatico, tanto più preziosa e meravigliosa mi sembra la sua amicizia. Per tali motivi non amo che l'addestramento gli faccia perdere troppo la sua natura originaria. Io non vorrei neppure rinunciare al brutto istinto rapace dei miei cani, che ha sempre conseguenze poco piacevoli: se i miei cani fossero miti come agnelli, incapaci di nuocere a una mosca, mi sembrerebbe meno straordinario di poter affidare loro senza preoccupazione la vita dei miei bambini. Di questo fatto mi resi conto pienamente solo in occasione di un incidente in sé terribile: in un inverno molto rigido un capriolo era entrato nel nostro giardino attraverso la siepe coperta di neve, ed era stato letteralmente sbranato dai miei tre cani; quando, sconvolto, mi trovai di fronte al corpo dilaniato, mi resi conto della fiducia assoluta che riponevo nelle inibizioni sociali di questi animali sanguinari: a quel tempo i miei bambini erano molto più piccoli e indifesi di quel capriolo, i cui resti insanguinati mi stavano di fronte sulla neve. Allora con profonda meraviglia pensai all'assoluta tranquillità con cui affidavo ogni giorno le tenere membra dei miei figlioletti alle terribili mandibole di quei lupi: quante volte in estate i bambini erano rimasti in giardino a giocare con i cani, senza sorveglianza! Eppure chi ha mai sentito dire che un cane ha fatto del male al figlio del padrone?

Naturalmente *de gustibus non est disputandum,* e comprendo bene come il cane feroce e selvatico a me tanto caro non possa andar bene per chiunque. Inoltre i cani dal sangue lupino non sono facili da educare a causa del loro peculiare carattere così sensibile e riservato, e della loro tendenza ad avere una propria «vita privata»; potranno procurare vere soddisfazioni solo al buon conoscitore, capace di attingere fino in fondo alla ricchezza insospettata della loro anima. Altri trarranno più piacere dai boxer, più bonaccioni e grossolani, oppure dai terrier Airedale, per gli stessi motivi per cui un fotografo principiante ottiene migliori risultati con un apparecchio semplice che non con uno strumento più sensibile ma anche più complicato.

Con ciò non intendo affatto sminuire il valore del cane più «bonaccione» e psichicamente meno complicato; anzi mi sono particolarmente simpatici i boxer e i terrier più grossi, in cui anche educatori poco sensibili non riescono a guastare la gioia di vivere e il disinteressato attaccamento. Bisogna anche dire espressamente che tutte le considerazioni fatte finora sulle caratteristiche delle diverse razze canine hanno soltanto un valore generale, e ammettono ogni possibile eccezione. In fondo, ogni generalizzazione di questo tipo è inesatta, come è sempre inesatta la descrizione del carattere tedesco, inglese o francese. Per esempio io conosco dei boxer estremamente sensibili, e dei chow del tutto privi di carattere, e perfino uno spaniel dalla personalità spiccatissima e con un gran senso di indipendenza. Anche la mia Susi dal pelo bluastro, nella quale però si fa particolarmente sentire l'eredità psichica dei cani da pastore, è molto cordiale e amabile coi buoni amici della famiglia, e non ha affatto la scontrosità degli altri chow.

Forse è più necessario dire al cinofilo principiante quali animali *non* deve comprare e avvertirlo sulle qualità indesiderabili del suo futuro inquilino, piuttosto che dargli consigli positivi. Prima però di addentrarmi nei particolari, vorrei esortare il lettore a non lasciarsi comunque distogliere dall'acquisto di un cane. Avere un cane è comunque sempre meglio che niente, e anche contravvenendo a tutte le nostre regole l'acquirente ricaverà pur sempre molte soddisfazioni dal suo animale. Le soddisfazioni saranno però molto maggiori se vi si atterrà. Ecco la prima regola: comprate soltanto un cane che sia perfettamente *sano* dal punto di vista sia fisico che psichico. In mancanza di validi motivi che costringano a una scelta diversa, da una cucciolata si scelga sempre il più forte, il più grosso e il più vivace, caratteristiche che con notevole regolarità si trovano unite nello stesso individuo. Naturalmente, fin da cuccioli, le femmine sono in generale più piccole e più delicate dei maschi, e di questa circostanza si deve tener conto nella scelta. Se nei genitori o nei figli si osserva anche il minimo segno di una qualche degenerazione, cosa tutt'altro che rara nelle razze molto selezionate, si rinunci subito all'acquisto. E soprattutto si faccia attenzione a quelle razze straniere che qui da noi vengono allevate solo in ceppi relativamente ridotti (e quindi per lo più richiedono degli incroci tra consanguinei). È preferibile avere un *pedigree* un po' meno lungo (destinato comunque a rimanere in un cassetto, a meno che non siate voi stessi degli allevatori), e un animale più vitale e un po' meno esigente! Io ho così poca simpatia per gli allevatori di professione, per i quali la bellezza fisica conta sempre troppo, e le qualità psichiche troppo poco, che sono quasi tentato di darvi un consiglio eretico: il principiante che non comprende ancora molto dell'animo del cane non compri mai un animale con un lungo *pedigree*. Insomma, per dirla nel modo più brutale, le probabilità che il cane sia nervoso, pazzoide, psichicamente tarato, sono enormemente minori in un bastardo che in un discendente da otto antenati premiati. Però se si vuole un pastore tedesco, un cane da guardia, ci si rivolga senz'altro a un allevamento di cani di questa razza: in tale caso certamente ha un senso la garanzia che il cane discende da campioni pluridecorati.

Prima di procurarsi un cane bisogna ben soppesare la capacità di sopportazione dei nostri nervi. I cani eccessivamente vivaci, come ad esempio il fox-terrier a pelo lungo, possono dar del filo da torcere anche a persone non particolarmente nervose, soprattutto se, come accade spesso negli esemplari molto puri, più che di una genuina vivacità si tratta in realtà di nervosismo e irrequietezza. E della vivacità si deve anche tener conto nel calcolare il rapporto tra le dimensioni del cane e quelle dell'appartamento, della casa o del giardino in cui dovrà vivere. Il setter, un cane sentimentale per cui la massima felicità consiste nella silenziosa contemplazione del padrone, soffre meno per l'angustia di un appartamento cittadino che non un irrequietissimo piccolo terrier. Se si ha il tempo di far fare abbastanza moto all'animale, anche un appartamento molto piccolo non costituisce una controindicazione per il possesso di un grosso cane. E d'altronde, dovendo portare a spasso il cane, l'uomo è costretto a fare due volte al giorno un giretto all'aria aperta, cosa che è bene egli faccia comunque, nell'interesse della sua salute.

Spesso le persone genericamente zoofile, ma che non hanno una particolare conoscenza dei cani, cadono nell'errore di comprare un determinato cane proprio perché al primo incontro si è dimostrato particolarmente cordiale e festoso: quando un acquirente si trova a dover scegliere tra parecchi cagnolini pressappoco identici, è naturale che sia tentato di preferire quello che l'ha saputo commuovere con un'accoglienza particolarmente cordiale; egli dimentica però che in questo modo sceglie infallibilmente il più leccapiedi di tutti, e che in seguito non sarà troppo entusiasmante vedere il cane accogliere festoso e scodinzolante qualunque estraneo. Quando io ho scelto la mia piccola Susi tra nove cuccioli chow tutti uguali, non ultima ragione della mia preferenza è stato il fatto che tra i nove buffissimi batuffolini di pelo che mi abbaiavano addosso furiosamente, lei era quella che ringhiava più forte e che più ferocemente si era difesa contro di me, l'estraneo, quando avevo cercato di afferrarla.

Il «leccapiedismo», che Nestroy nel suo divertente mandato di cattura contro i cani vagabondi attribuisce a tutti i muffoli, è in realtà una delle peggiori qualità che può possedere un cane. Però, secondo la mia esperienza, Nestroy fa torto ai muffoli: l'unico esemplare che io conosca di questa razza quasi estinta è una bestia estremamente ammodo e molto fedele, che difende rabbiosamente la sua padrona contro chiunque simuli il gesto di aggredirla. Come ho già detto altrove, la mancanza di carattere è connessa al perdurare dell'indiscriminata cordialità e sottomissione che i cani molto giovani dimostrano verso tutti gli uomini, e così pure verso tutti i cani adulti. Questo infantilismo costituisce quindi un difetto solo nei cani adulti, mentre in quelli giovani è una qualità perfettamente normale e per nulla biasimevole.

Così, di fronte al cucciolo giocherellone l'acquirente non può purtroppo rendersi conto se col passare degli anni questi diventerà un leccapiedi oppure, maturando, acquisterà la necessaria riservatezza di fronte agli estranei. È quindi consigliabile, per le razze in cui questa riservatezza si sviluppa tardi, comprare cani che non abbiano meno di cinque o sei mesi. Ciò vale soprattutto per gli spaniel e per altri cani da caccia con le orecchie lunghe, mentre i chow da questo punto di vista sono molto precoci, e cominciano a mostrare essenziali differenze di carattere già a otto o nove settimane. Però in tutti i casi in cui si può escludere il «leccapiedismo», o perché la razza in questione non vi è incline, o perché si conoscono bene i genitori, io consiglio a tutti di comprare il cane al più presto possibile, cioè appena è in grado di staccarsi dalla madre senza risentirne danni. Per i cani di razza piccola, che giungono a maturità prima, situerei l'età minima a otto settimane, per quelli di razza più grossa a dodici. Il cane molto giovane è qualcosa che fa talmente tenerezza che, per le persone come me, dotate dalla natura di un forte senso di protezione, è grande la tentazione di prendersi il piccolo troppo presto. La gioia di curarlo e allevarlo è in questo caso assai grande, ma in seguito la si paga inevitabilmente con la triste constatazione che il nostro animale è cresciuto di gran lunga meno sano e robusto dei suoi fratelli, che all'origine non erano affatto più robusti di lui, ma che hanno potuto usufruire più a lungo del fortificante latte materno. Questo avvertimento è tanto più opportuno in quanto l'allevatore, nell'interesse della madre e degli altri cuccioli che per il momento rimangono ancora con lei, è comprensibilmente incline a dar via qualcuno dei piccoli al più presto possibile. Se ciononostante, per qualche motivo imprescindibile, si prende un cucciolo in età ancora molto tenera, non si deve assolutamente risparmiare sul nutrimento, che deve essere buono e abbondante soprattutto di latte e di carne; e si abbia cura di aggiungere, in dose sufficiente, del calcio e dei preparati antirachitici.

In generale all'alimentazione di un cane giovane si deve dedicare maggior cura di quanto non si faccia di solito. Soprattutto i cani di razza grossa hanno bisogno di molta carne, se si vuole che diventino poi degli esemplari perfetti. La diffusa opinione che siano sempre sufficienti gli avanzi di cucina, e che la «zuppa» sia un cibo nutriente per il cane, è una grossolana superstizione. Perciò è assai raro vedere un Doberman, un San Bernardo o un Terranova in mano di privati che non presenti, al conoscitore, segni inequivocabili della denutrizione sofferta in gioventù.

I nostri ammonimenti non devono però assolutamente distoglïervi dall'allevare voi stesso il vostro cane prendendovelo in casa il più presto possibile: non solo l'animale rimarrà più saldamente legato al suo padrone, ma anche il padrone amerà incomparabilmente di più il proprio cane, quando, contemplando la bella bestia adulta, ripenserà a tutte le fatiche che gli è costata. E questi ricordi valgono bene un paio di pantofole ridotte in briciole e qualche macchia sul pavimento!

E per finire vi darò ancora un buon consiglio che deriva dal mio gusto personale e che quindi potete accettare o rifiutare a vostro piacere: se appena è possibile, scegliete una *femmina*! Naturalmente due volte all'anno, quando è in calore, essa vi procura un mucchio di seccature, e, se per combinazione non si ha in casa un maschio della stessa razza, quasi immancabilmente prima o poi ci si troverà fra i piedi una cucciolata di bastardi per cui è difficile trovare una sistemazione, se non li si vuole sopprimere. Però tutti i conoscitori concorderanno sul fatto che chiunque ama il cane per le sue qualità d'animo debba preferire la femmina al maschio. In certi periodi in casa nostra ad Altenberg c'erano quattro cagne: la mia pastore tedesco Tito, la piccola chow di mia moglie, la bassotta Kathi di mio fratello e una bulldog, appartenente a mia cognata. Solo mio padre possedeva un maschio, che aveva un bel da fare a tener lontani dal nostro giardino i corteggiatori non graditi. Una volta due delle cagne, la chow Pygi I e la bassotta, erano in amore, ma poiché non c'era da temere che si lasciassero coprire da un partner indesiderabile (Pygi era assolutamente fedele al nostro maschio Bubi, e per la minuscola bassotta non esisteva un compagno possibile in tutto il circondario), permettemmo che ci accompagnassero in una passeggiata lungo il Danubio. Io ero, sì, abituato ad essere seguito anche da cani non nostri, ma quando fui fuori dal paese rimasi colpito dalle dimensioni della muta che ci veniva dietro: contando i cani vidi, che, oltre ai nostri cinque, c'erano sedici altri maschi, e quindi eravamo scortati dalla bellezza di ventuno animali!

Ciononostante credo che il mio consiglio sia giusto: una femmina è molto più fedele di un maschio, i moti del suo animo sono molto più complessi, ricchi e sottili, e nella maggior parte dei casi, a parità di condizioni, essa è anche più intelligente. Io, che mi lusingo di conoscere bene molti animali, sono profondamente convinto che fra tutte le creature non umane quella che maggiormente si avvicina all'uomo per il comportamento sociale, per la finezza dei sentimenti e per la capacità di una vera amicizia, cioè l'animale più nobile dal punto di vista umano, sia una buona cagna; ed è ben strano che in inglese questo nome sia divenuto uno degli epiteti più insultanti!

GATTO FALSO, CANE BUGIARDO

Una delle tante idiozie assurte a dignità proverbiale, e contro le quali la scienza vanamente si batte, è l'opinione che i gatti siano falsi. È escluso che il gatto si sia procacciato questa fama per il modo circospetto con cui si accosta alla preda, perché anche le tigri e i leoni usano la stessa identica tattica. D'altra parte al gatto non si rimprovera di essere sanguinario, benché, al pari di quegli altri animali feroci, anch'esso uccida la preda mordendola. Non conosco alcun comportamento specifico del gatto per cui lo si potrebbe definire «falso», magari a torto, ma con una qualche plausibilità. Sulla faccia di pochi animali il conoscitore può in ogni momento leggere così chiaramente lo stato d'animo come del gatto: si capisce sempre ciò che gli passa per la testa, e sempre si può sapere quel che ci si deve attendere da lui il prossimo istante. Come è inconfondibile la sua espressione di fiduciosa cordialità, quando volge all'osservatore il suo musetto liscio con le orecchie dritte e gli occhi bene aperti, come si traduce immediatamente nella mimica dei muscoli del muso ogni ondata di eccitazione, ogni moto di paura o di ostilità! Nel gatto che ha mantenuto i colori della forma selvatica, la striatura del muso rende ancor più evidenti i lievi movimenti della pelle, aumentando così l'intensità espressiva della mimica, ed è questa una delle ragioni per cui io preferisco a tutti gli altri il gatto tigrato, che ha ancora i colori della forma selvatica: basta un minimo cenno di diffidenza, ancora ben lontano dalla paura, e i suoi occhioni innocenti si fanno un po' lunghi e obliqui, le orecchie abbandonano la loro posizione eretta e «affettuosa», e non occorrerebbero neppure le sottili variazioni della postura e le oscillazioni della punta della coda per avvertirci del suo cambiamento di umore.

E come sono espressivi i gesti di minaccia del gatto, come si differenziano radicalmente secondo l'oggetto cui essi si rivolgono, secondo che si tratti di un uomo amico che si è preso un po' troppa confidenza, o di un vero, temuto nemico. Ma sono anche molto diversi se si tratta di una minaccia puramente difensiva, oppure se il gatto, sentendosi superiore all'avversario, gli annuncia la sua intenzione di aggredirlo. E non manca mai di farlo: a parte gli esemplari psicopatici, infidi e folli, che tra i gatti di razza molto selezionata non sono più frequenti che tra i cani di pari condizioni, il gatto non graffia e non morde mai senza prima aver messo seriamente e chiaramente in guardia l'offensore, e anzi di solito, subito prima dell'attacco, si assiste a un improvviso aggravamento dei gesti di minaccia, che già erano andati facendosi sempre più decisi. È come se il gatto volesse in questo modo notificare un ultimatum: «Se non la smetti immediatamente, sarò costretto mio malgrado a passare alle rappresaglie!».

Di fronte alle minacce di un cane, o in genere di un grosso animale da preda, il gatto notoriamente risponde inarcando la schiena: la gobba, assieme al pelo arruffato del dorso e della coda (che viene tenuta un po' obliqua), lo fanno apparire al nemico più grosso di quanto non sia in realtà, tanto più che esso offre un poco il fianco all'avversario, in un atteggiamento che è simile a quello di «imposizione» di alcuni pesci. Le orecchie sono appiattite, gli angoli della bocca tirati indietro, il naso arricciato. Dal petto della bestia sale un lieve brontolio metallico che suona terribilmente minaccioso, e che di tanto in tanto, mentre si fanno più profonde le increspature del naso, si trasforma in quel caratteristico «soffiare», fatto di sbuffi emessi a fauci spalancate e con i canini bene in evidenza. In sé questa mimica minacciosa ha intenzioni indubbiamente *difensive,* e la si osserva per lo più quando un gatto si trova di fronte a un grosso cane, *inaspettatamente,* cioè senza aver avuto la possibilità di fuggire. Se però questo continua ad avvicinarsi nonostante l'avvertimento, il gatto non fugge, e se viene superata una determinata «distanza critica», si avventa sul cane aggredendolo al muso, e cerca di colpirlo con le grinfie e coi denti nei punti più delicati, possibilmente agli occhi e al naso. Se l'avversario retrocede anche per un solo istante, di solito il gatto approfitta di questa minima pausa per fuggire, e quindi il breve assalto non è che un mezzo per togliersi dai pasticci.

In un unico caso il gatto continua a mantenere aggressivamente la schiena inarcata: quando si tratta di una madre che crede i suoi piccoli minacciati da un cane. In questi casi la gatta si avventa sul nemico anche da una distanza maggiore, e siccome mantiene la sua posizione inarcata e obliqua, essa è costretta a muoversi in un modo assai singolare: galoppa verso l'avversario in direzione *trasversale* al proprio asse longitudinale. In un maschio adulto non ho mai osservato un simile comportamento se non nel *giuoco,* e del resto il gatto non si trova mai nella necessità di dover aggredire in questo modo un nemico a lui superiore. Invece, nelle femmine che allattano, un attacco in posizione trasversale significa sempre un coraggio disperato e deciso anche al sacrificio estremo, e in queste circostanze anche la più mite gattina diviene quasi invincibile. Di fronte a un simile attacco ho visto capitolare e fuggire anche dei grossi cani che erano famigerati uccisori di gatti. Ernest Seton Thompson descrive molto vivacemente un episodio del genere, assai divertente e certo accaduto davvero: nel parco di Yellowstone una gatta che allattava mise in fuga... un orso, inseguendolo poi fin che questo, spaventatissimo, finì per arrampicarsi su di un albero!

Ancora diversa, e accompagnata questa volta da gesti di sottomissione, è la minaccia che il gatto rivolge a un uomo *amico* che lo ha eccessivamente seccato. Questi atti di minaccia repressi e coperti da gesti di sottomissione imploranti grazia si possono osservare spesso nelle esposizioni, quando gli animali che si trovano in ambiente estraneo devono lasciarsi toccare da sconosciuti, per esempio i membri della giuria. Se in queste circostanze il gatto si spaventa, esso si piega sempre più fin quasi ad appiattirsi al suolo con il corpo. Con le orecchie minacciose schiacciate, la coda eccitata che distribuisce frustate a destra e a manca, il gatto, se è molto agitato, a volte si mette persino a ringhiare. Quando si trova in questo stato d'animo l'animale cerca sempre una *copertura alle spalle*: si infila come un fulmine dietro un armadio, in un caminetto, o sotto il calorifero, e se non riesce a raggiungere un riparo del genere, si stringe almeno contro la parete, sempre in modo da volgere ad essa le spalle e da appoggiarvisi contro in posizione obliqua.

Perfino quando, tutto spaventato, deve starsene sul tavolo di fronte alla giuria, esso si mette in questa posizione, che indica la sua minacciosa disposizione ad aggredire con una delle zampe anteriori. Quanto più cresce la paura, tanto più obliqua è la posizione dell'animale, che alla fine solleva una zampa con gli artigli sfoderati. Se il terrore diviene ancora più grande, la reazione di difesa giunge all'estrema disperata misura di cui dispone il gatto, quella di rivoltarsi sulla schiena volgendo tutte le sue armi contro il nemico. In questi casi perfino il buon conoscitore dei gatti resta stupito della tranquillità con cui gli esperti giudici prendono in mano l'animale che, pronto ad aggredire con gli artigli e coi denti, emette quel suo intermittente brontolio; eppure, anche se con tutto il suo atteggiamento il gatto intende inequivocabilmente dire: «Non toccatemi, altrimenti morderò e graffierò», al momento decisivo esso non lo fa, oppure lo fa soltanto debolmente, in modo inibito. Anche in queste difficili condizioni funzionano le inibizioni acquisite della «graziosa» tigre addomesticata! Dunque il gatto non cerca di apparire dapprima cordiale, per poi mettersi improvvisamente a mordere e a graffiare, ma con le sue minacce cerca di sottrarsi alle molestie dei giudici, che dal suo punto di vista sono insopportabili; eppure non ha il cuore di mettere veramente in atto tali minacce. È questa dunque la cosiddetta «falsità» del gatto?

Con ciò non intendo attribuire al gatto un merito speciale per il fatto che non è capace di fingere: anzi, secondo me, un segno della grande intelligenza del cane è proprio la capacità di simulare! A questo proposito vi racconterò alcune cose che ho osservato.

Il mio vecchio Bully era estremamente sensibile alle brutte figure che faceva. È indubbio che i cani intelligenti si rendono ben conto di quando fanno una figura un po' miserevole e comica nel senso degli uomini: molti si arrabbiano furiosamente o piombano nella più cupa depressione quando si ride di loro. Bully era già vecchio e la sua vista si era considerevolmente ridotta, così che gli accadeva assai spesso di abbaiare per errore contro di me o contro qualche membro della famiglia che rincasava. Per lui questa era evidentemente una grossa vergogna, e anche se io con molto tatto cercavo di non fargli notare il suo errore, egli ne rimaneva terribilmente imbarazzato. Un giorno però, in una situazione del genere, egli tenne un comportamento veramente strano, che io in un primo tempo attribuii al caso, mentre in seguito dovetti riconoscerlo frutto della sua acuta intelligenza: si trattava di una vera e propria simulazione di fatti non reali!

Appena entrai dal cancello, prima ancora che avessi avuto il tempo di chiuderlo, il cane mi si precipitò addosso abbaiando rumorosamente. Poi mi riconobbe, rimase un momento interdetto ed esitante, quindi ricominciò ad abbaiare, mi oltrepassò, uscì in strada e si portò fin sulla porta del vicino, continuando ad abbaiare furiosamente, come se fin da principio non avesse avuto altra «intenzione». All'inizio gli *prestai fede,* e credetti che quel momento di imbarazzo fosse frutto di un mio errore di osservazione: infatti dietro quella porta c'era effettivamente un cane ostile, contro il quale sarebbe stata giustificata la rumorosa aggressione di Bully. Ma poiché questo comportamento si ripeteva quasi tutti i giorni, mi resi conto che il cane aveva proprio bisogno di una «scusa» per non dare a vedere che aveva abbaiato contro il padrone. Col tempo quell'attimo di esitazione divenne sempre più breve; cioè, per così dire, egli imparò a mentire con sempre maggior facilità e disinvoltura; ma accadeva a volte che andasse a finire in un luogo dove non c'era proprio nulla contro cui abbaiare, per esempio in un angolo vuoto del cortile, dove poi rimaneva abbaiando furiosamente contro il muro.

Si potrebbe spiegare questo comportamento anche in modo più semplice, ricorrendo alla fisiologia degli stimoli, ma il fatto che Bully imparò a ricorrere alla stessa bugia anche per un inganno del tutto diverso dimostra chiaramente la presenza di una funzione conoscitiva.

Come per tutti i nostri cani, anche per lui vigeva la legge di non perseguitare i nostri numerosi volatili. Egli però si irritava molto se i nostri polli si interessavano ai resti dei suoi pasti, benché anche in questo caso non avesse il coraggio di perseguitarli apertamente, o meglio, non avesse il coraggio di ammettere che li perseguitava: quindi si avventava abbaiando furiosamente sulla schiera delle galline che si sparpagliavano schiamazzando, ma poi, invece di inseguirne e agguantarne una, proseguiva abbaiando sempre nella stessa direzione, e anche in questo caso arrivava spesso in un luogo dove non c'era nulla contro cui abbaiare. Infatti la sua furberia non arrivava al punto di fargli scegliere previdentemente una direzione che lo conducesse, al di là dei polli, verso un oggetto che potesse giustificare la sua ira.

La mia cagna Stasi ricorreva ad altri espedienti per i suoi imbroglietti. È noto che molti cani non solo sopportano male le sofferenze fisiche, ma amano anche molto farsi compatire, e, se sanno di poterci ricavare qualcosa, imparano con sorprendente rapidità il modo per influenzare in un determinato senso una persona compassionevole. Durante un lungo giro in bicicletta che facemmo a Posen, Stasi per l'eccessiva fatica si era provocata una leggera infiammazione a un tendine della zampa anteriore sinistra. Poiché zoppicava molto, per alcuni giorni io dovetti rinunciare alla bicicletta e camminare a piedi con lei, e anche in seguito cercai di risparmiarla: quando osservavo che era stanca o che incominciava a zoppicare, pedalavo lentamente. L'astuta bestia se ne rese conto ben presto, e dopo poco tempo incominciò a zoppicare ogni volta che io imboccavo una direzione a lei sgradita: se da casa mia mi recavo all'ospedale dove lavoravo abitualmente, o ancor peggio se andavo all'ambulatorio di un altro ospedale, dove per molte ore avrebbe dovuto far la guardia alla mia bicicletta in un posto che le era antipatico, si metteva a zoppicare in un modo così compassionevole che mi buscavo i rimproveri dei passanti. Se invece io andavo al maneggio militare, dove l'attendeva una corsa per i campi, il dolore scompariva. Ma l'inganno divenne particolarmente trasparente un sabato pomeriggio in cui io ero libero dal lavoro: la mattina, quando ero di servizio, la povera bestia non riusciva quasi a tener dietro alla mia bicicletta, neppure alla velocità più ridotta; il pomeriggio, quando percorsi di gran carriera i sedici chilometri che mi separavano dal lago di Ketsch, Stasi non si limitò a correre *dietro* alla bicicletta, ma mi precedette sulla strada a lei ben nota con un indiavolato galoppo. E il lunedì ricominciò a zoppicare!

PACE DOMESTICA

Anche se un cane è battagliero e avido di preda, è singolarmente facile insegnargli a lasciare in pace gli animali che si tengono in casa. Neppure i più ostinati nemici dei gatti, che mai perderanno l'abitudine di dar loro la caccia in giardino, e naturalmente a maggior ragione nei campi e nei boschi, penseranno mai di molestare un gatto dentro la casa. Perciò da molto tempo io ho preso l'abitudine di presentare ai miei cani tutti gli animali nuovi della mia stanza. Non so per quale motivo il cane sia, in casa, tanto meno predace che fuori, certo è però che soltanto il suo istinto venatorio vi si affievolisce, non già la sua combattività. Contro un cane estraneo che abbia avuto la sfacciataggine di penetrare nella nostra casa tutti i miei cani si sono sempre dimostrati particolarmente aggressivi e cattivi; però non ho avuto l'occasione di constatare un simile comportamento presso altri cani, perché per principio non porto mai i miei in una casa dove ve ne siano degli altri. Lo faccio semplicemente per riguardo alle persone, non solo perché a molti danno ai nervi le liti fra cani (non a me, naturalmente, perché di solito sono i miei a vincere), ma anche perché nei maschi dal temperamento vivace la visita di un cane estraneo può provocare un comportamento sgradito a certe padrone di casa. Come ho già detto nel capitolo sui «Costumi dei cani», l'abitudine di alzare la gamba ha tra l'altro anche la funzione di marcare il possesso di un territorio. In casa propria il cane ha la proibizione di farlo, e del resto non sente troppo forte la necessità di contrassegnare in tal modo i suoi domini, perché percepisce in modo sufficientemente concentrato il proprio odore e quello dei suoi coinquilini canini e umani. Guai però se un cane estraneo, o, ancor peggio, se un cane a lui noto e da lui odiato è venuto per casa anche una sola volta! In questo caso qualunque maschio dotato di un certo temperamento si sente in dovere di cancellare e coprire il ripugnante odore del nemico con un proprio intenso marchio odoroso: con orrore della padrona di casa questa bestia, di solito così ben educata e dalle abitudini igieniche così garantite, si mette a correre per la casa alzando la gamba senza pudore né riguardo contro i vari mobili, uno dopo l'altro! Bisogna dunque pensarci molto bene prima di recarsi col proprio cane a far visita a degli altri cani!

L'atteggiamento pacifico del cane in casa propria concerne quindi soltanto le possibili prede, non certo i suoi simili; e non è escluso che si tratti di un comportamento, o meglio di un'inibizione, assai diffuso nel mondo animale. Per esempio è noto che l'astore e molti altri uccelli rapaci non danno la caccia ad altri animali nelle vicinanze del proprio nido: si sono trovati dei nidi di colombacci con dentro i piccoli vivi e vegeti nelle immediate vicinanze di un nido di astori, e da fonti attendibili risulta che certe volpoche hanno covato e allevato i loro piccoli in una tana abitata da volpi. Pare che anche i giovani caprioli possano crescere indisturbati accanto a una tana di lupi, e io credo che sia proprio questa primordiale legge della «pace domestica» che rende i nostri cani così mansueti verso gli altri animali nella stessa stanza.

Naturalmente questa inibizione che impedisce di dare la caccia in casa propria non ha valore assoluto, e anzi bisogna ricorrere a misure molto energiche per far capire a un cane vivace e avido di preda che il gatto, il tasso, la giovane lepre, il topo del deserto o qualunque altra bestia con la quale esso dovrà d'ora in poi condividere la casa del padrone, non solo non può venir divorata, ma deve essere per lui anche assolutamente intoccabile, tabù. Quando molti anni fa tirai fuori dalla cesta il mio primo gattino, Bully, un implacabile cacciatore di gatti, accorse pieno di speranza, e, cosa rara, fece udire il suo guaito profondo, simile a un ululato, e agitò vivacemente il suo minuscolo pezzetto di coda, ben convinto che gli avessi portato il gattino solo per procurargli la gioia di scrollarlo fino a farlo morire. La sua speranza non era ingiustificata, perché già molte volte gli avevo portato degli orsacchiotti o dei gattini di stoffa, o altri simili giocattoli fuori uso, ed era stato veramente buffo vederlo baloccarsi con quelle prede fittizie. Ora invece questo gattino doveva essere tabù, e Bully era estremamente deluso. Trattandosi di un cane di buona indole, assai affezionato e ubbidiente, non c'era molto rischio che, conoscendo il mio divieto, gli facesse del male. Quindi non gli impedii di avvicinarsi lentamente alla bestiola, annusandola con molta cura, mentre tutto il suo corpo tremava di rapace eccitazione e il suo bel pelo liscio e splendente mostrava sul collo e sulle spalle quella minacciosa macchia nera e opaca che in lui sostituiva l'arruffamento. Al gatto non fece nulla, ma di tanto in tanto sollevava lo sguardo verso di me, guaendo con la sua profonda voce di basso, agitando la coda e, fermo sul posto, pestando il pavimento con le quattro zampe. Voleva invitarmi a dare finalmente inizio al tanto sospirato giuoco di malmenare e scuotere a morte quel nuovo meraviglioso pupazzo. Ma poiché io continuavo a dire «no!» con enfasi crescente e con il dito alzato, Bully mi lanciò uno sguardo come se dubitasse della mia salute mentale, poi diede al gattino un'ultima occhiata piena di disprezzo e disinteresse, abbassò le orecchie, emise un profondo sospiro come solo sa fare un bulldog, e saltando sul divano vi si acciambellò sopra. Da quel momento egli ignorò totalmente il micio, e già fin dal primo giorno lo lasciai senza sorveglianza con il nuovo coinquilino, perché sapevo che di lui potevo fidarmi. Naturalmente la sua voglia di scuotere a morte il gattino non si estinse così rapidamente, e ogni volta che io mi occupavo della bestiola, e soprattutto quando la prendevo in mano, quell'aria di disinteresse gli cadeva di dosso come un mantello, e Bully accorreva tutto eccitato, scodinzolando come un matto e pestando le zampe così forte da far tremare il pavimento: mi guardava tutto teso e pieno di gioiosa aspettativa, come se fosse affamato e io avessi in mano una scodella di cibo caldo e profumato. Sin dalla prima volta rimasi colpito dall'espressione di *innocenza* che animava il muso del cane, mentre i suoi sensi non aspiravano che a uccidere spietatamente quella simpatica bestiola. E ben conoscendo la mimica del cane *arrabbiato* e i movimenti con cui esso esprime l'odio, mi resi conto di una contraddizione dolorosa ma anche consolante: l'animale da preda uccide senza odio, non è affatto *arrabbiato* con la creatura che si accinge ad ammazzare; nella sua preda l'uccisore non vede affatto un «tu»! Se si riuscisse a far capire al leone che la gazzella contro cui si accanisce è sua sorella, se si riuscisse a convincere la volpe a vedere un fratello nel leprotto, i due predatori rimarrebbero non meno stupefatti di molti uomini cui si ricorda che il loro nemico mortale è pur sempre un uomo. Solo chi non sa che anche la propria vittima è una creatura come lui può uccidere senza colpa.

In una delle sue novelle artiche Jack London descrive in modo molto suggestivo l'espressione di «innocente avidità» dell'animale feroce. Il protagonista, rimasto senza munizioni, è inseguito da un branco di lupi, che, dapprima pavidi, si fanno sempre più arditi e minacciosi a mano a mano che si accorgono della impotenza dell'uomo, esaurito dal sonno. Alla fine, sopraffatto dalla stanchezza, egli si addormenta accanto al suo stento focherello. Quando, per sua fortuna, si risveglia pochi minuti dopo, la cerchia dei lupi si è fatta più stretta attorno a lui, e vedendone il muso più da vicino egli improvvisamente si rende conto che è scomparsa in loro quella espressione arrabbiata e minacciosa: non più nasi arricciati, occhi malignamente socchiusi, canini scoperti e orecchie minacciosamente appiattite, non più ringhi, ma soltanto un profondo silenzio e un cerchio di musi di cane che lo guardano tesi ma amichevoli, con le orecchie ritte e i grossi occhi spalancati. Solo quando uno dei lupi incomincia impazientemente ad appoggiarsi ora sull'una ora sull'altra delle zampe anteriori, leccandosi rapido le labbra, per l'uomo diviene chiaro il pauroso significato di quel cambiamento di espressione: i lupi hanno perduto ogni paura di lui, che ai loro occhi non costituisce più un pericoloso nemico ma soltanto un pasto appetitoso...

Ancora dopo parecchie settimane sarebbe bastato un lieve cenno da parte mia per indurre il piccolo bulldog a uccidere il gattino. Però, senza un tale permesso, questi non solo non correva alcun pericolo, ma veniva addirittura difeso da Bully contro qualunque altro cane. E non perché Bully lo amasse; espressa in termini umani la sua posizione sarebbe stata circa la seguente: «Se neppure a me, in casa mia, è concesso di uccidere questo maledetto gatto, a maggior ragione non lo potrà fare il primo bastardo capitato qui per caso!». Fin da principio il gattino non aveva dimostrato la minima paura del cane, il che dimostra fra l'altro che il gatto non comprende affatto «per istinto» il giuoco mimico del cane! Egli cercava continuamente di giocare con lui simulando di aggredirlo, o, ancor più sventatamente, lo invitava a inseguirlo, saltandogli addosso scherzosamente per poi scappare subito via. In questi casi il mio bravo Bully doveva far ricorso a tutta la propria capacità di autocontrollo, e ogni volta il corpo gli tremava di un brivido di passione rattenuta.

Dopo alcune settimane Bully mutò atteggiamento nei riguardi del gattino. Forse i suoi sentimenti cambiarono all'improvviso, o forse l'avvicinamento fra le due bestie si era preparato gradualmente durante la mia assenza; fatto sta che quando, un giorno, Thomas invitò giocosamente il cane a inseguirlo, io vidi, dapprima stupito e poi sdegnato, che Bully si lanciava furiosamente all'inseguimento del gatto, scomparso sotto il divano. Il cane rimase lì con la grossa testa ficcata sotto il mobile, e al mio richiamo adirato reagiva soltanto agitando vivacemente il suo moncone di coda. Questo però non significava affatto con certezza che nutrisse sentimenti amichevoli nei riguardi del gatto, perché egli scodinzolava sempre anche quando conficcava i denti nel corpo di un avversario e io stavo cercando di separare i due contendenti: mentre *davanti* infliggeva un morso micidiale, *di dietro* agitava amichevolmente la coda... Che processi psichici straordinariamente complicati! In questi casi lo scodinzolio significava pressappoco questo: «Amatissimo e pregiatissimo padrone, ti prego di non avertela a male, ma con grande rincrescimento per ora non posso assolutamente mollare questo vile bastardo, neppure se tu mi somministrassi le più energiche bastonate, o, che Dio non voglia, mi buttassi addosso un secchio di acqua fredda! ».

Ma ora non si trattava di *questo* modo di scodinzolare. Quando finalmente Bully obbedì al mio comando e si allontanò dal divano, Thomas schizzò fuori come un proiettile, si avventò sul cane colpendolo con una zampa alla nuca e con l'altra al viso, e, storcendo a fatica la piccola testa, tentò di morderlo alla gola dal di sotto. Le due bestie facevano venire in mente un quadro di Wilhelm Kuhnert, che rappresenta il leone nell'atto di compiere lo stesso gesto micidiale contro un bufalo cafro. E ora accadde l'incredibile: Bully aderì immediatamente al giuoco e recitò in modo convincente la parte della vittima, stramazzando pesantemente in avanti, fingendo di cedere alle zampine del gatto, rotolandosi sulla schiena e rantolando come sa fare soltanto un allegro bulldog o un bufalo che venga realmente ammazzato. Quando ne ebbe abbastanza di farsi ammazzare, Bully prese a sua volta l'iniziativa, saltando addosso al gatto e incominciando a scrollarlo. Questi fuggì, e facendo una capriola sulla nuca, si lasciò raggiungere dal cane dopo pochi metri; e allora ebbe inizio uno dei più deliziosi giuochi fra animali cui mi sia capitato di assistere. Era affascinante il contrasto tra il corpo del cane, nero e lucente, massiccio, traboccante di muscolosa energia, e quello delicato, flessuoso, grigio tigrato del gattino.

Un aspetto scientificamente interessante di questi giuochi del gatto con altri animali più grossi consiste nel fatto che i movimenti compiuti nel giuoco non sono certo quelli cui ricorre per la lotta, bensì quelli di cui si serve per la conquista del cibo e per colpire delle prede più grosse. Ora una preda che venga colpita alla nuca con una zampata e morsa alla gola dal disotto deve essere indubbiamente *più grande* o per lo meno più alta del felino in questione, ma d'altra parte una simile preda normalmente non viene uccisa né dal nostro gatto domestico, né dalla forma selvatica da cui questo discende. Sembra quindi che qui si abbia a che fare con uno di quei casi notevoli ma tutt'altro che rari, in cui una serie di movimenti che risalgono lontano nella storia dell'evoluzione, e molto diffusi in una determinata famiglia animale, perde in qualche modo il suo originario significato mirante alla conservazione della specie, ma continua a trasmettersi ereditariamente, manifestandosi però soltanto nel giuoco.

Dopo la morte di Thomas passarono ancora parecchi anni prima che mi capitasse nuovamente di osservare nel giuoco di un gatto i «movimenti dell'uccisione del bufalo». Quella volta la parte del leone la faceva un grosso gatto argentato, quella del bufalo la mia figlioletta Dagmar che aveva un anno e mezzo. I due erano amiconi, e il gatto, che non era troppo mansueto, da lei se ne lasciava fare di tutti i colori: Dagmar se lo portava dietro dappertutto benché fosse grande quasi quanto lei, tanto che la bimba non riusciva bene a sollevarlo, e per lo meno la sua stupenda coda, a righe trasversali nere e argentee, strisciava sempre a terra, e prima o poi succedeva che lei la calpestava, inciampando e cadendo sulla bestia a pancia in giù; in questi casi era veramente un bello sforzo, per il gatto, quello di non mordere e di non graffiare. Però poi la bestia si indennizzava facendo fare a Dagmar la parte del bufalo: era emozionante vederlo far la posta alla bambina, e poi saltarle addosso, avvinghiandola e mordendola in qualche parte acconcia... naturalmente per scherzo! E la piccola gridava, è vero, ma soltanto per giuoco... Del resto mi sembra chiaro che questi movimenti scherzosi riproducono una tecnica usata nella caccia, poiché essi sono preceduti quasi sempre da una fase di agguato e di avvicinamento assai realisticamente recitata.

So per esperienza che può essere più o meno difficile insegnare a un cane a reprimere il proprio istinto di cacciatore nei riguardi degli altri animali che vivono in casa: mentre è assai facile disabituare anche un cane particolarmente propenso alla caccia dall'uccidere gli uccelli, è inaspettatamente difficile trattenerlo dal nuocere a parecchi piccoli mammiferi. L'animale che lo tenta maggiormente sembra essere il coniglio: se c'è di mezzo un coniglio, non ci si può fidare neppure di un cane che sicuramente non molesterebbe nessun gatto. Invece Susi, stranamente, non mostra alcun interesse per il criceto dorato, mentre è chiaro che, nonostante i ripetuti ammonimenti, ha una gran voglia di uccidere il topo del deserto che circola liberamente per la stanza.

Una delle più grosse sorprese la ebbi molti anni fa, quando portai ai miei cani da pastore, allora piuttosto mordaci, un tasso addomesticato: mi aspettavo che questo bizzarro animale selvatico sarebbe stato un oggetto estremamente attraente per i cattivi istinti rapaci dei cani, e invece accadde tutto l'opposto: i cani fiutarono il tasso che, avendo evidentemente già una certa familiarità con questi animali, andò loro incontro senza paura; essi avevano, è vero, un atteggiamento più teso e diffidente che non di fronte a un altro cane, ma fin dal primo momento tutti i loro movimenti espressivi dimostrarono inequivocabilmente che nel tasso essi non vedevano una possibile preda, ma soltanto un loro simile un po' singolare. Poche ore dopo il suo arrivo avevano già fatto amicizia e giocavano insieme senza inibizioni. Era divertente osservare come i giuochi di quel compagno dalla grossa pelliccia fossero un po' troppo rudi per la pelle più sottile dei cani; e continuamente si sentiva questo o quel cane ululare dolorosamente, perché il tasso non faceva complimenti. Eppure la lotta non perse mai il suo carattere giocoso, e i cani mostravano piena fiducia nelle inibizioni sociali del tasso, lasciando che questi li rivoltasse sul dorso, li afferrasse alla gola e li «strangolasse» a regola d'arte, come avrebbero fatto anch'essi con un cane loro amico.

Singolare era il comportamento di tutti i miei cani nei riguardi delle scimmie: all'inizio io dovevo difendere dai cani con severi ordini e severe punizioni i miei lemuri addomesticati, e soprattutto la simpatica maki (*Lemur mongoz L.*) Maxi, e anche in seguito, per lo meno all'aperto, essa veniva seriamente perseguitata dai cani. Ma la cosa non faceva che divertirla. E del resto la colpa non era esclusivamente dei cani, poiché per Maxi non c'era piacere maggiore che avvicinarsi di soppiatto a un cane dal di dietro, appioppargli un bel morso al deretano o tirargli la coda, per poi saltare velocissima su di un albero, lasciando pendere la propria coda, da quell'altezza sicura, proprio di quel tanto che restasse fuori della portata del cane giustamente infuriato.

Ancora più tesi erano i rapporti di Maxi con i gatti, e soprattutto con la nostra Pussy, madre di innumerevoli gattini. Dovete sapere che Maxi era una vecchia zitella: benché per ben due volte io le avessi comprato un marito, non mi era riuscito di farla sposare felicemente, perché uno era divenuto cieco, e il secondo era caduto vittima di un incidente. Così Maxi era rimasta senza figli, e al pari di molte donne senza figli invidiava la prole alle madri felici. Ora, due volte all'anno, Pussy regolarmente diveniva una di queste madri felici; e Maxi dimostrava per i gattini un interesse così appassionato come lo nutriva per i miei bambini la sorella nubile di mia madre; ma, mentre mia moglie non aveva alcuna obiezione ad affidare i nostri figli alla buona zia Edvige, e anzi lo faceva spesso con grande gratitudine, Pussy la pensava diversamente: trattava la scimmietta con estrema diffidenza, e questa doveva usare la massima prudenza se voleva prendersi un gattino per «baciarlo e stringerlo al seno». Eppure ci riusciva sempre: per quanto la gatta nascondesse e sorvegliasse i suoi piccoli, Maxi riusciva a trovar la tana e requisiva un gattino, tenendolo poi, come fanno le madri maki, premuto contro il ventre con uno degli arti posteriori, mentre con gli altri tre poteva sempre correre e arrampicarsi più velocemente della gatta, anche se questa la coglieva in flagrante. Allora si scatenava un folle inseguimento su per un albero, e andava sempre a finire che il lemure si insediava comodamente in alto in alto, tra i rami più sottili, dove la gatta non avrebbe potuto raggiungerlo, e dove celebrava una vera orgia di materne premure. A quanto pareva, ciò che interessava maggiormente Maxi erano i movimenti istintuali connessi con la pulizia: pettinava con molta cura il pelo del gattino, che mostrava di gradire assai questo trattamento, e attendeva con particolare sollecitudine alla pulizia di quelle parti che in tutti i lattanti ne hanno particolare bisogno. Naturalmente noi cercavamo di togliere il gattino al lemure il più presto possibile, temendo che potesse cader giù, cosa che invece non accadde mai.

Era per me difficile capire come facesse la scimmietta a riconoscere che i micini erano animali giovani: non poteva basarsi sulle dimensioni, poiché d'altra parte non dimostrava il minimo interesse per dei mammiferi adulti grandi circa quanto loro. Invece quando, in seguito, la mia cagna Tito ebbe dei cuccioli, la buona zia si dimostrò non meno entusiasta dei cagnolini di quanto lo era stata dei gattini, e ciò anche quando i cuccioli erano già diventati più grossi di lei. Benché contro voglia, dietro mio ordine Tito permetteva che la scimmietta sfogasse sui cuccioli tutti i suoi istinti materni frustrati. E, come se ciò non bastasse, quando nacque il mio primogenito, Maxi considerò anche lui come un oggetto possibile, più che benvenuto, delle sue tenerezze; per ore e ore se ne stava seduta nella carrozzina accanto al piccolo, spettacolo veramente sinistro per i non iniziati, cui quella testa con il muso nero e le orecchie a sventola che sembravano umane, il naso aguzzo da animale da preda, i canini leggermente sporgenti e soprattutto gli enormi occhi notturni, ambrati, in cui di giorno la pupilla si contrae in uno sguardo acuto e pungente, facevano un effetto davvero inquietante. La stessa impressione devono averla provata già i vecchi zoologi, che diedero a quest'ordine il nome dei fantomatici lemuri. Bisogna essersi, per così dire, «immedesimati» nella strana fisionomia del lemure per comprendere quanto è simpatico e carino questo animale. Ma il bambino poteva essere affidato alle sue cure non meno tranquillamente che a quelle di mia zia. Purtroppo questo suo grande affetto provocò in Maxi un tragico conflitto: per gelosia del bambino essa divenne aggressiva con le donne che ne avevano cura, tanto che alla fine non la si poté più lasciar circolare liberamente.

Con le vere scimmie i cani si comportavano in modo del tutto diverso, e per comprendere questo loro atteggiamento bisogna fare una piccola digressione.

È assai diffusa la credenza che lo sguardo umano abbia un potere singolare. Nel *Libro della giungla* di Kipling, Mowgli viene cacciato via dai lupi perché questi non possono sopportarne lo sguardo, e perfino il suo migliore amico, la pantera nera Bagheera, non riesce a guardarlo direttamente negli occhi. Come in ogni credenza popolare, anche in questa c'è un pizzico di verità, e nonostante il titolo del bel libro sugli animali di Paul Eipper, *Gli animali ti guardano,* è caratteristico che i mammiferi e gli uccelli non si guardano quasi mai direttamente l'un l'altro, come non amano fissare in faccia l'uomo loro amico. In quasi nessun animale la retina è così specializzata da permettere una nitidezza visiva simile a quella dell'uomo: nell'uomo la fovea centrale è specializzata per la visione nitida, e poiché le parti esterne della retina danno un'immagine decisamente peggiore, i nostri occhi vagano quasi ininterrottamente da un punto all'altro, mettendoli in asse l'uno dopo l'altro sulla fovea centrale, ed è solo un'impressione illusoria quella di vedere contemporaneamente l'intera immagine con nitida precisione. Invece nella maggior parte degli animali questa divisione del lavoro fra centro e periferia della retina non è così pronunciata come nell'uomo; essi cioè hanno una visione meno nitida al centro e migliore alla periferia. Per questa ragione gli animali *fissano* un oggetto più raramente e meno a lungo. Provate a osservare quante volte vi guarda direttamente un cane che passeggia con voi per i campi senza essere legato, e vedrete che ciò accade sì e no una o due volte in molte ore, tanto da dar l'impressione che per puro caso il cane faccia la stessa strada del padrone. Ciò dipende dal fatto che con la sua visione periferica il cane può esattamente rendersi conto di dove si trova il padrone in quel momento. La maggior parte degli animali capaci in genere di fissare un oggetto con entrambi gli occhi, come pesci, rettili, uccelli e mammiferi, lo fanno sempre soltanto per breve tempo e in momenti in cui sono tutti tesi verso uno scopo: o *temono* l'oggetto fissato, o hanno *qualche progetto* al riguardo, e per lo più non si tratta di niente di buono. Per l'animale fissare un oggetto equivale quasi a prender di mira, e in conseguenza un animale che si sente direttamente fissato da un altro lo prende come un atto esplicitamente ostile, o addirittura minaccioso. Da ciò derivano determinate regole di cortesia e di tatto nei rapporti con gli animali: chi vuol conquistarsi la fiducia di un gatto timido o di un giovane cagnolino pauroso, si faccia una regola di non guardarlo mai fisso, e posi l'occhio su di lui solo per poco tempo e come per caso.

Invece in tutte le vere scimmie la fisiologia dell'occhio è uguale a quella dell'uomo, e poiché sono assai curiose e mancano totalmente di gentilezza e di tatto nei rapporti coi membri di altre specie, le scimmie danno terribilmente ai nervi agli altri mammiferi, e soprattutto ai cani e ai gatti. Nel modo in cui i nostri più fedeli animali domestici reagiscono alle scimmie si rispecchia molto bene il loro atteggiamento verso gli uomini: i cani miti e sottomessi all'uomo si lasciano sempre terribilmente tiranneggiare anche dalla scimmia più minuscola, e quindi non è mai stato necessario proteggere la mia piccola cappuccina anche dai grossi cani mordaci; anzi, al contrario, in caso di conflitto dovevo spesso intervenire in favore del cane. Bully era molto simpatico a Emilio, la mia scimmia cappuccina dalla testa bianca, la quale però se ne serviva anche come cavalcatura e come assai gradita fonte di calore; e se appena il cane cercava di sottrarsi alle voglie del suo piccolo amico, questi cominciava a menare schiaffi e morsi. Finché Emilio se ne serviva come scaldino, Bully non poteva abbandonare il suo posto sul mio divano; e al momento del pasto bisognava sottrarre il cane alla scimmia, che altrimenti gli avrebbe dato noia con la sua disgustosa invidia per il cibo degli altri, anche se non le sarebbe mai passato per la testa di attingere veramente al grossolano pasto casalingo del cane. Dal loro canto i cani si comportano con le scimmie come farebbero con dei bambini ostinati e cattivi, i quali ben sanno che un cane ammodo non li morderà mai e neppure ringhierà seriamente contro di loro, anche se, a dire il vero, se lo meriterebbero proprio.

Coi gatti le cose vanno diversamente: anche dai bambini essi sono ben lungi dal sopportare ogni cosa, pur essendo a volte sorprendentemente pazienti. Thomas non esitava affatto ad appioppare mugolando e soffiando un bel paio di ceffoni alla scimmietta, quando questa gli tirava la coda. E anche gli altri miei gatti riuscirono sempre a farsi rispettare dalle scimmie. Le mie osservazioni mi inducono a credere che a ciò contribuisca il fatto che le scimmie hanno una certa paura innata dei predatori felini: le mie due scimmie apale, che essendo nate in cattività non avevano mai avuto brutte esperienze con dei predatori felini, avevano un timor panico di una tigre imbalsamata che vedevano all'istituto di zoologia, e anche nei confronti dei nostri gatti domestici erano sempre pavide e caute. Anche le cappuccine non si avvicinavano mai ai gatti con la disinvoltura con cui si accostavano ai cani.

Io non amo le antropomorfizzazioni sentimentali, e mi viene la nausea se in una rivista della lega per la protezione degli animali trovo un'immagine intitolata «Buoni amici», o qualcosa del genere, in cui si vedono un gatto, un bassotto e un pettirosso che mangiano dalla stessa scodella. Io conosco delle vere amicizie tra uomo e animale, ma molto difficilmente tra animali di specie diverse, e per questo ho intitolato il presente capitolo «Pace domestica» e non «Amicizia tra animali». Una reciproca tolleranza è ancora assai lontana dall'amicizia, e anche se gli animali sono uniti da qualche interesse comune, per esempio quello per il giuoco, ciò non implica affatto l'esistenza di un vero contatto sociale, e tanto meno di un'amicizia. Il mio corvo Roa, che percorreva dei chilometri per venirmi a trovare su un banco di sabbia nel Danubio, e la mia oca selvatica Martina, che mi salutava con tanta più gioia e insistenza, quanto più a lungo ero stato lontano da casa, i miei anatroccoli selvatici Peterl e Viktor, che mi difesero rabbiosamente dall'attacco di un vecchissimo papero, di cui d'altronde avevano una paura matta... sì, questi animali erano veramente miei amici, cioè nutrivano per me un amore fondato sulla reciprocità. Il fatto che assai raramente accada qualcosa di simile tra animali di specie diverse dipende in buona parte dalle «difficoltà linguistiche»: ad esempio, come abbiamo già detto, il gatto non comprende per via innata neppure le manifestazioni d'ira più grossolane e più cospicue di un cane, e questo a sua volta non comprende quelle del gatto; e quindi a maggior ragione entrambi non comprendono tutte quelle sottilissime sfumature con cui l'uno e l'altro sono capaci di esprimere i sentimenti di amicizia. Ed esiterei a definire amicizia perfino quello stretto rapporto che si stabilì tra Bully e Thomas, e che nel corso degli anni acquistò veramente una certa profondità grazie a una sempre maggior comprensione reciproca e alla quotidiana abitudine; e tanto meno chiamerei amicizia il rapporto fra il mio cane da pastore e il tasso. Questi furono i rapporti più intimi e maggiormente vicini all'amicizia che mai si stabilirono in casa mia tra due animali zoologicamente dissimili benché nel corso di quarant'anni numerosissime e diversissime siano le creature vissutevi in stretto contatto tra loro e nella pace più perfetta, e quindi non mancassero certo le occasioni per l'instaurarsi di una vera amicizia. Con questo voglio soltanto sottolineare quanto sia rara una vera amicizia tra animali diversi, e soprattutto tra cane e gatto, ma non voglio affatto escluderne la possibilità. Io ho avuto occasione di osservare direttamente un unico caso del genere, cioè un legame, che anch'io definirei amicizia, fra un piccolo bastardo chiazzato e una gatta a tre colori. I due animali vivevano in una casa colonica del mio paese; il cane era debole e assai vigliacco, la gatta forte e coraggiosa. Questa era inoltre assai più anziana del cane, ed evidentemente già da quando esso era molto giovane aveva manifestato verso di lui dei sentimenti non privi di una certa tenerezza materna. I due animali non soltanto giocavano assieme, ma tenevano molto alla reciproca compagnia, tanto che li si poteva veder *passeggiare assieme* in giardino o per la strada. Questa singolare amicizia tra animali riuscì a superare anche la prova più grave e più decisiva: il cane era uno dei nemici dichiarati del mio Bully; un giorno Bully lo sorprese per strada e si scatenò fra loro una lite assai seria; allora, e potete anche non credermi, la gatta balzò fuori dalla porta di casa, intervenne nella lotta come una furia, e in pochi secondi mise in fuga Bully, percorrendo un bel tratto di strada a cavalcioni sulle spalle del fuggiasco. Proprio perché a volte si verifica un simile vero e profondo legame tra due animali di specie diverse, non si deve assolutamente parlare di «amicizia» quando un cane di città, ben pasciuto e insignificante, e un gatto parimenti anodino e ipernutrito attingono alla stessa scodella nella stanza del padrone senza farsi del male.

L'ANIMALE CON LA COSCIENZA

Tutti gli impulsi istintuali di un animale selvatico sono congegnati in modo da volgersi infine a vantaggio suo e della specie cui appartiene. Nello spazio vitale di un animale non esiste conflitto fra le sue inclinazioni e un certo «dovere»: tutti gli impulsi interiori sono «buoni». Per l'uomo è andata perduta questa armonia paradisiaca, e le funzioni specificamente umane, come il linguaggio e il pensiero concettuale, hanno permesso l'accumulazione e la trasmissione di un sapere comune. Di conseguenza l'evoluzione *storica* dell'umanità segue un ritmo enormemente più veloce dell'evoluzione puramente organica, filogenetica, di tutti gli altri esseri viventi. Però gli istinti, cioè le modalità innate di azione e di reazione, rimangono legati anche nell'uomo al ritmo evolutivo degli organi, che è considerevolmente più lento, e non riescono a tenere il passo con la sua evoluzione storico-culturale: quindi le «tendenze naturali» non sono più perfettamente sincronizzate con le condizioni di civiltà in cui l'uomo è venuto a trovarsi ad opera delle sue attività mentali. Non si può dire che egli sia cattivo sin dall'infanzia, ma non è neppure abbastanza buono per corrispondere alle esigenze della società umana colta e civile che egli stesso ha creato. E a differenza dell'animale selvatico, l'uomo civilizzato (e in questo senso *tutti* gli uomini sono creature civilizzate) non può più affidarsi ciecamente a quanto gli suggeriscono gli istinti. Molti individui si pongono in così aperto contrasto con le esigenze della società umana, che anche l'osservatore più ingenuo può senz'altro riconoscere in loro dei nemici della cultura e della società. La voce dell'istinto, cui l'animale selvatico, nello spazio vitale in cui si trova naturalmente collocato, può ubbidire senza freni, perché essa lo consiglia sempre per il bene dell'individuo e della specie, nell'uomo diviene anche troppo spesso fonte di suggestioni perniciose, ed è tanto più pericolosa in quanto ci parla nello stesso linguaggio in cui ci si manifestano anche altri impulsi, ai quali ancor oggi non solo possiamo, ma dobbiamo ubbidire. L'uomo è quindi costretto a vagliare alla luce del pensiero concettuale ogni singolo impulso, per rendersi conto se gli è lecito seguirlo senza offendere i valori di civiltà da lui stesso creati. Però, se è vero che avendo gustato i frutti dell'albero della conoscenza l'uomo ha dovuto abbandonare il paradiso di una vita puramente istintuale e animalescamente sicura, circoscritta e adattata a uno spazio vitale ben delimitato, è anche vero che questi frutti gli hanno dato la possibilità di estendere il proprio spazio vitale sino ai confini del mondo, e di riproporsi ogni volta la domanda: «Posso cedere all'inclinazione che mi assale, o non comprometto in tal modo i più alti valori della società umana? Che cosa accadrebbe se tutti seguissero l'impulso che muove me in questo momento?». O, per usare una formulazione kantiana trasposta in termini biologici: «Posso elevare la regola della mia azione a legge naturale universale?».

Ogni vera morale intesa nel senso più alto, e più umano, presuppone delle attività mentali di cui nessun animale è capace. Però, d'altro canto, la responsabilità non sarebbe possibile senza determinati fondamenti *emotivi*: anche nell'uomo il senso di responsabilità è saldamente radicato nei profondi «strati» istintuali della sua vita psichica. L'uomo non può fare tutto ciò che gli permetterebbe la fredda ragione: può accadere che il sentimento si opponga in modo inequivocabile a un'azione i cui motivi etici siano del tutto ineccepibili, e guai a colui che in questo caso darà ascolto alla voce dell'intelletto e non a quella del sentimento. A questo proposito voglio raccontare una piccola storia.

Molti anni fa all'Istituto di zoologia io avevo in custodia dei giovani pitoni abituati a cibarsi di topi e di ratti morti. Poiché è più facile allevare i ratti che non i topi, sarebbe stato ragionevole nutrirli appunto di ratti, ma per far questo io avrei dovuto uccidere dei ratti *giovani*. Ora però i giovani ratti della grandezza di un topo domestico, con la loro testa grossa, i grandi occhi, le gambette corte e grassocce, e i loro goffi movimenti infantili, hanno tutte quelle qualità che destano in noi tanta simpatia e tenerezza verso gli animali giovani e verso i bambini. Io quindi non riuscivo a decidermi ad uccidere i ratti, e solo quando la riserva di topi dell'Istituto fu considerevolmente decimata seppi indurire il mio cuore, dicendomi che in fondo io ero uno studioso di zoologia sperimentale e non una vecchia zitella sentimentale: uccisi sei piccoli ratti e li diedi in cibo ai miei pitoni. Dal punto di vista della morale kantiana questa mia azione era ineccepibile, perché sul piano razionale non è più riprovevole uccidere un giovane ratto che un vecchio topo. Ma, per il sentimento, le cose non stanno così, e io dovetti pagarla caramente per non aver ubbidito alla sua voce che cercava di dissuadermi. Per almeno una settimana quell'avvenimento mi perseguitò nei miei sogni tutte le notti: comparivano i piccoli ratti, ancor più carini che nella realtà, e avevano lineamenti di bambini, e ogni volta che io li sbattevo per terra (questo è un metodo rapido e indolore per uccidere animaletti di quel genere) gridavano con voce umana e non volevano morire a nessun costo. Indubbiamente il danno che mi ero procurato uccidendo quei cari piccoli ratti mi portò sulla soglia di una piccola nevrosi, e, edotto da questa esperienza, da allora in poi non mi vergognai mai più dei miei sentimentalismi e non mi opposi alle inibizioni di carattere emotivo.

Di questo genere di pentimento, che ha radici profonde nella nostra affettività, esiste una forma corrispondente anche nella vita psichica degli animali sociali più evoluti, come mi induce a credere un comportamento che ho spesso osservato nei cani.

Per il mio Bully fu un gran brutto colpo quando un giorno tornai a casa con un bracco da sangue che era riuscito a farsi portare da me a Vienna, e, se avessi previsto la gelosia di Bully, non l'avrei certo fatto. Per parecchi giorni l'atmosfera fu carica d'ira trattenuta, e finalmente la tensione si scaricò in una delle più forsennate zuffe fra cani cui io abbia mai assistito, l'unica per di più che si svolse nella stanza del padrone, dove di solito regna la pace anche fra i nemici più acerrimi. Quando io cercai di dividere i contendenti, accadde che senza volerlo Bully mi mordesse al mignolo della mano destra: con questo la battaglia ebbe fine, ma Bully cadde in preda al più grave trauma psichico che possa colpire un cane, ed ebbe letteralmente un collasso: benché io non gli avessi fatto il minimo rimprovero, e anzi l'avessi subito accarezzato parlandogli dolcemente, egli giaceva sul tappeto come paralizzato, incapace di alzarsi. Tremava come se fosse in preda a una febbre violenta, e a intervalli di pochi secondi un brivido più forte gli percorreva il corpo. Il suo respiro era molto superficiale, ma di tanto in tanto dal petto tormentato usciva, scuotendolo tutto, un profondo sospiro, e grosse lacrime gli colavano dagli occhi. Quel giorno dovetti portarlo giù in strada sulle mie braccia: al ritorno fu in grado di camminare da solo, ma il suo tono muscolare era talmente ridotto dalla turba neurovegetativa che solo con molta fatica egli riuscì a salire le scale. Chiunque avesse visto quel cane senza sapere che cosa era accaduto l'avrebbe considerato gravemente ammalato dal punto di vista fisico.

Ci vollero parecchi giorni prima che ricominciasse a mangiare, e anche allora accettava il cibo solo dalla mia mano e solo dopo che io gli avevo parlato a lungo. Ancora per diverse settimane mantenne verso di me un atteggiamento di esagerata umiltà, che contrastava tristemente con il comportamento abituale di quell'animale ostinato e poco ubbidiente. Io ero tanto più commosso dai suoi rimorsi in quanto anche la mia coscienza era tutt'altro che tranquilla, perché ora mi rendevo conto che portare a casa l'altro cane era stata un'imperdonabile mancanza di riguardo.

Altrettanto notevole, anche se meno straziante, fu un'esperienza che ebbi con un bulldog inglese maschio, appartenente a una famiglia amica che abitava ad Altenberg vicino a noi. Bonzo, così si chiamava, era sì piuttosto cattivo con gli estranei, ma assai bonario con gli amici di casa che capivano bene i cani, e con me addirittura gentile: mi salutava con gioia ogni volta che ci incontravamo per strada. Una volta io fui invitato per il tè al castello di Altenberg, che era appunto la dimora di Bonzo e della sua padrona.

Quando giunsi al castello, che si trova isolato in mezzo al bosco, lasciai la motocicletta davanti all'ingresso; mentre mi chinavo per sistemarla sul cavalletto, Bonzo sopraggiunse furibondo, e, non riconoscendomi da dietro (cosa del resto perdonabile perché indossavo una tuta), azzannò energicamente la mia gamba senza più mollarla, come fanno appunto i bulldog. Io vidi le stelle, e quindi chiamai Bonzo per nome a voce alta, con tono di rimprovero. Come colpito da un proiettile, l'animale lasciò la presa e cominciò a rotolarsi per terra invocando perdono. Trattandosi evidentemente di un malinteso, e poiché la mia tuta sportiva aveva impedito che venissi ferito seriamente (per un motociclista qualche macchia blu non conta nulla), io mi rivolsi amichevolmente al cane, accarezzandolo, con l'intenzione di considerar chiuso l'incidente. Ma per Bonzo non era così: mi venne dietro per tutto il tempo che mi fermai al castello; durante il tè mi rimase accanto appoggiandosi alla mia gamba, e se appena io lo guardavo si metteva ritto accanto a me con le orecchie tutte piegate all'indietro e con quei suoi occhi sporgenti e addolorati da bulldog cercava di esprimere il suo rammarico offrendomi freneticamente la zampa. Perfino quando, alcuni giorni dopo, ci incontrammo per caso in strada, egli non mi salutò come faceva di solito con salti e goffi scherzetti, ma assunse lo stesso atteggiamento di umiltà, offrendomi la zampa, che io strinsi calorosamente.

Per giudicare il comportamento di questi due cani bisogna tener presente che nessuno di loro aveva fino allora mai morso né me né un'altra persona. Come facevano dunque a sapere di aver commesso, anche se soltanto per sbaglio, un crimine così deplorevole? Io penso che avranno provato qualcosa di simile a ciò che ho provato io quando uccisi i giovani ratti: avevano contravvenuto a un'inibizione profondamente ancorata nella loro vita emotiva. E il fatto che l'incidente fosse accaduto per errore, e quindi da un punto di vista razionale non si potesse parlare di una loro colpa, non evitò loro affatto un considerevole trauma psichico, come a me non lo aveva evitato la giustificazione razionale dell'infanticidio dei ratti.

Tutta diversa è invece la cattiva coscienza dei cani intelligenti che hanno commesso un'azione assolutamente naturale e lecita dal punto di vista delle loro inibizioni sociali innate, ma proibita da un tabù acquisito nel corso dell'addestramento. Ogni cinofilo conosce quell'espressione di falsa innocenza e di esagerato perbenismo che assumono a volte i cani intelligenti, e che permette di dedurre con sicurezza matematica che essi hanno la coscienza sporca. Questo comportamento fa un'impressione così umana e così divertente che è davvero difficile impartire all'animale il meritato castigo; e per me non è pure meno difficile punire un'infrazione commessa per la prima volta, quando il cane sente ancora di avere la coscienza pulita e non si aspetta affatto il castigo.

Un maschio della vecchia generazione della mia razza incrociata tra chow e cani da pastore, Wolf I, era un cacciatore terribilmente sanguinario, eppure non è mai accaduto che egli facesse del male a una delle mie bestie, purché *sapesse* che essa apparteneva alla nostra riserva animale. Invece con gli animali nuovi e a lui sconosciuti si avevano spesso sorprese penose: per esempio una volta Wolf riuscì a forzare la porta della stanza in cui erano rinchiusi quattro giovani pavoni maschi, e per fortuna io sopraggiunsi quando ne aveva ucciso soltanto uno. Wolf venne castigato, e da quel giorno non degnò più di uno sguardo i pavoni superstiti.

Siccome sino ad allora non avevamo mai tenuto in casa dei gallinacei, evidentemente Wolf non li considerava animali inviolabili. Inoltre le inibizioni che gli impedivano di uccidere determinate specie di uccelli erano assai interessanti, in quanto gettavano luce sulla sua capacità di distinguere a quali famiglie appartenevano gli animali, cioè di compiere entro certi limiti un'«astrazione». Gli anatidi per esempio erano per lui inviolabili in ogni circostanza, e anche di fronte a una specie assai diversa da quella che avevamo tenuto sinora non occorreva far capire al cane che i nuovi arrivati rientravano nella categoria protetta dalla legge. Io ritenni dunque che, una volta abituato a non uccidere i pavoni, Wolf avrebbe risparmiato d'ora in poi tutti i gallinacei, così come risparmiava gli anatidi. Ma mi sbagliavo: quando comprai una famiglia di wyandotte nane, che avrebbero dovuto covarmi diverse uova d'anitra, il cane fece irruzione nella stessa stanza in cui aveva accoppato quel pavone, e uccise tutte e sette le galline, senza però mangiarne neanche una. Il cane venne punito (bastava anche un castigo assai mite, anzi in un certo senso bastava solanto *dirgli* che cosa non doveva fare); poi comprammo delle nuove galline e da allora egli le lasciò sempre in pace.

Qualche mese dopo ricevetti dei fagiani dorati e argentati e volli farli acclimatare in giardino; questa volta, edotto dalle esperienze precedenti, presi delle misure precauzionali, e cioè chiamai il mio cane vicino alle cassette in cui erano rinchiusi i gallinacei, gli feci premere dolcemente il naso contro i fagiani e gli somministrai un paio di buffetti accompagnati da parole minacciose. Questa punizione preventiva raggiunse pienamente lo scopo: Wolf non toccò mai nessuno di quei fagiani.

Invece una volta accadde un fatto assai interessante dal punto di vista della psicologia animale. Una bella mattina di primavera, quando scesi in giardino, vidi con grande sorpresa e indignazione il mio magnifico Wolf che se ne stava in mezzo al prato *con un fagiano fra i denti*! Il cane non mi aveva visto, e quindi potei osservarlo indisturbato. Wolf non scuoteva il fagiano e non gli faceva nulla di male, ma se ne stava lì fermo con l'uccello in bocca e un'espressione stranamente disorientata. Quando lo chiamai, egli non assunse affatto un'aria colpevole, e venne verso di me con la coda alzata, senza mollare l'uccello. Allora mi accorsi che era un fagiano selvatico quello che aveva preso, non uno dei nostri fagiani dorati o argentati che circolavano in libertà. Evidentemente quel cane tanto intelligente era stato tormentato da un grave dubbio di coscienza, non sapendo se questo fagiano penetrato nel nostro giardino rientrasse o meno tra gli animali «sacri». Probabilmente egli, in un primo momento, l'aveva considerato legittima selvaggina, e poi, forse perché l'odore gli ricordava quello dei gallinacei proibiti, non l'aveva ucciso, come avrebbe certamente fatto con ogni altra preda. Senza un attimo di esitazione, e anzi con uno strano sollievo, Wolf lasciò che fossi io a decidere, e il fagiano selvatico, rimasto perfettamente illeso, visse poi per molti anni in una delle nostre voliere, e generò molti figli assieme a una femmina che allevammo in seguito.

Parecchi degli animali da noi studiati ad Altenberg interpretavano però in modo del tutto errato i riguardi che avevano per loro i nostri grossi cani mordaci: mentre a questi si poteva insegnare che le oche selvatiche sono tabù, le oche non la capivano così, e attribuivano alle proprie virtù bellicose il fatto che i cani, per evitare conflitti, girassero alla larga da loro. Quindi le oche selvatiche erano sorprendentemente impavide: per esempio, in una fredda mattina d'inverno, tre grossi cani correvano lungo la siepe abbaiando contro un nemico che percorreva la strada del paese; a un certo punto si trovarono di fronte a una piccola schiera compatta di oche selvatiche, che intralciava loro il cammino; continuando ad abbaiare selvaggiamente i cani superarono con un grosso balzo i palmipedi, e nessuno di questi fece neppure cenno di sollevarsi in aria; si vide solo qualche collo allungarsi sibilando e protendersi minacciosamente verso i cani, che al ritorno preferirono evitare il sentiero battuto e immergersi nella neve alta per evitare quelle «pavide» creature selvatiche.

Era soprattutto un vecchio papero, il despota della colonia, che sembrava essersi imposto il compito di tormentare i cani. Sua moglie stava covando vicino a una piccola scala che dal giardino portava in cortile e da lì al portone di casa. Poiché fra gli inderogabili doveri che si autoimpongono i cani c'è quello di correre abbaiando alla porta ogni volta che questa si apre, essi dovevano passare molte volte per questa scala, offrendo al vecchio papero, che si era piazzato sul gradino più alto, tante magnifiche occasioni di pizzicar loro la coda. Se volevano adempiere al loro dovere di abbaiare, i cani, per raggiungere il portone, erano costretti a sgattaiolare davanti al papero sibilante con la coda abbassata. E soprattutto il nostro Bubi, il bonario e un po' piagnucoloso nonno di Wolf I, veniva regolarmente aggredito, tanto che aveva preso l'abitudine di intonare sin da prima il suo mugolio lamentoso ogni volta che si accingeva a passare per quel pericoloso gradino.

Questa situazione insostenibile ebbe un finale drammatico e tragicomico: un giorno trovammo il vecchio papero maligno morto al suo posto di guardia. La necroscopia rivelò una minuscola frattura alla nuca, evidentemente provocata dalla lieve pressione del dente di un cane; Bubi però era sparito, e dopo molte ricerche lo trovammo affranto in mezzo a vecchie casse nell'angolo più buio della lavanderia, dove nessuno dei nostri cani si era ancora mai spinto. Pur non avendovi assistito, compresi alla perfezione come si era svolto l'incidente: il vecchio papero era riuscito ad afferrare e a stuzzicare la coda del cane, che gli passava davanti di corsa, così energicamente, che Bubi non aveva potuto trattenere un leggero morsetto di difesa in direzione del punto dolorante, e con questa mossa aveva disgraziatamente colpito il papero con uno dei suoi canini, che era penetrato nel cranio del vecchio, probabilmente solo perché le ossa del vegliardo, che a conti fatti aveva superato il venticinquesimo anno di età, erano ormai molto fragili. Bubi non venne castigato perché il tribunale riconobbe le «particolari condizioni fisiche» della vittima. Questa venne solennemente destinata alla mensa domenicale della famiglia, e contribuì quindi a distruggere la diffusa superstizione secondo la quale le vecchie oche selvatiche sarebbero di carne dura. Il vecchio ciccione era squisito e tenerissimo, e mia moglie avanzò l'ipotesi che forse tutte le oche vecchie, a partire dal ventesimo anno di età, ridiventano tenere.

CANICOLA

Se è vero che il termine canicola è connesso etimologicamente con i Greci e con Sirio, io lo prendo alla lettera: quando infatti ne ho fin sopra ai capelli del lavoro intellettuale, quando non ne posso più di dire cose intelligenti e di comportarmi come si deve, quando alla vista di una macchina da scrivere sono còlto da una nausea irresistibile, sintomi questi che di solito compaiono verso la fine dell'anno accademico, io divento un cane tra i cani, o meglio un animale tra gli animali. Allora mi ritiro dal consorzio umano e vado in cerca delle bestie, per il semplice fatto che non conosco forse nessuna persona che sia spiritualmente abbastanza pigra per farmi compagnia quando sono in questo stato d'animo. Io ho il dono inestimabile di poter completamente arrestare i miei processi mentali superiori mantenendomi in uno stato di perfetto benessere, e questa è la imprescindibile premessa per potersi sentire così bene come le cinquecento scrofe di Goethe, divenute proverbiali. Quando in una calda giornata estiva io faccio una nuotata nel Danubio e poi, simile a un coccodrillo nel fango, mi stendo sulle verdi rive di un ramo secondario, quasi fiabesco nella sua realtà, del grande fiume, in un paesaggio primordiale in cui manca il minimo richiamo alla civiltà umana, a volte riesco a operare quel miracolo cui tendono come a una meta suprema i più grandi saggi dell'Oriente: senza che mi addormenti, il mio pensiero si dissolve nella natura circostante, il tempo si arresta e non significa più nulla, e quando il sole che tramonta e la frescura serale mi invitano a rincasare, non so più se sono passati dei secondi o degli anni. Questo animalesco nirvana costituisce il migliore contrappeso al lavoro intellettuale, ed è un vero balsamo per le molte piaghe che, nella sua corsa affannosa, l'uomo moderno porta nell'anima.

Questo salutare ritorno nel paradiso preumano mi riesce facile soprattutto in compagnia di una creatura che ne è ancora legittimamente partecipe, cioè di un cane. Vi sono dunque dei motivi ben precisi per cui mi occorre un cane che mi sia fedele compagno, che abbia l'aspetto di un animale selvatico, che non guasti con la sua aria civilizzata la verginità della natura...

Ieri mattina già all'alba faceva così caldo che il lavoro, il lavoro intellettuale, mi sembrava un'impresa disperata, e una provvidenziale giornata danubiana si delineava per me.

Esco dalla mia camera armato di un retino e del solito recipiente, perché ad ogni mia gita sul Danubio porto a casa alla sera del vivo nutrimento per i miei pesci. Come sempre, questi attrezzi annunciano, senza dubbi possibili, a Susi l'avvento di una giornata per i cani, una felice giornata canicolare. Lei è convinta che queste spedizioni sul Danubio le intraprenda solo per amor suo, e non ha poi tutti i torti; sa che non solo le è concesso di venire con me, ma che anzi io tengo moltissimo alla sua compagnia. Tuttavia, prudentemente, si fa avanti in mezzo alle mie gambe verso il cancello, per esser sicura che io non la lasci a casa, e poi si mette a trotterellare innanzi a me, con la coda pelosa tutta ritta, e con un passo danzante ed esageratamente elastico, perché vuole mostrare a tutti i cani del paese che lei non ha la minima paura di loro, anche se non c'è vicino Wolf II. In piazza si ferma un momento a flirtare con l'orribile cagnaccio del pizzicagnolo (che spero non leggerà mai questo libro, intendo dire il pizzicagnolo, non il cagnaccio): con grande scandalo di Wolf II, Susi ha un amore straordinario per questo bastardo screziato; oggi però non ha tempo, e quando lui vuol mettersi a giocare, lei arriccia il naso mostrando il bianco scintillante dei suoi denti, prima di proseguire nella corsa per ringhiare, come è di prammatica, contro diversi nemici nascosti dietro diverse siepi.

La strada del paese è ancora in ombra, e il terreno è duro e freddo sotto i miei piedi nudi; però, dopo il sottopassaggio ferroviario, la fitta polvere del sentiero che porta al fiume mi penetra fra le dita con un tepore piacevole, e piccole nuvolette si sollevano nell'aria tranquilla dalle orme della bestia che trotterella innanzi a me. Già stridono i grilli e le cicale, e dai prati vicini mi giunge il canto di un rigogolo e di una capinera: grazie a Dio, cantano ancora, vuol dire che l'estate è ancora giovane.

La strada passa attraverso un prato appena falciato, e Susi fa una deviazione perché questo è il famoso prato dei sorci: assume una strana andatura strisciante a gambe rigide, tiene la testa eretta, e il suo muso rivela un'estrema tensione; la coda, tutta tirata sotto il corpo, si abbassa fino a terra. Susi sembra una volpe azzurra divenuta troppo grassa.

D'un tratto spicca un balzo in avanti descrivendo un'alta parabola, fa un salto di quasi un metro di altezza e due buoni metri di lunghezza, e va a cadere sulle zampe anteriori, strette insieme e protese in un punto in cui con velocità fulminea incomincia a menare i denti nell'erba corta. Ansimando rumorosamente fruga la terra col suo naso aguzzo, poi alza la testa e la coda e mi guarda scodinzolando con un sorriso imbarazzato: il sorcio non c'è più! Nessuno mi potrà convincere che Susi, entro certi limiti, non «si vergogni» quando uno di quei suoi grossi salti fa cilecca, e sia invece orgogliosa se riesce ad acchiappare il sorcio.

Anche i quattro salti successivi falliscono lo scopo: i topi di campagna sono incredibilmente agili e svelti. Ma ecco... Susi vola in aria come una palla di gomma, e quando le sue zampe toccano nuovamente terra si ode distintamente un acuto squittio: la cagna chiude le mascelle, poi con un rapido scossone lascia cadere ciò che ha afferrato, e un corpicino grigio descrive sibilando un arco nell'aria, e dietro Susi, un arco più alto; poi Susi afferra diverse volte con le labbra molto sollevate, addentandolo solo con gli incisivi, un qualcosa che squittisce e si agita nell'erba. Quindi si volta verso di me, mostrandomi il topo di campagna, bello grasso e assai mal ridotto, che tiene nelle fauci. Io manifesto la debita ammirazione e la rassicuro: è proprio un animale feroce e temibile, degno di ogni stima. Mi dispiace molto per il topo, ma lui non lo conoscevo personalmente, mentre Susi è una mia grande amica, e io ho addirittura il dovere di rallegrarmi dei suoi trionfi. Comunque la mia coscienza si tranquillizza, poiché Susi divora il sorcio, e questa è l'unica possibile giustificazione per l'uccisione di un animale. La cagna stritola la bestiola fra i suoi incisivi, riducendola a una massa informe ma ancora compatta, poi spinge la preda in fondo alla bocca, incomincia a spezzettarla con i canini e quindi a inghiottire. Ora per il momento ne ha abbastanza di caccia ai sorci e mi propone di proseguire il cammino.

La strada ci porta al fiume, dove io mi spoglio e nascondo retino, recipiente e vestiti. Poi ci incamminiamo contro corrente, lungo il vecchio sentiero tracciato un tempo per i cavalli che tiravano a monte le chiatte. Ora, a eccezione di una striscia ristretta, questa strada è tutta coperta di verde, e passa attraverso una fitta giungla di solidago canadese, purtroppo mescolata a ortiche e cespugli di more, in modo che bisogna ricorrere a entrambe le braccia per tener lontana dal corpo quella vegetazione che punge e che pizzica.

In questo intrico di piante fa un caldo umido insopportabile, e Susi, ansimando, mi sta alle calcagna, disinteressandosi di tutte le attrazioni venatorie offerte dalla boscaglia. Infine giungiamo al punto dove io voglio attraversare il fiume. Quando l'acqua è bassa, qui c'è una larga zona di ghiaia bianca che si inoltra per un bel pezzo nel Danubio. Io saltello coi piedi nudi e doloranti sui sassolini appuntiti, e Susi mi precede tutta allegra verso l'acqua, avanza fin che questa le arriva al petto, poi s'immerge tutta in modo che solo la grossa testa sovrasta la corrente, una piccola forma angolosa sullo sfondo della grande superficie liquida.

Quando io entro in acqua, Susi mi viene molto vicina mugolando sommessamente: non ha ancora mai attraversato a nuoto il fiume, che con la sua vastità le fa una certa paura. Io le rivolgo parole tranquillizzanti e proseguo; lei è già costretta a nuotare quando a me l'acqua giunge soltanto alle ginocchia, e la corrente tende a trascinarla via. Per risparmiarle fatica, mi metto anch'io a nuotare: lei vede che anch'io sono trascinato dalla corrente e si tranquillizza visibilmente, mettendosi buona buona a nuotare accanto a me.

Da un cane che nuota accanto al suo padrone si esige una prestazione intellettuale ben precisa: l'uomo infatti, quando è in acqua, non mantiene la posizione eretta in cui è abituato a vederlo il cane, ma molti cani non giungono mai a rendersene conto, e quindi cercano di seguire da vicino la testa dell'uomo che emerge dall'acqua, e nuotando, con le zampe anteriori graffiano maledettamente la schiena del padrone. Susi invece ha subito compreso che, nuotando, il corpo umano cambia posizione, ed evita accuratamente di accostarmisi troppo da dietro.

Ora però, intimorita dalla vastità del fiume, mi sta al fianco, cercando di tenersi vicino a me il più possibile. A un certo punto la sua agitazione diviene così forte che si solleva alta sopra l'acqua voltandosi a guardare la riva dalla quale siamo venuti. Io già temo che faccia marcia indietro, e invece si tranquillizza e procede.

Presto però si verifica un altro inconveniente: nella sua agitazione, e nello sforzo di lasciarsi alle spalle quanto più presto possibile la superficie vasta e inquietante del fiume, la mia buona Susi si mette a nuotare a un ritmo che io alla lunga non posso mantenere. Ansimando mi sforzo di tenerle dietro, ma lei mi sopravanza e si allontana sempre più. A me non importerebbe nulla anche se arrivasse molto prima di me all'altra riva, ma è lei che non vuole, poiché, quando si è distaccata di alcuni metri, fa dietrofront e nuota nuovamente verso di me. Così però vede la sponda natale, e c'è pericolo che si metta a nuotare in quella direzione, dato che per un animale impaurito la direzione di casa esercita una potente attrazione rispetto a tutte le altre; in genere, poi, è difficile indurre un cane a mutare direzione mentre nuota, e quindi sono contento quando riesco a convincerla a fare nuovamente dietrofront.

Ora mi sforzo energicamente di rimanerle così vicino da riuscire con le mie incitazioni a farle conservare la direzione desiderata ogni volta che si accinge a voltarsi, e il fatto che essa *comprenda* le mie incitazioni e se ne lasci influenzare costituisce una nuova prova della sua intelligenza superiore alla media.

Ora approdiamo, con Susi che mi precede di molti metri, su di un banco di sabbia assai più ripido di quello da cui siamo partiti. Quando Susi esce dall'acqua, la vedo chiaramente barcollare mentre muove i primi passi sulla terraferma. Questo lieve turbamento dell'equilibrio, che dura solo pochi secondi, al termine di una lunga nuotata, mi è ben noto, e anche molti buoni nuotatori hanno confermato questa mia osservazione, per la quale però non riesco a trovare nessuna spiegazione fisiologica possibile. Comunque questo fenomeno non ha certo nulla a che fare con la stanchezza, come del resto dimostra immediatamente anche Susi, che, lieta e sollevata per aver portato a termine la sgradevole impresa della traversata, cade in preda a un'ebbrezza gioiosa, e si mette a girarmi attorno all'impazzata descrivendo un otto dopo l'altro; poi mi porta un grosso ramo invitandomi a lanciarlo lontano e a giocare con lei, e io aderisco volentieri alla proposta.

Quando è stanca di questo giuoco, si allontana a grande velocità per dar la caccia a una ballerina nera posata sulla riva a una cinquantina di metri da noi; naturalmente Susi sa benissimo che non riuscirà ad acchiappare l'uccello, ma sa anche che le ballerine nere usano volare lungo la riva per poi venire di nuovo a posarvisi quando hanno guadagnato un vantaggio di qualche decina di metri, e quindi possono servire benissimo da battistrada per una piccola galoppata.

Io sono contento che la mia piccola amica sia di umore così buono, e penso che la porterò sempre con me nelle mie nuotate. Ma nei limiti del possibile la devo ricompensare per la sua prima traversata del Danubio, e per farlo non conosco nulla di meglio che una lunga passeggiata con lei attraverso la vegetazione selvaggia che ci circonda.

Dapprima risaliamo un poco la riva del fiume, poi seguiamo il corso di un braccio laterale che nei suoi tratti inferiori ha un'acqua tranquilla, chiara e profonda, mentre a monte si frammenta in una catena di piccoli stagni sempre meno profondi e sempre più radi.

Questo ramo del Danubio ha un'aria stranamente tropicale: le rive, non regolate, cadono quasi a picco, e sono coperte da una tipica foresta a galleria formata da grossi salici, pioppi e querce, fra i quali la lussureggiante vitalba si arrampica a mo' di liana. Il martin pescatore e il rigogolo, gli uccelli più caratteristici di questa zona, appartengono entrambi a ordini rappresentati in gran maggioranza da uccelli tropicali, e la lussureggiante vegetazione acquatica è tipica delle paludi tropicali. Tropicale è anche il calore umido che avvolge questo meraviglioso paesaggio, e che può essere sopportato dignitosamente soltanto da una persona nuda; infine non bisogna tacere delle zanzare, degli anofeli e degli innumerevoli tafani che rafforzano ulteriormente l'impressione di essere ai tropici anche sotto questo aspetto poco simpatico.

Nelle larghe fasce fangose che costeggiano da ambo i lati il braccio del Danubio le orme dei più svariati abitanti della riva boscosa durano fino alla prossima piena, come se fossero impresse nel gesso. Chi ha affermato che qui non ci sono più cervi? A giudicare dalle orme, in questi boschi vivono ancora molti cervi robusti, anche se non si fanno più udire nel periodo della fregola, essendo divenuti assai cauti dopo i pericoli e le minacce dell'ultima guerra, che verso la fine ha infuriato particolarmente da queste parti. Caprioli e volpi, topi muschiati e piccoli roditori, e innumerevoli uccelli fluviali hanno decorato il fango con le linee intricate dei loro percorsi. E se già ai *miei occhi* queste orme raccontano le storie più interessanti, quanto più devono essere eloquenti per il *naso* della mia cagnetta, che si abbandona a orge olfattive di cui noi, poveri esseri privi di olfatto, non possiamo neppure avere un'idea. Susi non si occupa minimamente delle orme dei cervi e dei caprioli, non va pazza per la grossa selvaggina, probabilmente perché è tutta dominata dalla sua passione per la caccia ai sorci.

Ma le orme dei topi muschiati presentano ben altro interesse! Fiutando eccitata col naso a terra, la coda tesa e sollevata obliquamente indietro, essa le segue fino a trovare l'ingresso di una tana, che a causa dell'insolita situazione di secca si trova al di sopra e non, come avviene in genere, al di sotto della linea dell'acqua. Susi sprofonda più che può la testa nella cavità, aspirando bramosa l'odore della selvaggina che evidentemente l'inebria, e cerca perfino disperatamente di scavare la terra con le zampe per scoprire tutta la tana; io la lascio fare, perché, sdraiato sul ventre in quel palmo d'acqua tiepida, col sole che mi arde sulla schiena, non ho alcuna fretta di andarmene. Alla fine Susi volge verso di me il suo musetto tutto incrostato di terra, scodinzola, si avvicina ansimando, emette un profondo sospiro, e si sdraia nell'acqua accanto a me.

Ce ne rimaniamo lì per quasi un'ora, poi Susi si alza e mi prega di proseguire.

Ora risaliamo verso monte lungo il braccio del fiume che diviene sempre più secco, e proprio quando stiamo costeggiando un'ansa e lo sguardo si apre su un nuovo stagno, Susi fa un'esperienza straordinaria:

presso lo stagno, ancora ignaro perché il vento soffia nella nostra direzione, sta seduto un gigantesco topo muschiato, oggetto dei sogni più arditi di Susi, un vero mostro, un topo dalle dimensioni inimmaginabili! Susi si irrigidisce, e io pure. Poi, lentamente, simile a un camaleonte, mettendo un piede dopo l'altro, incomincia ad avvicinarsi di soppiatto verso quel topo prodigioso, e riesce a coprire un tratto sorprendente, quasi la metà della distanza che ci separa da lui. La situazione è proprio emozionante, poiché si può sperare che il topo muschiato, in preda allo spavento, salti dentro allo stagno che, incassato nella ghiaia del letto del fiume, non offre via d'uscita. Anche in questo caso la tana è sicuramente a diversi metri dall'acqua, all'altezza del suo livello normale.

Ma io ho sottovalutato l'intelligenza del grosso roditore, che improvvisamente, visto il cane, con un balzo fulmineo oltrepassa lo stagno e si precipita verso la riva del fiume. Susi gli si scaglia dietro come un razzo, e, con molta astuzia, non punta direttamente verso la preda ma si dirige in modo da tagliarle la strada, emettendo un urlo di così ardente passione come io non credo di aver mai udito da un cane. Però, se non avesse emesso quell'urlo ma avesse concentrato tutte le sue energie nella corsa, il topo sarebbe stato suo; invece, quando Susi ormai non dista più da lui neppure un metro, il fuggitivo scompare nella sua tana. Susi annusa tristemente l'ingresso del cunicolo, poi se ne distoglie delusa e mi raggiunge nell'acqua: abbiamo entrambi la sensazione che ormai la giornata non avrà più da offrirci alcun avvenimento sensazionale.

Il rigogolo canta, le rane gracidano, e le grosse libellule fanno seccamente vibrare le loro ali vitree e inseguono i tafani che ci danno tanto fastidio: speriamo che ne acchiappino molti! Così ce ne stiamo sdraiati tutto il pomeriggio, un po' dentro, un po' fuori dell'acqua, e io riesco a essere più animalesco di un animale, o per lo meno più pigro del mio cane, pigro cioè come un coccodrillo.

Ma a poco a poco Susi incomincia ad annoiarsi, e, poiché non le vengono in mente idee più brillanti, si mette a dar la caccia alle rane, che fattesi ardite per la nostra lunga immobilità, si danno da fare intorno a noi. Susi si accosta di soppiatto a quella più prossima e infine cerca di acchiapparla col grosso balzo riservato di solito ai topi; forse l'ha colpita alla testa con le zampe anteriori, ma, poiché l'acqua non offre una solida resistenza, non succede nulla, e la rana può immergersi e allontanarsi indenne. Susi si scuote l'acqua dagli occhi e si guarda intorno chiedendosi dove possa essersi ficcata la rana: ecco che la vede, o per lo meno crede di vederla, poiché per la cattiva vista di un cane un germoglio di menta acquatica che emerge dall'acqua non è troppo dissimile da una rana immobile. Susi osserva l'oggetto con la testa obliqua prima a destra poi a sinistra, e quindi molto, molto lentamente entra in acqua e nuota verso la pianta: la morde, poi mi guarda con aria dolente, per vedere se io non rido del suo deplorevole errore; quindi nuota verso la riva e si sdraia accanto a me. Allora le dico: «Andiamo a casa?», e Susi ha già spiccato un balzo, dimostrandomi la sua approvazione con tutti i mezzi espressivi di cui dispone. Ci facciamo strada attraverso la giungla ed entriamo nel fiume molto a monte di Altenberg. Susi, che non mostra più segni di paura, nuota tranquilla secondo corrente, accanto a me, lasciandosi trasportare dall'acqua.

Approdiamo assai vicino al luogo dove io avevo lasciato i vestiti, il retino e il recipiente. Presto presto raccolgo ancora dal più vicino stagno un'abbondante cena per i miei pesci, e poi, al calar della sera, ripercorriamo profondamente soddisfatti la strada per cui eravamo venuti. Sul prato di prima Susi ottiene grandi successi: acchiappa rapidamente, uno dopo l'altro, tre grossi topi di campagna e così si consola dei suoi fiaschi col topo muschiato e con la rana.

GLI ADELPHI

ULTIMI VOLUMI PUBBLICATI:

500. Roberto Calasso, *L'ardore*
501. Giorgio Manganelli, *Centuria*
502. Emmanuel Carrère, *Il Regno*
503. Shirley Jackson, *L'incubo di Hill House*
504. Georges Simenon, *Il piccolo libraio di Archangelsk*
505. Amos Tutuola, *La mia vita nel bosco degli spiriti*
506. Jorge Luis Borges, *L'artefice*
507. W. Somerset Maugham, *Lo scheletro nell'armadio*
508. Roberto Bolaño, *I detective selvaggi*
509. Georges Simenon, *Lo strangolatore di Moret e altri racconti*
510. Pietro Citati, *La morte della farfalla*
511. Sybille Bedford, *Il retaggio*
512. *I detti di Confucio*, a cura di Simon Leys
513. Sergio Solmi, *Meditazioni sullo Scorpione*
514. Giampaolo Rugarli, *La troga*
515. Alberto Savinio, *Nuova enciclopedia*
516. Russell Hoban, *La ricerca del leone*
517. J. Rodolfo Wilcock, *Lo stereoscopio dei solitari*
518. Georges Simenon, *La fioraia di Deauville e altri racconti*
519. Abhinavagupta, *Luce dei Tantra*
520. Yasmina Reza, *Felici i felici*
521. Roberto Calasso, *L'impuro folle*
522. James Stephens, *La pentola dell'oro*
523. W. Somerset Maugham, *Una donna di mondo e altri racconti*
524. Anna Maria Ortese, *Alonso e i visionari*
525. Theodore F. Powys, *Gli dèi di Mr. Tasker*
526. Groucho Marx, *Groucho e io*
527. David Quammen, *Spillover*
528. Georges Simenon, *Il Club delle Vecchie Signore e altri racconti*
529. Mervyn Peake, *Gormenghast*
530. Ferenc Karinthy, *Epepe*
531. Georges Simenon, *Cargo*
532. Patrick Leigh Fermor, *Tempo di regali*
533. Vladimir Nabokov, *Ada o ardore*
534. Knut Hamsun, *Pan*
535. Irène Némirovsky, *La preda*
536. Neil MacGregor, *Il mondo inquieto di Shakespeare*
537. Christopher Isherwood, *Addio a Berlino*
538. George G. Byron, *Un vaso d'alabastro illuminato dall'interno*
539. Martin Heidegger, *Nietzsche*

540. Heinrich Zimmer, *Miti e simboli dell'India*
541. Georges Simenon, *Il fiuto del dottor Jean e altri racconti*
542. Pietro Citati, *La mente colorata*
543. Georges Simenon, *In caso di disgrazia*
544. Anna Maria Ortese, *Il porto di Toledo*
545. Joseph Roth, *Il mercante di coralli*
546. Jorge Luis Borges, *Il libro di sabbia*
547. Nancy Mitford, *Non dirlo ad Alfred*
548. Giovanni Mariotti, *Storia di Matilde*
549. Irène Némirovsky, *Il signore delle anime*
550. Luciano, *Una storia vera*
551. Georges Simenon, *Il morto piovuto dal cielo e altri racconti*
552. Roberto Calasso, *Il rosa Tiepolo*
553. Shirley Jackson, *Lizzie*
554. Georges Simenon, *La vedova Couderc*
555. Christopher Isherwood, *Un uomo solo*
556. Daniel Defoe, *La vita e le avventure di Robinson Crusoe*
557. Marcel Granet, *Il pensiero cinese*
558. Oliver Sacks, *Emicrania*
559. Georges Simenon, *La Marie del porto*
560. Roberto Bazlen, *Scritti*
561. Lawrence Wright, *Le altissime torri*
562. Gaio Valerio Catullo, *Le poesie*
563. Sylvia Townsend Warner, *Lolly Willowes*
564. Gerald Durrell, *Il picnic e altri guai*
565. William Faulkner, *Santuario*
566. Georges Simenon, *Il castello dell'arsenico e altri racconti*
567. Michael Pollan, *In difesa del cibo*
568. Han Kang, *La vegetariana*
569. Thomas Bernhard, *Antichi Maestri*
570. Fernando Pessoa, *Una sola moltitudine, I*
571. James Hillman, *Re-visione della psicologia*
572. Edgar Allan Poe, *Marginalia*
573. Meyer Levin, *Compulsion*
574. Roberto Calasso, *Il Cacciatore Celeste*
575. Georges Simenon, *La cattiva stella*
576. I.B. Singer, *Keyla la Rossa*
577. E.M. Cioran, *La tentazione di esistere*
578. Carlo Emilio Gadda, *La cognizione del dolore*
579. Louis Ginzberg, *Le leggende degli ebrei*
580. Leonardo Sciascia, *La strega e il capitano*
581. Hugo von Hofmannsthal, *Andrea o I ricongiunti*
582. Roberto Bolaño, *Puttane assassine*
583. Jorge Luis Borges, *Storia universale dell'infamia*

584. Georges Simenon, *Il testamento Donadieu*
585. V.S. Naipaul, *Una casa per Mr Biswas*
586. Friedrich Dürrenmatt, *Il giudice e il suo boia*
587. Franz Kafka, *Il processo*
588. Rainer Maria Rilke, *I quaderni di Malte Laurids Brigge*
589. Michele Ciliberto, *Il sapiente furore*
590. David Quammen, *Alla ricerca del predatore alfa*
591. William Dalrymple, *Nove vite*
592. Georges Simenon, *La linea del deserto e altri racconti*
593. Thomas Bernhard, *Estinzione*
594. Emanuele Severino, *Legge e caso*
595. Georges Simenon, *Il treno*
596. Georges Simenon, *Il viaggiatore del giorno dei Morti*
597. Georges Simenon, *La morte di Belle*
598. Georges Simenon, *Annette e la signora bionda*
599. Oliver Sacks, *Allucinazioni*
600. René Girard, *Il capro espiatorio*
601. Peter Cameron, *Coral Glynn*
602. Jamaica Kincaid, *Autobiografia di mia madre*
603. Bert Hölldobler - Edward O. Wilson, *Formiche*
604. Roberto Calasso, *L'innominabile attuale*
605. Vladimir Nabokov, *Parla, ricordo*
606. Jorge Luis Borges, *Storia dell'eternità*
607. Vasilij Grossman, *Uno scrittore in guerra*
608. Richard P. Feynman, *Il piacere di scoprire*
609. Michael Pollan, *Cotto*
610. Matsumoto Seichō, *Tokyo Express*
611. Shirley Jackson, *Abbiamo sempre vissuto nel castello*
612. Vladimir Nabokov, *Intransigenze*
613. Paolo Zellini, *Breve storia dell'infinito*
614. David Szalay, *Tutto quello che è un uomo*
615. Wassily Kandinsky, *Punto, linea, superficie*
616. Thomas Bernhard, *Il nipote di Wittgenstein*
617. Lev Tolstoj, *La morte di Ivan Il'ič, Tre morti e altri racconti*
618. Emmanuel Carrère, *La settimana bianca*
619. *A pranzo con Orson. Conversazioni tra Henry Jaglom e Orson Welles*
620. Mark O'Connell, *Essere una macchina*
621. Oliver Sacks, *In movimento*
622. Fleur Jaeggy, *Sono il fratello di XX*
623. Georges Simenon, *Lo scialle di Marie Dudon*
624. Eugène N. Marais, *L'anima della formica bianca*
625. Ludwig Wittgenstein, *Pensieri diversi*
626. Georges Simenon, *Il fidanzamento del signor Hire*

627. Robert Walser, *I fratelli Tanner*
628. Vladimir Nabokov, *La difesa di Lužin*
629. Friedrich Dürrenmatt, *Giustizia*
630. Elias Canetti, *Appunti 1942-1993*
631. Christina Stead, *L'uomo che amava i bambini*
632. Fabio Bacà, *Benevolenza cosmica*
633. Benedetta Craveri, *Gli ultimi libertini*
634. Kenneth Anger, *Hollywood Babilonia*
635. Matsumoto Seichō, *La ragazza del Kyūshū*
636. Georges Simenon, *Il capanno di Flipke*
637. Vladimir Nabokov, *Lezioni di letteratura*
638. Igino, *Miti*
639. Anna Politkovskaja, *La Russia di Putin*
640. I.J. Singer, *La pecora nera*
641. Inoue Yasushi, *Ricordi di mia madre*
642. Rebecca Skloot, *La vita immortale di Henrietta Lacks*
643. Oliver Sacks, *Vedere voci*
644. Leonora Carrington, *Il cornetto acustico*
645. Anna Politkovskaja, *Diario russo*
646. Anna Politkovskaja, *Per questo*
647. Michael Pollan, *Come cambiare la tua mente*

STAMPATO DA L.E.G.O. S.P.A. STABILIMENTO DI LAVIS